Saudade do Infinito

Ensaios de metafísica romântica 1

Meiner Sache ist es nicht, irgend einer Partei des Tages gefallen zu wollen, ich wandle hier überhaupt einen einsamen Weg, und der immer einsamer werden muß, je näher er solchen Dingen führt, über die heutzutage jeder urtheilen, jeder mitreden zu können glaubt[1]

Schelling, Philosophische Einleitung zur Philosophie der Mythologie, p. 538

Que Stendhal confessasse haver escrito um de seus livros para cem leitores, coisa é que admira e consterna. O que não admira, nem provavelmente consternará é se este outro livro não tiver os cem leitores de Stendhal, nem cinqüenta, nem vinte e, quando muito, dez. Dez? Talvez cinco. Trata-se, na verdade, de uma obra difusa, na qual eu, Brás Cubas, se adotei a forma livre de um Sterne, ou de um Xavier de Maistre, não sei se lhe meti algumas rabugens de pessimismo. Pode ser. Obra de finado. Escrevi-a com a pena da galhofa e a tinta da melancolia, e não é difícil antever o que poderá sair desse conúbio. Acresce que a gente grave achará no livro umas aparências de puro romance, ao passo que a gente frívola não achará nele o seu romance usual; ei-lo aí fica privado da estima dos graves e do amor dos frívolos, que são as duas colunas máximas da opinião.

Machado de Assis, Memórias Póstumas de Brás Cubas

---

1 Não é meu objetivo agradar a algum dos partidos do dia: por caminho solitário traço minha viagem, caminho que se torna cada vez mais solitário, à medida que se aproxima destas raras coisas, sobre as quais muitos acreditam poder emitir opiniões e, no barulho que nada diz, pronunciar palavras vazias. (tradução do autor)

Die Zeit ist abgeflossen, wo mir nur Zufälle begegnen durften; und was könnte jetzt noch zu mir fallen, was nicht schon mein Eigen wäre! Es kehrt nur zurück, es kommt mir endlich heim – mein eigen Selbst, und was von ihm lange in der Fremde war und zerstreut unter alle Dinge und Zufälle. Und noch eins weiß ich: ich stehe jetzt vor meinem letzten Gipfel und vor dem, was mir am längsten aufgespart war. Ach, meinen härtesten Weg muss ich hinan! Ach, ich begann meine einsamste Wanderung! Wer aber meiner Art ist, der entgeht einer solchen Stunde nicht: der Stunde, die zu ihm redet: „Jetzt erst gehst du deinen Weg der Größe! Gipfel und Abgrund – das ist jetzt in eins beschlossen![2]

Friedrich Nietzsche, Also sprach Zarathustra, p.115

On n'entre pas dans la vérité sans avoir passé à travers son propre anéantissement; sans avoir séjourné longtemps dans un état d'extrême et totale humiliation.

Simone Weil, La pesanteur et la grâce, p. 69

γένοι' οἷος ἐσσὶ μαθών[3]

Píndaro, II Pítica

---

2 Passou, qual rio cuja água se perde no mar, o tempo em que era lícito aos acasos fazerem-me o cerco; e o que pode agora, desde a noite da contingência, atacar-me em imprevisto ataque sem que, deste ataque, não me seja já Próprio! Retorna-me, enraíza-se-me afinal – meu próprio Íntimo, e tudo que dele durante tanto tempo permaneceu no Desconhecido, fragmentado sob as coisas todas e sob os acasos. E sei: diante do último cume encontro-me, diante do que durante tanto tempo me fora poupado. Ah, meu mais árduo caminho devo agora caminhar! Ah, dei início a minha mais solitária errância! E aquele que comigo compartilha da mesma natureza, a este não seja poupada tal hora: a hora que lhe diz: "Agora hás de caminhar teu caminho das Alturas! Cume e abismo – sintetizados num só movimento se te apresentam destinados!" (tradução do autor)

3 Torna-te agora, tendo aprendido as formas do Mundo, aquele que sempre foste. (tradução do autor)

Para minha família – Doralice, minha mãe, Gerardo, meu pai, Emília, minha tia, Pi e Nilza, minhas avós.

Para as duas médicas que me salvaram a vida, e graças às quais posso ainda escrever – para Dra. Feliciana Castelo Branco, a neurocirurgiã de cabelo rosa que por três vezes abriu meu cérebro e por três vezes me salvou, e para Dra. Carolina do Nascimento Matias Teixeira, cuja paciência e simpatia não findam.

E, claro, para Jess – este Milagre.

sumário

Advertência: Primeira pronúncia.......... 13
Nota introdutória.......... 14
Nota sobre as traduções e trechos em línguas estrangeiras.......... 27

Filo-sofia: a possibilidade de uma metafísica romântica........ 28

1 Saudade, Co-rrespondência, Juízo Infinito, Re-mora: iluminação introdutória da metafísica romântica........ 30

2 A radical unidade da metafísica como sy-stema........ 59

3 Figuras ou o que significa pensar romanticamente: a ontologia do ensaio e o ensaio como ontologia........ 89

4 Mímesis especulativa: figurar a face de Deus........ 131

Pensar por imagens, figurar o Ser: *litteratura sive speculum Dei*........ 210

1 O Vértice do Triângulo ou o milagre da consciência genial em Álvaro de Campos: o sentido de ser pro-fessor........ 212

2 Pensamento da Saudade: emergência do Tempo e do Mundo no In-stante........ 228

3 Sou-te para ser-me o impossível que somos: retrato do amor ou ensaio de vida a dois........ 245

4 Ética como ontologia: a forma dramática de *Filoctetes*........ 259

5 Re-mora e De-mora: em busca da Cidade perdida........ 289

6 O mistério do amanhecer e o enigma do fim: para tornar visível o juízo infinito........ 313

Salvar Platão, recuperar Leopardi........ 328

1 Eis-me aqui, em única aparição, por última vez diante de vós: para compreender a pessoa ou Platão com Leopardi........ 330

2 O gênio e a Interpelação ontológica: o problema da orthê doxa no Symposium de Platão ou por que pensar é um ato erótico........ 375

3 Em cada ente ler o nome de Deus: a meontologia de Giacomo Leopardi........ 408

4 Elogio da Velhice e do Espírito ou *Uom di povero stato e membra inferme che sia dell'alma generoso ed alto:* homenagem a Leopardi........ 423

5 Richard Rorty ou o pensamento que não pensa: contra a preguiça contemporânea........ 450

6 Paideia, Bildung, Re-mora: o sentido da cultura e o destino do pensar........ 502

Referências Bibliográficas........ 527

Advertência – primeira pronúncia

Esta *Saudade do Infinito: ensaios de Metafísica Romântica I* enuncia um percurso, talvez por isso um destino. Hão de vir-lhe em seguida as *Meditações de um Lobotômico: ensaios de Metafísica Romântica II*, cujo objetivo é o de abrir o caminho a *O Ser e o Milagre: a Metafísica Romântica*. Toda ação é resultado de uma escolha, e toda escolha torna mais próximo o Fim. A Filosofia nasce com duas perguntas, que não se separam, amantes que são. O que é este Pronunciar-se das coisas todas? Onde e como resta o destino de nossa imortalidade? Saber a morte, sentir o gosto do Fim é formalmente apreender o In-stante de nossa eterna alma imortal. Porque morremos, por isso escolhemos. Porque escolher é antecipar a própria morte, por isso toda escolha carrega o peso de toda a vida. E porque o humano viver é o único que se sabe mortal, por isso toda vida incapaz de viver sua própria morte é vã – mais morta do que se defunta. Toda ocupação humana que não seja a Filosofia é vazia, inútil e pecaminosa, por cega à morte e, pois, à imortalidade. As ocupações humanas não filosóficas só podem salvar-se, evitando o Pecado, se se estabelecerem como fundamento para a Filosofia – portanto como suas servas. Tarefa da Filosofia é perguntar as suas duas perguntas, de tal forma que, vivendo sua morte, pode o pensador vislumbrar sua imortalidade. É, buscando a imortalidade, entrever o Milagre da Pronúncia. Esta imortal e eterna entre-visão do Milagre é a voz da Metafísica Romântica, que busca, no Sempre de seu Ainda, o Absoluto, em que repousa nossa imortal eternidade. Mas o único Absoluto é o Milagre – e o Milagre é Milagre da Saudade.

Nota introdutória

A Filosofia é, de certa forma, impossível. Como a Literatura, a Filosofia vê-se sempre diante dos mesmos caminhos, sempre face às mesmas veredas. São cinco, quando muito dez, as situações humanas: o festejo do nascimento, a serena aurora da infância, a ânsia do amor e a paixão da carne, a cólera do ciúme, a angústia da dúvida, a beleza da amizade, o hesitante medo do fim. Há dois mil e quinhentos anos, escrevemos. Há incontáveis auroras e poentes, alguns solitários se enredam no tecido das palavras, e tentam algo dizer, tentam a este algo formular face verbal, que o dignifique em cristal, que uma vez mais – quem sabe talvez como se fosse a última, como se fosse a máxima – capturasse o fogo cuja luz e cujo calor, em cada uma das poucas situações visadas por esta teia da linguagem, dormitam: pois que sabem, o calor e a luz caçadas pelas palavras, o futuro sempre por-vir deste fogo.

A Filosofia, desde sua primeva aurora, pergunta. Na antiga Hélade onde balbuciou suas primeiras palavras, a Filosofia perguntou – com voz resoluta, com voz de Senhora, como quem, falando por vez primeira, aguardasse desde sempre o momento em que viesse finalmente pronunciar as palavras tantas vezes ensaiadas, dar a ver a grandeza que guardara no ventre.

A Filosofia, quando perguntou em sua aurora inaugural, perguntou a pergunta em que jazia e que nela maturava desde a eternidade. Também hoje, e a cada novo dia, a Filosofia pergunta – pergunta como quem de novo nasce – pergunta a mesma primeira pergunta. Por isso, Filosofia é, de forma certa, impossível. Impossível porque pergunta no Tempo a pergunta que guardara quando de sua estadia nos campos eternos – impossível porque a pergunta da Filosofia é não uma, não duas, nem esta, tampouco aquela: a pergunta da Filosofia é o ato eterno do perguntar.

Que visa o perguntar? Por que perguntamos? Quando uma criança, diante de fato novo – e as crianças vivem em mundo de novas coisas – pergunta, quer ela assimilar o novo, engolir o mistério do desconhecido, guardá-lo em seu ventre ávido para amá-lo. A pergunta nasce do medo diante da noite, lemos em algum livro, e mesmo o mito, diz-nos este mesmo livro, é já o esclarecimento a subjugar a rebelde natura. Mas a pergunta é também um sair de si: mesmo que tal sair implique um retorno narcísico, a pergunta é reconhecimento de qualquer coisa de outro, de mim diverso, por ora a ultrapassar-me. Ainda quando seja apenas prenúncio à dominação posterior, a pergunta é índice desta alteridade. Também por isso, o ideal da vida adulta foi sempre um mundo em que as perguntas cessam – ou, quando muito, onde as perguntas são elas mesmas meios de dominação, pois o perguntar que nelas se pergunta já se calou, entregue ao domínio cinza da serenidade que é o tédio das visões medíocres, das visões vulgares, o tédio do mundo dos servos incapazes de assim se verem.

Perguntei acima: que visa o perguntar? A pergunta diz de uma diferença entre o perguntar e as perguntas – diz que em toda pergunta houve, ao menos no instante auroral de seu nascimento enquanto Pergunta, a ânsia e o fogo do perguntar. O mundo adulto tolera as perguntas apenas porque delas baniu o perguntar. O mundo adulto é o mundo da calma, o mundo patriota que esquadrinhou o solo da mente e nele deitou as raízes que impedem todo movimento. No mundo adulto dos patriotas, as perguntas são dóceis repetições das certezas. Os habitantes do mundo patriótico, como os últimos homens de Zaratustra, anunciam a invenção da felicidade – e piscam. A felicidade: este fino cristal à oferta de todos, a serenidade do solo conhecido, das seguras fundações das casas, em que a De-mora faz morada duradoura, onde os habitantes podem dizer, na bela segurança de quem goza de guarida e certo jantar, serem felizes – e piscar antes da noite tranquila.

A Filosofia, eu disse, é de certa forma impossível, pois é impossível de forma certa. A Filosofia, como a Literatura, pode parecer mero jogo verbal – por isso os interlocutores de Sócrates acusavam-no de brincar com as palavras, a este homem que lhes parecia tão alheio das coisas sérias do mundo adulto, justamente, conforme julgavam, acusado de impiedade e de corromper a juventude ateniense, cujos interesses desviava para as inúteis perguntas em que se revelava o infantil jogo com as palavras. Também Heidegger fora assim acusado. Também Hegel. Também Schelling. Donner un sens plus pur aux mots de la tribus, *diz um verso de Mallarmé, a quem poucos entendem, embora muitos, soado o nome, lhe afetem reverência. A Literatura joga com as palavras, porque não lhe há muito mais o que fazer. A Literatura quer inventar uma nova língua, mas recorre para isso a uma língua já feita, antiga, de gastas moedas. A língua é já falada, mas a Literatura quer fazer falar essa língua – quer fazê-la falante, como escreveu Merleau-Ponty. A Literatura, por isso, é uma espécie de mendiga – resigna-se com cinco, quando muito dez, moedas, sempre as mesmas: amor, medo, inveja, morte, amizade. Como a Literatura, a Filosofia também anda de pés descalços, possui membros franzinos, enfermos. Sua fraca voz diz sempre a mesma coisa – nesta voz que mal se ouve, pergunta-se sempre a mesma, e uma só, pergunta. Mas nesta pergunta, como nas parvas moedas da Literatura, pergunta-se verdadeiramente o perguntar: e este único inquilino transforma esta morada em errância, faz deste solo vereda, enraíza as raízes no ar. A Filosofia, sendo pergunta em que se pergunta o perguntar, é a encenação do Impossível - é, por isso, a encenada impossibilidade de si mesma como sua única real, e realizada, possibilidade. Realizar a Filosofia é, assim, impossível – impossibilidade entretanto que só se diz nas tentativas frustradas em que o impossível se sente pela ausência. A Filosofia é Senhora – por ser o sorriso entre-visto nos olhos de uma bela e jovem mulher: é a entre-visão do sorriso, seu sorrir fugaz, que da moça revela a beleza. A Filosofia é a intensa e concentrada visão do olhar que sorri neste sorriso fugaz.*

Os ensaios deste livro perguntam uma só pergunta: o que é o Infinito? Esta é uma pergunta antiga para mim, também para os grandes a cuja sombra penso. Não sei se sou pensador, mas se Filosofia é antes o amor e a ânsia – se Filosofia é permanecer na saudade pelo sorriso entre-visto, então talvez seja filósofo. E se não for filósofo de fato, ao menos o serei na fantasia, na privada saudade que me fez escrever estes ensaios, a mesma que me levou e leva à solidão da leitura. Não há, neste livro, nenhuma pretensão à originalidade. Se eu estiver certo na minha visão acerca da Filosofia e do pensar – e tenho ao meu lado, ou antes ponho-me ao lado de pessoas cuja obra me fortalecem nesta opinião: Schelling, Heidegger, Platão –, a Filosofia não inventa novas perguntas, sequer é capaz de uma nova linguagem. A Filosofia e a Literatura são irmãs, iguais na pobreza que possuem: as duas vivem das mesmas migalhas, aquelas que, desde o surgimento da cultura humana na face deste mundo, ocupam a mente cujo solo aram. Os ensaios que aqui reúno não buscam engendrar uma nova linguagem, mas fazer falar uma língua falada há alguns séculos, que eu desejaria tornar novamente falante, ao menos para os poucos leitores que viessem se ocupar destas páginas. Esta língua é a de Platão, é igualmente a de Sófocles, e teve seu primeiro nome de batismo na geração de intelectuais alemães que, à sombra gigante de Kant, cunharam a palavra romântico. *Este é o nome que escolho para esta língua, para o pensar que nesta língua fala. Romântico é o cognome para quem pergunta acerca do Infinito, para quem retira dos confins da Saudade a pergunta pelo Infinito. Esta pergunta é uma pergunta infinita, porque próprio da Saudade é não cessar nunca, é ser chaga aberta, como a febre por navegar de Diogo Cão, como a melancolia de Edna acordada pela voz de Esther. A pergunta acerca do Infinito é infinita, porque é saudosa. Os ensaios deste livro são tentativas de perguntar esta pergunta, e por isso dei-lhes o título Saudade do Infinito.*

Como disse, o livro tem apenas um tom, ainda que ofereça ritmos diferentes. Heidegger diz, em Was heißt Denken?, *que todo pensador pensa um só pensamento. Hegel, um pouco mais radical, diz que não é o pensador que pensa, mas o pensar que nele pensa e o pensa. Pois bem, talvez assim seja. Ocorre que não sei se sou pensador. Sei apenas da saudade que me move. Se não a estancam, ao menos lhe dão forma os ensaios aqui reunidos. E se não a despertam no leitor, desejo que lhe incitem a curiosidade pelos livros que ma acordaram e dos quais aqui me ocupo – nos quais se me revelou, muito jovem mas já muito velho, a pergunta que gostaria de perguntar.*

*

Derrida diz, na bela resenha que dedica à obra máxima de seu amigo e professor Emanuel Levinas, que o livro possui ritmo de espiral, como ondas que se seguem umas às outras, uma da outra diversa, e entretanto iguais em substância, intensificada gradualmente conforme se erguem e se destroem as vagas. É difícil chegar ao delicado equilíbrio de uma repetição criadora, que cria ao repetir, que repetindo refaz, e refazendo melhora – não porque diga mais, senão porque diz outramente, autrement qu'être, diria Levinas. Infelizmente, não é o caso deste livro, cuja repetição de temas é antes devida à falta de talento e habilidade do autor. Gostaria, à guisa de introdução, fornecer ao leitor o panorama das repetições que tem diante de si, e com isso talvez lhe facilitar um pouco o percurso, aclarando o que lhe possa parecer rapsódico tateio ou inútil paráfrase.

Escrevi este livro aos poucos, conforme se me iam aclarando ideias de pouco em pouco intuídas, por meio de leituras e, sobretudo, conversas e diálogos com interlocutores aos quais quase tudo devo intelectualmente. A vida intelectual é o mesmo que nada sem o diálogo, e mesmo a leitura mais solitária, a música que se escuta em silêncio, o filme a que sozinho no cinema se assiste são sempre diálogo – isso porque o Ser, e nosso estar no Ser, é já sempre um conversar, segundo a preciosa lição de Gadamer. Quero em rápidas palavras aclarar a arquitetura deste livro de ensaios, à guisa de introdução.

O livro é dividido em três grandes partes: a primeira, Filosofia: a possibilidade de uma metafísica romântica, *é estritamente teórica e busca desenvolver as bases filosóficas cujo desdobramento e materialização cabem às outras duas partes. A segunda parte se intitula* Pensar por imagens, figurar o Ser: litteratura sive speculum Dei, *e tenta retomar conceitos e figuras desenvolvidas teoricamente pela primeira parte do livro, modelando-as desde a leitura dos textos literários que m'as inspiraram. Nesta segunda parte, tento materializar o que chamei de* figuras, *e isso me é de capital importância. Se a literatura possui potencial filosófico, deve ser a leitura não ocasião para aplicar conceitos obtidos noutro lugar, mas a origem mesma, o manancial donde se auferiram as* figuras *que nos enriquecem o pensar. De certa forma, organizei estas duas partes conforme o adágio bíblico, pois os conteúdos e pensamentos inspirados a mim pela segunda parte me foram sempre primeiros, ao passo que os capítulos da primeira parte foram escritos com o fito de explicar tais pensamentos colhidos da leitura das obras cujo comentário meditativo configura a segunda. Por fim, a terceira parte dedica-se a desenvolver certos pensamentos, em parte antecipados nas partes precedentes, a partir de dois pensadores que eu gostaria resolutamente de reclamar para a tradição romântica da qual me quero herdeiro: Platão e Leopardi.*

Platão é o nome absoluto da Filosofia, e qualquer frase que lhe queira resumir o significado é vã e, desde já, falsa. Por isso, abstenho-me de dizer ser ele o pensador mais criticado desde Kant para cá. Não é entretanto falso dizer que, para os mais importantes nomes do século XX, platonismo é sinônimo de metafísica ôntica, como repete sem se cansar Richard Rorty. Mas mesmo Rorty reconhece a grandeza de Platão e a impossibilidade de o capturar em unívoca leitura. Seja como for, gostaria de recuperar um certo Platão, o Platão romântico, que reside em cada frase deste livro – eu gostaria de tornar mais explícito como o leio e como o entendo. Já Leopardi é um caso mais simples, talvez por isso mesmo mais espinhoso: a leitura ainda hoje predominante acerca do pensamento de Giacomo Leopardi foi modulada pelo maior filósofo italiano do século XX e XXI, Emanuele Severino. Sua leitura de Leopardi, cristalizada em Cosa arcana e stupenda *e* Il nulla e la poesia, *é tão genial que fez escola, influenciando mesmo pensadores em parte de Severino divergentes como Massimo Donà. Severino é, também, o maior desafio para a metafísica romântica – desafio do qual aqui tive de abster-me, por não me ter ainda dedicado ao estudo minucioso da imensa obra severianiana para estar à altura de sobre ele escrever. Por isso, dedico-me a recuperar Leopardi, que me parece submetido a uma unilateral leitura por parte de Severino, influenciada demasiado por seu próprio pensamento. Todo pensador pensa a partir de outros pensadores que o habitam, e do mesmo modo seu comentário sobre os pensadores que nele pensam termina por engoli-los, dar-lhes um tom que, tendo sido a fonte mesma de onde formulou sua própria voz, é agora o seu. Recuperar Leopardi, que é um dos maiores pensadores românticos de que temos notícia, é o primeiro ato, a primeira frase do diálogo com este gigante chamado Emanuele Severino. Eis, então, delineadas as três partes deste livro. Falarei brevemente da primeira parte com um pouco mais de detalhes, por ser a mais densa e mais estritamente especulativa.*

Como disse, o livro possui apenas uma pergunta, da qual as outras perguntas singulares se desdobram e crescem, tornando-se cá e lá independentes, como de um só útero nasce uma família, cada membro da qual segue estrada própria. A pergunta matriz é aquela acerca do Infinito, e eu tento formulá-la em uma segunda archipergunta, cujo primeiro desdobramento reservei ao primeiro capítulo Saudade, Co-rrespondência, Juízo Infinito, Remora: iluminação introdutória da metafísica romântica, *texto que originalmente fora escrito como conferência proferida no evento* Afinidades Eletivas: entre filosofia e literatura. *Esta segunda archipergunta, que eu afirmo ser a pergunta de todo o livro, é assim enunciada: por que o homem é capaz do cantar poético?*

Recentemente (escrevo em 14 de janeiro de 2023), tendo assistido a Avatar: no caminho da água, *percebi como melhor poderia tornar inteligível esta indagação: o filme cumpre com o script simples de Holywood, mas oferece, à guisa de si mesmo talvez, uma instigante questão, ligada à fantasia, bastante própria à modernidade ocidental e hoje global, de uma ligação direta com a natureza. O argumento consiste no retorno a Pandora, uma outra versão de nosso planeta Terra, por parte de simpáticos representantes de nossa espécie,* homo sapiens sapiens, *que, é claro, estão atrás de recursos para o infinito processo de produção de riquezas, cuja condição é a destruição de todo sistema ambiental nativo. Pois bem, os habitantes do planeta são conectados de forma literalmente umbilical ao ecossistema, por meio de uma espécie de tentáculo que lhes permite conectar-se com outros organismos, de modo a sentir-lhes a respiração, verdadeiramente com eles entrar em sintonia, ser um só tom. A mais curiosa conexão consiste com a árvore dos espíritos, porta de entrada para o útero de que todos provêm e a que retornam todos: Pandora ela mesma, a Grande Mãe como fonte circular de energia, ciclo eterno que incessantemente se renova na mesmidade do que é.*

O verdadeiramente grandioso neste filme não são os efeitos especiais, tampouco a versão barata que contrapõem a postura predadora dos americanos à harmonia balanceada dos nativos, mas a fantasia do impossível que por aí transparece: a da destruição do Espírito como retorno à Natureza e, ao mesmo tempo, a impossibilidade mesma desta destruição. Os nativos são, é claro, humanos, demasiado humanos – e enquanto tal compartilham de nossas alegrias e dores, da felicidade do amor e do nascimento, da ânsia e do medo diante do inesperado, e sobretudo da dor que nasce da morte de quem amamos e em quem vivemos. Mas o riso, o amor que une as carnes, o choro e o grito desesperador pelos mortos – de nada disso sabe a Natureza, presa no movimento rotatório em que não há diferenças, mas um só ciclo eterno de uma só energia. A cena final, em que a mãe enterra seu filho e, antes de o levar para o seio da árvore do mundo em que deverá retornar ao útero donde saiu – neste momento, segundos antes de enterrar seu filho, ela canta: sua voz se ergue entrecortada pelo choro que quase não contém, e é este canto, modulado por este choro, é ele que diz da distância, do abismo que institui, para nós, nosso estar-fora-do-círculo, isso que chamamos Espírito. Se os outros animais emergem do grande útero e a ele retornam sem deixar traço de angústia ou júbilo na face da terra, por que o fazemos nós? Este absurdo, este milagre, é o canto poético que o diz – no canto da mãe o filho é salvo pela singularidade absoluta que ele é, singularidade que nenhum útero nem nenhuma energia podem destruir, que restará encravada na memória, eternizada no canto pelo qual se dizem a tristeza e o amor maternos. Se eu tivesse de formular, em sala de aula, a pergunta que guia o capítulo introdutório, fá-lo-ia à luz deste filme bastante banal e vulgar, grandioso à revelia de si mesmo: por que cantamos a tristeza que é a nossa e que resta indiferente à Grande Mãe? Por que, em outras palavras, introduzimos algo imprevisto para a Grande Mãe? O primeiro capítulo fornece uma resposta muito esquemática e insuficiente para esta pergunta, introduzindo, de modo talvez dogmático mas, conforme desejo, meditativo, as figuras *e as problemáticas que se desdobrarão no resto do livro:* Saudade, Re-mora, Juízo Infinito, Mímesis Especulativa, Vértice do Triângulo.

O segundo capítulo, A radical unidade da metafísica como sy-stema, *é minha tentativa de responder às várias vezes em que colegas de pós-graduação e professores de filosofia, no Brasil e na Alemanha, me perguntaram exatamente o que entendo por metafísica, ao falar de metafísica romântica. A palavra, que me é de incalculável importância porquanto nela se diz todo meu projeto filosófico, é uma das mais usadas e abusadas da história da filosofia: basta consultar Derrida, Heidegger ou Adorno, para não mencionar a tonelada de artigos a respeito do pensamento formulado no século XX, para notar que, desejando-se desacreditar a obra de algum colega ou de um pensador, basta injetar-lhe a pecha de metafísico, e as páginas por ele escritas começam no mesmo átimo a cheirar a terrível mofo, amareladas e quase ilegíveis por sabe-se lá qual arcaica, e inútil, tendência platônica que aí se encontra. Ao mesmo tempo, ao leitor que seguir a proposta que lhe proponho e ler tais textos ficará patente a claríssima obscuridade de que está envolta a palavra metafísica – mais fácil lhe será ler e comentar Mallarmé do que extrair do termo, a ele contudo apresentado em seu primeiro período em qualquer curso de Humanidades, um significado preciso. Mais do que preciso: operacional e relevante para, de fato, pensar. É como se ao peso do perjúrio correspondesse a total ignorância do que por ele se diz: xinga-se e acusa-se, com efeito, sem saber bem de que se está acusando e o que no xingamento vai dito.*

Para tentar clarificar um pouco o meu peculiar uso da palavra escrevi este capítulo, que põe lado a lado os dois grandes heróis deste livro: Platão e Schelling. A bem dizer, são vários os condutores em quem me inspiro, mas sobretudo estes dois pensadores, o grego e o alemão, habitam absolutamente todas as linhas que escrevo, mesmo quando não os cito. Por isso, o capítulo inicia com uma descrição do gesto platônico, plasmado por Rafael Sanzio, para nele ver o que eu extraio deste conjunto de textos que é Platão: extrato que chamo de sy-stema como radical unidade dos momentos do pensar. Por esta expressão quero simplesmente dizer que um pensamento sy-stêmico nunca pensa separadamente um problema filosófico, isolando-o, por exemplo, como mero problema epistemológico ou ético. Ao contrário, ao focalizar uma pergunta pelo prisma ético – como ao pensar a dignidade dos fenômenos em sua singular aparição ou no problema ético de Filoctetes –, o pensamento sy-stêmico, através da ética, faz vir à tona ontologia, epistemologia e estética, mobilizando todos os momentos do pensar em gesto unitário. É, se o leitor assim desejar, um retorno ao mote clássico do verum, pulchrum, bonum. *A diferença com o pensamento antigo, porém, reside no segundo significado de sy-stema, que eu articulo desde as* Erlangen Vorlesungen *de Schelling, e que fecha minha definição de metafísica como a radical unidade dos momentos do pensar à luz da meditação do Infinito. Pode a definição parecer ainda obscura: evidente que, se clara estivesse, eu não teria escrito este livro. O segundo capítulo visa fornecer os fundamentos para esta definição, explicitando minha ontologia do inexaurível, que aliás, como Luigi Peryson, colho em Schelling e em Platão.*

Em Figuras ou o que significa pensar romanticamente, *forneço o que eu gostaria de chamar a primeira parte de minha epistemologia romântica. É, na verdade, a retomada de um gesto bastante conhecido do século XIX e XX – a reflexão ensaística a respeito do ensaio. Creio, porém, haver um único elemento talvez novo: meu interesse é de pensar as condições ontológicas para a forma específica do pensar ensaístico e, por aí, entender o que significa o ensaio como ontologia. Comentando Lukács, Adorno, Benjamin e Auerbach, forneço a definição do que entendo por* figura, *nome que colho em Auerbach e que fornecerá a chave mesma das pedras angulares deste livro: Saudade, Co-rrespondência, Juízo Infinito, Vértice do Triângulo são todas* figuras *da metafísica romântica. A* figura *é, igualmente, uma ontologia da eternidade temporal, motivo que retomo em vários outros capítulos, tentando aliás surpreendê-la na reflexão de outros escritores, como Alain Badiou, Schelling, Giacomo Leopardi e Machado de Assis.*

No quarto e último capítulo da primeira parte, dedico-me a uma extensa discussão com um dos mais importantes pensadores vivos, Alain Badiou, e com o nosso maior teórico, Luiz Costa Lima. É um antigo desejo meu o de perguntar se a mímesis não fora acaso pensada em chave romântica, ao contrário do que disse Costa Lima. Eu gostaria aqui de novamente e já reconhecer tudo que devo ao trabalho do teórico brasileiro, a cuja erudição não posso nem poderei fazer justiça. Mas não sei quanto tempo tenho – e há um momento em que temos de pensar por nós mesmos, ainda que isso leve ao crasso erro. Exponho-me a esta possibilidade, e adianto reconhecê-la completamente, e tomar o risco. Mímesis Especulativa *é a segunda parte da epistemologia romântica, que lhe fornece fechamento ao apresentar a tentativa mais ousada de construir as* figuras *do Mundo e do Juízo, que discrimino entre finito e infinito, a fim de melhor articular sy-stematicamente Saudade, Co-rrespondência e Mímesis. Faço-o, como sempre, recorrendo ao Schelling tardio e à dialética das potências elaborada em suas aulas sobre Filosofia da Mitologia.*

Uma penúltima palavra sobre minha relação com pensadores e com a irremediável impossibilidade de ser original. Minha formação, forçoso é dizê-lo, padece das terríveis lacunas que hoje são o fruto de um projeto educacional falido, cuja condição de possibilidade fora o esquecimento da antiga educação clássica, substituída pelo ideal republicano e democrático que forma cidadãos competentes para atuar nas diversas esferas do mundo moderno: forma técnicos para operações técnicas. A Universidade, outrora reduto máximo do pensamento contemplativo, tornou-se no mesmo passo um ser estranhamente híbrido, conservando, em seu flanco direito, o mármore antigo em cuja superfície estão cravados versos homéricos e fragmentos pré-socráticos, aos quais se conjugam, em seu flanco esquerdo, cálculos de engenharia e complicadas reproduções de estruturas orgânicas. Esta bizarra síntese é a face da moderna Universidade – à qual apenas se toleram, como brincadeiras um dia talvez úteis, a veneração dos versos e dos fragmentos nos departamentos, cuja existência a todo momento tentamos justificar, que se conjugam sob o rótulo agregador de Humanidades. É triste este panorama – bastante desolador. Das lacunas dele, e das minhas próprias insuficiências, extraio o tom algo estranho deste livro. Devo muito a professores de quem muita coisa aprendi, ao longo de minha graduação. Mas quase tudo que aqui escrevi e que hoje me é de interesse tive de buscar por conta própria – donde o tom bastante errático deste livro. Muitos dos conceitos – das figuras *– que nos ensaios deste livro desenvolvo e apresento, revelaram-se-me desde a leitura meditativa de romances, tragédias, poemas, livros de filosofia e da tentativa de plasmar o fascínio, inscrevendo-o pela escrita. Conforme ia escrevendo o livro, a curiosidade levava-me a ampliar as leituras, principalmente em direção ao que contemporaneamente se pensa. Não poucas foram as vezes em que, com grata mas também algo frustrante surpresa, reli em páginas alheias minhas próprias intuições. Grata, porquanto encontrado nas linhas de quem verdadeiramente pensa um pensamento por mim pensado. Frustrante, por desejar meu o que a ninguém pode pertencer. Lição dura esta, que Heidegger assim formulou:* Denken ist Danken. *Talvez a frustração não se aparte do agradecimento – talvez, apenas talvez, pensar seja de fato agradecer, com certa hesitação é verdade, de quem por um átimo deseja seu o que é de todos: é que em todo amor há sempre leve resquício de egoísmo – amar, tento mostrar em um dos ensaios deste livro, é coisa ambígua, e a Filosofia é o gesto mais radical do amor humano.*

Pois bem, não poucas foram as vezes em que encontrei formuladas por pensadores contemporâneos intuições que havia colhido da meditação de poemas e ensaios filosóficos, de romances e tragédias, de debates e conversas, e às quais havia fornecido nomes nos textos que agora constituem os diversos capítulos deste livro. Assim, devo mencionar, a título de ilustração, como minha obsessão pela Re-mora, pelo Juízo Infinito e pelas duas Eras do Tempo, o Círculo e o Triângulo, estão profundamente vinculadas ao que Sloterdijk vem desdobrando em seu imenso projeto filosófico, sobretudo na Trilogia de Esferas. Já havia escrito quase tudo que cá se encontra, quando resolvi ler Sloterdijk. Foi com espanto que lá percebi muitas das coisas que tateava. O último ensaio deste livro, Paideia, Bildung, Re--mora, *estava todo concebido e esboçadamente escrito, ao ter eu me resolvido a ler* Du musst dein Leben ändern *e* Spheren. *Muito do que lá digo já estava dito pelo alemão. Também a* figura *do pro-fessor, construída em* O Vértice do Triângulo, *tinha-a já concebido, ao ler com espanto as páginas de* Du musst dein Leben ändern. *A originalidade – a originalidade é coisa inexistente, exatamente porque não é coisa. O resquício infantil que pretende ser exclusivamente nosso aquilo cujas raízes estão no ar desaparece, ao aceitarmos, depois da última hesitação, que pensar é agradecer:* denn Denken ist Danken. *Hoje vejo e melhor entendo que também à lacunosa formação que foi a minha devo reconhecimento – é estranha a vida, coisa difícil, e é pena reconhecê-lo somente ao lhe vislumbrarmos o fim. Deixo registrada aqui minha absoluta não pretensão de originalidade, se por original entendermos a descoberta do que antes coberto estava. Desejo somente fornecer, ao ar que todos respiramos, o tom de minha própria voz – talvez seja isso a originalidade: fazer vibrarem as sutis camadas invisíveis do ar pelo movimento, também ele invisível, de nossa própria voz. Será também isso o pensar, die Stimmung jeder Stimme hören?*[4]

Uma última palavra sobre o estilo do livro. É uma necessidade algo triste a que reina nas Humanidades, para quem delas se ocupe desde esta morada segura que é a Academia. É triste, porque constrange o pensamento especulativo ao terrível hábito de não pensar por si mesmo, de reduzir-se a comentador de obras alheias, obedecendo a critérios que, se por um lado são necessários à medida da performance de universidades – afinal, há verba para isso destinada –, por outro são propícios ao máximo perigo do pensar: a acomodação que é já sua esclerose. A prática do rigor acadêmica é ótima, e contribui para formar pesquisadores de excelência – mas é de fato pesquisa apenas o que fazemos nós, nas Humanidades? Em parte, é claro que sim, sobretudo naquelas disciplinas em que imperam as tendências próprias às chamadas Naturwissenschaften. Em grande, e me parece mais importante, parte – não. Para o pensar não há método, há, como

---

4 Ouvir a atmosfera de cada voz. Expressão por mim forjada em trabalho escrito em alemão, quando ainda em Bonn, e que aqui mantenho na língua em que a pensei por primeira vez, como singela lembrança de um diálogo com Hans Ulrich Gumbrecht sobre a Voz.

diria também Gadamer, Wahrheit, verdade. A tendência dos artigos e papers em revistas acadêmicas, as únicas que contam para pontuação nos concursos, por sua vez as únicas possíveis promessas de estabilidade financeira para esta profissão absolutamente precária que é a de escritor e pensador – tal tendência, dizia, tem produzido uma massa imensa de comentários sobre obras alheias, sobre o panteão dos pensadores. Mesmo quando tentam rever criticamente o cânone – expressão tão entediante –, as posturas revisionistas seguem autores igualmente canônicos, por cujas obras se forneceram os critérios para a feroz, mas tão mesquinha, crítica ao cânone. A erudição e a acurácia do paciente pesquisador são necessárias, mas constituem apenas o passo inicial rumo a um ato muito mais radical, por isso mesmo impressionante – aquele do pensar. Este gesto é o que habita o grandioso livro de Márcia Schuback, tão importante para mim, O começo de Deus, *e já lá a autora sublinhava a prisão em que se convertiam os hábitos acadêmicos das Humanidades demasiado obcecados com a performance das ciências da natureza, de cujos departamentos procuravam importar as regras de boa conduta intelectual.*

O livro que escrevi, escrevi-o sem apoio acadêmico algum: sem bolsa, sem instituição a fornecer-me nada. Por isso, reservo-me a liberdade do estilo, que é também a liberdade de arriscar-se a errar muito, a errar totalmente talvez. Mas para errar é necessário deixar o porto, como diz Schelling, e ou se o abandona com a febre de navegar, ou nele se permanece, no fácil e seguro comentário de obras alheias. Os artigos que publiquei em revistas acadêmicas mantêm-se na iminência da partida, sem entretanto de fato partir. Por primeira vez, permiti-me aqui a liberdade com que a falta de apoio institucional – seja brasileiro, seja alemão – me presenteou. A maioria dos capítulos de que se compõe o livro seguem o tom errante de um estilo livre. Alguns, porém, foram inicialmente escritos para publicação em periódicos especializados, como Ética como ontologia *e* O gênio e a interpelação do Ser, *um deles chegarou a sê-lo,* é o caso de Re-mora e De-mora: em busca da Cidade perdida, *e conservam por isso o tom por vezes entediante demandado pelo contexto: discussão da bibliografia secundária, paciente desdobramento do problema a ser tratado, hipótese hermenêutica avançada, análise efetiva do objeto, etc. No caso de* Ética como ontologia *e* O gênio e a interpelação existencial do Ser, *seu crescimento paulatino tornou impraticável, e para mim mesmo indesejável, sua publicação especializada. Reservei-os, há cerca de dois anos quando os escrevera, para uma publicação futura – a do livro que o leitor tem em mãos.*

Nota sobre as traduções e trechos em línguas estrangeiras:

Muitos dos textos à luz dos quais são desenvolvidas as ideias centrais deste livro são citados em sua língua original e acompanhados de sua versão portuguesa, em itálico, logo abaixo. Nos casos em que não dispunha de boas traduções, sólidas e já reconhecidas no mercado editorial, forneço eu mesmo minhas versões, sobrepondo o original à versão portuguesa, para efeitos de comparação, quando o leitor conheça a língua e deseje decidir-se pelo acerto ou erro da tradução. Traduzir é em parte um exercício especulativo, e textos como os de Schelling, cuja produção tardia permanece em sua quase totalidade não vertida ao português, oferecem singular ocasião para exercitarmos o esforço hermenêutico conjugando-o à expansão do próprio idioma nativo, que, sendo aquele em que pensamos, é já nossa mente, cujo solo aramos, traduzindo.

Nos casos de Theodor Adorno, Walter Benjamin, e Auerbach, cujos textos, respectivamente, são *Notas sobre literatura I, A origem do drama trágico alemão,* e *Figura*, utilizei as traduções canônicas de João de Almeida, João Barrento e Modesto Caronte. Para o ensaio de Lukács, servi-me da tradução de Mário Luiz Frungillo, que me pareceu bastante sólida e, aliás, era a única de que dispunha. Para Platão e Sófocles, sou na maior parte das vezes eu o tradutor, e, quando não é este o caso, indico-o, pela fórmula *trad. Nome do tradutor*. De Platão, principalmente em *Eis-me aqui, em única aparição, por última vez diante de vós*, traduzi quase tudo que cito, indicando sempre quando não é minha a tradução, para isso pondo em parênteses o nome do tradutor, por exemplo Carlos Alberto Nunes ou José de Cavalcante Souza. Para o *Filoctetes* de Sófocles, recorro à tradução de Trajano Vieira, nos casos em que não verti eu mesmo os versos analisados e discutidos.

Exceção constituem os poemas, que cito sempre no original, pelas duas simples razões de não ser eu mesmo um tradutor de poesia e por não dispor, ao ter escrito os capítulos nos quais figuram tais poemas, de boas traduções. Todas as citações de Giacomo Leopardi foram traduzidas por mim, e aquelas relativas ao *Zibaldone di Pensieri* seguem as convenções dos estudos leopardianos, conforme a fórmula *Z. Número da entrada.*

01

Filo-sofia: a possibilidade de uma metafísica romântica

1

Saudade, Co-rrespondência, Juízo Infinito, Re-mora: iluminação introdutória da metafísica romântica

A pergunta que me guia neste texto introdutório e neste livro é: qual a verdade da literatura? Se há verdade literária, quais as condições ontológicas para uma tal específica verdade? Por que, em outras palavras, o homem é o ente capaz do cantar poético e por que, neste cantar, algo se desvela que às ciências, cujo procedimento reside em juízos finitos e determinantes, resta oculto? Estas eram as perguntas daqueles que, historicamente, ficaram conhecidos como os pensadores românticos: Schlegel, Novalis, Schelling, Schleiermacher. São perguntas que transbordam o quadro estrito da teoria literária, que se mostrou, com felizes exceções como as de Wolfgang Iser (1991) e Costa Lima (2000), tão insuficiente ao longo do século XX[5], para atingirem o nível senhoril da Filosofia, da ciência primeva, da Senhora absoluta,

---

5 Ao leitor pode bem parecer arbitrária esta afirmação, mas explico-me: não é que insuficiente seja o teorizar da teoria literária ao longo do século XX, que conta com nomes ilustres, muitos dos quais figuram neste livro, como os de Auerbach, Benjamin, Lukács, Adorno, e outros que, embora cá não estando, fariam longa lista, se citados fossem. Dos formalistas russos à escola estilística alemã, desta ao estruturalismo francês e seus frutos na semiótica, o que não falta no século XX são tentativas de teorizar acerca da especificidade da linguagem literária. O ponto por mim visado, contudo, é outro – refiro-me ao fato muito simples de que, a estes mesmos esforços intelectuais, falta o solo comum de um projeto metafísico, ausente é o desejo por deixar de lado a especialização acadêmica, contrária por natureza ao pensar, e fazer filosofia. O movimento contrário, isto é, que parte da reflexão filosófica para fazer da literatura objeto de indagação e meio meditativo privilegiado, é apanágio e solo comum à filosofia francesa da década de 60 em diante, cujos nomes maiores são Derrida, Deleuze, Foucault, Lacoue-Labarthe, Jean-Luc Nancy, Lyotard, para mencionar alguns. Mas esta geração, de leituras heideggerianas, tinha como grito de guerra a destruição mesma da metafísica ocidental, e é sua assimilação americana que redunda em um Paul de Man. Iser e Costa Lima, até onde vejo, são os únicos que, teorizando, sugerem, à revelia de si, a latente ânsia metafísica que neles não vem à superfície, como busquei já mostrar noutros trabalhos.

como a chamavam os gregos. As duas perguntas que nos guiarão, a mim e ao leitor, no curso deste livro – *qual a verdade específica do cantar poético* e *por que o homem é capaz de tal cantar?* – nos levarão a fazer Filosofia, e, na medida em que filosofar é repetir no tempo a pergunta eterna que se desvela em Platão e vem até nós, teremos de medir forças com as principais e mais radicais experiências do pensar dentre nós: com a ontologia de Badiou (1988), a metafísica de Emanuele Severino (1958, 2009) e de Massimo Cacciari (2014). Desde Gadamer e aliás desde Platão, sabemos com clareza exemplar que Filosofia não é coisa que se faz só – é diálogo, coisa séria, é campo de batalha.[6]

Eu gostaria de começar o capítulo introdutório deste livro esclarecendo-lhe o título, mais especificamente o subtítulo, em que se lê "*iluminação introdutória da metafísica romântica*". Vale a pena fornecer atenção às palavras escolhidas, pois possuem, cada qual, seu peso. Um título é um pórtico, e enuncia, tornando-a possível, uma passagem. Este livro possui como título "*Saudade do Infinito*", e como subtítulo "*ensaios de metafísica romântica*". Há, assim, entre os títulos do livro e os deste capítulo uma espécie de secreta cumplicidade, malícia de palavras trocadas a meio tom, sob que se escondem sinuosos pensamentos, sugestivos desejos. Todo capítulo introdutório, tendo por missão orientar-nos nos passos primeiros do caminho, não nos oferta o caminho caminhado – antes nos ensina a vê-lo. Introduzindo, o capítulo introdutório traz luz ante o pórtico, ilumina-o aos nossos olhos, e, embora não tenhamos ainda dado o primeiro passo, sabemos contudo da existência do portal, ciosos da direção a ser tomada. É esta nossa presente missão: a de ver o pórtico para saber o caminho de nossa futura caminhada.

O título, sendo pórtico, introduz – e o título de um capítulo introdutório é pórtico de outro pórtico. Eis a batalha singela deste pequeno primeiro capítulo, que deverá fornecer, em primeiro sobrevoo, os diversos eixos de que se nutrem os ensaios deste livro, as ondas que sempre retornam, ora com menor, ora com maior intensidade, às praias da metafísica romântica. Por isso, este primeiro pórtico, por não ser já a caminhada, terá certo gosto dogmático, como de quem já possui as respostas em cuja busca, nas perguntas formuladas, julgava estar.

---

6 Mas esta batalha se trava com amor, realiza-se com humildade e em convívio. A batalha o é – por ser vital, por ser a última e mais importante de nossas ações: na batalha, decide-se a vida, não porque se morre ou se mata, mas porque, batalhando, assume-se a luz mesma sob a qual cada ação ganha seu significado específico. Ao decidirmo-nos pela batalha, decidimo-nos pela luz em que pode luzir nossa vida.

É que, luz sobre o caminho, o primeiro pórtico não pode já conter as agruras da caminhada, tampouco os frutos de seu fim, não pode nem traçar a rota dos argumentos nem oferecer as vastas paisagens que do píncaro se oferecem à vista do andarilho. Iluminando, a luz furtiva do primeiro pórtico pode apenas trazer ao vislumbre os ritmos de futuros argumentos como as muitas dificuldades das veredas por vir, e sugerir, neste erotismo peculiar que é o seu, o doce sabor dos frutos prometidos. Por isso, pertence, a quem tenha decidido postar-se diante do primeiro pórtico, certa dose de paciência, deve possuir a coragem de por ora escutar mais do que revidar – e reter na memória a entre-visão primeira, em que se lhe ofereceram, ainda como promessas, as veredas dos argumentos e as alegres paisagens das conclusões, para, após ter verdadeiramente caminhado o caminho, lembrar-se deste primeiro momento, deste primeiro pórtico, e nesta lembrança decidir seu destino e último significado. Assim são, leitor, as coisas mais belas da vida. Assim é seu segredo mais íntimo, também o mais triste: que se nos revele o enigma do começo do dia, da aurora misteriosa, sempre tarde demais – sob a luz tíbia do poente. A coruja de Minerva é impiedosa – alça seu voo na mais bela hora, na mais triste hora. Talvez sejamos nós que tenhamos vista curta, e a coruja de Minerva continue, afinal, sendo coruja, sendo de Minerva: sábia ao respeitar nossa condição trágica de seres finitos, enlaçando o momento de mais intensa beleza ao átimo de maior dor.

Por isso, peço certa vênia, pelo tom talvez dogmático deste primeiro capítulo, e só posso prometer: aqui, leitor, ilumina-se o caminho a ser caminhado, revelam-se em seu primeiro momento os ritmos diversos que, cada um em seu momento próprio, compõem a melodia deste livro. São irmãos de uma mesma família – aqui fazem sua aparição primeira, ainda frescos de feliz infância, cada qual com sua face mas sem ter abandonado a casa materna, sob cujo teto formam, com suas vozes diversas, a bela confusão de uma só atmosfera. É esta a natureza do primeiro pórtico, e assim se formula o sentido desta primeira busca por trazer luz ao caminho, iluminá-lo ante os olhos, despi-lo da noite profunda. Um título, eu disse, enuncia uma passagem – e não é seguro proceder à travessia sem ver, ainda quando não já compreendidas de todo, as pedras sobre as quais se pisa. Re-mora, Saudade, Juízo Infinito, Co-rrespondência, metafísica romântica – são as várias pedras de nosso caminho, e agora as vamos, senão ainda compreender, ao menos iluminar.

*

Iluminando o título, iluminamos o pórtico, trazemos luz ao caminho. Comecemos pelo fim: metafísica romântica. Que significa isso? A palavra metafísica, que a ausência de rigor filosófico tem banalizado tanto, evoca em nós uma série de pensamentos mais ou menos confusos, quase todos pejorativos – afinal, há tanto tempo já que se fala de "fim da metafísica do sujeito", do carácter opressivo da "metafísica ocidental", e são tantos os professores que falam do perigo de verdades metafísicas[7]. Por trás destes usos cegos, qual o significado, verdadeiro porque originário, desta palavra? Foi Schelling, mais do que Aristóteles e aliás seguindo-o, quem forneceu a mais bela descrição – e eu agora, na calma e ainda tateante melodia de quem mais emula seus mestres do que os controla por citações cerradas, desejo repensar certas linhas colhidas de textos tardios deste solitário, do campeão que nos acompanhará, ao longo destes capítulos e ao lado de outros heróis do pensar romântico. Vamos, com paciência e como quem dialoga, buscar o sentido desta estranha palavra que figura em nosso pórtico: metafísica.

O homem é um ser que conhece – nós estamos no mundo mas, à diferença dos animais, presos em um ciclo cego em que os indivíduos servem à perpetuação desenfreada da espécie, no homem a Natureza abre os olhos e vê-se a si mesma: para falar com Schelling, no homem a palavra é pronunciada, e apenas nele Deus amou o Mundo. O homem, portanto, é o ser que, estando no mundo, conhece – melhor: é o ser que pergunta. Perguntando, o homem introduz no mundo uma fome, uma lacuna que ele é, pois é próprio do homem anular as respostas específicas, fornecidas às já feitas perguntas, por outras perguntas. O homem vê no mundo corpos, alguns vivos, alguns mortos, e pergunta-se o que são – responde-se-lhe ser isto uma árvore, aquilo um raio, lá uma casa, acolá uma montanha. O homem pergunta, então, por que há

---

7 A assertiva pode parecer exagerada e dogmática, porém confio na paciência do leitor para compreender o seu exato estatuto, quando se lhe for tornando claro o significado específico da metafísica romântica. Para manter a boa tradição acadêmica, que garante a honestidade intelectual, deixo aqui referência de dois magníficos trabalhos que fornecem recolta de amplos artigos, cuja leitura oferece uma paisagem do que contemporaneamente se pensa, ao pensar-se a metafísica. *Das Bedürfnis nach der Metaphysik, editado por Wolram Hogebre, Wozu Metaphysik?* editado por Christopher Erhardt & D. Meißner & J. Noller, além do belo *Metaphysics: a traditional mainstream of Philosophy in need of radical rethinking, de Lorenz Puntel.*

a árvore, por que o cão, por que a casa – e são fornecidas, a cada uma destas perguntas, respostas: a árvore desenvolve-se por intermédio da luz, a casa construiu-se para a habitação, o raio é ira de Zeus e resultado de descargas elétricas da atmosfera. Ao encontrar tais respostas às perguntas, dizemos que o homem conhece, que ele produz e possui conhecimento. Mas o homem, para ser homem, pergunta: *por que há o que há no Como deste seu Haver? Por que há o Ser e não o Nada?* Ao assim perguntar a pergunta que atravessa os conhecimentos específicos, o homem não apenas *conhece*, mas *pensa*.

Como o leitor pode perceber, estou emulando Heidegger e Schelling, que, o primeiro em *Introdução à Metafísica* (1953) e o segundo em *Introdução à Filosofia da Revelação* (1842/1843), buscaram responder exatamente a esta pergunta: o que é a metafísica? Se ela é um saber, o que ela sabe? Melhor ainda: se ela algo sabe, é este saber um conhecer ou um pensar? O que, verdadeiramente, neste seu conhecer é o pensar? Respondamos: cada uma das ciências particulares fornece uma específica resposta a uma das específicas perguntas que listamos acima. Mas, quando chegamos ao momento do perguntar radical, o único em que o Homem é verdadeiramente Homem, só há uma, apenas uma ciência capaz de dele ocupar-se – pois a pergunta "*por que há algo e não antes o Nada?*" é, na verdade, apenas uma outra maneira de perguntar "*o que é o Ser*?", "*o que é isto que há no Como de seu Haver?"*. A metafísica, como ciência das ciências, é o perguntar-se originário e radical, pelo qual o Ser, do qual somos parte, volta-se a si mesmo e, re-fletindo-se, observa atônito o mistério de si mesmo. Por isso, ela, por definição, nunca acaba, não morre, muito menos é superada. No momento em que deixarmos de fazer metafísica, abdicamos de nossa humanidade. A metafísica só cessa lá onde os homens tornaram-se pedra – e talvez seja bem essa a triste tendência de nosso tempo de cinismo generalizado, como o descreveu Sloterdijk (1983), que assiste ao que tenho chamado algoritmização do mundo da vida do grande experimento de embrutecimento em massa que são as redes sociais.

Pois bem, e o adjetivo romântico, que significa? Como entender sua ligação com o substantivo do qual acabamos de fornecer uma primeira, e como veremos ainda insuficiente, definição? A palavra romântico é em geral associada a um momento da História da Cultura, mais comumente ainda pensado como conjunto de traços estilísticos que, em dado momento da história literária do Ocidente, emerge na condição de movimento literário. Poucos erros são tão graves como este, e os melhores estudos que possuímos a respeito disso que se convencionou chamar Romantismo insistem em descrevê-lo como momento da Literatura Ocidental. Como venho tentando mostrar há algum tempo[8], nisso seguindo o exemplo de Manfred Frank (1989, 1997) e Karl Heinz Bohrer (2002), "romântico" é o nome para o modo especificamente moderno de indagar aquilo cuja cognição, depois de Kant, parecia impossível – o Absoluto. Com suas duas primeiras críticas, Kant apontara a ingenuidade da metafísica escolástica, ao insistir que todo conhecimento tem de ser de uma experiência possível, e esta possui suas condições de possibilidade na estrutura do sujeito, ao mesmo tempo em que, na Terceira Crítica, sugeria a experiência da Beleza e do Sublime como momentos de irrupção de nossa ligação com o Transcendente – isto é, com aquilo que está para além da Subjetividade, com aquilo que não depende de nós para Ser, mas que É.

Kant é um marco, uma cisão, uma crise, uma radical criação – depois dele, toda uma geração buscará fazer exatamente aquilo que, por ele, fora dito ser impossível: articular o Absoluto. Mas o Absoluto, conforme sugere sua etimologia latina, está dissolvido de todas as finitas relações, *id quod omnibus numeris ab-solutum est*, é aquilo que verdadeiramente É, é o que, acima de todas as determinações singulares e finitas, ergue-se como o infinito Existir, como o fato mesmo do Haver e como a infinitude que no Haver habita. O Absoluto, portanto, é outro nome para o Ser. Mas pensar o Ser é lançar a pergunta radical, é, por isso, fazer metafísica. A tradição pós-kantiana, cuja tarefa é pensar o Absoluto, é, de modo claro e decisivo, uma tradição metafísica. Neste momento, Friedrich Schlegel fornece a definição máxima do que, para os pós-kantianos, significava pensar: Filosofia é Saudade do Infinito. A palavra alemã *Sehnsucht* corresponde à nossa Saudade. Pensar, para Schlegel e Novalis, é ter a capacidade de habitar a Saudade, buscar em si a coragem de ver o invisível, postar-se diante da face do Inexaurível. É isto que diz a palavra romântico, outro nome para o

---

8 Em publicações acadêmicas e em eventos, tenho tentado redescrever o assim chamado Romantismo como metafísica moderna. Cito alguns poucos trabalhos que ilustram estes esforços: *O Visível e o Invisível: uma leitura especulativa de Le Peintre de la Vie Moderne (*RAMOS, 2021*), Para uma arqueologia do ficcional: a antropologia literária de Wolfgang Iser e suas condições de possibilidade no primeiro romantismo alemão* (RAMOS, 2023), *A experiência ficcional e os campos de intelecção: para introduzir a tradição pós-kantiana* (RAMOS, 2023, no prelo), *The form of the paradox: Giacomo Leopardi as an early german romantic thinker (*RAMOS, 2022), *Antecedentem creavit consequens: Friedrich Schlegel's ontology of time and literary forms in Rede an die Mytologie* (2023) *e mesmo, de modo sintético, em A sombra de si mesmo* (RAMOS, 2022).

que Platão, o primeiro de todos os românticos, chamou filo-sofia, experiência de interpelação e de infinita nostalgia pelo Eterno. Metafísica romântica, portanto, é apenas o nome, historica e temporalmente localizado, da tarefa eterna do pensar. Mas é, também, o modo adequado e verdadeiro, porque platônico, de fazer a pergunta radical – pois perguntar o que é o Ser significa assumir a pertença ao Infinito, é admitir sua dolorosa e feliz ausência na Saudade, que, diante das específicas respostas às específicas perguntas, não se satisfaz, pois, mantendo-se como chaga aberta, o por ela visado não é isto ou aquilo, mas o fato mesmo do Haver dos istos e dos aquilos. A Saudade, sendo alegre tristeza emergente do que se vê por entre as respostas parciais, formula uma pergunta que visa, não isto nem aquilo, mas o visto entre cada isto e cada aquilo – que visa, portanto, o entre-visto. Habitar a Saudade, tradução que Schlegel forneceu à grega palavra Filo-sofia, é perguntar-se pelo entre-visto em cada uma das respostas parciais e, perguntando, responder ao chamado de nosso destino – é, por isso, co-rresponder.

Eis-nos assim diante de duas das figuras do título deste pórtico, Saudade e Co-rrespondência. Saudade diz do encontro de felicidade e tristeza, de uma triste ânsia pelo que está ausente e de uma feliz descoberta da necessária ausência do ansiado – só se tem Saudade do Infinito, e um pensamento que pensa ao habitar a Saudade incorpora em sua estrutura a essência mesma de seu objeto[9]. Ora, o objeto do pensamento romântico é o Infinito – Saudade, portanto, diz da forma adequada para todo pensar romântico. Ao incorporar a infinitude do Infinito na forma mesma do pensar, o pensador responde ao chamado, à interpelação que, como Eros no *Symposium*, irrompe inesperadamente e nos institui filósofos. Respondendo ao chamado do Infinito, o pensador co-rresponde. Todo pensamento romântico é habitar da Saudade, porque assimila ao gesto mesmo do pensar a infinitude do Infinito e, por isso, co-rresponde. Se na Co-rrespondência habitamos a Saudade e assimilamos à forma mesma de nosso pensar a infinitude do Infinito, resta agora perguntar: que forma é esta? Como é esta forma? Qual sua validade epistêmica? Como fundamentar ontologicamente estas asserções tão dogmáticas?

---

9 Dizer objeto é rigorosamente falso, porque todo objeto, ob-jectum, é o que se me caiu diante, o que se põe ante os olhos em simples finitude, é o que por contornos simples se deixa formular e, nesta formulação, encerra-se. Por objeto da metafísica romântica quero dizer o por ela pensado, o que, neste pensar, é entre-visto. A entre-visão é, assim, uma das mais importantes figuras da metafísica romântica, e dela nos ocuparemos sobretudo em *Eis-me aqui, em singular aparição, por última vez diante de vós.*

Como o leitor já observa, tais perguntas são ecos das duas fundamentais questões que, disse eu, aqui nos guiarão: qual a verdade da literatura e por quais razões ontológicas é o homem capaz do cantar poético? São perguntas a que tentarei agora fornecer início de resposta, assim apresentando as quatro figuras pelas quais se enuncia a introdução à metafísica romântica, o iluminar-se do caminho a ser percorrido. Por este movimento, espero, serei levado a delinear, em sugestão é verdade ainda tímida, o que compreendo verdadeiramente por metafísica e, sobretudo, por metafísica romântica – não como um objeto de comentário histórico, uma tese específica sobre autores tais e quais, mas como um pensar, um pensar eterno e temporal, eterno pois o mesmo de Platão e Aristóteles, temporal por enraizado na arena em que se movem os grandes de nosso tempo. A triste e tíbia tendência de nosso tempo é departamentalizar a Filosofia, é torná-la um fazer acadêmico e asséptico – e isto só revela o total desconhecimento acerca da origem mesma do Filosofar. Filosofia é experiência erótica, profunda interpelação, chamado existencial – e também aqui, como por toda parte, é Platão nosso guia e pro-fessor, assim como fora para os românticos. Venhamos enfim à tarefa.

*

Nós encerramos a seção precedente constatando que habitar a Saudade implica co-rresponder à infinitude do Infinito, sendo esta a forma do pensar romântico. Que é isso? Como se pensa assim, assimilando ao nosso pensamento uma infinitude que lhe parece ser tão alheia? Afinal, não pensamos nós por termos finitos? Não é nosso intelecto limitado pela temporalidade dos termos, pela finitude discursiva de nossa linguagem, pela condição biológica de nossos cérebros? Desde há muito, a filosofia ocidental ocupa-se em entender como nossos conhecimentos sobre a realidade se formulam, qual sua estrutura e qual o laço entre a realidade e o que, na arena de nossa mente, se formula. Conhecimento, em grego, diz-se ἐπιστήμη, e o esforço filosófico para entender como se formam conhecimentos e sob quais condições são eles verdadeiros chama-se epistemologia. Se a metafísica é o perguntar radical, que não visa as coisas vistas aqui e acolá mas o entre-visto nas coisas vistas, e se isso leva o pensador romântico a habitar a Saudade para co-rresponder ao Infinito, então a pergunta acerca da forma do pensar romântico, que assimila em nosso pensar a infinitude do Ser, será igualmente uma pergunta de epistemologia – de epistemologia romântica. Vimos a Saudade, nossa primeira pedra sob o pórtico, e vimos a Co-rrespondência, nossa segunda pedra. Está na hora de vermos uma terceira, à qual nos levam estas suas duas irmãs: o Juízo Infinito entrará em cena.

Eu disse que somos seres que sabem, que para saber perguntam e que, respondendo às perguntas, conhecem. Para conhecer, ajuizamos – conjugamos conceitos em um juízo por meio de uma cópula predicativa. A ontologia e epistemologia contemporâneas desenvolveram uma linguagem para este fato epistêmico: Badiou (1988; 2006) fala em situação, regra do conta-por-um e ordenamento em um mundo, e Markus Gabriel (2016) em campos de sentido, cujas regras de ordenamento tornam pensáveis os objetos aparecentes segundo as regras particulares aos campos de sentido em que aparecem. Zubiri, a meu ver o mais romântico de todos estes, construiu uma sofisticadíssima filosofia da inteligência humana – filosofia à qual aqui não poderei fazer justiça, pela grandiosidade que é a sua e pela tarefa humilde que é a minha: a de iluminar o pórtico. Mas, porque pensar é manter-se em humilde admiração por pro-fessores, a Zubiri recorro, em busca de apoio que é também homenagem.

Xavier Zubiri (2011) falava, a propósito do conhecer, de três momentos centrais: a da impressão de realidade, a da intelecção campal e a da marcha racional. Toda sua obra madura está dedicada a compreender nossa condição metafísica de entes nos quais a realidade se revela enquanto realidade, e isso porque, de todos os entes, somos os únicos que, ao conhecermos algo, conhecemos a propriedade deste algo, isto é, pensamo-lo como algo de nós distinto, como o que, em termos simples e cotidianos, chamamos *algo real*. Esta observação aparentemente banal traz em seu bojo um mistério imenso: que é o real e que sou eu nisso de que, embora parte, vejo como algo distinto de mim? Por que eu, antes de pensar o que quer que seja, já estou por assim dizer *fora* de mim, inteligindo algo de próprio que aí está e em que o mistério do real se me revela a todo momento? Zubiri dedicou três imensos livros a esta simples pergunta, *Inteligência e Realidade, Inteligência e Logos* e *Inteligência e Razão* – é que, como veremos tantas vezes neste livro, a aparente infantilidade das perguntas filosóficas, este esforço risível que preenche páginas a partir de perguntas tão bobas, é o mistério e o milagre da filosofia, a Senhora de pés descalços.

Pois bem, o primeiro momento do inteligir, que Zubiri chamava de senciente, é a impressão de realidade. A impressão de realidade me instala na realidade, na apreensão da coisa como um de seu, como um *prius*, como algo que existe enquanto o que é, enquanto real, algo a que eu me reporto, antes mesmo de dizer ser esta coisa uma cadeira ou um cachorro. A impressão de realidade é o momento primevo de todo inteligir. Em seguida, posso inteligir a coisa *entre* outras coisas, e apreender-lhe as notas a partir do jogo de diferença e semelhança que ela estabelece com as outras: direi, então, que isto é um cachorro. Estou, aqui, na intelecção campal, pois a coisa me aparece *entre* coisas, desde um campo. Ora, a isso Badiou chama situação ou indexação transcendental e Gabriel, campo de sentido. Mas tal terminologia me parece inexata – e por quê? A razão reside no próprio Zubiri: para ele, o inteligir não finda na intelecção campal, mas chega ao seu destino na marcha da razão para o mundo. Que é mundo? Mundo é o radicalmente infinito da realidade, à qual a razão co-rresponde, pois lhe compete apreender e escutar o transcendental. O transcendental, para Zubiri, é o verdadeiro objeto da Filosofia, aquilo que propriamente não é objeto, por ser o real que sob a fina camada de todos os objetos permanece em contínua sugestão, por não ser coisa – por ser, como diz ele, *outra coisa, tão outra que não é coisa.*

Mantendo esta rápida e tímida síntese de Zubiri, permita-me o leitor modificar a terminologia e sugerir-lhe o seguinte: o conhecimento, sendo articulação de um sujeito a um predicado por intermédio de uma regra que os une, estrutura-se no Juízo. Todo conhecer se formula por juízos, que precisam tornar-se finitos para que a inteligibilidade, fornecida pelas regras de predicação, seja possível – nós precisamos das situações e das regras do conta-por-um, na linguagem de Badiou, de outro modo não vivemos: é necessário, para usar o vocabulário idealista da época dos pós-kantianos, dispor do esquema do cão, para subsumir este amontoado de impressões sensíveis sob conceito simples e, assim categorizando o conjunto de pelos e quatro patas, saber quais ações tomar, se fugir ou se, com franca alegria, chamá-lo ao afetuoso carinho. Diante desta matéria viva de quatro patas, cuja pelagem negra e olhos amarelos me encaram como algo a existir independente de mim e em meio a outras coisas, mobilizo um sujeito, enlaço-o a um predicado mediante uma regra e enuncio: o animal é um cachorro. Mais, eu digo: *este cachorro é Dante, meu amado cachorro.* Animal, cachorro, Dante, meu – são termos singulares, e o modo por que os combino depende de regras predicativas também elas finitas, as quais entretanto, apesar de sua finitude essencial e talvez mesmo por ela, estruturam o meu mundo na forma do Juízo.

Mas assim como há as coisas singulares e o Haver mesmo destas coisas, assim como há o visto aqui e acolá e o entre-visto, igualmente há mundo e Mundo, há o Juízo e suas duas formas: a finita e a infinita. É que de nossa finitude não podemos escapar, e possuirmos a visão da face de Deus é já não mais sermos humanos, marcados pela trágica, e tão bela, condição que é a nossa. Um Deus como o de Leibniz, que possui diante de si todas as possibilidades em cálculo perfeitamente cristalizadas, não pensa, porque já tudo conhece, isto é, porque já tudo vê – e *nada* entre-vê. O mistério que, para Zubiri, se anuncia em todas as coisas inteligidas, o desvelar-se do transcendental que é o motivo mesmo de estarmos sempre inteligindo e pensando, para o Deus matemático não existe – e com razão escreveu Platão que os deuses da filosofia são incapazes, pois lhes falta a finitude essencial, aquela que marca em nosso peito a chaga da Saudade. O Juízo, sendo a forma do Mundo, anuncia a nossa essencial finitude como condição de possibilidade para o desvelar-se da infinitude do que, entre os vários vistos dos mundos que habitamos cotidianamente, é propriamente entre-visto no Mundo. Deste modo se estrutura o procedimento por juízos finitos, em que regras já inventariadas se aplicam para conjunção de conceitos a fim de categorizar fenômenos e, enfim, possibilitar a agência. A um tal processo denominamos conhecer, e a todo dia, a toda hora, conhecemos. Mas nós, nós que conhecemos, nós só conhecemos porque, fundamentalmente, pensamos: o conhecer só existe por virtude do ato, infinitamente mais originário, do pensar. Se o conhecer é conhecer por juízos finitos desde um sistema de regras estabilizadas e, portanto, finitas, o que é o pensar?

Gostaria aqui de referir-me a uma situação pessoal que fornece exemplo concreto: em um dos vários diálogos filosóficos com meus amigos Tales Rands e Alexandre Rands, Alexandre me formulara a seguinte objeção: também os animais pensam, pois respondem a estímulos do meio conforme padrões complexos, que supõem a compreensão do organismo a respeito deste mesmo meio – o que no homem ocorre é apenas um nível mais sofisticado, mas categoricamente não diverso[10]. Há um ponto importantíssimo nesta objeção: primeiro, ela revela que o animal dispõe de um algoritmo, e isto indica o carácter de autorregulação do organismo, uma inteligência que lhe confere plasticidade. Poderíamos então dizer que o animal procede, analogicamente, por juízos finitos: se lhe aparece um leão, a zebra corre – se X, então Y, e há uma resposta inteligente. Ocorre que, à diferença do homem, a zebra não é capaz de tematizar o leão enquanto leão – para dizer com o Heidegger (1992) de *Os conceitos fundamentais da metafísica*, o animal é *Weltarm*, pobre de mundo, pois responde cegamente

10 A discussão será retomada em nível mais rarefeito em *Mímesis especulativa*, por ocasião da diferença entre alma e espírito.

ao mundo, sem transcender os algoritmos finitos dentro dos quais está prevista sua auto regulação a fim de conservar-se. O que ocorre, então, no homem? Nele, o mundo aparece enquanto Mundo, o leão é perigo mas é também a imagem desde a qual a força e a grandeza emergem, é o centro que organiza as distâncias e lhes confere sentido: desde o leão que me encara, a lembrança de meus pais e amigos, a dor a eles causada, a aurora que apenas se anuncia, o farfalhar das folhas e o sorriso da moça bela se me enunciam desde o fim desvelado no leão – e ganham, estas coisas todas, uma cor e um significado matizado pelo leão, sintetizam-se nisto que é meu Mundo, fonte inexaurível que para mim organiza as coisas, organiza-me nas coisas e organiza-se para mim ao redor das coisas.

A zebra foge diante do leão – o homem, diante do leão, mata-o com a lança, não por possuir um algoritmo mais sofisticado que lhe permita construir estratégias a fim de sobreviver e perpetuar a espécie, e sim porque, na morte do leão, cumpre-se o rito, e de mim orgulham-se meus pais, e conquisto o olhar da bela moça, e se completam as bodas, e tem início a festa – *na morte do leão, o homem torna-se homem*. O animal é pobre de mundo pois responde ao real, mas não o tematiza enquanto real, como diz Zubiri. No homem, os algoritmos do animal tornam-se consciência refletida do real enquanto real, enquanto algo distinto de mim, consciência portanto também de mim enquanto um eu, enquanto este eu que sai de si para apreender o real – que só existe aliás neste de si sair-se, que é o real para ser-se a si mesmo. Este ato primevo pelo qual o homem sai de si e é o real para ser-se é o primeiro momento do pensar, o momento erótico do alumbramento, do θαυμάζειν, sobre o qual se funda, posteriormente, o ato de ajuizar. Os juízos finitos não são, assim, meros algoritmos de ordem animal, pois se fundam no pensar primevo. Os juízos finitos, que categorizam o real zubiriano e organizam, conforme regras predicativas estabilizadas, a agência humana nos diversos mundos de que se compõe nossa vida, tendem a esquecer a fonte originária em que o Ser é para nós a infinitude mesma, e passam a tomá-lo como mapa estabilizá-lo, como coisa, como o evidente, o óbvio, o normal. Juntamos um sujeito e um predicado conforme uma regra tida por de si vidente, e dizemos: a ciência moderna descreve a verdade, e ponto. Diante de pressão arterial X, é necessário utilizar medicamento Y. Dadas estas condições atmosféricas, seguem-se tais ou quais fenômenos naturais e, diante do iminente perigo por eles representado, faz-se necessário o alojamento destes recursos, a fim de prevenir as catástrofes por intermédio destas específicas ações, cuja efetividade é medida de acordo com padrões estabelecidos. Dadas certas condições sociais e econômicas, os homens comportam-se de tal ou qual modo, o que os leva a tais ou quais escolhas, e ponto. Estes exemplos que forneço, de modo assim simples e chão, possuem um ponto em comum: neles, imediatamente conectam-se sujeitos a predicados, fenômenos a conceitos, por intermédio de regras já fornecidas – e a velocidade desta conexão é o que fornece a eficiência de nossa civilização, deste grande sistema imunológico que é o reservatório de saberes específicos, por virtude dos quais conseguimos domar a natureza e agir em nossos diversos mundos. A agência humana, que procede sem de si tomar nota no cego cotidiano, demanda, para realizar-se, este conjunto de já articulados juízos – isto que chamarei Sistema de Juízos Finitos. O Juízo, eu disse, possui duas formas, uma que nos é o pão de todo dia, a finita, e aquela, mais rara, porém não menos visceral: a infinita. No juízo finito, conhecemos, mas, quando tal juízo encerra todo o movimento do inteligir, já não mais pensamos. Foi neste sentido que Heidegger disse: a ciência não pensa – e ele tinha razão. Mas devemos novamente perguntar: o que é, exatamente, o pensar?

Se me for permitido retornar a Zubiri, ouso, romantizando-o, responder: o pensar é o co-rresponder ao transcendental, à infinitude mesma da realidade que, enquanto tal, é a infinitude mesma do Ser, o Ser como Infinito. Se assim é, o pensar é a um só tempo mais originário e, entretanto, posterior ao conhecer. Por quê? Mais originário, pois relaciona-se com a fonte ontológica por virtude da qual nós saímos de nós mesmos e começamos a inteligir, pondo-nos em apreensão de realidade, pondo-nos em uma situação, abrindo-nos a campos de sentido. Posterior, porque só posso pensar, figurar o Infinito e inteligir o transcendental, se já disponho da maestria sobre os diversos Sistemas de Juízos Finitos, se sobre o Juízo enquanto tal já imponho minha vontade senhoril. Trata-se, aqui, da belíssima e radicalmente metafísica descrição do gênio fornecida por Baudelaire: o gênio é a criança reencontrada, a criança dotada de viris forças intelectuais para dar forma ao maravilhoso, ao que ele chamou o moderno como síntese do tempo e da eternidade. Trata-se, também, da *docta ignorancia* da rica tradição neoplatônica, retomada por Schelling nas *Preleções de Erlangen* em sua definição do êxtase da razão como abdicação de todo saber finito para obtenção do *wissendes Nichtwissen*, do não saber douto, o saber que sabe não saber o Absoluto, pois sabe que o Absoluto é o por definição além de toda malha finita que, esquecendo sua mesma finitude e sua origem no Infinito, quer-se Mapa unívoco do Mundo. Em tal esquecimento habita a maioria das pessoas – Platão chamou-o de Λήθη, Lēthē, o esquecimento do verdadeiramente essente, esquecimento de nossa estadia anterior no domínio das coisas que verdadeiramente são, e que verdadeiramente são por virtude do Bem sob cuja infinita luz podem resplandecer.

Ora, Zubiri, em *Problemas fundamentales de la metafísica,* enuncia que, por definição, filosofia é metafísica[11], é intelecção do real da realidade, do transcendental, disto que, na impressão de realidade, funda nossa originária relação epistêmica com o Ser. A razão zubiriana e o que chamo de o pensar, por isso, são apenas a recuperação, agora madura e rigorosa, do maravilhamento da impressão inicial. Também para Schelling o êxtase, o θαυμάζειν platônico e aristotélico, é apenas início do pensar – momento primeiro do autêntico e verdadeiro λογίζεσθαι. Por isso, o pensar é a um só tempo originário, portanto anterior, e posterior ao conhecer. Todo conhecer é conhecer por juízos finitos, é por isso necessariamente letárgico. Mas o pensar visa a fonte mesma das coisas, a voz da realidade, como diz Zubiri – seu olhar dirige-se ao Infinito ele mesmo. Contudo, e aqui vem a pergunta, como podemos, nós que pensamos pelos elementos do conhecer, isto é, discursivamente e por juízos finitos, como podemos pensar o Infinito, o que está fora de toda relação, o que é a Exterioridade Absoluta do Sistema?

Assim revela-se o laço íntimo entre as primeiras três figuras da metafísica romântica, a Saudade, a Co-rrespondência e o Juízo Infinito. Sendo seres temporais e portanto discursivos, seres finitos, nosso pensar só pensa através do conhecer, nós, para pensar o Infinito, precisamos fornecer-lhe forma e nome, precisamos, por isso, apreendê-lo em um juízo. Todo juízo, contudo, é finito, por virtude

---

11 "Qué se entiende, pues por metafísica? Aunque esto parezca una exageración – lo voy a explicar en seguida –, la Metafísica es materialmente idéntica a lo que entendemos por filosofía. E insisto en la palabra "materialmente". Puede decirse que la Metafísica es una parte de la filosofía, además de la Lógica, la Etica, la Filosofía de la naturaleza. Ciertamente; pero todo esto en definitiva es metafísica; la Lógica es la metafísica del conocimiento, como la Ética es la metafísica de la vida, como la Filosofía de la naturaleza es la metafísica de la naturaleza. En este sentido, la Metafísica no es una "parte" de la filosofía, sino que es materialmente idéntica a la filosofía misma. La "filosofía", su vocablo y su concepto nacieron en el "círculo socrático" y quizá un poco antes en el mundo pitagórico, para designar aquella actitud de los hombres que buscaban la sabiduría suprema, esto es: la sabiduría última y radical de la vida y de las cosas. Esto define justamente lo que es la filosofía. (ZUBIRI, 1995, p. 16-17)

das relações entre os termos e da estrutura da linguagem. Como, então, figurar o Infinito? Ora, apenas por um juízo capaz de assimilar em si a infinitude mesma daquilo do qual é figura e mímesis, um juízo cuja infinitude residirá não em um dos termos singulares que o compõem, *mas na imprevisibilidade mesma da regra pela qual emerge.* Atente-se bem ao que estou articulando: se o Infinito é o radicalmente exterior ao Sistema, residindo nisso aliás sua liberdade, ele não é o Fundamento, *Grund*, do sistema, mas o sem-fundo, *Ungrund*, aquilo que é pura *Grundlosigkeit*, gratuidade. É isso que Badiou (1988; 2006) articula ao falar do Vazio como nome do Ser, e Jean-Luc Marion (1997) ao enunciar uma fenomenologia cuja regra última é a caridade do puro doar-se com que se doam os fenômenos.

Contudo, é algo a mais o que estou visando, algo que, pela primeira vez, estou tentando articular como meu, tentativa tão tateante e fraca, ainda fraca luz diante do pórtico, porém tentativa – cujo desdobramento o leitor poderá julgar, caminhando o caminho e percorrendo as veredas de *Mímesis especulativa* e *O mistério do amanhecer e o enigma do fim.* A imprevisibilidade da combinação é capaz de mimetizar a essência mesma do Absoluto, sua face, isto é, a gratuidade em que se funda sua infinitude. Por isso, e exatamente por isso, o Juízo Infinito é capaz de assimilar a infinitude daquilo cuja mímesis é pela radical, porque gratuita e imprevisível, combinação entre os termos do juízo. Tal combinação institui, como veremos em *Pensamento da Saudade*, um tal juízo como determinação indeterminante do indeterminado: é uma determinação, pois todo juízo determina ao conjugar sujeito e predicado, mas é indeterminante, pois a gratuidade da combinatória é, por virtude de sua imprevisibilidade e irredutibilidade a quaisquer regras anteriores, fonte infinita de interpelação; por fim, é uma determinação indeterminante do indeterminado, pois o Absoluto, em sua infinitude e gratuidade, emerge, depois da determinação indeterminante, como Senhor do Ser, *Herr des Seyns.* Isso significa que, na medida em que o Juízo Infinito só o é por mimetizar a infinitude daquilo de que é figura, ele nunca o exaure – ao contrário, o Juízo Infinito é puro enriquecimento ontológico, pois muda a nós, pensantes, e ao Ser, cuja face se-duziu nosso pensar. Ora, assim é porque estamos sempre ouvindo a voz sedutora do transcendental, sempre em Co-rrespondência, fiéis à Saudade em que, e somente nela, encontramos o sentido do pensar.

Permita-se-me notar aqui que a metáfora da voz não é sem razão, pois *Vernunft*, em alemão, vem de *Vernehmen*, a razão é sempre uma escuta, notam Schelling e o Benjamin, a ser por nós relido, do prefácio epistêmico-crítico de *A origem do drama trágico alemão* (2011). A voz é mistério filosófico por excelência[12], como já viu o próprio Agamben (2005), e responder à voz da realidade, na bela expressão de Zubiri, é co-rresponder, como igualmente escrevera Heidegger. Assim, quando os poucos de nós decidem sair de Λήθη, decidem habitar a Saudade e permanecer em Co-rrespondência, decidem por isso pôr-se diante da face do Infinito ao assumirem a infinitude que os constitui. Não é esta uma operação fácil nem a fracos reservada. Reconhecer a própria infinitude supõe abdicar das certezas de Λήθη e deixar de lado os sistemas de juízos finitos organizados n'O Sistema de Juízos Finitos como Mapa do Mundo. Não há palavras mais belas do que as de Schelling, a que haveremos de retornar e que aqui cito, pois nelas a dor da Co-rrespondência pronuncia a escuta da voz do Infinito como abandono da tendência letárgica do Sistema de Juízos Finitos:

> Nämlich unser Ich wird außer sich, d. h. außer seiner Stelle, gesetzt. SeinE Stelle ist die, Subjekt zu seyn. Nun kann es aber gegen das absolute Subjekt nicht Subjekt seyn, denn dieses kann sich nicht als Objekt verhalten. Also es muß den Ort verlassen, es muß außer sich gesetzt werden, als ein gar nicht mehr Daseyendes. Nur in dieser Selbstaufgegebenheit kann ihm das absolute Subjekt aufgehen in der Selbstaufgegebenheit, wie wir sie auch in dem Erstaunen erblicken. Dieses ist etwa der sanftere Ausdruck, dessen sich der milde Platon bedient, wenn er sagt: »Vor allem ist dieß der Affekt des Philosophen – das Erstaunen, τὸ θαυμάζειν, und hinzusetzt: denn es gibt keinen andern Anfang der Philosophie als das Erstaunen (SCHELLING, 1821/1985, p. 391-92).

Nosso Eu é posto fora de si, i. e., fora de seu lugar. O lugar que lhe convém é o de ser sujeito. Contra o Sujeito absoluto, contudo, não pode ele ser sujeito, porquanto aquele não se lhe pode relacionar como objeto. Por isso, tem nosso eu de deixar seu lugar, há de ser posto fora de si, como algo que aí não mais está, um não mais essente. Apenas nesta abdicação de si mesmo pode tocá-lo o Sujeito absoluto, nesta interpelação que vemos sobretudo no alumbra-

---

12 Já no último processo de revisão estava o livro, quando, relendo estas páginas, lembrou-me mencionar o nome de meu outrora professor e hoje amigo Hans Ulrich Gumbrecht, que em seu novo livro, ainda não lançado, faz da voz eixo de indagação. Sou-lhe grato por sua sempre marcante generosidade intelectual, que me permitiu ler alguns dos capítulos de *The Lives of the Voice*, por ocasião do que pudemos ter produtivo diálogo intelectual.

mento. Esta é a expressão luminosa, de que o doce Platão se serve, ao dizer: 'sobretudo esta é a paixão do filósofo – o alumbramento, τὸ θαυμάζειν, e adiciona: porque nenhum outro começo há ao filosofar senão o alumbramento' (SCHELLING, 1821/1985, p. 391-92).

Eis o ponto específico da metafísica romântica, que é um pensar do Infinito. Para mim e para aqueles dos quais me quero herdeiro, a Saudade é a condição mesma da Co-rrespondência, ou melhor, é o lembrar-se da Co-rrespondencia em que sempre já estamos, a ἀνάμνησις platônica, que ocorre exatamente no diálogo e na interpelação, nas dores do parto da maiêutica socrática. Saudade e Co-rrespondencia apontam para o Infinito, que é o conteúdo imediato e primeiro do pensar, aquilo que nos põe em impressão de realidade, e igualmente o conteúdo último, radicalmente último, aquilo cuja mimesis devemos efetuar. A tal possibilidade chamo Juízo Infinito, cuja infinitude reside na gratuidade e imprevisibilidade da combinação. A tradição filosófica, de Aristóteles a Heidegger, sempre viu na metáfora este inesperado desvelamento, e não em vão Ortega y Gasset a chamou a célula bela da Filosofia, não à toa dedicaram-se Blumenberg (2013) e Ricoeur (2019, 2020) a fazer da metáfora o núcleo especulativo de suas reflexões. Também por isso Luiz Costa Lima (2015), nosso maior teórico da literatura, escolheu a metáfora como eixo específico da linguagem adequado a pensar o ficcional e a mímesis. Ora, a metáfora é o núcleo mesmo da experiência poética, a célula bela da literatura. Mas eis precisamente aí a marca por excelência da metafísica romântica: para ela, a experiência literária é a arena mesma do pensar, o campo de batalha da filosofia, e é com isto em mente que Novalis e Schlegel falam da Poiesis como apresentação do Absoluto. Melhor ainda: como sua figuração.

A metáfora é uma *figura*[13], pois a imprevisibilidade da combinação assimila ao juízo a infinitude daquilo do qual é mímesis – o Absoluto. Mas o Absoluto é Eterno, é o Eterno por excelência, pois é o que verdadeiramente é, to ontôs on, conforme lemos no *Fedro, das Seyende Seyn*, o Ser essente, segundo Schelling. O Juízo, contudo, é temporal:

---

13 A partir de agora e conquanto o leitor já não tenha percorrido os caminhos de *Figuras ou o que significa pensar romanticamente*, a palavra figura, quando grafada em itálico, realiza o termo latino e toda a tradição cristã que sob ela fez morada. A igualdade ortográfica entre a figura portuguesa e a figura latina me leva a adotar o itálico como procedimento gráfico diferenciador. O significado desta diferença ao leitor há de restar velada até o terceiro capítulo da primeira parte deste livro, quando ela se lhe desvelará de todo.

temporal por ser discursivo, por razão de sua condição de linguagem, e temporal pois produto histórico, de homens enredados no Acontecer que é a História. O Juízo Infinito, por isso, é uma articulação temporal do eterno – é, portanto, a Eternidade tornada Tempo, Eternidade temporalizada e Tempo eternizado. Por tal razão, e exatamente por tal razão, Baudelaire disse do poeta ser ele capaz de apreender o moderno como síntese de eterno e transitório, sendo o transitório o invólucro do eterno, aquilo que o reveste e, revestindo-o, desvela-o. Eis por que podemos ler o *Filoctetes* de Sófocles, e ali apreender, no desenvolvimento da trama, no ritmo dos diálogos e na bela força metafórica do grego ático sofocliano o tecido espiritual de uma Grécia que foi para todos os românticos objeto de Saudade radical. "Em grego, meninos, em grego e em versos, que é melhor que a nossa língua e a prosa de nosso tempo", disse Machado de Assis, este romântico por antonomásia. Mas, revestido pelo invólucro do grego ático, pelos valores guerreiros da κλέος, da glória, e do ἔπος, em que os homens se eternizam por seus grandes feitos, pelas empresas ingentes das quais a máxima sempre fora a vitória lendária sobre Tróia – revestido por tal invólucro eis que surge, desde o mito comum aos gregos, a inesperada φιλία entre Neoptólemo e Filoctetes, um imprevisível emergir de valores não helênicos: Neoptólemo, como filho de Aquiles, deveria convencer Filoctetes, abandonado pelos gregos por estar doente e emitir odor terrível de sua chaga, a empenhar seu arco contra os troianos, pois só assim, segundo a profecia, poderiam os helenos capturar Tróia. É Odisseu quem busca convencer o jovem filho de Aquiles, seduzindo-o com as promessas de fama e glória, que constituíam o ideal da boa vida para os gregos, o Bem Supremo da Paideia guerreira.

Sófocles põe na boca de Odisseu: rapta-lhe a alma – e aqui parece tratar-se apenas duma metáfora a traduzir imageticamente o ato de convencimento de Filoctetes, que se havia resolvido a jamais ajudar os gregos, que o abandonaram. Conforme se desenvolve a tragédia, vemos a força radical da metáfora do verso τὴν Φιλοκτήτου σε δεῖ/ψυχὴν ὅπως δόλοισιν ἐκκλέψεις λέγων (*a alma de Filoctetes deves roubar, enredando-o no verbo*), pois o rapto da alma não é mera tradução do que com mesmo resultado se diria convencimento, corporificando, antes, a violência suprema, o absurdo da redução de uma face e de uma voz à condição abjeta de coisa, de peça no interior de um esquema e de um plano. Assim ocorre porque, entre Neoptólemo e Filoctetes, vai-se desenvolvendo algo imprevisto: a philía, a amizade e o amor, que emerge quando o filho de Aquiles, sem perceber, é interpelado pela súplica do arqueiro, que lhe conta sua triste história. Ouvindo-a, Neoptólemo vê aparecer ante si algo imprevisto na malha dos valores guerreiros, no Sistema de Juízos Finitos pelos quais tomava o real por evidente: a dignidade radical de uma face e de uma súplica que nenhuma razão é capaz de justificar.

No denso e belo tecido de metáforas da tragédia de Sófocles vemos a emergência, desde o Sistema de Juízos Finitos da cultura helênica de seu tempo, do que, por definição, resta como a exterioridade gratuita do Sistema: o Eterno no Transitório. Ao fim da leitura, vemos na fraqueza e na humilhação de Filoctetes sua radical dignidade, sua força infinita, e lemos em grego ático o que apenas em grego koiné leríamos – os últimos serão os primeiros.

Que desejo mostrar-lhe, improvável leitor, com isso? Simples: pela rápida menção ao Filoctetes, desejo sugerir como a experiência literária materializa o pensar radical, que assim se denomina por visar o Infinito através do Sistema de Juízos Finitos, o Eterno através do Temporal – o que Novalis, Schleiermacher, Schlegel, Baudelaire e Leopardi chamaram de poesia estou aqui articulando como Juízo Infinito, figuração do Absoluto, mímesis especulativa. Luiz Costa Lima escreveu inúmeros livros para entender esta produção da diferença desde a semelhança – o que eu aqui chamo Juízo Infinito só se deixa compreender pela sua articulação com a Saudade e a Co-rrespondência, porque, para figurar o Absoluto e mimetizar o Infinito, é necessário pensar, e pensar, já o vimos, é habitar a Saudade e permanecer em Co-rrespondência, isto é, mobilizar o Sistema de Juízos Finitos, não para produzir mais um Juízo Finito, mas para articular desde o Dentro o radicalmente Fora. Articular desde o Sistema o seu fundamento abismal e gratuito, o *Ungrund* que é pura *Grundlosigkeit*, significa perguntar a pergunta última e primeira: por que há algo no Como de seu Haver e não antes o Nada? Significa, por isso, pensar. O pensar romântico é pensar do Infinito pela articulação de um Juízo Infinito, capaz de nas malhas do Temporal fazer aparecer o Eterno, é, portanto, pensar por imagens, por figuras – é, enfim, *mímesis especulativa.*

Quero encaminhar-me para o fim desta introdução, e tratar, para isso, da última das pedras deste nosso caminho, a última figura da metafísica romântica – aquela que, parece-me, é a maior, pois nela todas as outras vêm encontrar sua casa e sua habitação, como família que só o é no solo comum em que se encontram: a esta última figura, chamo Re-mora. Eu disse que a metafísica romântica possui duas perguntas centrais: *qual a verdade do cantar poético* e *por que o homem é capaz de tal cantar*? Para respondê-las, a metafísica romântica elabora o que entende por pensar, que eu propus, nesta iluminação inicial que é a nossa, ser a figuração do Infinito, a mímesis especulativa produtora de Juízos Infinitos, os quais supõem a Co-rrespondência e a Saudade. Disse, ademais, que tal metafísica não é objeto de estudo histórico, museologia filosófica, mas vivo pensar, cuja tarefa é medir forças com os gigantes – não me interessa comentar, *só me interessa pensar*. Sem ousar, sem expor-se à possibilidade da queda e do erro, não se chega à Verdade. Pois bem, em Re-mora finalmente explicita-se, espero, a especificidade da metafísica romântica, isto é, o perfil do portal sob que reside, em iluminação primeira, o caminho a ser caminhado.

Passamos por Saudade, Co-rrespondência, Juízo Infinito, e estamos, com a luz de nossos olhos, iluminando as peças do portal. Quando bem construído, todo portal enlaça, umas às outras, em amorosa união as peças de que se compõe. As pedras de um belo caminho dizem que quem no caminho caminha aí erra, porque o caminho, antes da caminhada, nada é, ao passo que, caminhado, revela-se errância estranhamente necessária: como se, diante da total contingência das escolhas tomadas, o caminho se fosse fazendo como destino a cumprir-se – uma errância destinada. Pedras e peças, Saudade, Co-rrespondência e Juízo Infinito levam umas às outras, e, iluminando-as, fomos entendendo o perfil da metafísica romântica, sem ainda a ter realizado, sem ainda lhe ter degustado o caminho árduo. Não pensamos ainda: estamos aprendendo a pensar. Re-mora é o último momento desta aprendizagem. É o átimo da decisão – quando o pórtico, tomada a decisão de atravessá-lo, torna-se, enfim, portal.

*

Existe um fato, um fato misterioso e essencial – mais do que dissera Sartre (1945), para quem pelo *pour-soi* vêm ao mundo o Tempo, o Ser, o Espaço e todas as possíveis e demais categorias ontológicas – mais do que isso: por nós emerge no seio do Ser o infinito enriquecimento deste mesmo Ser. Qual a razão disso? Como encarar este mistério, como fazê-lo objeto do pensar? A tal mistério dedicou Levinas (1971) toda sua produção, e se formulamos esta relação entre nós e o Ser como um laço especulativo, como laço do amor, é preciso ao menos supor que a relação ontológica que nos funda institui para nós o Absoluto como Pessoa. Era esta a intuição de Novalis e Schlegel, pronunciada com total e radical vigor pelo tardio, e solitário, Schelling. É também aí que reside a insuficiência das ontologias contemporâneas, que, como no caso de Markus Gabriel (2017; 2020), parecem ser incapazes de articular exatamente estas experiências tão fundamentais –

experiências que são o núcleo mesmo do que o pensamento romântico chamou de *Poesie*.

Ora, dizer do Ser que com ele mantemos uma relação pessoal é dizer que o pensar possui estrutura erótica, residindo sua infinitude exatamente nesta paixão incessante, nesta insatisfação que é puro enriquecimento. Schelling define o amor como um laço especulativo, síntese dos que poderiam viver autonomamente um sem o outro mas que, depois do encontro, mudam-se reciprocamente e não podem mais separar-se. No amor, o Ser não se reduz ao pensador, nem o pensador ao Ser – pois ambos, Ser e pensador, enriquecem-se mutuamente. A condição deste enriquecimento é a infinitude dos termos, do pensador que pensa o Ser e do Ser que se-duz o pensador incitando-lhe o pensar. A este contínuo enriquecimento os românticos chamaram de peregrinação, *Wanderung*, infinita viagem, pela qual o andarilho, *Wanderer*, que é também o eterno estrangeiro, visita pátrias longínquas e, por onde passa, cria laços, ama e é amado, enriquecendo continuamente cada uma das pátrias que, embora por ele amadas, nunca é a sua – o pensador é aquele que está sempre a caminho de casa.

A este contínuo e infinito enriquecimento chamo Re-mora, em que se conjugam Juízo Infinito, Saudade e Co-rrespondência. A infinitude do Juízo Infinito, mímesis especulativa, supõe a decisão de habitar a Saudade e de manter-se em Co-rrespondência, mas estas só podem emergir lá onde a De-mora torna-se Re-mora. O que é De-mora? Emanuel Levinas, este grande romântico, forneceu-nos a primeira descrição metafísica da De-mora. *Demeure* em francês significa casa, habitação, morada. Na fenomenologia da *demeure*, Levinas aponta para o fato de toda consideração pragmática de um sujeito, que sobre objetos procura agir, já supor uma intimidade, possibilitada pela *demeure*. Nossa agência nos mundos cotidianos só se faz possível se o pensar, primeiro e último momento de nossas vidas, deixou-se estabilizar parcialmente nos movimentos mais previsíveis e tranquilos do conhecer. O conhecer, vimos, procede pela modalidade finita do Juízo, pelo que chamo, em minúscula, juízos finitos, encadeados uns aos outros.

A neurocirurgiã, lendo o laudo da ressonância magnética que fiz, decifra-lhe o sentido técnico porque, para ela, as sentenças que preenchem o papel encadeiam sujeitos e predicados de acordo com as regras que, aprendidas em sua formação, lhe possibilitam enquadrar os fenômenos, dos quais o laudo é a representação, diante de escolhas a tomar, limitadas e precisas. As escolhas indicam o campo da agência, e a neurocirurgiã competente, lendo nos juízos o tumor que assola meu cérebro, decide-se pela operação a ser realizada. Ela, os olhos cravados no laudo, re-conhece o fenômeno de um glioma, e guia sua agência neste *mundo*, aquele em que ela é neurocirugiã, de acordo com o conjunto sistêmico de juízos que lhe organizam tal mundo. Diante da neurocirurgiã, não sou filho, nem a tragédia de uma vida que se esvai – sou, decerto, uma consciência que lhe produz interpelação, mas que, assim interpelando-a, instaura-a em seu *mundo* de neurocirurgiã, nesta casa desde a qual as coisas se lhe tornam pensáveis como fenômenos aos quais responde tão naturalmente, sobre os quais age, em meio aos quais é o que é: neurocirurgiã. Seu agir é um constante re-conhecer, pelos juízos finitos que se encadeiam uns aos outros por regras simples e nos fenômenos assim estabilizados, o sentido de seu próprio ser neste mundo, nesta sua casa que é a De-mora.

A *demeure* diz da manência primordial que, tornando possível um interior de mim mesmo, torna igualmente possível um exterior ao qual posso dirigir-me, como objeto a conhecer ou dominar. No étimo latino de que provém a palavra francesa *demeure* há a sugestão da permanência e do cultivo, que reencontramos na palavra moral, oriunda de *mores*, dos costumes que, em seu lento cultivo, deixaram-se por fim permanecer. Todo mundo é um mundo que se ergue como conjunto de remissões articuladas, que nos desvela sob luz um lugar a ser por nós ocupado, dentre coisas que possuem sentido, com outras consciências que nos interpelam e a quem respondemos. Para Levinas, a *demeure* é a condição de toda intencionalidade e de todo agir, pois desvela para uma consciência um fora e um dentro, nisso tornando possível a permanência dos sentidos e, portanto, os *mores*, os costumes cuja estabilização chamamos moral. A De-mora, então, é a tendência íntima e tão forte, porque condição sempre presente de nosso viver mundano, de abandonar-se à estabilidade dos juízos finitos, de tomar o Mundo, a que é imanente a abertura do Infinito, por Mapa do Mundo – de mover-se na arena dos istos e dos aquilos, sem indagar-se pelo entre-visto através dos istos e dos aquilos.

Re-mora, ao contrário, diz da errância imanente a toda permanência, do necessário abandono de toda determinação finita, da consciência sempre lúcida e desperta de que o Infinito, mostrando-se neste finito, impele-me adiante, não para destruir o solo cultivado e esquecê-lo, mas para melhor dignificá-lo na lembrança e na memória. Se De-mora é a mínima condição para estabilidade dos sentidos e dos mundos de nossa agência, em que traçamos os traços mínimos de nossa própria face, daquilo que somos em meio às coisas e às consciências a que nos dirigimos, Re-mora pronuncia o fundamento infundado de

De-mora e seu destino último: a sedução do Infinito. Da mesma forma que o pensar, conforme vimos com Zubiri, é a um só tempo anterior e posterior ao conhecer, pois é o que lhe provê o fundamento primeiro pela tendência do sair de si e o que o ultrapassa, fixando-se como seu alvo e destino, também assim Re-mora é a origem imemorial de De-mora e, no mesmo passo, seu fim – seu *wohin*[14]. É que, sendo o domínio dos sentidos estabilizados em juízos finitos, De-mora não se pode fundar a si mesma, porque todo antes por ela buscado é já um dos termos do Sistema que encontra em seus quartos e salas. Tampouco pode, mobilizando os termos de seus pequenos mundos já feitos, forjar o Depois radical de que em si sente o gosto estranho. De-mora, sendo a casa em que minha neurocirurgiã aprendeu as regras com que conecta sujeitos e predicados, é decerto a calma tranquila de seu mundo, e é o chão sobre o qual organiza seus passos em direção ao meu cérebro, cuja saúde depende de suas mãos e de seu claro olhar, das decisões que ela, diante dos fenômenos assim tornados transparentes e compreensíveis, toma uma após a outra. Mas nem este chão nem este teto de De-mora lhe poderão ofertar a resposta à pergunta que, em dia chuvoso, irrompeu por entre as paredes de De-mora: por que deve este cérebro viver? Que é, deste cérebro, o viver? Que sou eu mesma, de quem depende o viver de tantos cérebros, neste espaço? Qual a secreta dignidade, se alguma há, que habita nesse conjunto de tecidos, por virtude de qual mistério e em direção a que enigma andamos nós, eu, que lhes guardo e conservo a saúde cerebral, e eles, que, cada qual agora de si insciente, são entretanto o constante milagre de uma consciência cujo segredo último me escapa? Dignidade, consciência, saúde, vida – por que, pergunta-se minha neurocirurgiã, escapa-me destas palavras habituais o sentido outrora simples, como se, peixes de fina escama, despertassem contra minha vontade de seu sono letárgico, como se por primeira vez ante mim viessem a postar-se com olhos acesos, indagando-me silenciosos, a mim que resto assim atônita, a mim, que sei onde se localiza o tumor, e como retirá-lo, e por meio de quais técnicas, mas nem sei por que o faço, nem sei o que, deste meu fazer, é origem e fim?

Estes rápidos lampejos na noite profunda, que perpassam as paredes de De-mora, fazem lembrar que, sob a calma das identidades

---

14 Em alemão, wohin descreve o sentido de uma rota, o fim de uma caminhada, e equivale em português ao aonde. O wohin que é também o dahin!, de Mignon, o fim como a finalidade e o destino como o alvo a que alçamos os olhos. Ocupar-nos-emos, primeiro em *Mímesis especulativa* e depois em *Eis-me aqui*, deste singular estatuto do dahin!

simples cuja solda reside nos juízos finitos e em seu estabilizado encadeamento, dormitam dois momentos impensados de De-mora: o de sua origem e o de seu destino. Fazem lembrar que, sendo minha neurocirurgiã, é ela igualmente mãe de seus filhos e mulher de seu marido, amiga de seus amigos e filha de seus pais – e entretanto ela, que habita estes diversos mundos e neles age de acordo com o Sistema que a cada um convém, é antes e sempre um mistério errante: o milagre de seu constante enriquecimento, de sua pessoa, de sua abismal liberdade. Os lampejos que entram em De-mora são, pois, lembranças de que, gêmeas, fundam-se Re-mora e De-mora reciprocamente. Uma como o fundamento abismal e o destino último, ambos impensáveis isoladamente, e a outra como a morada segura desde onde podem fundamento e destino serem indagados. Se Re-mora, como a errância imanente à Co-rrespondência, implica o fundamento radical e o destino último que só se encontram fora de De-mora, esta provê as condições indispensáveis para a viagem do pensar, para o paradoxal abandono da casa cuja lembrança, entretanto, sempre carregamos conosco. De-mora nunca abandonamos, assim como Re-mora não é outra De-mora: é apenas a decisão de irremediavelmente partir, de continuar sempre partindo. Sendo síntese de finito e infinito, Re-mora é a casa, não do Sistema de Juízos Finitos, mas da Saudade e da Co-rrespondência, e é a decisão de apreender o Infinito pelas malhas do Juízo. Assim, a errância de Re-mora diz da Saudade do Infinito que emerge na Co-rrespondência, de onde por fim se tornam possíveis Juízos Infinitos. Re-mora é, portanto, a condição primeva do pensar e é o exercício de seu destino, por ser o impossível constante abandono de De-mora na busca por uma errância em cujo fim a origem e o destino se deixariam capturar – mas porque esta captura nunca se dá, porque De-mora, quando abandonada, resta-nos às costas, por isso Re-mora, longe de ser a chegada ao último porto, é o último porto sempre por achar, diante do qual se postam, em impossível e necessária junção, o começo e o fim. Ao encontro impossível e necessário de dois contrários chamamos paradoxo. A forma da metafísica romântica, como sabemos desde Schlegel, é a do paradoxo, e explicar este último lance nos levará ao fim da iluminação de nosso pórtico.

*

Ironia é a forma do paradoxo, enunciou Friedrich Schlegel, e neste anúncio nos fixou um destino, presenteou-nos com uma tarefa. Que é um paradoxo? Uma contradição emerge lá onde o pensamento estanca, porque a contradição é a impossibilidade de um impossível: o ser não-A de A. Desde o livro IV da Metafísica de Aristóteles, sabemos que a contradição é a primeira regra ontológica básica, e em Parmênides e em Platão colhemos as primeiras intuições desta verdade. A, por ser A, não pode ser ao mesmo tempo não-A, porque é A. A contradição enuncia a impossibilidade de um impossível, isto é, firma o que, sendo contrário ao Ser, não pode ser – simplesmente não é, é não-ser, é nada. Mas e o paradoxo, que é? O paradoxo é o encontro de duas aparições que, encontrando-se, enlaçam-se de modo a não mais poder serem pensadas uma sem a outra: para-doxa. Eu disse que a tarefa da metafísica romântica é perguntar-se acerca do Infinito, do que, residindo fora de todas as relações, é Ab-soluto. Esta tarefa, entretanto, tem na carne de nossa língua a única possibilidade de sua realização, porque, mesmo para nomeá-lo, o Absoluto na finitude do Juízo deve fazer aparição – o Exterior somente desde o Interior permite ser pensado, e apenas assim, apenas como contínuo abandono de De-mora é Re-mora ato do pensar. O Infinito, portanto, só existe enquanto aquilo que é desde a finitude do Juízo, porque é de sua ausência que sentimos Saudade, é por virtude de nela habitar que co-rrespondemos. O Infinito, decerto, não é o finito, nem o finito, o Infinito, mas nem um nem outro existem fora da relação que os institui e que de seu encontro emerge. Por serem ambos aparições, finito e Infinito demandam o encontro que os enlaça no necessário impossível que passam a ser, para serem cada um o que são: isto é, são, cada um, o Oposto de si mesmo para serem-*se*.

Conforme aprenderemos com Osman Lins, Machado de Assis e Schelling, o paradoxo enuncia a condição ontológica primeva cuja fórmula é a do amor, em que ambos os termos, um diante do outro, estas palavras entre si trocam: *sou-te para ser-me o impossível que somos*. O Infinito, por não existir fora da relação com o finito, passa a impossivelmente sê-lo, acusativo e dativo, é-*o* e é-*lhe*, e *lhe* é precisamente porque nunca por completo pode sê-*lo*: o Infinito, tocando o finito, não se *lhe* reduz, nem *o* reduz a si, razão pela qual o acusativo, momento do toque, nunca instaura este encontro como construção de uma Mônada aristofânica – Um sem movimento ao qual ambos os termos seriam reduzidos. Da mesma forma, o finito, possuindo sua origem e destino no Infinito, deseja sê-lo, em acusativo, engolindo-o ou por ele sendo engolido, mas, porque este toque é sempre flerte e nunca fusão absoluta, do acusativo emerge o dativo da relação, que a instaura qual movimento de constante enriquecimento. *Sou-te para ser-me o impossível que somos*: toco-te para tocar-me e, porque nunca te reduzo a mim nem me reduzo a ti, permanece entre nós este vazio de nossa impossível fusão, sem cujo sonho, entretanto, não existimos, pois fora da relação finito e Infinito nada são. O impossível que no paradoxo se diz é, portanto, a necessária impossibilidade dos dois termos metafísicos básicos do pensamento romântico. Este impossível, sendo necessário, enuncia uma ironia, cuja forma é a do para-doxo.

A contradição era a impossibilidade de um impossível, e por isso enunciava apenas um não-ser. O paradoxo, ao contrário, sendo encontro que, pela relação, institui a necessária impossível coexistência dos opostos, é, não anúncio de um não-ser, mas expressão da necessidade absoluta do Ser – de sua face radical. O Ser, vimos, é o Absoluto, o que verdadeiramente É, mas a si só pode vislumbrar na palavra que, finita embora, no Homem foi pronunciada. Um Deus matemático, eu disse, não pensa – por já ter tudo diante de si. Para si, Deus é Deus, nome vazio, triste nada. É que o Infinito só se revela para as criaturas finitas que, com intensa Saudade, dele possuem a lembrança íntima: a condição de possibilidade do Infinito é o finito, e por isso o paradoxo é a forma do pensamento romântico. Esta é a ironia de todo romântico: a de conceber o originário pelo derivado, tornando os derivados novamente originários. É na Re-mora, unidade especulativa de sim e não, de finito e Infinito, que nosso caminho se torna irônico – paradoxal.

Aprenderemos, revisitando Walter Benjamin, que toda origem é um salto primordial – que, saltando, instaura pelo saltar o solo de que partiu e o outro a que chega. Nem o solo primeiro nem o solo segundo existem *antes* do salto, e a origem, sendo salto, é o que no depois do derivado se mostra enquanto a origem que é. Todo pensador romântico, tendo como tarefa pensar o Infinito, a origem radical da finitude em que estamos, precisa recuperar o solo primevo pela lembrança colhida no solo segundo, em que ele habita e possui sua De-mora. Uma tal recuperação do originário pelo derivado só pode dar-se através de um tornar-se originário dos próprios derivados. Se os derivados não podem, individualmente, ser nova origem, pois a origem primeva nunca fora um derivado, a recuperação do salto primordial deverá realizar-se pela *configuração originária* dos elementos derivados. O invisível da origem só se tornará visível pela configuração original e originária dos elementos derivados. Observem aqui que estamos no plano do pensar verdadeiro, do pensar que, por pensar não um elemento derivado mas o Ser ele mesmo, é o único digno deste nome. Se chamei a forma literária de Juízo Infinito, por ser uma determinação indeterminante do indeterminado, e possuir validade epistêmica, vale dizer ser verdadeira e articular verdades, é porque ela não descreve ou representa um estado ôntico de coisas por meio de conceitos dados e regras de predicação já conhecidas, mas por articular as regras do Ser, que por definição são infinitas. O Juízo Infinito supõe, portanto, o que eu chamei de Co--rrespondência, por tal também a Saudade, que, como vimos ao longo desta nossa iluminação, assimila ao pensar a estrutura mesma de seu objeto. Sendo o tornar-se originário dos derivados pela configuração original com que articula os termos de De-mora, o Juízo Infinito é a paradoxal busca por, desde De-mora, deixá-la constantemente: é portanto a atualização de Re-mora. Re-morando, o pensador romântico exercita a impossível e necessária tarefa de apreender o Infinito pelas malhas do finito, de fazer emergir a origem pelos derivados, de ser original sendo sempre um mimético amoroso – de viver, assim, na profunda ironia de um paradoxo. A ironia que se revela em Re-mora, como casa sob que se conjugam as diversas pedras de nosso caminho, não é, como a *irony* de Richard Rorty, uma recusa a apreender as verdades do Ser pela aceitação da contingência da linguagem, porque é, ao contrário, a única verdadeira e necessária forma pela qual o Ser se revela na Verdade do que É. A ironia não é recusa de metafísicas – por ser a forma mesma da metafísica romântica.

Da mesma forma, o chamado *como-se* da ficção não é um pacto de crianças sem consequências profundas em nossos mundos, porque, sendo pacto de sangue entre o Ser e os únicos entes que o pensam, é a forma mesma do Mundo. O *como-se,* pondo entre parênteses os mundos, lança um momento de calmo vazio em De-mora, instaura entre minha identidade em meio às coisas e os juízos finitos que mas revelam, regulando minha agência imediata e cega, um átimo de nada, espécie de vazio entre mim e meus mundos – que me permite considerá-los desde uma distância em que cessam de ser-me o Todo do Mundo para revelarem-se-me os derivados de uma certa origem. Imerso em meus mundos, nas coisas e entre as consciências, meu eu em De-mora colava-se à agência imediata e aos juízos finitos que mas regravam – e assim perdia-me eu mesmo enquanto o mistério que, apesar da cegueira que me toma cotidianamente, incessantemente sou. O *como-se,* introduzindo os parênteses e a lacuna, permite a emergência do vazio e da distância: concede-me consciência de De-mora enquanto irmã de Re-mora. Aprenderemos com Giacomo Leopardi que o vazio, reino do genitivo, é a condição para o nascimento do pensamento, e escreveremos, pelas rotas da tristeza, a biografia do pensar. Lethê, eu disse, é esquecimento do Infinito, absoluto domínio, impossível portanto contraditório, de De-mora, que sem Re-mora não pode restar nem viver. Burrice é o nome deste pecado, a estrutura de nosso tempo, que destrói Re-mora como o destino de De-mora, que esgarça o sentido da cultura e deseja aniquilar o destino do pensar. Se o *como-se* possui dignidade, tem-na por ser cultivo de um vazio, cultor de lacunas pelas quais emerge o pensar e seu destino. Porque somos românticos, o *como-se* não será parênteses para tolerar contradições durante o rápido tempo da leitura, porque a contradição, vimos, é a impossibilidade de um impossível – e impossível é a existência singular de De-mora, sua definitiva separação de Re-mora. O *como-se* será, para nós, o cultivo do Vazio em De-mora, a sedução pelos silêncios e pelas lacunas que pronunciam Re-mora e, por isso, a irônica e paradoxal situação que é a nossa: a de estar sempre a caminho de uma Casa que nunca é casa. Esta jornada – é a Saudade que a motiva. Da Saudade colhemos Co-rrespondência. Em Co-rrespondência ajuizamos infinitamente. No Juízo Infinito – nele re-moramos. Na Re-mora, a origem se vê no tornar-se original dos derivados, o Infinito vem a reconhecer-se no finito – e o finito se torna Infinito. Assim se cumpre o destino da metafísica romântica: a especulação – o tornar-se espelho do Ser. Acaba-se agora o iluminar-se de nosso pórtico.

*

Que é re-fletir? Qual sua relação com o *como-se,* com o Juízo Infinito, com Re-mora? Vimos que o Juízo Infinito é infinito pois incorpora a infinitude do Ser, mas isso significa que o *como-se* da ficção não é um parênteses em que nós toleramos um mundinho inventado que nada teria que ver ontologicamente com o nosso mundo, o mundo do vivo tecido espiritual que é o nosso. O *como-se* da ficção é, antes, a porta de entrada para o Ser, é a maneira de fazer emergir em nós a Infinitude que marca aquilo do qual somos uma parte. Pois somos uma parte do Ser, aliás somos a única e exclusiva parte em que o Ser vem à consciência de si mesmo, vê-se a si mesmo, re-flete-se. É esse o significado de especulativo. Uma mente especulativa não é aquela que vive no mundo da lua. Ou melhor: aquela criança de quem dizemos viver no mundo da lua, por aparentemente estar desligada das coisas reais, esta é a que verdadeiramente pensa, é por ventura aquele que, no futuro, poderá co-rresponder ao Ser. Pois especular é exatamente permitir em si a emergência da Co-rrespondência como o fletir-se sobre si mesmo do Infinito, ser por isso espelho, não de um estado ôntico de coisas e da configuração simples de um dos mundos, mas do Ser ele mesmo. Ser espelho do Ser, speculum, é speculari, é ser, por isso, fonte súbita de Luz sobre o mundo. Assumir-se como aquele que funda um mundo – é falar à frente da multidão, isto é, ser pro-fessor. É, por isso, ser andarilho, caminhante, *Wanderer*. É, por fim, re-morar, fazer conjugarem-se Juízo Infinito, Saudade e Co-rrespondência na habitação sempre errante da Re-mora – a verdadeira morada de uma metafísica romântica, de uma metafísica do Infinito, da metafísica de nosso tempo, que era, igualmente, a de Schlegel, Novalis, Schelling, Baudelaire, Leopardi, Pareyson, Zubiri e, é claro, a daquele cujos herdeiros somos e nunca deixaremos de ser: Platão. Para esta metafísica, literatura não é um detalhe, nem um ramo específico de indagação. Ela é a experiência de alumbramento pela qual emerge a pergunta das perguntas: por que há algo no Como de seu Haver e não antes o Nada? Para a metafísica romântica a forma literária é o ato do por quê – é o ato do pensar – é a verdadeira especulação – o fletir-se-sobre-si-mesmo do Ser, que, no finito Outro de si mesmo, vem a espantar-se diante de seu contínuo mistério. Este é o ato com que se encerra nossa iluminação – e tem início nossa jornada. O ato do pensar, do especular, do cultivo da Re-mora, em que os Juízos Infinitos, que encontraremos por nosso caminho, hão de lembrar-nos sempre que a errância é profundo ato de amor, incessante interpelação erótica. Chegou a hora de enfrentar as veredas, e sonhar enfim com as vastas paisagens. É hora de abraçar o destino, de decidir-se pelo ato – por este ato em que a bela frase de Schlegel ganha para nós seu radical e platônico sentido: Filosofia é Saudade do Infinito.

2 A radical unidade da metafísica como sy-stema

Wer irren will, der muß wenigstens auf dem Wege seyn; wer aber gar nicht einmal sich auf den Weg macht, sondern völlig zu Hause sitzen bleibt, kann nicht irren. Wer sich in die See wagt, kann durch Stürme oder eigne Ungeschicklichkeit freilich vom Wege abkommen und verschlagen werden, wer aber gar nicht aus dem Hafen ausläuft, dessen ganzes Bestreben vielmehr darin besteht, nicht auszulaufen, sondern durch ein ewiges Philosophieren über Philosophie komme, der hat freilich keine Gefahren zu befürchten.

Schelling, Principia Philosophiae Universa.

E a Cruz ao alto diz que o que me há na alma
E faz a febre em mim de navegar
Só encontrará de Deus na eterna calma
O porto sempre por achar.

Fernando Pessoa, Padrão

Uma das mais antigas imagens da História da Filosofia, destas que fixam para os séculos a orientação de nossas leituras e os rumos de nosso pensar, é aquela inscrita, na Itália renascentista, por Rafael Sanzio, em *Escola de Atenas*: Platão, as barbas longas e o impetuoso gesto das mãos a apontarem para cima, ao lado de Aristóteles, cuja serena calma indica a paciência infinita do pesquisador meticuloso – o idealista, cujo verbo ígneo é pleno de entusiasmo, com o Deus dentro de si, e o pesquisador natural, realista, menos dado aos arroubos da especulação. Uma bela imagem, que contemplei por primeira vez criança ainda, na reprodução do livro *História da Arte no Ocidente*, em que vislumbrei a luz radiante da antiga Grécia, da Hélade cuja língua só anos depois aprenderia. Esta imagem, na qual se apresentam os dois nomes absolutos do que nossa civilização chamou Filosofia, possui bela verdade: a impetuosidade especulativa de Platão, expressa no vívido gesto a apontar para a dimensão suprassensível, diz de uma postura e de uma situação em que o pensar é formulado em radical unidade, em intensidade tal que, nele, não se divisam nem se departamentizam os momentos que o marcam – ontologia, ética, epistemologia, estética, e demais denominações que hoje formam os caminhos labirínticos dos departamentos de Filosofia estão contidos, qual *síntese cristalina, no gesto unitário que lemos nos olhos e no dedo indicador de Platão.*

Seria próprio do Estagirita sistematizar, dividindo-a conforme campos de investigação, a saudosa busca por Sophia que seu mestre corporificava tão impetuosamente. É bem verdade que perdemos quase tudo do que Aristóteles escrevera com destinação pública, e, a confiarmos em testemunhos, seu estilo não parecia ficar muito abaixo do de seu pro-fessor. Mas meu intuito aqui não é fazer história da filosofia, nem biografia barata dos grandes nomes. Cito Platão e Aristóteles para trazer à mente do leitor a diferença entre duas tendências: a primeira, corporificada em Aristóteles, fornece as bases para o que hoje marca a assim dita atividade filosófica nos departamentos universitários – ao passo que a segunda, cujo exemplo absoluto resta e restará sendo Platão, corporifica o que chamarei a natureza sy-stêmica da metafísica como radical unidade dos momentos do pensar. Não se trata, bem entendido, de negar a Aristóteles o ímpeto existencial que marca e define a Filosofia na Antiguidade – neste seu berço de ouro que é a Grécia, que é Atenas. Foi Pierre Hadot quem forneceu a belíssima descrição da filosofia antiga como escolha existencial, *como espaço vital*[15], de que não se apartavam os calmos passeios dos peripat*éticos* – também na meticulosidade de Aristóteles se revelava o respeito e a saudade por Sophia. Se volto à imagem de Rafael Sanzio é para aqui entender o milagre do pensar platônico e para, entendendo-o, reivindicá-lo como a postura própria à metafísica romântica e, assim reivindicando-o, fornecer a razão mesma deste gesto – razão que reside no Ser e no discurso apropriado que a metafísica romântica desenvolve para, do Ser, articular a verdade, a voz e a face.

Eu disse que em Platão a filosofia se dá como radical unidade sy-stêmica dos momentos do pensar, e a isso chamo metafísica. Para entender esta proposição, basta folhear qualquer um dos diálogos pla-

---

15 Voltarei, por ocasião do penúltimo capítulo deste livro, à discussão detalhada da obra de Hadot e de sua significativa contribuição para o que aqui formulo.

tônicos: ao leitor do *Gorgias*, ficará claro que a discussão a respeito da retórica leva, em última análise, à pesquisa acerca da boa educação para a pólis, possuindo, pois, natureza ética – e, não obstante, a pesquisa ética sempre já supõe a especulação epistêmica, pela qual se podem diferenciar *experiência, técnica* e *conhecimento*, distinções de que se serve Sócrates para delinear a essência da retórica e seu contraste com a filosofia, de onde se torna possível a escolha do que, à Pólis, se apresenta como melhor, por isso verdadeira, opção. No *Menon*, saber se a virtude, *ἀρετή*, pode ser ensinada ou não leva Sócrates e seu interlocutor a antes se perguntarem acerca do que seja o conhecimento, *ἐπιστήμη*: se a virtude leva à Boa Vida e pertence ao domínio da Ética, aparentemente suas premissas residem na pesquisa a respeito do conhecimento, ao domínio portanto do que, anos depois, se chamaria epistemologia. Ora, assim também no *Fédon* a disputa inicial acerca da imortalidade da alma leva Sócrates, pressionado pelos contra-argumentos de Símias e Cebes, a delinear seu método de pesquisa: a famosa *fuga para as razões*. Saber se a alma é imortal torna-se possível apenas pela descrição dos diversos tipos de conhecer – daquele próprio ao corpo, a sensibilidade, e daquele próprio à alma, o raciocinar –, que são conhecimentos do que é verdadeiramente essente e do que é na condição de sombra. Ora, se o verdadeiro saber, cujo procedimento é a busca dialética pelas razões, sabe as ideias, isto é, o verdadeiramente essente e eterno, então a pergunta epistemológica, que indaga o *como* do conhecer, é já pesquisa ontológica, cujo olhar recai sobre o *como* do Ser mesmo dos entes conhecidos. Por sua vez, saber o que é digno ou não do verdadeiro conhecer implica concluir pela via correta, orthê hódos, capaz de conduzir à Boa Vida e à beatitude: epistemologia e ontologia e ética convivem num só gesto, como ondas que, seguindo-se embora umas às outras, são apenas momentos diversos do mesmo mar.

É bem verdade que Platão nunca usou a palavra *metafísica*, tampouco, aliás, Aristóteles. E entretanto o gesto platônico, no qual radicalmente se unificam os momentos do pensar, retira seu ímpeto e sua busca da intensidade mesma daquilo em cuja busca está: do Bem, que reside *epekeina tês ousias* (509b8) – para além do Mundo. A imagem da segunda navegação, encontrada no *Fédon*, marca este fundamental momento pelo qual se define a especificidade do perguntar metafísico. O abandono da dimensão da physis é implicado pelo reconhecimento de que à pergunta "*por que há o que há no Como de seu Haver?" só pode ser fornecida uma resposta que articule, como o respondendum*, o radicalmente Outro – o que reside além da finitude letárgica que é a vida do vulgo e dos escravos. Por isso, neste poema magnífico que é o

Symposium, a experiência que interpela o sujeito e o institui filósofo é a da Beleza, irradiação sensível deste Outro absoluto, do qual, como fonte de luz, sinto a presença no belo aparecer das coisas iluminadas – e seduzido pela beleza desta iluminação ponho-me *à* busca saudosa pela fonte, lá onde a luz emerge na pureza do iluminar.

Se em Platão a radical unidade dos momentos ético, epistemológico, ontológico e estético se oferece de tal modo que um *já* sempre implica o outro, dá-se isso pois, como eu disse, trata-se aí de ondas do mesmo mar. E este mar é a errância saudosa, a busca eterna pelo que reside além, pela – perdoe-se-me o heideggerianismo – Alemnidade ela mesma. Ora, os gregos possuíam uma palavra para aquilo que, constituído de momentos individuais, põe-se em intensa unidade sem anular a individualidade dos momentos cuja síntese constitui o Uno da unidade: systema. Systema é o vivo resultado deste sustir-se-junto dos momentos individuais que, embora cada um com sua face, não podem entretanto separar-se depois da união. A língua alemã oferta a seus falantes o verbo *zusammenhängen*, donde o substantivo *Zusammenhang*, conjunto, mas que propriamente se traduz por *permanecer-junto-no-pender.* Há, portanto, uma determinação recíproca entre os momentos cujo encontro constitui a unidade do systema e, por outro lado, entre o systema e a individualidade por ele concedida a cada um dos elementos – como eu disse, é depois do encontro que cada elemento revela sua face única, pensada como própria e, contudo, nascida no momento mesmo do encontro. Sy-stema é, pois, a palavra apropriada para o gesto de Platão, é a estrutura e o ritmo de seu pensar. Mas se este sy-stema é o mar revelado unicamente nas ondas singulares que o elevam trazendo-o ao olhar, qual a cor deste mar? Ora, eu disse que a Saudade platônica é busca pelo Além, pelo que reside sempre no Depois: o Além só o é por resistir ao Aqui em que se formulam as palavras de nossa linguagem, e entretanto só existe por este nome que lhe concedemos, porque o chamamos *Além.* Platão restará o pensador absoluto, aquele a ser negado ou afirmado, pois foi quem corporificou em radicalidade imprevista o gesto do pensar como amor encarnado, como desejo fulgurante pelo Além – e foi igualmente quem formulou, para todos nós, o nome desta busca e deste amor: *filo-sofia.*

Pois bem, quero neste capítulo duas coisas propor. Primeiro, desejo atualizar o gesto platônico em sua *forma*, isto é, nisto que chamei a *radical unidade dos momentos do pensar.* Eu disse que o pensar platônico é busca saudosa pelo *Além*, portanto pelo que reside sempre depois da essência. As essências deixam aparecer seus contornos pelas palavras da língua, pelos juízos em cuja estrutura fazem refletir a sua.

Mas a filosofia, se se desdobra no buscar e, desdobrando-se, engendra o caminho percorrido em que se vão clarificando as essências, não se reduz ao mero inventário das essências: *ordo rerum ordo idearum*. Toda concepção de filosofia como *imago mundi*, como o que chamarei Mapa do Mundo, revela-se insuficiente, porquanto aquém de Platão. Como veremos ao longo deste livro, várias são as posições que assumem, para este mistério do pensar que é a Filosofia, uma tal definição, e a ela é sempre comum a tentativa de formular, através do Mapa do Mundo, as respostas últimas para a pergunta pré-socrática: *de onde vem tudo?* Simone Weil reservou para tal ilusão humana o nome de *imaginaire*, e por aí entende toda tentativa de reduzir o Ser ao esquema mapeável de uma imagem reificada. Meu intento não é, nem nunca será, o de fazer história da filosofia – mas basta pensar nas muitas posições críticas, ao longo do XX, que reagem a este projeto intelectual responsável por reduzir a filosofia à condição de serva da ciência. Descontadas as diferenças e farpas trocadas entre si, a Heidegger e a Adorno é comum o mesmo ódio ao neopositivismo de Viena e às tediosas tendências da filosofia analítica, assim como para Benjamin e para Gadamer a busca pela Verdade implica ultrapassar toda concepção reificada e esclerótica de linguagem, para novamente nela ouvir o mistério da Língua do Ser. Filosofia não é coisa dada, terminada, edifício construído à espera de quem o venha habitar. Como o amor que lhe faz prefixo, filosofia é busca e, igualmente, é o buscado na busca: *o porto sempre por achar*. A *forma* do pensar platônico é o que se revela nesta busca – e é meu primeiro intento recuperar esta *forma*, para nela vislumbrar o que, ironicamente, é a mais repetida e menos definida palavra do Ocidente: metafísica. Como acontecerá continuamente neste livro, a presença de Platão será acompanhada pela voz sibilina de Schelling, a quem devo parte ingente do que aqui se enuncia. Pois bem, venhamos ao delineamento deste conluio.

*

Vimos que sy-stema é a palavra grega para o pender junto, em radical unidade, dos momentos diferentes do pensar. Como diversas ondas do mesmo mar, em cada diálogo platônico um momento específico, que se poderia individualizar a fim de torná-lo objeto exclusivo de indagação, leva inevitavelmente ao momento seguinte, do qual estruturalmente não se aparta. No *Gorgias*, saber qual seja a natureza da arte retórica implica já delinear os tipos de atividade humana, mas saber a diferença entre *experiência, arte* e *conhecimento* é também entender qual destas leva a uma boa vida na pólis. As contradições que surgem nas simples e rápidas definições dos sofistas com quem Sócrates discute apontam não apenas para inconsistências lógicas mas, sobretudo, para um erro *vital* e *existencial*, porquanto nele habita a cegueira ao destino que é o nosso, a incapacidade de vislumbrar o maximamente bom, a incompreensão da vida a ser vivida. Também no *Euthyphron*, a aparente questão besta – *o pio é pio por ser amado pelos deuses ou porque os deuses o amam?* – é já busca ontológica a respeito do que existe maximamente e, por isso, é digno de amor e admiração. Não há, em nenhum diálogo platônico, uma disputa em que os momentos do pensar se apartem um do outro: se no *Teeteto* a pergunta acerca do conhecimento parece ocupar exclusivamente a atenção dos conversadores, ela em nenhum momento se desvencilha da bela imagem pela qual Sócrates descreve sua arte maiêutica – depois das dores iniciais do parto, emerge o belo manancial de ricos conhecimentos que, à revelia de si mesmos, os jovens traziam em suas almas, e passadas as dores não querem mais deixar a companhia do estranho homem capaz de lhas despertar. Saber o que seja o conhecimento não é mero objeto de investigação – do que hoje ridiculamente chamamos *objeto* de pesquisa, a ser materializado num *corpus* e tornado acessível para nós por uma *metodologia* que nos há de tornar viável a *pesquisa*. Longe da tediosa chatice acadêmica que a quase ninguém importa e que própria é apenas às ciências da natureza, no *Teeteto* a busca pela definição do conhecimento engaja os debatedores com todo corpo e alma na disputa, pois, como diz Teeteto, é do conhecimento que "todas as belas e boas coisas se engendram". A beleza e a vividez do estilo platônico não são apenas resultado do talento poético do outrora tragedi*ógrafo*, mas necessidade interna de quem sabe ser o pensar gesto vital que sintetiza epistemologia, ontologia, ética e estética como momentos diversos de uma única pergunta: aquela pelo Além.

Neste sentido, o sy-stema platônico, cuja expressão máxima talvez seja a *República*, não é a construção *imaginis mundi*, de um Mapa do Mundo capaz de construir o mundo do devir – este em que nos movemos – como imitação barata e inferior do mundo ideal. É, ao contrário, o sustir-se juntos em radical unidade dos momentos que, formulados na pergunta acerca do Além, buscam articular em linguagem inteligível, essencial, o que reside para além da essência. O sy-stema, se se formula em linguagem discursiva, possui como alvo aquilo que ao discurso é evasivo – *por isso mesmo fonte de Saudade*. Mas não é exatamente por tal razão que, no *Fédon*, Platão faz Sócrates revelar seu método como a estratégia – quase de moleque, dir-se-ia – de quem, não podendo contemplar com os próprios olhos o sol, busca no reflexo das águas a visão do que é capaz de as fazer evaporar? *É* apenas baixando a cabeça que Sócrates pode contemplar o sumamente superior. Isso significa, então, que a fuga às razões não é o fim último do gesto platônico, que, portanto, a articulação das ideias não é o ponto de chegada desta navegação, cujo início é aliás a descoberta do inteligível como a nau capaz de levar ao Além. As essências – as Ideias, as formas – são o meio, o espelho em que poderemos vislumbrar aquilo cuja presença nos interpelou e que nos pôs em sua busca, acordando-nos a intensa sede por navegar. Todo espelho, sabemos, inverte ao espelhar. Aprendemos no *Sofista* que cada ideia tem de ser limitada, possui, para afirmar sua própria face e individualidade, em seu bojo o Outro de si mesma como negação pela qual se afirma – a lição máxima deste diálogo, assim como da *República, é a finitude das ideias, não por serem temporais e, portanto, mortais, mas por não serem a palavra última de Platão* sobre Sophia, sobre o *malista epistetón*. A finitude das ideias consiste no fato de serem discursivas, dia-noéticas. É por isso que a elas chegamos pela ascensão dia-lética, luta discursiva das razões por cujo desdobrar-se se vão esclarecendo as ideias, que, assim circunscritas, apontam para o Bem ele mesmo: para o *malista epistetón*, para o que maximamente desejamos conhecer. O sy-stema, então, é a radical unidade dos momentos do pensar na busca pelo Além – é, pois, o que mobiliza a *διάνοια* na articulação das ideias para, enfim, visar o Invisível. O sy-stema não é, portanto, Mapa do Mundo, pois a articulação da Ideia diz apenas da construção da nau com a qual havemos de navegar na busca de um porto radicalmente outro daqueles conhecidos até então. Se o sy-stema é o sustir-se em unidade dos múltiplos momentos, mobilização das essências finitas ditas pela linguagem, seu alvo último é, propriamente falando, um *ασύστατον*, algo que não se deixa apreender nas malhas finitas do sy-stema. Todo sy-stema, dirá Schelling nas *Erlangen Vorlesungen*, conserva em si sua *asystasia – e é nesta paradoxal presença do Infinito como unidade superior do finito que encontramos o significado romântico da palavra metafísica*: significado a cuja descrição agora nos voltamos.

§1 O fundamento do sy-stema e seu sujeito: o asystatón demarca a formalidade da Unidade e sua diferença em relação ao unitário e ao contraditório.

As *Erlangen Vorlesungen* começam com a declaração que nos foi fim da seção anterior: todo *sy-stema* possui sua *asystasia*. A condição de todo sy-stema é aquilo que lhe é evasivo mas que, nesta constante elisão, lhe fornece o fundamento unitário. Como entender esta assertiva de Schelling? Talvez nos ajude o próprio texto:

> Der Gedanke oder das Bestreben, ein System des menschlichen Wissens zu finden, oder, anders und besser ausgedrückt, das menschliche Wissen im System, im Zusammenbestehen zu erblicken, setzt natürlich voraus, daß es ursprünglich und von sich selbst nicht im System – daß es also ein asystaton, ein nicht Zusammenbestehendes, sondern vielmehr sich Widerstreitendes ist (SCHELLING, 1821/1985, p. 371).
>
> *A suposição ou a ânsia de encontrar um sistema do saber humano, ou, dito de outro modo e talvez melhor, vislumbrar o saber humano em um sistema, em um sustir-se-junto, pressupõe naturalmente que ele, o saber humano, originalmente não é um sistema – que é portanto um aystatón, um resto não assimilável e que à união é elusiva, sendo antes uma contradição de si consigo* (SCHELLING, 1821/1985, p. 371).

É precioso este primeiro parágrafo, como tudo aliás que Schelling escreveu. Como veremos no penúltimo capítulo deste livro, em minha discussão de Richard Rorty, a assunção de que exista um sistema do saber humano sugere duas coisas: primeiro, que o saber humano, enquanto descrição última da realidade, é passível de combinação perfeita, harmônica e sintética, de modo tal que, entre o ato da descrição e a estrutura da realidade, há perfeita correspondência (este é, veremos, o núcleo de *toda* concepção de filosofia como formulação do Mapa do Mundo – e é o núcleo comum das críticas seja de Rorty seja de Markus Gabriel às ontologias ingênuas de boa parte da filosofia analítica); em segundo lugar, supõe que o saber humano ele mesmo seja, em suas diversas ramificações, combinável, sem contradição alguma ou, como dirá Isaiah Berlin, que haja perfeita concórdia entre as três suposições da filosofia: 1) que haja uma resposta à pergunta *como o Mundo se mantém junto?*, 2) que as respostas parciais sejam encontradas por um método unívoco e 3) que não haja contradição entre as respostas. Pois bem, em algumas linhas Schelling, com o tom superior que caracteriza os aristocratas, resume todo o projeto dos neopositivistas de Vienna, dos naturalistas e dos filósofos analíticos que julgam ainda ser possível encontrar na linguagem a *forma lógica* do Mundo. Eis que, além do resumo, vem o golpe de mestre: toda simples compreensão do sistema supõe, inconscientemente embora, uma asystasia ao sy-stema imanente. As diversas configurações d'O Sistema enquanto Mapa do Mundo são os irônicos índices de que, fundamentalmente, um tal Sistema é infantil sonho que desconhece sua impossibilidade. O Sistema só existe se, fazendo a experiência dolorosa de sua mesma impossibilidade, consegue elevar-se à condição de sy-stema, cujo fundamento unitário é a própria asystasia:

> Und das wahre System eben nur dasjenige seyn kann, welches Einheit der Einheit und des Gegensatzes ist, d. h, welches zeigt, wie die Einheit mit dem Gegensatz und der Gegensatz mit der Einheit zugleich bestehe, já wie es zum Besten des anderen nothwendig sey (SCHELLING, 1821/1985, p. 371).

> *E o verdadeiro sy-stema pode ser precisamente aquele que será a Unidade do unitário e do contraditório, isto é, que mostrará como o unitário mantém-se com o contraditório e o contraditório com o unitário igualmente, aliás como, para o melhor de ambos, unidos devem sustir-se* (SCHELLING, 1821/1985, p. 371).

É comum, na literatura sobre Idealismo Alemão, citar a fórmula da unidade do idêntico e do não-idêntico enquanto chave para compreender-se o projeto intelectual de uma metafísica pós-kantiana, capaz de articular, desde um princípio único, a multiplicidade do real preservando a liberdade humana: é a festejada e estranha síntese de Spinoza e Kant, que vemos em Fichte, no jovem Schelling e em Hegel. Contudo já disse: não é meu objetivo museologia filosófica. O conhecido provérbio da unidade do idêntico e do não-idêntico é, aqui, chave para *pensar* – para proceder ao que parece ser tabu para tantos: fazer metafísica. Pois bem, Schelling diz com toda clareza que o sy-stema verdadeiro precisa, por necessidade ontológica, ser a Unidade do unitário e do contraditório. Isso significa, então, que entre a Unidade e o unitário há uma diferença, que há, portanto, dois significados de *Einheit*, correspondentes a dois níveis ontológicos distintos. Em *Einheit der Einheit und des Gegensatzes*, que estou traduzindo por Unidade do unitário e do contraditório, a primeira *Einheit*, a Unidade, é o fundamento dos outros dois termos, que são o contrário um do outro. Analisando a assertiva, temos que a Unidade une, fundando-os, o unitário, princípio de identidade, e o contraditório, que é também o contrário do unitário, portanto o princípio da multiplicidade. Ora, desde os pitagóricos sabemos que a pura multiplicidade, como matéria pura, é impensável, e precisa por isso de um princípio unificador que lhe dê coesão, do mesmo modo que, sozinho, o unificador, em pura identidade de si consigo, nada é, pois não possui em si diferenças: é a aporia de Parmenides e do Ser como esfera vazia porque plena. O princípio unificador e o princípio da multiplicidade encontram-se, então, em determinação recíproca, tornando-se cada um o que é por virtude do Outro de si mesmo. Seria, então, a Unidade superior destes dois princípios a mera perspectiva calma de onde contemplamos, domados, estes dois contraditórios princípios cuja síntese constrói o Mundo? Se fosse assim, a contradição deixaria de ser contraditória e se tornaria na verdade uma proposição unívoca, cuja verdade residiria na Unidade superior que lhes é fundamento. Ora, mas se este é o sentido da primeira *Einheit*, não há sentido algum na frase de Schelling, de acordo com o qual o verdadeiro sy-stema contém sua própria asystasia, algo que é resistente à síntese. Como entender isso?

> Endlich muß, damit das Streben nach dem System wirklich vorhanden sey, die Einsicht hinzukommen, daß jener Widerstreit der Ansichten nicht etwas Zufälliges, in subjektiver Unvollkommenheit, etwa oberflächlichem Denken oder Verkehrtheit der Einzelnen, oder gar, wie manche Seichtlinge sich vorstellen, in bloßen Logomachien Gegründetes sey. Man muß sich überzeugt haben, daß dieser Widerstreit einen objektiven Grund hat, daß er in der Natur der Sache selbst, in den ersten Wurzeln alles Daseyns gegründet ist. [...] In allen Widersprüchen der Systeme untereinander ist doch zuletzt nur Ein großer Widerspruch, Ein Urzwist (SCHELLING, 1821/1985, p. 372).

Por fim, para que a ânsia pelo sy-stema verdadeiramente se materialize, deve emergir a intuição de que aquela contradição das perspectivas não é algo contingente, ocasionado pela arbitrária imperfeição [dos pensadores], pela superficialidade do pensamento ou, ainda, pela falha dos indivíduos, ou mesmo, como soem pensar certos membros de seita, como resultado de logomachias. É necessário ter-se convencido de que esta contradição possui uma razão objetiva, que ela reside na natureza mesma da coisa, firmada nas raízes primevas do Ser [...] Em todas as contradições dos sistemas entre si há, entretanto e ao olhar final, Uma imensa contradição – Uma angústia originária (SCHELLING, 1821/1985, p. 372).

É na raiz do Ser que está fundada a razão do sy-stema, pois, se a filosofia é indagação do Ser, ela é o sy-stema vivo, no seu fazer-se e construir-se. Por isso todos os assim chamados sistemas filosóficos são momentos parciais d'O Sy-stema, porquanto este é a filosofia ela mesma. Eis a razão pela qual na geometria não há sistemas, pois nela não há O Sy-stema, vale dizer, ela não é, enquanto ciência particular, a Unidade do unitário e do contraditório – que só a metafísica pode ser. Ora, assim ocorre pois a metafísica, como em Platão, é a busca saudosa do *radicalmente* Além, do Outro absoluto, do *malista epistetón*, do maximamente cognoscível e, por isso mesmo, de impossível cognição parcial. Cada um dos sistemas tem de necessariamente falhar pois, ao pensar-se como O Sistema, põe-se inevitavelmente como Mapa do Mundo, descrição finita do Infinito que não compreende entretanto a infinitude do Infinito e, por isso, a si o reduz. Dito de outro modo: toda vez que um sistema pensa ter finalmente articulado o Absoluto e encontrado, com isso, a descrição última para a Unidade do unitário e do contraditório pela postulação de uma palavra em um juízo, que Schelling expressa pelas variantes A = B e A = C, estamos diante de uma *Asystatónsvergessenheit*, esquecimento da asystasia, ou, como direi ao longo de todo este livro, esquecimento do Infinito. Esquecer, em grego, diz-se λήθω, e um dos rios do Acheronte é Lethes, o rio em que as almas se esquecem da existência pregressa. Toda suposta articulação do Ser por um Mapa do Mundo, por um sistema parcial que se deseja O Sy-stema, corporifica uma vez mais este esquecimento – fonte e origem de toda violência, de toda dor desumana.

Mas Schelling fora explícito: é nas *Wurzeln des Daseyns*, nas raízes do Ser que reside a causa dessa contradição radical, deste *Widerstreit,* conflito e angústia originária. Tínhamos visto que todo sistema parcial tende a pacificar a contradição entre unitário e contraditório ao postular a Unidade como a perspectiva desde a qual ela, a contradição, ganha inteligibilidade, tornando-se uma proposição unívoca, o que chamarei doravante e de modo sistemático de um Juízo[16]. A fórmula abstrata A = B, de que se serve Schelling, expressa exatamente isso: a contradição se pacifica pois a Unidade se revela fundamento simples, capaz de harmonizar os contraditórios – que nós, depois da discussão inicial empreendida no primeiro capítulo, podemos corretamente denominar paradoxal. Trata-se, pois, daquela compreensão primeira, e simples, de acordo com a qual o sistema do saber humano é a totalidade harmônica de todos os conhecimentos específicos – exatamente esta compreensão é responsável por postular a escolha de um sistema parcial para concreção do Sy-stema, escolha cuja consequência é o esquecimento do Infinito e, portanto, o tornar-se escravo do sistema erguido a Mapa do Mundo: *wer nun an einem dieser Systeme leidet, der ist gleichsam gebunden an dieses System, in seiner Freiheit gehemmt, recht eigentlich ein Sklave desselben* – quem pela paixão por um destes sistemas é tomado, este está-lhe, precisamente por isso, preso, como que impedido em sua mesma liberdade, verdadeiramente seu escravo. A saúde reside, pois, no reconhecimento de que a contradição não deve ser finitamente resolvida, ao ser postulado um Juízo capaz de finitamente dizer o Ser, encapsulá-lo na condição de uma causa simples e unívoca. Como já vimos, a Unidade do unitário e do contraditório não pode ela mesma ser finita como os termos dos quais é a Unidade superior: ao contrário, ela deve conservar sua própria infinitude ao conjugar os termos, de tal modo a conferir-lhes, assim postos juntos, o Infinito que ela é:

> Wir haben also bis jetzt Folgendes bestimmt. 1) Die *äußere Möglichkeit des Systems*, gleichsam die Materie, der Stoff dazu, ist eben der innere unauflösliche Widerstreit im menschlichen Wissen. 2) Dieser Streit muß offenbar geworden seyn, er muß sich in allen möglichen Richtungen gezeigt und ausgebildet haben. 3) Man muß einsehen, daß in diesem Streit nichts Zufälliges, sondern alles ein in den ersten Principien selbst Gegründetes sey. 4) Man muß die Hoffnung aufgeben, diesen Streit jemals dadurch

16 Ofereci a primeira definição do Juízo Finito no capítulo introdutório deste livro, e cada capítulo retomará esta figura, enriquecendo-a – conforme espero – especulativamente pelas diversas perspectivas em que a retoma.

zu beendigen, daß ein System Meister werde über das andere. Wenn es aber unmöglich ist, einseitig eins durch das andere zu unterjochen, so muß man sich 5) – und dieß ist eine neue Bestimmung – man muß sich auch nicht vorstellen, eine Einheit zu finden, in welcher sie sich alle gegenseitig vertilgen, denn auch damit ginge ja der Begriff des Systems unter, sondern die Aufgabe ist eben, daß sie wirklich *zusammenbestehen.* Im ersten Fall (wenn sie sich alle gegenseitig vertilgten) würde man statt des Systems nur einen bodenlosen Abgrund vor sich sehen, worein alles versinkt, und in dem sich nichts mehr unterscheiden läßt. Nicht vertilgt werden sollen die Systeme, sondern zusamnenbestehen, wie die verschiedenen Systeme in einem Organismus, und durch dieses ihr Zusammenbestehen eine Ansicht erzeugen, die über allen einzelnen liegt, die gesunde Ansicht, bei der der Mensch sich wohl fühlt, wie im gesunden menschlichen Körper alle Differenzen der Organe und Funktionen in Ein untheilbares Leben sich auflösen, dessen Empfindung Wohlseyn ist (SCHELLING, 1821/1985, p. 374).

Nós determinamos, portanto, até agora o seguinte: 1) a externa possibilidade do sy-stema, vale dizer a matéria, o conteúdo para tal, é exatamente a interna e inassimilável contradição no saber humano. 2) Esta luta deve revelar-se [tornar-se visível, exterior], há de ter-se mostrado em todas possíveis direções e assim se ter formado. 3) É necessário notar que, nesta luta, nada de contingente há, senão que tudo está radicado nos primevos princípios. 4) Temos de abandonar a esperança de acabar com esta luta [com esta ânsia], supondo ser possível que um sistema se torne mestre, dominando-o, sobre o outro. Se é impossível que um sistema subjulgue o outro, então não devemos pensar – e eis aqui uma nova determinação – poder encontrar uma unidade, na qual eles [os sistemas] se entregam à calma e tornam mudo o movimento, pois que assim perderíamos o conceito do sy-stema, senão que a tarefa é precisamente que eles [os sistemas e suas contradições] juntas permaneçam. No primeiro caso (quando elas se entregam à calma) teríamos, no lugar do sy-stema, apenas um abismo sem bordas diante de nós, em que tudo caí e em que nada podemos distinguir, nada de si fornece nota. Não à calma devem ser entregues os sistemas, mas sustir-se-juntos, como os vários sistemas de um organismo, e através deste sustir-se-juntos fornecer como que uma entre-visão, que se alça sobre todos os momentos individuais, saudável, sob a qual o homem o homem se sente bem, assim como, no corpo humano saudável, todas as diferenças de órgãos e funções desdobram-se em indivisível vida, cuja sensação é o bem-estar (SCHELLING, 1821/1985, p. 374).

O Sy-stema deve conservar a contradição, de modo tal a transformá-la em paradoxo. Todo paradoxo diz de uma contradição cujo sentido reside necessariamente nesta síntese de contraditórios – não é o encontro dos contrários que é impossível. Impossível é, na verdade, apartá-los, pois este seu estar-junto é de íntima necessidade. O sy-stema, cuja tarefa é conservar a contradição, tem no paradoxo sua forma. Schelling então pergunta: se o sy-stema é paradoxal por necessidade ontológica, qual a face deste Ser que no sy-stema encontra sua articulação? Eis a resposta: *Durch alles durchgehen und nichts seyn, nämlich nichts so seyn, daß es nicht auch anderes seyn könnte – dieses ist die Forderung*[17]. O Ser que no sy-stema se diz é o princípio do sy-stema, isto é, a Unidade que fornece a seus termos a capacidade de sustir-se-juntos. Mas eu disse acima que os termos só são o que são neste mesmo sustir-se, de modo que o encontro dos termos constitui e estabelece a Unidade por virtude da qual eles, unidos, podem ser ditos *sy-stema.* A Unidade é, assim, a um só tempo originariamente anterior e abissalmente posterior, porque é, primeiro, o fundamento radical dos termos derivados, visto contudo apenas desde a perspectiva presente instaurada pelos termos. Deste modo apreendida, a Unidade corresponde, formalmente, à constituição do Ser que, por Schelling dito princípio do sy-stema, é a um só tempo a origem e o destino dos termos paradoxalmente conjugados pelo encontro. A radical liberdade do Ser, origem de que os termos provêm e a que apontam, preserva a Unidade, protegendo-a contra toda articulação finita e derivada.

Pois bem, nós estamos aqui buscando o significado da palavra *metafísica*, que eu disse ser a radical unidade dos momentos do pensar na busca pelo Além. Em Platão, revelou-se-nos o sy-stema na materialidade de um gesto, o mesmo que Rafael Sanzio representara em *A escola de Atenas* e que, nos diálogos platônicos, faz as ondas ética, epistemológica, ontológica e estética serem momentos de um mesmo mar – o da busca radical pelo Além. Mas se o Além, ao conjugar os momentos em radical unidade, conforma o sy-stema e, assim, dá-lhe o ser que é, é porque o Além, objeto da busca do sy-stema, é princípio do

---

17 Tudo per-errar e nada ser, isto é, nada de tal forma ser que ele [o Ser] não pudesse d'outro modo ser – eis a exigência.

sy-stema. A face do sujeito que é fonte de movimento do sy-stema, do qual Schelling disse *perpassar tudo e nada ser, isto é, nada assim ser que não possa igualmente d'outro modo ser* – este sujeito é o princípio do sys-tema. É, portanto, a Unidade primeva por nós buscada, a Unidade do unitário e do contraditório: começo e fim do pensar. Platão e Schelling dizem aqui a mesma coisa:

> Was ist dieses Subjekt, das in allem ist, und in nichts bleibt? Wie sollen wir es nennen? – (Im Vorbeigehen, diese Frage ist identisch mit der sonst so gewöhnlichen, was Princip der Philosophie sey. Nämlich das Princip der Philosophie ist das, was nicht etwa nur im Anfang Princip ist und dann aufhört es zu seyn, sondern was überall und immer, was im Anfang, Mittel und End' gleicherweise Princip ist (SCHELLING, 1821/1985, p. 377).
>
> *O que é este sujeito, que em tudo está e em nada permanece? Como o devemos nomear? – (Note-se de passagem: esta pergunta é idêntica com a de outro modo tão normalmente colocada, isto é, qual seja o princípio da Filosofia. O princípio da Filosofia é não apenas o que exclusivamente no começo emerge, para depois cessar de ser, mas o que por toda parte, sempre e do mesmo modo, no começo, meio e fim se revela o princípio* (SCHELLING, 1821/1985, p. 377).

O sujeito do sy-stema é o princípio, mas princípio não é apenas começo, início, que, uma vez iniciado, cessaria de existir nos outros termos que nele possuem origem. O princípio da filosofia é o que nela permanece, em seu começo, em seu meio e em seu fim. Pois bem, vimos que tal sujeito, tal princípio, não é *alguma coisa*, algo passível de descrição finita, pois, se assim fosse, poderíamos escolher um único dos parciais sistemas para dele fornecer a articulação simples e unívoca: A = B, *et voilà votre menu du monde, messieurs*. O sujeito é o elusivo à articulação finita, mas por isso mesmo é o princípio da filo-sofia como busca saudosa pelo Além. Unificando os diversos momentos do pensar – ontologia, epistemologia, ética e estética – na Unidade do unitário e do contraditório, o princípio encontra no paradoxo a forma específica pela qual pode manifestar sua infinitude. Se a metafísica é a busca pelo Além – é o ato da *viagem* e da *navegação* cujo porto reside em Deus, *e metafísica é sempre Sáudade de Deus* –, os sistemas parciais, em sua condição de intermediários necessários à formalização do sy-stema, devem atestar a necessidade da linguagem finita, das ideias e das formas, para apreender, *negativamente e por sua mesma ausência*, o sujeito e o princípio, *que em tudo permanece sem em nada deixar-se encerrar*. A finitude dos sistemas é, por isso, não fonte de desespero e angústia, mas necessário momento pelo qual se torna possível a consciência, pela angústia dolorosa da ausência sentida, do que aos sistemas parciais é princípio em eterna fuga. A frustração de cada sistema parcial torna-se, uma vez propriamente entendida, feliz consciência da infinitude do sy-stema. Esta feliz consciência tem com condição o abandono de toda compreensão da filosofia como Mapa do Mundo, cujo fundamento é o esquecimento do Infinito, a tentativa, tão própria a nossos tempos, de estancar a dor da Saudade – de querer-se pleno lá onde a lacuna é nossa única salvação, lá onde o flerte é a promessa de um enriquecimento, dos olhos perigosos entre-vistos, lá onde o sorriso e o poema cuja beleza resiste a nossas palavras são – e quem terá a coragem de finalmente assumir esta missão? – índice de nosso destino metafísico. Toda vez que a filosofia se compreende Carta do Mundo, tornando absoluto um sistema parcial, igualmente o princípio, sujeito que através de todos os elementos passa sem a nenhum deles finitamente reduzir-se, é suposto articulado por um Juízo unívoco – neste momento, o paradoxo torna-se contradição resolvida em proposição simples, e o começo é apenas o primeiro termo de uma série a ser obtida dedutiva ou indutivamente:

> Ferner hat man sonst wohl auch unter Princip einen obersten Satz verstanden. Da man nämlich die Philosophie nur als eine Kette von auseinander folgenden Sätzen betrachtete, stellte man sich vor, daß es einen obersten Ring in dieser Kette geben müsse – einen ersten Satz, aus welchem sodann ein zweiter, aus diesem wieder ein dritter folgt u. s. f.. Aber, meine Herrn, das ist ja eben die ganze Wissenschaft, das ist ja eben schon das System selbst. Was bleibt also übrig? Antwort: ich muß eben das Indefinible, das nicht zu Definirende des Subjekts selbst zur Definition machen. Was heißt definiren? Dem Worte nach: in bestimmte Grenzen einschließen. Allein mit dem Subjekt der Philosophie ist es etwas ganz anderes. Dieses ist schlechthin undefinibel. Denn 1) es ist nichts – nicht etwas, und selbst dieß wäre wenigstens eine negative Definition; allein es ist auch nichts nicht, d. h. es ist alles. Es ist nur nichts einzeln, stillstehend, insbesondere; es ist B, C, D u. s. w. nur, sofern jeder dieser Punkte zu dem Fluß der unzertrennlichen Bewegung gehört. Es ist nichts, das es wäre, und es ist nichts, das es nicht wäre. Es ist in einer unaufhaltsamen Bewegung, in keine

Gestalt einzuschließen, das Incoercible, das Unfaßliche, das wahrhaft Unendliche (SCHELLING, 1821/1985, p. 378-79).

Além disso, entendeu-se em geral por princípio uma proposição primeira. Dado que se pensava a filosofia qual longa cadeia de proposições encadeadas umas às outras, usual era representar-se um primeiro anel desta cadeia – uma tese primeira, da qual então uma segunda, desta de novo uma terceira seguia, e assim sucessivamente. Contudo, senhores meus, isto é precisamente a ciência ela mesma, este é o sy-stema ele mesmo. Que sobra, pois? Resposta: devo trazer o indefinível, o que do Sujeito à definição é elusivo em drible ousado, à definição. Que significa definir? De acordo com a palavra: encerrá-lo em determinadas fronteiras. Ocorre que, com o sujeito da filosofia, é isto algo radicalmente diverso. Ele é algo absolutamente indefinível, porquanto 1) ele não é nenhuma coisa – não é coisa, e mesmo seria essa uma definição negativa; por outro lado, ele tampouco não é nada, isto é, ele é tudo. Ele apenas não é algo de individual, a permanecer na calma de uma coisa muda; ele é B, C, D etc na medida em que cada um desses pontos pertencem ao fluxo do indissociável movimento [como os diversos segundos que compõem o lance de uma bela dança, G. L.]. Não há nada que ele fosse e não fosse. Ele é em incessante movimento, sem a nenhuma figura específica reduzir-se ou encerrar-se: o Incoercível, o Inapreensível, o verdadeiramente Infinito (SCHELLING, 1821/1985, p. 378-79).

A impossibilidade de articular o princípio em um Juízo Finito é muito simplesmente resultado do fato de que o princípio da filosofia é o incoercível, o inapreensível, o verdadeiramente Infinito. A racionalidade da filosofia, compreendida enquanto metafísica, possui na infinitude do princípio sua forma e sua estrutura. A geometria é capaz de definir cada uma de suas figuras, porquanto cada uma das figuras é finita, correspondendo pois a cada uma delas um Juízo Finito capaz de apreender-lhes a lei de proporcionalidade intrínseca e a relação negativa com as outras figuras: o triângulo possui 180 graus como a soma de seus ângulos internos, e por virtude desta lei de proporcionalidade intrínseca diferencia-se do quadrado e do cubo, os quais não é. Se a filosofia fosse uma grande geometria de todos os entes, seria ela a descrição finita destes mesmos entes, dedutiva ou indutivamente. O corolário consistiria, é claro, na descoberta do princípio e na demonstração das relações entre o princípio e o que dele se deduz. Teríamos, assim, o Sistema. Mas, nesta pobre e triste geometria da existência, não há Saudade, porque não há Além. Uma tal geometria não é, como tão frequentemente se pensa, uma metafísica – porquanto sua unidade não é radical, por não ser paradoxal. Paradoxo só há lá onde a síntese dos contrários é necessária, visceralmente demandada: mas no Sistema enquanto Mapa do Mundo, nesta geometria da existência, cada ente é o que é por virtude de sua lei de proporcionalidade intrínseca e pela relação negativa com os demais, e esta negatividade não é paradoxal, mas identidade de si consigo: A é A porque não é B, e o ser Não-B de A é afirmação de seu ser A. O Mapa do Mundo é o tédio do ideal norte-americano dos shoppings centers, donde está excluída a História e, por isso, a Saudade. O ideal de um controle total sobre o mundo, tão próprio à assimilação americana dos ideias iluministas e das tendências técnicas da modernidade, fazem hoje o fascínio da sociologia de um Harmut Rosa, que talvez menos se espantaria se tivesse lido Schelling e Platão com calma e vagar: sua Resonanz não é senão o que emerge quando nos entregamos novamente à Saudade do pensar verdadeiro, do que, já é hora de novamente com coragem dizê-lo, é a busca metafísica pelo Além e pelo Infinito. É também por isso que Schelling demanda, como postura adequada à busca metafísica – que ele e seus colegas em Tübingen chamavam de Wissenschaft –, o abandono radical de todas as certezas finitas. Neste texto magnífico que são as Erlangen Vorlesungen, Schelling se revela em todo fulgor e em todo entusiasmo que o fizeram famoso em sua juventude e que o ligam tão intimamente a Platão. Após haver caracterizado o sujeito como Infinito e ter apontado para a insuficiência de todo entendimento do princípio enquanto elemento primeiro possibilitador de uma dedução simples e unívoca, Schelling delineia o correlato, a perspectiva necessária à metafísica do Infinito – à metafisica, isto é, romântica. Trata-se nada mais nada menos do que do thaumazein platônico, o êxtase da razão, cujo significado específico temos aqui de entender, pois nele reside enfim a face da metafísica em cuja busca estamos.

§ 2 A formalidade da Metafísica: o paradoxo da articulação do inarticulável.

Pois bem, partimos da diferença entre os sistemas parciais e o sy-stema, e vimos que à ingênua absolutização de um sistema parcial corresponde a compreensão do princípio como elemento finito do qual se deduz o Mundo. Por Mundo, como deve estar claro até aqui, entendo a totalidade do que é passível de articulação em Juízo. É possível compreender o Mundo de duas formas: se elegermos um dos sistemas parciais como O Sistema, reduziremos o Ser ao Mundo e, portanto, ao que é passível de articulação em Juízo, e o Juízo será, assim, Mapa do Mundo; se, ao contrário, virmos no Mundo a condição de possibilidade para a entre-visão do Infinito, nele encontraremos o equivalente à Ideia platônica, isto é, compreendê-lo-emos enquanto princípio de finitude necessário à inteligibilidade do Ser e, portanto, à consciência do Infinito. Com efeito, se desejássemos um acesso direto ao Infinito, sem passar pela mediação do finito (portanto: do Mundo), estaríamos sonhando com a famosa intuição intelectual ridicularizada por Hegel no Prefácio à *Fenomenologia do Espírito* – tratar-se-ia da noite em que todos os gatos são pretos. Schelling também assim pensa: *ich muß eben das Indefinible, das nicht zu Definirende des Subjekts selbst zur Definition machen*[18].

Esta é, portanto, a tarefa da metafísica do Infinito, compreender o paradoxo de uma articulação do inarticulável, de uma descrição do indescritível, que visa definir o indefinível sem, entretanto, abrir mão desta definição nem, uma vez alcançada, destruir na definição a natureza indefinível d'O Indefinível. Como resolver tal estranha tarefa? Eis, apenas formulada, a missão de que nos ocuparemos no próximo capítulo – aqui somente porta de entrada para a definição da ciência por nós buscada. Não estamos, ainda, fazendo metafísica – estamos buscando-lhe o conceito, tentando articular-lhe a forma. Permita-me o leitor citação algo longa, mas essencial para delinear a diferença de

---

18 Tenho de fazer do indefinível do Sujeito, o que não dele pode ser definido, sua própria definição.

Schelling diante de Hegel e para apresentar a solução romântica para o dilema agora formulado:

> Ich sagte: eben das Indefinible jenes absoluten Subjekts müsse selbst zur Definition gemacht werden. Allein wenn wir genauer zusehen, so überfällt es uns, daß wir damit von jenem absoluten Subjekt doch nichts als einen verneinenden Begriff gewonnen, und so überhaupt Gefahr ist, ins Verneinen zu gerathen. Denn selbst das Wort unendlich drückt ja doch eigentlich nur die Negation der Endlichkeit aus. Ebenso: indefinibel, incoercibel, unfaßlich. Also wissen wir doch eigentlich nur, was jenes Subjekt nicht ist, nicht aber, was es ist. Nämlich es ist nicht so indefinibel, daß es nicht auch ein Definibles werden könnte, es ist nicht so unendlich, daß es nicht auch endlich werden könnte, nicht so unfaßlich, daß es nicht auch faßlich. Und wenn Sie nun dieß recht festhalten, so haben Sie den positiven Begriff. Nämlich um sich in eine Gestalt einschließen zu können, muß es freilich außer aller Gestalt seyn, aber nicht dieses, das außer aller Gestalt, das unfaßlich-Seyn ist das Positive an ihm, sondern, daß es sich in eine Gestalt einschließen, daß es sich faßlich machen kann, also daß es frei ist, sich in eine Gestalt einzuschließen und nicht einzuschließen. Denn auch gleich anfangs wurde ja nicht behauptet, daß es schlechthin das Form- und Gestaltlose sey, sondern nur, daß es in keiner Gestalt bleibe, von keiner gefesselt werde. Wir setzten also ausdrücklich voraus, dass es Gestalt annehme; denn nur indem es Gestalt annimmt, aber aus jeder wieder siegreich heraustritt, zeigt es sich als das an sich Unfaßliche, Unendliche (SCHELLING, 1821/1985, p. 380).
>
> *Eu disse: precisamente o indefinível daquele sujeito absoluto tem de ser definido. Ocorre que, quando a isso prestamos atentos ouvidos, surpreendemo-nos o fato de que, daquele sujeito absoluto, nada além de um conceito negativo retemos em mãos, caindo assim no perigo de incorrer em negação. Porque mesmo a palavra infinito expressa de fato apenas a negação da finitude. Do mesmo modo: indefinível, incoercível, inapreensível. Portanto, sabemos verdadeiramente somente o que aquele sujeito não é, mas não o que ele é. Notadamente, ele não é tão indefinível que não pudesse tornar-se um definível, não é tão infinito que pudesse deixar-se apreender em formas finitas, não assim inapreensível que não fosse apreendido. E se vocês retiverem isso bem, terão o conceito positivo: isto é, que para encerrar-se em uma figura, tem ele de*

pairar livremente sobre todas as figuras, de modo entretanto que não isso nele será positivo, o fato de estar fora das figuras, mas precisamente a capacidade de poder-se formalizar numa figura, de poder aí oferecer-se a nossos olhos, portanto de ser livre para numa figura encerrar-se e para não se encerrar-se [se lhe reduzir]. Porque também no começo não fora dito que ele é o absolutamente Sem Forma e Sem Figura, senão que ele não permanece em nenhuma figura, por nenhuma é capturado. Nós pressupomos com veemência que ele se formaliza numa figura, porquanto somente à medida em que se formaliza em figura, para dela sair em glória vitoriosa, mostra-se como o Inapreensível, como o Infinito (SCHELLING, 1821/1985, p. 380).

Vislumbramos agora o paradoxo: o princípio da filosofia enquanto metafísica é a absoluta liberdade do Infinito, que só se mostra no que é ao articular-se numa forma, sem entretanto nela permenecer cativo, mas para, encapsulando-se em formas, delas novamente sair e mostrar-se, assim, como o Indefinível: *Wir setzten also ausdrücklich voraus, dass es Gestalt annehme; denn nur indem es Gestalt annimmt, aber aus jeder wieder siegreich heraustritt, zeigt es sich als das an sich Unfaßliche, Unendliche*[19]. Ora, as formas, sempre finitas e possíveis apenas no Juízo, não são o oposto do Indefinível, mas a condição de possiblidade de sua correta intelecção – isto é, da apreensão do Infinito enquanto Infinito. Isso significa que a crítica hegeliana à intuição intelectual, como o acesso direto ao Absoluto capaz de driblar a mediação negativa do conceito, é igualmente criticada por Schelling e desprezada – Schelling sabe que, ao dizer do princípio ser ele o Incoercível e Indefinível, está oferecendo definições meramente negativas, que o definem por exclusão de predicados que não se lhe aplicam. Ocorre que, a Schelling, igualmente ineficaz lhe parece a solução hegeliana, que faz da negatividade do conceito a condição de possibilidade para o vir a si mesmo do Absoluto – ao fazer-se cativo do conceito, o Absoluto não tem mais a liberdade de *sich in eine Gestalt einzuschließen und nicht einzuschließen* [introduzir-se numa forma e não nela se introduzir/dela não restar cativa]. Deus é, por assim dizer, constrangido a desdobrar-se a si mesmo no conceito e a retornar a si. Assim postas

19 Supomos, pois, expressamente que ele [o Sujeito] tome forma, porquanto apenas ao deixar-se capturar em formas, para contudo delas emergir vitorioso, pode revelar-se enquanto o em si Inapreensível, Infinito.

as coisas, retira-se-lhe, a Deus, ao Absoluto (!), sua própria liberdade, e voltamos à antiga e simplista concepção do sy-stema como sistema, isto é, como Mapa do Mundo. Isso porque o Absoluto, o princípio da ciência por nós buscada, não *possui* a liberdade como predicado que dele se diz, mas a é – o princípio É Liberdade: *sondern die Freiheit ist das Wesen des Subjekts, oder es ist selbst nichts anderes als die ewige Freiheit* [a liberdade é o Ser mesmo do Sujeito, ou este nada mais é do que a eterna liberdade]. É esta a causa mesma da forma paradoxal que o sy-stema precisa admitir, porquanto seu princípio, longe de ser uma coisa parada e morta da qual se deduzem, mortamente, outras coisas mortas – longe de ser uma chata geometria da existência o sy-stema é articulação, pelas formas finitas do Juízo, da absoluta e eterna Liberdade infinita, que somente pelas formas pode mostrar-se a si mesma enquanto a infinitude que é, embora – e isso é importantíssimo – depois de cada formalização permaneça na total liberdade que É:

> Nämlich es ist die ewige Freiheit, aber es ist auch diese nicht so, daß es sie nicht auch nicht seyen könnte, nämlich eben durch Übergehen in eine andere Gestalt – und hier sehen wir denn, woher eigentlich jene Duplicität des Seyns und nicht-Seyns, jene natura anceps in ihm kommt, nämlich eben davon, daß es die lautere absolute Freiheit selbst ist. Denn wäre es nur so die Freiheit, daß es nicht auch Nicht-Freiheit werden könnte, daß es Freiheit bleiben müßte, so wäre ihm die Freiheit selbst zur Schranke, selbst zur Nothwendigkeit geworden, es wäre nicht wirklich absolute Freiheit (SCHELLING, 1821/1985, p. 382).

> *Notadamente ele [o Sujeito] é a eterna liberdade, mas não é a liberdade de modo que igualmente possa não a ser, ao resolver-se por uma outra figura – e aqui vemos de onde provem aquela duplicidade do Ser e do Não-Ser, aquela natura anceps nele, vale dizer precisamente do fato de que ele é a absoluta liberdade mesma. Pois se fosse ele apenas a liberdade, que não se pudesse tornar não-liberdade, de modo a ser obrigado a permanecer sendo a liberdade, então se lhe tornaria a própria liberdade um limite, qual necessidade ante si colocada, e não seria, pois, verdadeira absoluta liberdade* (SCHELLING, 1821/1985, p. 382).

Schelling está dizendo com todas as palavras e sem rodeios nenhum *que o Ser é infinita, eterna e absoluta Liberdade, de tal modo livre que inclusive sequer para ser livre ela é obrigada.* O princípio da metafísica, a *asystasia* imanente a todo sy-stema, é o sempre elusivo a toda tentativa de articulação finita, entre-visto apenas quando lhe respeitamos sua infinitude e, portanto, abandonamos toda pretensão sistemática de finitamente articulá-lo, de fazê-lo coisa, inclusive ao supormos fazê-lo uma coisa livre, automovente, como é o caso – na visão de Schelling – de Hegel, cujo Absoluto é, por assim dizer, obrigado a ser livre, a sempre perder-se e a continuamente retornar a si mesmo[20]. Com isso explica-se igualmente a verdadeira meontologia de Schelling, bastante distinta da meontologia desenvolvida no *Sofista*, e que hoje é ainda domada por projetos epistemológicos. No *Sofista*, o *mê on* era necessário pois fornecia a condição de possibilidade para as diferenciações entre as ideias e, por isso, para sua identidade de si consigo. Mais acima eu disse que toda definição ôntica, articulada em um Juízo Finito, supõe dois passos: a lei de proporcionalidade intrínseca e a relação negativa das ideias entre si – este segundo passo, condição de esclarecimento do primeiro, é promovido pelo mê on, negação necessária à afirmação da identidade de cada ideia de si consigo.

Em Schelling, entretanto, é de outra meontologia que falamos, uma em que o mê on é um Nada afirmativo, necessário para a concepção da eterna liberdade do Ser. A *vox anceps* de que fala Schelling enlaça-se à forma paradoxal da metafísica como busca saudosa pelo Além na radical unidade do pensar, porquanto o Além, do ponto de vista finito do Juízo e da Ideia, de certa forma não é: nada é. Por outro lado, no momento em que o Juízo e a Ideia são pensados como mero meio para formalização do Além, torna-se o Além o que radicalmente É, pois livre para finitamente ser, formalizar-se, e infinitamente ser ao não ser, permanecer na eterna Liberdade que É ao mostrar-se em cada forma como o que, em toda forma, resiste à forma. Nas palavras belíssimas de Márcia Schuback (1998)[21], é o não de cada sim. A meontologia é, portanto, a infinitude a revelar-se em cada finita forma, de modo tal que não apenas o Infinito permanece na absoluta Liberdade que é a sua mas, ao afirmar-se assim Livre, concede a cada forma singular uma inexauribilidade que é, doravante, sua riqueza interior. O não de

---

20 Esta é a engraçada caracterização que Schelling do Absoluto hegeliano fornece na *Geschichte der modernen Philosophie*.

21 É assim que Schuback apresenta, até onde vá meu conhecimento, a melhor leitura da meontologia de Schelling, equivalente apenas às interpretações de Luigi Pareyson. Minha admiração por *O Começo de Deus* resta e restará enorme, como deve ser nossa feliz descoberta de palavras que procuráramos durante tanto tempo e que, enfim, alguém a nós oferta.

cada sim é a garantia da infinita afirmação do sim – de que o sim não se vá a perder na constatação finita de um Juízo reificado. Esta postura, tornada possível pela meontologia schellingiana, indica portanto duas coisas: 1) a ambiguidade do Ser reside no fato de ser igualmente Nada, nisso residindo sua infinita e eterna Liberdade; 2) esta natureza *anceps* impossibilita, desde já, todo projeto de construção do Mapa do Mundo e, portanto, toda redução finita do princípio a um Juízo Finito. Se a razão é a faculdade responsável por ajuizar e por construir o Juízo, então toda vez em que ela, razão, supuser haver finalmente alcançado por si mesma o princípio, dele fazendo elemento do Juízo, deverá erguer-se, como guarda da eterna Liberdade, uma revolta essencial do Ser – a esta revolta Schelling chamará, traduzindo o *thaumazein* platônico, de *êxtase da razão, Erstauen der Vernunft.*

§ 3 A racionalidade da Metafísica: êxtase da razão e Mitwissenschaft.

Para entendermos melhor como Schelling constrói o *êxtase* da razão como a racionalidade apropriada da metafísica, devemos retroceder um pouco no argumento. No primeiro capítulo deste livro, eu disse que, de todos os entes, apenas o homem é capaz do pensar, se compreendemos pensar como a indagação da voz do Ser – portanto em seu estatuto específico e em sua diferença em relação ao *conhecer.* Também os animais, vimos, são capazes de operações algorítmicas que, inconscientes embora, lhes possibilitam um agir inteligente. Só o homem, entretanto, é capaz do *pensar,* pois só nele o Mundo revela-se enquanto Mundo. Nos termos de Heidegger, o homem é rico de mundo, é o ente que mundifica – *es weltet,* nos termos de *Sein und Zeit.* Schelling, desde o *Freiheitschrift,* fala exatamente nisso, ao sublinhar o *Mitwissenschaft,* o princípio da *conscientia,* que eu aqui tenho recuperado na figura da Co-rrespondência. Ora, se a filosofia é busca saudosa do princípio e se o princípio é a eterna e absoluta Liberdade, que é a asystasia necessária a todo sy-stema, segue-se que a Liberdade, no homem, vem ao conhecimento de si mesma. O homem só pode pensar a eterna e absoluta Liberdade do princípio pois é, ele mesmo, Livre:

> Hier handelt es sich insbesondere nicht um eine historische Kenntniß jener Bewegung, sondern um eine Mitwissenschaft, conscientia. Hieraus folgt also, daß in uns selbst etwas jener ewigen Freiheit Ähnliches und Gleiches – oder noch bestimmter: jene ewige Freiheit muß selbst in uns seyn, selbst in uns das Erkennende von sich seyn (SCHELLING, 1821.1985, p. 388).
>
> *Trata-se aqui em particular, não de um conhecimento histórico daquele movimento, mas de uma co-rrespondência, uma conscientia. Daqui concluímos que em nós mesmos algo há da eterna liberdade, a ela semelhante e de igual natureza – ou melhor ainda: aquela eterna liberdade deve em nós existir, abrindo em nós os olhos para si mesma* (SCHELLING, 1821.1985, p. 388).

O ponto é bastante simples, e basta a seguinte consideração: se somos capazes de distinguir a finitude da infinitude, se podemos perceber os limites do Juízo e conceber o Além em sua radical Alemnidade (*Jenseitigkeit*), é porque somos capazes da radical Liberdade por nós buscada. Somos por um lado seres temporais e, entretanto, em nós habita a eterna Liberdade que em nós toma consciência de si mesma, *que aliás para nós se formaliza em formas*:

> Vor diesem Gedanken dürfen wir nicht erschrecken. Denn a) im Menschen allein ist wieder jene abgründliche Freiheit, er ist mitten in der Zeit nicht in der Zeit, ihm ist verstattet wieder Anfang zu seyn, er ist also der wiederhergestellte Anfang, b) Eine dunkle Erinnerung, einmal der Anfang, die Macht, das absolute Centrum von allem gewesen zu seyn, rührt sich offenbar in dem Menschen. Er wäre es nämlich zweimal, 1) inwiefern er dieselbe ewige Freiheit ist, die im Anfang war, nur die wiedergebrachte, er wäre also das absolute Centrum als jener Anfang, und er wäre es 2) als die wiedergebrachte Freiheit (SCHELLING, 1821.1985, p. 389).
>
> *Diante deste pensamento não devemos ter medo. Porque a) no homem apenas emerge novamente aquela abismal liberdade, ele resta, no interior mesmo do tempo, fora do tempo, é-lhe concedido ser uma vez mais começo, ele é portanto o novamente começante começo, b) no homem mantém-se acordada uma lembrança obscura de ter, outrora, sido o começo, o poder, o centro absoluto*

de tudo. Ele se tornaria isso uma segunda vez, 1) na medida em que ele é a mesma eterna liberdade, que no começo havia, agora entretanto recuperada – ele seria portanto o centro absoluto e aquele começo, e ele isso seria como 2) a liberdade recuperada (SCHELLING, 1821.1985, p. 389).

A capacidade e disposição, em nós, para a eterna Liberdade diz da infinitude que habita em nós – diz, portanto, de nossa capacidade para co-rresponder ao Infinito, e esta capacidade se chama *pensar*. Nas *Erlangen Vorlesungen*, Schelling reserva para esta capacidade que estou aqui chamando o *pensar* o nome de *Wissen*, saber, o qual pode ser um saber autêntico, que sabe a infinitude do Infinito, ou um inautêntico, correspondente ao ôntico entendimento do princípio enquanto elemento do Juízo:

> Da wir nun dieses Wissen der ewigen Freiheit zwar sind, aber es nicht wissen, so müssen wir in das Wissen dieses Wissens erst wieder geführt werden durch die Wissenschaft. Allein die Wissenschaft hat dazu auch keinen andern Weg, kann es nicht leisten, als *indem sie von der ewigen Freiheit ausgeht* (SCHELLING, 1821.1985, p. 389).

> *Sendo nós embora o saber desta eterna liberdade, sem contudo sabê-lo, devemos ser novamente reconduzidos ao saber deste saber através da metafísica. Ocorre que a metafísica pode alcançar uma tal tarefa somente se ela partir da eterna liberdade.* (SCHELLING, 1821.1985, p. 389).

O saber livre é, portanto, aquele que assimila à sua estrutura a infinitude daquilo de que é saber – o saber, para sentir o gosto do que sabe, tem de tornar-se idêntico ao sabido: homoiosis. Mas o sabido, aqui, nunca é algo de definido, capaz de deixar-se apreender em simples definição. Como já vimos, trata-se de outra coisa, tão outra que não é coisa. A filosofia, *Wissenschaft*, só é capaz de um tal saber ao partir da Liberdade eterna ela mesma, *indem sie von der ewigen Freiheit ausgeht*, isto é, ao negar explicitamente todo saber finito, da mesma forma em que a Liberdade eterna formalizava-se apenas para negar cada uma das delimitadas formas em que se deixava apreender, engendrando assim a entre-visão de sua infinitude e fornecendo, generoso ato, a cada forma o selo do Infinito. Por isso, filosofia não é um saber dedutivo, mas *freie Geistesthat,* livre ação espiritual. Não se trata de arbitrária vontade individual, mas, ao contrário, da negação de toda individualidade finita – de tudo o que Jacques Lacan e Simone Weil chamam *l'imaginaire*, determinação finita e fantasiosa de um Eu redondo, sem fissuras por onde poderia irromper a angústia da Liberdade. Igualmente Schelling:

> ihr erster Schritt ist nicht ein Wissen, sondern vielmehr ausdrücklich ein Nichtwissen, ein Aufgeben alles Wissens für den Menschen. So lang *Er* noch wissen will, wird ihm jenes absolute Subjekt zum Objekt werden, und er wird es eben darum nicht an sich erkennen. Indem er sagt: ich, als ich, kann nicht wissen, *ich – will* nicht wissen, indem Er sich des Wissens begibt, macht er Raum für das, was das Wissen ist, nämlich für das absolute Subjekt, von dem gezeigt ist, daß es eben das Wissen selbst ist (SCHELLING, 1821.1985, p. 391).
>
> *Seu [da metafísica] primeiro passo não é um saber, mas antes expressamente um não-saber, um desistir de todo saber humano. Enquanto queira ele saber, aquele Sujeito absoluto se lhe tornará um objeto, e ele, precisamente por isso, nele não se reconhecerá. Dizendo eu, eu enquanto eu, nnao posso saber, eu – não quero saber – ao despir-se ele do saber, abre lugar para o que o saber É, vale dizer para o Sujeito absoluto, do qual mostramos ser ele mesmo o Saber* (SCHELLING, 1821.1985, p. 391).

Ao colocar-se diante do Infinito, diante da Liberdade absoluta que é o princípio da filosofia, o Além buscado pela metafísica, o pensador precisa co-rresponder àquilo que sabe, que não pode nunca objetificar-se pois é o Sujeito absoluto do saber, que é o saber ele mesmo – é, portanto, o próprio pensar. A abdicação do eu finito, cuja tendência é a de reificar-se ao reificar o Ser tentando domá-lo pelas garras do Juízo, marca o início e a postura demandada pela metafísica a todo aquele que nela quer entrar. Assim como as palavras postas no pórtico do Inferno, também ao metafísico se oferecem, em seu espantoso timbre de macabra rima, os versos: *lasciate ogni speranza, voi ch'intrate!*

A humilhação do eu, tema constante nos místicos e em Simone Weil[22], é o primeiro passo na dolorosa estrada que leva aos cumes do

---

22 "On n'entre pas dans la vérité sans avoir passé à travers

pensar, de onde a Liberdade eterna pode ser entre-vista na Co-rrespondência pela qual o eu finito, posto de lado, torna-se receptáculo do Infinito:

> Nämlich unser Ich wird *außer* sich, d. h. außer seiner Stelle, gesetzt. Seine Stelle ist die, Subjekt zu seyn. Nun kann es aber gegen das absolute Subjekt nicht Subjekt seyn, denn dieses kann sich nicht als Objekt verhalten. Also es muß den Ort verlassen, es muß außer sich gesetzt werden, als ein gar nicht mehr Daseyendes. Nur in dieser Selbstaufgegebenheit kann ihm das absolute Subjekt aufgehen in der Selbstaufgegebenheit, wie wir sie auch in dem *Erstaunen* erblicken. Dieses ist etwa der sanftere Ausdruck, dessen sich der milde Platon bedient, wenn er sagt: »Vor allem ist dieß der Affekt des Philosophen – das Erstaunen, τὸ θαυμάζειν, und hinzusetzt: denn es gibt keinen andern Anfang der Philosophie als das Erstaunen (SCHELLING, 1821.1985, p. 391-92).
>
> *Nosso Eu é posto fora de si, i. e., fora de seu lugar. O lugar que lhe convém é o de ser sujeito. Contra o Sujeito absoluto, contudo, não pode ele ser sujeito, porquanto aquele não se lhe pode relacionar como objeto. Por isso, tem nosso eu de deixar seu lugar, há de ser posto fora de si, como algo que aí não mais está, um não mais essente. Apenas nesta abdicação de si mesmo pode tocá-lo o Sujeito absoluto, nesta interpelação que vemos sobretu-*

---

son propre anéantissement ; sans avoir séjourné longtemps dans un état d'extrême et totale humiliation." A alegria de quem se viu diante da morte e pôde, em triste abandono, fazer a experiência do pensar. Durante muito tempo, acusou-se Schelling de certo aristocratismo intelectual, pois muitos liam na intuição intelectual um ato espiritual e mágico a poucos reservados – dom divino. Mas é bem disso que se trata, e é este espírito aristocrático que eu gostaria de recuperar para a filosofia, pois só na reunião dos melhores reside a verdadeira democracia, que não é a universalização do banal, mas a desesperada tentativa de a todos transmitir a visão dos altos cumes. É este o desejo do verdadeiro pro-fessor, do vértice do triângulo, que não insiste na democratização do saber, mas possui esperança de fazer emergir, em cada aluno, o aristocrata capaz de caminhar o caminho árduo da montanha. Não há mais belo desejo do que desejar, a um aluno, a dor da solidão de quem pensa. Nosso tempo é, muito mais do que o de Heidegger e Adorno, o da vulgarização democrática como projeto civilizacional. A quem pensa resta a esperança de que ainda alguns se apaixonem pelas linhas de Proust e de Virginia Woolf, e sonhem também com suas íntimas Combrays, apaixonem-se, como Lily, perdidamente pela enigmática beleza de Mrs. Ramsay.

> *do no alumbramento. Este é a expressão luminoso, de que o doce Platão se serve, ao dizer: 'sobretudo este é a paixão do filósofo – o alumbramento, τὸ θαυμάζειν, e adiciona: porque nenhum outro começo há ao filosofar senão o alumbramento.* (SCHELLING, 1821.1985, p. 391-92).

Eis-nos enfim diante do *êxtase da razão*, palavras tantas vezes evocadas para caracterizar o suposto irracionalismo do Schelling tardio. E contudo: tais palavras são o resultado de uma ascensão dialética de intenso rigor, cujo resultado é a articulação da racionalidade própria à metafísica como busca saudosa pelo Além. O êxtase põe o eu fora de si pois, acreditando-se medida de todas as coisas, o eu finito busca descrever o Mundo na linguagem finita que é a sua, esquecendo com isso o Infinito. Vimos já diversas vezes que não é essa a herança platônica assumida por Schelling, da qual me faço herdeiro neste livro. O sy-stema, para sê-lo, tem de assumir sua própria asystasia, tem de articular o Inarticulável sem destruir sua natureza que resiste a toda forma. A postura apropriada para co-rresponder a esta exigência que nos faz o Infinito é o *êxtase*, pelo qual vemos com todo fulgor estrutural a incompatibilidade entre o Juízo Finito e o Infinito, entre a Ideia e o Princípio – incompatibilidade que existe se e somente se julgamos que a ambos cabe o mesmo lugar e a mesma função, *mas é exatamente tal diferença que o êxtase nos ensina*. Como estou dizendo desde o começo, em Platão as ideias não configuram o nível último da metafísica – se assim fosse, com efeito Rorty poderia tranquilamente criticar todo tipo de *platonism*, associando-lhe a construção ingênua de um Mapa do Mundo. Mas as ideias são apenas as diversas madeiras com que construímos a nau da segunda navegação – o Juízo Finito é apenas o meio para a busca do princípio, e estruturalmente sabemos que nele nunca se virá encerrar a eterna Liberdade que é a asystasia e a Unidade do sy-stema. É por isso que Schelling é tão cuidadoso ao insistir na natureza *anceps* do êxtase, e no fato de por ele ser o pensador reconduzido ao pensar metafísico, que torna possível a Co-rrespondência ao preservar a Saudade como forma mesma da busca:

> Ich bemerke hier, ekstasis ist eine vox anceps, die in besseren und schlimmeren Sinn genommen werden kann. Nämlich jede Entfernung oder Entsetzung von einer Stelle ist Ekstase. Es kommt nur darauf an, ob etwas entfernt wird von einer ihm zukommenden, gebührenden Stelle, oder von der ihm nicht gebüh-

renden Stelle. Im letzteren Fall ist es eine Heilsame Ekstase, die zur Besinnung führt, wahrend die andere zur Sinnlosigkeit führt (SCHELLING, 1821.1985, p. 392).

Eu noto aqui que ekstasis é uma vox anceps, a qual pode ser tomada no melhor e pior sentido. Notadamente, todo distanciamento ou destituição de um lugar é um êxtase. Trata-se pois de saber se algo é distanciado de um lugar que lhe convém por direito ou de um lugar que não lhe convém. No último caso, é um êxtase salvífico, que leva ao pensar, ao passo que no outro caso leva à loucura (SCHELLING, 1821.1985, p. 392).

Que é, afinal, a forma da metafísica depois de toda esta discussão? Ora, Schelling nos deu feliz fruto: o êxtase da razão, como princípio de humilhação do eu que vê insuficiente toda tentativa de construção do Mapa do Mundo, é consciência da infinitude do Infinito enquanto princípio da metafísica. É, também, a paradoxal *docta ignorantia*, que doutamente constrói, pelo pensar, a ciência do que lhe escapa necessariamente – e é por isso a fórmula mesma da metafísica romântica compreendida como sy-stema. Por quê? Porque o sy-stema fornece, por um lado, a radical unidade dos momentos do pensar que Platão corporifica de modo inigualável e, por outro, insiste no fato de que a Unidade superior de todo sy-stema consiste em uma fundamental asystasia – consiste, isto é, no fato de que seu princípio e fundamento é o Infinito ele mesmo, o que por definição reside além das margens finitas das essências ditas pelo Juízo. A radical unidade dos momentos do pensar, o ritmo unificante em que ontologia-epistemologia-ética-estética faziam-se dançarinas de uma só ciranda e cujo máximo exemplo fomos colher em Platão – tal unidade da metafísica como sy-stema encontra sua justificativa racional na Unidade do unitário e do contraditório, isto é, na Unidade da Filosofia enquanto busca saudosa de seu próprio princípio, que lhe habita o início, o meio e o fim: a radical liberdade infinita. Em Platão encontramos a imagem essencial para nosso gesto – gesto a cujos sentidos recônditos Schelling trouxe resplandecente luz. Feito o árduo percurso, agora, se nos falta ainda *realizar a metafísica*, sabemos ao menos os passos que lhe agradam. Sabemos que ela só se realiza enquanto sy-stema: síntese do dizível e do indizível que aponta para a superior consciência do Infinito.

3

Figuras ou o que significa pensar romanticamente: a ontologia do ensaio e o ensaio como ontologia

Com admiração e carinho, para meus amigos Tales Rands e Alexandre Rands, aos quais é dedicado este capítulo como resposta à pergunta que me fizeram: que significa, afinal, pensar?

In libris autem omnibus sanctis intueri oportet, quae ibi aeterna intimentur

Santo Agostinho, De genesi ad literam.

O século XX é rico em gestos que fundamentam o ensaio como procedimento específico às assim chamadas ciências humanas. Adorno, Benjamin, Lukács, Auerbach, Foucault, são nomes que estudantes de primeiro período, quando não leem os livros em cujo frontispício tais nomes aparecem, são constrangidos ao menos a decorar. Dizer do ensaio ser ele uma forma própria à especulação não motivada por pesquisas empíricas, por isso livre ao tateio e à errância do pensar, não constitui absolutamente nada além de entediante repetição do já sabido. Já as meditações românticas acerca do fragmento como forma própria ao pensamento especulativo forneciam o eixo de que derivariam um Walter Benjamin e um Adorno, sem aliás esconder as fontes em que bebiam, a solda de suas reflexões – a literatura secundária a respeito é vasta, e muitas são as teses, dissertações, artigos e livros que o comprovam à exaustão. Se a árvore genealógica do ensaio, enquanto gênero de escrita entre a ciência e a arte, está tão bem documentada, com teses que se acumulam umas sobre as outras, qual o valor de retornar à questão? Pois bem, sem rodeios e direto ao ponto: não me interessa comentar as filiações da *Darstellung* benjaminiana e da *Konfiguration* adorniana ao fragmento de Schlegel ou Novalis, tampouco novamente especular acerca do entrelugar do ensaio, mas meditar à luz de uma simples pergunta – se ao ensaio é correlata uma forma apropriada à apreensão do não-idêntico, daquilo que escapa ao procedimento determinante das ciências da natureza, qual a ontologia própria ao ensaio? Talvez em melhor formulação, dir-se-ia: qual a condição de possibilidade ontológica para a conquista da liberdade especulativa ensaística? O que nos diz tal livre e plástica forma, não menos obcecada pela verdade do que a ciência ou a poesia, acerca de sua relação com o Ser e sobre o modo epistêmico mesmo de uma tal relação? Possuo a intuição de que estas simples perguntas podem dar-me a ocasião para apresentar o que, muito impropriamente talvez, chamarei minha epistemologia romântica, em cujo centro reside a noção de *figura*, enraizada em uma ontologia da eternidade temporal. Ensaio, Ser, *figura*, epistemologia romântica, eterno e tempo – a que paisagem nos leva um tal percurso? Desde a fundamentação introdutória deste livro[23], tenho falado de quatro *figuras* pelas quais se estrutura a metafísica romântica: Saudade, Co-rrespondência, Juízo Infinito, Re-mora. Tenho-as chamado de *figuras* por uma razão específica – tal razão consiste na epistemologia romântica que, parece-me, é o país estrangeiro a que leva a pergunta a respeito do ensaio e, mais ainda, a respeito do *pensar*. Dada a definição de metafísica como sy-stema que articulei no segundo capítulo, epistemologia implica ontologia, e falar de epistemologia romântica me levará necessariamente a articular a ontologia que lhe é solidária. É uma ontologia do tempo e do eterno – melhor: é uma ontologia da eternidade temporal, cujas duas chaves são a noção de *figura* e a *mímesis especulativa*.

Quem me guia aqui é Auerbach, claro. É a ele – e, como sempre, a Schelling – que devo a intuição de um *método*, no sentido grego do caminho com o qual se é e se vai sendo, pois que não somos nós apenas que caminhamos no caminho, mas o caminho que nos caminha, sendo-nos ao ser o que é em nosso caminhar. Este livro é repleto de *figuras*, não apenas das quatro que anunciei no primeiro capítulo. Vértice do Triângulo, Re-mora, Pessoa, Cidade, Face de Deus, Começo, Fim, Amor, Amizade: eis as *figuras* que reivindico para a metafísica romântica. Se este livro é composto de ensaios e se, neles, revelaram-

---

23 Que de fundamentação possui ainda pouco, sendo antes núncio do que como fundamentado há de vir apenas ao fim do livro e, a bem dizer, ao fim do percurso cujo início este livro apenas enuncia: figura, portanto, como veremos, rerum futurarum.

-se-me tais *figuras*, o esclarecimento de meu método e de minha epistemologia outra coisa não é senão a explicação destas duas palavras, ensaio e *figura*, pelas quais se torna inteligível o significado de um pensar romântico.

Mas há uma pequena ressalva, que preciso fazer ao leitor. Embora o intento deste capítulo seja o de fornecer uma primeira resposta à pergunta acerca do que significa pensar romanticamente, portanto tentar formalizar os traços mínimos da epistemologia romântica, nele outra coisa como resultado veremos: porque antes de demarcar a verdadeira epistemologia romântica, tarefa a ser conduzida em *Mímesis Especulativa*, nós temos primeiro de entender o que as formas são, o que as formas tocam. Como assim? Toda epistemologia é, seja como for, uma tentativa de delinear a relação das formas com a emergência do Sentido. Tarefa da epistemologia é perguntar: como emerge o Sentido, por que dizemos X e Y e por qual íntimo mecanismo se enlaçam as palavras entre si, e elas com o Mundo? Que é Verdade? Como a capturamos, nela estamos, dela possuímos o rastro? Esta é a tarefa de toda epistemologia: será também a nossa. Uma epistemologia – é na verdade uma grande meditação sobre as formas. Se as formas delineiam a emergência do Sentido para nós, aquilo que os gregos nomearam ἐπιστήμη, então a meditação sobre as formas será também uma meditação sobre o Mundo, sobre sua aurora para nós e sobre nós nesta aurora. A ressalva, então, que eu gostaria de fazer ao leitor é a seguinte: para entender por que as obras sobre as quais escrevo na segunda parte deste livro articulam verdades sobre o Ser, apreendem-lhe o Sentido extraindo-lhe sentidos – para entender isto, é necessário antes inteligir corretamente a forma do pensar romântico. Esta forma é a do ensaio e é a da *figura*, e ela é a captura espelhada de uma *mímesis especulativa*. A *figura* é nosso acesso romântico ao Ser, quando nossa linguagem, histórica e temporal, torna-se espelho do Eterno, imitando-o especulativamente. Os dois próximos capítulos compõem, em diálogo com o primeiro da segunda parte, a primeira versão da epistemologia romântica, inseparável de sua ontologia, porque, como vimos, a metafísica romântica é sy-stêmica, e sy-stêmico é todo pensar unificante, em que se conjugam epistemologia, ontologia, ética e estética como ondas de um só mar.

São talvez os dois capítulos mais entediantes deste livro, mais preocupados com um desenvolvimento paulatino, mais atentos à prática por vezes cansativa do *close reading*, que desdobra com paciência a estrutura especulativa comum a diversas tentativas de apreender um mesmo fenômeno. É que a *figura*, primeira pedra de toque da epistemologia romântica, é inseparável da *mímesis especulativa*, porque só podemos *figurar* o Ser *mimetizando-o especulativamente*. O Ser é eterno, e nós somos temporais. A operação pela qual o eterno se temporaliza é uma *mímesis especulativa*, e seu resultado é uma *figura*. O pensamento romântico é ensaístico, porque elabora *figuras* pensando a partir de *figuras*. Eu gostaria que o leitor soubesse o que tem à frente de si: vamos, primeiro, limpar o terreno, e entender por que o ensaio implica uma ontologia da eternidade temporal. Teremos de demarcar o conhecimento científico e a verdade ontológica, sem recair em relativismos baratos: porque a Verdade, ela aí está, queiramos ou não. Além de aí estar, ela está temporalmente, e é eterna. Parte considerável da epistemologia romântica residirá em explicar a emergência do Tempo e do Mundo desde o Eterno. Isso não será ainda feito aqui. Agora – agora nossa missão é outra, mais modesta: é entender a razão por que o ensaio é errante, por que em sua errância vai contornando a Verdade, como em flerte suave, e por que, neste seu contorná-la, vai o ensaio engendrando *figuras*, instantâneos do Ser, lampejos do pensar de todo romântico. Neste capítulo, eis a tarefa que encontramos: definir os contornos do que significa pensar romanticamente.

*

Para muitos a chamada forma ensaística expressa uma ainda não atingida certeza científica acerca de um objeto, empiricamente existente, cuja estrutura trata-se de entender, sob a luz de leis e teoremas aos quais a concordância entre o intelecto e o real fornece validade. Como se o ensaio, assim posto e entendido, fosse mera concessão ao trabalho intelectual, que deve ainda nutrir-se de dados e melhores experiências para chegar, afinal, à forma robusta de uma intelecção correta de fenômenos que, enquanto tais, correspondem a campos ônticos específicos do real. Por outro lado, fala-se do ensaio como modo específico do discurso das ciências humanas, sem que com isso se perceba a anterioridade absoluta, *de jure*, da metafísica, saber matricial a que retornam todas e cada uma das assim chamadas humanidades. É que o ensaio, percebido seja na forma do aquém da cientificidade seja como especificidade de ciências às quais resta obscuro o fundamento último de si mesmas, deve ser com rigor definido à luz do saber que lhe é próprio. Se o ensaio é errante, não é por concessão à subjetividade autoral, a quem se permite um rigor menor, por faltar-lhe o contato concreto com a experiência ou porque a errância ensaística parece uma saudável fase na construção de um saber progressivo a respeito do Humano. *Antes, a errância e a radical subjetividade do ensaio correspondem à natureza de seu objeto, que outro não é senão o Ser. Como meditação metafísica, o pensamento ensaístico admite momentos estéticos pois é por estes que se deixa ver o Ser como radical liberdade e infinitude, mas esta mesma admissão, exatamente por não ser arbitrária nem caprichosa, requer um momento de fundamentação rigorosa capaz de explicitar a correlação entre ensaio e Ser, forjando instrumentos especulativos adequados e articulando-os numa malha que faz aparecer, não apenas uma descrição do ensaio como meditação ontológica, mas a ontologia mesma do ensaio e, por aí, o ensaio como ontologia.*

Há, ao longo do século XX, nomes centrais que forneceram ao ensaio não só exemplos de qualidade quase inigualável mas, sobretudo, tentativas de definição e delineamento para este gesto de escrita cujo pai é Montaigne. É instrutivo, para alcançar a fundamentação ontológica que aqui viso, revisitarmos alguns destes nomes, e indagar se neles vislumbramos a ontologia aqui exigida: Lukács, Adorno, Benjamin e Auerbach, será este nosso percurso. Pela leitura cerrada destes nomes, procurarei articular aquilo que, por um lado, neles está latente e, por outro, é o timbre particular de minha própria voz – pela qual responderei a meus queridos amigos, Tales e Alexandre, que me fizeram a pergunta heideggeriana e nevrálgica: que significa pensar?

Gostaria de começar obscuramente pelo que será, espero, o luminoso fim deste trajeto. O conhecidíssimo texto de Lukács talvez possua sua mais original contribuição no reconhecimento do carácter irônico do ensaio. Por que irônico? Lukács começa a carta em que explicita sua concepção da forma ensaística observando o entrelugar do ensaio por relação aos saberes acabados da ciência e à criatividade da arte. Da ciência distingue-se o ensaio por não partir da observação empírica de fatos a serem subsumidos em leis genéricas, embora, como a ciência, possua na Verdade seu ideal. Da arte o ensaio é diverso pois que, enquanto toda arte é criação de formas nas quais se cristalizam vivências, o ensaio é o tateante aproximar-se destas formas – o ensaio vem, neste sentido, sempre depois, e o solo que compartilha com a arte é o amor pela vida. É aqui que a primeira distinção importante vem à tona: na arte a forma ganha sua necessidade do destino, é por isso destino capturado, ao passo que ao ensaio ainda falta forma própria, razão por que ele busca formas para nelas entrever a fatalidade da vida. O ensaio, carente de forma própria, precisa pela entrevisão da fatalidade produzir, pondo-o sob luz, o destino que nas formas dormita e lhes confere força:

> Por isso esses escritos falam das formas. O crítico é aquele que vislumbra a fatalidade nas formas, cuja vivência mais intensa é aquele conteúdo da alma que as formas indireta e inconscientemente escondem em si mesmas. A forma é sua maior vivência, ela é, como realidade imediata, o que há de figurativo, de verdadeiramente vivo em seus escritos (LUKÁCS, 2008, p. 110-111).

Que significam destino e forma? Destino é a necessidade da essência, do que verdadeiramente é, do fatalmente assim – mas este *fatum* só pode manifestar-se para a inteligência ao cristalizar-se em formas, que deste mesmo destino auferem seu princípio vital. O destino é anterior às formas, mas apenas nelas vem a existir. O ensaísta, ao vislumbrar a fatalidade nas formas, surpreende as essências e busca vivificá-las ainda mais, deseja circunscrever as formas nas quais estão as essências circunscritas. Mas se já se formalizaram tais vivências, por que existe o ensaísta? É aqui, neste ponto de aparente ingenuidade, que se revela a importância da natureza irônica de todo ensaio:

> Refiro-me aqui à ironia que há no fato de que o crítico sempre fala das questões últimas da vida, porém sempre no tom de quem falasse apenas de quadros e livros, apenas dos ornamentos belos e não-essenciais da grande vida, e mesmo aqui não do mais íntimo do íntimo, e sim tão-somente de uma bela e inútil superfície. O ensaísta dá um piparote na própria esperança orgulhosa, que se ilude de ter chegado alguma vez próxima das coisas últimas – ora, tudo o que ele tem a oferecer são explicações dos poemas de outros ou, no melhor dos casos, de seus próprios conceitos (LUKÁCS, 2008, p. 112).

O ensaio captura a vida das formas, a vivência e a essência, o que verdadeiramente é na necessidade de seu sustir-se: a um tal necessário existir chamamos eterno, pois é o destino da necessidade, o que fatalmente advém. Por isso, o ensaio fala das coisas últimas e, entretanto, o faz como quem comenta adornos secundários, objetos supérfluos ao fluir da vida dos homens, como se de coisas insignificantes falasse. Aí reside o tom irônico do ensaísta, que é também íntima consciência de que do destino e do eterno só falamos parcialmente, por meios temporais – pelas formas e pela circunscrição das formas no ensaio. Uma tal ironia não é, entretanto, abdicação da Verdade em favor da contingência, mas um seu apropriado reconhecimento. A consciência irônica do ensaio é o que lhe revela a tarefa última, a de vislumbrar a fatalidade nas formas e, por isso, aproximar-se temporalmente do eterno. No *Depois* que é o seu, o ensaísta busca ser fiel a um *Antes*, perseguindo a semelhança entre seu comentário e as formas comentadas, entre as formas iluminadas pelo comentário e o destino nelas inscrito. Assim como, na contemplação de retratos, não podemos evitar a pergunta acerca da semelhança e fidelidade da pintura à pessoa representada, também nos ensaios buscamos, sob as formas aparecentes, a verdade interior, a essência e a vida aí cristalizadas e apenas assim visíveis:

> Os retratos verdadeiramente significativos, portanto, nos dão, ao lado de todas as suas outras sensações artísticas, também esta: a vida de um ser humano que realmente viveu alguma vez, e nos impõem o sentimento de que a vida dele foi como as linhas e cores do quadro nos mostram. Apenas por vermos pintores travarem diante dos homens duras lutas por este ideal de expressão, e porque a aparência e as palavras de ordem desta luta não podem ser senão os de uma luta pela semelhança, é que damos tal nome a esta sugestão de vida, embora não haja ninguém no mundo a quem o retrato possa assemelhar-se (LUKÁCS, 2008, p. 113).

O símile dos retratos é genial e decisivo, por duas razões: primeiro, pois traz à tona o significado ontológico da *forma*, cuja tarefa não é apenas o de imitar, reproduzindo-o, o empiricamente verificável e já inventariado, mas modular o invisível por sua mágica articulação, precisamente aquilo que Lukács chama *sugestão de vida*; em segundo lugar e como consequência do primeiro ponto, a vida singular capturada na forma do retrato permite salvar o fenômeno individual, sem entretanto destruí-lo na universalidade do conceito, o que acaba por fornecer à forma do retrato um significado criativo inesperado: ela não imita o empiricamente verificável, o visível, senão que o mobiliza para apreender, sob a fina estampa do que aos olhos se oferece, a forma interior de uma vida radicalmente singular, cuja individualidade, contudo, toca-nos a todos.

O milagre do retrato consiste, portanto, na criação do universal desde o singular, de modo a salvar, assim engendrando-os, a singularidade do singular pela universalidade que dele emana e a universalidade do universal pela origem singular de que provém. Por isso, diz Lukács, deduzindo com rigor lógico as consequências de um tal símile, o ensaio cria seus próprios critérios de validade – o que não implica *relativismo barato*, porquanto a verdade do ensaio, sem se reduzir à dos julgamentos empíricos, visa a origem eterna donde emergem as verdades temporais com que lidam as ciências naturais. A força criativa do ensaio não é, portanto, exercício arbitrário da imaginação individual, senão que figuração de uma verdade ontológica: a melhor dizer, da verdade do Ser ele mesmo:

> Todos esses pressupostos da eficácia e da validade daquilo que ele observa, o ensaio os cria por si mesmo. Assim, não é possível que dois ensaios se contradigam um ao outro: pois cada um deles cria um outro mundo e mesmo quando, a fim de alcançar uma maior generalidade, ultrapassa-lhe os limites, ele permanece em tom, cor, ênfase, sempre no mundo criado, e portanto o abandona apenas em um sentido impróprio da palavra. Também não é verdade que haja aqui uma medida objetiva, externa da vivacidade e da verdade, que possamos medir como o Goethe "verdadeiro" a verdade dos Goethes de Grimm, Dilthey ou Schlegel. Não é verdade, pois muitos Goethes – diferentes um do outro, e profundamente diferentes do nosso – já despertam em nós a crença segura da vida, e, decepcionados, reconhecemos nosso próprio rosto em outros, cujo débil alento não lhes pudera insuflar uma força vital autônoma. É certo que o ensaio aspira à verdade: mas como Saul, que partiu para buscar as mulas de seu pai e encontrou um reino, também o ensaísta, que realmente está em condições de buscar a verdade, encontrará ao fim de seu caminho o objetivo não buscado, a vida (LUKÁCS, 2008, p. 114).

O passo é crucial, e nos fornecerá o elo que instaura a grande constelação espiritual sob que se vêm irmanar Lukács, Adorno, Benjamin e Auerbach. Trata-se de apreender a diferença entre a verdade empírica, ôntica, com que se ocupam as ciências da natureza e cujo critério é exterior à forma epistêmica que lhes permite produzir conhecimento pela descrição de estado ôntico de coisas (*Sachverhalten*), e a verdade ontológica, fonte e origem de toda verdade empírica ou, como se exprime Lukács, das banalidades e trivialidades do naturalismo. A genialidade destas poucas linhas se aclara de todo quando as relacionamos ao símile do retrato e ao paradoxo que nele vislumbramos: a verdade ontológica, sendo pura *poiesis*, não pode ser apreendida por formas determinantes, cuja configuração obedece a regras predicativas já inventariadas e que lhes são exteriores, demandando por isso mesmo formas criativas, capazes de engendrar o sentido de si mesmas no ato com que se vão formando. Ora, isso ocorre precisamente por virtude da face de Jano da verdade ontológica, que revela sua universalidade, o *destino*, a partir da singularidade do singular, da *vida*, em que universal e individual se sintetizam sem que haja predomínio de um sobre o outro. Eis a razão por que o ensaísta *parte* em busca de sua verdade, e a encontrará apenas ao final, uma vez engendradas as formas que paradoxalmente lhe servem de luz sob que se lhe oferece o objeto.

O momento irônico e paradoxal reside, então, na natureza interior-exterior da verdade, isto é, ela aparece ao ensaísta, que em sua busca parte, como algo a ser alcançado, como qualquer coisa cuja existência independe desta mesma busca, e entretanto a ser identificada pelo ato da busca, quase que na busca engendrada[24]. Mas esta ironia só é desesperadora para quem entenda a verdade na única e redutora condição de descrição ôntica de um estado de coisas (*Sachverhalte*): para aqueles interessados apenas na verdade ontológica, na face do Ser ele mesmo, a ilimitada diversidade dos ensaios não é índice de insuficiência epistêmica e vergonha cognitiva, mas belo testemunho da inexaurível natureza d'A Verdade, que se deixa melhor formular no invertido e paradoxal encontro do Universal no Singular, tarefa mesma do ensaísta, capaz de entrever, na forma finita das contingências de uma vida, a necessidade universal do destino.

A diversidade dos ensaios, assim, corresponde ao descompasso entre circunscrição ensaística e destino formalizado, e é o solo donde brota a ironia do ensaio, pois sabe o ensaísta ser a finitude da linguagem incompatível com a infinitude da vida a ser revelada. O ensaio transforma-se em redenção do destino – no espelho de sua infinitude. Todo espelho, ao espelhar, inverte. Apenas no espelho, entretanto, posso vir ao vislumbre de mim mesmo. No espelho vejo-me em ordem inversa – e contudo vejo-me. A mensagem a mim, pelo espelho como outro de mim, chega-me por imagem invertida. O ensaio, se espelho é, espelha o espelhado, invertendo-o: a eternidade e infinitude do destino aparecem, no ensaio, pela finitude e temporalidade das formas, assim como as formas, no ensaio que as circunscreve, invertem sua

24 Atente bem o leitor para a identidade formal que esta determinação da natureza da verdade, constituída pela busca e dela independente, possuir-lhe-á – porquanto de futuro ainda se trata – quando estiver lendo Mímesis Especulativa. Lá veremos que a fidelidade, erguida sobre um processo de enquete aleatória, possui o mesmo estatuto paradoxal que aqui apenas entrevemos na definição da ironia ensaística.

finitude e temporalidade, eternizando-se na infinitude do destino de que são espelho. É nesta ordem inversa que *a* vida e a *vida* salvam-se mutuamente, pois a universalidade da primeira só pode aparecer pela singularidade da segunda, que lhe previne o tornar-se generalidade vazia, ao passo que dela recebe o sopro de eternidade:

> Exigimos dos poetas e dos críticos que nos dêem símbolos da vida e imprimam a forma de nossas perguntas nos mitos e lendas que ainda vivem. Não é mesmo uma fina e comovente ironia que, quando um grande crítico projeta em sonhos nosso anelo num quadro dos primeiros florentinos ou num torso grego, e colhe neles algo que de outra maneira teríamos buscado em vão onde quer que fosse, ele fale em novos resultados da pesquisa científica, de novos métodos e novos fatos? Fatos sempre há e sempre tudo está contido neles, mas cada época precisa de outros gregos, de uma outra Idade Média e uma outra Renascença. Cada época criará para si aqueles de que necessita e apenas os que a sucedem imediatamente pensam que os sonhos dos pais tenham sido mentiras que precisam ser combatidas com suas novas e próprias "verdades". Mas a história dos efeitos da literatura também transcorre da mesma maneira, e também na crítica a sobrevivência dos sonhos dos avós mal é tocada pelos que hoje vivem, nem a dos que morreram mais cedo. Assim, as diferentes "concepções" de Renascença podem conviver pacificamente, do mesmo modo que uma nova Fedra, ou um Siegfried ou um Tristão de um novo poeta sempre deixa intocados os de seus antecessores (LUKÁCS, 2008, p. 115).

A multiplicidade dos ensaios e de seus julgamentos falam de uma verdade diversa daquela visada pela ciência, que procede por juízos finitos compostos de conceitos, cuja principal característica é, na definição kantiana, unificar o múltiplo sensível. Esta verdade possui diferentes faces pois toda configuração em que aparece é finita e, por isso, parcial, enquanto ela, ao contrário, é infinita e eterna. O ensaísta se encontra em paradoxal situação, da qual a ironia já fornecera o primeiro índice: sua missão é circunscrever o eterno entrevisto na forma, é portanto apreender a ideia mesma do destino na forma da qual é essência, mas para isso não dispõe ele mesmo de valores eternos e infinitos, regras conforme as quais poderia medir a veracidade de seu julgamento. O ensaísta, ele mesmo carente de formas próprias e apoiado em formas existentes, transforma-se no criador de suas próprias medidas, e nesta radical subjetividade busca fundamentar a universal objetividade de seu juízo:

> No entanto, é só aqui que a possibilidade de existência do ensaísta torna-se problemática até suas raízes mais profundas: apenas pela força julgadora da idéia contemplada ele se salva do relativo e do não-essencial – mas quem lhe dá esse direito de julgamento? Seria quase justo dizer: ele o toma para si; de si mesmo ele cria seus valores judicativos. Mas nada está separado do justo por abismos mais profundos que o seu "quase", esta categoria míope de um conhecimento frugal e auto-satisfeito. Pois, de fato, é no ensaísta mesmo que se criam seus parâmetros de julgamento, mas não é ele próprio quem os desperta para a vida e para a ação: é o grande determinador de valores, o que sempre está por vir, o que ainda não chegou, o único chamado a julgar quem os inspira nele (LUKÁCS, 2008, p. 120).

Em Lukács, o ensaio conjuga, sem reduzir uma à outra, arte e ciência ao transformar em forma o destino, ao vislumbrar, na pura liberdade que é a sua, a fatalidade de um destino capturado no cristal de uma forma – a alma buscada no prisma é, no seu apresentar-se, uma fatal apresentação, mas ela só existe para os olhos do ensaísta capaz de articular-lhe a beleza e reconhecer-lhe a dignidade desde o puro ato livre em que o destino formalizado deixa-se uma vez mais formalizar: a aventura do ensaio é o contínuo e amoroso diálogo entre o necessário e o contingente, o destino e o acaso, a fatalidade e a liberdade, *a* vida e a *vida*. Como eu me expressei acima, Lukács compreende a tarefa epistêmica do ensaio como a articulação do universal (o destino, *a* vida) desde a radical singularidade (a *vida*, ou, como se expressaria o Schelling da *Philosophische Einleitung zur Philosophie der Offenbarung*, *esta* vida) de uma forma em que veio prismar-se, e isso porque a epistemologia do ensaio se funda numa ontologia da eternidade temporal, porquanto as formas, por definição históricas e contingentes, manifestam as essências, eternas e necessárias. Esta eternidade e esta necessidade, contudo, não se identificam às das ciências naturais, que procedem por juízos determinantes[25] – em terminologia kantiana – a

---

25 Assim se traduz em geral para o português o famoso bestimmende Urteil com que operam as ciências naturais, Naturwissenschaften, capazes de produzir conhecimento genérico e universal sobre fenômenos par-

fim de domar fenômenos pela compreensão de suas estruturas e condições, pela razão muito simples de terem uma origem mais humilde, por isso mesmo de maior dignidade: o Ser.

O saldo maior da reflexão lukacsiana reside em ter compreendido que, se o sol é a fonte da luz, não menos necessários são os prismas por onde, timbrada, vem ela apresentar-se a nossas retinas, outros cristais em que se refrata novamente a mesma luz. Ao ensaio convém o entre-lugar em cujas fronteiras residem, de um lado, a rígida necessidade da ciência e, de outro, a livre criação artística, pois o que nele é fim e meta se formula na construção do saber de um insabível, na aventura de pensar o imponderável cujo apresentar-se, entretanto, mobilizou formas nas quais se veio cristalizar – e é para fazer justiça ao fato desta apresentação que o ensaio obedece ao chamado, porquanto sabe a insuficiência epistemológica da ciência, operante por juízos determinantes, e da arte, que produz saber à guisa de si mesma, na pura liberdade de quem apreende o Ser.

O ensaio é maior do que a ciência pois esta, preocupada com campos ônticos de intelecção, movimenta-se no plano dos juízos finitos, incapaz de alçar-se à apreensão do infinito, e tem como eterno possível pecado – a tentação mesma de toda ciência – a tendência a pensar que *este mundo*, de cuja finitude se ocupa nos juízos finitos que lhe servem de meio epistêmico, é o único mundo a nós ofertado. O ensaio é outro e diverso da arte porque, nela, o preço a pagar pelo milagre das formas é a cegueira de quem contempla o Sol com os olhos e sem mediação qualquer: a beleza vista é inigualável, mas dela não podemos

---

ticulares, os quais, uma vez compreendidos, podem ser dominados e estabilizados em um grande quadro unificador. O conceito, Begriff, tem aliás como propriedade a de unificar a multiplicidade da experiência, das Mannigfaltige der Erfahrung, cujas condições de possibilidades residem na conjunta ação da intuição, Anschauung, e do entendimento, Verstand, aos quais a imaginação, Einbildungskraft, fornece a mediação necessária, capaz de preencher os conceitos com material sensível e unificar o multíplice da sensibilidade pela ação conceitual do entendimento – daí o famoso adágio kantiano, Begriffe ohne Anschauung sind leere, Anschauung ohne Begriffe sind blind. Eu resumi, de um ponto de vista histórico, o empreendimento kantiano e sua localização estratégica para a metafísica romântica no já publicado *Para uma arqueologia do ficcional: a antropologia literária de Wolfgang Iser e suas condições de possibilidade no pensamento primeiro-romântico*, e tentei demonstrar seu umbilical vínculo para o que aqui estou formulando em *A experiência ficcional e os campos de intelecção: para introduzir a tradição pós-kantiana*, em que por primeira vez enuncio meu projeto, vinculando-o aliás com o grandioso trabalho de Wolfram Hoegebre (2013).

falar senão ofertando-a nas formas que, se dizem eternamente o Infinito, só o fazem para outros olhos em cuja retina encontram a linguagem que, nelas tácita e disposta em frases mudas, vem salvar a beleza do sol e torná-la, enfim, palavra pronunciada.

A ironia do ensaísta, ponto central e estratégico desta belíssima carta do jovem Lukács, deve compreender-se como espécie de manifesto micro epistemológico que enuncia sua diferença por relação à ciência natural ao sugerir que, à diferença de todo juízo finito que incide sobre parte localizável do real e procede conforme regras predicativas já estabilizadas para intelecção finita de fenômenos cuja estrutura lhe cabe compreender, o ensaísta permanece consciente de que as formas por ele visadas são apreensões temporais, por isso finitas, do que é, para falar como Iser e Heidegger, *gegenstandsunfähig*, portanto eterno e infinito. Esta eternidade não é a de uma gigantesca substância sempre idêntica a si mesma, não a do sol físico, mas a do sol-fonte-de-luz: eternidade revelada sempre nas formas parciais tornadas flamejantes pelo que em seu bojo trazem. É esta intensa luz, nas formas apreendidas, que fornece, a cada uma delas, sua infinitude humilde – o ensaísta não é, por isso, pesquisador da natureza (*Forscher*), mas vidente (*Seher*), a quem compete a contemplação, pelas formas, do sem-forma[26]. A razão para a infinitude das formas e para a sempre parcial circunscrição ensaística, donde emerge a ironia de que fala Lukács, é ontológica: diálogo sutil entre tempo e eternidade. O ensaísta, à diferença do *Forscher* cuja subjetividade deve ser calada e tornada asséptica diante dos fenômenos, é convidado a engajar corpo e alma neste diálogo, dedicar sua própria *vida* para apreender *nesta* vida [da forma] *a* vida [o destino]. É o que lemos nas sintéticas e afiadas linhas de Adorno, leitor atento do jovem Lukács:

> No entanto, a pletora de significados encapsulada em cada fenômeno espiritual exige de seu receptor, para se desvelar, justamente aquela espontaneidade da fantasia subjetiva que é condenada em nome da disciplina objetiva. Nada se deixa extrair pela interpretação que já não tenha sido, ao mesmo tempo, introduzido pela interpretação. Os critérios desse procedimento são a compatibilidade com o texto e com a própria interpretação, e também a sua capacidade de dar voz ao conjunto de elementos do objeto (ADORNO, 2003, p. 17-18).

---

26 Reside aqui a beleza e profundidade das linhas de Plotino: "Ἀρχὴ δὲ το ανειδεον, οὐ τὸ μορφης δεόμενον, αλλ'αφ'ού πασα μορφή" (VI, VII, 17).

As reflexões de Adorno, para mim, possuem a importância de quem, à guisa de si mesmo talvez, apreendeu, como Heidegger, a tendência própria à modernidade de identificar epistemologia e ontologia, aliás assumindo uma ontologia tão barata quanto esta simples epistemologia para a qual cognoscível é apenas o cientificamente descrito, banalidade filosófica que possui no neopositivismo lógico, do qual Adorno era inimigo *par excellence*, sua materialização mais pura, e nos chiquites intelectuais de um Richard Rorty seu ingênuo contrapeso[27]. Como demonstram com clareza Bowie (2013) e Saflate (2019), o ensaio em Adorno aparece como forma apropriada para o pensar livre, capaz de articular o negativo sem dele fazer momento primeiro à recuperação do positivo – o negativo sempre-já positivado –, pois escapa à ilusão basilar ao projeto científico sobre que se funda a modernidade: aquele de uma correspondência unívoca entre os conceitos e a estrutura do mundo, a *Totalität* do Ser transformado em Mapa do Mundo ou, como tenho até aqui chamado, Sistema de Juízos Finitos.

No caso de Adorno, a justificação fornecida para a forma do ensaio, sua natureza fragmentária de *Konfiguration,* igualmente supõe uma ontologia que, até onde eu saiba, não fora articulada a não ser sob os desígnios da dialética negativa – para chegar à apreensão desta outra *Totalität*, uma capaz de escapar à ingenuidade destrutiva do projeto totalitário moderno de domínio do ente por meio da técnica cujo esteio são as ciências da natureza, o ensaio investe no carácter performático de sua linguagem fragmentada, *de tal modo a revelar que o fragmento, em seu sensual gesto de flerte com aquilo para que aponta sem dominar, incorpora em si a natureza de seu inobjeto.* Se a forma específica do ensaio implica uma epistemologia, própria à dialética negativa, não menos sugere a perspectiva ontológica em que encontra seu sentido e esteio. Como fizemos com Lukács, cabe agora, uma vez mais, delinear o perfil deste Ser cujas rápidas configurações os ensaios são. A passagem talvez mais clara, em que vem ao relevo o conluio de epistemologia e ontologia do ensaio, é a seguinte:

> Em relação ao procedimento científico e sua fundamentação filosófica enquanto método, o ensaio, de acordo com sua idéia, tira

---

27 A discussão pormenorizada a respeito do projeto intelectual de Rorty, de sua crítica à metafísica ocidental modernizada no que chama philosophy-as-epistemology, é realizada no penúltimo capítulo deste livro, *Richard Rorty ou o pensamento que não pensa: contra a preguiça contemporânea.*

todas as consequências da crítica ao sistema. Mesmo as doutrinas empiristas, que atribuem à experiência aberta e não antecipável a primazia sobre a rígida ordem conceitual, permanecem sistemáticas na medida em que definem condições para o conhecimento, concebidas de um modo mais ou menos constante, e desenvolvem essas condições em um contexto o mais homogênio possível (ADORNO, 2003, p. 24).

Ex negativo, Adorno sublinha que o ensaio, de acordo com sua ideia mesma, deriva sua forma da crítica ao sistema – para resumir o que é já de conhecimento comum, sistema aqui corresponde, primeiro, à assunção epistemológica de acordo com a qual tudo que é cognoscível obedece a leis claras e articuláveis, a *festen begrifflichen Ordnung* [ordenamento rígido dos conceitos], que constituem, estruturadas, um conjunto auto regrado: exatamente um *Zusammenhang*, um sistema. Em segundo lugar, tal assunção epistemológica recebe sua benção ontológica de Descartes, que fornece o fundamento filosófico do projeto moderno do *nach dem Muster von Naturbeherrschung und materieller Produktion gemodelte Geist*, do espírito modelado de acordo com o padrão da dominação sobre a natureza e da produção material de riquezas. É como posição contrária a este método, no fundo uma ontologização da epistemologia moderna, que o ensaio apresenta sua forma como arena de um pensar livre, capaz de articular o não-idêntico, fugidio ao sistema e às totalizações:

> Nos processos do pensamento, a dúvida quanto ao direito incondicional do método foi levantada quase tão-somente pelo ensaio. Este leva em conta a consciência da não-identidade, mesmo sem expressá-la; é radical no não-radicalismo, ao se abster de qualquer redução a um princípio e ao acentuar, em seu carácter fragmentário, o parcial diante do total (ADORNO, 2003, p. 25).

Meu ponto, repito, não é comentar e explicar um de si simples e fácil texto, lido por quase todos os graduandos de primeiro período nos cursos de Letras. Quero apontar, ao contrário, para a ontologia latente na definição adorniana do ensaio, como já a vislumbrei em Lukács. Se o ensaio oferece uma forma capaz de escapar aos desejos totalitários da ciência da natureza, para a qual o Ser se reduz ao calculável e conceptualmente articulável, é porque corporifica um meio epistêmico que co-rresponde ao que, do Ser, é dignidade impassível do aprisionamento simples e cego que lhe querem impor os juízos determinantes próprios à ciência moderna. A pergunta, então, é: qual a constituição ontológica do ensaio para que, nele, o Ser venha oferecer-se ao olhar? Se sua epistemologia diverge das assunções sistemáticas da ciência, e se esta outra-epistemologia é solidária de uma ontologia mais rica e também diversa, não é a ontologia do ensaio já o ensaio como ontologia?

> O ensaio não segue as regras do jogo da ciência e da teoria organizadas, segundo as quais, como diz a formulação de Spinoza, a ordem das coisas seria o mesmo que a ordem das idéias. Como a ordem dos conceitos, uma ordem sem lacunas, não equivale ao que existe, o ensaio não almeja uma construção fechada, dedutiva ou indutiva (ADORNO, 2003, p. 25).

A liberdade da forma ensaística é superior a todo positivismo barato por espelhar a liberdade do Ser ele mesmo – isto é, por ser livre *speculum* da Liberdade ela mesma. Ingênua é tanto a paridade *ordo idearum ordo rerum* quanto a suposta busca por uma filosofia da autenticidade – aqui, claro, lê-se a demasiado unilateral crítica a Heidegger – que se libera na busca por uma filosofia primeira, para a qual a verdade é atemporal. Postas de lado as picuinhas com Heidegger, há um ponto precioso na observação adorniana: o ensaio embebe-se no tempo histórico para nele divisar a verdade, cuja eternidade não deseja banida a temporalidade de que se reveste para expressar-se[28]:

> Um procedimento do espírito que honra como cânone a separação entre o temporal e o intemporal perde toda a sua autoridade. Níveis mais elevados de abstração não outorgam ao pensamento uma maior solenidade nem um teor metafísico; pelo contrário, o pensamento torna-se volátil com o avanço da abstração, e o ensaio se propõe precisamente a reparar uma parte dessa perda. A objeção corrente contra ele, de que seria fragmentário e contingente, postula por si mesma a totalidade como algo dado, e com isso a identidade entre sujeito e objeto, agindo como se o todo estivesse a seu dispor. O ensaio, porém, não quer procurar o eterno no

---

28 Seine Begriffe empfangen ihr Licht von einem ihm selbst verborgenen terminus ad quem, nicht von einem offenbaren terminus a quo, und darin drückt seine Methode selber die utopische Intention aus.

transitório, nem destilá-lo a partir deste, mas sim eternizar o transitório (ADORNO, 2003, p. 27).

Aqui reencontramos o interessante diálogo entre eterno e transitório, tão caro a um Baudelaire, que oferecera a Lukács o eixo mesmo de sua definição do ensaio como um meio especulativo. É, igualmente, a estrutura do que o jovem Benjamin articulara, em sua tese de doutorado, como o *medium cognitionis* da Ideia da Arte, a que nos aproximamos infinitamente por meio de suas temporalizações críticas, nas quais a infinitude da Ideia se cristaliza em formas finitas[29]. Ao recursar toda unilateral definição de verdade, seja ela positivista seja heideggeriana[30], Adorno explicita que a forma do ensaio só captura o eterno por intermédio de suas temporalizações, que, portanto, a dignidade eterna é desde sempre temporal, razão por que o ensaio corporifica o desejo da Utopia, que a si mesma se dissolve no gesto pelo qual se anuncia – porquanto o infinito, se se finitiza, precisa manter a consciência de sua mesma infinitude, da transcendência que o caracteriza. É também por isso que a ontologia do ensaio precisa forjar uma compreensão forte e especulativa acerca da linguagem ensaística, que eu chamarei agora de *estilo.* Toda filosofia da linguagem faz transparecer em suas premissas uma metafísica latente: à ilusão positivista da total definição dos conceitos corresponde o que Charles Taylor (2016) chamou o paradigma representativo da linguagem, em que sujeito encara objeto e lhe descreve a estrutura com meio linguístico asséptico, como se as ideias fossem anteriores aos conceitos, que de sua clareza e distinção auferem univocidade e transparência[31].

Mesmo quando evitamos a banalidade enojante de uma tal filosofia da linguagem, a ideia de um contorno total dos conceitos e, por aí, dos objetos pelos conceitos contornados – a ideia, portanto, de um contorno final dos contornos parciais: do que eu estou chamando o Sistema de Juízos Finitos – implica já o ideal de um domínio sobre o Ser, reduzido a carta do Mundo. Por essa simples razão, o ensaio forja uma

---

29 Das Bewußtsein der Nichtidentität von Darstellung und Sache nötigt jene zur unbeschränkten Anstrengung.

30 Com o que, repito, não compartilho da opinião de Adorno, que me parece cheirar a ranço intelectual abestalhado da pior espécie.

31 Wie er Urgegebenheiten verweigert, so verweigert er die Definition seiner Begriffe.

linguagem outra[32], na qual o Dito é o Como do Dizer e, porquanto o Dito é o sempre fugidio às pretensões sistêmico-totalitárias, o mesmo Como tem como tarefa fazer-lhe justiça, de modo que a formulação estilística do ensaio, sua *Darstellung*, será já sua verdade:

> die Konstellation des Essays doch nicht derart beliebig ist, wie es einem philosophischen Subjektivismus dünkt, der den Zwang der Sache in den der begrifflichen Ordnung verlegt. Ihn determiniert die Einheit seines Gegenstandes samt der von Theorie und Erfahrung, die in den Gegenstand eingewandert sind. Seine Offenheit ist keine vage von Gefühl und Stimmung, sondern wird konturiert durch seinen Gehalt. Seine Totalität, die Einheit einer in sich auskonstruierten Form, ist die des nicht Totalen, eine, die auch als Form nicht die These der Identität von Gedanken und Sache behauptet, die sie inhaltlich verwirft. Die Darstellung nimmt er darum schwerer als die Methode und Sache sondernden, der Darstellung ihres vergegenständlichten Inhalts gegenüber gleichgültigen Verfahrensweisen. Das Wie des Ausdrucks soll an Präzision erretten, was der Verzicht aufs Umreißen opfert, ohne doch die gemeinte Sache an die Willkür einmal dekretierter Begriffsbedeutungen zu verraten. Darin war Benjamin der unerreichte Meister.

> *A constelação do ensaio não é tão arbitrária quanto pensa aquele subjetivismo filosófico que desloca para a ordem conceitual a coerção própria à coisa. O que determina o ensaio é a unidade de seu objeto, junto com a unidade de teoria e experiência que o objeto acolhe. O caráter aberto do ensaio não é vago como o do ânimo e do sentimento, pois é delimitado por seu conteúdo. Ele resiste à ideia de obra prima, que por sua vez reflete as idéias de criação e totalidade. Sua totalidade, a unidade de uma forma construída a partir de si mesma, é a totalidade do que não é total, uma totalidade que, também como forma, não afirma a tese da identidade entre pensamento e coisa, que rejeita como conteúdo. Ele toma portanto a sua configuração [Darstellung] com mais rigor do que o típico procedimento metódico que busca esquadrinhar seu objeto, desejando-se alheio ao conteúdo deste mesmo objeto. Isso porque, no ensaio, o Como da expressão deve ganhar em precisão o que ele abandona em pretensão à circunscrição total, sem entretanto abandonar seu alvo à arbitrariedade de significa-*

---

32 Der Essay muß an einem ausgewählten oder getroffenen partiellen Zug die Totalität aufleuchten lassen, ohne daß diese als gegenwärtig behauptet würde.

dos quaisquer. Nesta arte era Benjamin o incomparável mestre (ADORNO, 2003, p. 38).

A última menção de Adorno a Benjamin fornece o precioso ensejo para passarmos à rápida discussão do conceito, em Benjamin, de *Darstellung*. O próprio Adorno deve demais a seu primo e amigo, e se sua definição de forma ensaística mobiliza uma crítica à epistemologia moderna [de certo modo, em seu texto, também platônica], para a qual às *Urgegebenheiten* correspondem atomicamente pedaços linguísticos capazes de articular ideias e, pois, possuir, dominando-os, os entes – é porque, no ensaio, a *Darstellung* é modo de apresentação de uma verdade outra, esta sim filosófica, que não se distingue do meio em que se oferece ao olhar. Enquanto o método cartesiano trabalha à luz da equação *ordo idearum ordo rerum*, supondo para isso a asséptica independência de ambas as ordens por relação ao meio linguístico, o ensaio só possui conteúdo de verdade de seu objeto ao fazer corresponder, à estrutura deste conteúdo, a natureza do meio que o apreende. Um tal meio, a linguagem, é temporal, por isso transitória, mas deve articular o eterno – a única saída é, portanto, eternizar o transitório e temporalizar o eterno: *der Essay aber will nicht das Ewige im Vergänglichen aufsuchen und abdestillieren, sondern eher das Vergängliche verewigen*[33]. Em Benjamin, uma tal relação entre eterno e transitório, que se mostram paradoxalmente conjugados na *Darstellung*, é condição para o cristalizar-se da verdade:

> A verdade, presentificada no bailado das ideias representadas, furta-se a toda e qualquer projeção no domínio do conhecimento. O conhecimento é um haver. O seu próprio objeto é determinado pela necessidade de ser apropriado pela consciência, ainda que seja uma consciência transcendental. É próprio dele um caráter de posse, para o qual a representação é secundária. Esse caráter de posse não tem uma existência prévia como algo que se autodetermine. Ora, é precisamente isso o que se passa com a verdade. O método, que para o conhecimento é um caminho para chegar ao objeto de apropriação – ainda que pela sua produção na consciência –, é para a verdade representação de si mesma, e por isso algo que é dado juntamente com ela, como forma (BENJAMIN, 2013, p.16).

---

33 O ensaio não deseja, porém, encontrar o eterno no transitório, senão que, antes, é-lhe desejo eternizar o temporal.

As ressonâncias com Gadamer (1990) são mais do que evidentes, e tocam numa mesma posição especulativa: ao conhecimento convém o método pois, por ele, o objeto se apresenta como a ser possuído, *Gegenstand des Innehabens*, possível alvo de um controle, em conformidade com o *Muster der Naturberrschung*, em que o mundo é reduzido a reserva a ser dominada pelo crescimento indefinível do *savoir* nos termos de Badiou; à verdade, ao contrário, corresponde a *Darstellung* pois, nela, o conteúdo só existe como *Sich-Darstellendes*, como-o-que-se-apresenta, como fenômeno, no sentido em que a fenomenologia romântica pensa tal palavra. Assim como Adorno elegera para o ensaio a *Konfiguration* enquanto postura epistêmica, porquanto nela os sentidos dos conceitos emergiam performaticamente nas diferentes composições em que os ia apresentando o ensaísta, Benjamin aqui evoca o belo paradoxo da síntese de mosaico e tratado para expressar a natureza da *Darstellung* e sua correspondência à *Wahrheit* que por ela vem à luz do dia:

> Ambos se compõem de elementos singulares e diferentes ; nada poderia transmitir com mais veemência o impacto transcendente, quer da imagem sagrada, quer da verdade. O valor dos fragmentos de pensamento é tanto mais decisivo quanto menos imediata é a sua relação com a concepção de fundo, e desse valor depende o fulgor da representação, na mesma medida em que o do mosaico depende da qualidade da pasta de vidro. A relação entre a elaboração micrológica e a escala do todo, de um ponto de vista plástico e mental, demonstra que o conteúdo de verdade (*Wahrheitsgehalt)* se deixa apreender apenas através da mais exata descida ao nível dos pormenores de um conteúdo material (*Sachgehalt*) (BENJAMIN, 2013, p. 14).

Que o leitor me perdoe o hábito do *close reading* – mas só poderemos ousar voos largos se, antes, nos mantivermos rentes ao solo já conquistado por intelectos mais fortes do que o nosso. A síntese de mosaico e tratado, de escrita rapsódica e fragmentada com dedução desde único princípio, possui seu critério não em qualquer preferência subjetiva do ensaísta – mas no Ser ele mesmo. Ora, o peso transcendente da verdade impõe a consciência de que o meio linguístico, sempre finito, deve manter clara a consciência de sua mesma finitude, sem entretanto abdicar de alcançar o Infinito da verdade. O resultado deste aparente impasse contraditório é a resolução paradoxal, pela qual a ânsia por unidade na apreensão do Infinito é garantida no espírito do tratado, ao mesmo tempo em que o carácter rapsódico e digressivo do mosaico protege o pensador de toda ingênua pretensão totalitária, pela qual o que por definição é Infinito – o Ser, a Verdade – se reduziria a uma carta finita, a um Sistema de Juízos Finitos através do qual nos seria ofertada a posse da Verdade – sugerindo no mesmo passo que, à diferença do conhecimento [*Erkenntnis*], a Verdade [*Wahrheit*] nunca é possuída [*Gegenstand eines Habens*]. Por isso, o conluio de mosaico e tratado torna possível uma lei de proporcionalidade inversa, pela qual a finitude evidente dos fragmentos de mosaico melhor faz jus à infinitude da Verdade, a cuja unicidade o tratado, em sua ânsia por sistematicidade, busca corresponder. Como vemos aqui, a *Darstellung* benjaminiana explica, em um nível maior e mais sofisticado do que encontráramos em Adorno, a necessidade do sy-stema, tal como o definimos no capítulo anterior. Enquanto o tratado corresponde à ânsia por unidade, própria à metafísica e ao Ser ele mesmo, o mosaico incorpora neste mesmo movimento unificante[34] a asystasia de todo sistema – tornando a *Darstellung* um verdadeiro sy-stema no sentido que articulei.

Há, assim, dois pontos nevrálgicos na reflexão benjaminiana, – que, não custa lembrar, é a uma verdadeira epistemologia –, cuja presença nos permite vigorosa síntese dos resultados obtidos em Adorno e Lukács. Primeiro, a assunção de que a *Darstellung* é própria à filosofia pois, enquanto tal, busca a articulação da Verdade ela mesma, apreendendo com isso o *Ideenwelt*, o que aliás fornece à crítica literária um estatuto metafísico, dada a correspondência entre Beleza e Verdade. Este último ponto é especialmente delicado e, como já disse, revela uma igual estrutura de pensamento, comum a Benjamin e a Adorno e não menos a Gadamer, conforme a qual a Verdade é o seu Apresentar-se, disso diferindo de toda ontologização da epistemologia moderna, em que o Dito se aparta do Como do Dizer[35].

---

34 Que o leitor tenha em mente a distinção elaborada no capítulo anterior, quando tratamos da fórmula da Unidade do unitário e do contraditório. A Unidade, conjugando o unitário e o contraditório, produz a força unificante dos momentos do pensar – ontologia, epistemologia, ética, estética – pelo gesto com que sintetiza o finito e o infinito.

35 Eis a bela passagem, ao final de *Wahreit und Methode*: "Wir suchen diese Aussage wiederum aus dem metaphysischen Zusammenhang der Forma-Lehre zu lösen, indem wir uns abermals auf Plato stützen. Er zuerst hat im Schönen als sein Wesensmoment die aletheia aufge- wiesen, und es ist deutlich, was er damit meint: das Schöne, die Weise, in der das Gute erscheint, macht sich selbst in seinem Sein Wir suchen diese Aussage wiede-

A leitura benjaminiana do *Symposium* é imensamente sugestiva, sobretudo ao vincular o pensador e o crítico ao amante que, na busca da Verdade, apreende-a não ao capturá-la, mas na fuga em que a Verdade é Verdade. Próprio da Verdade é seu Apresentar-se na subtração, e isso por razões ontológicas, na medida em que o *Ideenwelt* entre-visto na experiência da beleza é a própria infinitude da Verdade. O pensador que lhe queira fazer justiça deve ser como o Eros platônico[36], pobre e sábio, motivado pelo sonho da utopia e, não obstante, cônscio de que toda utopia é sem lugar. A Verdade identifica-se assim à Beleza pois a constituição ontológica do Belo é seu mesmo apresentar-se, e se a luz que nele resplandece provém da Verdade, o Belo, que dela é invólucro, é invólucro de si mesmo, porquanto Beleza é Verdade e Verdade, Beleza. *Por isso, a Verdade na experiência da Beleza não é o que se indica como a ser descoberto, mas aquilo cuja descoberta é a bela fuga de um futuro anterior – a verdade descoberta é bela por ser um descobrir-se no seu apresentar-se: ser, por isso, entre-visão*[37]. Eis as belas palavras de Benjamin:

> Manifestando-se como aparência, e seduzindo enquanto não quiser ser mais do que isso mesmo, atrai a perseguição do entendimento e torna reconhecível a sua inocência apenas no momento em que se refugia no altar da verdade. Eros segue-o nesta sua fuga, não como perseguidor, mas como amante; e de tal modo que a beleza, para se manter aparência, foge sempre dos dois, do en-

---

rum aus dem metaphysischen Zusam- menhang der Forma-Lehre zu lösen, indem wir uns abermals auf Plato stützen. Er zuerst hat im Schönen als sein Wesensmoment die aletheia aufge- wiesen, und es ist deutlich, was er damit meint: das Schöne, die Weise, in der das Gute erscheint, macht sich selbst in seinem Sein offenbar, stellt sich dar. Was sich so darstellt, ist nicht von sich selbst unterschieden, indem es sich darstellt. Es ist nicht etwas für sich und etwas anderes für andere. Es ist auch nicht an etwas anderem. Es ist nicht der über eine Gestalt ausgegossene Glanz, der von außen auf sie fallt. Vielmehr ist es die Seinsverfassung der Gestalt selbst, so zu glänzen, sich so darzustellen" (GADAMER, 1990, p. 491).

36 Posso já dizer aqui: tem de ser um gênio, no sentido que a metafísica romântica fornece à palavra e que eu articulo em minha leitura do Symposium.

37 A minha definição da entre-visão, tradução que proponho do νοῦς grego e da Einsicht alemã, é em detalhes discutida em *Eis-me aqui em única aparição, por última vez, diante de vós.*

> tendimento por temor e do amante por angústia. E só este pode testemunhar que a verdade não é desvelamento que destrói o mistério, mas antes uma revelação que lhe faz justiça. É neste sentido que ele apresenta a verdade como conteúdo do belo (BENJAMIN, 2013, p. 18-19).

A identidade de Verdade e Beleza é resultado da filosofia da linguagem de matriz romântica, e permite a Benjamin sublinhar com vigor o estatuto epistemológico da *Darstellung* como forma adequada à tarefa de um crítico que, inflamando as obras de que se ocupa, faz emergir nelas o mundo das ideias aí entre-visto. Desenvolvendo os frutos especulativos que ganhara em seu estudo do primeiro-romantismo alemão, Benjamin entende que o estatuto epistemológico da *Darstellung*, entre ciência e arte, radica em necessidade ontológica para a qual o *Ideenwelt*, longe de ser mera reunião ôntica de ideias a constituir imagem do Mundo, é a Face do Infinito, cujas entre-visões são as obras de arte às quais o crítico especulativo, pelo trabalho artesanal da *Darstellung*, busca fazer justiça, salvando-as. Eis então que, para assim salvá-las, o crítico precisa forjar conceitos capazes de estabelecer a mediação entre as ideias, infinitudes eternas, e os fenômenos, finitudes temporais – no ato desta forja, o crítico torna-se filósofo, pois que comum a ambos é o adágio platônico de σῴζειν τὰ φαινόμενα, tarefa cujo meio é a *Darstellung*, articulação do eterno e infinito pelos meios temporais e finitos da linguagem humana:

> O papel mediador dos conceitos permite que os fenômenos participem do ser das ideias. E é precisamente este papel mediador que os torna adequados à outra tarefa, não menos primordial, da filosofia, a da representação das ideias. A salvação dos fenômenos por meio das ideias vai de par com a representação das ideias por meio da empiria (BENJAMIN, 2013, p. 22).

A identidade desta formulação com as de Adorno e Lukács é mais do que mera coincidência – como estou insistindo desde o começo, em Filosofia não há opções nem partidos, não há, como em geral se acha, achismos, nem ismos de sorte alguma: heideggerianismo, platonismo, kantismo são os diversos estandartes para aqueles que possuem medo de pensar por si e preferem adotar o posto de guardas do museu de nomes a que chamamos História da Filosofia. Só a total solidão permite o diálogo amoroso que Novalis chamou *Symphilosophie*: é a quem caminha só que se fazem presentes as vozes dos gigantes, a quem medita à sombra da estante, esquecido do mundo, oferece-se aquele outro Mundo, na fulgurante luz das planícies às quais levam os solitários caminhos da floresta. De onde vem esta identidade, senão do fato de que o ensaio, entre ciência e arte, é articulação finita e temporal do eterno infinito que, contudo, sabe do descompasso a marcá-lo e, deste mesmo saber, aufere força epistêmica?

Os conceitos do ensaio, por Adorno pensados desde as diversas *Konfigurationen* em que vão recebendo sentidos diversos e, neste mosaico, tornam-se capazes de pensar o não-idêntico, Benjamin os batiza de mediadores entre o mundo das ideias e a empiria, entre eterno e transitório. Os conceitos com que o ensaísta pensa são, portanto, diversos por um lado dos da ciência, cujo operar é ôntico e finito, e por outro dos da arte, em que os conceitos não têm lugar e à qual convém a força da imagem e da entre-visão. Se o ensaísta, crítico especulativo, pensa o Ser, tais conceitos possuem estatuto epistêmico bastante específico – e é neles que se justifica a forma do ensaio como *Darstellung*. Ora, Benjamin indica que tais conceitos devem levar à apresentação das ideias, ao presentificá-las enquanto constelações. É aqui que a relação entre eterno e transitório toma seu ponto de inflexão, tensionando-se maximamente, na medida em que as Ideias salvam os fenômenos, não por lhes retirar a transitoriedade subsumindo-os sob conceitos conforme regras, mas ao ordená-los em constelação na qual cada fenômeno, mediado por um conceito, se apresenta na Ideia por virtude de sua mesma unicidade transitória. Reside neste delicado ponto a diferença entre o conhecimento produzido por conceitos finitos e a apresentação, cujo meio, por ser linguístico, é também o dos conceitos: para o conhecimento científico os fenômenos devem ordenar-se conforme leis e funções, que, longe de salvá-los, matam-nos ao subsumirem-nos no anonimato das generalizações científicas, ao passo que a *Darstellung* busca estabelecer a comunicação entre Ideias e fenômenos para enfim salvá-los, e deve para isso reconhecer sua radical unicidade – deve portanto forjar constelações.

Ora, é exatamente esta a metáfora utilizada por Benjamin para sublinhar a diferença entre o conhecimento por leis genéricas e a apresentação das ideias: esta comporta-se como a constelação, *Sternbilder*, relativa às estrelas, *Sternen*, ao conjugar cada astro celeste numa configuração que, longe de abolir a singularidade e unicidade de cada estrela, salva-as ao torná-las momentos de uma forma, maior que elas e, contudo, apenas nelas aparecente. Também assim, os fenômenos são salvos e incorporados nas Ideias pela mediação de conceitos capazes de conjugar cada fenômeno em única configuração, cuja singularidade respeita a unicidade dos fenômenos individuais, de modo a trazer à luz a Ideia eterna cuja face nesta constelação se torna visível. Deste modo, o uso original dos conceitos na constelação estabelece a mediação entre a unicidade transitória dos fenômenos e a eternidade das Ideias:

> As Ideias são constelações eternas, e se os elementos se podem conceber como pontos em tais constelações, os fenômenos estão nelas simultaneamente dispersos e salvos. E aqueles elementos, que os conceitos têm por tarefa destacar dos fenômenos, são mais claramente visíveis nos extremos da constelação. A Ideia é definível como a configuração daquele nexo em que o único e extremo se encontra com o que lhe é semelhante (BENJAMIN, 2013, p. 23-24).

O eterno não é apartado do transitório, e a única maneira de apreender o primeiro é pela radicalidade do segundo – a Ideia só se circunscreve na formalização, *Gestaltung*, do sustir-se-junto, *Zusammenhang*, dos radicalmente únicos, *Einmalig*. A forma é, pois, constelação em que o encontro dos radicalmente transitórios, os fenômenos mediados pelos conceitos de nossa língua, fazem emergir a eternidade da Ideia. Esta é a resposta genial para a aporia por excelência de toda filosofia e, sobretudo, de toda filosofia da linguagem: como salvar, sem destruir, os fenômenos singulares, se o ato mesmo de lhes dar um nome – isto é, de os subsumir sob um conceito – é já lhes anular a singularidade, a *Einmaligkeit*, submetendo-os ao anonimato do conceito reificador e universalizante? Esta era a questão que atormentara Nietzsche, e é conhecido o adágio lacaniano segundo o qual o simbólico é o assassinato primordial da coisa [*chose*]. Como eu disse acima, nenhum dos elementos de um juízo finito é originário, sendo já todos derivados[38] – para retornar à fonte de que provêm, os elementos devem buscar a originalidade não em si mesmos mas na configuração de seu encontro, na *Einmaligkeit* em que se sustêm juntos. Eis, então, o modo pelo qual a temporalidade é o meio de acesso ao eterno: toda configuração é um vir ao encontro e, por natureza, todo encontro é

---

38 Das Sein der Ideen kann als Gegenstand einer Anschauung überhaupt nicht gedacht werden, auch nicht der intellektuellen. E: Der Gegenstand der Erkenntnis als ein in der Begriffsintention bestimmter ist nicht die Wahreit.

temporal, pois a forma que se cristaliza no conjugar-se dos elementos é, por excelência, Tempo. Estou insistindo há já algum tempo, desde o início deste capítulo, que uma tal estrutura paradoxal de pensamento é solidária da filosofia da linguagem historicamente gestada na Alemanha que vive sob a influência de Kant. Para um tal entendimento filosófico da linguagem, o Dito é o Como do Dizer, sem que um se reduza ao outro, pois, sendo o Dito eterno e o Como do Dizer temporal, a eternidade do Dito emerge nas temporalizações de seu Como[39]. A língua, portanto, nem é mero recurso cego e arbitrário das absolutas contingências, como quer um Richard Rorty e com ele toda interpretação simplista do Nietzsche de *Über Wahrheit und Lüge im außermoralischen Sinne*[40], nem meio asséptico para transmissão conceitual de intenções localizadas em sabe-se lá qual pura consciência ou céu estrelado. A língua, meio temporal e histórico em que nos tornamos humanos, fornece-nos acesso ao mundo das ideias – é a transitória porta de entrada para o Eterno:

> Por isso é falso entender as normas mais gerais da língua como conceitos, em vez de as reconhecer como ideias. É errado pretender apresentar o universal como uma média estatística. O universal é a ideia. Já o empírico será tanto mais profundamente apreendido quanto mais claramente for visto como algo de extremo. O conceito procede de algo de extremo. Tal como a mãe só começa a viver plenamente quando o círculo dos seus filhos, sentindo-lhe a proximidade, se fecha à sua volta, assim também as ideias só ganham vida quando os extremos se reúnem à sua volta. As ideias – na formulação de Goethe : os ideais – são as Mães fáusticas. Permanecem obscuras se os fenômenos não se reconhecerem nelas e não se juntarem à sua volta. Cabe aos conceitos

---

39 Para não tornar o capítulo maior do que deveria ser, anoto aqui que esta é a estrutura fundamental de todo pensamento lacaniano, em que a psicanálise freudiana ganha seu estatuto especulativo e pode ser acolhida na metafísica romântica.

40 Desenvolvo em *Richard Rorty ou o pensamento que não pensa* este argumento, como chave para desenvolver as intuições que, parece-me, Charles Taylor deixou de lado em seu *The Language Animal* (2016). Combater o erro metafísico – que é também exemplo da preguiça intelectual de nosso mundo apressadamente feliz ao declarar-se materialista e secular – que, com medo do Absoluto, absolutiza a contingência (com qual justificativa ontológica, s'il vous plaît?), é tarefa central do projeto filosófico que este livro enuncia e do qual pode apenas fornecer a figura.

agrupar os fenômenos, e a fragmentação que neles se opera por ação do entendimento analítico é tanto mais significativa quanto, num único e mesmo lance, consegue um duplo resultado : a salvação dos fenômenos e a representação das ideias (BENJAMIN, 2013, p. 24).

É delineando uma tal filosofia da linguagem, que lhe serve de solo epistemológico, que Benjamin pode contrapor-se, em seu estudo crítico do *Trauerspiel* alemão, à vulgaridade barata de neopositivistas e neokantianos, tão semelhantes à turba parva da desastrada crítica militante alimentada pelas redes sociais de nossos tempos. Aos métodos indutivo e dedutivo, aos quais é comum a ontologização da epistemologia moderna implícita na noção de *Erkenntnis* e que, no plano da estética, se materializam na postulação de grandes categorias históricas sob as quais se deixam recolher obras diversas, Benjamin contrapõe a *Darstellung*, fiel à apreensão da Verdade a partir da configuração originária dos fenômenos, em conformidade com o ritmo paradoxal do mosaico e do tratado, de modo a surpreender a Ideia e, com ela, o salvar-se dos fenômenos. Se uma tal epistemologia supõe a sutil ontologia das Ideias, a que é solidária uma filosofia da linguagem na qual a palavra não é meio asséptico e arbitrário para articulação de conteúdos intencionais, mas originária escuta, *Urvernehmen* – se assim é, segue daí que a epistemologia benjaminiana demanda uma filosofia da história capaz de pensar sutil e paradoxalmente a relação entre o eterno e o transitório. Dito de modo mais explícito e em síntese do que até aqui desenvolvemos: a apresentação das ideias e o salvar-se dos fenômenos, tarefa mesma do crítico, só existe como temporalização do eterno e eternização do transitório, e se estes dois movimentos são momentos distintos de um só ato, então o objetivo do crítico especulativo é, pensando a obra que lhe acorda o interesse, pensar o Eterno e o Tempo: pensar, portanto, a gênese do Tempo no Eterno e do Eterno no Tempo. Este movimento inusitado, preparado com paciência qual vaga latente a esperar momento oportuno para avançar sobre a praia, é finalmente articulado no conceito benjaminiano de *Ursprung* – título do livro cujo prefácio aqui comentamos.

Como momento de gênese do Tempo no tempo, o salto primevo interrompe o cego fluxo temporal para surpreender, desde o encontro inesperado de fenômenos fragmentários, uma constelação eterna, capaz de novamente inaugurar o Tempo e a História. Inaugurando, desde o tempo, o Tempo e a História, a *Ursprung* se dá igualmente na paradoxal condição de uma promessa atemporal, isto é, de uma articulação do eterno da Ideia pela constelação, de onde o Passado emerge e, com ele, o Futuro visado pelo Passado:

> A origem insere-se no fluxo do devir como um redemoinho que arrasta no seu movimento o material produzido no processo de gênese. O que é próprio da origem nunca se dá a ver no plano do factual, cru e manifesto. O seu ritmo só se revela a um ponto de vista duplo, que o reconhece, por um lado como restauração e reconstituição, e por outro como algo de incompleto e inacabado. Em todo o fenômeno originário tem lugar a determinação da figura através da qual uma ideia permanentemente se confronta com o mundo histórico, até atingir a completude na totalidade da sua história (BENJAMIN, 2013, p. 39-40).

A natureza originária da origem não diz de uma arcaica gênese que, supondo o tempo sempre já dado, marcaria um ponto de emergência ôntica no interior de um fluxo d'outros pontos, segundo a forma da determinação do tempo como número do movimento ou, kantianamente, enquanto forma interna do antes e do depois. A origem, na condição de salto primevo, é pulo, desde o cego fluxo do tempo, para a eternidade do Ser – e contudo esta eternidade é iluminada pela constelação de fenômenos temporais, cujo inesperado sustir-se-junto [*Zusammenhängen*] delineia a Ideia como mônada com uma pré e pós-história. A pré-história é Passado Absoluto: longe de ser o antes desta pontual gênese, é o Acima dos antes, alvo suprahistorial a que este tempo de agora visa como seu Passado. Também assim, a pós-história é o Futuro Absoluto, portanto não o depois, mas o alvo visado pelo passado neste agora em que ambos se encontram. *Eis o último passo do gênio benjaminiano: a Ideia eterna, temporalizada na constelação dos fenômenos pelo olhar do crítico salvos, recebe ela mesma uma História – o Eterno é historicizado pois passado e futuro, postos no agora, dizem da emergência do Tempo que, eternamente, sempre em cada agora deve uma vez mais ser posto:*

> Aquilo que é apreendido pela ideia de origem tem história apenas enquanto conteúdo substancial, e já não como um acontecer que pudesse afetá-lo. Ele só conhece a história por dentro, e não já como algo sem limites, mas antes no sentido de algo relacionado com o ser essencial, que permite caracterizá-la como a sua pré e pós-história [...]. A ideia é uma mônada – nela repousa, preestabe-

lecida, a representação dos fenômenos como sua interpretação objetiva. Quanto mais alta for a ordem das ideias, tanto mais perfeita será a representação nelas contida. E assim o mundo real poderia ser visto como problema, no sentido de que nos pede para penetrarmos de tal modo em tudo o que é real que daí resultasse uma interpretação objetiva do mundo. [...] A ideia é uma mônada – isso significa, em suma, que cada ideia contém a imagem do mundo. A tarefa imposta à sua representação é nada mais nada menos que a do esboço dessa imagem abreviada do mundo (BENJAMIN, 2013, p. 41-43).

O crítico especulativo torna-se, neste passo, metafísico do Infinito. A ontologia do ensaio, latente em Adorno e Lukács, ganha neste admirável edifício epistemológico de Benjamin a explicitação que lhes faltava. O saldo é a conceituação do ensaio enquanto meio por excelência da meditação ontológica, cuja forma errante assim é por assimilar, à sua mesma estrutura, a infinitude de seu objeto – na linguagem benjaminiana, a natureza rapsódica do mosaico é resultado do procedimento paciente que coleciona fenômenos extremos, de pronunciada singularidade [*Einmaligkeit*], para fazê-los convergir numa constelação imprevisível, que nos descompassos do transitório torna legível a eternidade da Ideia. A distinção entre Verdade [*Wahrheit*] e conhecimento [*Erkenntnis*], com que inicia o prefácio, corresponde portanto à crítica adorniana à epistemologia moderna. A preocupação com a *Darstellung* sublinha, por outro lado, ser nela que a Ideia pode aparecer, e justifica esta estrutura epistêmica através de premissas ontológicas: é por ser mônada que a Ideia contém em si Passado e Futuro Absolutos, reconhecíveis no olho do crítico especulativo, em cujo *agora* [*Jetztzeit*] eles emergem. Mas esta emergência é a do Tempo e a do Eterno, é a síntese mesma de Eternidade e História. Em Benjamin, ao conceito de Origem compete a salvaguarda deste paradoxal encontro[41]. Nele se revela, em seu primeiro momento, o que estou chamando de a ontologia do ensaio e o ensaio como ontologia. A forma ensaística,

41 O pensamento articula a configuração e, com isso, interrompe o curso cego do tempo cronológico para bruscamente permitir o lampejo de uma constelação eterna, que, como passado, dirige-se ao presente que a visa e lhe corresponde como quem entrega o compromisso de um futuro que, deste mesmo passado embora, só enquanto tal emerge neste tempo do agora, Jetztzeit: "Origem seria, por assim dizer, uma idéia que só pode se realizar, verdadeiramente (e eu acrescentaria, essencialmente), na história".

apontada cá e lá por Lukács e Adorno, ganhou em Benjamin uma bela justificativa ontológica. O pensador que ensaisticamente pensa possui no Eterno e no Transitório seus alvos primeiros. Se a Origem benjaminiana nos fornece a chave de tal dialética – cabe perguntar: é ela suficiente? Benjamin havia mencionado o papel mediador dos conceitos entre fenômenos e ideias. Se é por tais conceitos que se torna possível a *Darstellung*, e se esta é articulação temporal do eterno – então uma vez mais perguntamos: que são tais conceitos? Eis nossa presente tarefa, cuja solução é apontada por Erich Auerbach.

*

Erich Auerbach é conhecido pelo monumental *Mímesis*, e com muita justiça. Mas de fundamental importância para compreensão deste belíssimo livro, que traça as diversas temporais figurações do Ser através da literatura no Ocidente, é o pequeno ensaio histórico-filológico dedicado à *Figura*. Trata-se de seu manifesto epistemológico maior – e é nosso último guia nesta especulação a respeito do ensaio. Ao leitor não familiarizado, as mínimas indicações para entender nosso percurso: Auerbach explora os diversos significados que a palavra *figura*, importante na educação retórica latina e posteriormente assimilada teologicamente pela tradição cristã, apresenta. Por que este esforço todo? É que Auerbach deseja aclarar bem um mecanismo central à sua leitura da *Commedia* dantesca, toda ela arquitetada conforme os sutis labirintos da escolástica medieval, que Dante encapsulou em bela forma poética. Aparentemente um mero estudo diacrônico e filológico, o texto de Auerbach é o coroamento inesperado deste conjunto de reflexões que, desde Lukács até Benjamin, estou tentando apresentar, nomeando-o a ontologia do ensaio e o ensaio como ontologia. Sei que o hábito acadêmico do *close reading* pode ser cansativo e tedioso, mas por vezes é necessário dar-se um pouco ao tédio do comentário explicativo, para ousar voos próprios e forjar nossa íntima linguagem. Espero poder fazer isso agora, no último percurso de nosso caminho.

Até aqui aprendemos, com os três pensadores cujos textos comentei, o seguinte: há uma justificativa ontológica para a forma epistêmica do ensaio, isto é, a errância ensaística não é mera consequência de um certo subjetivismo preguiçoso, despreocupado com o rigor do pensar, senão que necessária postura para apreensão do Eterno no Temporal. A dialética de tempo e eternidade, das formas e do destino, da singularidade e da universalidade, é a pedra de toque para entendermos a necessidade do ensaio, seu perfil errante. Na última seção, disse que Benjamin sugere conceitos mediadores, capazes de apreender a Origem do Tempo no Eterno e do Eterno no Tempo. Que são estes conceitos? São *figuras*. Agora é a vez de Erich Auerbach entrar em nosso palco. Agora, também, acaba-se o *close reading*: é hora de alçar voo.

*

O que aprendemos com a a análise histórico-semântica, de erudito rigor filológico, que nos fornece Auerbach, é isto: a *figura* anuncia o sentido de si mesma como um futuro que, no presente, revela-se a si desde o passado ao qual corresponde e cujo preenchimento é. Mas este futuro e este passado inexistem um sem o outro, e, mais, emergem unicamente no In-stante que os põe: o primeiro exemplo de Auerbach, ao transitar para a patrística, é *hanc prius dicimus figuram futurorum fuisse. Nam quia Jesus secundum populum, quod sumus nos, introducturus erat in terram primissionis.* A sentença é, por si só, um tesouro especulativo, e em sua sintaxe dormitam as relações paradoxais pelas quais a *figura* ganha seu significado metafísico. Ora, a figura *era* de coisas *futuras*, pois que Jesus, conforme o povo que somos, iria ser introduzido, *introducturus erat*, e isso porque, no agora do povo que somos, vemos Jesus como o futuro daquele passado, como aquilo que, *então*, havia-de-ser-introduzido – mas isso significa que o seu ser-introduzido-no-futuro, *introducturus esse*, seu há-de-vir e seu advento, *adventurus*, só era futuro para aquele passado do qual era o futuro, e, contudo, naquele passado um tal futuro era impensável e inconcebível, embora perfeitamente existente, porquanto sempre *figura futurorum*.

O futuro é o futuro do passado, que de seu mesmo futuro era incônscio, desta insciência emergindo apenas no momento em que, cessando de ser presente, torna-se passado de um agora em que, enquanto passado, permite o vislumbre de seu futuro. Em outras palavras, o passado era insciente de seu futuro muito simplesmente por não ser, *então*, a si mesmo passado, pois para si era presente, possuindo apenas o futuro simples, não o futuro figural, que é sempre futuro de um passado, portanto futuro anterior. Assim, a figura só se anuncia quando, tornando-se passado, o inconsciente anúncio das coisas futuras é recuperado, neste agora de um presente – neste *Jetztzeit*, diria Benjamin –, como o anúncio do futuro daquele passado, postos ambos neste *kairós*, neste presente agudo que, mais do que banal sucessão dos instantes ou cego ciclo do dia e da noite, é a urgência insistente do que insta – é, portanto, o In-stante. A urgência de um tal presente, que não é apenas a presença a si, mas o piscar de olhos, *Augenblick*, em que o Tempo nasce, é o sustir-se em majestade do encontro de passado e futuro no agora que os enlaça e dá-lhes, a um e a outro, os nomes que lhes convêm. Ao que se sustenta erguido na urgência serena própria ao nascimento do Tempo denominamos In-stante: *id quod instans nobis tempi descrivit genesim*[42]:

> As duas frases são acontecimentos históricos; no entanto, mais do que as frases, são Moisés e Cristo que se relacionam como figura e preenchimento. O preenchimento é constantemente designado como veritas, como se viu em exemplo anterior, e a figura, por sua vez, como umbra ou imago: mas tanto sombra quanto verdade são abstratas apenas em referência ao significado, a princípio ocultado para ser revelado em seguida; são concretas em referência às coisas ou pessoas que aparecem como veículos do signifi- cado. Moisés não se torna menos histórico e real porque é umbra ou figura de Cristo; e Cristo, o preenchimento, não é uma idéia abstrata, mas uma realidade histórica. As figuras históricas reais devem ser interpretadas espiritualmente (spiritaliter interpretari), mas a interpretação aponta para um preenchimento carnal e, por conseguinte, histórico (carnaliter adimpleri: De resurrectione, 20) – pois a verdade fez-se carne ou história (AUERBACH, 1997, p. 31).

Eis toda a sutileza à qual devemos aqui prestar máxima atenção: a potência da *figura* reside em conjugar ao mesmo tempo concretude histórica e abstração, *umbra* e *veritas*, sem reduzir uma à outra, procedimento próprio à alegoria, para a qual há apenas um domínio ontologicamente válido, aquele da *veritas*. Ora, eu acabei de dizer que o futuro do passado só existe no In-stante que os conjuga, porque nem o passado reduz o futuro a si, nem o futuro a si reduz o passado – ambos se mantêm tensionados no encontro que lhes possibilita o In-stante. No exemplo citado por Auerbach, Moisés é dito figura, *umbra*, de Cristo, que se lhe torna preenchimento, *veritas*. Mas isso não significa que Moisés deixe de ser Moisés, abdique de sua verdade histórica e da concretude de seu aparecer, para apagar-se na pureza de um significado do qual ele, Moisés, fora apenas o suporte umbroso: *umbra veritatis*

42 Aquilo que, in-stando, do tempo descreve-nos a gênese.

ipsa est vera[43], poderíamos dizer, porquanto, sem deixar de ser o que é, Moisés só se torna figura antecedente de Jesus no depois de um agora capaz de enlaçar estes dois tempos, passado e futuro, sem lhes apagar a autonomia.

É, aliás, por virtude desta mesma autonomia que a *figura* ganha toda sua potência, assim diferenciando-se da alegoria.

Ora, próprio do procedimento alegórico é tomar o invólucro como secundário, adorno descartável daquilo que por ele verdadeiramente se visa, a *veritas*, a *intentio*. Neste sentido, a alegoria corresponde ao paradigma representativo da linguagem, que supõe uma estrita separação entre significante e significado, entre meio expressivo e conteúdos intencionais, de modo a reconhecer apenas ao segundo validade e precedência ontológica, espelhando aquilo que Adorno chamou de equivalência entre *ordo rerum* e *ordo idearum*: a ordem das coisas espelha a ordem das ideias, e, a nós, cabe-nos apenas a articulação de uma linguagem límpida capaz de apreender esta bela estrutura do mundo, *pulchram mundi imaginem ordinemque universi expresione aprehendemus luminosa*[44]. Mais do que isso, a concepção alegórica, consequência inevitável de toda filosofia da linguagem que postule a divisão de dois domínios ontológicos, a um dos quais apenas convém o predicado helênico ontôs ón, eterniza ingenuamente e como que à revelia de si mesma o presente como única dimensão ontológica verdadeira: só é verdadeiramente o que se apresenta na luminosa presença das distinções na representação. Tudo que é, na linguagem de Badiou (1988), existe ao ser contado por um, de acordo com a clareza dos determinantes enciclopédicos – de acordo, pois, com o que, conforme veremos ao longo deste livro, denomino o Sistema de Juízos Finitos. Mas a *figura* articula algo de completamente diverso, e fornece assim as premissas para uma filosofia da linguagem cuja ontologia explica com toda clareza a fundamentação ensaística fornecida por Adorno e Lukács para o ensaio, a preocupação com a *Konfiguration* como epistemologia de uma dialética negativa e o conceito forte de *Formen* – e essa filosofia da linguagem não é apenas uma ontologia do ensaio, senão que o ensaio mesmo como ontologia.

O segredo da grandeza especulativa de Auerbach não consiste na mera constatação do que seja a estrutura de juízos proféticos: banal

---

43 A sombra da verdade é, ela mesma, verdadeira.

44 Apreendemos, por expressão luminosa, a bela imagem do mundo e a ordem do universo.

seria dizer que toda profecia é núncia de coisas futuras. O valor metafísico deste ensaio auerbachiano reside em ter surpreendido, na história de uma palavra, o mistério do Tempo, a chave de sua gênese, de modo entretanto não a apreender um tal tornar-se do Tempo como se fora do Tempo estivéssemos – e é aqui que reside toda a genialidade do que, de Agostinho a Schelling, Benjamin, Adorno, Lukács e Auerbach, dá-nos a possibilidade de, talvez pela primeira vez, compreender a ontologia do ensaio como um ensaio de ontologia.

Estou insistindo na distinção entre alegoria e *figura*, assim como Schelling[45] já o fizera entre procedimento tautegórico e alegórico, e para isso sublinhei a correspondência entre a alegoria e a filosofia da linguagem latente em toda ontologização da epistemologia moderna, para a qual o Tempo se restringe ao presente compreendido como a forma matematizável do antes e do depois, em que os objetos se dispõem na tessitura de suas relações causais, passíveis de descrição unívoca. Se a interpretação figural postulasse uma dicotomia simples entre *umbra* e *veritas*, entre *figura* e *preenchimento*, não teríamos saído do terreno alegórico, apenas trocando a perspectiva do intelecto humano diante de um mundo de coisas passíveis de descrição matemática pelo intelecto divino, eterno e fora do Tempo:

> E também quanto a isto, presciente das coisas futuras, Deus fez que delas se exibisse uma imagem tanto da verdadeira religião quanto das falsas superstições. Assim *figura* aparece freqüentemente no sentido de "significado mais profundo em relação a coisas futuras": os sofrimentos de Jesus *non fuerunt inania, sed ha-*

45 Já antes em trabalhos anteriores eu havia intuído a identidade epistêmico-ontológica entre o Tautegórico em Schelling e a figura de Auerbach. Agora, relendo Auerbach para escritura deste capítulo, encontro com felicidade este trecho, que, lido lado a lado com as passagens de Schelling da *Introdução histórico-crítica à Filosofia da Mitologia*, confirma plenamente minha anterior intuição: "A maior parte das alegorias que encontramos na literatura ou na arte representa uma virtude (por exemplo, sabedoria), uma paixão (ciúme), uma instituição (justiça) ou, no máximo, uma síntese muito geral de um fenômeno histórico (a paz, a pátria) – nunca um acontecimento definido em sua plena historicidade. Tais são as alegorias da antiguidade tardia e da Idade Média, estendendo-se grosso modo da Psychomachia de Prudêncio até Alain de Lille e o Roman de la rose. Encontramos algo muito similar (ou diametralmente oposto, se preferirem) na interpretação alegórica dos acontecimentos históricos, que eram geralmente interpretados como ilustrações obscuras de doutrinas filosóficas." (AUERBACH, 1997, p. 39)

buerunt figuram et significationem [não foram vãos, mas tiveram forma e significação], e, dentro desse contexto, ele fala das obras divinas em geral *quorum vis et potentia valebat quidem in praesens, sed declarabat aliquid in futurum* [cuja força e poder vigoravam no presente, mas anunciavam algo para o futuro] (AUERBACH, 1997, p. 32).

Ocorre que nós estamos sempre imersos no Tempo, somos seres seduzidos pelo Eterno, os únicos capazes de pensá-lo e amá-lo, amor entretanto urdido em tecido temporal que é o nosso – e essa nossa sina é já nossa mesma salvação. O passo citado acima mostra com clareza como a interpretação figural pode facilmente decair em alegoria, e portanto postular os dois domínios ontológicos cuja relação dicotômica é alvo das críticas de Adorno e Benjamin: se apenas ao Eterno convém o predicado ontôs to ón, o temporal terá de reduzir-se a mero invólucro sombrio, *umbra* da verdade. Esta é a ilusão que molda o núcleo comum seja ao positivismo vulgar, que ontologiza a epistemologia moderna reduzindo o Ser ao contável-por-um segundo determinantes enciclopédicos, seja ao procedimento alegórico que, máximo pecado, acredita ser capaz de apreender a perspectiva divina e acessar, sob o manto umbroso da história, o tesouro dos significados verdadeiros. Da exegese neoplatônica dos mitos gregos à codificação renascentista da poética aristotélica, do marxismo entediante à psicanálise dos livros de autoajuda, lidos apressadamente por professores cujo público são as volúveis ondas das redes sociais, a suposição dos dois domínios ontológicos implica a deturpada relação entre Eterno e Transitório, tão própria a épocas para as quais o esquecimento da morte é tendência deliberada. *A figura, ao contrário, fornece-nos a chave para uma ontologia da eternidade temporal que é, igualmente, a premissa tácita do que, em Adorno, Benjamin, Lukács e enfim Auerbach, constituíra a fundamentação filosófica do ensaio:*

> Temporalium quidem rerum promissiones Testamento Veteri contineri, et ideo Vetus Testamentum appellari nemo nostrum ambigit; et quod aeternae vitae promissio regnumque coelorum ad Novum pertinet Testamentum: sed in illis temporalibus figuras fuisse futurorum quae implerentur in nobis, in quos finis saeculorum obvenit (AGOSTINHO *apud* AUERBACH, 1997, p. 36).

Que diz este trecho de Agostinho, que Auerbach cita para melhor aclarar como a figura se vai impondo qual chave de compreensão cristã da história e, mais, da exegese mesma dos livros absolutos em que a História já está por completo escrita? Ora, é muito simples, também terrificante: o diálogo entre Tempo e Eterno, entre umbra e veritas existe como expressão da trágica condição que é a nossa, entes do In-stante, para os quais Passado e Futuro emergem no agora do Presente. O Passado, o verdadeiro, não é aquele do qual me posso lembrar na segurança do sentido que lhe atribuo: há seis meses, morava eu em Bonn, e lá, finalmente depois de tanto tempo, realizei o sonho de estudar em uma universidade alemã, onde conheci pessoalmente intelectuais dos quais possuía apenas os livros, como Hans Ulrich Gumbrecht, a quem tanto admiro e de cujos seminários consigo lembrar-me como se ontem os houvesse vivido. Se mais retroceder, encontrar-me-ei adolescente ainda, em Palmas, cidade de minha infância e por mim tão amada como se Combray me fosse. Mas não é isto o Passado – porque, ainda quando me lembre destas cenas cá e lá, elas sempre mantêm velado um certo tesouro de mim mesmo, uma espécie de profecia que guardam em seu bojo e que agora não posso acessar, não a meu bel prazer, como se se tratasse de lhes aplicar regras predicativas aprendidas e que me prometem, a mim que sou fraco e pecador, o domínio sobre meu Passado. Porque meu Passado não é aquilo que em meu lembrar posso representar-me: o Passado é o fundamento escondido de uma Verdade que, por ser infinita, nunca se desvela por completo. O Passado, portanto, é abismo que dormita em cada lembrança que me represento e cujo significado julgo possuir. Lembre o leitor que era exatamente esta a palavra que Adorno e Benjamin associavam ao conhecimento científico – a posse. A Verdade, aprendêramos com Benjamin, não é possuída, pois próprio à Verdade é ser-em-fuga. Verdade – Verdade é flerte. E assim como o Passado profundo não se identifica nem se reduz à lembrança clara que dele me represento, igualmente o Futuro, a mim, não se me reduz aos projetos que faço. Eu agora escrevo, e sonho com o livro a ser publicado. Escrevo apenas porque projeto, desde este agora, o livro a ser publicado no claro futuro de meus projetos. Este futuro, o futuro do presente simples, é um que eu, na fantasia, julgo possuir.

Contudo, da mesma forma que o Passado não era minha lembrança clara, também deste modo o Futuro ultrapassa, e de muito, meus comezinhos projetos. Sobre o que-há-de-vir, quem pode de fato ter algo a dizer? O Futuro é o amorfo absoluto, o signo mais trágico e terrível de nossa finitude. É, também e exatamente por isso, a fonte de nossa esperança. Esperamos porque desejamos, e desejamos porque ignoramos. Passado e Futuro são, deste modo, opacos para nós, porque a cada agora a lembrança que eu julgara passada e controlada em minha clara representação pode assaltar-me de súbito, como o narrador proustiano bebendo o chá com Madeleine ou Minnie recordando-se de Mrs. Ramsay, vislumbrando com luz fulgurante um outro sentido do que é esta mulher, e assim amando-a terrivelmente. E porque do abismo do Passado me surgem continuamente novos lampejos da veritas, também do Futuro, este contínuo por-vir de que nada sei, emergem inesperados relâmpagos, que modificam a cada agora o curso do mundo.

Mas Passado, mas Futuro – só os há em meu agora, a cada agora. É isto que diz o passo agostiniano citado acima: o Velho Testamento constitui-se desde este agora, o nosso agora, timbrado e modelado pelo Novo, do qual o Velho era umbra. O Novo, entretanto, não é já materialização do Eterno, porque ainda é Tempo, é ainda História. É necessário esperar pelo fim dos séculos para, enfim, vislumbrar o Eterno sem o Temporal. Dado, contudo, que fora do Tempo não estamos, e enquanto nele submersos estivermos, vale a seguinte conclusão: o Eterno só se diz nos lampejos e relâmpagos pelos quais o abismo de um Passado absoluto faz face ao amorfo de um Futuro radical no In-stante que lhes permite o encontro. Figura é o nome do que na linguagem faz rastro e presença deste In-stante. É o nome, portanto, da emergência, no mundo humano, do Eterno:

> ἐπειδὴ γὰρ δι' ἀνθρώπου θάνατος, καὶ δι' ἀνθρώπου ἀνάστασις νεκρῶν· ὥσπερ γὰρ ἐν τῷ Ἀδὰμ πάντες ἀποθνῄσκουσιν, οὕτως καὶ ἐν τῷ Χριστῷ πάντες ζῳοποιηθήσονται. 23 ἕκαστος δὲ ἐν τῷ ἰδίῳ τάγματι· ἀπαρχὴ Χριστός, ἔπειτα οἱ τοῦ Χριστοῦ ἐν τῇ παρουσίᾳ αὐτοῦ·24 εἶτα τὸ τέλος, ὅταν παραδιδῷ τὴν βασιλείαν τῷ θεῷ καὶ πατρί, ὅταν καταργήσῃ πᾶσαν ἀρχὴν καὶ πᾶσαν ἐξουσίαν καὶ δύναμιν, 25 δεῖ γὰρ αὐτὸν βασιλεύειν ἄχρι οὗ θῇ πάντας τοὺς ἐχθροὺς ὑπὸ τοὺς πόδας αὐτοῦ (15:12-23).

Cito esta passagem de Corítintios para sublinhar a importância do In-stante na formulação da *figura*. Entrecruzamento de Tempo e Eternidade, o In-stante é encontro dos diversos na síntese amorosa que os unifica sem lhes anular a autonomia – por isso nele a concretude histórica não se apaga diante da Verdade eterna, e no texto paulino isso se revela na tríplice camada da *littera*, da *figura* e da *veritas*. Assim como no pecado adâmico todos morrem, especulativamente – vale dizer, de modo espelhado: *videmus nunc per speculum et in aenigmate, tunc autem facie ad faciem* – em Cristo todos hão de fazer-se vivos. Bem, Cristo já adveio e, como previsto, já igualmente morreu, tendo também ressuscitado. O acontecimento Cristo, então, já ocorreu, e supostamente a *figura* já encontrou seu preenchimento como *veritas*. Se nos mantivéssemos atados à leitura das primeiras três linhas, seria possível dizer que a *littera*, Adão e o pecado original, transforma-se, depois do acontecimento Cristo, em *figura* da *veritas* agora por Paulo articulada. Mas eis que surge a cláusula central: εἶτα τὸ τέλος, ὅταν παραδιδῷ τὴν βασιλείαν τῷ θεῷ καὶ πατρί, ὅταν καταργήσῃ πᾶσαν ἀρχὴν καὶ πᾶσαν ἐξουσίαν καὶ δύναμιν. O fim que se anuncia, quando Cristo retornará a Deus Pai novamente o poder, é o fim *deste agora* de que emergiram a *littera* enquanto passado histórico e a *figura* que remodela este passado alçando-o a suporte da *veritas*, do Futuro portanto deste Passado agora tornado presente.

Ao introduzir uma vez mais o τέλος, Paulo nos salva do perigo que consiste em considerar nosso presente como a Eternidade, como a vista de lugar nenhum própria ao intelecto divino que haverá de retornar apenas ao fim – apenas ao fim de *nosso* tempo. O apóstolo nos lembra que estamos inevitavelmente inseridos na História e que, por isso, somos igualmente *figuras* de uma *veritas* radicalmente última, tão última que o momento de seu preenchimento identifica-se com a abolição do Tempo enquanto Tempo. Isso significa, então, que a *veritas* à qual agora temos acesso é precária, demanda constante *fé* e uma significativa renovada confiança, garantida apenas pela *graça*. Por quê? Ora, somos capazes da transformação da *littera* em *figura* a fim de aceder à *veritas* somente por estarmos nós mesmos imersos no Tempo, só podemos ser espectadores e seres capazes do In-stante como entrecruzamento de Tempo e Eternidade por virtude de nossa finitude, é à nossa condição de seres finitos que se revela o infinito de Deus – e se finitude significa a essencial discursividade de nosso intelecto, a manifestação do infinito só poderá ter por forma de seu revelar-se o ato que quebra e interrompe esta mesma discursividade temporal em que se manifesta nossa finitude: o infinito aparecerá, portanto, como *graça*.

Por isso, a sábia inserção do τέλος marca o fim como um Futuro absoluto para nós, que salienta nossa temporalidade e finitude apenas para melhor dizer a graça da qual temos a custódia pela fé, e esta constelação de finitude-graça-fé garante a natureza dialética e amorosa da relação entre littera, figura e veritas, relação que evita toda unilateralidade hierárquica pela qual o último dos termos submeteria a si o primeiro: por ser igualmente littera, a veritas sempre pode tornar-se figura de uma outra, e essencialmente fuctura, veritas. Eis que as palavras do apóstolo confirmam a verdade do adágio: e os últimos serão os primeiros. É aqui, enfim, que surpreendemos a definição final de Auerbach para a figura como a a morada de todas as reflexões precedentes, que acompanhamos em ritmo de ascensão dialética, de Lukács a Adorno e Benjamin:

> A profecia figural implica a interpretação de um acontecimento mundano através de um outro; o primeiro significa o segundo, o segundo preenche o primeiro. Ambos permanecem acontecimentos históricos; ainda assim, vistos deste ângulo, contêm algo de provisório e incompleto; um remete ao outro e juntos apontam para algo no futuro, algo que está para vir, que será o acontecimento real, verdadeiro, definitivo. [...] Desse modo, a história, com toda a sua força concreta, permanece para sempre uma figura encoberta, requerendo uma interpretação (AUERBACH, 1997, p. 50).

Como a Ideia de Benjamin, que era mônada e possuía em si eternamente sua pré e pós-história, o que chamei de seu Passado e Futuro absolutos, também a *figura* é vista em uma paradoxal abertura fechada: aberta pois imersa no Tempo, sua interpretação e sua *Erfüllung* sempre passíveis de enriquecimento, e não obstante fechada, porquanto sempre pensada como Eterna e, por isso, anterior ao momento histórico do qual aufere seu sentido. É também assim que a *figura* se diferencia nisso seguindo a crítica adorniana à epistemologia moderna e a filosofia da linguagem benjaminiana, tanto da interpretação alegórica como da moderna concepção da história como fluxo contínuo de acontecimentos encadeados causalmente. É por fidelidade ao texto a cuja sombra medito que peço licença para uma grande citação:

> Na visão moderna, o acontecimento provisório é tratado como um momento dentro de um processo horizontal indivisível; no sistema figural, a interpretação sempre vem de cima; os acontecimentos são considerados não em sua relação indivisível com um outro, mas separados individualmente, cada um deles em relação com uma terceira coisa que, apesar de prometida, ainda não se tornou presente. Enquanto na visão moderna o acontecimento é sempre autossuficiente e garantido, embora a interpretação seja funda- mentalmente incompleta, na interpretação figural o fato está subordinado a uma interpretação que já está plenamente

> garantida desde o começo: o acontecimento passa a ser definido segundo um modelo ideal que é um protótipo situado no futuro e, por conseguinte, apenas prometido. Esse modelo situado no futuro e imitado pelas figuras (lembremo-nos do termo imitatio veritatis [imitação da verdade]) evoca noções platônicas. Isto nos conduz para mais longe ainda. Pois cada modelo futuro, embora incompleto como história, já está preenchido por Deus e já existe eternamente em Sua providência. As figuras com as quais Ele o encobriu e a encarnação com a qual Ele revelou seu significado são profecias de algo que sempre existiu, mas que permanecerá velado aos homens até o dia em que vejam a revelatam faciem do Salvador, tanto com os sentidos quanto com o espírito. Não só as figuras são provisórias, como são também a forma provisória de algo eterno e atemporal; apontam não só para o futuro concreto, mas também para algo que sempre existiu e existirá; apontam para algo que necessita de interpretação, que na verdade será preenchido no futuro concreto, mas que já está pre- sente, preenchido pela providência divina, que não conhece diferenças de tempo. Esta dimensão eterna já está figurada nelas, que, desse modo, são ao mesmo tempo uma realidade fragmentária provisória e uma realidade eterna velada (AUERBACH, 1997, p. 50).

Não é de crítica literária como disciplina departamentalizada que aqui se trata: à metafísica pertencem por origem tais linhas, e aqueles que de literatura discorrem sem a ânsia do Absoluto a habitar-lhes a fala revelam apenas sua indouta ignorância. Filosofia, repito, é coisa séria – é campo de batalha. Em Filosofia não existem áreas, nem é ela uma área do conhecimento, equivalente às outras. Filosofia é Senhora, e sua face só se reconhece quando absolutamente todos os outros discursos humanos ante ela se ajoelham, oferecem-lhe as mãos servis. Está na hora de recuperar a soberba que lhe pertence, seu manto de dignidade que convém apenas aos que são capazes da total nudez, do sofrimento maior, da total solidão e miséria – por ser a única capaz da mais absoluta humilhação, pode a Filosofia impor sua vontade senhoril sobre os cegos escravos que se lhe quedam aos pés. A frase, repetida por professores e estudantes, segundo a qual forma e conteúdo não se separam nem distinguem, possui razão ontológica, pois, sendo como é uma assertiva epistemológica, aufere de sua relação com o Ser o sentido que nela habita.

A paradoxal síntese de História e Eternidade, de Temporal e Eterno, que faz da figura o meio adequado de articulação finita do infinito é o núcleo do que, acima, chamei juízo infinito. Benjamin anunciara, em seu prefácio epistemológico, a identidade entre filosofia e crítica literária, e dissera, com palavras claras, ser a história filosófica ciência da Origem. Origem, já o vimos, é salto primordial que surpreende a gênese de Tempo e Eternidade ao paralisar o fluxo contínuo e cego da história, que é também Lethes, rio do esquecimento em que habitam os servos. Daí por que, para Benjamin, a apreensão original da Ideia por meio do uso singular dos conceitos na Darstellung, em que os fenômenos se conjugam em inaudita constelação, era uma anamnesis, no sentido que Platão a esta palavra conferiu. Ao conjugar os fenômenos em inusitada constelação, a Darstellung do ensaio torna visíveis as ideias em sua resplandecente luz, e salva os fenômenos, dignificando, como queria Adorno, o transitório ao eternizá-lo.

*

Comecei este capítulo indagando quais os conceitos que convêm ao ensaio, e perguntei se, havendo uma ontologia do ensaio, tais conceitos poderiam delinear a natureza do ensaio como ontologia. Em Benjamin encontrei a maior explicitação da ontologia do ensaio, sem entretanto encontrar a resposta para a especificidade dos conceitos com os quais o ensaio flerta com o Ser e, neste flerte, apreende-o: faltavam-me ainda os meios para, tendo compreendido a necessidade ontológica que constituía a epistemologia do ensaio enquanto articulação temporal do Eterno, instituir claramente o ensaio como ontologia. O nome de tais conceitos, agora sabemos, é figura.

É na condição de figuras que enunciei os conceitos da metafísica romântica: Saudade, Juízo Infinito, Co-rrespondência, Re-mora. São tais conceitos figuras pela simples razão de que, à diferença dos conceitos próprios à produção de conhecimento que, como vimos com Benjamin e Adorno, servem à dominação e posse dos fenômenos qual entes a serem finitizados, a metafísica romântica é uma entre-visão do Infinito, é meditação unitária e sys-temática que conjuga seus diversos momentos na construção de um sy-stema capaz de conter sua própria asystasia. A metafísica romântica não busca possuir nem dominar o Ser, porque se sabe apaixonada demais por aquilo que lhe transcende e, transcendendo, escapa-lhe inevitavelmente – mas é nesta fuga que arde o fogo do pensar, e como fuga apenas se deixa a verdade modelar.

A lição que extraímos deste percurso, de Lukács a Auerbach, é simples: todo conhecimento é posse de coisas finitas por um meio igualmente finito, o pensar, contudo, consiste em ser eroticamente interpelado por aquilo cuja posse é perda, é caminhar na condição de andarilho, Wanderer, em errância indeterminada como de quem não possui pátria em lugar algum, pois todo lugar é figura do lugar que, de tão outro, é lugar nenhum. Por isso, comecei este capítulo dizendo do ensaio ser uma forma errante, e isso não à toa, mas em virtude de sua natureza metafísica, que o elege na condição de meio epistêmico adequado para articulação infinita do Infinito. Temporal, é o ensaio porta de entrada para o Eterno. Nele emergem, à medida que vai errando, conceitos. Estes conceitos, que temporalmente nascem para cristalizar o Eterno, são figuras. O ensaio é, assim, a forma específica de um pensar romântico – um pensar cuja tarefa e destino é, forjando em seu errar figuras, figurar o Ser.

4

Mímesis Especulativa:
figurar a Face de Deus

Para meus queridos amigos, Beto e Laro (betoelaro), pequena família que escolhi, e que sempre me perguntam, brincando e em tom jocoso: onde está a face de Deus? Dedico-lhes, com afeto profundo, este capítulo, porque brincadeira é coisa séria.

Dois são os problemas centrais do pensamento contemporâneo: pensar o infinito desde um realismo ontológico capaz de, como nos projetos das recentes ontologias francesas, apreender o acontecimento (*l'évènement*) como enriquecimento ontológico e elaborar uma *Naturphilosophie* capaz de descrever o laço especulativo por virtude do qual o acontecimento, que vem ao mundo pelo peculiar ente capaz do pensar, liga-se umbilicalmente ao Ser, sendo-lhe não alheio, mas parte constitutiva – dele expressão radical ou, como vou sugerir, *mímesis especulativa.*

Na tradição brasileira, Luiz Costa Lima[46] (1980, 2000, 2006,

---

46 Transformo agora em nota o que deveria ser uma longa introdução, dedicada à obra de Luiz Costa Lima. Tendo vislumbrado seu praticar problema teórico em *Mímesis e modernidade: formas das sombras*, desenvolveu-o nas obras subsequentes com erudição e lucidez teóricas exemplares, enlaçando por razões estruturais ao problema da mímesis ficcional, compreendida como produção da diferença desde horizonte de semelhança, a reconstrução histórica do controle do imaginário - conforme o leitor averigua em trabalhos hoje clássicos como *O Controle do Imaginário: razão e imaginação no Ocidente* (1984), *Sociedade e discurso ficcional* (1986), *O fingidor e o censor* (1988), *Mímesis: desafio ao pensamento* (2000), *História. Ficção. Literatura* (2006), *O Controle do Imaginário e a Ascensão do Romance* (2009), A indagação de cunho teórico, apenas em aparência mero esforço de teoria literária, alcançaria seu cume em *Os eixos da linguagem* (2015), cujo sucinto tamanho recobre a pretensão epistemológica que nele dormita: é que à isomorfia a ser desenvolvida entre a metáfora absoluta e a mímesis era correlata

2007, 2015, 2018, 2021) foi o único que para si tomou a ingente tarefa de repensar a *mímesis* desde o domínio que lhe compete: o da filosofia. Sua tarefa é apenas aparentemente uma de teoria literária: a pergunta que a move – *como a diferença emerge desde a semelhança?* – conduz Costa Lima a confrontar-se com a tradição filosófica, *et pour cause*. Sua meditação acerca da especificidade do discurso ficcional leva-o, assim como Iser (1993) já o fizera, a pensar o fenômeno mimético como disposição antropológica que faz do homem a Casa do mistério ontológico por excelência: quando um poema ou romance tensionam a linguagem de forma a fazer emergir o até então impensável, o Ser, do qual o poeta, o poema e o mundo ficcional nele mimetizado são partes, enriquece-se.

Aparente problema de teoria literária, a mímesis revela-se, à revelia talvez de Costa Lima ele mesmo, porta de entrada para uma meditação propriamente metafísica: se o homem é este ser mimético capaz de, pela mímesis, imitar de tal forma a, desde a imitação, modificar por dentro o imitado, é porque, neste ente mimético, inegavelmente o Ser modifica-se, pela emergência do que lhe era até então ou latente ou inexistente. Como se queira escolher, o ponto é que a mímesis introduz um enriquecimento ontológico, que apenas no homem e pelo homem existe. A pergunta que, parece-me, Costa Lima talvez não tenha feito e que aqui farei é: por quê há tal enriquecimento ontológico? Qual o significado metafísico da mímesis? O que, metafisicamente, é a mímesis?

Alain Badiou (1988), um dos gigantes do nosso tempo, ofere-

---

uma antropologia filosófica, colhida em Gehlen, Herder, Blumenberg e cuja explicitação deveria, por necessidade, levar à ontologia do inexaurível que a toda metaforologia é subjacente, conforme certa vez mo reafirmou Hans Ulrich Gumbrecht (2022, comunicação pessoal). Hoje, lendo *O chão da mente: a pergunta pela ficção* (2021), resta claro não haver Costa Lima seguido o destino a que irremediavelmente aponta o conjunto de suas obras. Por ora, posso somente enunciar, em termos por demasiado sintéticos, o que só a'*O Ser e o Milagre* cabe demonstrar: sendo a mímesis costalimiana uma instância do Milagre, seu requestionamento, por Costa Lima empreendido, leva-nos a desdobrar as premissas de uma ontologia do Infinito, em cujo quadro apenas pode o fato mimético ganhar a apodítica fundamentação que lhe é necessária. Apodítica, porque, fato sendo, ou a mímesis é compreendida em sua constituição ontológica, ou se a constata, desejando em sua existência crer (com o que a indagação é mero desejo, não contudo filosófica apreensão, vale dizer theoría), ou se a relega à inexistência – caso do Controle do Imaginário, a cuja inegável existência Costa Lima dedicou livros inestimáveis. O capítulo que ora o leitor tem ante os olhos aponta, mas apenas aponta, àquilo de que, figura, fornece a futura entre-visão.

ce, ao lado de Emanuele Severino, a mais radical e ousada ontologia dos últimos dois séculos – ousada porque sem medo de reconhecer-se filosofia, radical pois sem concessões à museologia filosófica que é regra e lei dos universitários departamentos de humanidades, em que a covardia diante do pensar tem como nome de batismo as desculpas próprias às assim chamadas pesquisas, em que a erudição é escudo sob que se esconde quem do pensamento possui medo. A preocupação de Badiou é: como ontologicamente, isto é, por meio de matematização precisa, pensar o fato mesmo do *Acontecimento*? Por *événèment*, que eu traduzirei sempre por *Acontecimento*, Badiou designa processos de verdade pelos quais, dito de modo grosseiro, o Ser se modifica e, modificando-se, é enriquecido – pelos quais aparece o até então impensável e invisível. A fórmula, aliás, é de Badiou: pelo Acontecimento o invisível vem à superfície do visível.

Os esforços intelectuais de Alain Badiou esclarecem-se bastante quando pensados no contexto da filosofia francesa formulada após Maio de 1968. Conforme deixa claro o próprio Badiou em seus dois *Manifestos Pela Filosofia* (1989/2022), interessava-o e continua a interessá-lo articular um espaço autônomo para a filosofia, no qual ela não se suture a uma de suas quatro condições de verdade, assim diferenciando-se da tendência heideggeriana do pensamento francês (Derrida, Lyotard, Lacoue-Labarthe, Deleuze) e do positivismo vulgar cujos herdeiros se fazem ouvir nas coquettes da ciência a que há já algum tempo chamamos filosofia analítica. O famoso retorno à ontologia – que era também, segundo o *Primeiro Manifesto*, um retorno à Platão – pelas matemáticas era o tom bastante próprio de Badiou, que lhe permitia concretizar o lema hegeliano e apreender em pensamento as compossibilidades de seu tempo, isto é, as quatro condições das quais emerge a Verdade.

Badiou possui para nós o peso de um mestre porque nele a crítica ao positivismo vulgar, sutura da filosofia à ciência, não se identifica aos histéricos e pós-heideggerianos anúncios do fim da filosofia, que comodamente reverberavam nesta terra da *preguiça* que são os Estados Unidos da América, como veremos no penúltimo capítulo deste livro com Richard Rorty. A crítica elaborada por Badiou é, à diferença da desconstrução derridiana ou do neopragmatismo rortyano, um manifesto pela existência da filosofia como Senhora – e ontologia é o nome deste gesto salvador[47]. O Acontecimento, porta de entrada para

47 Não cabe aqui a pormenorizada discussão a ser empreendida com o sistema completo de Badiou, constituído pela ontologia e pela fe-

a Verdade, é o nó deste pensamento: o nó de que precisamos, pois o único capaz de explicar por que estes singulares entes que cantam, que amam, que sonham um espaço comum e que conhecem podem enriquecer o Ser do qual são parte.

Pois bem, o projeto filosófico de Alan Badiou é ingente – a mim, aqui, interessa-me exatamente aquilo que lhe é ponto central, o Acontecimento. Nos ensaios anteriores, indiquei como a *Saudade*, disposição ontológica fundada na *Co-rrespondência*, é incorporada na forma mesma do que chamei, heideggerianamente, o pensar – pensar cujos movimentos são *figuras*, temporalizações do Eterno. Até aqui, apenas sugeri, sem fornecer a fundamentação metafísica, uma equivalência entre *figuração do Ser* e *mímesis especulativa*. Em *Figuras ou o que significa pensar romanticamente*, apresentei a primeira parte de minha epistemologia romântica, seu primeiro pórtico, centrado na noção de *figura,* temporalização do Eterno, esboçando e sugerindo a presença de um fundamento ontológico para esta epistemologia.

Como talvez já tenha ficado claro pelo meu uso insistente da figura da *Co-rrespondência*, na metafísica romântica o pensar, formulado por *figuras* que são *Juízos Infinitos*, só existe sob assunção de uma ontologia monista e realista: somos parte do Ser, somos, assim como os outros entes, inanimados e animados, manifestações do Existir, do Sustir-se-desde-a-noite-profunda – com a diferença, infinitamente significativa, de que, em nós, o Ser flete-se em si mesmo, re-flete-se e, neste re-fle-tir-se, abre para si mesmo os olhos. Ao abrir para si mesmo os olhos, o Ser, que é Um[48] – donde o monismo ontológico da metafísica romântica –, conhece-se a si mesmo verdadeiramente – donde o realismo ontológico da metafísica romântica. Se indiquei introdutoria-

---

nomenologia objetiva, ou Grande Lógica, desdobrada em *Logiques des Mondes* (2006). Como muito do que neste livro se anuncia, a meditação a que dou neste capítulo início é apenas figura do que, em *O Ser e o Milagre*, encontrará seu terreno próprio – seu preenchimento futuro.

48 Este poderia ser o primeiro momento em que o leitor minimamente familiarizado com a obra de Badiou suspeitaria de burrice ou ignorância de minha parte. Para justificar-me: o Um de que falo é a Unidade do sy-stema, tal como descrita no capítulo 2 deste livro, e significa, portanto, a infinitude da Unidade nunca onticamente articulável, infinitude que aliás concede a cada termo sua errância própria. No Segundo Manifesto, inclusive, Badiou assume este mesmo significado para o Uno, assim deixando claro que o axioma central de sua ontologia, il n'y a pas de l'Un, só se aplica às metafísicas ônticas cuja crítica Heidegger e seus seguidores franceses elaboraram.

mente estas duas linhas de força de que a ontologia romântica se compõe, não as pude fundamentar metafisicamente, nem demonstrar como as formulo desde um diálogo com a tradição filosófica. Chegamos ao lugar em que tento fazê-lo. Badiou, parece-me, oferece a fundamentação ontológica que falta, até onde enxergo e sei, em Costa Lima – nem um nem outro, contudo, oferecem a ontologia monista, a *Naturphilosophie*, que é ponto tão fundamental para o pensar romântico, sem a qual a pergunta que atravessa diagonalmente todos os ensaios deste livro – por que o homem é capaz do cantar poético? – não se deixa responder[49].

Se começo citando Luiz Costa Lima, faço-o por duas razões: a primeira é pessoal e biográfica, pois foi em Costa Lima que pela primeira vez, ainda jovem e graduando, encontrei um *pensador* brasileiro que, fascinado pelo fato bruto da ficção, dedicou toda sua vida à construção de um verdadeiro edifício teórico. Em um mundo intelectual tão acostumado ao comentário erudito, onde revistas espantam-se quando um escritor forja um conceito novo e demandam-lhe, atônitas, que cite a fonte da qual auferiu reflexão até então desconhecida – em tal mundo Luiz Costa Lima surgiu como teórico sem medo de sujar as mãos e pensar. A este ato, dedicarei uma contínua admiração, mesmo quando se trate de afastar-me de Costa Lima e de, como aqui tentarei fazer, elaborar o que nele me pareceu sempre ausente, o que, aliás, me leva à segunda razão para o eleger como um dos ensejos com que forneço eixo e solda a este ensaio. Costa Lima apresenta uma obra em processo, assim como Alain Badiou. Mas o brasileiro – repito: até onde eu saiba – não pareceu ter colocado a pergunta central que conforma, qual premissa latente, sua pesquisa acerca da mímesis: o que é o Ser para nele emergir seu enriquecimento?[50] Qual nossa relação com o Ser,

---

49 Não custa redizer o dito: eu não estou à altura da proposição que acabo de escrever – e contudo escrevo-a. Por quê? Porque não tenho tempo para ler absolutamente tudo que escreveu Badiou, tampouco oportunidade para com ele dialogar. Durante anos pensei que nunca conseguiria ver face a face pensadores que admirava, até que, mudando-me para a Alemanha a fim de realizar meu mestrado, conheci muitos dos autores cujos livros povoavam minhas estantes. Pensar é dialogar, mas nem sempre as vozes se apresentam. Por outro lado, se eu errar no que enuncio, de bom grado reconhecerei o erro, se mo apontarem. Não se escreve como quem pole um espelho – escrever é também humilhar-se, e humilhar-se, já falei, é aprender.

50 Com melhor ressalva: não é que Costa Lima ignore os meandros ontológicos que habitam necessariamente sua indagação acerca

com o que É, para o haver deste milagre que, desde os gregos, denominamos poesia? Para os românticos históricos, monistas ontológicos, era inconcebível pensar a poesia sem, ao mesmo tempo, para isso pensar o Ser ele mesmo, que vem à consciência de si no Homem. Por isso, parece-me que, para entender a mímesis, é necessário fazer *metafísica*, tal como a tenho definido aqui, isto é, como meditação do Infinito na radical unidade sy-stêmica de seus momentos: ontológico, epistemológico, ético e estético.

Ora, Alain Badiou é, tudo indica, o maior filósofo vivo, cuja obra oferece uma das mais ousadas ontologias contemporâneas. Se ser filósofo é radicalmente diverso de ser historiador da filosofia, museólogo cuja erudição serve ao comentário dos grandes nomes, dos nomes daqueles que *pensam* – então Badiou é um gigantesco filósofo, e não por amizade dele disse Žižek: um Platão caminha entre nós. Badiou dedicou-se a pensar exatamente o que estou chamando de enriquecimento do Ser, e a isso deu ele o nome de *événement*, Acontecimento. Sua obra é ingente – é, ao lado da de Emanuele Severino, o desafio especulativo de nosso tempo. Ela oferece o arsenal ontológico capaz de pensar a mímesis desde a perspectiva que, como disse, parece faltar em Costa Lima. Entretanto, e aqui posso errar, não encontrei ainda a resposta à pergunta que, a qualquer leitor de Badiou, se impõe com avidez: por que há o Acontecimento? Por que há o único ente capaz de acontecimentalizar o Acontecimento e qual a constituição ontológica de tal ente[51]?

Em última análise, se nós pertencemos ao Ser e apenas por nós, entes pelos quais a História emerge (e a História é o domínio acontecimental por excelência, pois o domínio natural foraclui o Acontecimento), pode o Acontecimento Acontecer, com a conseguinte produção de uma Verdade transcendente e eterna – então como e por que a eternidade de uma tal Verdade pode, no Tempo e na História, Acontecer?

---

da mímesis, é que, antes, tais caminhos parecem interessá-lo como elementos históricos para compreensão, também ela histórica, do que sob a mímesis se compreendeu. Meu ponto aqui é, assim, outro – o de fazer a ontologia que a mímesis demanda.

51 É importante distinguir o seguinte em tal pergunta: Badiou é claro ao insistir não haver um algoritmo do Acontecimento, embora haja seu matema, e isso pela boa razão, que detalharei abaixo, de ser o Acontecimento uma irrupção imprevisível do Vazio nas ordens dos múltiplos, daquilo que-não-é-do-ser na superfície do Mundo. Minha pergunta visa, então, a insistência em um monismo idêntico a uma Naturphilosophie para nosso tempo.

Se Badiou nos põe em mãos o potente arsenal ontológico para pensar a mímesis, falta-lhe o monismo que é latente em Costa Lima. Parece-me que a compreensão mais articulada da mímesis depende de uma reflexão metafísica capaz de sublinhar o laço ontológico que conjuga Sujeito, no sentido de Badiou, e Verdade na produção do Acontecimento como enriquecer-se do Ser[52]. Se assim é, uma tal mímesis terá de deixar-se explicitar pelo monismo de base do pensar romântico, ao qual faz par seu realismo ontológico – deveremos, pois, buscar uma mímesis na qual se venha espelhar o Ser ele mesmo, na Verdade do que É.

Nossa tarefa será, portanto, a de construir a figura da mímesis especulativa. Por ela, há de revelar-se que não é o Aristóteles da *Poética* o guia principal para recuperação do conceito de mímesis, mas Platão – o Platão romântico que aqui articulo e que, aliás, oferece a Badiou o paradigma mesmo da decisão pela qual se anuncia, desde a Grécia até nós, a ontologia. O Platão do *Parmênides* representa, para Badiou, o momento central em que o Um, cuja articulação ôntica se revela impossível, dá-se em sua equação com o Vazio – portanto com o Infinito. Aparentemente oposto, em termos estilísticos e mesmo teóricos, Badiou talvez se nos revele importante aliado da metafísica romântica, e isso porque a fórmula da metafísica como sy-stema, anunciada e desenvolvida no segundo capítulo desta primeira parte, sugere ser a premissa central do projeto do francês – *il n'y a pas de l'Un* – uma outra forma de expressar a Unidade do unitário e do contraditório, cuja razão ontológica tentei, colhendo-a em Schelling, articular. A Unidade, víramos lá, não é uma substância ôntica, que forneceria à metafísica seu princípio qual primeiro passo de ingente dedução. A Unidade é, no fundo, o que se produz quando o Um ôntico foi excluído dos possíveis avatares para o princípio. Este capítulo será o mais árduo deste livro, também o mais perigoso. Comecemos pela breve discussão de Badiou, para passarmos a Schelling – e voltarmos à Origem.

---

52 Veja-se como o projeto filosófico de Badiou diferencia-o do pós-modernismo barato, vulgarização aliás do rigor e do talento de pensadores franceses que dominaram a geração da década de 60: "Cependant, c'est à partir des mêmes matériaux « en situation » que mon désir proprement philosophique discerne, lui, comme tâche essentielle, de reconstruire, contre les deux tendances naturellement dominantes et du reste largement complices, une discursivité spéculative capable d'organiser de façon neuve les questions que les courants dominants écartent de leur devenir, nommément celle de l'être, celle de la vérité, et celle du sujet. Et puisque c'est de l'ontologie que nous sommes partis, commençons par elle." (BADIOU, 1988, p. 150)

§ 1 Como pode o Ser enriquecer-se? A ontologia do Acontecimento de Alain Badiou

Primeiro passo importante para compreender o projeto ontológico de Badiou é entender sua preocupação em des-suturar a filosofia de suas quatro condições: a política, a ciência, a arte e o amor. A filosofia francesa do pós-guerra e do pós-68 bebeu com sede ansiosa na fonte heideggeriana, e incorporou vigorosamente, em escritores de estilo raro e notável, a crítica à metafísica ocidental, o último avatar da qual seria a modernidade industrial, niilista, em que o mundo se transformava em reserva técnica de um sujeito esvaziado de toda mínima lembrança da pergunta originária. Começada com Platão para atingir seu pico conceitual em Nietzsche e na sociedade industrial, a metafísica ocidental consubstancia o esquecimento do Ser, do qual rastros derradeiros se colhem nos últimos grandes poetas. Eis por que a filosofia francesa que ficou famosa sob o rótulo de pós-moderna ou pós-estruturalista era apaixonada pela literatura – e eis por que correlata a tal paixão era a ânsia por anunciar o fim da filosofia, isto é, o fim da metafísica.

Vulgares não eram Derrida, Deleuze, Lyotard, Lacoue-Labarthe: vulgares são as formigas de hoje, que ainda acreditam descer do Sinai com as tábuas da lei ao citarem Foucault e Deleuze para denunciar o impulso totalitário em toda biopolítica. Estou descrevendo este panorama porque, se o tivermos em mente, melhor se aclara o projeto de Badiou, na medida em que lhe é de interesse formular uma ontologia *construtiva* capaz de rigorosamente pensar e descrever os processos pelos quais a Verdade emerge no Mundo, constituindo um Sujeito de que fazem parte os animais humanos, para usar sua terminologia. Trocando em miúdos: passado o êxtase da crítica juvenil que tudo deseja destruir, chega o tempo da construção e, por isso, de novamente dar à filosofia um lugar autônomo, des-suturando-a de suas condições, desde o qual possa novamente preocupar-se com os seus eternos e universais conceitos: o da Verdade, o do Ser, o do Sujeito. Trocado em miúdos mais miúdos ainda: a filosofia nasce como indagação radical do Ser e da Verdade deste Ser, mas ela é, sobretudo, a pergunta acerca do mistério de um enriquecimento do qual nós somos os vetores – porque o homem é este ente que, estando aqui, deseja mais do que lhe é imediatamente dado, e por este desejar engendra vazios na natureza e a enriquece, nela introduzindo o que antes não havia. Esta passagem de um Não Havido para um Novo Havido pela mediação de um puro Haver é pronunciado, no sistema de Alain Baidou, pela noção de Acontecimento. A fim de compreender este mistério do enriquecer-se do Ser, ele enuncia a palavra de ordem de um retorno a Platão, que supõe a substituição do poema pelo matema, de modo a des-suturar a filosofia da poesia para fornecer-lhe, a ela filosofia, seu lugar autônomo.

Mas esta sutura não é exatamente o objetivo do presente livro? Como uma incursão em Badiou pode contribuir para nossa jornada? Vale aqui uma rápida explicação, a fim aliás de limpar o terreno e pôr todos os pingos nos is. De fato, os autores canônicos do chamado pós-estruturalismo herdaram o mote heideggeriano conforme o qual a verdade do Ser, seu chamado, apenas na poesia poderia ainda ser escutada. O tema do *dichterisches Denken* guiou o trabalho de Jacques Derrida e de Gilles Deleuze de modo intenso, e não à toa se lhes recorre a torto e a direito nos assim chamados Estudos Literários. A conhecidíssima passagem de *Les mots et les choses* que celebra o encontro da linguagem com seu próprio silêncio, pronunciado pela *littérature*, é uma das formas paradigmáticas desta postura intelectual. Mas não é isto que desejo formular, ao enunciar que literatura é filosofia? Não estaria eu também suturando, como Lyotard, a filosofia à forma poética? A resposta é simples, contudo tão decisiva para mim: *não*.

A diferença entre o que aqui tento formular e a tradição de pensamento francesa que tantos estudos tentaram associar ao primeiro-romantismo alemão (cf. BOWIE, 2003; FRANK, 1998) reside no fato de que eu parto do fascínio da verdade engendrada pela experiência poética para fazer filosofia. Como meu amigo José Roberto de Luna diagnosticou com uma acurácia espantosa há alguns anos, a poesia é para mim, por um lado, ponto de partida para reflexão filosófica e, por outro, objeto de indagação igualmente filosófica. À diferença dos franceses e dos neopragmáticos americanos como Rorty e Canvell, que enunciam o fim da filosofia enquanto metafísica para tornarem-se críticos culturais, ocupando-se de obras literárias como ensejo para discussões nunca a serem tomadas a sério demais[53], eu parto da literatura para fazer filosofia e, mais, para enunciar a necessidade de uma

---

53 Esta é literalmente a definição do ironist que Rorty oferece em *Irony, contingence and solidarity*, obra à qual eu retorno no penúltimo capítulo deste livro, em análise que, espero, melhor delineará a diferença que agora procuro realçar.

metafísica moderna, e isso precisamente porque, à diferença do que pensa Rorty, a verdade literária é séria demais para ser mero tema de conversa descontraída.

Por tais razões, eu discordo das reconstruções de Bowie (1997, 2003), que tentam identificar as premissas românticas de um Derrida ou de um Rorty. Parece-me, e este livro é minha primeira mais séria tentativa de o pronunciar, que o gesto romântico não era a da crítica simples à metafísica, a renúncia ao Absoluto circunscrita no conceito de ironia. Os românticos, assim tentei articular n'outros lugares, entenderam que o Absoluto não é uma substância, mas a Infinitude mesma do Exterior. Entenderam, igualmente, que a poesia não era o lugar onde se ia refugiar o fazer filosófico, porquanto a poesia, como o amor e a própria política[54], era na verdade chamado radical ao pensar – à re-flexão. Metafísica, sendo sy-stemática, é a re-flexão rigorosa e autoconsciente capaz de unitariamente pensar *figuras* como verdades eternas temporalmente articuladas. Ora, o Eterno jaz no Além e nós só dispomos de meios temporais: a articulação temporal do Eterno é, como vimos, uma *figura*, mas esta precisa ser colhida pelos olhos do pensador – o ensaísta de Lukács e o crítico-especulativo de Benjamin – para receber sopro vital. O gesto autoconsciente que visa construir uma linguagem capaz de formular perguntas e lhes escutar o peso não pode identificar-se com os fenômenos aos quais põe tais perguntas e dos quais as retira. Neste sentido, meu gesto segue o de Badiou, que se diferencia do pós-estruturalismo ao desejar formular uma língua capaz de enxergar com nitidez os fenômenos que engendram perguntas (o que ele chama as condições da filosofia), dos quais derivamos a força mesma da filosofia. Esta língua – Badiou a chama ontologia.

Assim como não se trata, para a metafísica romântica, de formular um Mapa do Mundo deduzindo-o de princípio ôntico, não se trata para Badiou de construir uma ontologia esquecida da diferença ontológica, isto é, uma ontologia do Um. A similaridade dos dois projetos me permite, então, delimitar melhor o significado específico

---

54 Neste sentido, eu me aproximo mas não me identifico com a opinião de Badiou. O amor romântico é uma das gigantes verdades de nossa civilização, e dá razão a Badiou, para quem o amor é uma das condições. Eu diria que a *Bildung*, categoria central ao pensamento romântico, aproxima-se bastante à concepção de política como outra condição da filosofia. A *Bildung* é busca amorosa por uma pátria sempre outra, onde realizamos a vida comum, vida entretanto não patriota. A *Bildung* só ganha seu sentido metafísico, para além das reconstruções eruditas e históricas, na figura da Re-mora, tal como articulo no último capítulo do livro.

da metafísica romântica e suas relações com tradições filosóficas recentes, para não dizer contemporâneas: exatamente porque a pergunta deste livro é *por que o homem é capaz do cantar poético?*, não desejo identificar o ato da reflexão filosófica, por mim denominado metafísica, com os fenômenos que a ensejam, razão pela qual, partindo embora das verdades articuladas pela literatura, meu gesto filosófico possui duas camadas – a primeira extrai dos textos lidos *figuras* nas quais colhemos o brilho do Eterno e a segunda busca forjar uma língua capaz de enunciar minimamente como e por quê tais *figuras* são sequer possíveis. Forjar a língua ontológica é o primeiro passo para lançar perguntas.

Pois bem, também este é, parece-me, o interesse de Badiou. Desenvolvida em suas linhas mestras em *L'Être et l'évenemennt* (1988), a língua ontológica que retorna às matemáticas pós-cantorianas tem como mote e central objetivo compreender o ser-enquanto-ser e o-que--não-é-do-ser-enquanto-ser, vale dizer o Acontecimento. Como eu disse, é necessário entender a razão do enriquecimento ontológico, o fato de que advêm Verdades, mudanças imprevistas, que enriquecem gratuitamente o Ser. A geração heideggeriana havia insistido na diferença ontológica e no simplismo de toda metafísica ôntica, que, do princípio primeiro, derivava *imaginem mundi*, assinalando a cada ente seu adequado lugar na geometria do Ser. Para uma tal geração, negar o princípio, esta tosca redução do Ser ao ente que fornece a liga mestra da bruxa maldosa denominada metafísica ocidental, significava conquistar árdua liberdade – tal negação se formulava seja pelo reconhecimento do *libre jeu* da *écriture*, seja pela arqueologia do discurso ou pela crítica genealógica, seja, por fim, na dimensão fantasmática do desejo humano. Tudo se resume na fórmula, que se torna a premissa central de Badiou: *il n'y a pas de l'Un*. Dizer não haver o Uno é, claro, negar o princípio ôntico, resultado do esquecimento da diferença ontológica e alicerce mesmo da metafísica ocidental. *So far so good* – ocorre que para Badiou, e esta é a diferença fundamental, tal enunciado emerge como axioma de uma ontologia cujo primeiro balbuceio é: matemática é ontologia. Não vou entrar na discussão pormenorizada deste polêmico enunciado, quero só dele reter o essencial: a heideggeriana negação do Uno [ôntico] implicava a escolha pelo poema, ao passo que a ontologia-matemática de Badiou compreende tal negação como afirmação do Ser como pura multiplicidade. É esta a pedra de toque de todo seu pensamento.

Dizer que o Ser é pura multiplicidade, múltiplos de múltiplos, é enunciar que, ausente o Uno, a base ontológica última – o *Grund* – é o Vazio: ironicamente podemos de fato heideggerianizar e dizer que

Grund ist Abgrund[55]. O enunciado parte da leitura filosófica do teorema de Cantor e de seus desenvolvimentos matemáticos, mas significa em essência que tudo que é aparece na condição de elemento de um conjunto, e, porquanto a consistência dos conjuntos é fornecida *a posteriori* segundo a regra de conta-por-um, tudo que existe existe desde uma inconsistência fundamental. Imagine o leitor que todo ente, isto é todo existente, apresenta-se de alguma forma, ainda que seja sob a rubrica do inexistente[56]. Se se apresenta, o faz como algo que pertence a um conjunto, a um múltiplo. Porque é ele próprio contado-por-um, este existente considerado, que pertence a um conjunto – seja: o dos entes que exemplificam o argumento ontológico de Badiou –, é igualmente um múltiplo, pois que todo existente é um múltiplo. A apresentação, condição ontológica mínima, é idêntica ao ato de ser contado-por-um.

Vimos que, para Badiou, não há o Um, isto é, o princípio primeiro de que se derivam todos os pequenos uns contados-por-um. A única coisa que há, portanto, são os múltiplos de múltiplos, que existem ao serem contados-por-um, ou seja, ao pertencerem a um conjunto. Por não haver *o* Uno, há milhares de unos. Neste sentido, Badiou distinguirá a consistência da inconsistência da situação, entendendo por situação um conjunto já estruturado de acordo com uma regra de conta por um. Seja o conjunto dos brasileiros que votaram em Bolsonaro. A regra de conta-por-um está clara, e eu, que não votei em Bolsonaro, não pertenço a tal conjunto, portanto não estou apresentado nesta situação, estruturada por virtude dos elementos que segundo a regra são aí apresentados. A situação ganha sua consistência desde os elementos apresentados segundo a regra: quanto mais brasileiros eleitores de Bolsonaro, mais sólida é tal situação, cuja lei de apresentação se reafirma pela quantidade de elementos apresentados. O problema é

---

55 A reconstrução dos argumentos de Badiou pode dar ao leitor a impressão de que eu, como ele, busco negar veementemente a posição heideggeriana – o que, nem de longe, pode ser o caso. Heidegger, pensador do *Er-eignis*, é aliado da metafísica romântica, e o pormenorizado diálogo com o filósofo da floresta negra está reservado a *O Ser e o Milagre*.

56 Já mencionei acima que, por questões de espaço, atenho-me aqui à leitura cerrada de *L'être et l'événèment*. Isso não me impede entretanto, nem a mim nem ao leitor, de realizar inferências cuja justificativa pormenorizada é fornecida por *Logiques de Mondes*. Falo, por exemplo, de aparecer e de existir ou existência, termos que são forjados e diferenciados de Ser e essência em Logiques des Mondes. Esta nota serve, portanto, apenas para lembrar ao leitor familiarizado com Badiou que não ignoro a sutileza de seu vocabulário filosófico – apenas busco não tornar o capítulo maior do que já é.

que, pela ausência do Uno inicial, esta situação não pode retirar sua consistência de um conjunto ao qual pertença e que, contendo-a, seria por sua vez contido por outros múltiplos, os quais pertenceriam todos ao Uno, princípio absoluto inicial. Eis a razão pela qual a situação só pode retirar sua consistência desde os elementos que lhe pertencem por serem contados-por-um. O domínio inicial é, portanto, inerte e, logo, inconsistente. Isso significa, em última análise, que, ausente o Uno inicial, todos os conjuntos inconsistem e retiram sua consistência desde uma aleatória apresentação inicial. No início não há o Verbo, há apenas o Vazio. Melhor: no início há a nomeação do Vazio[57]. O Vazio, por isso, é o nome próprio do Ser.

Para apresentar melhor o raciocínio que acabo de resumir, vou encadear duas citações de momentos bem distintos de *L'Être et l'évenemment*, mas que me parecem iluminar o argumento ontológico de acordo com o qual, não havendo o Um originário, há apenas múltiplos apresentados de acordo com a lei do conta-por-um:

> Soit une situation quelconque. J'ai dit que sa structure – le régime du compte-pour-un – y scindait le multiple présenté : le scindait en consistance (composition d'uns) et inconsistance (inertie domaniale). Toutefois, l'inconsistance comme telle n'est pas vraiment présentée, puisque toute présentation est sous la loi du compte. Plus clairement: dès lors que le tout d'une situation est sous la loi de l'un et de la consistance, il faut que, du point de l'immanence à une situation, le multiple pur, absolument imprésentable selon le compte, ne soit *rien*. La vérité est bien qu'en amont du compte il n'y a rien, car tout est compté. Mais cet être-rien, où gît l'inconsistance illégale de l'être, est ce dont se soutient qu'il y ait le tout des compositions d'uns où s'effectue la présentation (BADIOU, p. 65-67).
>
> *Seja uma situação qualquer. Eu disse que sua estrutura – o regime de conta-por-um – aí cinde o múltiplo apresentado: cinde-o em consistência (composição de uns) e inconsistência (inércia do domínio). Entretanto, a inconsistência como tal não é verdadeiramente apresentada, porque toda apresentação é sob a lei da*

---

57 Reside aqui a demonstração ontológica do que mais abaixo chamei de contingência necessariamente contingente, contrastando-a com a necessidade da contingência de Rorty. A diferença entre uma e outra é a mesma entre o pensamento rigoroso da metafísica e a preguiça, que postula enunciados sem lhes fornecer demonstração ontológica.

conta [por-um]. De modo ainda mais claro: desde o momento que o todo de uma situação reside sob a lei do um e da consistência, é necessário que, do ponto da imanência a uma situação, o múltiplo puro, absolutamente inapresentável de acordo com a conta, não seja nada. A verdade é que, do ponto de vista da conta, nada há, porque tudo é [ao ser] contado. Mas esse nada-ser, onde dormita a inconsistência ilegal do ser, é aquilo por virtude do que há o todo de composições de uns em que se efetua a apresentação (BADIOU, 2018, p. 65-67).

E :

L'un comme tel, ai-je dit, n'est pas. Il est toujours le résultat d'un compte, l'effet d'une structure, car la forme présentative où se dispose tout accès à l'être est le multiple, comme multiple de multiples. Ainsi, dans la théorie des ensembles, ce que je compte pour un, sous le nom d'un ensemble a, est multiple-de-multiples. Il faut donc distinguer le compte-pour-un, ou structure, qui fait advenir l'un comme sceau nominal du multiple, et l'un comme effet, dont l'être fictif ne tient qu'à la rétroaction structurelle où on le considère. [...] Car l'un, tel qu'il advient par l'effet de la structure au multiple, et le fait consister, n'est pas transcendant à la présentation. Dès qu'il résulte, il est à son tour présenté, et tenu pour un terme, donc pour un multiple. L'opération par laquelle, indéfiniment, la loi se soumet l'un qu'elle produit, le comptant pour un-multiple, je l'appelle la mise-en-un. La mise-en-un n'est pas réellement distincte du compte-pour-un. Elle n'en est qu'une modalité, où l'on peut décrire que le compte-pour-un s'est appliqué à un "résultat-un. Il est clair que la mise-en-un ne confère pas plus d'être à l'un que le compte. Là encore, l'être-de-l'un est une fiction rétroactive, et ce qui est présenté reste toujours un multiple, fût-ce un multiple de noms (BADIOU, 1988, p. 104-106).

O uno como tal, havia eu dito, não existe. Ele é sempre o resultado de uma conta, o efeito de uma estrutura, pois a forma de apresentação na qual se dispõe todo o acesso ao ser é o múltiplo, como múltiplo de múltiplos. Assim, na teoria dos conjuntos, o que eu conto por um, sob o nome de um conjunto a, é múltiplo-de--múltiplos. É necessário, portanto, distinguir a contagem-por-um, ou a estrutura, que permite emergir o um como selo nominal do múltiplo, e o uno como efeito, cujo ser fictício existe apenas pela retroação estrutural na qual o consideramos. [...] Pois o um, tal como advém ao múltiplo pelo efeito da estrutura, e o faz consistir, não é transcendente à apresentação. Desde o momento em que ele resulta [aparece], é ele por sua vez apresentado e tido por um termo, portanto por um múltiplo. A operação pela qual, indefinidamente, a lei submete a si o uno que ela produz, contando-o por um-múltiplo, chamo-a de 'colocação-em-um'. A colocação-em--um não é verdadeiramente distinta da contagem-por-um. Ela não é senão uma modalidade da contagem-por-um, na qual podemos dizer que a contagem-por-um foi aplicada a um resultado-um. Claro está que a colocação-em-um não confere mais ser ao um do que a contagem. Também aí [nos dois casos], o ser-do-um é uma ficção retroativa, e o que é apresentado se mantém sempre como um múltiplo, ainda que múltiplo de nomes (BADIOU, 1988, p. 104-106).

Nome próprio do Ser, o Vazio funda a angústia de um sem-fundo como o fundamento último de toda apresentação possível, mas torna por este mesmo passo possível a radical liberdade de um pensamento cuja forma é a da *mise en abîme*: múltiplos de múltiplos de múltiplos, a consistência do que chamamos *nosso mundo* deriva antes das reiteradas operações de conta pelas quais categorizamos os fenômenos e os instituímos como existentes. Estabelecido este ganho especulativo, Badiou pode distinguir entre Natureza e História, a fim de preparar a reflexão acerca do Acontecimento. É que próprio à Natureza é foracluir este Vazio, por um processo bastante particular. Vou descrevê-lo rapidamente, para que o leitor tenha claramente no espírito as condições do Acontecimento, nosso alvo último.

É tarefa da Meditação definir o conceito de Natureza, lançando mão dos recursos ontológicos aos poucos introduzidos e desenvolvidos. É, também, uma ótima ocasião para Badiou reafirmar sua dívida com Heidegger e sua radical diferença em relação a ele, porque do conceito de Φύσις, central ao Heidegger preocupado em denunciar o início platônico do esquecimento do Ser pelo correlato esquecimento do *dichterisches Denken*, Badiou extraí o necessário contraste com o *matema* e, por aí, a um só tempo operacionaliza matematicamente [ontologicamente] a Natureza pelo mesmo gesto com que pronuncia seu contraste a Heidegger. Cito as linhas centrais, cuja clareza dispensa comentários explicativos:

La victorieuse énonciation mathématicienne entraîne que le poème croit dire une présence perdue, un seuil du sens. Mais ce n'est qu'une illusion déchirante, corrélative de ce que l'être est dicible du seul point de sa suture vide au texte démonstratif. Le poème ne se confie nostalgiquement à la "nature que parce qu'il a été une fois interrompu par le mathème, et « l'être » dont il poursuit la présence n'est que l'impossible comblement du vide tel qu'aux arcanes du pur multiple la mathématique y discerne indéfiniment ce qui de l'être même est, en vérité, soustractivement prononçable (BADIOU, 1988, p. 319).

A vitoriosa enunciação matemática implica que o poema acredita dizer uma presença perdida, um limite do sentido. Mas isso é apenas uma ilusão comovente, correlata ao fato de que o Ser é dizível somente do ponto de sua sutura vazia ao texto demonstrativo. O poema não se confia nostalgicamente à natureza senão porque ele, antes, fora interrompido pelo matema, e o Ser cuja presença ele persegue é muito simplesmente o impossível preenchimento do Vazio, tal que, nos arcanos do múltiplo puro, a matemática discerne aí indefinidamente o que, do Ser ele mesmo, é, nas bordas da verdade, pronunciável subtrativamente (BADIOU, 1988, p. 319).

As ontologias da presença nomeiam os projetos filosóficos influenciados por Heidegger e que suturam a filosofia à arte. Badiou enuncia, assim, uma História do Ser que é literalmente o negativo da versão heideggeriana: com Platão tem início a verdadeira lembrança do Ser, que antes restava coberto e impensável pelos poemas arcaicos, nos quais a φύσις se apresentava como o imediato permanecer-em-si da doação. Interrompido pelo matema que nomeia o Vazio, o Ser torna-se por fim pensável, e isso precisamente por virtude da necessária distância que o matema platônico, a Ideia, introduz entre sua imediata apresentação e a forma capaz de pronunciá-la passo por passo. Nos termos que eu introduzirei mais à frente e desenvolverei no último capítulo, as ontologias da presença vivem de uma fantasia, conforme a qual a Era do Círculo se sabe a si mesma sem ter passado pela metamorfose do Triângulo.

Pois bem, e de que nos são úteis tais considerações? Ora, é que elas, sublinhando o contraste com Heidegger, preparam a definição ontológica da Natureza, exatamente por recorrência aos termos com que Heidegger define a φύσις grega. Movimento estilisticamente genial, que não posso senão citar:

Ainsi l'être, pensé comme φύσις, est le stable du se-tenir-là, la constance, l'équilibre de ce qui se tient dans l'épanouissement de sa limite. Si nous retenons ce concept de la nature, nous dirons qu'un multiple pur est « naturel » s'il atteste dans sa forme-multiple même une consistance particulière, un tenir-ensemble spécifique. Un multiple naturel est une forme supérieure de la cohésion interne du multiple.Comment réfléchir cela dans nos propres termes, à l'intérieur de la typologie du multiple ? J'ai distingué (méditation 8), dans une présentation structurée, les termes normaux (présentés et représentés), les termes singuliers (présentés, mais non représentés) et "les excroissances (représentées et non présentées). On peut déjà penser que la normalité, qui équilibre présentation (ou appartenance) et représentation (ou inclusion), qui symétrise la structure (ce qui est présenté dans la présentation) et la métastructure (ce qui est compté pour un par l'état de la situation), est un concept pertinent de l'équilibre, du stable, du rester-là-en-soi-même. Pour nous, la stabilité dérive nécessairement du compte-pour-un, car c'est du compte que procède toute consistance. Et quoi de plus stable que ce qui est, en tant que multiple, compté à sa place deux fois, par la situation et par son état ? La normalité, lien maximal entre appartenance et inclusion, est bien adaptée à penser la stase naturelle d'un multiple. La nature est ce qui est normal, le multiple ré-assuré par l'état (BADIOU, 2018, p. 144-146).

Assim o Ser, pensado como φύσις, é o estável sustir-se-aí, a constância, o equilíbrio do que se mantém no cumprimento de seu limite. Se retivermos o conceito da natureza, diremos que um múltiplo puro é 'natural', se ele atesta, em sua forma múltipla mesma, uma constância particular, um restar-junto específico. Um múltiplo natural é uma forma superior da coesão interna do múltiplo. Como refletir isso nos próprios termos, no interior de uma tipologia do múltiplo? Eu distingui (meditação 8), em uma apresentação estruturada, os termos normais (apresentados e representados), os termos singulares (apresentados, mas não representados) e as excrescências (representados e não apresentados). Pode-se já pensar que a normalidade - que equilibra a apresentação (ou o pertencimento) e a representação (ou a inclusão), que simetria a estrutura (o que está apresentado na apresentação) e a metaestrutura (o que é contado por um pelo estado da situação) – é um conceito pertinente ao equilíbrio, ao estável, ao permanecer-aí-

-em-si-mesmo. Para nós, a estabilidade deriva necessariamente da contagem-por-um, pois é da contagem que procede toda consciência. E o que de mais estável que aquilo que, enquanto múltiplo, é contado em seu lugar duas vezes, pela situação e pelo seu estado? A normalidade, laço máximo entre o pertencimento e a inclusão, é bem adaptada a pensar a imobilidade absoluta de um múltiplo. A natureza é o que é normal, o múltiplo reassegurado pelo estado (BADIOU, 2018, p. 144-146).

Disse que este capítulo seria árduo, mas recorrerei o mínimo possível ao jargão técnico-matemático utilizado por Badiou e traduzirei sempre que possível em linguagem natural equivalente. Na condição do estável permanecer-em-si, a Natureza é o maximamente equilibrado e estável. Na medida em que toda situação estruturada apresenta seus múltiplos de acordo com a regra de contagem-por-um que lhes confere estabilidade qual elementos de um conjunto, de forma a igualmente instituir retrospectivamente a unidade do conjunto ao qual pertencem pela operação da *mise-en-un,* dizemos que tal situação apresenta seus elementos. Quando tais elementos, que são múltiplos, têm seus próprios elementos igualmente discriminados, dizemos que eles são representados pelo estado da situação. Imaginemos exemplo simples: há o conjunto dos brasileiros que votaram em Bolsonaro, e, entre estes, há os que o fizeram pois o amam e os que o elegeram por ódio a Lula. Trata-se de dois conjuntos diferentes que pertencem ao mesmo conjunto, do qual são elementos pela regra-de-conta-por-um "votar em Bolsonaro". Os elementos destes subconjuntos estão incluídos no primeiro conjunto, e a discriminação entre tais subconjuntos reforça nossa impressão de orgânica relação entre os múltiplos, como se eles naturalmente assim existissem. Quanto mais *mise-en-un* houver, maior a consistência retrospectivamente engendrada e, por conseguinte, menor a visão da inconsistência inicial, isto é, a do Vazio sobre o qual todo múltiplo está fundado. A um múltiplo assim suturado Badiou chama normal, pois seus elementos são apresentados e representados pelo estado da situação, e ganham enorme consistência. Quanto maior a consistência, menor a consciência do Vazio como nome próprio do Ser. A Natureza é o nome desta foraclusão do Vazio e, portanto, é a fantasia de um Ser plenamente presente[58].

---

58 Toute présentation-multiple est sous le péril du vide, qui est son être en tant que tel. La consistance du multiple revient à ceci que le vide, qui est en situation (donc, sous la loi du compte-pour-un) le nom de

O conceito de Natureza é de enorme importância por contrastar com o de História, condição de possibilidade de todo Acontecimento. Por foracluir o Vazio, a Natureza apresenta máxima consistência, e sutura seus múltiplos uns aos outros de modo a controlá-los, tornando-os todos legais. A Natureza, reino da identidade controlada, deseja banir qualquer irrupção do Vazio pelo Acontecimento – ela é o empobrecimento do Ser pela Mesmidade (*Einerleiheit*) infinitamente repetida. A Natureza se compõe de múltiplos normais, apresentados e representados pelo estado da situação, e, pois que a normalidade estatal é o mecanismo eficaz para foracluir o Vazio, ela é o reino da Mesmidade consistente. Compreendido este ponto, é fácil apreender a importância da História, que é muito simplesmente o negativo da Natureza:

> Il est rationnel de penser l'a-normal, l'antinature, donc l'histoire, comme omniprésence de la singularité – tout comme nous avons pensé la nature comme omniprésence de la normalité. La forme-multiple de l'historicité est ce qui est entièrement dans l'instable du singulier, ce sur quoi la métastructure étatique n'a pas de prise. *C'est un point de soustraction à la réassurance du compte par l'état* (BADIOU, 2018, p. 194, grifos meus).

> *É racional pensar o anormal, a antinatureza, portanto a história, enquanto onipresença da singularidade – exatamente como pensamos a natureza na condição da omnipresença da normalidade. A forma-múltipla da historicidade é o que permanece inteiramente no instável do singular, aquilo sobre o que a metaestrutura do estado não possui maestria.* É um ponto de subtração à segurança da contagem pelo estado (BADIOU, 2018, p. 194, grifos meus).

---

l'inconsistance, ne peut lui-même être présenté, ou fixé. Ce que Heidegger nomme le souci de l'être, et qui est l'extase de l'étant, peut aussi bien s'appeler : l'angoisse situationnelle du vide, la nécessité d'y parer. Car la fermeté apparente du monde de la présentation n'est qu'un résultat de l'action de la structure, même si rien n'est en dehors d'un tel résultat. Il est requis d'interdire cette catastrophe de la présentation que serait la rencontre de son propre vide, c'est-à-dire l'advenue présentative de l'inconsistance comme telle, ou la ruine de l'Un. (BADIOU, p. 109). Eu recomendo a leitura atenta de toda a meditação 8 e da 9, nas quais o leitor colherá visão clara acerca da importância do estado da situação como metaestrutura capaz de foracluir o Vazio, mas também de o tornar pensável.

Estou procurando manter-me no nível do *close reading,* comentando e explicitando os raciocínios de Badiou – agora começaremos a alçar nossos voos. A História, ao contrário da Natureza, convoca o Vazio, nome próprio do Ser, permitindo um ponto de subtração à segurança da conta estatal. Esta subtração é o local donde emergirá a anormalidade e, portanto, a possibilidade de um múltiplo ainda não categorizado nem regularizado pelas operações estatais de representação das partes. O anormal, apresentado mas não representado, constituirá a condição de possibilidade do que Badiou chamará locais acontecimentais, os quais estão à borda do Vazio: *j'appellerai site événementiel um tel multiple totalement a-normal, c'est-à-dire tel qu'aucun de ses éléments n'est présenté dans la situation*[59]. Eis aqui toda a fulcral importância deste momento especulativo:

> L'effet de bord par lequel ce multiple touche au vide provient de ce que la consistance (l' un-multiple) ne se compose que de ce qui, au regard de la situation, étant soustrait au compte, in-consiste. Dans la situation, ce multiple est, mais ce dont il est multiple n'est pas (BADIOU, 2018, p. 194).
>
> *O efeito colateral pelo qual este múltiplo toca o vazio provém do fato de que a consistência (o um-múltiplo) não se compõe senão do que, em relação à situação, estanto subtraído à contagem, in--consiste. Na situação, este múltiplo existe, mas aquilo de que ele é múltiplo não existe* (BADIOU, 2018, p. 194).

Que significa a anormalidade dos múltiplos dos quais é composto o sítio acontecimental? Onde reside sua importância? Ora, se os múltiplos que pertencem ao sítio estão subtraídos à conta do estado, sendo por isso anormais, então seu aparecer na situação modula o seu um desde a singularidade radical de sua configuração aparecente, mas de tal forma que a *mise-en-un* se tornou problemática, porquanto nenhum dos elementos se deixa reduzir a uma regra comum de-conta-por-um. Como diz Badiou, os múltiplos são, mas aquilo de que são múltiplos não é. Como eu direi em *Ler em cada ente a face de Deus*, estamos aqui diante da estrutura fenomenológica originária, que assim denomino porque cada ente [cada múltiplo], vindo à frente, enlaça sua *quidditas*

---

59 Chamarei de sítio/lugar acontecimental um tal múltiplo completamente anormal, isto é, tal que nenhum de seus elementos está apresentado na situação.

à *quodditas* desvelada pela radical singularidade da configuração com que aparece: é por isso que a operação de *mise-en-un* se torna tão problemática. O sítio pertence à situação, mas os elementos do sítio são tão absolutamente singulares que se subtraem à representação estatal, tornando-se anormais. Sua anormalidade é, pois, o outro nome de seu absolutamente singular aparecer, que, tornando pálido o exclusivo aparecer de sua *quidditas*, sublinha com vigor sua *quodditas*, isto é, o Aparecer enquanto Aparecer.

Aqui, então, revela-se a dobra de ouro do voo especulativo: o Aparecer enquanto puro Aparecer é sem razão, portanto gratuito, pois não é derivado de um múltiplo primevo – o Uno das metafísicas ônticas – nem ocupa lugar fixo na grande geometria do Ser, que lhe atribuiria morada certa em um dos galhos da árvore porfiriana. Os múltiplos do sítio acontecimental, ao aparecerem, não aparecem como exemplos de uma regra quidditativa de conta-por-um, pela qual retrospectivamente o um da situação se estruturaria, porque, aparecendo, os múltiplos dizem a gratuidade do Aparecer ele mesmo: dizem, portanto, o Vazio sobre que se fundam todos os múltiplos. A estrutura fenomenológica originária consubstancia, assim, a estrutura ontológica originária, que, desde o Vazio, funda a múltipla beleza do Mundo:

> Que maintenant on puisse dire qu'un site événementiel (ou au bord du vide) est fondateur, s'éclaire de ce que justement un tel multiple est minimal pour l'effet du compte. Ce multiple peut naturellement entrer ensuite dans des combinaisons consistantes, il peut à son tour appartenir à des multiples comptés-pour-un dans la situation. Mais lui-même, étant purement présenté de telle sorte que rien de ce qui lui appartient ne l'est, ne peut résulter d'une combinaison interne à la situation. Il est, si l'on veut, un premier-un de cette situation, un multiple « admis » au compte sans pouvoir résulter de comptes « antérieurs ». C'est en ce sens qu'on peut dire qu'au regard de la structure, il est un terme indécomposable. Il s'ensuit que les sites événementiels bloquent la régression à l'infini des combinaisons de multiples. Comme ils sont au bord du vide, on ne peut penser l'en-deçà de leur être-présenté. Il est donc juste de dire que les sites fondent la situation, puisqu'ils y sont des termes absolument premiers, qui interrompent le questionnement selon la provenance combinatoire (BADIOU, 2018, p. 195).

Que agora se possa dizer que um sítio acontecimental (ou à borda do vazio) é fundador, isto se explica pelo fato de precisa-

mente um tal múltiplo ser mínimo para o efeito da contagem. Este múltiplo pode naturalmente entrar, em seguida, em combinações consistentes, pode por sua vez pertencer a múltiplos contados-por--um na situação. Mas ele mesmo, sendo puramente apresentado de tal modo que nada do que lhe pertence não o é, não pode resultar de uma combinação interna à situação. Ele é, se se quiser, um primeiro-um desta situação, um múltiplo 'admitido' à conta sem poder resultar de contas anteriores. É neste sentido que se pode dizer que, em relação à estrutura, ele é um termo indecomponível. Segue-se daí que os sítios acontecimentais bloqueiam a regressão ao infinito de combinações de múltiplos. Como eles estão à borda do Vazio, não se pode pensar o aquém de seu estar-apresentado. É, portanto, justo dizer que os sítios fundam a situação, porquanto eles aí são termos absolutamente primeiros, que interrompem o questionamento conforme sua proveniência combinatória (BADIOU, 2018, p. 195).

O leitor terá ocasião, mais à frente, de perceber como Giacomo Leopardi apreendeu tal mistério ontológico da origem desde um Nada cujo nome é *sum qui sum*[60]. Aqui, interessa-me extrair de Badiou o seguinte: sendo o Vazio o nome próprio do Ser, a condição de possibilidade para a matematização do Acontecimento é a formalização de uma meontologia que possui na História seu berço de bela origem. As implicações e o significado de uma robusta meontologia, que escape à pálida atualização da meontologia do *Sofista*[61] para articular a língua capaz de pensar o enriquecimento do Ser, fazem-se sentir na construção do conceito ontológico de História como o negativo da Natureza. Os lugares acontecimentais, à borda do Vazio, são a promessa de que, a qualquer momento imprevisto, o Vazio pode irromper na superfície do Ser. O Acontecimento é o resultado desta emergência.

---

60 No capítulo *Em cada ente ler o nome de Deus: a meontologia de Giacomo Leopardi.*

61 Um exemplo de atualização simples e insuficiente de meontologia se encontra em *Fiktionen*, de Markus Gabriel (2022). Gabriel está interessado em demonstrar como os campos de sentido se diferenciam uns dos outros, mesmo quando projetam regras de ordenamento superpostas. Trata-se de uma preocupação fundamentalmente epistemológica. Até onde eu saiba, o único texto filosófico que pronuncia com todas as letras e para si reclama uma meontologia romântica é a *Ontologia da Liberdade*, de Luigi Pareyson (2017), um dos grandes pensadores românticos do século XX.

§ 2 As Co-rrespondências de Badiou: a incorporação do Vazio como princípio inarticulado da *Naturphilosophie*

Quero agora avançar a tese central de minha particular interpretação de *L'Être et l'événémennt*: todos os conceitos organizados em torno ao Acontecimento podem ser compreendidos como incorporando o Vazio em seu bojo, na medida em que são atualizações do Vazio ou, como direi, Co-rrespondências. Intervenção interpretante, enquetes aleatórias, processo de fidelidade, nomeação de um inominável e decisão de um indecidível são todos procedimentos conceituais cuja singularidade depende da incorporação do Vazio em seu bojo – todos eles, ao circunscreverem o Acontecimento como aquilo que não-é-do--Ser-enquanto-Ser, não podem ser deduzidos do reservatório enciclopédico do saber e, portanto, são literalmente gratuitos e infundados. Embora o nome próprio do Ser seja o Vazio, a ontologia, na condição de formalização matemática, organiza conjuntos e suas relações, segundo matemas transmissíveis e conceptualizáveis. O Acontecimento, como o que não-é-do-Ser-enquanto-Ser, pode então ser compreendido como um imatematizável ao qual se fornece matema sem, com isso, destruir sua natureza elusiva [do ponto de vista dos matemas], exatamente como para Schelling o inconceptualizável deveria ganhar um conceito capaz de preservar-lhe a inconceptualidade. Como dirá Badiou, o Acontecimento só existe como fruto de uma intervenção interpretante, não mais dedutível do discurso ontológico. Rigorosamente falando, o Acontecimento não existe e a ontologia nada tem a dizer especificamente dele – há apenas seu nome e os múltiplos que uma intervenção interpretante decide pertencerem-lhe[62].

Para não muito demorar, vou agora em rápidas linhas sugerir como da intervenção interpretante, que decide sem razão pela existência do Acontecimento e pela pertença de múltiplos a ele, chegamos à fidelidade por intermédio de um denominador comum: o Vazio. Só há possível Acontecimento por este ocorrer em sítio à borda do Vazio, razão pela qual a intervenção interpretante é sempre gratuita, espécie de aposta fundada também ela no Vazio. Não há um algoritmo da escolha

62 A meditação 18 é dedicada à demonstração ontológica desta tese, que eu aqui muito grosseiramente resumo para reter-lhe o essencial.

pela intervenção, porque os múltiplos que pertencem ao sítio acontecimental são anormais, subtraídos à representação estatal. O Acontecimento, por sua vez, só se torna palpável pelos múltiplos que se lhe vão agregando – mas este agregar-se-lhe, é de uma escolha interpretante que depende, e para ela não estão dadas regras prévias.

O trajeto pelo qual múltiplos vão sendo nomeados pertencentes ao Acontecimento é a enquete, e Badiou a chama *aleatória* precisamente por virtude destas regras. Houvesse-as, o Acontecimento já seria elemento de um conjunto, portanto de alguma forma representado pelo estado da situação – enquanto tal nem imprevisível nem criador. Próprio do Acontecimento é irromper a ordem normal das representações: enriquecer o Ser por novas reorganizações. Mas a intervenção interpretante, a nomeação do Acontecimento e a enquete aleatória apresentam-se como operações gratuitas, porque infundadas – e infundadas, porque vazias. Elas são, por assim dizer, retiradas igualmente do Vazio. Porque o Vazio é o nome próprio do Ser, poderíamos dizer que tais operações, de certa forma, imitam tal nome – se falássemos de face, diríamos que elas espelham a face do Ser.

O Acontecimento, ao acontecer, irrompe no que Badiou chama o reservatório enciclopédico do saber ou a língua, conceito ontológico equivalente ao que chamei de Sistema de Juízos Finitos. Como sempre ocorre com o pensador francês, o conceito é construído matematicamente, e colhe seu exemplo histórico de Leibniz – a língua significa, em essência, um sistema de previsibilidades absolutas porquanto constituído de entes submetidos a regras imanentes que autoregulam continuamente o Interior do sistema, imunizando-o diante da Exterioridade. As meditações 28, 29 e 30 preparam, com beleza intelectual admirável, os conceitos indispensáveis para a acurada visão do Acontecimento qual irromper súbito e sem razão de uma Verdade nas planícies da Mesmidade. As meditações constroem as noções de *saber, língua* e *enciclopédia*, e consistem, em resumo grosseiro, na foraclusão do ponto de excesso, portanto de todo possível sítio acontecimental, à borda do Vazio.

A exegese de Leibniz, ao final desta parte, fornece o exemplo de um pensamento dedicado à manutenção da Mesmidade da língua, compreendida como reservatório enciclopédico do saber. O saber, forma máxima do pensamento por Badiou dito construtivista, é o paranoico discurso que visa excluir, por uma máxima categorização dos múltiplos e pelo total concatenamento das regras de suas relações, toda possível aproximação do Vazio:

> En définitive, l'orientation de pensée constructiviste subsume le rapport à l'être dans la dimension du savoir. Le principe des indiscernables, qui est son axiome central, revient à ceci que ce qui n'est pas susceptible d'être classé dans un savoir n'est pas. « Savoir » désigne ici la capacité à inscrire des nominations contrôlables dans des liaisons licites. À l'opposé du radicalisme de l'ontologie, qui supprime la relation au profit du pur multiple (cf. appendice 2), le constructivisme tire des liaisons explicitables dans une langue la garantie d'être des uns-multiples dont l'état entérine l'existence. C'est pourquoi, là où l'ontologie révoque le lien savant et enchaîne fidèlement ses énoncés à partir du pointage paradoxal du vide, la pensée constructiviste avance par étapes sous le contrôle des connexions formulables, proposant ainsi un savoir de l'être. C'est la raison pour laquelle elle peut espérer dominer tout excès, c'est-à-dire toute déraisonnable trouée dans le tissu de la langue (BADIOU, 2018, p. 325).

> *Definitivamente, a orientação do pensamento construtivista subsume a relação ao ser na dimensão do saber. O princípio dos indiscerníveis, que é seu axioma central, significa a inexistência do que não é passível de ser classificado em um saber. 'Saber' designa aqui a capacidade a inscrever nominações controláveis em ligações lícitas. Oposto nisso ao radicalismo da ontologia, que suprime a relação em prol do puro múltiplo (cf. apêndice 2), o construtivismo deriva das ligações explícitas em uma língua a garantia ontológica dos uns-múltiplos cuja existência é confirmada pelo estado. É por isso que, lá onde a ontologia revoca o elo do saber e encadeia fielmente seus enunciados a partir do controle paradoxal do vazio, o pensamento construtivista avança por etapas sob o controle das conexões formuláveis, propondo assim um saber do Ser. Eis a razão por que tal pensamento pode esperar dominar todo excesso, isto é, todo buraco irracional no tecido da língua* (BADIOU, 2018, p. 325).

No *saber* os múltiplos se deixam construir por um encadeamento construível por virtude do qual as relações possíveis são, todas elas, deduzidas por imanência ao sistema – de forma tal que a desrazão ela mesma é retirada, qual membro enfermo, da *língua* que consubstancia e encarna tal *saber*. Tudo que é, é ao ser visto pelo olho sempre vigilante do *saber*, do que eu chamo o Sistema de Juízos Finitos. A suposta perfeita infinitude deste *saber*, do qual a desrazão foi retirada, é entretanto o cinza triste de uma entediante geometria da existência – à qual faltam as esperanças do impensado, do encontro de novas terras, porque, faltando-lhe a desrazão, falta-lhe a própria falta[63]: o encadeamento dos múltiplos regrado por regras sempre previsíveis desenha um mundo do qual se baniu o Vazio. O domínio do excesso, objetivo de todo pensamento construtivista, é igualmente foraclusão de toda *trouée*, pela muito simples razão de que, todo múltiplo possuindo sua *raison suffisante d'être*, nenhum há que esteja à borda mesma do Vazio – não há, para dizer em minha linguagem, nenhum Vértice neste triângulo.

Foi isto que tentei formular ao introduzir a *figura* do Sistema de Juízos Finitos, identificando-o ao Mapa do Mundo mas diferenciando-o do Mundo e da Ideia. Como veremos já agora com Schelling, a Ideia não é algo descartável, nem o Mundo se pode jogar fora, à diferença do que diz Markus Gabriel (2013) – porque Ideia e Mundo (que dizem o mesmo) são a condição mínima para apreensão do Infinito que neles se diz pela infinitude neles habitante. Já estamos vendo como esta mesma intuição é formulada na ontologia matemática de Badiou: é que o Acontecimento, irrompendo no *saber* pelo excesso que, *malgré la langue*, ainda prolifera e modela sítios acontecimentais, deixa-se nomear e deixa-se firmar qual objeto de uma decisão e de uma fidelidade – e desta decisão, desta fidelidade surge o corpo de uma Verdade visível desde o nome do Acontecimento.

Minha tese hermenêutica reside em afirmar que todos os conceitos ligados ao Acontecimento podem ser lidos como uma incorporação do Vazio em seu bojo. Mas o Vazio – o Vazio é o nome próprio do Ser: é-o porque, à revelia do que desejam os construtivistas de plantão, se o ser-enquanto-ser veio encontrar nas matemáticas sua morada, assim fez para melhor vislumbrar o que não-é-do-ser-enquanto-ser. Como afirma Badiou, o matema é necessário para que verdadeiramente pensemos a grandiosidade de uma infinitude que, deixando-se marcar pelo rigor da Ideia, revela sua face como o Infinito de uma Exterioridade. Os múltiplos que residem na borda mesma deste Exterior são a porta de entrada disto que é Enriquecimento – e as operações que o circunscrevem precisam, incorporando-o em si, instituí-lo como o que é: mudança do já-dito e já-inscrito.

O *savoir*, reservatório imunológico de uma língua que a si mesma regula submetendo seus múltiplos às regras de encadeamento já

---

63 Esta bela expressão devo a meu amigo André Vaillant, raro e admirável pensador.

previstas e estocadas em sua memória, constitui o Interior para o qual a existência é concedida apenas ao contável-por-um de acordo com as regras do Sistema. Leibniz é o exemplo histórico máximo deste saber construtivista, deste ideal da Enciclopédia absoluta, e suas duas máximas regras de conta-por-um eram o princípio de razão suficiente e o princípio de não contradição: existindo, este ente existe por virtude de razão suficiente localizável, esta também encadeada numa anterior, elemento de ingente cadeia cujo princípio é Deus. Embora não existente *agora*, um ente é possível caso não seja contrário a si mesmo: A, se existir, não existirá como A e -A em uma só tacada. Para uma tal geometria da existência, máximo Mapa do Mundo, inexistem brechas por onde o imprevisível poderia irromper. De fato, não há Acontecimento porque não há nenhum sítio bordeando o Vazio – a bem dizer, sequer há Vazio, porque não há Exterior. Não há, pois, verdadeira Verdade em um tal Sistema, porquanto tudo que se passa [*tout ce qui arrive*] o faz atualizando uma possibilidade sempre-já prevista, e no fundo todo futuro é já presente, assim como o presente *est toujours gros de l'avenir* – o *avenir*, com efeito, é apenas um múltiplo a-vir, do qual temos em mãos a identidade intrínseca, por em mãos retermos também as causas que lhe são origem e destino.

No *saber* há, pois, apenas uma veridicidade – uma simples constatação do necessário, do já-previsto. Foracluindo o Vazio pelo controle do excesso, o *saber*, como Sistema de Juízos Finitos que é, deseja esquecer o Exterior, de onde apenas podem advir Verdades e, com elas, os Acontecimentos que as inauguram. Dito de modo rigoroso, a Verdade é, precisamente, o que desconfirma o *saber*, o que lhe faz incômodo e o ameaça com possível reconfiguração, que ele sente, é claro, como uma sua desconfiguração. Os operadores que buscam manter-se na entre-visão de uma Verdade revelada pelo Acontecimento precisam, portanto, evitar o construtivismo do Saber e incorporar em si a peculiaridade do Vazio. O peculiar estatuto de uma tal postura, que busca Co-rresponder ao Vazio para manter-se fiel à Verdade do Acontecimento, é descrito pelas três paradoxais operações de *decisão de um indecidível, nomeação de um inominável* e *discernimento de um indiscernível*. Se pensarmos o Ser na condição do Interior *e* do Exterior, do que onticamente se apresenta na contabilidade dos múltiplos de múltiplos *e* como ato da pura apresentação desde um Vazio, podemos operacionalizar os três paradoxos e dizer que o Enriquecimento ontológico acontecimental só existe se assumirmos uma Co-rrespondência entre nós e o Ser ele mesmo.

O que eu aqui estou articulando como Co-rrespondência não é algo, no sentido de que não se trata de um termo a compor uma equação delineada em contornos precisos e onticamente descritível. Como argumentei acima no ensaio sobre *figuras*, a Co-rrespondência articula, em conluio com as outras *figuras*, a face do Ser e, por isso, incorpora em si sua infinitude. À diferença de conceitos, que se deixam descrever e determinar seja por outros conceitos seja, por fim, pelos fenômenos dos quais são conceitos, as *figuras* não são passíveis de descrição exaustiva, indicando antes de tudo estruturas especulativas resultantes de uma postura ontológica – notadamente a da Co-rrespondência. Enquanto atos do pensar, sua concretização é sempre historial e, portanto, cambiante, sem que isso lhes signifique ausência de sistematicidade. Trata-se, novamente aqui, da diferença fundamental entre *conhecer* e *pensar*, entre domínio ôntico e ontológico, entre sistema e *sy-stema*.

Para retornar ao vocabulário schellinigniano do qual me servi no segundo capítulo da primeira parte, toda *figura* incorpora o *asystatón* de todo *sy-stema*. Neste sentido, o que Badiou chama *fidélité* delineia a mesma postura ontológica de minha Co-rrespondência, e a discussão de tal identidade será essencial para desdobrarmos, em todas as suas consequências, o significado metafísico da *mímesis especulativa*:

> J'appelle *fidélité* d'un ensemble des procédures par lesquelles on discerne, dans une situation, les multiples dont l'existence depend de la mise en circulation – sous le nom surnuméraire que lui a conféré une intervention – d'um multiple événementiel. Une fidélité est em somme le dispositif qui separe, dans l'ensemble des multiplex présentés, ceux qui dependente d'un événement. Être fidèle, c'est rassembler et distinguer le devenir légal d'un hasard (BADIOU, 2018, p. 257).

> *Eu denomino fidelidade a um conjunto os procedimentos pelos quais se discerne, em uma situação, os múltiplos cuja existência depende da inserção em circulação – sob o nome sobrenumerário que lhe conferiu uma intervenção – de um múltiplo acontecimental. Uma fidelidade é, em suma, o dispositivo que separa, em um conjunto de múltiplos apresentados, aqueles que dependem de um acontecimento. Ser fiel é conjugar e distinguir o tornar-se legal de um puro azar* (BADIOU, 2018, p. 257).

Primeiro de tudo, vejamos que a fidelidade permite o discernimento, em uma situação dada, dos múltiplos cuja existência depende do ato pelo qual um Acontecimento foi posto em circulação – isto é, de uma intervenção. O que significa tudo isso no vocabulário de Badiou? Ora, todo Acontecimento é ultra-um e sobrenumerário pois, desde a situação, é imprevisível – sua emergência sempre se dá em um sítio acontecimental cujos elementos não são representados pela situação nem nela estão inclusos, razão pela qual o sítio é dito à borda do vazio. A principal característica do Acontecimento é, pois, sua radical imprevisibilidade e, neste sentido, sua inexistência: o Acontecimento só existe por virtude de uma intervenção interpretante que decide a respeito de sua pertença à situação da qual, após a decisão, será contado como elemento. Mas tal intervenção é, ela mesma, uma escolha de pura liberdade, pois, como Badiou mostra e demonstra, nem o Acontecimento nem sua intervenção existem do ponto de vista da situação. Ambos possuem, como vimos, sua existência retirada do Vazio. A fidelidade é, assim, a ação que permite tornar inteligível, vale dizer contável-por-um e existente, o que era antes inapresentável e inexistente.

Se o Acontecimento ameaça introduzir desordem na ordem, a fidelidade é a operação que permite discernir, na situação anterior na qual o Acontecimento não era, antes da intervenção interpretante, contado-por-um, os sintomas deste mesmo Acontecimento: "os múltiplos cuja existência depende do ser-posto-em-situação – sob o nome sobrenumerário que lhe foi conferido por uma intervenção – de um múltiplo-acontecimental". Eis a razão pela qual a fidelidade não é um termo, mas uma operação ontológica, por isso mesmo *aquilo que permite uma ponte entre a situação pré-acontecimental e pós-acontecimental.* A fidelidade torna visíveis múltiplos antes invisíveis, pois mantém possível o discernimento de múltiplos outrora irrepresentáveis:

> Deuxièmement, une fidélité n'est pas un terme-multiple de la situation, mais, comme le compte-pour-un, une opération, une structure. Ce qui permet d'évaluer la fidélité est son résultat : le compte-pour-un des effets réglés d'un événement. Rigoureusement parlant, la fidélité n'est pas. Ce qui existe ce sont le regroupements qu'elle constitue des uns-multiples qui sont marqués, d'une façon ou d'une autre, par l'occurrence événementielle. Il en résulte que la projection étatique d'une fidélité, qui regroupe un nombre fini de multiples connexes à l'événement, est incommensurable à la situation, et donc à la fidélité elle-même : pensée comme procédure non étante, une fidélité en effet est ce qui ouvre au discerne-

ment général des uns-multiples présentés dans la situation, selon qu'ils sont connexes ou non à l'événement. Une fidélité est donc, elle, en tant que procédure, à la mesure de la situation, et elle est infinie si la situation l'est. Aucun multiple particulier ne borne en droit l'exercice d'une fidélité. Par conséquent la projection étatique instantanée, qui regroupe dans une partie de la situation les multiples déjà discernés comme connexes à l'événement, n'est qu'une approximation grossière, à vrai dire presque nulle, de ce dont la fidélité est capable. D'un autre côté, il faut bien reconnaître que cette capacité infinie n'est pas effective, puisque à tout instant son résultat se laisse étatiquement projeter comme partie finie. Il faut donc dire ceci : pensée dans son être – ou selon l'être –, une fidélité est un élément fini de l'état, une représentation ; pensée dans son non-être – comme opération – une fidélité est une procédure infinie adjacente à la présentation. Une fidélité est donc toujours en excès non étant sur son être. Elle existe en deçà d'elle-même, elle inexiste au-delà d'elle-même. Il est toujours possible de dire qu'elle est un presque-rien de l'état, ou qu'elle est un quasi-tout de la situation. Le fameux « nous ne sommes rien, soyons tout », si on en détermine le concept, touche à ce point. Il signifie en dernier ressort : soyons fidèles à l'événement que nous sommes" (BADIOU, 2018, p. 258).

Em segundo lugar, uma fidelidade não é um termo-múltiplo da situação, mas, como a contagem por um, uma operação, uma estrutura. O que permite avaliar a fidelidade é seu resultado: a contagem-por-um dos efeitos regrados de um acontecimento. A falar com rigor, a fidelidade não existe. O que existe são os reagrupamentos que ela constitui a partir dos múltiplos-uns que são marcados, de um modo ou de outro, pela ocorrência acontecimental. Daí resulta que a projeção estatal de uma fidelidade, que regrupa um número finito de múltiplos conexos ao Acontecimento, é incomensurável à situação, e portanto à fidelidade ela mesma: pensada como procedimento inexistente, uma fidelidade é, cm efeito, aquilo que abre o acesso ao discernimento geral dos múltiplos-uns apresentados na situação, conforme estejam eles conectados ou não ao Acontecimento. Uma fidelidade corresponde portanto, enquanto procedimento, à medida da situação, e ela é infinita se a situação o é. Nenhum múltiplo particular retém para si o direito do exercício de uma fidelidade. Por conseguinte, a projeção estatal instantânea, que agrupa em uma parte da situação os múltiplos já discernidos como conexos ao Acontecimento, não passa de uma aproximação grosseira, a bem dizer quase nula, daquilo de que a fidelidade é capaz. Por outro lado, é necessário reconhecer que esta capacidade infinita não é efetiva, porquanto a todo instante seu resultado se deixa projetar estatalmente como parte finita. Portanto, é necessário dizer isto: pensada em seu ser – ou conforme ao ser -, uma fidelidade é um elemento finito do estado, uma representação; pensada em seu não-ser – como operação – uma fidelidade é um procedimento infinito adjacente à apresentação. Uma fidelidade é, portanto, sempre em excesso inexistencial em relação a seu ser. Ela existe aquém de si mesma, ela inexiste além dela mesma. É sempre possível dizer que ela é um quase-nada do estado, ou que ela é um quase tudo da situação. O famoso 'não somos nada, sejamos tudo', se lhe determinamos o conceito, significa bem isso. Significa, em última análise: "sejamos fieis ao Acontecimento que somos"(BADIOU, 2018, p. 258).

A fidelidade, portanto, é fiel à intervenção interpretante que institui o Acontecimento enquanto Acontecimento e decide por sua pertença à situação, assim deixando aparecer, qual mântico helênico, múltiplos antes invisíveis. *Mas na medida em que o Acontecimento e a intervenção interpretante que o institui como circulante provêm, ambos, do Vazio, a fidelidade nada mais é que o manter-se fiel ao Vazio – ao que se subtrai a toda conta do Interior e, portanto, possui sua origem no Exterior.* Os múltiplos que resultam da fidelidade, por virtude do critério de conexão ao Acontecimento a que se associam, podem até deixar-se representar por um estado instantâneo da situação, formando com isso um conjunto finito. Por princípio entretanto, como Badiou insiste, a fidelidade, por ser operação cujo alvo é uma situação infinita, é ela mesma infinita – incomensurável com todo estado que se deixa estabilizar. Ser fiel é, pois, manter-se, por mediação do Acontecimento e da intervenção interpretante, em face ao Vazio de que emerge o novo Mundo a cujos entes me posso dizer fiel. A inferência é importantíssima e, desde o pensamento de Badiou, permite reafirmar a natureza figural da Co-rrespondência, na medida em que demonstra a sua onticamente inexaurível potência epistêmica.

Badiou chama a fidelidade de inexistente por não ser termo contado por um pela situação, tampouco representado pelo estado. O estado, já o vimos, só pode fazer conjunto finito dos múltiplos que o operador de conexão da fidelidade conjugou ao Acontecimento – a incomensurabilidade entre a fidelidade, inexistente e infinita, e o estado, finito, é a chave para entendermos a natureza ontológica, por isso figural, da Co-rrespondência. É que a fidelidade, pensada enquanto operação, não é um múltiplo, portanto inexiste enquanto resultado de contagem-por-um: por esta simples razão, ela está sempre além de toda tentativa estatal que vise agrupar a fidelidade engendrando uma espécie de fórmula do ser-fiel. Toda projeção da fidelidade, a qual inexiste enquanto operação, sobre a superfície legível do estado, é asserção dogmática que deseja instituir a Eclésia dos fiéis: visa construir o algoritmo da fidelidade.

Admitida a construção possível do algoritmo da fidelidade, tornam-se esta, o Acontecimento e a intervenção interpretante elementos existentes, contáveis por um – em minha linguagem romântica, a Co-rrespondência passa, de *figura*, a mero *conceito*, elemento passível de conjunção finita a outro em um juízo finito. É o que confirmamos na bela interpretação de Hölderlin que, exemplificando em maior concretude as especulações algo abstratas e técnicas que eu acabo de resumir, segue às meditações 23 e 24, nas quais Badiou desenvolve e demonstra a infinitude da fidelidade e sua dedução ontológica [vale dizer: matemática].

Lendo Hölderlin, Badiou encontra as palavas exatas:

> L'intervenant ne fondera sa fidélité seconde qu'en se confiant au présent de l'orage, en s'abolissant lui-même dans le vide où il convoquera le nom de ce qui est advenu – ce nom, pour Hôlderlin, est en général le retour des dieux (BADIOU, 1988, p. 289).

> *O interventor não fundará sua fidelidade senão confiando-se ao presente da tempestade, abolindo-se ele mesmo no vazio onde ele convocará o nome do que adveio – este nome, para Hölderin, é em geral o retorno dos deuses* (BADIOU, 1988, p. 289).

A fidelidade do poeta, hermeneuta e intérprete por excelência, reside não na dogmática obsessão com que afirma a existência finita – na minha linguagem: ôntica – de novos múltiplos a serem coerentemente encadeados à situação anterior: o retorno dos deuses não é senão a capacidade de habitar o sítio acontecimental, a Suábia em cujos frutos e montanhas o poeta vislumbra a Grécia asiática, e isso porque nem uma nem outra são pátrias patriotas, múltiplos consistentes, como diria Badiou. A Alemanha à qual o poeta resta fiel é o solo de que novamente irromperá o fogo impetuoso da Grécia caucasiana, não porque a ambas pertença uma mesma essência ou substância, mas pelo Vazio que nelas se anuncia e ao qual o hermeneuta, o interventor interpretante, concede sua fidelidade:

> Aussi est-il requis, pour que ce ne soit pas en vain que la maturité du site soit dévastée par un rêve d'Asie, de ne regarder ni en avant ni en arrière, et d'être, au plus près de l'imprésentable, « comme dans la tremblante barque de la mer ». Tel est l'intervenant, tel est celui qui sait qu'il est requis d'être fidèle : apte à fréquenter le site, partageant les fruits de la terre, mais aussi, tenu par la fidélité à l'autre événement, apte à discerner les fractures, les singularités, l'au-bord-du-vide qui rend possible la vacillation de la loi, son dysfonctionnement, son écart ; mais aussi protégé contre la tentation prophétique, contre la morgue canonique ; mais aussi confiant dans l'événement, dans le nom qu'il lui confère (BADIOU, 1988, p. 289).

> *Também é demandado, para que não seja em vão que a maturidade do sítio seja devastada por um sonho da Ásia, não olhar nem para trás nem para frente, e ser, o mais próximo possível do inapresentável, 'como na trêmula barca do mar'. Tal é o interventor, tal é aquele que sabe ser-lhe requisitado o manter-se fiel: apto a frequentar o local, compartilhando os frutos da terra, mas também, retido pela fidelidade ao outro Acontecimento, apto a discernir as fraturas, as singularidades, o à-borda-do-vazio que torna possível a vacilação da lei, sua disfunção, sua quebra; mas igualmente protegido contra a tentação profética, contra o tédio canônico; e também confiante no Acontecimento, no nome que ele lhe confere* (BADIOU, 1988, p. 289).

Na linguagem técnica que Badiou busca desenvolver auferindo--a da teoria matemática dos conjuntos, o poeta resta fiel, não a um múltiplo consistente capaz de estabilizar-se em sua operação de conta-por--um, reduplicando sua estrutura na metaestrutura do estado que opera a foraclusão do Vazio, mas ao sítio acontecimental ele mesmo, que está, conforme insiste inúmeras vezes Badiou, à borda do Vazio. Ser fiel é, pois, sê-lo à inapresentabilidade disto-que-não-é-do-Ser-enquanto-Ser, disto que permanece subtraído à operação do conta-por-um, cujo retrair-se é a condição mesma para a reorganização do mundo, para o discernimento de novos múltiplos – de entes até aqui escondidos, agora emergentes, pela decisão interventora do hermeneuta poeta, na situação reorganizada pelo Acontecimento ao qual o poeta resta fiel.

A inexistência da fidelidade, sua natureza de operação subtraída à conta, permite ao poeta ser verdadeiramente pro-feta e pro-fessor, pois não é fiel a um conjunto consistente, a um sistema de juízos finitos que supõe ter formulado o Mapa do Mundo (*mais aussi protégé contre la tentation prophétique, contre la morgue canonique*). Todo seu amor e toda sua paixão são ofertados à frequentação do sítio à borda do abismo, ao solo pátrio que não é nem este nem aquele, *mas outro*, tão outro que para ele não há ainda nem nunca houve nome fixo e evidente, tão outro que o ato de nomeá-lo é tarefa contínua, da qual apenas o apaixonado – o poeta por excelência – é capaz. Uma tal contínua nomeação é como a decisão de embarcar, de deixar a terra e lançar-se ao mar, para verdadeiramente saber o gosto de infinita errância dos frutos: "*Et finalement, passé ainsi de la terre à la mer, embarqué, capable de mettre à l'épreuve les fruits, et de séparer de leur apparence la saveur latente qu'ils tenaient, au futur antérieur, de leur désir de n'être pas liés.*[64]"

Quis realizar esta exegese da exegese para sublinhar como a fidelidade não pode por definição ser algoritmizada, o que Badiou demonstra, na meditação 23, matematicamente e, na meditação 25, hermeneuticamente pela leitura de Hölderlin. Aparentemente secundária, a questão é central – é, em verdade, a porta de entrada para o problema da *mímesis especulativa*: se fosse possível estabelecer a dedução da Co-rrespondência, o que chamo seu algoritmo, não suporia isso que ela, por ser resposta ao chamado e à interpelação do Ser, já teria algoritmizado o Ser ele mesmo? Em última análise, a pergunta leva-nos à origem radical da Filosofia, à pergunta socrática por excelência a respeito da areté, do eu zein, da boa vida – *de como viver à luz da verdade*:

> Une des plus considérables questions de la philosophie, reconnaissable sous des noms très divers dans toute son histoire, est de savoir dans quelle mesure la constitution événementielle elle-même, c'est-à-dire le Deux de l'anonymat vide que borde le site et du nom que fait circuler l'intervention, prescrit le type de connexion où se règle une fidélité. Y a-t-il par exemple des événements, donc des interventions, tels que la fidélité qui s'y noue est nécessairement spontanéiste, ou dogmatique, ou générique ?

---

64 E finalmente, passado assim da terra ao mar, embarcado, capaz de colocar à prova os frutos, e de separar de sua aparência o sabor latente que possuíam, no futuro anterior, de seu desejo de serem enraizados.

Et s'il existe de telles prescriptions, quel rôle y joue le site [...] "Philosophiquement, le « topos » de cette question est celui de la Sagesse, ou de l'Éthique, dans leurs rapports avec une illumination centrale obtenue sans concept au terme d'un déblayage initiatique, quel qu'en soit le ressort (ascension platonicienne, doute cartésien, ἐ π χ ἡ husserlienne...). Il s'agit toujours de savoir si de la conversion événementielle on peut déduire les règles de la fidélité infinie (BADIOU, 1988, p. 264).

Uma das mais consideráveis questões da filosofia, reconhecível sob nomes os mais diversos em toda sua história, é a de saber em que medida a constituição acontecimental ela mesma, isto é o Dois do anonimato vazio que arrodeia o sítio e do nome que faz circular a intervenção, prescreve o tipo de conexão onde se regra uma fidelidade. Acaso há, por exemplo, Acontecimentos, portanto intervenções, tais que a fidelidade que aí se inscreve é necessariamente espontânea, ou dogmática, ou genérica? E se há tais prescrições, qual papel aí possui o sítio ? [...] Filosoficamente, o topos desta pergunta é aquele da Sabedoria, ou da Ética, em suas relações com uma iluminação central obtida sem conceito ao fim de uma purificação iniciática, do modo como for (ascenção platônica, dúvida cartesiana, epochê husserliana). Trata-se sempre de saber se da conversão acontecimental se podem deduzir as regras da fidelidade infinita (BADIOU, 1988, p. 264).

Dada a articulação que estou aqui buscando entre fidelidade e Co-rrespondência, a pergunta acerca do algoritmo da fidelidade é aquela acerca da face mesma do Ser, ou, nos termos de Badiou, daquilo-que-não-é-do-ser. Se o Acontecimento é processo produtivo de verdade e ser-lhe fiel diz da postura adequada ao viver neste novo mundo, o qual se tornaria, para postura dogmática em que a fidelidade se identifica ao estado, legível finitamente, seguir-se-ia daí que a Ética seria o momento do pensar capaz de fornecer o algoritmo – na hipótese absurda e falsa – da fidelidade, isto é, a prescrição acerca de quem pertence ou não à Igreja dos fiéis[65]. *A consequência última desta*

65 Para o leitor interessado, ainda noto que é este o assunto do fulgurante livro de Badiou sobre Ética, *Éthique: essai sur le mal*, cujas ressonâncias com o *Freiheitschrift* são mais do que ocasionais.

hipótese, que para mim e para Badiou é mero resultado dos falsa projeção dogmática da fidelidade (Co-rrespondência) sobre o estado (sobre o Juízo Finito), reside no desenho bidimensional da face de Deus: a Igreja dos fiéis deixa de ser kath'holu e passa a comportar-se como os fariseus incapazes de perceber, não o sentido autêntico da lei de Moisés, mas o Vazio sobre que se assentava esta mesma lei. Ora, a lei fora recebida no Sinai, lá onde Deus se revela a Moisés em seu nome próprio: ego sum qui sum, εἰμι ὁ ὤν, sou quem sou – sou o Ser. Se Deus é o Ser, cujo nome próprio é o Vazio, isto é, a radical negação de toda finitude ôntica, sua face não define, em termos estatais finitos, a regra também ela finita da fidelidade ou da Co-rrespondência – ao contrário, ser fiel à face de Deus e a seu nome próprio é Co-rresponder a seu chamado e Acontecimento, é, por isso, espelhá-lo imitando-o. É, portanto, mimetizar especulativamente sua face.

A extensa discussão dos eixos centrais da ontologia do Acontecimento de Badiou tinha como principal objetivo explicitar um simples mecanismo argumentativo, espécie de baixo-relevo que organiza a grande meditação acerca do Acontecimento. Ora, se tudo que existe tem de ser apresentado como múltiplo de um conjunto, a pesquisa acerca das regras de organização dos conjuntos entre si oferecerá a descrição dos modos de existências – será, portanto, uma ontologia. É este o sentido da equação ontologia = matemática, e ela permite a Badiou colocar a pergunta fatal: como pensar a abrupta emergência do absolutamente novo, do imprevisto, do impensável? Esse aparecer radical que reconfigura os mundos é o Acontecimento, cuja origem é o Vazio, lá onde o controle sistemático da língua vacila, e as diversas operações que se ligam a ele – intervenção interpretante, fidelidade, nomeação de um inominável, decisão de um indecidível – incorporam o Vazio de onde proveio.

Era essa minha hipótese hermenêutica, e com ela queria sugerir, especialmente pela análise da operação de fidelidade, como as operações acontecimentais constituem Co-rrespondências ao Acontecimento e ao Vazio em que se origina. Co-rresponder é, em parte, imitar, porque imitar é ato de amor, e todo amor é um ir ao encontro, um responder ao chamado. Se do Vazio se origina o gesto generoso capaz de enriquecer nossa paisagem ontológica, é porque nele talvez habite o Deus cujo nome próprio é pura doação e pura graça. Co-rresponder ao Vazio é, vistas assim as coisas, ir ao encontro deste chamado, imitar este nome, vislumbrar a face que o pronuncia. Nossa pergunta agora é: como fazê-lo?

§ 3 O Juízo Infinito como Espelho da Face de Deus: incursão em Schelling

Eu acima disse que é próprio da mímesis o enriquecimento do Ser, modificado e expandido em suas aparições a partir da experiência mimética. Disse, ainda, que, se assim estão as coisas, uma filosofia que se propõe pensar tais enriquecimentos – o Acontecimento de Badiou – precisa forjar uma linguagem na qual o Ser tenha como um de seus centrais predicados a *tendência para o enriquecimento*. Melhor e com mais precisão: se há enriquecimento ontológico e se isso é, não apenas factual, mas filosoficamente pensável, talvez o Ser ele mesmo seja, enquanto Ser, Enriquecimento e Generosidade. A tradição ocidental reservou para aquilo que É, para o ente cujo nome próprio é o Ser ele mesmo – autô to ón, esse ipsum –, a palavra Deus. Deus não é apenas o *ens supremum, l'être supreme*, mas, como aliás lemos no Êxodo, o Ser ele mesmo: εἰμι ὁ ὤν, sum qui sum, sum ipsum esse. Se possuímos, a nós transmitida pelas Escrituras, o nome próprio de Deus, cabe perguntarmo-nos a respeito de sua face: qual a voz, os olhos e os traços únicos daquele que é o Ser em manifestação e presença generosas?

Tentarei agora construir uma resposta a esta pergunta, conservando em mente os resultados obtidos na seção precedente pela discussão de Badiou e relendo para isso um fundamental pensador: Schelling. Seguindo a tendência deste livro, não me darei a comentários especializados, tediosos e mais úteis a preenchimento de Lattes do que à evolução da própria filosofia, e recorro a Schelling por nele encontrar as meditações adequadas para pensar a pergunta que me coloco. Parte do imenso esforço de Schelling, naquilo que se convencionou chamar a sua filosofia tardia[66], reside em apreender racionalmente, portanto

---

66 A literatura secundária a respeito da produção tardia de Schelling é imensa, e indico por isso apenas alguns nomes: Xavier Tilliete, Luigi Pareyson, Holz, Markus Gabriel, Márcia Cavalcante Schuback. A respeito do problema das duas filosofias, positiva e negativa, bem como de sua relação, expressei-me rapidamente em *Juízo Infinito e Tautegórico: para uma fundamentação ontológica da epistemologia literária em sua relação com a História na metafísica tardia de Schelling*. Este ensaio não se ocupa de questões exegéticas e especializadas, como já mencionei, ainda que, no caso da divisão entre filosofia negativa e positiva, tenha ela seu valor especulativo e forneça ensejo a meditações promissoras.

metafisica e filosoficamente, Deus como infinita e absoluta liberdade. Tendo exposto propedeuticamente, nas *Erlangen Vorlesungen*, o perfil do sy-stema a ser construído, capaz de conter em si, sem a destruir, a própria asystasia, Schelling passa alguns anos fundamentando filosoficamente o método pelo qual poderá pensar o Absoluto na radical liberdade que é a sua, voltando-se pois para o ingente material da História, *Geschichte*. Apenas aparentemente fracassado, o gigantesco projeto das *Weltalter*, cujo objetivo principal era pensar as diversas eras e formas nas quais o Ser se tornava para a consciência humana, portanto para si mesmo, inteligível, rendeu firme fruto ao fornecer a Schelling a clara consciência do terreno a explorar. A partir de agora, o *Welt*, Mundo, possuirá um significado fundamental para a compreensão do Ser, na medida em que, como domínio da inteligibilidade e das relações, o Mundo[67] é a evidente prova da revelação do Ser, que podemos reescrever na seguinte fórmula: *há o fato do Mundo e o fato da inteligibilidade do Mundo, que revela, nestes revelados [no Mundo e em sua inteligibilidade], a revelação do Ser*. Neste sentido, os dois primeiros períodos das *Weltalter* forneciam, quase profeticamente, os eixos de sustentação dos dois imensos edifícios tardios: a *Filosofia da Mitologia* e a *Filosofia da Revelação*. Estou fornecendo as informações indispensáveis para compreensão do problema de que se ocupa Schelling – o mesmo de que nos ocuparemos aqui.

Pois bem, se há Mundo, há Acontecer, vale dizer Revelação. Em alemão, acontecer é dito *geschehen*, e de sua substantivação, *das Geschehen*, deriva *Geschichte*, História. O domínio da História, em que as ações humanas se deixam registrar e encadear segundo processos lógicos que permitem organização inteligível, é antes de tudo o domínio do Acontecer. Que é, entretanto, o Acontecer? Que significa dizer de algo que acontece? Quando digo, ainda sem fôlego e atônito, a um amigo a quem fui pedir ajuda, que algo de horrível me aconteceu, que se expressa neste dizer? As línguas neolatinas e anglo-germânicas são todas bastante sugestivas: *quelque chose m'est arrivée*, *m'è successo una cosa terribile*, *mir ist was Schreckliches geschehen*, isto é e respectivamente, algo a mim chegou desde o inesperado em que meu

---

67 Doravante grafado com letra maiúscula, que lhe especifica e fixa o sentido filosófico aqui desenvolvido e sempre pressuposto. Ao longo de todo este capítulo e, a bem dizer, no restante deste livro, Mundo será sinônimo de o Essente, aos quais correspondem no plano epistemológico o Juízo e a Ideia. Esta quádrupla relação será sempre reafirmada e relembrada, bem como explicada, no decorrer deste capítulo.

olhar não incidia (*quelque chose m'est arrivée*); veio-me o sorteio de um destino de que não sei dizer bem ser ou não ser o meu, tampouco se o quiseram as parcas ou se, por falta de atenção, fiaram linhas outras, dentre as quais, por azar, encontrava-se a minha (*m'è successo una cosa terribile*); a mim algo de horrível ergueu-se inesperadamente, desde a noite profunda, irrompendo ante mim na clareza diurna (*mir ist was Schreckliches geschehen*). Ao dizer que algo terrível me aconteceu, indico a imprevisibilidade do acontecimento, articulo, portanto, a ausência de qualquer causa eficiente, sublinho a indizibilidade de sua origem, a noite profunda da qual se ergueu.

Todo Acontecer é, assim, um erguer-se desde o abismo sem origem, e a História, antes de ser o relato logicamente concatenado das ações humanas cujas motivações fornecem os critérios de inteligibilidade do relato, é o domínio em que a inconceptualidade do *Geschehen* ergue-se como *Geschichte*, imenso tecido em cujas linhas o Acontecer vai narrando a estória de sua própria origem ausente. Ora, dizer que não há causa eficiente nem origem empiricamente identificável para o Acontecer é reconhecer que o Acontecer não é fundado por nada que lhe seja anterior, porquanto é por ele, Acontecer, que emergem os fundamentos e a anterioridade ela mesma: ao acontecer, o Acontecer faz aparecer as coisas acontecidas e os elementos, também eles acontecidos, que registram as coisas acontecidas. O Acontecer é sem-origem pois toda origem apenas por ele se origina – como aliás já o substantivo alemão *Ursprung* tão sugestivamente traz à luz: enquanto salto inicial, o salto instaura o chão de onde salta, o ar em que se sustém seu movimento e o termo desta viagem, a planície em que, do salto, faz-se possível o pouso.

Se o resultado do Acontecer é o Mundo, impõe-se que é desde o Mundo, dimensão da inteligibilidade das coisas, que se nos torna pensável o princípio radical, esta origem sem-origem em que o Absoluto resolveu revelar-se. O Mundo é o Acontecido por excelência, e se apenas por ele podemos pensar o Acontecer, então é pelas malhas do derivado que chegaremos ao original: o Acontecido tem de tornar-se-nos acontecente, para revelar-nos o Acontecer. É desde esta constatação especulativa que Schelling volta-se à gigante tradição dos textos em que estão contidas as eras do Mundo, as diversas formas pelas quais a consciência humana formalizou e aproximou-se do Ser em sua natureza, não de coisa acontecida – pois isto é o Mundo, *Welt* -, mas de Acontecer ele mesmo. É neste terreno que a leitura filosófica da tradição mitológica e religiosa ganha sua orientação metafísica e seu sentido especulativo.

Por que me demoro nestas considerações que parecem contradizer minhas próprias normas, conforme as quais me dirijo direto à especulação filosófica, sem ater-me a detalhes próprios a artigos acadêmicos? Só posso dar uma resposta: aquilo que me parece ser o gigantesco fruto da meditação tardia de Schelling, o delineamento da face de Deus, só se torna inteligível se explicitadas as premissas de sua metafísica do Ser como pura liberdade – a mesma, é claro, da qual me desejo herdeiro –, portanto se estiverem claras as razões e o método pelo qual pensará o Acontecer, *Geschehen*, e a História, *Geschichte*. Para fornecer rigor e coerência ao caminho que tomo para pensar a mímesis especulativa, não pode restar dúvidas acerca do objeto da metafísica tardia de Schelling: trata-se, sempre, de pensar o Acontecer como ato puro pelo qual há algo e não o nada, pelo qual emerge o fato do Mundo e a inteligibilidade deste mesmo Mundo. É isto, e apenas isto, que nos possibilitará fundamentar a Face de Deus de modo a, havendo-o feito, voltar ao confronto com Badiou, renovados e fortalecidos.

Já víramos que Badiou está interessado em entender o Acontecimento, e discutimos resumidamente a linguagem ontológica por ele forjada para entender este singular enriquecer-se do Ser que é o Acontecimento. Vimos, sobretudo, que é a História o domínio possível para este misterioso fenômeno, pois apenas locais históricos estão à borda do Vazio, do qual emerge o Acontecimento. Não à toa, Schelling dedicará toda sua meditação tardia a entender este simples mistério do Acontecer, *Geschehen*, o tão absurdamente óbvio, por isso mesmo absoluto enigma, da História, *Geschichte*, arena em que o Ser, qual generosidade liberta e imprevista, mostra sua face. A Badiou faltara apenas a ânsia por um monismo ontológico que lhe garantisse pensar o Ser como graça pela qual ansiamos e à qual co-rrespondemos – para isso, teria de pensá-lo como Pessoa livre, porque Co-rrespondência e amorosa imitação há somente de Pessoa para Pessoa. É aqui, exatamente aqui, que reside a grandiosidade do alemão solitário, de Schelling, o melancólico. Ao francês, faltou-lhe conceder ao Vazio a benção de uma face, para nela vislumbrar o timbre do amor e a ânsia da paixão. Esta benção – em Schelling a vamos colher, não porque nele estejam mais fácies as coisas e no lugar da estrada arenosa se nos ofereçam planícies de fácil estepe. Ao contrário: quem conheceu o peso da solidão sabe e entende ser difícil, infinitamente difícil, vislumbrar no silêncio a face do Vazio. É isso que agora teremos de fazer, para obtermos e forjarmos as peças que faltavam à epistemologia romântica, cuja primeira parte ofereci no capítulo anterior: Mundo, Juízo, Face de Deus, chegou a hora de reivindicar estas letras e montar, enfim, o perfil da *mímesis especulativa*. Peço ao leitor paciência e fôlego – a rarefeita especulação possui decerto seus momentos de desânimo, mas os frutos, quando os há, são atmosfera de ar límpido, e é apenas dos píncaros que se oferece, ao solitário andarilho, a beleza das vastas paisagens. Venhamos, pois, a Schelling, e tentemos vislumbrar a face de Deus.

*

A grande Introdução Filosófica à Filosofia da Mitologia começa com uma constatação: não possuímos uma filosofia religiosa, capaz de apreender racionalmente Deus como Pessoa. Esta simples frase resume todo o esforço metafísico de Schelling, que sintetiza nas primeiras lições a história da filosofia medieval e moderna na busca pelo princípio absoluto, cuja existência deve ser ontologicamente comprovada: Deus. O argumento que, começando com a constatação dos entes contingentes, aplica sobre eles os princípios do entendimento por intermédio da capacidade racional para inferir a prova do máximo ente de cuja necessária existência dependem todos os outros – tal argumento foi chamado pela tradição *o argumento ontológico*. Schelling não se satisfaz com ele, por duas razões: o argumento ontológico prova, em suas melhores versões, que Deus existe necessariamente, *se ele existe*; em segundo lugar, e muito mais importante, se Deus é o princípio e este princípio é necessariamente existente, então não há liberdade em Deus. Mas nós – nós demandamos um Deus pessoal, cuja livre criação é amorosa revelação de si a nós. Fundar uma filosofia religiosa consiste, portanto, na apreensão racional de Deus como Pessoa, portanto do princípio radical da Filosofia – do Ser – como algo ao mesmo tempo radicalmente individual e universal.

Revisitando e comentando a história da filosofia, moderna e medieval, Schelling aponta que esta tarefa é a de apreender o que Kant chamou o *Ideal der Vernunft*, o ideal mesmo da razão, a máxima ideia:

> Dazu diente insbesondere, daß Kant – den wir übrigens auch darum mit Recht preisen, weil er den Muth und die Aufrichtigkeit hatte, auszusprechen, daß Gott als einzelner Gegenstand gewollt werde, und nicht die bloße Idee, sondern das Ideal der Vernunft sey [...]. Ein solches allein durch die Idee bestimmtes Ding wird mit Recht das Ideal der reinen Vernunft genannt werden, und es bedarf keiner weiteren Erklärung, inwiefern ebendasselbe zugleich das allerrealste und vollkommenste Wesen zu nennen seyn würde (SCHELLING, 1985, p. 293-296).

Para isso vale sobretudo a frase kantiana – a quem ainda muito vamos louvar, porquanto teve a coragem e a força de pronunciar que Deus é por nós desejado qual objeto individual, e não apenas como ideia pura, mas qual ideal da razão [...]. Uma tal coisa, determinada somente através da ideia, é com razão nomeada o ideal da razão pura, e não há necessidade de mais nenhum outro esclarecimento, em que medida o mesmíssimo objeto deveria ser chamado, ao mesmo tempo, o realíssimo e perfeitíssimo Ser (SCHELLING, 1985, p. 293-296).

Vou deixar todos os termos já claros, para facilitar um pouco a caminhada rarefeita que temos à frente: Schelling toma o fato do Mundo, enquanto fato da inteligibilidade das coisas, como índice da revelação de um Absoluto dito no Aparecer mesmo deste Mundo. Se a filosofia sempre foi a Saudade do princípio, a busca por um tal princípio deve evitar tomá-lo como simples coisa morta, substância, para pensá-lo qual livre decisão cujo fruto é a emergência do Mundo, isto é, do fato do Sentido. Há o Sentido, portanto houve decisão. Se decisão houve, foi livre – e, se livre, pessoal. Eis o núcleo e a malha de implícitas premissas que habitam a expressão *filosofia religiosa*, para a qual o Mundo, isto é o Sentido, não é conjunto morto de produtos passíveis de, por indução, reconduzir-nos ao princípio de que derivaram. Buscamos um Ser que é fundamental enriquecimento: uma Pessoa é alvo de nossa Saudade. Este Ser não pode, para nós, ser pensado antes do Mundo, embora fosse neste Antes, porque ele é um *prius* absoluto. O Mundo, sendo o reino da inteligibilidade, é a condição de possibilidade para que o Ser seja pensado. Por isso, o Mundo será nomeado também Ideia, Essente e Ideia do Essente – eu nomearei o Juízo como seu correspondente epistemológico, termo que me parece mais fiel à dialética das potências. O ponto é o seguinte: se a constituição ontológica do Ser é enriquecimento e se o princípio está no começo, no meio e no fim[68], então o Mundo [a Ideia, o Essente] conserva em si o rastro do que o Ser era na absoluta anterioridade e do que ele será.

A décima segunda lição introduz o programa da construção do verdadeiro princípio e da ciência adequada à sua obtenção, a partir de uma rápida releitura da filosofia moderna. De Descartes, Leibniz e Spinoza a Kant, Schelling observa o fatal erro da filosofia moderna:

---

68 Recorde-se o leitor a discussão pormenorizada desta frase em A possibilidade da metafísica como sy-stema.

tomar o princípio, Deus ou o que É o Essente, qual corpo morto, a cuja essência pertence necessariamente a existência. Se Deus é o ente necessariamente existente, não lhe há, para este grandioso ente, fio algum de liberdade, pois sequer pode decidir-se acerca de sua própria existência – Deus, de Pessoa, torna-se coisa ou, como identificou Márcia Schuback (1998), materialidade corpórea. Schelling delineia o erro dos modernos e da degenerada metafísica herdeira da escolástica – apenas para melhor voltar aos antigos e aos dois patriarcas da ciência primeira: Platão e Aristóteles.

Pois bem, o objetivo declarado é encontrar o que o Ser É[69], o que leva Schelling a estabelecer a crucial diferença entre o Essente e o que É o Essente. O proclamado ideal da razão, *Ideal der Vernunft*, a um só tempo o mais individual e o mais universal, constitui-se portanto como o princípio a ser buscado na imanência do pensar para a metafísica [*Wissenschaft*], a qual será então, uma vez articulado o princípio com clareza, constituída em sua possibilidade[70]. Da lição 13 à 16, Schelling justificará, por uma leitura cerrada de Platão e Aristóteles, a dialética como método apropriado para articulação do princípio, objeto mesmo da metafísica como ciência primeira – objeto, portanto, da filosofia religiosa com cujo anúncio começa a *Introdução Filosófica*. Próprio da dialética é ascender, na imanência mesma do pensar, por hipóteses e níveis dianoéticos àquilo que é o fundamento infundado,[71] a ἀρχὴν ἀνυπόθετον. As leis do puro pensar correspondem, assim, à

---

69 A grafia em maiúscula corresponde ao uso bastante idiossincrático que Schelling faz do verbo sein, em geral escrito sem maiúscula. Será também essencial para entendermos a fórmula do que É o Essente. O Essente, veremos mais abaixo, é a Ideia, isto é, a forma pela qual o Ser se deixa vislumbrar. Entre Ideia, que eu tratarei como sinônimo de o Juízo, Essente e Mundo há equivalência, porquanto todos são termos diferentes com os quais se diz o desvelar-se gratuito do Ser em inteligibilidade. Eu usarei indistintamente estes termos ao longo do capítulo e, a bem dizer, de todo o livro.

70 Denn das im reinen Denken Gefundene war nicht Wissenschaft zu nennen, es war nur der Keim der Wissenschaft, welche entsteht, wenn das im einfachen Denken Erlangte – die Idee – auseinander gesetzt wird. (SCHELLING, p. 375) Pois o que no puro pensar se encontrou não devia ainda ser denominado metafísica, era apenas o sêmem da metafísica, a qual emerge quando o que se articulou na pura Ideia for desdobrado.

71 ᾗι τὸ μὲν αὐτοῦ τοῖς τότε μιμηθεῖσιν ὡς εἰκόσιν χρωμένη ψυχὴ ζητεῖνἀναγκάζεται ἐξ ὑποθέσεων, οὐκ ἐπ᾽ ἀρχὴν πορευομένη ἀλλ᾽ ἐπὶ τελευτήν, τὸδ᾽ αὖ ἕτερον τὸ ἐπ᾽ ἀρχὴν ἀνυπόθετονἐξ ὑποθέσεως ἰοῦσα καὶ ἄνευ τῶνπερὶ ἐκεῖνο εἰκόνων, αὐτοῖς εἴδεσι δι᾽ αὐτῶν τὴν μέθοδον ποιουμένη.

estrutura radical do Ser, em conformidade aliás com o adágio parmenidiano que reza a igualdade de pensamento e ser – com o importante e crucial detalhe de que, aqui, o Ser é anterior ao pensar, porque, *para haver pensamento,* é necessário que haja sentido e, para que haja sentido, é necessário que haja havido uma primeira revelação, o acontecimento primordial: o Acontecer, em sua pureza, só se deixa pensar desde o Mundo, mas não perde sua condição de *prius* absoluto. Nesta diferença reside a chave mesma do que se revelará a distinção entre a Ideia do Ser, o Essente, e aquilo que É o Essente: entre a Ideia e aquilo de que a Ideia é Ideia, entre o Essente e o Princípio.

Aqui enuncia-se o ponto crucial de toda nossa exegese meditativa de Schelling, e é de absoluta importância compreendê-lo bem: se o erro dos escolásticos e dos modernos consistia em haver desejado provar a existência de Deus e para tanto articulado o ideal da razão enquanto algo a ser determinado finitamente, como coisa e materialidade corpórea, isso significa que a ciência de Deus enquanto Pessoa precisará forjar uma linguagem capaz de evitar o erro dos modernos, isto é, de não alçar a epistemologia ao nível da metafísica *tout court*. É que seja Descartes seja Spinoza, até mesmo o próprio Kant, deduziam a necessária existência de Deus ao supô-lo objeto de possível representação pelo sujeito, reduzindo-o a algo que se me põe diante, muda coisa, domado pensamento sobre o qual incidem as faculdades intelectuais. Kant só alertava acerca das falsas inferências relativas ao uso da razão, dizendo-as inverificáveis no campo da experiência possível, porque para ele Deus, o Mundo e a Alma permaneciam três grandes Coisas, cuja contradição interior engendrava contradições precisamente por serem *grandes demais.*

Mas Alma, Mundo e Deus, eis o ponto, *não são coisas* – o erro da escolástica medieval e da incipiente metafísica moderna fora o de glorificar a epistemologia do sujeito-objeto, e com isso esquecer que uma Pessoa não é uma pedra. As três grandes faculdades que os modernos herdam dos escolásticos – os sentidos, o intelecto e a razão – forjavam a estrutura do pensar, e por ela inferiam a necessária existência de Deus. À diferença deles, Kant estabelecera o decisivo olhar de cautela, ao fazer das faculdades os transcendentais que *estruturam toda experiência possível*: sensibilidade, entendimento e razão tornam possíveis os conhecimentos empíricos, sem já os fornecerem. Ocorre que, com cautela crítica ou não, uma tal linguagem descreve a epistemologia do Objeto, sempre aquém da Pessoa e aliás para ela cega. Trata-se sempre de descrever a estrutura de objetos por meio de representações, de acordo com regras. Mas lá onde há um limite em nossa linguagem, há igualmente um limite em nosso mundo. À diferença de Wittgenstein, não devemos, diante das *Grenzen unserer Sprache*, calar: devemos é forjar uma *nova*, e mais robusta, linguagem. É isto a filosofia: escrever e, quando os limites da escrita parecem querer sobrepujá-la, *escrever mais e melhor*.

Pois bem, eis o que Schelling fará – nada mais nada menos do que delinear a linguagem adequada para formular o perfil da metafísica moderna, que ele chama, muito corretamente, de *Wissenschaft*. A ciência aqui buscada, *die gesuchte Wissenschaft*, não é ainda a ciência, mas a construção de sua linguagem e de seu terreno próprios. Voltarei, ao final desta sessão e como sua conclusão última, à distinção entre a ciência que busca o princípio e aquela que tem o princípio por princípio[72], o nó górdio da relação entre filosofia positiva e negativa. No momento em que estamos, trata-se apenas de entender que a ciência a ser encontrada, a metafísica moderna, deve forjar uma língua capaz de compreender o Ser enquanto Pessoa, segura o suficiente para respeitar-lhe a natureza radicalmente livre, a fim de estabelecer o enriquecimento ontológico como seu predicado central, enlaçando Ser e Acontecer, *Sein* e *Geschehen,* no domínio da *Geschchite*, História. O pensar é o único meio de que dispomos para isso, e a língua da metafísica da Pessoa será também a estrutura do puro pensar. Trata-se agora de apreender a estrutura do puro pensar e, assim, delinear a Ideia do Ser, com isso forjando a diferença entre o Essente (como Ideia do Ser) e aquilo que É o Essente:

> Das Seyende, das wir die Idee genannt haben, hört dadurch, daß es die Gottheit, nicht die als solche schon gesetzte, aber doch die als solche zu setzende hat, es hört damit nicht auf, die Idee zu seyn, es wird zur absoluten Idee, in der Gott und Welt gleicherweise als Möglichkeiten begriffen sind; die so entstehende Wissenschaft erscheint als System eines alles, also auch Gott begreifenden Absoluten, das zur Unterscheidung von dem bloß im materiellen Sinn Absoluten, dem Seyenden, das schlechthin Absolute genannt wurde. In Bezug auf die erste Wissenschaft aber, von der wir einen vorläufigen Begriff zu geben gesucht haben, erhebt sich folgendes Bedenken. Dem Begriff zufolge wäre das Eigenthümliche dieser Wissenschaft eben dieß, daß sie das eigentliche Princip nur zum Resultat, daß sie Gott erst als Princip, aber nicht zum Princip hat (SCHELLING, p. 377).

---

72 A distinção é sutil e em alemão mais clara: *hat als Princip und nicht zum Princip.*

> *O Essente, que denominamos a Ideia, não cessa de ser a Ideia, pelo fato de ter a divindade como algo a ser colocado. Torna-se ela Ideia absoluta, na qual Deus e o Mundo estão compreendidos como iguais possibilidades, e a assim emergente ciência aparece como sistema de um só Absoluto, capaz de compreender também Deus, que, para diferenciar-se do Absoluto em sentido apenas material, o Essente, é denominado o Absoluto absoluto [schlechthin]. Entretanto, em relação à ciência primeira, da qual tentamos fornecer um primeiro conceito, ergue-se a seguinte consideração: de acordo com seu conceito, o próprio desta ciência residiria em ter ela o princípio como resultado, isto é, que ela possui Deus primeiro como princípio, não contudo por princípio [que ela chega a Deus, compreendendo-o como seu princípio, por isso não por ele, Deus, principia. G. L] (SCHELLING, p. 377).*

Como esta há inúmeras entradas que eu poderia citar, para esclarecer o objetivo de Schelling nesta introdução – não se trata, para ele, de construir e já praticar a ciência [*Wissenschaft*], pois temos ainda de encontrar o seu princípio, temos de com clareza estabelecer o objeto mesmo desta ciência, já que nem os escolásticos nem os modernos vislumbraram-na corretamente. A filosofia religiosa, como ciência do Ser enquanto Pessoa, precisa por isso delinear a diferença entre a Ideia ou o Essente, apreendido na imanência dialética do puro pensar, e aquilo que É o Essente. Quando a filosofia é capaz de compreender que as leis do puro pensar não são já aquilo que É o Essente, evitando assim o erro em que incorre Hegel em inexata interpretação da unidade parmenidiana, ela com isso estabelece a crucial diferença entre a Ideia e a Ideia absoluta, entre a estrutura especulativa do pensar e aquilo para onde o pensar aponta: neste momento, a Ideia leva para além de si mesma, indicando aquilo de que ela é ideia, vale dizer, Deus [*die Gottheit*].

Se a Ideia é, como veremos ainda em detalhes, a forma do pensar construída pela sequência necessária de A-, sujeito ou causa material, A+, existência/predicado ou causa formal, e A+-, causa final ou síntese da cópula, a Ideia se forma quando a sequência A-, A+, A+- mostra-se mera sucessão dialética das potências, mero poder-ser [*Seinkönnen*], constituindo-se como índice daquilo que lhe é causa do Ser, daquilo *de que* é Ideia: A0. Esta é a razão pela qual a primeira ciência possui o princípio como resultado, não o possuindo por princípio, isto é, não começando com A0, o verdadeiramente Absoluto, antes chegando até ele ao delinear a diferença entre o Essente ou Ideia (A-,A+,A-+) e aquilo que É o Essente (A0).

Pois bem, a linguagem é aqui bastante técnica e aparentemente abstrata – temos de evitar o mito de que filosofia é pura abstração descolada da realidade, e fazer justiça ao fato de que apenas no filosofar a concretude originária é novamente apreendida. O que quer Schelling dizer com Essente ou Ideia, princípio e com as assim chamadas potências, também ditas momentos do Essente? Schelling diz inúmeras vezes que se move na arena do puro pensar, sugerindo com isso que não há, aqui, espaço para erro, pois estamos considerando os elementos mínimos de todo pensamento, anteriores portanto à distinção entre erro e acerto. Para pensar o que quer que seja, é necessário formular um juízo. Não é necessário que tal juízo tome a forma linguística da predicação, em que um sujeito se conjuga a predicado por intermédio da cópula: SCP = Deus é existente, por exemplo. Esta é a estrutura mínima, e sua fórmula lógica – SCP – constitui o padrão estabelecido na filosofia ocidental. Ocorre que, mesmo em atos noéticos pré-linguísticos, esta mesma estrutura tem lugar: quando me vem à mente uma imagem, digamos do sol, vem-me sempre como SCP, isto é, como um algo que é algo – ainda quando não formule linguisticamente a proposição *Isto é Sol* (ou o *Sol brilha, Há Sol, Sol*)[73]. A imagem do sol que me vem à mente aparece, pois, como algo, nem que seja como o sol que ele é. Quando Heidegger fala da *Als-struktur des Verstehens* está formulando, em nível de fenomenologia existencial, este mesmo ponto de Schelling[74]. O ponto é que a primeira potência do pensar é o puro Algo, dito por Schelling o fundamento, *Grund, subjectum*, aqui-

---

73 Importante esclarecer: mesmo se apenas emitir o substantivo "Sol", pressuponho a mesma estrutura SCP, seja pelas informações que posso recuperar pragmaticamente no nível comunicacional ("há um sol", "faz sol, por isso não trabalharei", etc), seja pela ausência mesma delineada na insuficiência do mero Sujeito sem Predicado: Sol. É este aliás o caso em que Schelling dirá que o Sujeito é um não-ser, pois só existe como *matéria--para-algo-de-si-distinto.*

74 Eu diria que o único filósofo, a mim conhecido, capaz de aprofundar esta discussão em nível inaudito de complexidade é Xavier Zubiri, mas, dado que a discussão de sua obra me levaria em sendas por enquanto secundárias, dele não tratarei aqui. Até agora, minha incursão um pouco mais desdobrada em Zubiri encontra-se em *A experiência ficcional e os campos de intelecção: para introduzir a tradição pós-kantiana*, texto publicado como capítulo do livro *Literatura, Subjetividade e Forma*, escrito por mim há já lá se vão três anos e que demarca a primeira intuição sistemático do pensamento que neste livro figurativamente se enuncia. No texto, ainda uso a expressão *tradição pós-kantiana* para designar o que aqui se enuncia sob o nome de *metafísica romântica.*

lo que não possui existência própria (com efeito, ao dizer *sol*, já subsumo-o como conceito cuja definição possui implícitos vários elementos determinantes, isto é, predicados), pois toda sua existência consiste em ser-fundamento-do-outro-de-si-mesmo. Daí por que Schelling o chamará sempre não-ser, associando-o portanto à causa material e à pura potência, ao puro *Seinkönnen*. Ao encontrar algo absolutamente desconhecido, dele posso apenas dizer *isto!*, e assim a única determinação que dele predigo é sua pura indeterminação – o *isto!* é, portanto, puro *poder-ser*, *rein Seinkönnen*, precisamente porque, sem o outro de si mesmo que lhe forneça determinação, não é nada. Esta é a razão por que o exemplo fornecido acima, o da frase *sol!*, já sempre satisfaz as condições do juízo, SCP, constituindo-se portanto como essente de *quidditas* perfeitamente inteligível: apenas para um total desconhecedor do português será a frase *sol!* de exato valor à frase *isto!*, porquanto ambas serão totalmente indeterminadas, puramente hyléticas.

Os exemplos que aqui dei devem ajudar a tornar um pouco mais palpável a especulação de Schelling, mas insisto no fato de que é necessário fazer esforço para não rebaixar o verdadeiramente alto. O exemplo do *isto!* não é completamente correto pois, embora puramente indeterminado, ainda assim é algo, sustiu-se desde a noite profunda e impôs-se enquanto um algo. Como eu disse, sua indeterminação torna-se sua determinação, e portanto, embora sendo o vago por excelência, não deixa de ser alguma coisa – precisamente o vago da indeterminação. Isso ocorre porque, em todo essente que é, a estrutura do Juízo, correspondente epistêmico do Mundo, já lhe forneceu organização mínima[75], pelo simples fato de que, embora indeterminado, tal essente já aparece e, aparecendo, é:

> In der That, betrachten wir jenes erste aus der Selbsterhebung der Potenz Hervorgegangene, wie wird es sich darstellen? Als ein eksistámenon im eigentlichen Sinn, als ein außer sich Gesetztes,

75 "Die drei Ursachen sind die ersten, die reinen Möglichkeiten, von denen jene zwsichen Anfang und Ende liegenden concreten Möglichkeiten sich ableiten (SCHELLING, p. 401). Para maior prova textual de que, por Seyende e Idee, Schelling pensa o que estou chamando de juízo finito, estrutura do fato da inteligibilidade do Mundo: "da [no Timeu] spricht aber Plato offenbar nicht von einem besonderen Princip und vielmehr von der Gesammtheit des in die Schitbarkeit treten Könnenden, und unmöglich wäre nicht, daß ihm vielmehr der noch ungeschiedene und chaotische Inbegriff alles Möglichen vorgeschwebt hätte, den wir das Seyende nennen" (SCHELLING, p. 403).

das sich selbst verloren hat, als ein seiner selbst nicht mehr mächtiges Seyn, weil es der Macht (Potenz), die es war, entsetzt ist, etwa wie der Mensch in unbändigen Wollen die Macht des Wollens, den Willen selbst verliert: erscheinen also wird es als ein willenloses Wollen, und, weil ihm das Können als Schranke des Seyns gesetzt war, als das aus aller Schranke Getretene, an sich Grenz- und Bestimmungslose, also ganz gleich dem pythegorischen und platonischen Unendlichen (ápeiron), das freilich in der Ercheinung nicht anzutreffen; denn alles Seyn, das in dieser sich findet, ist schon wieder ein in Schranken gefaßtes und begriffliches; indeß enthält die Erscheinung selbst Anzeichen, daß allem Seyn ein an sich schrankenloses, der Form und Regel wiederstrebendes zu Grunde liegt. Dieses seiner selbst ohnmächtige, also für sich eigentlich nicht seyn könnende Seyn wird dennoch Grund und Anfang seyn alles Werdens, und in aristotelischer Ausdrusweise die erste, nämlich materiale Ursache alles Entstehenden (SCHELLING, 1985, p. 398).

De fato, se observarmos o que resultou primeiramente da elevação da potência, o que teremos diante de nós? Ora, teremos um eksistámenon em sentido preciso, um posto-fora-de-si, que se perdeu, um ser que de si mesmo se tenha perdido, porquanto do poder (da potência}, que ele mesmo era, foi retirado, como o homem que, em desejo irrestrito, perde o poder do desejar: perde o desejo mesmo. Aparecerá um tal desejar qual não tivesse desejo, e, porque o poder se lhe porá como limite do Ser, emergirá como o que saiu de todo limite, como o que é em si ilimitado e indefinido, portanto semelhante ao infinito no sentido pitagórico e platônico (ápeiron), que, é sabido, não encontramos no reino fenomênico - isso porque todo ente que aparece é já algo apreendido e encerrado em fronteiras, tornado assim visível. Por outro lado, todo fenômeno contém em si a sugestão de que, no recôndito interior do ente visível, um fundamento ilimitado, contrário à forma e à regra, habita. Este ser impotente de si mesmo, que por si próprio não pode existir, será entretanto fundamento e começo de todo devir, e, em vocabulário aristotélico, denomina-se a primeira causa, isto é, a causa material de todo emergir [de todo Aparecer. G.L] (SCHELLING, 1985, p. 398).

O sujeito, *subjectum,* a primeira potência do Juízo, do Essente, da Ideia, é identificado aqui à causa material, e isso de forma genial.

Que é, com efeito, a causa material? A ὕλη (hyle) é um nada, antes de ser determinada por uma forma que lhe dê, ironia das linguísticas ironias, forma. Mas este nada – ora, ele é alguma coisa, ainda que amorfa, conquanto destituída de face. A *Bestimmungslosigkeit* do *subjectum* é, por isso, ainda mais profunda do que o mero *isto!* de que eu antes falara no exemplo do sol, porque o *isto!*, em sua pura indeterminação, já é determinada, precisamente enquanto indeterminada. Nós estamos aqui reconstruindo, na imanência do puro pensamento, as regras do puro pensar, que são igualmente as regras do Ser. Por tal razão, temos de fazer um esforço especulativo e compreender que a conceptualidade fornecida a algumas das potências, ao *subjectum* por exemplo, é *a posteriori* – estamos, por assim dizer, reconstruindo o Mundo e sua forma no Juízo. Daí todo o esforço e brilhantismo estilísticos de Schelling, que forja fórmulas paradoxais para tentar apreender linguisticamente isto cujo momento de irrupção reside antes da língua e do pensar já formados.

O *willenloses Wollen*, o querer sem vontade, designa este cego movimento do fundamento, *Grund* e *subjectum*, noite profunda que há de encontrar, naquele delicado momento ao qual denominamos aurora, amorosamente a luz do dia – mas (e este é o mistério da aurora) sem perder-se enquanto a noite que é. A primeira potência, enquanto a indeterminação do fundamento, permanece em cada elemento formalizado no juízo, não deixa de habitar o fundo das coisas diurnas circunscritas pela luz: *indeß enthält die Erscheinung selbst Anzeichen, daß allem Seyn ein na sich schrankenloses, der Form und Regel widerstrebendes zu Grunde liegt*[76]. Em todo fenômeno já formalizado por um predicado, habita a noite de sua origem: é que, conforme veremos, o Juízo, estrutura originária do pensar, é sempre encontro amoroso de sujeito e predicado, cuja síntese preserva a cada um sua individualidade e face própria.

O exemplo do sol e a discussão da primeira potência serviram-nos para entender como o Juízo, minha opção para verter o Essente e a Ideia de Schelling, está presente como a estrutura ontológica de inteligibilidade mínima de todo fenômeno mundal, isto é, de tudo aquilo que do Mundo é elemento. Ocorre que, como já vimos acima, o princípio, que pela dialética do puro pensar buscamos, não é o sol ou o cachorro ou a árvore, mas aquilo que, em cada um destes entes,

---

76 "Por outro lado, todo fenômeno contem em si a sugestão de que, no recôndito interior do ente visível, um fundamento ilimitado, contrário à forma e à regra, habita."

É– os[77]– aquilo que, para todo ente e para o Essente, para o Mundo, enquanto tal, é causa de Ser, aitía tou einai. Ora, não podemos alcançar o que É o Essente, o princípio, antes de termos formulado a Ideia do princípio, pois ele, embora princípio, é o que na dialética do puro pensar – na ciência primeira – aparece como resultado[78]. Por isso, articular a Ideia ou o Essente significa articular a estrutura do Juízo, agora pensado como a proposição que diz o princípio – isto é, que lhe serve de espelho. Se todo dizer de algo é um espelhar sua essência, é trazer à luz sua face, construir a proposição que diz o princípio, pela qual ele se torna pronunciável, será nada mais nada menos do que construir o espelho em cuja superfície venha aparecer a sua, do princípio, face. O Juízo, portanto, *não é o Ser*, mas é a *Ideia do Ser*. Construir as regras do puro pensar é, assim, apenas tecer a visão de um caminho – não é ainda tê-lo caminhado. Esta distinção corresponde, eu repito, à diferença entre o Essente (a Ideia, o Mundo, o Juízo – o reino dos Acontecidos) e o que É o Essente (o ato puro do Acontecer). O Essente, enquanto Ideia, Mundo e Juízo, apenas aponta para o Ser, mas porque o Ser é causa do Essente, devemos dizer: o Ser *o* é, e portanto que o Ser É o Essente, para melhor sublinhar sintaticamente esta verdade especulativa. O acusativo que cabe ao Essente diz, portanto, de um Ser que o transpassa e que, sendo-o, confere-lhe ser, dá-lhe a ser. Embora o *prius* absoluto e o último *wohin* de nossa jornada, só podemos chegar ao Ser por aquilo que ele É[79], pelo Essente e pelo Mundo, pronunciados

---

77 É como se exprime Schelling: das sie seyende, que, em tradução literal, verto por o que os [os entes] é.

78 Esta é a chave para distinção entre filosofia negativa e filosofia positiva. A negativa será dita primeira, pois se põe na busca do princípio e, portanto, tem-no como resultado do puro pensar: ela termina com a constatação de que o que É o Essente é actus purus, A0, Absolutum, mas isto apenas no conceito, pontentia, como diz Schelling. A positiva terá, por seu turno, o princípio por princípio, isto é, começará com o ato puro de Ser, com o puro e infinito existir, com o Acontecer enquanto Acontecer, ao qual então fornecerá inteligibilidade, pensando-o. Por isso, a forma aproriada da filosofia positiva é a História, Geschichte.

79 Se nos fosse possível recorrer a uma outra língua para aclarar sintaticamente esta relação especulativa, eu escreveria em latim: *advenimus ad esse per id quod esse est*. Mas isso ainda é insuficiente, pois o neutro não sublinha o acusativo. Forçando bastante a sintaxe, obteríamos o seguinte: *advenimus ad esse per illum [essente] quem is, scilicet esse, est*. O *quem* marca o acusativo que incide sobre o Essente desde o Ser, ao qual cabe o nominativo e, assim, a posse da ação. A ação de ser pertence ao Ser, que, transpassando o Essente, confere-lhe ser.

na Ideia e no Juízo. Se nosso desejo é chegar ao Ser, temos de fazê-lo pelas malhas do Juízo e da Ideia – temos, portanto, de redescrever a gênese do Mundo no Juízo.

Pois bem, eu disse que todo ente é ao aparecer, e todo aparecer implica um deixar-se apreender nas fronteiras do Juízo, porquanto o que aparece aparece no Mundo, e Mundo, já o vimos, é o que se pronuncia no Juízo. A primeira e imediata potência, primeva, sem a qual não há pensar algum, é *subjectum*, fundamento, puro poder-ser indeterminado. Mas este inexiste sem um outro que o limite e, neste limitá-lo, forneça-lhe determinação. Enquanto a primeira potência, puro poder-ser indeterminado, é nomeada por Schelling, em sua leitura de Platão e Aristóteles, causa material, a segunda, cujo ser consiste em negar a primeira e, assim, determiná-la, terá por nome a causa formal, pois o não que impõe à primeira potência é a pronúncia do sim na forma que deste conúbio emerge:

> die Ursache der Erkennbarkeit, und also auch der Sichtbarkeit ist dem an sich Grenzenlosen, aber eben darum der Begrenzung Bedürftigen und Unterliegenden erst, was Platon ihm unmittelbar entgegengesetzt, die Grenze (péras), oder wie wir es unstraitig nehmen dürfen, das Begrenzende, Grenze Setzende (SCHELLING, 1847/1985, p. 403).

> *A causa da inteligibilidade (cognocisbilidade), e portanto da visibilidade, é primeiramente o limite para o ilimitado, mas justamente por isso carente de limitação, ou, como supomos ser ponto pacífico dizê-lo, é o limitante, o que põe limites (SCHELLING, 1847/1985, p. 403).*

Por ser matéria pura, a primeira potência é grafada como A-, a fim de sublinhar a negatividade de sua indeterminação, à qual A+, segunda potência, faz contraste, por ser afirmação determinante. Entretanto, no processo do encontro de A- (A1) e A+ (A2) (que, não custa lembrar, ocorre *ewiger Weise*, isto é, eternamente) a pura negatividade de A- tem de ser mantida, a fim de conceder a A+ um contínuo poder--ser [*Seinkönnen*], sem o qual não haveria devir e, pois, mudança, a qual sempre supõe potência, portanto algo ainda a ser efetivado. Em razão disso, a negatividade da pura indeterminação de A1 torna-se, ao pôr-se a serviço de A2, positividade, no mesmo passo em que a afirmação determinante de A2 mostra-se essencial negatividade, pois, conforme antigo provérbio, *omnis determinatio est negatio*[80]. Assim, temos uma inversão dos sinais, e A1 é, sob um aspecto, negativa (A-) e, sob outro, positiva (A+), assim como A2 torna-se, no primeiro momento, positiva (A+) e, no segundo, negativa (A-). Ora, que significa isso, *senão que o Juízo incorpora em sua mesma estrutura o processo do Devir como fundamental à Ideia, exatamente por virtude do fato de que tal Ideia é um processo eterno, isto é, um devir que eternamente devém?* É necessário destrinchar este diamante metafísico e compreendê-lo bem, porque por ele se dirá todo o significado da terceira potência, como síntese paradoxal de negativo e positivo.

O encontro das duas potências opera a mudança de seus sinais mas apenas aparentemente, ou melhor, como costumavam dizer os idealistas, *für uns*, para nós que reconstruímos a gênese do Mundo pelo puro pensar. A mudança é aparente porque é uma fantasia, isto é, a negatividade de A- não lhe é inerente tampouco substancial, do mesmo modo como, à A+, o positivo não é marca de nascença. A bem dizer, nem A- nem A+ existem *fora da relação que as funda*. Enquanto os elementos primordiais da Ideia (do Juízo), as potências são pinçadas da relação primitiva na qual, e apenas na qual, existem, para que *ex fantasia* sejam descritas qual pequenas mônadas cuja natureza é *modificada* pelo encontro. A fantasia consiste justamente na suposição de uma *modificação* pontual, como se A1 existisse, antes, como A-, e fosse modificada pelo encontro com A2, tornando-se A+ e tornando A2 A-. Esta bela fantasia existe como hipóstase infantil do Tempo como contínuo de pontuais instantes, e traça o momento pontual em que A1 encontraria A2 e, neste encontro, modificar-se-ia, modificando igualmente A2. *Mas nem A1 existe sem A2, nem A2 pode respirar sem A1, e o encontro é, portanto, não um instante pontual em um gigante contínuo temporal, mas um devir eterno.* É isto que diz a expressão, tornada famosíssima pela filosofia francesa, do *toujours-déjà*. À diferença do estardalhaço pós-moderno, o *toujours-déjà* não diz apenas da finitude humana, mas do devir no coração de Deus ele mesmo. A Ideia, sendo Ideia do Ser, incorpora o eterno devir em sua íntima estrutura. Esta é, por fim, a esplêndida tarefa da terceira potência, síntese do negativo e do positivo, nomeada como causa final[81]:

---

80 Toda determinação é negação.

81 Es ist nicht einer dieser Begriffe, es sind die drei Begriffe, wie wir sie aufgestellt, nicht nur die zu jedem über das unmittelbare Denken hinausgehenden, sondern auch die zu jedem entstehenden Seyn, zum Begriff des als möglich angenommenen Processes nothwendigen und unentbehrlichen (SCHELLING, p. 405).

> Dieser Zwiedeutigkeit wegen ist es nichts ohne die bestimmende Ursache; das aber, welchem bestimmt ist das Bestimmende zu seyn, kann nicht wieder, wie das zu Bestimmende, ein Bewegliches, zwischen Seyn und nicht Seyn Schwebendes, dieses muß das stracks vor sich Gehende, von Natur sich selbst Gleiche, das Können Auschließende und daher rein seyende seyn, und soweit ganz ähnlich dem, was der Dyas als Monas entgegengesetzt wurde. Aber eben weil dieß Princip nur auf Eines geht , die Absicht des Werdes aber nicht ist, daß nur Eines sey, sondern daß alles Mögliche sey: so wird diese bestimmende Macht selbst wieder einer maßgebenden bedürfen, die sie hindert, bloß dieses Eine hervorzubringen, und dieses Maß Bestimmende, dem jene gehorcht, wird nur das zwischen Seyn und nicht Seyn frei Schwebende, beides wollen Könnende, sich selbst Bestimmende, und nach Zweck und Absicht Handelnde seyn können, also das Dritte (SCHELLING, 1847/1985, p. 406).

> *Por virtude desta ambiguidade ele [o Essente = o Mundo e o Juízo que o pronuncia. G. L.] nada é sem a causa determinante. Contudo, aquilo a que está determinado ser o determinante não pode, por sua vez, tornar-se algo a ser determinado, como se fosse um móvel entre Ser e Não-Ser – ele deve ser o idêntico a si mesmo, capaz de excluir a potência e ser, portanto, em pura actualidade, neste sentido semelhante ao que a mônada é em relação à diáda. Mas, precisamente porque este princípio possui um só alvo, enquanto, por outro lado, o fim de todo devir não é que haja apenas o Um, senão que haja todos os possíveis – exatamente por isso necessitará esta potência determinante [A2] de uma outra potência, que lhe confira medida e forma e que a impeça de produzir apenas o Uno. Assim, esta outra potência, capaz de fornecer forma e medida, à qual aquela obedece, terá de ser a que plaina livre entre Ser e Não-Ser, amante de ambos e compreendendo-os, a si mesma determinando [desde este amor. G.L.], e agindo de acordo com propósito e desejo – será, portanto, a terceira potência* (SCHELLING, 1847/1985, p. 406).

Eis o ponto áureo: o processo do devir não possui como objetivo último a concreção de um Uno totalitário, em que o devir venha a se estancar e acabar. O objetivo último é, ao contrário, a realização da multiplicidade dos possíveis – é, portanto, a concreção do Ser como generosidade e como enriquecimento. A menção à ontologia platônica e pitagórica é, por isso, irônica, porque descreve movimento sutilmente outro: a díade não se subordina ao Uno que a contém nos limites da inteligibilidade, arquitetando assim a geometria da existência, mas na verdade se alça desde sempre à anterioridade absoluta, porque a relação entre o Uno e a díade já é uma díade – para dizer em termos bastante evidentes e bestas, *a relação é relação*. O evangelho segundo Schelling assim começa: *Am Anfang war die Beziehung*, no começo era a relação, por isso mesmo o amor e a graça. É importante lembrar que estamos aqui na construção da Ideia, e o começo deste evangelho é o começo começado, não ainda o começante[82].

Na Ideia, eu disse, o encontro eterno de A1 com A2, pelo qual os sinais se invertem e se trocam eternamente, espelha o devir eterno do próprio Ser. A potência que formaliza esta relação, introduzindo na própria Ideia (Juízo) e no próprio Mundo (Essente) a fonte de um incessante enriquecimento generoso, é A3, compreendida como síntese de sim e não. A3, laço do amor [*Band der Liebe*], é a formalização especulativa desta ontologia da generosidade diádica que é, igualmente, uma ontologia do Acontecer. Em grego ático, ἰδέᾱ diz da forma aparecente, do rosto e da face, que trazem à luz uma lei de proporcionalidade intrínseca. Belas são as relações que constituem o triângulo e o círculo, que se oferecem ao intelecto e, por ele apreendidas, fazem reluzir sua beleza como sua ἰδέᾱ. A ἰδέᾱ é, portanto, a bela aparição fenomênica de uma lei de proporcionalidade intrínseca: é o aparecer de um diálogo interno do qual é ἰδέᾱ. A Idéia do Essente, como Juízo pelo qual o Mundo é pronunciado, é a bela aparição de uma lei de proporcionalidade intrínseca, da qual a Ideia é ἰδέᾱ. Ora, vimos que A3 completa a dialética relação entre as potências na condição de síntese de sim e não, A+-, e coroa a estrutura do Juízo com a marca da generosidade de um devir eterno. *Este devir eterno, esta generosidade – são do Ser ele mesmo do qual a Ideia e o Juízo são, afinal,* ἰδέᾱ.

Chegamos, finalmente, à tão prometida diferença entre o Essente e o que É o Essente, entre a Ideia e aquilo de que a Ideia é ἰδέᾱ. Aquilo de que a Ideia é ἰδέᾱ deve ser um *prius* absoluto, deve ser algo anterior. Em sua radical anterioridade, este Ser da Ideia é-lhe, pois, causa de ser – a Ideia, afinal, possui a razão de sua existência em ser o aparecer de uma lei de proporcionalidade intrínseca, que é a causa

82 A distinção parece ser mera brincadeira com palavras, mas é importantíssima, pois por ela Schelling sublinha a diferença entre um Absoluto tomado como mera coisa, ein Angefangenes, e um Absoluto livre, que possui o poder de começar, Anfangendes.

do ser da Ideia. Este quarto e último elemento, *que emerge depois de construída a Ideia pela dialética das três potências,* deve ser, como as potências precedentes, identificado com uma causa específica. Se A1 fora causa material, A2, causa formal e A3, causa final – que lhe resta ser, a este solitário e estranho elemento, do qual a Ideia é ἰδέᾱ? Ora, na condição de absoluto *prius* esta estranha potência é muito simplesmente a causa de Ser, aitía tou einai – a causa do Ser do Essente e da Ideia, ou, como tenho dito traduzindo Schelling, o que É o Essente, *das, was das Seyende Ist*:

> Aber nichts, was in der Idee, wenn auch stillschweigend und unterschieden, gesetzt ist, darf verloren gehen; was ihm geschehen kann, ist vielmehr, daß es aus der Verborgenheit gesetzt wird und erscheint; und so kann auch das, was an dem Seyenden das eigentlich und allein seyende war, im Auseinanderweichen Der Idee nicht untergehen, sondern ausgeschieden und ausgeschlossen von dem, was in der Idee das nicht seyende war, jetzt aber (auf seine Weise) seyend geworden ist, erscheint es in eigener Gestalt, so daß es nicht mehr, wie in der Idee, bloß dem Wesen nach und potentiell das Seyende – ist, sondern auch als solches und demnach als Actus hervortritt, doch nicht so, daß es von dem, welchem es Actus (Ursache des Seyns) ist, sich trennen kann, sondern eben nur ist, um dieses zu seyn. Darin liegt auch sein ewiger Unterschied von Gott (SCHELLING, 1985, p. 411).

> *Mas nada que está posto na Ideia [no Juízo = no Essente/ no Mundo], conquanto mudo e diferenciado, deve ser perdido e esquecido, pois o que lhe pode acontecer é, antes, ser retirado do esquecimento escondido [Verborgenheit] e aparecer. Assim, no desdobrar-se da Ideia [do Juízo] pode também aquilo que no Essente era única e verdadeiramente essente não se perder, mas, separado e excluído do que na Ideia não Era o Essente, agora porém É, é-lhe dado aparecer em própria forma, de modo que não é mais, como ocorria na Ideia, o Ser em potência e de acordo com um mero poder-ser – mas, enquanto o que é, qual Ato emerge vitorioso, sem contudo poder-se separar daquilo do qual é Ato (cuja causa de ser é), senão que apenas é [na Ideia] para ser-se a si mesmo. Nisso consiste sua eterna diferença em relação a Deus* (SCHELLING, 1985, p. 411).

A interpretação do famoso τὸ τί ἦν εἶναι aristotélico fornece a A0, quarta causa, seu estatuto precioso e específico na compreensão da face de Deus – pois, enquanto A0, ela só aparece uma vez que as três potências se encontram na construção da Ideia, cada uma recebendo a determinação de sua natureza desde a interação mantida com as demais. A Ideia forma, portanto, um triângulo, e seus diversos momentos, que marcam um devir eterno, apontam, desde A3, para aquilo que as É – indicam aquilo de que são Ideia e que lhes é causa do ser: A0. Ora, a causa do ser de cada momento da Ideia e da Ideia formada tem, por definição, de ser-lhe anterior, e contudo apenas depois da construção da Ideia pode o radicalmente anterior aparecer: é este o sentido do *es war, als ob es nicht wäre*[83], bela tradução do famoso τὸ τί ἦν εἶναι, o que o Ser era. Sendo aquilo para o que a Ideia aponta, A0 aparta-se por completo dela, está, pois, *ab omnibus numeris absolutum*: *ausgeschieden und ausgeschlossen von dem, was in der Idee das nicht seyende war, jetzt aber (auf seine Weise) seyend geworden ist, erscheint es in eigener Gestalt*, isto é, aquilo que na Ideia não Era o Essente – cada uma das potências tomada em isolamento – agora, uma vez construída a Ideia e uma vez revelada sua natureza de mera Ideia, aparece como o que É o Essente, na condição da causa primordial e radical, e em toda sua *figura*, vale dizer, como o puro ato de ser, *actus purus*.

Eis a pérola final desta especulação tão ousada: ele apenas é, para ser a causa do Ser da Ideia, pela qual emerge enquanto o que o Ser era. A0, portanto, era antes, como se não fosse, para ser, depois, aquilo que eternamente fora – aitia tou einai, causa do Ser. Enquanto tal, ele não é Deus, sendo apenas a divindade de Deus, aquilo que em Deus é diverso de si mesmo: ele é, pois, o Deus antes da Ideia. Schelling dirá que o Deus antes da Ideia, A0, é a alma do Essente, aquilo que É o Essente, *que só é para ser a causa retrospectivamente posta do que o Essente, a Ideia, é agora*, ao passo que Deus, como Pessoa radicalmente livre, é *Geist*, espírito, e portanto, embora igualmente *actus purus*, distingue-se de A0 por ser *Herr des Seyns,* Senhor do Ser, como veremos mais adiante. A0 é a unidade da Ideia anterior à Ideia, τὸ τί ἦν εἶναι, enquanto Deus é o radicalmente *depois* da Ideia enquanto o que a É de modo livre e resoluto. Deste conúbio do Deus antes da Ideia e do Deus depois da Ideia, surgirá o Tempo enquanto encontro do Passado e do Futuro no In-stante do Presente.

A0, quarta causa, da qual a Ideia é Ideia e que É o Essente, é por isso determinada enquanto eterno Passado, o qual só pode emer-

83 "Era, como se não fosse."

gir, contudo, no devir. Que significa isso? Muito simples: aquilo que É o Essente é o que o Ser era, τὸ τί ἦν εἶναι, e, embora radicalmente anterior e *prius* absoluto, demanda o Juízo (a Ideia, o Essente) para manifestar-se enquanto a pura anterioridade que ele é. Portanto, precisa ele aparecer no devir eterno do Juízo a fim de revelar-se enquanto o eterno Passado. Contudo, exatamente ao aparecer, no In-stante presente da Ideia – pois a Ideia é o que se apresenta ao olhar, é o que se pronuncia no agora do Juízo –, o Passado eterno de A0 aponta, na condição não-livre de *actus purus absolutus*, para o futuro daquilo que haverá de ser, como ele ato infinito, mas dele diverso porque radicalmente livre: o Deus que virá e do qual possuímos no presente, à luz do Passado eterno, seu rastro em nosso desejo.

Este aparente comentário secundário contém toda a chave de nosso esforço, e nos permitirá retornar, com todos os frutos da caminhada, à pergunta inicial acerca do Acontecer, que eu dissera ser o cerne mesmo da metafísica de Schelling – e isso porque a descoberta do eterno Passado em A0 nos leva à distinção entre o Deus antes da Ideia e o Deus depois da Ideia, diferença que resolutamente descreve o Juízo, a estrutura de nosso pensar, como o Acontecido por cujas malhas o Acontecer terá de uma vez mais dizer-se: é este, e não outro, o significado da mímesis especulativa. É que, se o Mundo é o Acontecido que no meio-permanece, das Inszwischengetretene, como o denomina Schelling, e se o Juízo é seu correlato epistêmico, então o ato pelo qual co-rrespondemos ao Ser ele mesmo e lhe imitamos a face terá de mobilizar os elementos acontecidos do Juízo para torná-lo acontecente – a mímesis, enquanto operação de enriquecimento ontológico, visa a origem mesma das coisas todas, a fonte secreta de onde surgiu o Mundo e o último píncaro que se anuncia ao fim deste vale de lágrimas. Construindo o Juízo, construímos igualmente seu Passado eterno, A0, e seu Futuro eterno, o Senhor do Ser – אֲדֹנָי.

No In-stante em que se espelham Futuro e Passado, o Juízo e seus momentos tornam-se uma vez mais acontecentes, e a forma morta se vivifica ao tornar-se receptáculo de um ato puro. Permitam-me, pois, materializar esta especulação com um exemplo fornecido pelo próprio Schelling:

> Aber das Imperfectum? Nun auch dieses soll uns stehen bleiben, und nun erklärt werden au seiner ungemeinen einheit des Sprachgefühls, das den Hellene auch sonst bestimmt in gleichem oder ähnlichem Fall das Imperfectum zu stzten. Denn auch da z. B, wo wir sagen würden: weß alle begehren, dieses ist das Gute,

sagt Aristoteles: dieses war das Gute. Es war das Gute, eh'es alle begehrten, und wird nicht dadurch gut, daß sie es begehren, sondern begehrt wurde es, weil es das Gute war. [...] Der Maler, der den Kallias abbildet, sieht zuerst was er ist, ob baun von Farbe oder weiß, stark behaart oder kahl u.s.w, aber dieß alles ist der Kallias nicht, es ist nichts darunter was er nicht mir mehreren gemein hätte, zusammengestellt würde es eine bloß materielle Ähnlichtkeit hervorbringen; aber der Künstler geht zu dem fort, was dieses alles ist, und wogegen jenes alles sich bloß als Voraussetzung, als das was eigentlich bloß war, verhält, und so erst stellt er den Kallias selbst dar (SCHELLING, 1985, p. 425).

Mas e o imperfeito? Também este deve permanecer para nós e ser explicado desde a unidade do sentimento linguístico, que aos gregos determinava o uso em tais casos. Pois também lá, onde diríamos, por exemplo, "aquilo por todos desejado, este é o Bem", Aristóteles, ao invés, diz: "este era o Bem". Este era o Bem, antes de que todos o desejassem, não se tornando o Bem porque todos o desejam, senão que é desejado porque era o Bem. [...] O pintor que figura Cálias vê, primeiro, as superfícies exteriores de Cálias, como é composto por cores, de muitos cabelos ou calvo, mas isso tudo não é Cálias, não há nada aí que ele, Cálias, não possua em comum com vários outros homens – em síntese emergiria apenas uma similitude entre a figura e o original. Mas o pintor mira o que É tudo isso, em relação ao que todos os adornos exteriores são como que pressuposições e que, portanto, É verdadeiramente – unicamente assim pode ele figurar Cálias (SCHELLING, 1985, p. 416).

O exemplo é fulgurante: para apresentar plasticamente Cálias, importam pouco os elementos gerais que ele possui em comum com outros homens, cabelo, membros, olhos. O verdadeiro artista não se preocupa com o que é no puro presente de uma essência, mas com aquilo para o que a essência, compreendida como Ideia e forma (eidos), aponta, isto é, para o que era Cálias, para aquilo que de Cálias é a causa do *seu* ser – a causa de seu acontecer. O giro especulativo reside no fato de que Calias só se nos apresenta no presente de sua forma exterior, portanto de sua ἰδέᾱ, constituída pelos elementos universais que com outros membros do mesmo gênero compartilha. Mas o artista, interessado pela forma interior, trata cada um dos elementos gerais como mera matéria para apreensão daquilo que, no Passado eterno, era

Cálias – Passado unicamente articulável na luz universal do presente. Os elementos secundários são, assim, condição de possibilidade para a apreensão do radicalmente originário, que lhes dá o ser ao sê-los a cada um. Em outras palavras – a forma interior só se deixa apreender pela forma exterior em cuja superfície vem aparecer:

> Es wird nicht ohne Nutz seyn, bei dieser Stelle einen Augenblick zu verweilen. Was in derselben Eidos genannt und dem tí en einai gleichgesetz wird, haben die Scholastiker durch Form übersetzt, ganz passend als Gegensatz des Allgemeinen, weil alles aufnehmend, und von allem, was ein Dieses ist, entferntesten Wesens, der Materie. Neuerer Zeit übersetzten es manche durch Begriff, der Begriff aber hat ihnen das bloße Was (tí estín) zum Inhalt, obwohl sie nachher sagen: der Begriff sey allein das Wirkliche. Dasselbe versichern sie aber auch von dem Allgemeinen, und möchten diese Weisheit, auf die sie sich nicht wenig zu gute thun, gern auch dem Aristoteles aufdringen. Aber diesem ist das Eidos Actus, also kein bloßes Was, vielmehr das Daß des in dem Seyenden gesetzten Was, dasselbe mit der Usia, inwiefern diese dem jedesmal Seyenden Ursache des Seyns – in unserem Ausdruck: das es seyende ist. Auf diese Frage: was ist Callias? Kann ich mit einem Gattunsbegriff antworten, z. B. er ist lebendes Wesen; aber was ihm Ursache des Seyns (hier also des Lebens) ist, das ist nichts Allgemeines mehr, nicht Usia im zweiten, sondern im ersten und höchsten Sinne, prôté ousía, und diese ist jedem eigen und keines anderen, whärend das Allgemeine mehreren gemein ist; sie ist Jegliches selbst, im Beseelten also was wir die Seele nennen, aber auch als dessen tí en einai, und auch sie ist eines jeden eigne und nicht mehreren gemein (SCHELLING, 1985, p. 417).

> *Não será sem utilidade se nos quedarmos um pouco mais à sombra desta passagem. O que nela é denominado [por Aristóteles] eidos e posto em equivalência com o tí en einai [o que era o Ser] os escolásticos traduziram por forma, corretamente como oposto do geral, porquanto capaz de tudo em si apreender, deste modo o mais longe do puramente particular, da matéria. Os modernos traduzem a expressão em geral por conceito, mas, para eles, o conceito significa sobretudo a quidditas (tí estín), embora depois digam: apenas o conceito é o verdadeiro. O mesmo afirmam sobre o universal, e desejam atribuir esta sabedoria, da qual fazem pouco caso, a Aristóteles. Entretanto, para Aristóteles o eidos [a forma] é sobretudo Actus, portanto nenhuma pura quid-*

ditas, sendo antes a quodditas do que no ente é posto como quidditas, equivalente nisso à ousia, na medida em que esta é a cada ente a causa de seu ser – em nossa expressão: o que a É. À pergunta: o que é Cálias? Posso responder com um conceito genérico, por exemplo dizendo que ele é um ser vivo; mas o que lhe seja causa de ser (aqui portanto de sua vida) não é algo de genérico, não a essência em sentido segundo [como o conceito dos modernos. G.L], senão que em primeiro e máximo sentido, proté ousía, e esta é o radicalmente íntimo de cada ente, de nenhum outro apanágio, ao passo que o genérico é comum a muitos. A ousía, compreendida em sentido verdadeiro, é o Íntimo, é, nos seres animados, o que denominamos alma, mas igualmente como o tí em einai – e é, assim, íntima a cada ente, não se submetendo à generalidade vazia (SCHELLING, 1985, p. 417).

A diferença entre forma exterior e forma interior consiste no fato de que, na primeira, à pergunta *o que é Cálias* são fornecidos os predicados universais compartilhados por ele com outros homens: portanto, na linguagem que desenvolvi, Cálias é encapsulado em um Juízo Finito que esquece sua condição de mera Ideia para instituir-se última palavra acerca do Ser. A forma interior, ao contrário, mobiliza os elementos derivados, logo secundários, para, a partir deles, vislumbrar Cálias como puro ato infinito de ser, como puro *Daß*, Passado eterno dos elementos exteriores que se deixam claramente articular no Juízo e que faz face a um Futuro eterno para o qual a liberdade de Cálias aponta[84].

Como fica – espero – claro agora, o Juízo, minha alternativa para verter a Ideia de Schelling, mobiliza as três potências que o constituem (A1 como A- ou causa material e sujeito, A2 como A+ ou causa formal e predicado, A3 como A-+ ou causa final e síntese de sujeito e predicado na cópula), apenas para melhor articular aquilo que, sendo-lhe radicalmente anterior, é infinita causa de seu ser – o Juízo tornou-se, sem deixar de ser Juízo, espelho do Infinito. *E contudo ainda falta algo.* Schelling aqui usa um exemplo singular e concreto para ilustrar a especulação que se move no terreno muito mais rarefeito acerca de

---

84 Estas especulações serão desdobradas com mais vagar e atenção em *Eis-me aqui, em singular aparição, por última vez diante de vós*, onde explorarei em detalhes a noção de Pessoa, retornando aliás a essas passagens de Schelling para justificar minha tradução de *nous* por entre-visão.

Deus: já vimos que a Ideia ou o Essente, cujo princípio Schelling busca, é não apenas este ou aquele essente, mas o Essente absoluto e, além disso, aquilo que É o Essente. Ora, chegados até aqui já aprendemos que o Essente é a Ideia ou, em meus termos, o Mundo, o Acontecido em absoluto, e seu correlato epistêmico, o Juízo, capaz de articular as três potências de modo a apontar para aquilo que lhes é causa do Ser, que, por isso, as é, e que só é para ser-se sendo-as – isto, vimos, é a quarta causa, A0, a qual, aparecendo embora após a constituição da Ideia, é o *prius* absoluto desta mesma Ideia, aquilo de que a Ideia é Ideia, ou, na linguagem de Schelling, o que É o Essente.

Mas Schelling não deixou de incansavelmente repetir: apesar de ser *actus purus*, A0 ainda não é Deus[85], pois seu ser consiste em ser para ser-se Sendo o Essente, com o que toda liberdade lhe é retirada. Ora, exatamente a mesma coisa ocorre com Cálias, se sua forma interior for identificada absolutamente com seu Passado absoluto, porque a infinitude de Cálias não reside apenas no Passado radical que lhe é causa de ser, mas sobretudo em suas ações livres, pelas quais se manifesta seu desejo e, portanto, sua íntima intimidade. O Passado absoluto, já disse, faz face ao Futuro absoluto, e, assim como as três potências do Juízo inexistem umas sem as outras, também entre Passado absoluto e Futuro absoluto há solidariedade radical – o cruzamento de seus olhares emerge no In-stante. O nome de Schelling para A0, tanto em Deus como nos entes singulares, é *Seele*, alma, cuja realização é o *Geist*. Esta transição, na *Introdução Filosófica,* estende-se das lições 18 a 22, e por ela aprenderemos finalmente o significado da *mímesis especulativa,* operação que, imitando a face de Deus, delineia o In-stante como encontro de Passado absoluto e Futuro absoluto, quando o Mundo e o Tempo acontecem uma vez mais e se tornam novamente espelhos do Infinito.

O último passo consiste, então, em entender que, se a verdade da forma interior de Cálias era o Passado eterno que lhe é ato de Ser, a infinitude deste puro ato só se completa no Futuro em que encontra finalmente salva, agora espiritualizada (*Geist*), esta mesma infinitude pura que ele É. Para compreender esta sutil relação, da qual poderemos enfim derivar a *figura* da mímesis especulativa à luz da ontologia do tempo que lhe é correlata, temos de ter bastante clara a diferença

---

85 Conferir citação acima: "*sondern auch als solches und demnach als Actus hervortritt, doch nicht so, daß es von dem, welchem es Actus (Ursache des Seyns) ist, sich trennen kann, sondern eben nur ist, um dieses zu seyn. Darin liegt auch sein ewiger Unterschied von Gott*" (SCHELLING, p. 411).

entre alma, *Seele*, e espírito, *Geist*. A estrutura que guia o pensar de Schelling aqui é a do Passado eterno e absoluto, anterior ao Mundo, por ele denominado *este* Mundo, e o Futuro eterno, quando o *Geist* se realizará por completo em sua total maestria sobre o Mundo, dele enfim apartado. É na lição 20 que a distinção se oferece em toda clareza, e a sintetizo aqui esforçando-me o máximo para operacionalizá-la. O núcleo da distinção entre alma e espírito consiste em compreender que, enquanto a alma é ciência inconsciente, o espírito é *wissend*, cônscio de si mesmo:

> die Seele weiß nicht, sondern ist die Wissenschaft. Sie ist die unausgesprochene, die bloß materiell vorhandene, nicht zur Wirklichkeit erhobene Wissenschaft. [...] In Bezug auf die Seele ist das Wissen als activ etwas Zufälliges, zu ihr nur Hinzukommendes, wie nach Aristoteles der Geist selbst ein Hinzukommendes ist. Im Geist ist nichts bloß der Materie oder Potenz nach; er ist daher nicht Wissenscahft, sondern nur wissend: wissend aber nur durch sein Verhältniß zu der Seele (SCHELLING, 1985, p. 530).

> *A alma não sabe, senão que é o saber. Ela é saber inarticulado e impronunciado, dado de forma meramente material, ainda não alçada à efetividade. [...] Em relação à alma o saber, quando se efetiva, aparece como algo de contingente, quase que a ela adicionado, assim como, para Aristóteles, o espírito também é qualquer coisa de advinda [que depois adveio]. No Espírito não há nada em potência ou de forma apenas material, razão por que não é o saber potencial, mas o saber sabente [em execução]: sabente, isto é, através de sua relação à alma* (SCHELLING, 1985, p. 530).

A alma é dita ciência inconsciente, impronunciada [*unausgesprochene*], pois opera em resposta cega, embora inteligente, aos estímulos do Mundo, razão pela qual também os animais possuem alma – trata-se, em linguagem moderna, de um algoritmo, capaz de entender cegamente, isto é, sem os tematizar para si, a relação entre as coisas. Na alma há, pois, o entendimento transcendental que fornece desde sempre as condições de possibilidade para toda experiência possível do Mundo, estruturando-o para nós sem que desta atividade tenhamos consciência – sem que ela se nos torne objeto passível de tematização, residindo aí sua natureza de ciência inconsciente. Eis a razão por que a alma corresponde ao Mundo (portanto, ao Essente, à Ideia), a cujas estruturas finitas ela fornece um cego sopro de vida, anima-as, sendo-as e dando-lhes o Ser, exatamente como A0 cegamente animava a Idéia e lhe era causa de Ser. *Exatamente por isso, a alma é, embora doadora de vida, escrava do Mundo (do Essente) a cujas finitas estruturas fornece ânimo, pois sua própria atividade lhe resta inconsciente, portanto apenas matéria para aquilo que, ao contrário, se tornará Senhor do Mundo (Senhor do Essente), ao tematizar a relação da alma com o Mundo e, assim, adquirir sua própria liberdade – este outro termo, claro está, é o Geist:*

> Dieses Verhältniß [des Geistes] zur Seele beruht darauf, erstens, daß in der Seele schon Begriffe, von aller Materie befreite [mesma lógica aqui de A0, que era anterior à Ideia, dita matéria, embora só aparecesse enquanto o *prius* que era após a construção da Ideia G. L], also die bloße Form enthaltende Vorstellungen der einzelnen sinnlichen Dinge sind, aber ohne daß diese Begriffe ihr selbst [der Seele] gegenständlich wären; sie sind in ihr der Materie nach, für einen Dritten, wie man sonst zu sagen pflegt, unausgesprochen und bloß potentiell; [...] Zur Wirklichkeit erhebt sie [acusativo: é o espírito que traz os conceitos à realidade, pois, na alma, restavam apenas em potência] erst der Geist, in welchem aber eben darum nicht mehr bloß Begriffe der einzelnen sinnlich empfundenen Dine, sondern die Begriffe dieser Begriffe, d. h., die Allgemeinbegriffe sind, durch welche der Geist der Dinge mächtig und wissend wird (SCHELLING, 1985, p. 530).

> *Essa relação do espírito com a alma consiste, primeiro, no fato de que há na alma conceitos já libertos de toda matéria, portanto como representações que contêm as formas dos fenômenos visíveis e individuais, sem que contudo tais conceitos lhe sejam representáveis e se lhe quedem diante como objetos; nela estão materialmente, como para um terceiro observador, impronunciados e potenciais somente. [...] É o espírito que a eleva à efetividade, no qual, precisamente por isso, os conceitos não se apresentam como de fenômenos individuais, mas, em verdade, como conceitos destes conceitos, isto é, conceitos especulativos, através dos quais o espírito se assenhora dos fenômenos e se torna sabente* (SCHELLING, 1985, p. 530).

Para dispor as coisas com máxima clareza: a alma é serva, pois não chega à consciência temática e refletida do Mundo e de sua relação com ele, o que em nossos termos significa que, embora nela o Juízo atue inconscientemente na articulação responsiva aos termos inteligíveis do Mundo, ela é incapaz de tematizar a estrutura mesma do Juízo, vale dizer incapaz de construir a Ideia como forma do Mundo (como forma, isto é, do Essente). A alma corresponde ao Essente e tem nele seu objeto imediato pois é-o de modo irrefletido, de modo a tornar-se dele dependente, pois que o é para ser-se:

> der einzige unmittelbare Gegenstand der Seele sey das Seyende, das Seyende in dem Sinn genommen, der durch die ganze Folge dieser Vorträte hinlänglich erklärt und festgestellt worden [ou seja, como Mundo, Juízo, Ideia G. L]. Denn der ganzê Begriff der Seele ist – nicht das Seyende, aber das es seyende zu seyn (erinnern Sie sich der Eröterungen über das tí en einai des Aristoteles); die Seele ist gar nichts anderes; wird ihr also das Seyende, so wird sie sich selbst entrissen (SCHELLING, 1985, p. 526-27).
>
> *O único imediato objeto da alma é o Essente [o Mundo], o Essente no sentido que, ao longo desta série de lições, foi esclarecido e compreendido. Pois o conceito completo da alma é ser não o Essente, mas o que É o Essente (recordem-se das observações acerca do tí en einai de Aristóteles); a alma não é nada além disso. Se lhe for retirado o Essente, é ela mesma como que de si retirada (SCHELLING, 1985, p. 526-27).*

Para ilustrar o ponto com exemplo simples, basta pensar nas respostas inteligentes dos animais: um lagarto, quando se lhe aproxima um humano, empertiga a calda e prepara-se para a fuga. A fuga é, pois, resposta do lagarto ao estímulo que lhe concede o meio, da mesma forma que, sentindo os sutis ritmos da teia, a aranha movimenta-se em direção à presa enredada nos cruéis tecidos. Lagarto e aranha possuem assim alma, porquanto respondem ao Mundo, com a imensa diferença de que, para eles, o Mundo não se apresenta *enquanto* Mundo: a beleza do Sentido escapa-lhes por completo. Apenas no *Geist* a alma abre os olhos, vislumbrando com consciência não apenas as atividades dianoéticas que a guiam, mas sobretudo compreendendo a relação que tais operações estabelecem com o Mundo – apenas no Geist somos capazes de fazer filosofia, pois por ele pensamos o que eu, acima, chamei de o fato do Mundo e da inteligibilidade deste mesmo Mundo.

No *Geist*, o Mundo mostra-se correspondente à estrutura do Juízo, conforme a dialética das potências – A-,A+, A-+ e A0 –, e é esta capacidade de ver-se a si mesmo em sua relação dianoética com o Mundo que fornece ao *Geist* a liberdade de assenhorar-se do Mundo, porque, assim como no Juízo a dialética das potências constituía um triângulo que apontava para seu próprio Passado absoluto, A0, do mesmo modo, no *Geist*, a visão deste Passado absoluto reenvia a um Futuro igualmente absoluto – a consciência que emerge destas relações triangulares institui o *Geist* como Senhor do Ser, como se expressa Schelling, quase como se, no vértice do triângulo do Juízo, o *Geist* fosse capaz de entre-ver a emergência primeva do Mundo como o ponto intermediário entre a origem primeva, A0, e o último destino de um *wohin*.

Posto no vértice, o *Geist* se torna *Herr des Seyns*. Esta expressão é chave, pois permite compreender a correspondência entre *Geist* e Deus, ambos caracterizados como Senhores. Ser Senhor significa, aqui, possuir total maestria sobre o Mundo e sobre o Juízo Finito em cuja finita estrutura a forma igualmente finita do Mundo se nos oferece – possuir, portanto, os conceitos dos conceitos ou, conforme a tradução que proponho, os conceitos especulativos, que mobilizam os termos do Juízo para entre-ver a infinitude para a qual aponta. Ora, vimos que o Juízo é essencialmente finito, por ser Acontecido, nisto tão Acontecido quanto o Mundo, com a diferença de que, no Juízo enquanto Ideia do Mundo (Ideia do Essente), somos capazes de vislumbrar como as três potências e causas reenviam à quarta, que, absoluta, é *actus purus*, alma do Mundo. O Juízo, portanto, é capaz de, em sua finitude de Acontecido, articular um ato infinito que lhe é anterior – e contudo este ato não é ainda completamente livre, porquanto A0 só existe para ser-se sendo causa da Ideia, sendo causa do Mundo. Nós, porém, buscamos o Infinito capaz de afirmar sua própria liberdade, um Infinito cuja beleza se mantém na sua condição de Futuro absoluto.

Chegamos, assim, à seguinte conclusão: se o Juízo articula, por meio de sua estrutura finita (A-, A+, A-+), o primeiro infinito como Passado absoluto (A0), só o faz para anunciar a vinda de um Infinito verdadeiramente livre, cuja natureza é a de ser Futuro absoluto. Um tal Futuro, portanto, deve ser dito futuro anterior, pois retira seu ser do confronto com o Passado absoluto no presente em que se ergue a Ideia. O elemento que fornece solda a esta especulação reside na figura do *desejo*, que Schelling diz ser a natureza íntima do *Geist* – só há desejo do que há de vir, à luz de um Passado absoluto que, no agora, delineia para mim o objeto de meu desejo. Se o *Geist* possui sua tarefa na maestria do Mundo, do-que-se-pôs-no-meio [*Dazwischengetretene*] (definição aliás do presente como o que reside no entrecruzamento de Passado e Futuro), o desejo é o nó em que se vêm encontrar Passado e Futuro absolutos no In-stante:

> Wir kehren nun wieder in den allgemeinen Zusammenhang zurück und fragen: was thut der Geist in der Welt? Das Erste ist, daß er, die Welt durchdringend, erkennender Geist ist. Der Geist ist als dieser nicht eher frei und hat nicht eher seinen Willen, als wenn ihm das ‚Dazwischengetretene' nicht mehr als ein Fremdes gegenübersteht. [...] Ursprünglich ist auch im weitesten Sinn der Geist nicht etwas Theoretisches, woran doch bei Nus immer zuerst gedacht wird; ursprünglich ist er vielmehr *Wollen*, und zwar das nur Wollen ist um des Wollens willen, das nicht etwas will, sondern nur sich selbst will. Der Sinn der ersten Aufrichtung des Geistes ist nur, daß er der Wille ist, der sein Wollen frei haben, sich vorbehalten will, statt es gefangen zu nehmen, als bloße Potenz su setzten [como faz a alma] (SCHELLING, 1985, p. 465-471).

> *Nós retornamos uma vez mais ao conjunto geral e perguntamos: o que faz o espírito no Mundo? A primeira resposta é que, perpassando o Mundo, apresenta-se ele na condição de espírito conhecedor. A sua liberdade enquanto tal só lhe é fornecida quando o que se lhe interpôs [*Dazwischengetretene*], o Mundo, não lhe aparece mais como algo alheio. [...] Originariamente, o espírito, em seu sentido mais amplo, não é algo teorético, embora nisso se pense sempre que se escuta a palavra nous – tomado em seu sentido primevo, é ele sobretudo desejo, que deseja o próprio desejar, que não deseja algo de concreto, apenas a si mesmo. O sentido da primeira orientação do espírito é que ele é o desejo que quer liberar seu desejar, quer assenhorar-se, ao invés de ser obrigado a ser posto como potência* (SCHELLING, 1985, p. 465-471).

Ora, *Geist* é desejo pois é negação do Mundo por meio da maestria sobre o Juízo: ao apreender a finitude essencial do Juízo, devo de tal modo manejá-lo que se me torne possível impor sobre ele minha vontade senhoril, tornando-me assim Senhor do Mundo. Tornar-se Senhor do Mundo é o objetivo latente do desejo do *Geist*, que, sendo negação do Mundo, é busca por si mesmo, íntimo querer de si apartado da finitude própria ao Mundo presente, a *este mundo*. É aqui que Schelling recorre ao vocabulário fichtiano de sua juventude, e passa a chamar o *Geist* de *Ich*: o *Eu* busca afirmar-se a si mesmo, a fim de obter-se novamente como absoluto, por meio da negação do Mundo, o que se manifesta na ação prática, *praktisches Handlen*. Ocorre que o *Geist* só existe em sua majestade por virtude de uma outra majestade, à qual deve corresponder: aquela de Deus.

O *Geist* percebe, assim, que o Eu não pode ser o princípio, pois sua atividade negadora não encontra nunca fim, na medida em que, para negar o Mundo, precisa sempre novamente afirmá-lo: o Absoluto não é a simples afirmação ôntica de algo outro-que-não-o-Mundo, pois este algo outro é, na condição de afirmação ôntica e finita, igualmente um Mundo. Era esta a aporia de Fichte, que buscava apreender a *Tathandlung* do Eu absoluto como uma coisa, supondo-a captável por um Juízo Finito[86]. O *Geist,* ao reconhecer a insuficiência do Eu que age cega e infinitamente em resposta à lei moral com a qual busca negar o Mundo, rebaixa-se, abdicando de sua *Selbstheit*, e este rebaixamento é o único meio possível para sua elevação, para o reconhecimento do princípio como um Deus pessoal. Aqui, encerra-se o ciclo da filosofia negativa e vislumbra-se, enfim, o começo da positiva, na medida em que a primeira tinha por tarefa chegar ao princípio a fim de saber a natureza da ciência [isto é, saber o perfil da filosofia positiva], o que ela faz ao articular a Ideia e, com isso, a distinção entre o Essente e o que É o Essente, obtendo por aí A0 como primeiro infinito, na condição de Passado absoluto: o que o Ser era.

Entretanto, o princípio buscado por uma metafísica da liberdade – o que Schelling chama de filosofia religiosa – tem de, por definição, ser livre, capaz de explicar o Acontecer como resultado de ação livre, ao passo que A0 se nos mostrou escravo, pois só era para ser causa do Mundo, ser-se sendo-o, como busquei formular acima. Por isso, o fim da filosofia negativa é a articulação potencial – na imanência do puro pensar – de uma correspondência[87]entre *Geist* e o Deus pessoal, ao serem ambos formulados como futuros anteriores, isto é, aquilo que há de vir: pois, como afirma Schelling, *Person sucht Person*[88].

---

86 Die negative Philsophie geht somit auf die Zerstörung der Idee (wie Kants Kritik eigentlich auf Demüthigung der Vernunft) oder auf das Resultat, daß das wahrhaft Seyende erst das ist, was außer der Idee, nicht die Idee ist, sondern mehr ist als die Idee, kreittón tou lógou (SCHELLING, p. 566).

87 É esta correspondência uma Co-rrespondência? Pergunta a que *O Ser e o Milagre* deve fornecer resposta.

88 "Pessoa busca Pessoa". Observe o leitor que é exatamente a formula com que iniciei esta seção, apontando para a ausência de uma compreensão pessoal do ser em Badiou. Nossa pergunta era: por que há Co-rrespondência? Não apenas como podemos formalizar o Acontecimento, mas qual a razão para nós, entes, partes do Ser, co-rrespondermos a um enriquecimento nele inscrito?

Vimos que o desejo, *Wollen*, é o fundamento do *Geist*, que pode ou ser pervertido, ao tornar-se desejo de si mesmo como princípio, ou apresentar-se como verdadeiro caminho ao princípio para uma filosofia religiosa (vale dizer: para uma metafísica do Infinito como liberdade). Mas isso significa, então, que o desejo, *Wille* e *Wollen*, é também a alavanca que permite a passagem da filosofia negativa para a filosofia positiva – *e com isso a verdadeira compreensão do Acontecer como objeto mesmo de uma metafísica da liberdade, para a qual o Ser é generosidade e graça, pois compreendido e pensado como Pessoa.* Permitam-me uma citação algo longa, porém decisiva:

> Welches aber der Wille ist, der das Signal zur Umkehrung und damit zur positiven Philosophie gibt, kann nicht zwiefelheft seyn. Es ist das Ich, welches wir verlassen haben in dem Moment, wo es dem beschaulichen Leben Abschied geben muß und die letzte Verzweiflung sich seiner bemächtigt. Denn nun erkennt es die Kluft, welche zwischen ihm und Gott, erkennt, wie allem sittlichen Handeln der Abfall von Gott, das außer-Gott-Seyn zu Grund liegt und es zweifehlhaft macht, so daß keine Ruhe und kein Friede, ehe dieser Bruch versöhnt ist, und ihm mit keiner Seligkeit geholfen, als mit der, welche ihn zugleich erlöst. Darum verlangt es nun nach Gott selbst. Ihn, Ihn will es haben, den Gott, der handelt, bei dem eine Vorsehung ist, der als ein selbst thatsächlicher dem Thatsächlichen des Abfalls entgegentreten kann, kurz der der Herr des Seyns ist (nicht transmundan nur, wie es der Gott als Finalursache ist, sondern supramundan) [observação de alta imporância, pois o deus transmundano é passível de articulação ôntica, por isso identificado com a terceira causa, A3, a qual é apenas um momento da Ideia/do Essente, não entretanto Deus ele mesmo, o qual é o Infinito verdadeiramente livre G.L.]. In diesem sieht es allein das wirklich höchste Gut [o Infinito que é radical liberdade, portanto Pessoa G.L.]. Schon der Sinn des contemplativen Lebens [em que o Eu abdica de si mesmo, deixando de lado o agir, para apreender teorericamente Deus como Infinito por vir G.L.] war kein anderer, als über das Allgemeine [porquanto a Lei é geral e anônima G.L.] zur Persönlichkeit durchzudringen. Denn Person sucht Person (SCHELLING, 1985, p. 576).

> *Que entretanto é o desejo a dar o sinal de inversão para a filosofia positiva não pode ser objeto de dúvida. Trata-se do Eu, que abandonamos quando ele fora obrigado a dar adeus à vida das*

coisas visíveis e o último desespero dele se apossou. Pois assim somente pode ele reconhecer o abismo que há entre si e Deus, da mesma forma que todo agir ético possui como seu fundamento a queda e o abandono de Deus, que o tornam tíbio, de modo a não encontrar nenhuma calma e nenhuma paz antes de que se lhe resolva esta chaga. Por isso ele demanda possuir Deus – a ele, a ele deseja possuir, ao Deus agente, do qual possui uma presciência, o qual, em toda sua concretude, pode fazer justiça à concretude da queda – em suma o Senhor do Ser (não transmundano apenas, como o Deus que é causa final, mas supramundano). Neste somente vê o Eu o verdadeiro bem maior. Já o sentido da vida contemplativa outro não era senão a ultrapassagem do universal ao pessoal – pois Pessoa busca Pessoa (SCHELLING, 1985, p. 576).

Se a condição para compreendermos o enriquecimento ontológico é pensar o Acontecer como livre decisão pela qual o Ser se revela, e se, ademais, tais predicados nos levam a pensar o Ser como Pessoa, então nossa atividade filosófica possuirá no *desejo*, *Wille*, e na *saudade*, *Sehnen,* as duas alavancas pelas quais o princípio, ao qual chegamos pela construção da Ideia como Face do Essente, mostra sua insuficiência quando tomado exclusivamente como Passado absoluto, A0, ou presente do agir, *Ich*, revelando-se apenas na conjunção de Passado absoluto e Futuro absoluto no In-stante: mas isso é exatamente a definição do Acontecer, *Geschehen*, enquanto domínio da História, *Geschichte*, em que se moverá a filosofia positiva. Por isso, é o *desejo* e a *saudade* por um Deus pessoal que definem a passagem da filosofia negativa, pela qual se busca e constrói o princípio, para a positiva, que possui o princípio por princípio, isto é, que começa com o puro e infinito ato do Acontecer, cuja compreensão racional contém Deus como a promessa do que há de revelar-se, em toda luz, como *Senhor do Ser*. É assim que a última lição dá as mãos à primeira, e a filosofia religiosa, cuja ausência era constatada por Schelling no começo da *Introdução Filosófica*, aparece em seu perfil possível, *potentiâ*, ao final deste ciclo de intensa especulação:

Das Verlangen nach dem wirklichen Gott und nach Erlösung durch ihn ist, wie Sie sehen, nichts anderes, als das lautwerdende Bedürfnis der – Religion. Mit diesem endet die von dem Ich verfolgte Bahn. Zu der Freudigkeit des Daseins, die es auf den eigenen Wegen nicht gefunden, hofft es zu gelangen, wenn es den Gott in der Wirklichkeit hat und mit diesem vereinigt (versöhnt) wird, d. h. durch die Religion. Ohne einen aktiven Gott (der nicht nur Objekt der Kontemplation ist) kann es keine Religion geben – denn diese setzt ein wirkliches, reales Verhältnis des Menschen zu Gott voraus – so wie auch keine Geschichte, in der Gott Vorsehung ist (SCHELLING, 1985, p. 578).

A saudade pelo verdadeiro Deus e pelo encontro com ele é, como vocês observam, nada mais do que a necessidade, agora tornada visível, da – religião. Com ela termina a estrada percorrida pelo Eu. Ele possui a esperança de chegar à beatitude do existir, que por si e em si mesmo não encontrara, ao possuir o Deus na realidade e a ele juntar-se, isto é, pela religião. Sem um Deus ativo (que não seja apenas objeto da contemplação), não pode haver religião – pois ela pressupõe uma relação efetiva e real do homem com Deus – assim como [sem um tal Deus ativo, G.L.] não pode haver uma História, na qual Deus seja presciência [e saudade, G.L.] (SCHELLING, 1985, p. 578).

Para nós, o ganho reside em compreender que a apreensão filosófica do Ser, do princípio, só pode dar-se no Tempo, pois que a metafísica do Infinito, a filosofia religiosa, encontra no Acontecer e na História a arena privilegiada em que o Eterno pode, no Tempo, oferecer-nos sua Face: sem um Deus ativo, que age por desejar o Acontecer, não pode haver religião filosófica, *so wie auch keine Geschichte, in der Gott Vorsehung ist*, tampouco História, na qual Deus é presciência. Por isso, a construção da Ideia, da Face do Essente, levou-nos à distinção entre o Essente e o que É o Essente, entre o triângulo das três causas A-,A+, A-+ e sua exterioridade fundadora no passado, A0, a qual por sua vez introduziu a diferença entre o primeiro infinito, ainda servil, e o verdadeiro Infinito, livre e pessoal. Vimos, ademais, como este último possui no *desejo*, por isso no Tempo compreendido como *In-stante*, sua condição de desvelamento. A estes três passos correspondem, por sua vez, três posturas filosóficas, uma primeira que busca o princípio na Ideia, a segunda que o apreende no Eu e em seu agir prático conforme uma lei cega e universal, a terceira que o pensa na saudade, *Sehnen*[89], e na presciência, *Vorsehung*, pois o objeto por ela demandado só

89 *Es hat sich also gezeigt, wie dem Ich das Bedürfnis, Gott außer der Vernunft (Gott nicht bloß im Denken oder in seiner Idee) zu haben, durchaus praktisch entsteht. Dieses Wollen ist kein zufälliges, es ist ein Wol-*

existe no futuro anterior, como aquilo-que-terá-vindo, como a Pessoa por cuja face anseia, em conluio com a qual se torna igualmente Pessoa, *denn Person sucht Person*:

> Wir verlangen, daß sie nicht mehr bloß in ihrer Folge, sondern selbst ein Gegenstand des Bewußtseins wird; aber auch dahin ist nur stufenweise zu gelangen, zumal die Forderung ist, daß die Gottheit nicht in das Bewußtseyn einzelner, sondern in das Bewußtseyn der Menscheit eingehe, und so sehen wir wohl, daß jeder Erweiß [da existência do Deus pessoal] ein durch die gesammte Wirklichkeit und durch die ganze Zeit des Menschengeschlechts hindurchgehender ist, der insofern nicht ein abgeschlossener, sondern ein immer fortgehender ist, und ebenso in die Zukunft unseres Geschlechts hinausreicht, als in die Vergagenheit desselben zurückgeht. In diesem Sinne vorzüglich auch ist die positive Philosophie geschitchliche Philosophie. Dieses also ist die Aufgabe der zweiten Philosophie; der Übergang zu ihr ist gleich dem Übergang vom alten zum neuen Bunde, vom Gesetzt zum Evangelium, von der Natur zum Geist (SCHELLING, 1985, p. 581).

> *Nós demandamos que a divindade se ofereça não mais apenas em suas consequências, mas qual objeto da consciência. Para chegar aí, contudo, devemos proceder pari passu, até porque a exigência é de que a divindade não apareça exclusivamente na consciência de um único indivíduo, mas na de toda a humanidade. Assim vemos bem que cada demonstração da existência do Deus pessoal perpassa toda a realidade e o conjunto do tempo da humanidade, a qual, enquanto tal, não está acabada, seguindo ao contrário em movimento, esticando-se tanto ao futuro quanto ao passado de nossa espécie. Também neste sentido a filosofia positiva é filosofia histórica. Eis, portanto, a tarefa da filosofia segunda. A transição para ela é como a do velho testamento para o novo, da lei ao evangelho, da natureza ao espírito (SCHELLING, 1985, p. 581).*

---

len des Geistes, der vermöge innerer Notwendigkeit und im Sehnen nach eigner Befreiung bei dem im Denken eingeschlossenen nicht stehen bleiben kann. Wie diese Forderung vom Denken nicht ausgehen kann, so ist sie auch nicht Postulat der praktischen Vernunft. Nicht diese, wie Kant will, sondern nur das Individuum führt zu Gott.

Todo o esforço apreendido nesta *Introdução* teve como objetivo delinear o perfil da ciência que busca e da ciência buscada, da primeira filosofia e da segunda. Tal tarefa, apesar de árdua e proibida aos fracos, rendeu frutos inestimáveis: por ela, foi possível compreender que o Mundo, o Acontecido por excelência, tem no Juízo sua estrutura de inteligibilidade, pois tudo que existe existe em obediência à Ideia, Face do Essente – nós, contudo, não buscamos o Acontecido nem as coisas acontecidas, mas, primeiro, o Acontecer ele mesmo e, segundo, o Senhor absoluto deste Acontecer, aquele cujo desejo de-cidiu a existência do Mundo. Para corresponder a este desejo e estar à altura de um tal Senhor, tivemos de deixar a alma, correspondente à Ideia e ao Essente, para passar ao Eu, cujo ser consistia no agir prático em obediência à lei cega, para enfim alcançarmos o nível do *Geist*, que, enquanto pessoa, é o único capaz de buscar a Pessoa.

Um tal percurso nos ensinou serem o *desejo* e a *saudade* os elementos que marcam o espírito[90], tornando-o capaz de buscar, no domínio do Acontecer (*Geschehen*) que é a História (*Geschichte*), o advento futuro do Senhor do Ser. A este resultado devemos ater-nos, pois por ele compreendemos que uma das premissas da metafísica romântica é a ontologia da eternidade temporal, em que a articulação do Infinito pessoal se dá no In-stante, definido como futuro anterior ou encontro do Passado e do Futuro absolutos. Aqui, enfim, desenha-se a dimensão específica das duas filosofias, negativa e positiva, suas relações recíprocas e a passagem de uma a outra:

> Tatsächlich wird die positive Philosophie fähig, eine persönliche Dimension zu erkennen, weil sie den Aktus (das, was anders hätte seinkönnen) begreift. Eine Person wird nämlich, insofern sie singulär ist, nur durch ihre Handlungen erkannt. Ihre freien Manifestationen offenbaren die Person. »Gott ist schon eben dadurch, dass er eine solche Persönlichkeit ist, nicht ein bloss Abstraktes, sondern allerdings ein durch Erfahrung Erkennbares« (GARCÍA, 2017, p. 372).

> *Com efeito, a filosofia positiva torna-se capaz de reconhecer uma dimensão pessoal, porque ela compreende o ato (aquilo que poderia ser diferente). Uma pessoa, na medida em que é singu-*

90 Dieses Wollen ist kein zufälliges, es ist ein Wollen des Geistes, der vermöge innerer Notwendigkeit und im Sehnen nach eigner Befreiung bei dem im Denken eingeschlossenen nicht stehen bleiben kann.

lar, deixa-se reconhecer apenas através de seus atos, cujas livres manifestações revelam a pessoa. Portanto, Deus é, precisamente por ser uma tal personalidade, não algo de abstrato, mas um ser reconhecível somente pela experiência (GARCÍA, 2017, p. 372).

A observação de García é preciosa, e finalmente nos possibilita, depois da escalada, observar com clareza a planície: o Acontecer, cujo produto é o Mundo como o Essente articulado no Juízo, é o *prius* absoluto a cuja luz pensamos o Ser como radical liberdade, pois o primeiro infinito, A0, só existe ao apontar para o segundo infinito que há de vir, na condição de futuro anterior, do qual possuímos apenas o desejo como rastro e índice – signos inestimáveis que nos permitem pensar o Infinito como Pessoa. A passagem da filosofia negativa à filosofia positiva é a consagração mesma desta metafísica do Infinito – filosofia religiosa – em que nossa relação de seres espirituais, *Geist*, com o Ser é marcada pelo constante enriquecimento ontológico, cujo domínio é a História, na qual Deus continuamente se revela na condição do que há-de-vir. Este futuro anterior, emergente desde o In-stante que conjuga Passado e Futuro, não é arbitrário nem fábula filosófica, mas resultado necessário do procedimento dialético, em que o princípio absoluto, Deus, mostrou-se como aquele cuja face é *actus purus*, radical liberdade, garantida pela graça com que continuamente, Acontecendo, enriquece o Acontecer.

Se traduzirmos Ideia por Face, seguindo nisso aliás um de seus significados correntes, diremos que o Juízo, capaz de articular tal Ideia, mostra-se em primeiro momento finito mas, para ser fiel à Face da qual fornece a imitação, torna-se infinito. Esta articulação do Juízo, chegou enfim a hora de dizê-lo, é um seu ser espelho – uma sua imitação. Todo espelho o é daquilo que ama, e, porque o espelho não se transforma por completo na coisa espelhada, o espelhar do espelho é antes um imitar. Que é imitar? Imito apenas o que para mim é de amor objeto e causa: toda imitação possui seu início em um fascínio, colhe de um alumbramento o ar para seus tíbios primeiros passos. O espelho, recebendo em sua superfície os belos raios do que ama, colhe dos raios o fascínio – e imita. Imitação, em grego antigo, diz-se mímesis – e já em Platão a mímesis convivia com a μέθεξις. A mímesis que aqui nos concerne é a operada pela Ideia, e seu imitado é o Ser ele mesmo, cuja face foi nossa tarefa aqui articular. Não há espelhamento sem imitação, nem imitação sem espelhamento. A mímesis de que se ocupa a metafísica romântica é especulativa, porque espelho da face mesma do Ser. De um Ser que é puro enriquecimento e pura graça – de um Ser que é ele mesmo devir, de um Deus que é Pessoa. Ser Pessoa é possuir uma face, é timbrar a atmosfera com voz singular. A graça do anúncio de uma face vem acompanhada da música de uma voz – o espelho que espelha esta face e o ouvido que ouve esta voz refazem, à revelia de si por vezes, os sete dias da gênesis do Mundo. E como por última vez, e sempre de novo, nasce e renasce o Mundo – este milagre cotidiano recebe da metafísica romântica um nome: *mímesis especulativa*.

*

Comecei este capítulo enunciando uma tarefa do atual pensamento: a realização de uma *Naturphilosophie* capaz de explicar o fato misterioso e contudo evidente do enriquecimento ontológico. Os dois nomes iniciais, Luiz Costa Lima e Alain Badiou, serviam de prumo para pensar factualmente este enriquecimento – primeiro pela mímesis ficcional, objeto das indagações de Costa Lima, e segundo pelo Acontecimento de Badiou, um dos únicos pensadores contemporâneos com coragem suficiente para retornar a Platão e, novamente, falar na eternidade da Verdade. Eu dissera, contudo, que me parecia faltar, nas ousas especulações de Badiou e no sólido trabalho teórico de Costa Lima, uma autêntica *Naturphilosophie*, interessada em pensar o enriquecimento ontológico sem abdicar de uma posição monista, da qual se faria possível um consequente realismo ontológico. Dito de outro modo, eu desejava sugerir que, se a mímesis ficcional expande os campos de intelecção do real pela produção da diferença desde a semelhança, a Verdade que por aí se articula não é apenas humana, fruto de ordem simbólica cultural e, pois, desde sempre aleijada dos ricos reinos do Ser. A ficção, quando articula uma Verdade – *é do Ser que esta Verdade ela articula. Há Verdade ficcional, e esta não consiste na coerência do discurso, dos jogos de linguagem, na ordem interna de uma episteme ou seja lá que mais seja. A Verdade do poema é ontológica, do mesmo simples modo como é eterna.* E não é um discurso heideggeriano que o enuncia – é o bastante matemático Alain Badiou.

Mas se o poema canta uma Verdade eterna do Ser, a filosofia com esta fonte canora não se identifica por completo, nem a ela se reduz. Ou melhor: a Verdade é bem filosófica, mas o discurso filosófico, enquanto discurso autônomo e independente, deve forjar uma linguagem apropriada para refazer no pensamento o processo de gênese próprio à emergência das Verdades. A filosofia é a forja desta linguagem que visa, como o adulto que à criança observa em suas primeiras e inusitadas frases, explicar e entender o que ao cantor escapa, o que lhe resta inarticulável. Se há o canto poético, a beleza da paixão, o mistério da decisão ética, o milagre das Verdades – por que tudo isso há? Assim pergunta-se a filosofia. Por esta simples razão quis escrever este cansativo capítulo, e subsumir sob o que chamei de *mímesis especulativa* o milagre do enriquecimento ontológico, que se dá por meios os mais diversos. Baidou identifica quatro condições para a filosofia, e talvez tenha razão no número e na natureza dessas condições. Eu, de minha parte, preocupo-me com o único domínio em que tenho ao menos uma mínima competência: o reino do que se convencionou chamar literatura.

Pela discussão rápida de *L'être et l'évènement*, constatamos que a História instaura múltiplos à borda do Vazio, e que o Vazio, como nome próprio do Ser, era a condição de possibilidade de todo Acontecimento. Minha proposta hermenêutica para realizar a exegese da obra de Badiou residia em identificar uma presença transversal do Vazio em todas as operações acontecimentais: da intervenção interpretante à fidelidade, passando pela enquete aleatória, o Vazio habita tudo que do Acontecimento faz rastro. No Acontecimento e pela Verdade infinita que ele revela, o Vazio emerge novamente, desestabilizando toda língua e todo saber totais. O Acontecimento é o lembrete de que há de fato bem mais coisas entre o céu e a terra do que sonham nossas vãs cartografias do Mundo.

Com Schelling, eu quis mostrar que a ontologia do Acontecimento de Badiou, que pode ser mais justamente dita uma ontologia do enriquecimento, sugere uma mímesis, quase pronunciada pela operação de fidelidade, na linguagem romântica equivalente à Co-rrespondência. O longo percurso pela *Introdução Filosófica da Filosofia da Mitologia* foi o passo necessário para a construção da face de Deus. Que face é esta – qual a face daquele cujo nome é *sum qui sum*? A dialética das potências serviu para entender o estatuto específico de uma metafísica do Infinito, de uma filosofia religiosa, para a qual o Ser é Pessoa – portanto desde *sempre nunca* uma coisa. Ser Pessoa é ser um constante enriquecimento: aliás, o fato de que há *uma única pessoa no Mundo* já é um absurdo milagroso que o pensamento deve considerar e para o qual tem de forjar linguagem vigorosa. Esta linguagem – na dialética das potências a encontramos, e lá aprendemos que o Mundo, domínio da visibilidade e da inteligibilidade, é um revelado que, enquanto tal, diz de uma revelação: um Acontecido que traz em si rastros do Acontecer donde veio. O Acontecer é puro ato, *actus purus*, é portanto um enriquecimento ambulante. Se o Mundo é o domínio da inteligibilidade, o Juízo e a Ideia são seu correlato epistêmico e ontológico. A dialética das potências nos ensinou a construir tal correlato, e a entender a estrutura mínima do pensar. Levou-nos além, em verdade – levou-nos a entender que a Ideia do Essente apontava, uma vez concluída em seus três momentos, para o que restava ab-soluto como causa do Ser da Ideia: A0, *actus purus*, o Acontecer puríssimo. O Passado absoluto que é A0 ensina igualmente um Futuro absoluto do Deus que há de vir, o futuro do Espírito que sabe a si mesmo enquanto ato e enquanto acontecer: o Espírito, isto é, que se vê como enriquecimento.

Há uma série de pontos que demandam desenvolvimento, parte em virtude dos ganhos especulativos, parte por minha deficiência em lhes fornecer a clareza que demandavam. Este capítulo foi escrito aos poucos, e eu de bom grado lhe reconheço as falhas muitas. Um dos muitos necessários desenvolvimentos residiria em mostrar com rigor a correlação ontológica entre Schelling e Badiou: ambos pensam o Acontecer desde uma decisão muito similar, a de forjar uma linguagem adequada a articular o Vazio como nome mesmo do Ser. Não é uma relação de superfície apenas, que identificaria A0 com o *vide* de Badiou, mas profunda, porque a natureza infinita e eterna da Verdade, para Badiou, impõe o futuro anterior, que eu em Schelling articulei a partir do *Geist*. A fidelidade ao Acontecimento e à Verdade por ele descortinada é a mesma brasa e a mesma chama do *Wollen* que define o *Geist*, porquanto o assim desejado não no presente, *neste presente*, há de realizar-se – promessa de um Futuro absoluto, de um futuro anterior.

Para o saldo teórico deste livro, gostaria de reter o seguinte: a *mímesis especulativa* permite pensar as condições de possibilidade ontológicas para o fato absurdo de um enriquecimento do Ser, que pelo homem e pelo singular ato do canto poético vem à tona. Estas condições residem na própria face do Ser, e se nós somos dele uma parte, é-o igualmente a mímesis especulativa, com o que a seguinte conclusão se impõe: o Ser é puro ato de enriquecimento, e o Juízo que lhe articula a face realiza uma imitação por espelhamento – uma mímesis especulativa. O Juízo e a Ideia se revelaram como a estrutura mínima do pensar, portanto o correlato epistêmico do Mundo, domínio revelado do Sentido. Já havíamos aprendido com Badiou que há tendências a foracluir o Vazio, a esquecer o manancial estranho de que o *actus purus* emerge cá e lá como enriquecimento constante do Mundo. Badiou vislumbrou tais tendências na Natureza e no reservatório enciclopédico do saber da língua. Eu, platônico que sou, o chamo de λήθη, tendência ao esquecimento do infinito pela imanência à finitude do Juízo. Que significa isso? Ora, aprendêramos com Schelling que a Ideia não é o que É o Essente, a Ideia sequer é o Essente, porque este é o Mundo e a Ideia lhe é apenas o correlato epistêmico. A Ideia, uma vez construída, aponta para o excesso ontológico que caracteriza o Ser, A0 como *actus purus*. Mas nós, pecadores, somos marcados pela tendência a esquecer Deus – a esquecer a gratuidade que é a sua. Identificamos, por isso, a Ideia com o Mundo, e dizemos que a Ideia é o Essente, não havendo mais nada para Ser o Essente. A Ideia torna-se o Mundo: torna-se Tudo, mas sob pena de esquecer a infinitude deste mesmo Tudo. Markus Gabriel (2022) expressa isso em seu enunciado *o mundo não existe*, pois que para ele Mundo é o campo de sentido de todos os campos de sentido, desde o qual seria possível a dedução *imaginis mundi*. Não é que não haja o Mundo – *Mundo decerto há, e o há precisamente porque a Ideia não é o Mundo*. A Ideia aponta para o que É o Mundo, para o que o transpassa, sendo-o para ser-se. Isso já sabemos que seja: o *actus purus* que diz o Acontecer como contínuo enriquecimento ontológico, que reconhece ao Mundo sua essencial abertura infinita, aberta ao futuro anterior do Geist. O Mundo, portanto, existe, em infinitude e em graça existe, como o receptáculo deste contínuo Acontecer que lhe fornece isso por nós chamado beleza, isso por nós designado paixão, isso por nós dito, há tantos anos já, mistério: θαυμάζειν. Não houvesse Mundo, não haveria a busca saudosa pelo princípio nem as diversas *figuras* que o dizem continuamente. Sem Mundo, sem filosofia.

Os capítulos que seguem se debruçam sobre as diversas *figuras* que resultam de mímesis especulativas, isto é, de imitações especulares do Ser, imitações do Infinito por formas finitas. Tenho consciência das falhas deste capítulo que ora encerro – mas desejo que sirva ao menos como convite à intelecção dos próximos ensaios, tentativas de compreender como, em cada texto do qual extraí fascínio e pelo qual fui interpelado, habita uma misteriosa operação, que eu aqui chamei *mímesis especulativa*. Parte importantíssima da filosofia reside em limpar o terreno, e as lições máximas da maiêutica socrática residiam sobretudo nesta fina arte de produzir aporias. É que as aporias, se não revelam verdades a que nos agarramos como a nosso pequeno manual da vida cotidiana, oferecem o inestimável serviço de nos despir da ignorância ignorante de si mesma, para levar-nos à ignorância douta, capaz de ver seu próprio vazio. É a humildade senhoril que foi revelada a Sócrates pelo oráculo délfico. Talvez ainda muito falte para compreensão detalhada da *mímesis especulativa*, mas ao menos sabemos que, a quem deseje indagar a mímesis, impõe-se a tarefa de uma ontologia da generosidade e do enriquecimento, assim como, a quem deseje pensar o Acontecimento, é indispensável recuperar a mímesis. Apesar de Réné Girard (1961, 1978, 1982,), a mímesis sobrevive, mas não como fundamento horrível da cultura, revelado pelo pesquisador à la Freud que minera o horripilante minério da violência e das brutais pulsões sob o fino véu das formas simbólicas da alta civilização. Talvez a verdade esteja antes com Lucrécio, e a imitação seja belo gesto de amor – espelho que, espelhando, é laço de enriquecimento:

te sequor, o Graiae gentis decus, inque tuis nunc
ficta pedum pono pressis vestigia signis,
non ita certandi cupidus quam propter amorem
quod te imitari aveo

02

Pensar por imagens, figurar o Ser : *litteratura sive speculum Dei*

1

O Vértice do Triângulo ou o Milagre da consciência genial em Álvaro de Campos: o sentido de ser pro-fessor

Para três importantes pro-fessores: para Márcia Cavalcante, cuja gentileza e bela alma ensinam o ensino como quem respira e olha a beleza do mundo; para Talmon Trajano, peão, colega, amigo e segundo pai, com quem aprendi que sala de aula é talento, engenho e paixão; por fim, para meu pai, Gerardo, em cujos olhos colhi a saudade dos tempos idos, da História, e em cuja fala se desvelaram para mim, nas tardes quentes de Palmas, as imensas planícies da antiga Grécia e o fascínio da Itália de Dante. Se fui professor algum dia, foi por ter sido, antes de sequer frequentar escola que seja, aluno de meu pai – que me ensinou a mais preciosa das coisas: a Saudade pela qual sou quem sou.

A identidade estrutural de poesia e filosofia é o fundamento mesmo de todo pensar romântico. Por virtude desta mesma identidade, a profunda tristeza, pela qual é marcada toda significativa poesia, é já o caminho que leva à mais profunda felicidade – o encontro absoluto de tristeza e felicidade chama-se Saudade, fórmula mesma de todo pensamento romântico, em que filosofia e poesia um só gesto são. Leopardi, este gigante acontecimento no pensar do Ocidente, compreendeu-o como poucos, e fez da profunda solidão de todo gênio o pressuposto de toda apreensão poética do mundo, que é a um só tempo alumbramento e terror.

Em Álvaro de Campos a Saudade, produto da síntese absoluta de tristeza e felicidade, tornou-se matéria e ensejo ao pensamento poético. Em *Minha imaginação é um arco do triunfo* e em *A Tabacaria* vislumbramos tal síntese, feita verbo e palavra. Gostaria de ler tais poemas para neles circunscrever uma específica reflexão, que é antes de tudo uma forma e um gesto verbal. Denominarei tal forma de *o Vértice do Triân-*

gulo, e tentarei neste ensaio apreendê-la em sua gênese poética: em seu fazer-se imagem, ritmo, metáfora. Minha tese é simples: a figura do Vértice do Triângulo, descrição conceitual do gênio, é premissa para uma metafísica romântica, que parte do fundamento primeiro da Saudade como laço especulativo (*Band*) que conjuga consciência humana e existência pelo que chamo de Fenda, o primitivo e bruto fato da ausência produtiva.

O poema começa com o verso: *minha imaginação é um Arco do Triunfo, por baixo passa a Roda da Vida*. Em dois versos, projeta-se a estrutura que ritmicamente se ergue ao longo do canto. O Arco é ambíguo: delineia o espaço da Vida, fornecendo-lhe um sentido, mas faz limite com o infinito. Por essa mesma condição dupla, o Arco projeta uma sombra de luz, espaço em que ganham contornos as coisas, em generosidade absoluta: *Passam todas as classes sociais, passam todas as formas de vida*. O fato de que o Arco seja do Triunfo deveria supostamente servir-lhe de característica restritiva, isto é, espaço sob o qual apenas o grandioso possui morada. Eis contudo o drible: sem deixar de ser do Triunfo, o arco torna-se generoso ao fornecer às coisas que passam um espaço de dignidade:

> *E no momento em que passam na sombra do Arco de Triunfo*
> *Qualquer coisa de triunfal cai sobre eles,*
> *E eles são, um momento, pequenos e grandes.*
> *São momentaneamente um triunfo que eu os faço ser.*

O triunfo que lhes é concedido, porém, não é dom majestático de rei que, superior às coisas todas, concede-lhes momentânea dignidade, mais signo de sua própria grandeza do que reconhecimento devido às coisas. As coisas, observemos bem, são *pequenas e grandes*, no momento mesmo em que passam pelo Arco do Triunfo. O olhar do Arco, portanto, concede-lhes grandeza sem esquecer sua radical humildade: são pequenas as coisas pois não lhes correspondem essências estanques, das quais seriam exemplares, hierarquicamente ordenados. O Arco as acolhe, pois é generoso, sem com isso constituir-se em algo a elas superior: ao contrário, sua grandeza espelha a das coisas, nisso que grande é por ser pequeno:

O Arco do Triunfo da minha Imaginação
Assenta de um lado sobre Deus e do outro
Sobre o quotidiano, sobre o mesquinho (segundo se julga),
Sobre a faina de todas as horas, as sensações de todos os momentos,
E as rápidas intenções que morrem antes do gesto.

O Arco aufere sua peculiar natureza desta estranha simetria, que o poeta formula no *assentar-se de um lado sobre Deus e do outro sobre o quotidiano.* O parêntese que ironicamente suspende a normal opinião acerca da vida banal é já marca da visão poética sobre as coisas, pois, para esta, mesquinho é o julgamento que discrimina entre as coisas valores fixos, delas mesmas independentes, como se Deus pudesse amar a algumas, enquanto a outras põe de lado. Deus, porém, fala pelos olhos do poeta, o Arco sob que passam as coisas todas, e só por estes mesmos olhos torna-se verdadeiramente Deus, generosidade e plenitude de um Dom que não cessa e que a tudo acolhe sob seu olhar de amor. O olhar do poeta tudo vê, pois tudo ama, até mesmo *as rápidas intenções que morrem antes do gesto.* É necessário um infinito poder para amar o que nasce morto, o que não é belo, nem perfeito, mas que é belo e perfeito por ser fraco.

Mas às grandes horas da minha sensação,
Quando em vez de rectilínea, ela é circular
E gira vertiginosamente sobre si-própria,
O Arco desaparece, funde-se com a gente que passa,
E eu sinto que sou o Arco, e o espaço que ele abrange,
E toda a gente que passa,
E todo o passado da gente que passa,
E todo o futuro da gente que passa,
E toda a gente que passará
E toda a gente que já passou.

O poeta ama pois está singularmente dentro e fora da Vida. Por ser o Arco, sob que passam os entes, ele desenha o espaço do sentido, na sombra luminosa que projeta, mas, para fazê-lo, deve sentir a angústia de expor-se ao infinito. O poeta é o porteiro do Infinito, aquele que possui as chaves do Sentido mas, precisamente por isso, nunca pode perder-se de todo no sentido que projeta:

Mas eu próprio sou o Universo,
Eu próprio sou sujeito e objecto,

Eu próprio sou Arco e Rua,
Eu próprio cinjo e deixo passar, abranjo e liberto,
Fito de alto, e de baixo fito-me fitando,
Passo por baixo, fico em cima, quedo-me dos lados,

A repetição do sintagma *eu próprio sou*, responsável por introduz as predicações metafóricas pelas quais o Arco transcende a si mesmo, sendo as coisas que abarca, é índice irônico de uma impossibilidade que, contudo, é a condição mesma do olhar poético: ser Tudo por não ser Nada, nada de próprio possuir e, nesta mesma ausência de face, auferir a mais radical individualidade no amor. Só aquele que fundamenta um mundo de Sentido e dele não participa totalmente pode ser assim. Só quem possui a coragem de habitar as bordas e ser Estrangeiro pode reivindicar tal triste dom - *a quem de tal modo é chamamos o Vértice do Triângulo.*

Um Triângulo projeta um espaço pelos três vértices que o desenham. O Vértice é o que, conjugado aos outros dois, desenha a figura. Mas é também o que faz face ao amorfo, por ser o limite entre o Sentido, corporificado na forma triangular, e o ainda não dito nem pensado, pois sem formulação que lhe conceda face. O Interior do Triângulo nada sabe do que não é Triângulo – é-lhe alheio todo o infinito de figuras impensadas. O Interior é a calma e a certeza de ser sempre 180 graus, idêntico a si mesmo em todas as direções a que conduz seu olhar. Cada um dos elementos do espaço lhe serve de espelho, em que lê aquilo que é nem pode duvidar não seja: 180 graus são o universo em que colhe a calma de sua própria certeza. Não assim com o Vértice, que é a condição mesma da calma em que habita o Interior. Situação singular a do Vértice de um Triângulo, ao mesmo tempo irmanado e sozinho, habitante da felicidade do amor e infinitamente triste. Irmanado, pois só conjugado a outros dois vértices, como ele solitários, pode o Vértice tornar-se Vértice. Irmanado também ao Interior, que ele ama e do qual, entretanto, está separado, por ser vértice: condição do Interior mas nunca dele partícipe. Triste e só, pois possui o conhecimento terrível do Infinito, ao qual faz face. Sabe que não é para si mesmo o Todo, não possuindo por isso a calma do Interior do Triângulo, ignorante do que não é espelho. Sozinho é o Vértice, marcado por dupla distância: de si ao Interior, do qual nunca participa por completo; de si ao Amorfo que se lhe apresenta com o terrível fascínio que o verbo grego expressa – θαυμάζειν, alumbramento diante da Saudade, origem dolorosa do pensamento, ferida que nunca estanca no peito: fenda de todo pensar.

O Vértice, por isso, é o que habita na tristeza, pois constitui um Mundo de que nunca participa e possui o terrível saber daquilo que nunca é Mundo. *O Vértice mora e de-mora na Saudade, e é absoluto amor, pois que é amor triste, generosa solidão, que dá o que não tem àquilo que já tem tudo de que precisa.* O Vértice é o poeta - sua extrema miséria é seu triunfo:

Eu próprio cinjo e deixo passar, abranjo e liberto,
Fito de alto, e de baixo fito-me fitando,
Passo por baixo, fico em cima, quedo-me dos lados,
Totalizo e transcendo,
Realizo Deus numa arquitectura triunfal
De arco de Triunfo posto sobre o universo,
De arco de triunfo construído
Sobre todas as sensações de todos que sentem
E sobre todas as sensações de todas as sensações...

O poema é todo construído neste belo paradoxo – aliás fórmula de todo pensamento corajoso e grande, que não tem medo de errar pois pensar é-lhe tarefa vital: wer gross denkt, muss gross irren. O arco totaliza, por ser fundamento do Sentido, o ato radical e originário que fornece às coisas a face que lhes convém e é própria, mas de tal modo que o convir e o ser próprio das faces são generoso reconhecimento, no agora da passagem sob o arco, de faces que sempre aí estiveram. Por isso, ao totalizar, o Arco também *transcende:* transcender significa – deixar de ser si mesmo e lançar-se ao além de si. Só transcende aquele que, carente, reconhece no Outro o que ele não é mas, exatamente por isso, sempre buscou ser. O poeta é cada uma das coisas que sob si passam, e concede-lhes, sendo-as, grandeza e face, com que se eternizam. Mas esta totalização, que o olhar do poeta é, não reduz a si as coisas – antes, sai de si mesmo para ser nelas o que, faltando-lhe, é para ele sua própria essência.

O Arco dá à Vida a grandeza que a ela sempre pertenceu, ilumina as faces com a luz que elas próprias traziam em si, apenas para fazer, desta mesma luz, o lume e o calor por que anseia. Esta a situação infinitamente difícil do poeta e do pensador, que é aquilo que não é, possuidor da chama divina que porém não lhe basta nem aquece, pois dependente de cada um dos entes aos quais empresta o calor de seu olhar. Aos entes que, contudo, nada sabem desta chama que os envolve, ignoram a origem e a fonte de sua grandeza, beleza, felicidade e calma. O poeta é Jesus crucificado, o Deus que se fez carne e matou-se em seu próprio Filho, pois o infinito poder que traz em si depende da mesquinhez de cada um dos homens, que respondem a este amor com a cruz. Este é o dom do amor radical, cuja condição é a Saudade e a capacidade de dizer: *amo-te tanto que te odeio*. Daí a violência impetuosa dos versos finais, em que se formula o paradoxo em sua feição radical:

> *Poesia do ímpeto e do giro,*
> *Da vertigem e da explosão,*
> *Poesia dinâmica, sensacionista, silvando*
> *Pela minha imaginação fora em torrentes de fogo,*
> *Em grandes rios de chama, em grandes vulcões de lume.*

Nestas imagens finais, a calma geometria do Arco transforma-se em movimento absurdo, amorfo e sem rumo, mas de tal forma que, no ímpeto dos rios de chama, uma outra ordem, filha de geometria desconhecida, desenha-se na Luz: é com vulcões de lume que termina o poema. A Iluminação matricial, fundamento do Sentido e da Visão mas ela própria luminosa demais para ser vista, desenho de toda Ordem mas impetuosa demais para ser contida na geometria já conhecida – a Iluminação marca o fim da visão poética, e anuncia já a meditação da *Tabacaria*, a máxima formulação que o Vértice do Triângulo dá de si mesmo. Porque os vulcões de lume não são alheios ao ordenar-se de um sentido, que, de geometria outra embora, nem por isso deixa de ser espaço de inteligibilidade. Violência contida e cristalizada, dir-se-ia, como movimento que se deixa paralisar, sem deixar de ser movimento.

Na *Tabacaria* é precisamente tal movimento que vem à ordem do dia, na medida em que o ritmo mesmo, de cascata, vai-se aos poucos fazendo descrição de um espaço outro. O paradoxo que já tentamos formular em nossa leitura de *Minha imaginação é um Arco do Triunfo* ganha, na *Tabacaria*, um desenvolvimento ainda mais radical. O grito inicial do poema já nos introduz na violência do paradoxo:

> *Não sou nada.*
> *Nunca serei nada.*
> *Não posso querer ser nada.*
> *À parte isto, tenho em mim todos os sonhos do mundo*

Começamos diante do Vértice do Triângulo, sem dúvida alguma: o ser Nada é condição mesma do olhar que a tudo abarca, o universo inteiro envolvendo em sonho. Fosse alguma simples coisa, como aliás Estevão é, toda a explosão do movimento poético cessaria. Tal consideração faz suspeitar que a poesia tem como como condição mesma a solidão e a tristeza, de que já falamos, e de tal modo que, fonte de que se alça a beleza, são ambas já felicidade. Só sonha aquele que, limitado e frustrado, pode reconhecer, no objeto que não possui e lhe escapa, a individualidade mesma deste objeto. É necessário apreender o sentido profundo da palavra sonho: pois sonho não é o irreal das coisas, mas sua mais profunda realidade, a face que lhes pertence na independência que conquistam ao escaparem de nós. Sonhar não é, por isso, dissolver as coisas na subjetividade sonhadora, mas reconhecer-lhes, neste mesmo desejo frustrado, a face que as individualiza. Sonhar é reconhecer-se limitado. Por isso, o poeta, de todos o que possui a consciência mais radical de sua própria solidão e de seu amor, carrega em si todos os sonhos do mundo - e é com este reconhecimento que começa o poema.

É assim que as janelas do quarto do poeta dão para o mistério de uma rua banal: segundo paradoxo do poema, que formula o mistério pela mesma banalidade das coisas aparecentes. Não há melhor formulação para isto do que os dois versos seguintes:

Dais para uma rua inacessível a todos os pensamentos,
Real, impossivelmente real, certa, desconhecidamente certa

Não se pode apreciar o suficiente o enlace entre ritmo poético e intensidade do pensar por ele formulado: a rua inacessível a todos os pensamentos, e que só o poeta vê, é real e impossível, aliás real porque impossível. Melhor do que uma conjunção de adjetivos, que expressaria apenas uma adição de qualidades, o poeta modula o adjetivo pelo advérbio, esculpindo a qualidade real pela modalidade do impossível. Subversão mesma de toda ontologia simplista, que discrimina entre os modi do Ser. Se a condição de possibilidade da realidade da rua é sua mesma impossibilidade, também da certeza da rua é condição o seu desconhecimento. É o poeta o único que a vê, pois a ele tornam-se certas as coisas desconhecidas e reais as impossíveis: é o que o ritmo nos ensina, pela repetição dos adjetivos, intercalados pelos advérbios, que reforçam, musicalizando-o, o sintagma. *A música, aqui, não é adorno do dito, mas movimento mesmo do dizer: desvelar-se paulatino do sentido no ritmado vir à tona.* A modulação adverbial fornece aos adjetivos, repetidos, um sentido apenas no ritmo existente – o real é impossivelmente real, assim como o ser certa da rua deixa-se apreender pelo desconhecidamente. A rua entrevista pelo poeta é verdadeira e certa em sua impossibilidade e em sua incerteza.

O poeta é o mensageiro - o hermeneuta – que lê das coisas as faces e nas faces das coisas o infinito texto do mundo. As coisas clamam pelo olhar do gênio, em cujo verbo elas passam a ser aquilo que são, pois sua individualidade, condição da Saudade por que é movido o gênio, depende do triste e nostálgico olhar do Vértice do Triângulo – apenas por ele e nele são as coisas aquilo que são. O poeta porta, das coisas, a mensagem delas a si mesmas: revela e diz a cada uma aquilo que é. O poeta é a arena em que as coisas vêm a ver-se a si mesmas no olhar apaixonado que lhes dirige o gênio, olhar que, onírico, só se formula na fraqueza e na limitação – o gênio ama as coisas que se lhe negam e que, neste negar-se-lhe, são por ele amadas e, neste amor, chegam à visão de si mesmas no dizer do poeta. Mas seu dizer é de infinita humildade, pois sua revelação é sempre confissão: é um amo-te, a ti que me ignoras: é um entrevejo-te de longe, em teus passos de dança, tu que de mim sequer suspeitas.

Porque é radicalmente apaixonado pelo que o ignora, o gênio pode apreender a face única dos entes, em seu singular, relativo e absoluto aparecer, e assim apreendendo-os, pela paixão que o dilacera, pode o gênio mostrar-lhes, como quem lhes estende espelho, a face que os marca. O Vértice do Triângulo é, pois, mensageiro de uma notícia de cuja beatitude não goza. Seu nome, portanto, é Γαβριήλ – גַבְ רִיאֵל: núncio da encarnação, traz aos homens a boa nova da demora divina. Mas Gabriel apenas traz o verbo, de seus efeitos excluindo-se. O anjo que anuncia a Maria e a José a encarnação encontra sua felicidade no ato da fala, dá-se por feliz com dizer, e retira-se do mundo por seu verbo desvelado. Mas tal felicidade não é tola nem simples felicidade dos brutos: é alegria na tristeza, que acima denominamos Saudade.

O gênio como mensageiro é também aquele que fala línguas estrangeiras, sendo estrangeiro em sua própria língua. Por fazer face ao Infinito do Amorfo – do ainda não pensado –, o gênio fala uma língua ainda não forjada, língua para a qual não há regras, e que se forma ao ansiar-se por si mesma, e que por si anseia ao sentir a fundamental Saudade das coisas todas. A língua do gênio forja-se a si mesma por infinito amor às coisas. Ela é, por isso, a verdadeira língua da humildade. Seu amor aos entes é inclinar-se ao chão, e seu leito de terra bruta é o altar que o eleva ao Ser. Como fortaleza do Ser, Gabriel é a dobradiça entre os entes e o infinito esparçar-se do Sem Nome. É o fazer-se linguagem do Infinito. É, por isso, aquele que *pro-fessa*, que diz à frente da multidão, diante de um povo que, por virtude de seu mesmo dizer, constitui-se povo. O Vértice do Triângulo, sendo estrangeiro em sua própria língua, é o peregrino em cuja solidão fundamenta-se a comunidade de um povo histórico. Por ser assim, dobradiça entre o Ser e os entes, o Vértice é o habitante do Vazio como forma-do-entre, espaço inexistente em que se encontram realidade e sonho:

Estou hoje vencido, como se soubesse a verdade.
Estou hoje lúcido, como se estivesse para morrer,
E não tivesse mais irmandade com as coisas
Senão uma despedida, tornando-se esta casa e este lado da rua
A fileira de carruagens de um comboio, e uma partida apitada
De dentro da minha cabeça,
E uma sacudidela dos meus nervos e um ranger de ossos na ida.
Estou hoje perplexo, como quem pensou e achou e esqueceu.
Estou hoje dividido entre a lealdade que devo
À Tabacaria do outro lado da rua, como coisa real por fora,
E à sensação de que tudo é sonho, como coisa real por dentro.

Enquanto forma-do-entre, o Vértice é o milagre que instaura no Ser o nascimento do Ser enquanto consciência do Ser. A pergunta paradoxal conjuga o futuro – *que sei eu do que serei?* – enquanto o que é na modalidade do ainda não ser a partir de uma ausência que habita o presente: *eu que não sei o que sou? A incapacidade de dizer-se no agora algo é condição da abertura do futuro-como-pergunta: mas a pergunta, aqui, é a forma da emergência ontológica como negatividade, isto é, o gênio, ao observar-se a si mesmo e encontrar apenas ausência de conteúdos que lhe marcariam a identidade, lança-se absorto a uma pergunta cuja função é a de reafirmar a ausência de positividade, mas de modo tal que, desta mesma ausência, algo aparece – este algo é o pensamento, e nele o Ser apreende-se a si mesmo.*

A pergunta "Ser o que penso?" não é vã, pois, como já víramos, o pensar é motivado pela ausência de positividades concretas nas quais o gênio poderia encontrar um espelho para si mesmo. O pensar tem sua causa primeva na falta, e sua marca é a Saudade. *Por isso, a pergunta acerca de Si mesmo é já o movimentar-se do pensar enquanto forma da pergunta radical, que visa o coração último das coisas a partir da Saudade por si mesmo: a Saudade que o gênio sente por si corresponde, estruturalmente, à Saudade pelas coisas todas – Saudade emer-*

gente da Fenda, origem elusiva do Ser. Desta fenda apenas o Vértice do Triângulo possui consciência, e de modo paradoxal: ao não saber o que não é, ao sentir esta ausência para a qual não encontra nome, o gênio toma consciência da ausência fundamental ao Ser, por cuja virtude o Ser se apresenta enquanto generosidade:

> *Que sei eu do que serei, eu que não sei o que sou?*
> *Ser o que penso? Mas penso tanta coisa!*
> *E há tantos que pensam ser a mesma coisa que não pode haver tantos!*
> *Gênio? Neste momento*
> *Cem mil cérebros se concebem em sonho gênios como eu,*
> *E a história não marcará, quem sabe?, nem um,*
> *Nem haverá senão estrume de tantas conquistas futuras.*
> *Não, não creio em mim.*
> *Em todos os manicômios há doidos malucos com tantas certezas!*
> *Eu, que não tenho nenhuma certeza, sou mais certo ou menos certo?*
> *Não, nem em mim...*
> *Em quantas mansardas e não-mansardas do mundo*
> *Não estão nesta hora gênios-para-si-mesmos sonhando?*

À generosidade do Ser enquanto oferecer-se gratuito do que aparece corresponde a humildade, que é também generoso reconhecimento, do gênio como aquele que distribui e partilha, que *com-partilha*, as riquezas que desde si vai ofertando e, no ofertar, engendrando. Noutro lugar já observei que a metáfora poética possui uma estrutura profundamente ética: sua natureza inesperada supõe não ser ela subsumida por regras prévias que lhe ditassem o mecanismo de construção, e por isso sua negatividade epistêmica revela-se fonte de sua potência e, ao mesmo tempo, reconhecimento de que o Ser *é-sempre-a-mais*. Em segundo lugar, a metáfora só funciona quando incita à concordância criativa: uma bela metáfora aproxima ao criar solo comum, e torna-se assim inteligível a uma comunidade de falantes (de seres pensantes, vale dizer). O gênio, na *Tabacaria*, só se reconhece gênio no momento em que, ao mesmo tempo, reconhece o potencial ser gênio de todos os outros indivíduos: *Em quantas mansardas e não-mansardas do mundo/ Não estão nesta hora gênios-para-si-mesmos sonhando?* Se a ausência é a origem mesma do Ser e se ela, como Saudade, chega à consciência de si mesma no Vértice do Triângulo, é também verdade que em cada ente habita uma potencial tristeza que lhe forneceria a chave do pensar: o laço que nos une a todos é a decisão de sofrer em conjunto, de padecer a tristeza como condição da alegria e de habitar, assim, a Saudade, fenda do Ser.

Todos são gênios em potencial, porquanto todos os entes capazes de consciência – todos os entes nos quais se opera o milagre do tornar-se para si do Sofrimento (da re-flexão), nos quais a Saudade acorda para si mesma (se re-flete) - podem esquecer o esquecimento em que dormitam e abrir os olhos para a Fenda que os conjugou ao Ser:

> *Quantas aspirações altas e nobres e lúcidas -*
> *Sim, verdadeiramente altas e nobres e lúcidas -,*
> *E quem sabe se realizáveis,*
> *Nunca verão a luz do sol real nem acharão ouvidos de gente?*
> *O mundo é para quem nasce para o conquistar*
> *E não para quem sonha que pode conquistá-lo, ainda que tenha razão.*
> *Tenho sonhado mais que o que Napoleão fez.*
> *Tenho apertado ao peito hipotético mais humanidades do que Cristo,*
> *Tenho feito filosofias em segredo que nenhum Kant escreveu.*
> *Mas sou, e talvez serei sempre, o da mansarda,*
> *Ainda que não more nela;*
> *Serei sempre o que não nasceu para isso;*
> *Serei sempre só o que tinha qualidades;*
> *Serei sempre o que esperou que lhe abrissem a porta ao pé de uma parede sem porta,*
> *E cantou a cantiga do Infinito numa capoeira,*
> *E ouviu a voz de Deus num poço tapado.*

Como Vértice do Triângulo, a infinita generosidade, que é infinito amor, deve manter-se estruturalmente ignorada pelo Interior do Triângulo: o solo comum a que o gênio convida os entes é sempre engendrado como efeito do pensar, por sua vez motivado pela Saudade e, esta, não pode nunca cessar – razão por que o gênio, enquanto o for, será sempre estrangeiro, precisamente para que possa ser mensageiro e pro-fessor. Enquanto o que fala à frente e porta a mensagem, o Vértice do Triângulo tem de estruturalmente ser aquele que não-pertence-por--completo, o que resta-de-fora, aquele cujo estranhamento é índice de seu sempre vivo contato com o Ser – contato doloroso e angustiante, pois que capacidade para permanecer na Saudade, para habitar a Fenda que o marca e que o conjuga ao Ser, ao qual serve, por esta mesma dor, de espelho: *E cantou a cantiga do Infinito numa capoeira,/ E ouviu a voz de Deus num poço tapado.*

O Milagre da consciência genial, de que falamos, é a própria tomada de consciência do Ser em relação a si mesmo, pois, sendo o gênio pensamento da Saudade emergente da Fenda, é nele que o Ser vê a si mesmo enquanto Infinitude emergente da Fenda. A estrutura por nós vislumbrada em *Minha imaginação é um Arco do Triunfo* revelou-se figura ontológica, pela qual o Ser, enquanto gratuito ofertar-se do que aparece, refletiu-se a si mesmo na consciência do gênio como Saudade. Porque o gênio é o fundamento sempre excluído de um mundo de sentido, que abarca todos os entes e lhes reconhece a face, chamamo-lo *o Vértice do Triângulo*. O Vértice ocupa o lugar do entre, fazendo por um lado face ao mundo patriótico de um sentido seguro de si mesmo, incônscio de seu fundamento, e por outro ao Infinito do Amorfo. Por ser assim, o Vértice é Tudo e, sendo Tudo, é Nada. Sua infinitude, que emerge da Fenda e da Saudade, espelha a do Ser e, neste sentido, chamamo-la Milagre.

O Milagre é de dupla valência: como irromper do inesperado na ordem do já categorizado, é o digno de mirar-se, o *ad-mirável*; por inesperado, porém, é Milagre o que não possui razão, aquilo que a língua alemã exprime com a bela palavra *Grundlosigkeit*, próxima ao já tão comentado parentesco de *Grund* e *Ab-Grund*, que de Schelling a Heidegger fez fortuna. As línguas românicas possuem uma exata palavra equivalente: gratuidade. Gratuito é o que sem fundamento emerge. Nem por isso, porém, deixa o gratuito de ser um modo específico do fundamento, um certo modo de dar razão. Ao perguntamo-nos pela causa de uma ação inesperada, a resposta "tal ato foi gratuito" não se torna, por apelar à ausência de fundamento como fundamento, por isso sem sentido. É verdade que o ato gratuito, por não possuir fundamento no interior de um sistema de causas eficientes, pode parecer, a olhos sistêmicos, *ilógico* ou *irracional*, o que entretanto não o configura, do ponto de vista metafísico, como destituído de sentido ou, o que é pior, inexistente. Mas já em Platão, como demonstrei noutro lugar[91], o apelo do Ser ao filó-sofo era descrito como *alogon pragma*, acontecimento inesperado, interpelação. Esta é a natureza do Milagre da consciência genial como momento de re-flexão do Sofrimento para si mesmo. A consciência, do ponto de vista de toda ontologia materialista, é fundamentalmente inútil, pois, longe de extinguir-se na capacidade potencializada para sobrevivência por virtude do que chamamos inteligência prática (*handelnder Verstand*), define-se antes de tudo por ser a arena em que o Sofrimento vê-se a si mesmo enquanto Sofrimento. Os seres dotados de consciência, os chamados *geistige Lebewesen*, são os únicos entes capazes de pensar sua própria morte e sua própria dor, por isso mesmo igualmente capazes de pensar a beleza e a alegria. Por tal simples razão, disse eu acima que a consciência é arena de *re-flexão*

---

91 Em *O gênio e a interpelação existencial: por que pensar é um ato erótico?*

do Sofrimento: nela o Ser, enquanto vir à frente do prazer e da dor, vê-se a si mesmo, encontrando linguagem para seu Sofrer, nomeando o aparecer e desaparecer dos entes.

A consciência é gratuita pois, do ponto de vista de uma [falsa] ontologia materialista, ela é radicalmente inútil e sem sentido. A inutilidade e a alogicidade de uma consciência capaz de pensar sua própria morte e sofrer seu próprio sofrimento é fundamento de seu ser Milagre, pois explica sua emergência como qualquer coisa de *grund los*. Mas se a gratuidade da consciência é condição da *re-flexão* do Sofrimento como olhar-se para si mesmo do Ser, isso ocorre pois entre a consciência milagrosa e o Ser ele mesmo há um laço íntimo, que os conjuga numa natureza comum. Ao Ser e à consciência em que ele se re-flete é comum a gratuidade, isto é, a ausência de razão como gratuito aparecer e vir à frente. Tal gratuidade é ambivalente: por um lado, é *generosidade*, por outro é *dor* por habitar a Fenda, isto é, por de-morar na ausência de fundamento. A Fenda é o Ab-ismo, de que emerge o Ser como gratuito vir à frente do que aparece. O gênio, como consciência milagrosa, é apenas a recordação, rara e intercalada por vezes em séculos, do que marca a todos os sujeitos como seres espirituais, cuja existência os leva ao esquecimento como modo de lidar com a dor. Lethes é o rio da linguagem patriótica em que nos deixamos banhar para suportar a dor da Fenda, com isso contudo expondo-nos ao constante risco da violência imaginária – risco de esquecer a gratuidade fundamental do aparecer de cada ente em seu vir à frente, assim enjaulando--nos no Sistema de Juízos Finitos que é o Lethes de cada coletividade humana: o Interior de cada Triângulo.

O Vértice, por habitar a Fenda, mantém a lembrança e a recordação, sempre vivas, da ausência de fundamento, e por isso vê no aparecer de cada ente o absoluto vir à frente de um relativo: em Álvaro de Campos, é o Arco a assentar entre Deus e o cotidiano. O gênio, já o disse, é dobradiça entre os entes e o Ser, entre os apareceres singulares em cuja unicidade aparece a gratuidade do Aparecer enquanto Aparecer – o Vértice habita o espaço do *entre*. Por isso, o juízo com que o gênio apreende um ente e lhe fornece existência linguageira deve ser definido como um juízo infinito. Todo juízo finito supõe adequação na conexão de um sujeito com um predicado, de acordo com uma regra prévia. O conjunto das regras para construção de juízos mediante conexão de um sujeito com um predicado supõe a finitude dos conceitos por virtude da finitude das relações estabelecidas no interior do sistema, compreendido como conjunto das regras e dos conceitos. A fundação do sistema por uma regra a ele exterior é o que chamamos Mundo como Carta do Ser. Mas o gênio, ao reconhecer a face de cada ente no seu vir à frente (*as intenções que morrem antes do gesto*), realiza um juízo infinito, pois a conexão do sujeito com o predicado segue uma regra imprevista, não-fundamentada, cuja gratuidade espelha a infinitude do ente enquanto absoluto relativo (absoluto porque relativo). Um tal juízo infinito chama-se metáfora, e sua estrutura é ética, pois reconhecimento de cada ente como absoluto relativo – reconhecimento que se espelha na gratuidade do esquematismo ele mesmo, isto é, na *Grundlosigkeit* do conjugar-se de dois conceitos nunca antes assim unificados.

Tal inesperada conjunção fornece, ao juízo, sua infinitude, pois que, imprevisível, torna-se fonte de predicações sempre novas, que demandam por sua vez novos esquematismos. A este complexo processo de formação de um juízo infinito, que conjuga as camadas ontológica, epistêmica, ética e estética – traduzimos pela seguinte fórmula: *o gênio é o pro-fessor cuja frase colhe dos entes sua face como absolutamente relativo aparecer do gratuito vir à frente do Ser.* Dizemos que o gênio é pro-fessor pois seu verbo funda uma comunidade histórica, enquanto dela se exclui, de acordo com a definição mesma do Vértice do Triângulo. O pro-fessor é o que fala à frente da multidão, dela por virtude de seu verbo destacando-se. O pro-fessor é, neste sentido, o paradoxal esquecimento gerado por todo ato de fundação de uma comunidade histórica: enquanto fundamento excluído da estrutura que funda, o pro-fessor é causa e vítima do Lethes da comunidade a que deu linguagem e mundo. Estamos aqui no nível epistemológico, pois o pro-fessor é aquele que funda um sistema de juízos, tornados finitos em função do Lethes que todo pro-fessor gera ao forjar a linguagem de uma comunidade histórica. Dizemos além disso que *o gênio é o pro-fessor cuja frase colhe dos entes sua face como absolutamente relativo aparecer*, e com isso nos instauramos no nível ético, pois a face, como revelação do Infinito, é reconhecimento de cada ente enquanto absolutamente singular, cuja morte é apocalipse.

Dizer de cada ente sua absoluta individualidade é reconhecer na morte de cada ente o mistério fundamental do Cristianismo, única das religiões monoteístas em que Deus faz-se carne para morrer. Mas a morte de Deus é o único caminho para reconhecer sua Eternidade, residindo neste paradoxo a profunda verdade do Cristianismo como religião revelada. Cristo é cada ente, cada ente é Cristo. O sofrimento e a morte de cada ente é uma catástrofe equivalente à morte de Deus, ao infinito sofrimento do mais profundo abandono do Cristo na cruz, cuja pergunta permanece sem resposta: por que me abandonaste? A mudez absoluta é a face negativa da generosidade de Deus, que morreu em Seu Filho por gratuito amor aos homens. A consciência de que o aparecer de cada ente é gratuito e sem razão dá a este mesmo aparecer um valor infinito, que reside na fórmula tautegórica "apareço porque apareço", e a traduzimos com a expressão *"colher dos entes sua face como absolutamente relativo aparecer"*, cuja valência é ética[92]. Ética não é prescrição de ações por meio de um sistema de juízos práticos à luz da definição do Máximo Bem. Na definição que aqui estou articulando, ética é a formulação discursiva e refletida da disposição para reconhecer a face dos entes como absolutamente relativo aparecer. Neste sentido, a disposição ética é essencialmente negativa, exatamente como o silêncio de Deus diante de Si mesmo em Seu próprio Filho.

A continuação da fórmula diz: *o gênio é o pro-fessor cuja frase colhe dos entes sua face como absolutamente relativo aparecer do gratuito vir à frente do Ser.* Já vimos que os primeiros elementos articulam um nível epistêmico e ético, com o que o primeiro é fundado pelo segundo. Agora percebemos que a parte final da fórmula é a um só tempo resultado lógico, causa e fundamento da primeira parte: o absolutamente relativo aparecer é descrito como gratuito vir à frente do Ser. Ora, a negatividade ética, ancorada na natureza absolutamente relativa de cada ente, conduzira-nos ao reconhecimento da infinitude dos juízos éticos, cuja fórmula negativa era o silêncio de Deus diante de Seu Filho. *Ocorre que o nível ético já é estético, por ser ontológico: o reconhecimento da face de cada ente como sua infinitude relativa se articula como experiência estética, em que nenhum conceito finito corresponde ao aparecer dos entes singulares. Porque cada ente em seu absolutamente relativo aparecer demanda um juízo infinito capaz de reconhecer-lhe a face, torna-se cada ente, na consciência ética à qual aparece, o ponto de luz em que o Aparecer enquanto Aparecer aparece no ente aparecente. Em outras palavras: cada ente articula, em seu absolutamente relativo aparecer, o Aparecer enquanto gratuito vir à frente do Ser – articula, portanto, o próprio Absoluto.*

À radical unidade da reflexão epistemológica, ética, estética e ontológica, articulada pela fórmula que propomos, denominamos *metafísica*, como movimento refletido do pensar genial. A metafísica é a re-flexão do Sofrimento e o observar-se a si mesmo do Ser na consciência como arena. Tal consciência – eis todo o esforço até aqui

92 O desenvolvimento destas especulações é realizada em *Ler em cada ente o nome de Deus: a meontologia de Giacomo Leopardi.*

empreendido para entendermos Álvaro de Campos – é um Milagre, pois espelha a gratuidade do Ser, sendo ela mesma sem fundamento e habitando, enquanto tal, a Senda da Saudade. Tentamos apreender o peculiar estatuto ontológico da consciência genial denominando-a *o Vértice do Triângulo* e articulando-a na fórmula: *o gênio é o pro-fessor cuja frase colhe dos entes sua face enquanto absolutamente relativo aparecer como gratuito vir à frente do Ser.* Com tal fórmula fornecemos o primeiro passo para uma metafísica romântica, que, se d'algum modo tiver de ser batizada, não pode outro nome receber senão o de um *Pensamento da Saudade.*[93]

---

93 Vê aqui o leitor a juvenil incipiência que presidiu o nascimento deste capítulo. Escrito em Bonn, ainda bom tempo antes de se me revelarem as linhas fundamentais da metafísica romântica, o capítulo apenas entrevia o filho de que era o distante pai. Daí seu tom tão errante, de quem ainda os conceitos modela, argila amorfa à espera das formas que lhe devem conceder voz. Mantenho-o, tal e qual, porque agora, relendo-o dois anos depois, belo testemunho parece-me da gestação de qualquer coisa de outro, a que os próximos anos de minha vida tentarão dar nome.

2

Pensamento da Saudade:
emergência do Mundo e do Tempo no In-stante

Para meu querido amigo, machadiano de primeira hora, Eduardo Melo França, com quem aprendi os gestos que habitaram minhas aulas e muitas outras coisas.

O significado específico de uma *filosofia* brasileira não se aparta da busca por um carácter específico de uma *literatura* brasileira – e isso por duas boas razões: a primeira, de ordem histórica e sociocultural, portanto derivada, conforme a qual literatura e filosofia, sendo ambas produtos culturais, carregam na materialidade de suas formas as condições espirituais que nelas vêm à consciência de si mesmas; a segunda razão, originária e ontológica, reside na identidade metafísica de filosofia e literatura, identidade da qual venho fazendo o núcleo mesmo deste livro[94].

Ora, na tradição brasileira não há texto mais sofisticado para pensar a problemática da nacionalidade literária do que *Instinto de Nacionalidade,* de Machado de Assis. Neste sentido, e conforme a ligação umbilical entre filosofia e literatura, a radical especulação desenvolvida por Machado a respeito de uma possível brasilidade de nossa tradição literária revela-se reflexão fundamental sobre a condição de possibilidade de um pensar brasileiro. Exatamente por isso, o texto machadiano ocupa um lugar chave, não apenas para os estudos literários, mas no interior da tradição de pensamento brasileiro – o que aliás é confirmado pelas querelas entre Antonio Candido (2014) e Haroldo de Campos (2000), Roberto Schwarz (1990) e Abel Barros Baptista (2014).

Pois bem, meu objetivo não é tomar partido, tampouco sugerir a direção do impacto do texto machadiano para os estudos literários.

---

94 Sem esquecer, não custa repetir, que tal identidade não deve levar à sutura da filosofia à literatura. A identidade de que aí se fala é, antes, a da validade ontológica do pensar literário, responsável por produzir figuras.

Sem rodeios, eis o que desejo: ler especulativa e radicalmente o ensaio de Machado de Assis, nele reparando como a figura da indefinição estrutural para a literatura brasileira – articulada pela expressão *certo sentimento íntimo* – oferece o perfil, não de uma tese de historiografia literária, mas de uma metafísica moderna, tal como ela se delineia desde o que venho chamando pensamento romântico. Argumentarei que a indefinição da brasilidade só existe à luz de uma ontologia do tempo, que pensa o Eterno na paradoxal temporalização do In-stante, encontro no agora do ter-sido e do a-ser. Se a brasilidade é um predicado no interior de um juízo cujo sujeito é a literatura, tomada como metonímia da cultura, sua relação com tal sujeito tem de manter-se em estrutural indefinição, a fim de garantir a autonomia e independência dos termos do juízo – por conseguinte, a união do sujeito e do predicado pela cópula especulativa não pode ser mera mesmidade, circunscrevendo antes paradoxal síntese em que a tensão entre os termos é a garantia da infinitude que os marca.

Em última análise, a impossibilidade de uma literatura brasileira há de revelar-se condição de possibilidade de uma metafísica moderna, cuja tarefa é figurar o Infinito e, por isso, fazer da Saudade a alavanca do pensar. Parece-me que, se o debate, já cansativo e algo tedioso, acerca da identidade nacional de nossa literatura, possui alguma importância – reside ela na dignidade metafísica que Machado de Assis lhe concedeu. É tempo de assumirmos a herança machadiana – e sermos românticos para sermos machadianos.

Meu esforço neste capítulo consistirá em recuperar, de modo me parece peculiar, o estilo do oblíquo olhar de Machado de Assis – olhar não de cético absoluto, cujo riso tudo destrói por em nada acreditar, mas de amante do que lhe escapa, erasta não do que, apreendido, nas garras deixou-se estabilizar das palavras, mas do que de si lançou rastros verbais. Machado, irmão espiritual de Guimarães Rosa e Osman Lins, é nosso primeiro metafísico, por ser o verdadeiro amante do ato mesmo do buscar – este ato, para o Bruxo, tinha de batismo o simples, mas tão magnífico, nome: literatura. Venhamos ao trabalho que é agora o nosso.

Machado de Assis inicia sua reflexão com o célebre período:

> Quem examina a atual literatura brasileira reconhece-lhe logo, como primeiro traço, certo instinto de nacionalidade Poesia, romance, todas as formas literárias do pensamento buscam vestir-se com as cores do país, e não há negar que semelhante preocupação é sintoma de vitalidade e abono de futuro (ASSIS, 1962, p. 801).

Ao primeiro olhar, Machado enuncia observação simples e, a bem dizer, vulgar até. Qualquer machadiano sabe, entretanto, que da pena do Bruxo não saem vulgaridades – e se lhe devem ler as palavras nelas salvaguardando labirínticas errâncias, e vários, entre si conflitantes, sentidos. Machado enuncia que, ao primeiro olhar, qualquer examinador da literatura brasileira nota um tema predominante, por virtude do qual, parece-lhe, a literatura produzida no Brasil se caracteriza pelo predicado *brasileira*. Este tema, claro está, reside no revestir-se com as cores do país, observadas em todos os gêneros literários de que temos notícia. Estas formas, diz-nos Machado, são as do *pensamento* brasileiro – e este pensamento, se ainda incipiente revela-se, *é sintoma de vitalidade e abono de futuro*. Eu gostaria, antes de adentrar a verdadeira especulação, de preparar rapidamente o terreno em que de fato se move Machado de Assis. O instinto de nacionalidade, que as cores do país revelam, não é já sinônimo do que seja o tal *pensamento* brasileiro, modulado pelas formas literárias: sendo reconhecido de forma imediata – *"reconhece-lhe logo, como primeiro traço"* –, tal pensamento brasileiro é antes de tudo *sintoma – isto é, um syn-ptoma*. Que faz um symptoma?

O symptoma é o que cai, é o que, caindo, instaura relações, conjuga no cair partes imprevistas e, na malha assim formulada pela queda, descreve o perfil de algo outro. O symptoma é o cair cujo cair cai unindo, que unindo conjuga e, conjugando, mostra – mostra o quê? Mostra aquilo que, pela malha dos pedaços conjugados na e pela queda, existe apenas como sugestão. O symptoma, portanto, não é apenas a malha que pelo cair foi formada, tampouco somente o ato de cair junto dos distintos pedaços pela queda conjugados – o symptoma é, antes, o futuro cujos contornos são sugeridos pela malha no cair formulada: o symptoma é a sugestão de um Outro formulado em seu por-vir, em seu *futurus esse*. O symptoma, sendo de vitalidade, não diz esta vida, não a põe sob luz, não dela faz objeto, presença a ser articulada em juízo finito. O symptoma de vitalidade é promessa de vida – é o que mostra, sugerindo-a em sua futuridade, a vida que *ainda há de vir*. É por isso que Machado, como não podia deixar de ser, logo diz ser tal symptoma de vitalidade também abono de futuro. Por aí, apenas parafraseia o já enunciado pelo *symptoma*, explicitando-lhe a dimensão essencial – a do Tempo. É dela que aqui me ocuparei, pois o ensaio de Machado de Assis, durante tanto tempo lido como mera meditação acerca da nacionalidade de nossa literatura – e as distintas posições de Abel Barros Baptista e Roberto Schwarz não fazem senão modificar, revestindo-a de distintas cores, a mesma perspectiva de base: aquela que deslê (*verliest*) no texto machadiano o primeiro, talvez o último, ensaio metafísico produzido em nossa tradição brasileira – é uma especulação acerca do Tempo e de sua gênese. É, portanto, um gesto de pensamento radical, como deve ser todo pensar da Saudade – e se o pensamento brasileiro é um pensamento saudoso, só lhe convém ser radical. É, o ensaio machadiano, ensaio romântico: tentativa de apreender a Origem ela mesma, o começo do começo, a gênese primeva das gêneses derivadas. Em uma palavra: o começo do Tempo ou sua primeira Era. Antes, contudo, de dedicarmo-nos ao garimpo de camadas insuspeitas, nas quais o Tempo se nos oferecerá, cabe fornecer o BABA histórico em que foi escrito o ensaio de que nos ocuparemos.

*

O contexto intelectual em que se insere o texto machadiano reside no assim chamado Romantismo brasileiro, cuja missão era a de articular pela literatura uma identidade nacional. Na mentalidade romântica que era a nossa, traduzia-se isso na construção de um algoritmo simples: dadas certas marcas formais, tais como a representação de indígenas ou da natureza tropical em poemas ou romances, segue-se a brasilidade como predicado em que a literatura, e com ela a cultura, se deixa determinar e articular. Daí por que se pode falar em um *conceito* de literatura brasileira. Ora, o conceito tem por tarefa unificar a multiplicidade da experiência, e um juízo, definido como junção de dois conceitos, sujeito e predicado, por intermédio da cópula, supõe a síntese de dois conceitos para unificação determinante de um fenômeno. Falar em literatura brasileira é apreender em conjunção dois fenômenos diversos que se unificam em um juízo – resta saber se em tal juízo a autonomia de cada fenômeno é mantida, enriquecida ou brutalizada pela redução de um ao outro. A uma tal redução do sujeito ao predicado por total e absoluta identificação, Schelling chamou, desde o *Freiheitschrift*, de Mesmidade, *Einerleiheit*, por contraste à *Identidade do amor, Identität*, em que cada fenômeno, ao unir-se a outro no Juízo[95], não apenas mantém sua independência, mas se enri-

95 A partir de agora e para demarcar o nível metafísico em que me movo, grafarei Juízo em maiúscula: é que, Schelling agora ao jogo chamado, deve restar claro o específico sentido do Juízo, que o leitor, depois da longa e árdua caminhada empreendida em Mímesis Especulativa, agora sabe bem apreciar. Finalmente, Machado de Assis, este solitário gigante do pensamento brasileiro, pode falar, em português, a língua germânica que começara a aprender em sua velhice.

quece profundamente, por virtude desta mesma autonomia que se tensiona e, tensionando-se, intensifica-se. Schelling expressa tal relação especulativa ao caracterizar a cópula predicativa, o verbo ser, como *Band der Liebe*, laço do amor, sendo o amor a união de dois termos que poderiam viver separados mas que, depois do encontro, não vivem um sem o outro. Trata-se, conforme vimos em *Mímesis especulativa,* da interação dinâmica e do eterno encontro das três potências na constituição do Juízo.

Relembro estes detalhes para fazer justiça à genial adjetivação de Machado: ele não se refere a O sentimento nacional, nem a O sentimento íntimo, nem a UM sentimento íntimo – mas a UM CERTO sentimento ÍNTIMO. É a esta escolha de palavras que devemos prestar atenção: ora, o artigo indefinido poderia apenas anunciar um substantivo que, ainda novo no texto, depois se deixaria determinar sob a luz do conceito em um juízo determinante. Ao contrário, aqui vemos uma intensificação da indefinição do artigo pelo eco produzido pelos adjetivos *certo* e *íntimo*, aplicado por sua vez ao substantivo "*sentimento*", já de si rarefeito e impreciso. Que é, com efeito, o sentimento fora de uma relação predicativa que lhe determine a natureza? Um sentimento sem relação com um predicado torna-se ininteligível, porque inconceptualizável. Mas Machado é astuto demais: nele, a indeterminação ocasionada e intensificada pelo *um*, *certo* e *íntimo* operacionaliza a inconceptualidade do sentimento tornando-o uma figura necessária para construção do argumento.

O sentimento de nacionalidade, que se vê na ânsia de revestir-se com as cores do país, com elas não se identifica nem se lhes reduz, e isso porque a indeterminação produzida pelo jogo entre artigo indefinido e adjetivos faz do sentimento o fundamento, a condição de possibilidade para a predicação, sem exauri-lo por uma identificação total com o predicado. Em outras palavras: se as cores do país expressam o sentimento íntimo, nem por isso o sentimento a elas se reduz, pois, sendo-as, não deixa de ser-se. O sentimento, já o vimos, é symptoma, sendo pois núncio do que por ele se sugere como por-vir. Enquanto fundamento ou *subjectum*, o sentimento aponta para o predicado, ao qual entretanto reduzir-se não pode, porquanto o predicado ele mesmo necessita, para sustir-se, do fundamento que lhe fornece chão. Esta paradoxal relação pode ser expressa pela seguinte fórmula: *sou-te para ser-me*. O fundamento não pode ser apenas a si mesmo, ser-*se*, pois ele só existe na condição de *fundamento para o predicado,* assim como o predicado não existe sem o fundamento, que lhe é chão. Fundamento e predicado, portanto, existem em relação de síntese amorosa, como vislumbrara Schelling, pois que só podem ser o que são, *ser-se,* ao serem o Outro de si mesmos.

Na fórmula que desejo construir, extraindo-a de Schelling, podemos assim por as coisas: *sou-te para ser-me.* A fórmula, se parece mais poética do que lógica, possui contudo rigor especulativo. Por ela se diz a Identidade dos termos do juízo, estruturalmente diversa da *Einerleiheit,* caracterizada pela redução do sujeito ao predicado. Se a fórmula da Identidade diz *sou-te para ser-me,* a da Mesmidade, Einerleiheit, diz *és para que eu me seja.* Por isso, sua face é a de Satã, que deseja tudo a si subordinar, sem apreender a unicidade da face em cujos olhos apenas pode ser-se.

O entediante hábito de entender sob a palavra metafísica um projeto de total descrição ôntica do Ser desde um único princípio que a si tudo submete, estancando com isso o movimento e a possibilidade mesma da beleza e da poesia, possui na fórmula da Mesmidade sua possibilidade primeira, e sempre a ela pode ser reduzida. Como veremos em *Richard Rorty ou o pensamento que não pensa*, as justas críticas formuladas pelo neopragmatismo americano bem como pela contemporânea filosofia alemã se dirigem a todo projeto filosófico animado pela fórmula da Mesmidade, em que tudo que existe só existe para o Um, para a autoafirmação de um dos termos do Juízo. Ocorre que a metafísica romântica, cujo pensar só erótico pode ser, é movida pela fórmula da Identidade, em que os termos do juízo só *se* são ao serem o Outro de si mesmos: em que, portanto, a cópula do Juízo é laço do amor. Eis a razão por que Machado caracteriza o juízo crítico que deprecia os arcades por não haverem empregado as cores do país como errôneo, pois nele o país é reduzido a suas cores, o fundamento ao predicado de que é fundamento e ao qual não se pode reduzir por completo. Eis as palavras machadianas:

> Esta outra independência não tem Sete de Setembro nem campo de Ipiranga; não se fará num dia, mas pausadamente, para sair mais duradoura; não será obra de uma geração nem duas; muitas trabalharão para ela até perfazê-la de todo (ASSIS, 1962, p. 801).

Ora, não é que a brasilidade, como possível predicado, não exista – o que inexiste é a total e absoluta identificação do sujeito com o predicado, o deixar-de-ser-sujeito do sujeito para ser exclusivamente o predicado ao qual se reduziria, abdicando por completo de si mesmo. A brasilidade existe, portanto, precisamente no seu a-ser, existe como futuro e, pois, como a dialética interação com seu próprio passado no instante do presente. O presente é o ponto de encontro do passado que se rememora à luz do futuro, do ter-sido que só é o que é no espelho do a-ser. Ao encontro de Passado e de Futuro[96] no presente que os unifica e lhes fornece a face chamamos In-stante – pois é o que se ergue na urgência, o que resolutamente se mostra. O presente de que falamos aqui não é, por isso, a dimensão em que as coisas se nos oferecem desde juízos determinantes que as estabilizam, mas o presente ele mesmo só ganha contornos e existe como o ponto de encontro de Passado e Futuro – portanto enquanto In-stante. De certo, o presente da vida habitual parece ser o esquecimento deste presente especulativo, em que o Tempo recomeça sempre – sendo este aliás o sentido da belíssima frase de Schelling: o Tempo recomeça a cada In-stante, e cada In-stante põe sempre novamente o Tempo por inteiro[97]. Ora, a manifestação do In-stante como ponto de encontro de Passado e Futuro é o desejo, e este, por manifestar no agora o ter-sido do Passado à luz do a-ser do Futuro, carrega consigo a indeterminação que marca a infinitude das dimensões temporais. Não sou eu que o digo – é Machado:

> Meu principal objeto é atestar o fato atual; ora, o fato é o instinto de que falei, o geral *desejo* de criar uma literatura mais independente. Devo acrescentar que neste ponto manifesta-se às vezes uma opinião, que tenho por errônea: é a que só reconhece espírito nacional nas obras que tratam de assunto local, doutrina que, a ser exata, limitaria muito os cabedais da nossa literatura (ASSIS, 1962, p. 802, grifo meu).

---

96 Conforme o hábito algo germânico que é o meu, grifam-se a partir de agora Passado e Futuro em maiúscula, para demarcar-lhes o sentido metafísico que lhes desejo imprimir.

97 A passagem, belíssima, é esta: nicht durch diskrete, sich succedierende Theile Einer (sic) Zeit, sondern nur dadurch, daß die Zeit in jedem Augenblick die ganze Zeit ist und die ganze stets der ganzen folgt, ist jene sanfte Stetigkeit zu begreifen, die man durch das Bild eines Zeitflusses auszudrücken suchte. [...] Was heißt es denn nun, wenn gesagt wird: jede mögliche einzelne Zeit sey die ganze Zeit? Wir meynen damit nicht bloß, daß sie in sich ganz sey, weil sie Vergangenheit, Gegenwart und Zukunft zumal enthält. Wie meynen zugleich, daß sie die ganze, jetzt noch nicht seyende, Zeit selber (deutlicher vielleicht die absolute Zeit zu nennen) enthälte, also ein wirkliches Bild von ihr sey (SCHELLING, 1985, S. 293).

A tacada é de gênio: caso fosse possível examinar todas as condições de possibilidade para a nacionalidade literária, seria por aí mesmo necessário fazer da nacionalidade um sujeito passível de predicação exaurível e finita. Dito de modo grosseiro, seria possível encontrar o algoritmo da nacionalidade literária, pelo qual o sujeito *literatura* e o predicado *brasileira* se uniriam em um Juízo no qual o primeiro se reduziria ao segundo – de modo a cristalizarem-se ambos os polos em uma relação morta, da qual está banido todo movimento, pois a autonomia de um sobrepujou por completo a dignidade do outro, instaurando o reino da mesmidade, da *Einerleiheit*.

Ocorre que a nacionalidade, existente apenas no fato do desejo, emerge dos sujeitos dos quais ela é objeto de desejo. Ora, é finalmente aqui que toda a espessura metafísica do texto machadiano se revela – pois a estrutura do sintagma "*um certo sentimento íntimo*" agora se enlaça à especulação sobre o Tempo e sobre o desejo, conjugando assim a indeterminação do *certo sentimento íntimo* à indeterminação do desejo enquanto manifestação do In-stante como ponto de encontro de Futuro e Passado.

Mas, conforme dissemos acima, a indeterminação aqui não implica em irracionalismo ou esclerose do pensar: ela é, ao contrário, um inconceptualizável cuja inconceptualidade se transforma em conceito sem, entretanto, perder sua natureza não-idêntica[98]. Como isso ocorre? Simples: a indeterminação do sentimento co-rresponde à do desejo enquanto In-stante ao fazer do indeterminado condição da infinitude. Ao sugerir que a instituição do indianismo como único critério para determinação da brasilidade da literatura implica em empobrecimento, Machado deixa claro que, fosse passível de determinação finita, a brasilidade como predicado empobreceria igualmente todo sujeito a que viesse juntar-se. Isso só aconteceria se o Tempo em suas dimensões especulativas se petrificasse em uma Eternidade atemporal, na qual não haveria dinâmica viva entre sujeito e predicado, pois ambos estariam calcificados em um Juízo finito erroneamente eternizado.

Nossa primeira especulação portanto, que nos conduzira à fórmula da Identidade *sou-te para ser-me*, revela-se agora solidária a uma ontologia do Tempo, e isso porque a interação amorosa de sujeito e predicado tornada possível pela cópula, *Band der Liebe*, é igualmente a emergência da infinitude dos termos do Juízo a partir de seu encontro, isto é, como tornar-se a si do sujeito e do predicado pelo tornar-se o

98 No sentido que Adorno fornece ao não-idêntico. Restará claro que apenas na Identidade do Juízo Infinito pode o não-idêntico salvar-se.

Outro de si de cada qual – porque o sujeito só *se* encontra no predicado a quem ama, neste amor ofertando-*se* a ele, que, reconhecendo-*se* no sujeito, oferta-*lhe* existência: é este o milagre do amor, em que cada um é o outro sendo-*se* o belo impossível de um Dois. *Mas se o sujeito é o fundamento antigo, que enquanto aquilo que é só se revela pelo encontro com o predicado, ele é verdadeiramente o Passado, o princípio arcaico, a arché, do mesmo modo que o predicado, em sua condição do-que-se-sustém-desde-o-passado, é, primeiramente, o que se oferece, mas, porque existe apenas na síntese amorosa com o sujeito-passado, é promessa do que será: é, portanto, Futuro. O Juízo, quando animado pela identidade amorosa, torna-se infinito, pois por um lado se tornou possível ao tornar possível ao sujeito e ao predicado o encontro que os unificou sem nunca reduzir um ao outro, em enriquecimento contínuo e por isso infinito, e por outro porque nunca é apenas o que apresenta, constituindo-se antes como symptoma ele mesmo do que há de vir no Futuro.*

O Juízo, assim, espelha em sua própria constituição a fórmula da Identidade, que havíamos identificado nos termos de que se compõe o Juízo, pois só existe – só *se* é – ao tornar possível para o predicado e para o sujeito seu encontro, que o Juízo aliás é: o Juízo, portanto, a seus termos diz *sou-vos para ser-me*. Nesta reduplicação do laço especulativo entre sujeito e predicado, revela-se uma ontologia da díade, na qual a *relação enriquecedora* é o termo originário – termo em que se esconde, revelando-se, o segredo do Tempo. Quero com paciência delinear os laços recônditos que ligam a gênese do Tempo à estrutura do Juízo. Tendo estabelecido a diferença entre as duas fórmulas da Identidade e da Mesmidade – *sou-te para ser-me* e *és para que eu me seja* –, gostaria de apreender em mais detalhes como o problema do Tempo emerge no texto machadiano, de forma a melhor enlaçar a estrutura do Juízo, dita na fórmula da Identidade, ao que estou denominando o In-stante. Meu desejo, já disse, é ser fiel a Machado – é estar-lhe à altura.

*

Aprendemos, lendo os primeiros parágrafos do ensaio de Machado de Assis, que não pode haver algoritmo da nacionalidade literária, nem podemos responder por meio de único e finito juízo à pergunta sobre o que seja a brasilidade de nossa literatura, pelo simples fato de que as cores do país, longe de serem um tal algoritmo, são apenas o *symptoma* da vida que há de vir. O erro da juventude consiste em querer identificar a brasilidade às cores do país, o sujeito ao predicado, conforme a fórmula da Mesmidade, que, aplicada seja ao sujeito seja ao predicado, diria *és para que eu me seja*. Se assim fosse, o instinto de nacionalidade já seria a nacionalidade concretizada, e não haveria, para a literatura e para o pensamento brasileiros, nenhum Futuro – pois que já seriam o que são, ao serem as cores do país. O Futuro e o Passado seriam reduzidos a um presente eternizado e tornado absoluto, razão por que os árcades em cujas obras as cores do país não se revelam poderiam ser descartados facilmente do panteão do que seja o pensamento brasileiro: o algoritmo, presente eternizado, é pensamento totalitário, por isso pensamento que não pensa.

Vimos, ao contrário, que a indeterminação do sentimento íntimo co-rresponde à indeterminação do desejo enquanto manifestação do In-stante, e este, sendo união do ter-sido e do a-ser no agora, transforma o indeterminado em infinitude viva, enriquecimento dos termos do Juízo. Eis o sentido do contraste empobrecimento e enriquecimento, que outro não é senão a diferença entre uma metafísica ôntica, que finitiza o infinito reduzindo-o a um Sistema de Juízos Finitos tornado absoluto, e uma metafísica do Infinito – aquela em que, conforme estou propondo, o Tempo não é oposto ao Eterno, mas ao contrário o faz emergir no encontro amoroso entre Passado e Futuro no in-stante. Ora, o Eterno é o sempre visado pelo desejo. Mas, este – este só existe na indeterminação do *um certo sentimento íntimo*, na intimidade que me é infinitude. Eis, com total clareza, o maior metafísico que o Brasil do Oitocentos conheceu:

> Não há dúvida que uma literatura, sobretudo uma literatura nascente, deve principalmente alimentar-se dos assuntos que lhe oferece a sua região; mas não estabeleçamos doutrinas tão absolutas que a empobreçam. O que se deve exigir do escritor antes de tudo, é certo sentimento íntimo, que o torne homem do seu tempo e do seu país, ainda quando trate de assuntos remotos no tempo e no espaço. Um notável crítico da França, analisando há tempos um escritor escocês, Masson, com muito acerto dizia que do mesmo modo que se podia ser bretão sem falar sempre do tojo, assim Masson era bem escocês, sem dizer palavra do cardo, e explicava o dito acrescentando que havia nele um *scotticismo* interior, diverso e melhor do que se fora apenas superficial (ASSIS, 1962, p. 804).

O sentimento íntimo é responsável por manifestar o Tempo, e isso porque a intimidade indeterminada do sentimento é a condição do desejo, no qual o In-stante, encontro no agora de ter-sido e a-ser, faz emergir o Eterno temporalizado. Revejamos com mais calma este estranho encontro de Passado e Futuro no In-stante, antes de vislumbrarmos o recôndito laço entre Tempo e Juízo – que, proporei, reside na definição metafísica, ainda por-fazer, de *forma literária*. Eu disse – Machado disse – que o sentimento íntimo é o *symptoma* de uma vida da literatura brasileira, existente, agora, como abono de Futuro – existente, portanto, enquanto por-vir. Ao ter criticado o julgamento empobrecedor de quem nega aos árcades lugar no panteão nacional, Machado tornou explícita, com todas as palavras, sua concepção de Juízo como identidade amorosa dos termos, que existe apenas na contínua e enriquecedora interação de sujeito e predicado. O que nos autoriza, chegados até aqui, a ver, inscrita nesta fórmula do Juízo, a gênese do Tempo? *Simples: a comparação agora feita com Masson.*

O *scottismo* interior de Masson não é qualquer coisa de indizível e invisível, para sempre trancafiado nos castelos interiores do escritor escocês – o *scottismo* interior só existe ao exteriorizar-se em formas, que, sem dizer embora palavra do cardo, não deixava por isso de ser escocês. Que é, entretanto, ser escocês? Ora, o sujeito *escocês* só pode ser dito em interação amorosa com um predicado, em abertura constante. O cardo pode bem ser este predicado, sem contudo exauri-lo, porque, uma vez estabelecido o encontro amoroso, predicado e sujeito tornam-se receptáculos de um enriquecimento contínuo do Mundo: do cardo e das demais coisas superficiais que, ao Juízo adjuntas, ganham a dignidade das profundezas. O superficial é o imediatamente visível – é o presente, o *praeesse*, o diante dos olhos em visibilidade imediata. É também o tempo normalmente pensado, ao qual convém a visibilidade. As formas visíveis são a história compreendida como o transitório, conforme a genial fórmula de Baudelaire em *Le peintre de la vie moderne*. As formas visíveis, seja o cardo seja o canto do Ipiranga, não são porém apenas o invólucro, a ser descartado, do interior, das profundezas. São, ao contrário, o visível que, revelando o invisível, dignifica-se a si mesmo, tornando-se visível-invisível, assim como o invisível torna-se visível. O Juízo, havia eu dito, é o encontro amoroso de sujeito e predicado a constituir-se como *symptoma*, sendo por isso a malha cuja infinitude reside em apontar para o que há de vir. O Juízo, para ser-*se*, necessita da inteligibilidade de seus termos, da visibilidade que lhes pertence e que eles lhe emprestam – o Juízo, portanto, é visível e presente, apenas para dizer o invisível *futurus*. Isso significa, então, que o Juízo, sendo encontro de sujeito e predicado, é o presente em que o Passado do sujeito, seu ser-noite-profunda, e o Futuro anunciado desde a síntese dos termos, torna-se pensável, presentificando-se em um agora resoluto – no In-stante de um desejo.

Estou em parte pressupondo o raciocínio delineado em *Mímesis Especulativa*, em que revisitei Schelling para sublinhar a interação dialética entre as potências. Para esclarecer um pouco mais esta relação de duplo nível entre Juízo e seus termos, digo o seguinte: o sujeito, *subjectum* e fundamento, só existe no momento mesmo em que o predicado se lhe adjunta, e esta regra vale igualmente para o predicado, que inexiste, é claro, fora da relação com o sujeito. Esta explicação é a paráfrase algo óbvia da ontologia da díade, que supõe ser a Identidade dos termos existente apenas no interior de relações enriquecedoras – o predicado só o é de um sujeito, que é fundamento de um predicado. Os dois só existem, então, no momento de seu encontro, por intermédio da cópula, em *Mímesis Especulativa* chamada A3, terceira potência, seguindo o vocabulário de Schelling.

O Juízo mimetiza, em primeiro grau, a relação por ele tornada possível, para, em segundo grau, mimetizar aquilo do qual é Juízo e que o encontro de seus termos figura: a face do Ser. Esta face, como vimos, põe um Passado radical, como noite-profunda antes do Tempo, e o Futuro, como o porto sempre por achar, em que o Tempo se abolirá. O presente do Juízo Infinito se diferencia, pois, do presente banalizado dos juízos finitos ao tornar-se In-stante, encontro do Passado e do Futuro no agora do desejo. Ora, os juízos finitos correspondem ao que Machado chama de *empobrecimento do cabedal de nossa literatura*, resultado de toda ingênua redução do sujeito ao predicado, isto é, de todo algoritmo do que seja a literatura brasileira. Se assim é, então o instinto de nacionalidade, o *certo sentimento íntimo*, será a fórmula mesma para um pensamento cuja estrutura é a do *symptoma*, isto é, de um Juízo cuja constituição espelha a gênese mesma do Tempo: enquanto encontro amoroso de sujeito e predicado conforme a fórmula *sou-te para ser-me*, o Juízo transforma-se na malha em que transparece um Passado absoluto, um Antes radical, e um Futuro igualmente absoluto, cuja abertura radical só se diz pela Saudade que marca os termos do Juízo e lhes garante, assim unidos um ao outro, a infinitude da Identidade. O presente do Juízo torna-se, com isso, In-stante, pois que nele se anuncia a gênese mesma do Tempo ao anunciarem-se, em solidariedade recíproca e indissociável harmonia, o Passado e o Futuro, o ter-sido e o por-vir, na emergência do desejo.

Digo desejo, pois o desejar só existe para quem permaneça na entre-visão, ainda que seja uma tal permanência a de seus efeitos. Só posso desejar a partir de um Mundo, se me vejo entre coisas e entre consciências que a mim se dirigem e às quais me dirijo igualmente. Este Mundo, conjunto articulado de sentidos que se deixaram estabilizar, é minha morada, onde posso demorar e de onde posso desejar – é uma De-mora. Mas o desejo ele mesmo, embora demande a De-mora dos sentidos estabilizados, é o *bouleversement*, o terremoto que mobiliza o para mim visível e estável a fim de modular o invisível – se o desejo supõe inteligibilidade de um Mundo, o passado que eu julgo meu no presente a mim translúcido de que se ergue o futuro de meus planos e projetos, o momento de nascimento deste Mundo é, entretanto, o espanto inesperado do que escapa à estabilidade de minha morada, é, por isso, o que me põe em movimento contínuo, o que me estabelece em errância inequívoca para o equívoco.[99] A morada, que eu prefiro denominar De-mora, é a condição da visibilidade translúcida, e por tal é a premissa de todo Sistema de Juízos Finitos. Sua duplicidade consiste no fato de que, se por um lado torna possível a visibilidade do presente vulgar, responsável pela compreensão vulgar do tempo como forma do antes e do depois, é também dela que se ergue a entre-visão.

Qual a diferença do ver para o entre-ver? Por suposto, vejo o a mim ofertado, o que se me põe diante na clareza unívoca de uma identidade estável, da qual resta excluído o movimento. Vejo, com efeito, um cão diante de mim, pois suas quatro patas, seu pelo marrom e seu amigável sorriso inequivocamente se me oferecem como o que não é gato nem pássaro, tampouco árvore: e vejo o cão. Mas no sorriso da moça, sob luzes matizadas pela noite e no sutil balanço de segundos que parecem não escoar – no sorriso e na voz da moça posso apenas entre-ver aquilo que ela é na promessa de um futuro anterior. Embora veja com os olhos seu sorriso e com os ouvidos sua voz, à visão com que percebo as coisas do mundo é elusiva a forma interna da moça, seus pensamentos recônditos, o segredo de si que ela do mundo segrega: sua forma interna posso apenas entre-ver, isto é, ver no entre de luz

---

99 Jacques Lacan foi e resta o maior pensador do desejo, e nisto reside seu lugar importante no interior da metafísica romântica. Não me cabe aqui articular com a clareza e o rigor devidos a importância de Jacques Lacan para o pensamento enunciado por este livro, e registro aqui o projeto de fazê-lo em algum trabalho futuro – se tempo para isso me houver.

e sombra, ver como quem não vê, por isso mesmo ver o ao ver nunca ofertado – ver, portanto, o invisível.

O visível posso, bem entendido, querer, dominar, possuir, mas o invisível somente me é objeto de desejo, pois nele o que se elide a meu agora existe, para este mesmo agora, como o que um dia há de vir – na condição de promessa, que inscreve no presente o Futuro. O milagre da entre-visão consiste, todavia, na mudança do que eu julgara minha De-mora, minha íntima morada, da qual faz parte meu passado imaginário, aquilo que eu julguei ter sido. Não são apenas o futuro e o presente as dimensões salvas pela entre-visão, às quais ela concede o dom da errância: também o passado deixa sua condição estável e sempre já assim posta, a dimensão dos significados reiterados e por isso nunca diversos, para assumir-se enquanto Passado, abismo invisível de minha própria liberdade, em cujo ausente solo se dizem e redizem as imagens que de mim, das coisas ao redor de mim e das consciências que me interpelavam na memória plasmei. Ao modularem-se errantes Passado e Futuro, o ter-sido de um abismo a sempre redizer-se e o por-vir de uma promessa que se sabe apenas na ânsia, inscrevem-se Passado e Futuro no In-stante, escrevendo-o para escreverem-se – e dessa escrita fazerem erguer-se o Tempo.

Formalizando a especulação à qual nos entregamos, podemos dizer que o Tempo, em suas três dimensões especulativas, emerge no In-stante, em perfeita conformidade com a estrutura do Juízo e, portanto, com o encontro de sujeito e predicado por intermédio da cópula amorosa, *Band der Liebe*. De acordo com a fórmula da Identidade, o sujeito é o predicado para ser-se, assim como o predicado é o sujeito para ser-se. Esta mesma estrutura revela-se, pela caracterização do In-stante, como a que marca a emergência do Tempo: o abismo do Passado só existe diante de um Futuro essencialmente aberto, sendo o In-stante, encontro destas duas errâncias. O ter-sido do Passado espelha o a-ser do Futuro, mas um e outro só existem por virtude do agora que os enlaça e, enlaçando-os, faz de sua interação recíproca fonte de contínuo enriquecimento. O Tempo emerge, portanto, da mesma forma que o Juízo: apenas por virtude do enlace dos termos e das dimensões de que se compõem. E porque, conforme aprendemos em *Mímesis Especulativa*, o Juízo é a forma do Mundo, a emergência do Tempo será, igualmente, o nascimento do Mundo.

Pois bem, assim como o Juízo amorosamente conjuga sujeito e predicado para pronunciar um contínuo enriquecimento e, portanto, uma infinitude apenas articulada pela contínua interação entre os termos, do mesmo modo o Tempo, ao emergir conjugando suas dimensões, faz transparecer o Oposto de si mesmo: o Eterno[100]. Não se trata de mera analogia fortuita, mas de necessidade metafísica, porquanto, como já disse várias vezes ao longo deste livro, os termos do Juízo são, tomados por si, finitos, ao passo que a tarefa ao Juízo imposta é a de articular o Infinito, o que resta fora de toda relação. Por esta razão, é por meio da interação amorosa dos termos, do sujeito e do predicado, que o Infinito poderá ser articulado no coração mesmo do finito. Não é que o Infinito se finitize: bem ao contrário, é o finito que ganha a dignidade do Infinito. Também assim, as dimensões especulativas do Tempo – Passado abismal, In-stante, Futuro do pressentimento – precisam conjugar-se umas às outras para, primeiro, modular aquilo de que são supostamente produtos, o Tempo, a fim de, do mesmo modo que faz o Juízo, temporalizar o Eterno. É que, em última análise, a infinitude do Passado abismal co-rresponde à infinitude do Futuro por intermédio do In-stante que os enlaça, exatamente em conformidade com os três momentos – as três potências – que modulam o Juízo: o sujeito encontra amorosamente o predicado por meio da cópula que os sintetiza em unidade, na qual as diferenças são preservadas em superior Identidade. Era este, afinal, o misterioso significado da fórmula machadiana *um certo sentimento íntimo*, que diz por outras palavras a correlação entre Juízo e Tempo no momento da gênese exata de ambos: a indeterminação estrutural da fórmula, que apreciamos no começo de nossa meditação, revelou-se metafisicamente necessária para instituir a impossibilidade de um algoritmo do pensamento brasileiro, portanto para circunscrever a natureza deste pensamento como emergente desde o desejo em que o In-stante engendra o Tempo e, com o Tempo, o Mundo.

Esta é a chave para entendermos o paradoxo pelo qual Machado caracteriza Shakespeare, a quem chama de profundamente inglês e universal. Só há universalidade lá onde uma verdade ontológica é articulada, onde o Eterno portanto deixou-se temporalizar. Mas isso significa que o Eterno só se formula por virtude da indefinição em que resta o sentimento, assimilada às formas temporais pelas quais o sentimento se expressa – e isso porque nesse encontro duas infinitudes co-rrespondem. Masson era bem escocês sem dizer palavra do cardo pois o ser-escocês, metonímia do Tempo do qual a obra é expressão, não se deixa determinar, permanecendo em necessária indeterminação.

---

100 Eis o sentido da frase de Schelling: "*die Zeit sey der Ewigkeit Widerspiel und Gegensatz*" (SCHELLING, 1985, p. 227-236).

Ao contrário, o scotticismo interior é a adequada posição pela qual há co-rrespondência entre o sujeito escritor e o Eterno temporalizado. Co-rrespondência, portanto, entre duas infinitudes. Por outro lado, tanto o sentimento quanto o Eterno ao qual ele corresponde permaneceriam inarticulados se não se formalizassem, se não encontrassem expressão em formas. *A literatura é a figuração do sentimento íntimo, a temporalização do Eterno e, por isso, o conceito de forma literária deve ser pensado como uma determinação indeterminante do indeterminado – isto é, a forma literária, expressão do sentimento íntimo e figuração do Eterno, incorpora em si a indefinição dos termos que expressa e figura.* O que aqui Machado de Assis oferece é a definição metafísica da forma literária, articulada como determinação do sentimento íntimo. Por ser indefinido, o sentimento íntimo é expresso por uma forma que, determinando-o, incorpora sua indeterminação, sendo portanto uma determinação indeterminante do indeterminado. É essa a razão ontológica em que se assenta o sentido da frase sobre Masson e Shakespeare – e é aí que se anuncia a condição de possibilidade da literatura e do pensamento brasileiros como sua impossível determinação ôntica e finita.

Ora, mas não é exatamente esta a estrutura da metafísica moderna, tal como anunciada historicamente pela tradição pós-kantiana romântica, em Schlegel, Novalis, Schleiermacher e Schelling? A injunção de pensar o Infinito desde o Sistema de Juízos Finitos, de compreender o Eterno desde a condição temporal que nos marca, sem os tratar como pares dicotômicos ossificados, mas sintetizando-os no paradoxo como forma mesma do pensar – é este o gesto da metafísica romântica.

A pergunta machadiana acerca da condição de uma literatura brasileira levou-nos a ver na impossibilidade de uma definição determinante e finita da brasilidade a condição de possibilidade de um pensamento brasileiro. Vimos que o argumento machadiano estruturava-se ao conjugar a indeterminação de três termos: do sentimento íntimo, do tempo e das formas literárias. Especulando sobre a co-rrespondência entre sentimento íntimo e Tempo, percebemos que a mediação entre os termos consiste na obra, como expressão do sentimento e figuração do Tempo, em que individual e universal se sintetizam paradoxalmente, sem reduzir um ao outro. Para isso, construí a definição especulativa de forma literária como determinação indeterminante do indeterminado, sugerindo que a infinitude dos termos é assimilada ao ato mesmo da determinação: para determinar o Eterno, preciso incorporar aos termos temporais a eternidade do que neles se revela – para expressar o indefinido sentimento, preciso formalizá-lo mantendo-lhe a infinitude.

Determinação indeterminante do indeterminado. Uma tal determinação, que na Literatura vem à luz, cultiva a Saudade como forma específica do pensar. Era esta a definição que Schlegel forneceu de Filosofia: Saudade do Infinito. Ao formular a literatura brasileira como alicerçada em *um certo sentimento íntimo*, Machado formulava sua possibilidade como uma saudável impossibilidade. Saudável pois o impossível só o é para uma metafísica ôntica incapaz de figurar o Infinito. Eis, por fim, a tarefa que Machado nos lega: habitar a Saudade, estar à altura de temporalizar o Eterno, transformando a indefinição estrutural do Tempo e de um certo sentimento íntimo em Infinitude dos termos especulativos, em que se desvela o Infinito como estrutura e destino da metafísica moderna, que, se a luz do dia ainda chegar a ver, só pode ser romântica – só pode ser, isto é, machadiana.

3

Sou-te para ser-me o impossível que somos: retrato do amor ou ensaio de vida a dois

L'être comme tel, c'est l'amour qui vient à y aborder dans la rencontre.

Jacques Lacan

O mundo é belo, é grande – e nele estamos fadados, não a ser livres apenas, mas ao milagre do amor: início de Nós. O amor – este tema arcaico dos mitos, das primeiras modulações líricas, da Filosofia ela mesma. É dele que gostaria agora de falar, não para demarcar o que lhe seja essência, mas porque amor só existe para dois e no dois: amor é abertura primeva à mudança que se inscreve no Ser. Falar do amor é falar do Mundo – do mundo belo, do mundo grande, do belo porque grande, e grande porque aberto – Mundo.

Osman Lins entendeu a forma do amor, que é a do Dois, como filosoficamente a pensou Badou. Quero ir além: é a forma do Mundo, belo, grande e aberto. Só há Mundo porque, em último passo, há Dois, que *se* são o impossível de um Nós. No capítulo precedente, tentei articular a emergência do Tempo e do Mundo no In-stante, e para isso lhes modulei o Juízo como intermediário: compreendida a estrutura do Juízo, compreendem-se igualmente o Tempo e o Mundo como as duas dimensões em que o pensamento da Saudade se desdobra, lançando-se a seu destino de figurar o Infinito. Um tal destino existe apenas por ser o Mundo aberto, grande e portanto belo, e por apresentar-se-nos o Tempo, do Mundo irmão gêmeo, portal para a Eternidade. Faltou-me, no capítulo passado, nomear o outro dançarino desta ciranda do pensar – é o amor, cuja forma é a do Dois, igualmente a do Mundo e a do Tempo. Porque há amor, há Saudade – e há pensamento. Se pensamos, é porque amamos: irremediavelmente, mesmo quando esquecidos de tudo e de todos, na mais radical solidão, que é a casa do pensar. Viver: habitar a fenda do Dois, pagar-lhe os tributos de sua beleza. Depois de Platão e de Paulo, foi Osman Lins quem compreendeu ser o amor núcleo do Ser. *Confundidos* é o título de sua meditação. Assim começa:

<— Estou cansada. Quase meia-noite.
— Continuo de férias, posso acordar tarde.
<— Mas eu, não. Afinal, que importa? Suporto
bem uma noite sem sono, tenho passado outras.
— É uma alusão a mim?
<— Talvez.
— Não fiz censuras, perguntas, não disse nada. Desde o Jantar que estamos calados.
<—Existe alguma coisa que fui condenada a ouvir hoje. Sinto isso no ar, nas mãos. Espero, ao menos, que o horror tenha início antes que clareie o dia. Amanhã é terça, dia de trabalho (LINS, 1994, p. 63).

As primeiras duas frases trocadas, o movimento primeiro deste diálogo, é a de um desencontro: ele, de férias, e ela, cansada. Para ele, o descanso do sono; para ela, o cansaço do sono que não vem. Feita a alegação das noites insones, ele, sentindo-se atingido, dirige-lhe a pergunta, que é já faca: é uma alusão a mim? A resposta explicita a ambiguidade, e o *talvez* deve, deste momento em diante, marcar a irremediável duplicidade do Dois, de um ente que não pode ser uno, que só *se* pode ser sendo um Nós, cuja marca é a violência e o afeto. Violência: *não fiz censuras, perguntas, não disse nada. Desde o jantar que estamos calados.* Apesar do jantar transcorrido em silêncio, ela, que o texto marca inicialmente com o grafo <–, diz haver algo que foi condenada a ouvir, não com os ouvidos, mas com a pele do corpo, rodeada pelo peso do ar: *sinto isso no ar, nas mãos.* Que é esse peso que se ouve, essa maldição dita em silêncio que se sente na atmosfera? O diálogo entre os dois inicia com um desencontro e uma dúvida, e é no encontro de desencontro e dúvida que a primeira descrição cênica tem lugar:

> Um de nós levantou-se, ou irá ainda levantar- se, entreabrir a cortina, olhar a noite. O rumor dos veículos, continuado, ascenderá — ascendeu? — das avenidas, regirando na sala, sobre as aquarelas em seus finos caixilhos, sobre as poltronas de couro com almofadas vermelhas, em torno do abajur aceso. As estrelas vibrando, parecendo abaladas pelo rumor da cidadé

que não dorme. Estamos de mãos dadas, qual destas mãos arde? Olhamos a parede vazia (LINS, 1994, p. 64).

O grande desafio da poesia é dizer muito com quase nada. Qual dos dois pensa estas linhas? Talvez a única resposta possível seja a impossibilidade de indicar um dos dois, que já se constituem aqui um só Nós – mas este Nós possui como marca a ambiguidade da violência e do carinho, que se diz na dúvida inicial: *um de nós levantou-se, ou irá levantar-se, entreabrir a cortina, olhar a noite*. Se sei quem sou, como posso utilizar, para referir-me a mim, uma tal locução adverbial, introduzida pelo artigo indefinido: *um de nós*? Mas a dúvida aqui não é pergunta, pela simples razão de que só perguntamos sobre aquilo para o que esperamos uma resposta, uma indicação, uma assertiva a separar o joio do trigo: à pergunta *que é o trigo?* respondemos dizendo não ser o joio. É isto o trigo: ser-*se*-não-sendo-o-joio. Mas o *nós* que aqui se diz deixa-se dizer na dúvida de uma afirmativa: *um de nós levantou-se*. A afirmativa duvidosa, que o é não por faltar-lhe clareza ou certeza, mas por ser verdadeira e resplandecente no que diz, intensifica sua luz pela próxima frase que duvidoso torna o próprio tempo dos acontecimentos: *levantou-se, ou irá levantar-se, entreabrir a cortina, olhar a noite*. As três ações – *levantar-se, entreabrir a cortina, olhar a noite* – pertencem a um dos dois, e devem predicar, indicar, sugerir, qualquer coisa deste um, que resta na dúvida afirmativa, aumentada pela incerteza da localização temporal: as três ações podem já se ter realizado ou ainda estar por serem realizadas, seja por ela, que de insônia sofre e deve amanhã trabalhar, seja por ele, que de férias está mas ferido agora pela alusão possível. Levantar-se da cama é apartar-se, entreabrir a cortina e olhar a noite é fugir com os olhos para um lugar outro, onde a solidão seria possível. Mas é também mostrar-lhe (a ele, a ela) um tal desejo de solidão, querê-lo (querê-la) por isso perto, anulando a solidão para melhor mostrar-lha (a ele, a ela – tal solidão). A fina arte meditativa de Osman tece, em seguida e como que por necessidade orgânica, a descrição do quarto, iluminado pela noite que adentrou (ou adentrará) o recinto pela janela agora sem cortina. As três ações dizem do desejo de solidão de um dos dois, dizem também do tempo, e tornam incertos tanto o tempo como o desejo: não sabemos se já foram realizadas tais ações, ou se estão para realizar, assim como não sabemos de quem é o desejo de solidão, sequer se tal desejo é ele mesmo solitário, se ele existe como apanágio de um só, segregado do nós. Agora, a descrição do quarto, que só se tornou possível pela luz introduzida pela janela sem cortinas, é a nós ofertada pelos olhos de um dos dois. Mas de quem? Se o tempo, dito pelas ações, é sempre já desde a dúvida do nós, também o espaço só se oferta a uma dupla, e nesta duplicidade incerta, visão. Por isso, o pensamento que ocorre a quem descreve as coisas por si vistas não pode ser outro senão a afirmativa da dúvida, agora modulada em questão: *Estamos de mãos dadas, qual destas mãos arde?Olhamos a parede vazia.* A imagem das mãos entrelaçadas enuncia, no começo desta meditação, o que fora sugerido pelas primeiras frases deste diálogo, que se tornará monólogo, não para no Um permanecer – com efeito, o diálogo torna-se monólogo apenas para melhor dizer o Mundo como logos de uma díade, para circunscrever o Ser desde a origem de um Dois, de um Nós. Por que ardem as mãos? Talvez pela frustração dela, motivada pela insônia, talvez pela irritação dele, acordada pela alusão cortante, por ventura pelas duas coisas e pela ardência das duas mãos, uma da outra agora indistintas. A parede vazia talvez seja metáfora desta mesma indistinção: no vazio, não se distingue o joio do trigo.

Quem primeiro rompe o silêncio é ele, que diz ter sofrido um ataque, contra o qual nada pode. De que este ataque? O diálogo nos sugere, na dúvida calculada que é sua tessitura, tratar-se de ciúme, insegurança, ardor por uma sinceridade que ela não lhe pode dar:

<— Tenho de viver até quando nesta danação? Vou esperar até o fim da vida?
— É preciso compaixão.
<— Novamente as palavras. Inúteis como sempre.
— Não são inúteis.
<— Estou farta. Tínhamos passado três semanas sem essa coisa odiosa. Dias perfeitos.
— Manhãs, tardes e noites nós estávamos juntos. Eu não podia duvida... de mim (LINS, 1994, p. 64).

Os dias perfeitos, para serem felizes, têm de excluir a causa da danação, isto é, a *dúvida... de mim.* Por que esta reticência? Por que, na dúvida, esta dúvida? Se as manhãs, tardes e noites das três semanas são boas porque os dois estão juntos, nisso aparentemente sendo um só, a dúvida parece ter como condição o estar só, o momento em que cessam de estar juntos os dois. Por isso ela diz: *bastou eu me afastar algumas horas, para recomeçar outra vez. Então tudo que faço é o mesmo que olhar nos olhos de um cego?* As horas que dele a apartam fornecem-lhe o ensejo da dúvida – mas esta, diz-nos este texto onde tudo graficamente importa, é hesitante, é... *de mim*. Dúvidas há hesitantes, outras, resolutas: na resoluta dúvida, sei de que duvido pois sei que eu duvido – a dúvida resoluta, se para mim põe em dúvida um objeto, assegura-me de mim e de meu duvidar na certeza da origem e do destino de minha dúvida. Ele, entretanto, é tomado por hesitante dúvida, pois, deixado só, não é que perca a plenitude do estar-junto--em-um-só-nós, mas por melhor sentir a presença dela como este outro de quem precisa para ser o que ele é e que ele, em todo seu amor, não pode reduzir a si. A dúvida, por isso, é dúvida hesitante por ser dele sendo dela: duvidando dela, duvida de si – duvida, isto é, da possível plenitude dos dois.

Todo mundo conhece a fábula aristofânica da plenitude originária, que desleitores apressados de Platão muito rapidamente pensam ser a tese mesma do *Symposium*: tendo perdido a plenitude originária, os homens abrasam-se no amor, por nele entrever o Um que eram e que desejam novamente ser. Mas ser Um seria nunca mais desgrudar, e é bem essa cômica imagem que Aristófanes, um cômico ele mesmo, apresenta: os amantes, se lhes fosse dada a possibilidade, gostariam de nada fazer, de não comer, de não mais mover-se, petrificados no abraço mortífero que os engendraria estátua imóvel do Um pleno. Osman e Platão, dois poetas, dois pensadores, dois metafísicos – sabem que a verdade do amor não é a plenitude petrificada, mas a riqueza do Dois impossível de um Nós. A dúvida que o corrói por dentro é, a um só tempo, a ânsia por esta plenitude e a certeza de sua impossibilidade. Por isso ela lhe joga a acusação: *então tudo que faço é o mesmo que olhar nos olhos de um cego?*

Juntos, os amantes abrem para si um espaço, e por ele prometem, cada um ao outro e a si, a possibilidade de um mundo, em que a vida fará sentido – em que as coisas resplandecerão sob luz, na claridade do dia. Não há, em um tal espaço e em um tal mundo, olhar que seja apanágio de um só dos amantes: por isso, ao notar nele a dúvida que retorna e que tanto mal a ela faz, acusa-o com a pior das acusações – a de não retribuir-lhe o olhar que lhe dirige, de não vê que ela o vê, de, portanto, recusar o mundo comum prometido pelo espaço do Dois, de, em uma palavra, ter olhos cegos para o amoroso olhar que nos olhos dela o olha. Nesta acusação que ela lhe dirige, enuncia-se com mais força o desencontro de que vislumbramos a presença no ato de abrir as cortinas e buscar, na noite longínqua, um lugar solitário em que o Dois cessasse. Mas igualmente vimos, ao apreciarmos a duvidosa afirmação *um de nós*, a impossibilidade desta solidão, porque todo desencontro é já encontro, assim como todo encontro é desencontrado. Eis a estrutura originária do amor, que neste momento do conto começa a ser enunciada com todo vigor:

> — Quero explicar.
> <— Prefiro não ouvir
> — Tenho de ouvir.
> <— E por cima de tudo, ainda isto: uma ausência total de piedade. Admito que suspeite de mim, embora sem motivo. Mas por que confessar? É crueldade.
> — Quero ser sincero.
> <— Desprezo até à náusea esse tipo de sinceridade. Enjoa-me. Sinceridade, como? Entrego-me. Confio. Sinto os abraços, beijos. E que existe por dentro dos afagos? Tenho os olhos fechados. Minha boca está na minha boca. E dois olhos sondam-me. Isto é ser sincero? (LINS, 1994, p. 64).

Sistematicamente, o poeta conjuga os verbos na primeira pessoa do singular, para dizer com mais clareza a confusão fundamental dos nós deste nós. Ele quer a ela explicar, mas ela não lhe quer prestar ouvidos, pois sabe que sua necessidade de explicar-se a ela é antes de tudo necessidade, que ele sente, de a si mesmo explicar-se, explicando-se a ela. Osman diz formalmente este enlace pela deliberada confusão das pessoas gramaticais e da conjugação dos verbos, e a frase *quero ser sincero* demonstra-o com a eloquência matemática de quem diz muito por pouco. A tarefa do crítico especulativo é cavar os labirintos e os textos que se escondem em três palavras – cavando a frase *quero ser sincero,* vemos nela *quero que sejas sincera, quero que me queiras sincero, pois me quero sincero através de tua mesma sinceridade: quero a sinceridade de um simples Um.* A insegurança dele, que o texto sugere pelo tema habitual do ciúme, é antes insegurança diante da irremediável lacuna do amor – o que ele deseja é não a transparência dela para ele, tampouco dele mesmo para ela, mas a dos dois em um só, portanto o cessar de ser dois para tornar-se novamente um, de acordo com a fábula aristofânica. Daí a resposta, de beleza aterrorizante e mesmo, como o Sol que cega quem o olha diretamente, dolorosa, que ela lhe dirige: *desprezo até a náusea esse tipo de sinceridade.* E entretanto não é profunda declaração de amor que neste desprezo se faz ouvir? Ela se entrega, confia, mas sua boca está na sua boca. A pergunta, que de retórica tem muito pouco, *E que existe por dentro dos afagos?* traz à tona a causa mesma da angústia dele: o interior dos afagos deve restar obscuro, é aliás essa mesma escuridão que preserva a luz dos olhos, que impede a cegueira própria ao Um, incapaz de existir no Nós. A sabedoria dela contrapõe-se à ingenuidade dele, própria dos iniciantes na arte do amor, ignorantes da *philo-sophia*:

> — Não suspeito de nada, quando nos amamos.
> — Como posso saber? Como posso crer?
> — Estou dizendo: não suspeito de nada. Alguma coisa, quando estamos juntos, me restitui a confiançå. Acho que assim vai ser eternamente, que toda sombra acabou e que não voltará a existir, entre nós, maldade alguma. De repente, vejo-me sozinho. E recomeço.
> <— Por que não suspeitar quando estou presente? Posso estar aqui, comigo, nua e pensando noutro homem. Comparando em segredo o modo de abraçar-me. O jeito de...
> — Melhor não prosseguir. Se destruo isto, esta segurança, a derradeira, a única, me resta o quê?
> <— Pouco se me dá. Para mim, nem essa, ao menos, existe. Principio também a duvidar de mim mesma, já não me conheço, não sei mais quem sou. (LINS, 1994, p. 65)

Passagem brilhante, estarrecedora, thaumática. Ele confunde e é incapaz de perceber que a cláusula, *quando nos amamos*, adicionada à frase *não suspeito de nada*, longe de ser afirmação do amor na segurança pelo amar modelada, é, ao contrário, negação do amor qual soma de duas lacunas na formação de uma *uma lacuna dupla*. Uma lacuna dupla: um impossível, um impensável. Não é que o amor seja a síntese de duas metades, capaz de as completar e fornecer-lhes, assim, a totalidade por que ansiavam. O *quando nos amamos* é produto de uma ilusão, e confunde o milagre do amor com a fantasia que este mesmo amor paradoxalmente cria, como oposto de si mesmo: o milagre do amor é a subtração existente apenas na soma de duas lacunas, e a fantasia, a plenitude que emerge como sonho sempre sonhado e a sonhar por esta lacuna dupla. A suspeita dele formaliza a incapacidade de lidar com esta verdade, de entender ser a sombra a possibilidade mesma do estar a dois e de estar no Dois. Por isso, ela lhe objeta que, estando embora com ele, pode, *em segredo*, estar com outro homem – não entretanto para feri-lo, senão que para melhor mostrar, talvez mesmo pela ferida (pois que amor é síntese de violência e carinho), o bem querer-lhe, isto é, que melhor estar com ele quando, estando com ele, está, *em segredo*, com outro, e que estando, *em segredo*, com outro, verdadeiramente está com ele. É que o segredo e as sombras são a condição mesma do amor, que produz o Um enquanto fantasia de si mesmo e que, antes do Um petrificado com que eternamente sonha, é o Um-síntese-do-Dois, dito apenas como lacuna dupla. A tragédia e a beleza do amor residem exatamente aí, neste ser feliz sendo triste, nesta decisão por permanecer no Um do Dois.

Mas caberia agora perguntar: é possível unir-se, se a união implica o Um e, este, a morte do Dois? A grandeza deste conto encontra sua morada em fornecer a esta pergunta uma resposta imagética. Se ela ao menos sabe que, para amar, é necessário manter *o segredo* e *as sombras*, por contraste à ingenuidade dele que demanda a não-amorosa sinceridade total aristofânica, já não pode, amando-o, permanecer na pura sabedoria que seria apenas a *sua*. Por isso diz: *pouco se me dá. Para mim, nem essa, ao menos, existe. Principio também a duvidar de mim mesma, já não me conheço, não sei mais quem sou.* Neste momento do conto, sabemos que o *já não me conheço* é igualmente *já não te conheço*, que o *não sei mais quem sou* diz *não sei mais quem tu és e, porque sou o que és, não sei mais quem sou.* Formalizada, a frase diria *sou-te para ser-me, e porque tu não me queres ser preservando-me o segredo, não me podes ser por completo, não podendo eu ser-te tampouco ser-me, sendo-te.* E entretanto mesmo nesta impossibilidade eles são-se, pois a dúvida que a toma não faz mais do que reafirmar a frase originária do amor, sua face última: *sou-te para ser-me.* Ela duvida de si, porque ele dela duvida, e nesta dúvida mútua do amor de um pelo outro reafirma-se o amor como soma subtraínte de duas lacunas, Um-do-Dois. O poema osmaniano consolida o caminho que trilha nossa meditação, nas linhas imediatamente seguintes:

> Quem, com gestos nervosos, abre a cigarreira dourada, bate com um golpe decidido e seco a tampa do isqueiro, depois de olhar a chama demoradamente? Um se levanta, anda, outro permanece sentado, depois este se ergue, atravessamos a sala, alguém volta a sentar-se, continuamos de pé, dorso contra dorso, juntos. (LINS, 1994, p. 65)

A dúvida afirma de novo que um já é o outro, com ele confundido, não porque se lhe tenha reduzido, mas sendo-se a si no outro – o poema formaliza esta bela relação com a pergunta e com o jogo entre *um* e *outro*: a indefinição é a forma do Nós em que duas lacunas formam uma só, sem perder, cada qual, sua individualidade. O poema o diz pela indefinição cultivada nos pronomes indefinidos e pela confusão deliberada das pessoas gramaticais. Mas o enuncia também pelo desencontro entre os desejos, dele e dela. A aristofânica pretensão dele é, paradoxalmente, a causa desta angústia entre eles e, ao mesmo tempo, o ensejo à forma apropriada para expressão do amor: o impossível de um Nós. Assim, a suposta solidão como causa da dúvida e da dor, contrastada com a presumida plenitude do estar-juntos, é a revelação *ex negativo* do amor como subtração do estar-junto:

— O que senti, o que sinto, é igual ao que me sucedia quando era menino e ficava sozinho. Excitava-me com quê? Retratos de mulheres? Histórias licenciosas? Com a solidão. Insensivelmente, irresistivelmente, eu buscava em mim o prazer, um prazer aflito e imaturo. Para em seguida cair em depressão; e recomeçar tudo, assim que me visse outra vez só no quarto ou no banheiro. A solidão, para mim, era o mesmo que uma mulher nua. Agora, ela é como a presença de um rival.
<— Não existe rival.
— Quando estamos juntos, é também assim que penso. Não há outro, nem houve nunca. ambos nos amamos. Mas se me vejo só.

A solidão infantil era o ensejo à busca de plenitude: uma mulher nua. Mas a plenitude não é a carne ofertada aos prazeres do corpo, que goza no vazio de si, *prazer aflito e imaturo*. A solidão do menino já era antevisão da solidão do adulto, nisto ainda uma criança, que separa em dois reinos incomunicáveis e demasiado contrastantes plenitude e lacuna, enquanto plenas são apenas lacunas por preencherem: *plenitude só há do ainda e no ainda*. O simples e palese motivo do rival, apropriado ao ouvido da turba imunda e cega, modela o que poderia modelar-se por outros e infinitos motivos – eis a razão por que é inútil ela afirmar a ausência do rival: *quando estamos juntos, é também assim que penso. Não há outro, nem houve nunca, ambos nos amamos. Mas se me vejo só*. Ele revela ser seu medo o da *lacuna*, angústia diante dos espaços não por completo preenchidos, aflição dos recantos sombrios, fobia dos segredos, que já vimos serem a condição mesma do amor. As frases seguintes descrevem as ações obsessivas dele, que busca nos lugares todos resquícios que lhe comprovem, não apenas a traição, mas sua fantasia do amor enquanto plenitude do Um. O erro da sabedoria popular – *sapientia vulgi, sapientia diaboli* – reside em ver no ciumento o desejo pela comprovação de suas suposições: o ciumento antes deseja apenas para si provar a verdade da fábula aristofânica, isto é, que amor é o reencontrar-se no Um. O ciumento é uma versão melhorada do último homem de Nietzsche: ele deseja ser feliz, pobre coitado, e piscar. Mas se o amor é vida a dois, vida no Dois, é assim decisão por viver a impossibilidade de uma soma subtrainte, por um encontro entre dois desencontros, cuja fórmula última deve, por isso, ser: *sou-te para ser-me o impossível que somos*. O mistério do amor reside em engendrar, pelo encontro, os polos que se encontram, de modo a lhes conferir uma existência de que não gozavam anteriormente, pois um não existia *sem* o outro, *antes* do outro.

Enquanto laço, *Band*, o amor é o meio da síntese, e toda síntese soma, conjuga, traz ao Um o disperso. O amor, entretanto, é estranha síntese: juntando o disperso, engendra-os na síntese que são, dá-lhes por isso o ser, sem lhes destruir a autonomia e a individualidade, antes proporcionando-lhas por intermédio do encontro. O amor, portanto, é o Um do Dois, que cria uma unidade pelo mesmo movimento com que torna possível os dois polos da relação, engendrando o Uno pela Díade e a Díade, pelo Uno. Eis a razão por que o amor, longe de ser a recuperada plenitude perdida que põe fim a todo movimento, é o instante auroral de todo enriquecimento: pelo encontro dos dois no Nós, é o Mundo que se abre, e se abre belo porque grande, e grande, porque aberto. O segredo, no poema osmaniano, é o outro nome para esta abertura constitutiva de todo Mundo e de todo amor, da abertura da vida a dois. No segredo, o Outro para mim permanece enquanto algo a ser ainda desvendado, descoberto, algo cuja autonomia me fascina e me havia antes interpelado – algo, portanto, que é lugar-tenente de meu mais recôndito ser, de minha própria infinitude e de minha própria dignidade. Ser o Outro por completo é, contudo, impossível, pois isso seria ser-me absolutamente e, por tal, não mais ser. O amor, sendo constante e contínuo enriquecimento, é por esta razão uma impossibilidade infernal, pois é o inferno de um eterno impossível, que assim se diz: *sou-te para ser-me o impossível que somos*:

— Tivemos, eu e eu, muitas horas felizes.
<— Para o diabo com elas! Não quero horas felizes. Quero confiança e um pouco de respeito. Essas horas felizes vêm cheias de veneno.
— Tudo na vida tem seu lado mau,
<— Aqui todos os lados são maus, mesmo os que parecem bons. Aqui é o inferno.

Alguém abre as cortinas, corre as vidraças, e tudo permanece como antes, aqui é o inferno, o ar petrificado betuma esta janela aberta, aqui é o inferno.

<— É o inferno. Acho que as pessoas, às vezes, sem o saber, são lançadas em vida no inferno. Ficam girando em roda, passando eternamente sobre os mesmos pontos. Quero sair disto, não foi de modo algum para este sofrimento que meu corpo reagiu à morte. Mas como, se perdi a identidade e não sei mais quem sou? Somos como dois corpos enterrados juntos, roídos pela terra, os ossos misturados. Não sei mais quem sou.

— É porque nos amamos. Estamos confundidos, cada um é si próprio e também é o outro.

<— Isso não é amor. Não se perde a identidade no amor. Mas no escritório, na vida coletiva; ou na demasiado solitária, por falta de pontos de referência. No amor, pelo contrário, devemos reencontrar nossa identidade perdida.

— Repito que, no amor, cada um é si próprio e é o outro (LINS, 1994, p. 70).

Talvez certa dose de ingenuidade seja elemento indispensável do amor, exatamente porque o amor gera a fantasia do impossível de si mesmo, dito pela fábula aristofânica. As horas felizes vêm cheias de veneno, pois elas são a promessa viva da plenitude por elas mesmas descortinada. Mas a plenitude é negada pela natureza do amor, que entretanto continuamente tem o impossível de si diante de si: é porque nos amamos. Estamos confundidos, cada um é si próprio e também é o outro. Daí o desejo angustiante:

> Gostaria de ignorar estes passos que me cercam, passam em torno de mim ataduras de aflição, terror e desamparo, desejaria sentar-me, ou deitar-me, desejaria ser o que desejo ser, estou prostrada, falta-me ânimo até de erguer a voz, pedir que cessem os passos (LINS, 1994, p. 70).

Desejar ser o que se deseja ser é, de acordo com as verdades que o poema nos ensinou, desejar ser o Outro de modo completo e, por aí, ser-se de modo completo. Realizar este desejo é impossível, já vimos – mas é necessário desejar este impossível, realizando-o no agora como promessa. O impossível não diz de uma alternativa a ser descartada, uma vez demonstrada sua impossibilidade, pois também o impossível é possível. Apenas para quem deseje um mundo de distinções absolutas, do qual o movimento e o enriquecimento foram banidos, é o impossível verdadeiramente não possível, não projetado nem passível de projeção, de ser jogado. Mas o mundo – o Mundo é abertura contínua que o amor, em sua condição de encontro, descortinou ao modelar o Dois na Unidade que torna possível o impossível conservando-lhe a impossibilidade. A confusão revela-se, aqui, a estrutura última do Ser, cuja forma é paradoxal por ser amorosa, vale dizer, erótica. A beleza e a grandiosidade de uma tal Verdade só empalidecem diante dos que são cegos para a entre-visão, este ver em que luz e sombra são um do outro complemento necessário, ver em que o visto o é no entre, como formulei no capítulo passado. Morrerei, morrerás também – e entretanto cá estamos os dois, tu e eu, sem que houvesse nem para mim nem para ti um passado antes do Encontro. No Mundo estamos, e dói aqui estar – dói porque o Mundo é belo, porque as horas nele vividas são felizes e hão de acabar, e porque para novas horas felizes é necessário que tu a mim te mostres como quem, conhecida, é ainda desconhecida, flerte na noite furtiva, noite que ainda não vivi. *Sou-te para ser-me o impossível que somos*: sou para ti, neste dativo que descreve o movimento de minha consciência em direção à face que a seduz, e te sou, em acusativo que modela, tocando-o, meu próprio ser a partir do teu. Sou-te, dativo e acusativo, igualmente *para* ser-me, pois inexisto, na verdade do que contigo agora sou, antes de ti, antes deste Encontro que me revelou um Mundo belo, grande e aberto. No Encontro, finalmente, sou-te para ser-me e, porque tu és esta infinitude de um caminho a percorrer, noite furtiva do flerte, sou para ti e em ti para ser-me um impossível tornado possível: Nós. A vida a dois é vida no Nós, enlaçada vida, em que os viventes estão confundidos, sem terem perdido a autonomia, pois que só a encontram aí, neste laço amoroso onde se lhes desvela o Mundo. O Ser, para os amantes, é antes de tudo isto: flerte, convite, abertura, beleza. A tragicidade do amor aí reside, em ter sua possibilidade no impossível que é, ao conjugar, criando-os, dois polos que inexistem antes do encontro e cuja infinitude é mantida pela impossibilidade de uma síntese absoluta, aristofânica, do Um imóvel. No amor, síntese de violência e carinho, os afagos das horas felizes carregam a ânsia pelo conhecimento total do Outro, cuja beleza, sabemos, reside em seu ser Outro – em seu escapar-se-me. O afago, no amor, leva já à violência da demanda pela definição das coisas, pela nudez do Outro ante mim:

<— Quem pode saber? Toda essa busca é tão inútil! Para ter-se a verdade sobre alguém, seria preciso ver o seu espírito. E isto é impossível. Essas buscas, essa perseguição, essas inquietações... (LINS, 1994, p. 71)

Por isso é ingênua, e contudo tão verdadeira no desejo que formula, a frase que ele eternamente repete:

— Quero amar de um modo simples, definitivo, seguro.

Tal simplicidade, tal univocidade – é fantasia engendrada pelo amor, vivência do impossível, síntese de violência e carinho, ambiguidade ensaiada. Há quantos anos os homens sonham em evitar a morte? Por que morremos, nós que sabemos a beleza da vida, os únicos aos quais a vida quis revelar a beleza de sua face, sorrindo-nos seu sorriso de flerte? Há anos muitos tentamos lidar com este medo: difícil aceitar que as coisas belas acabam, e todavia quão evidente a relação entre beleza e morte, luz e sombra, finitude e infinitude. As perguntas fundamentais dos homens são perguntas de amor, nascidas desta experiência que nunca cessa, pois a primeira e a última que fazemos sobre este mundo. Se só sou-me sendo-te, é porque, na solidão mais profunda, sempre-já estou tomado pela entre-visão de um sorriso que comigo flerta, que para mim constitui a abertura do Mundo, sua beleza essencial. Parte da vida dos homens consiste em esquecer esta entre-visão, em estancar a dolorosa verdade do amor, o viver de seu impossível. Impossível, no amor, é ser por completo o Outro, é reduzi--lo a mim, tornando-me o Círculo pleno de um Um que não se move, que por isso não possui Mundo nenhum e é incapaz de ver beleza nas coisas. A condição do amor, seu milagre estranho, é o cultivo da lacuna e dos segredos, da abertura que permite, em mim e em ti, a infinitude que nos marca a ambos no Nós que somos. O preço a pagar por um tal milagre é a dor, o veneno do amor, que engendra seu próprio impossível. Face de Jano, no amor o segredo é ato que descortina a noite das promessas furtivas e permite, junto com a beleza do flerte, aos esgares amargos adentrarem o quarto, inaugurando o inferno deste impossível:

Este silêncio e o espaço entre nós. A voz que rompe o espaço e o silêncio, com dificuldade, lenta, articulando uma hipótese perturbadora. (O amor, talvez, é uma espécie de enxerto. Não nos rins. Em outra parte qualquer, talvez na alma, e cujo êxito não depende de nós. Por mais que desejemos salvá-lo, pode apodrecer e envenenar-nos.) E novamente o silêncio, espesso, amortecedor, palha e serragem entre objetos de louça.
— Estarei então envenenado? Estaremos então envenenados?
<— Não eu. Eu. Sim, pode ser que também eu esteja.Como posso saber, se não sei mais quem sou?
— É mais de meia-noite.
<— Muito mais. Não tarda a amanhecer. Outro círculo. O sol é redondo. Redonda é a terra. Em torno da terra azemos uma volta; e a terra outra volta em redor do sol. E nós giramos, giramos e voltamos sempre ao mesmo ponto (LINS, 1994, p. 71)

4
Ética como ontologia:
a forma dramática de Filoctetes

Para meu irmão, Giovanni Garabini, que compreende, melhor do que ninguém, a beleza secreta das ruas e quadras de Palmas – o difícil sacerdócio de amar esta cidade dos cajueiros secos e das chuvas apocalípticas.

Aber in dem ausgesprochenen Wort offenbart sich der Geist, d.h. Gott als actu existierend. Indem die Seele lebendige Identität beider Prinzipien ist, ist sie Geist; und Geist ist in Gott. Wäre nun im Geist des Menschen die Identität beider Prinzipien eben so unauflöslich als in Gott, so wäre kein Unterschied, d. h. Gott als Geist würde nicht offenbart. Diejenige Einheit, die in Gott unzertrennlich ist, muss also im Menschen zertrennlich sein – und dieses ist die Möglichkeit des Guten und des Bösen.

Friedrich Schelling, Freiheitschrift.

§1 Insólita forma: o desequilíbrio equilibrado como dispositivo formal do Filoctetes

É lugar comum sublinhar a posição singular do Filoctetes de Sófocles, tanto no interior de seu próprio universo dramático como naquele, maior, da tradição trágica, conforme a conhecemos pelos três grandes tragediógrafos cujas peças nos foram transmitidas. Por acabar bem, com a ida de Filoctetes e Neoptólemo a Troia e as promessas, que sabemos necessariamente cumpridas, de glória e fama, a peça dista do característico final trágico, em que a dor engendrada pelas falhas dos mortais coincide com a gnose do curso do mundo, em rígidas mãos mantido pelos deuses. Quando comparado ao final das Traquínias, encerrada pelos belos versos πολλὰ δὲ πήματα καὶ καινοπαθῆ/ κοὐδὲν τούτων ὅ τι μὴ Ζεύς, Filoctetes dá a estranha impressão de ser uma comédia, no sentido medieval e dantesco, não fossem, é claro, a nobreza guerreira dos personagens, o vaticínio divino cumprido e toda a precedente dor e angústia dos dois personagens principais, Filoctetes e Neoptólemo.

O argumento da peça pode ser assim resumido: o arqueiro Filoctetes, tendo penetrado o santuário de Athenas e sido picado por uma serpente, é acometido por horrenda doença no pé, que, fétida e causando-lhe gritos, faz os aqueus, dentre os quais os átridas e Odisseu, abandonarem-no na ilha de Lemnos, enquanto dormia. Ocorre que, por vaticínio de Heleno, ficam os gregos sabendo que, para capturar Troia, precisam da presença de Filoctetes e de seu arco, a ele concedido por Héracles. Odisseu, à frente da empresa, vai com Neoptólemo, filho de Aquiles, a Lemnos, para convencer o arqueiro a lutar em Ílion, por força, persuasão ou dolo. Lá abandonado por dez anos, Filoctetes conhece Neoptólemo, que finge desconhecê-lo e ser mero estrangeiro, e tem com ele um diálogo que, desde anos, não travava mais com quase ninguém: Neoptólemo ouve-o, presta-lhe atenção à dor e, por sua vez, dela apieda-se, prometendo ao arqueiro conceder-lhe nau com que voltar à terra pátria.

Toda a tensão da peça desenvolve-se nas agruras destes dois personagens: Filoctetes, por sua dor, conquista mais e mais a admiração do filho de Aquiles, que já começara a agir contra sua mesma vontade, por parecer-lhe indigno de sua natureza (φύσις) o plano de Odisseu. Descoberta a artimanha, a dor de Filoctetes dobra-se, e, arrependido, Neoptólemo abandona o antigo plano, retornando à promessa feita, ainda que para isso enfrente todo o exército aqueu. Mas a profecia de Heleno fora feita, e de algum modo precisa cumprir-se: como nota Knox (1964), nós sabemos que os gregos tomaram Troia, e por isso sabemos que Filoctetes e Neoptólemo lutarão juntos, escapando-nos por ora apenas o caminho (μέθοδος) que a tal fim nos levará. Na peça, este caminho revela-se pelo mecanismo do *deus ex machina*, que introduz a aparição de Héracles, de quem Filoctetes herdara o arco e por quem é então convencido a cumprir sua moira, velejando a Troia.

Ora, o interessante neste final, para além da reconciliação em geral inexistente no mundo trágico, reside antes no aparente desequilíbrio que ela introduz em uma tragédia de malha tão fina e sutil como o *Filoctetes*. A progressão dos diálogos é de uma perfeição diamantina, e a evolução espiritual dos dois personagens, suas aflições e conflitos, é índice de uma maestria dramática de que Sófocles, conforme a tradição com 85 anos, teria gozado até o final de sua carreira. De onde, então, surgiria este aparente desequilíbrio estético? É a esta questão que este capítulo propõe fornecer uma resposta.

Argumentarei que, para entendermos o dispositivo estético do desequilíbrio equilibrado, fonte e núcleo do fascínio estético da peça, teremos de reler a relação de φιλία e pô-la como centro de interesse da tragédia. Pela leitura cerrada da obra, veremos que a amizade entre Filoctetes e Neoptólemo demanda uma subversão da empresa grega, simbolizada pelo plano de Odisseu. Ora, tal metamorfose de valores implica uma noção ética que, valorizando a unicidade de cada ente, não aceita as justificativas que organizam o mundo arcaico e trágico: nem o τέλος da vitória grega, nem a origem – φύσις – de Neoptólemo ou Filoctetes justificam a instituição da amizade, φιλία[101], emergindo de modo gratuito pela interpelação mútua dos dois personagens, que constituem para si um espaço comum. Neste espaço comum, o Sentido deixa de ser determinado por causas finais ou eficientes, que submetem os entes únicos e individuais a uma Totalidade, e passa a emergir como ato gratuito e imediato pelo qual o Ser se oferece na dimensão da Honestidade. Por isso, será para nós de especial importância percebermos a função do *juramento em comunhão*, que instaura entre os dois heróis o primeiro laço e que, rompido em um momento, será reestabelecido na cena final.

Por tornar possível a dimensão do Sentido, a promessa em comunhão, símbolo máximo da ética, institui no *Filoctetes* a ética como ontologia. Ora, se houver algum sentido em insistir na dimensão da φιλία como núcleo de que irradia a beleza do drama, poderemos entender o *deus ex machina* final como seu coroamento: por ele, o mundo divino se empalidece diante da pura unicidade dos entes que se reconhecem uns nos outros, e o aparente desequilíbrio revela-se perfeitamente equilibrado, na medida em que reafirma a dignidade dos dois heróis, centro e fonte de nosso interesse. A decisão de Filoctetes de finalmente ir a Troia não é, pois, nem contrária à sua inflexibilidade, nem contraditória com a leitura que proporei, porquanto reside na liberdade conquistada pela φιλία, que definirei, com Schelling, enquanto liberdade para o Bem e para o Mal. Por tal passo, desejo sugerir que o dispositi-

---

101 Grafadas seguem, ao longo do capítulo, em grego as palavras que estruturam e configuram o mundo helênico. Forneço nesta nota, para facilitar a leitura, pequeno índice, que não deveria contudo poupar ao leitor o trabalho da aprendizagem: φιλία [philía]: amizade; φύσις [physis]: natureza; κλέος [kléos]: fama; ἀρετή [aretê]: virtude.

vo dramático do desequilíbrio equilibrado é o modo pelo qual a ética como ontologia se articula formalmente no *Filoctetes*, transcendendo as categorias gregas em que se movia a tragédia.

Minha leitura, é claro, não está isenta de seus pressupostos e interesses. Prova disto é o fato de considerar a aparição de Héracles um aparente desequilíbrio, e lê-la insistindo em sua palidez diante da amizade dos heróis. Precisamente oposta à minha perspectiva são as leituras de Vernant (2014), Knox (1964) e Reinhardt (1947), para os quais a epifania não estabelece nenhuma descontinuidade com os precedentes desenvolvimentos. É que minha leitura romântica, centrando-se no problema ético da φιλία, parte das formas gregas para nelas enxergar o vislumbre de ideias e especulações que, rigorosamente falando, não pertencem ainda ao espírito helênico.

A literatura possui a milagrosa virtude de atingir o Absoluto através do relativo. Parte fundamental da crítica literária que se compreenda a si mesma como exercício metafísico, tentei-o mostrar em *Figuras ou o que significa pensar romanticamente*, reside em ter consciência de estar implicada neste jogo em que o Absoluto se revela pelo histórico – jogo a circunscrever o movimento mesmo de nossa condição hermenêutica, conforme a descreveram em belas páginas Hans-Georg Gadamer (1996) e Manfred Frank (1988), e como tentei revelar nos dois últimos capítulos da primeira parte deste livro, nos quais esbocei a epistemologia romântica e a solidária ontologia da eternidade temporal que lhe faz par. Para melhor articular a posição que defendo, cabe mapear alguns pressupostos e paradigmas, desde os quais o *Filoctetes* é lido, para percebermos a relação entre apreciação estética e posição hermenêutica.

§2 Leitura histórica e leitura especulativa: a relação hermenêutica entre a totalidade e as partes como paradigma interpretativo

Importante, para estabelecer a posição de minha leitura, é desde já admitir que não me preocupa a recuperação histórico-filológica do que seria o autêntico, porque histórico, significado da peça. Lendo sempre a partir do original grego e propondo quase sempre traduções minhas[102], movo-me num ritmo duplo, que se aproveita da natureza da língua como expressão histórica do *Geist*, para utilizá-lo como plataforma especulativa a fim de vislumbrar a *figura* que esta preciosa tragédia contenha em seu bojo. Por isso, também, apoio-me, buscando sempre diálogo intelectual, nas contribuições dos estudos de Vernant (2014), Knox (1964), Reinhardt (1947), Wilson (2011), Vieira (2011), Nussbaum (2001), Kampen (2016) e Blundell (1989), conquanto discorde das conclusões globais a que chegam. Essencial é manter a dignidade do texto, que não se impõe desde suposta perspectiva histórica, única hermenêutica fiável, porque, muito ao contrário, deixa-se erguer pela dignidade do leitor que vivifica a letra, interpelando-a ao ser por ela interpelado.

Antes de entrarmos na leitura da peça, vale a pena aludir à presença de ao menos duas posições hermenêuticas em alguns dos estudos secundários de que me valerei como bibliografia crítica. Seguindo a indicação de Jean Pierre Vernant (2014), podemos chamar o primeiro paradigma de histórico-estrutural, na medida em que procura ler a peça desde o horizonte categorial do mundo grego antigo, historicamente pensado. As leituras de Vernant (2014), Knox (1964), Edmund Wilson (2011), Vieira (2011) e Reinhardt (1947) são representativas de tal perspectiva, das quais o ponto comum reside em sublinhar que a aparição final da peça, longe de exprimir desequilíbrio estético, é antes necessidade orgânica do drama. À diferença do que proporei, os autores derivam, cada um a seu modo, uma continuidade direta entre o conflito da trama e a aparição de Héracles. Enquanto eu insisto em um contraste, revelado entre a evolução ética de Neoptólemo e Filoctetes e a epifania, para os representantes da leitura histórico-estrutural Héracles aparece como necessário efeito, seja da iniciação efébica de Neoptólemo e da reintegração de Filoctetes à sociedade dos homens, como quer Vernant (2014), seja enquanto solução metódica na busca do justo caminho para a concretização do vaticínio, conforme Knox

102 Digo quase sempre porquanto, lá onde soluções alheias me parecem melhores, recorro-lhes sempre – donde o quase deste sempre. Assim procedo na leitura de todas as obras cuja língua não seja o português. É convicção minha ser a leitura diálogo e, diálogo escuta humilde sendo, a aprendizagem da língua em que pensa e fala o interlocutor impõe-se ato ético, a que busco manter-me fiel. As traduções propostas são, pois, quase sempre minhas – e, em todo caso, sempre acompanhadas do texto em cuja língua realizei a primeva leitura. As traduções, quando alheias, são indicadas. Quando não há indicações, saiba o leitor serem minhas as traduções.

(1964), seja ainda como modo de garantir a precedência da Totalidade sobre a perspectiva individual, como dirá Reinhardt (1947).

Essencial a ser percebido é o fato de que a valorização estética do deus ex machina decorre da opção hermenêutica adotada. Vernant (2014) é exemplo máximo do que estou articulando, na medida em que sua leitura, subordinando as ações dos personagens ao esquema da iniciação efébica, interpreta os predicados de Neoptólemo e Filoctetes e sua gradativa evolução como transposições estruturais da instituição grega pela qual o efebo tornava-se hoplita. Por isso, para Vernant a relação entre o filho de Aquiles e o arqueiro aparece qual sutil dispositivo dramático regulado, em seus ritmos evolutivos, pela lógica da iniciação efébica: Neoptólemo precisa tornar-se hoplita, mas antes cumprirá ações próprias do efebo, como a apaté, o engano em que Odisseu o iniciará, assim como a ida a uma região não delimitada por fronteiras explícitas, a ilha de Lemnos em que habita Filoctetes. Também este será descrito de acordo com sua função: sendo objeto da caça do efebo (θηρατέ' οὖν γίγνοιτ' ἄν, εἴπερ ὧδ' ἔχει – *tornar-se-á de minha caça presa*, se assim é [v. 86]), *Filoctetes é representado por predicados que o aproximam das bestas*: ἄφιλον ἔρημον ἄπολιν, ἐν ζῶσιν νεκρόν. φεῦ – sem amigo, abandonado, indigno de pólis, como morto entre vivos (v. 1018).

Ora, conforme esta lógica, o sofrimento de Filoctetes deixa de radicar-se na unicidade de seu próprio aparecer e passa, ao contrário, a ocupar uma função bem definida no interior de uma instituição cultural helênica. Por decorrência, sua relação com Neoptólemo não se fundará em liberdade gratuita, que instauraria entre ambos compromisso ético, antes deixando-se determinar pela necessidade de que o filho de Aquiles se torne hoplita e o arqueiro, por fim, seja reintegrado à sociedade dos homens, cumprindo assim a profecia.

Observe-se, então, que para Vernant o fascínio estético do drama reside na solução lógica que Sófocles propõe ao problema da iniciação de Neoptólemo – trata-se de encontrar a melhor maneira de encaixar as peças neste quebra-cabeças cultural que é a instituição efébica. Por isso a aparição de Héracles é vista por Vernant como solução admirável, pois vem salvar tudo, *exatamente no momento em que a descontinuidade ameaçava irromper, pela decisão ética de Neoptólemo em realizar o juramento e voltar com Filoctetes à pátria, opondo-se ao exército aqueu*. A mesma lógica rege a leitura de Knox (1964), que explicitamente afirma residir a engenhosidade da peça na combinatória de caminhos (μέθοδος) utilizados para a solução da profecia. Knox contudo presta maior atenção ao sofrimento de Filoctetes, pois percebe que a grandeza de Sófocles, como artista, estaria em promover uma identificação tão violenta entre nós e o arqueiro que, desejando vê-lo feliz e saudável, buscaríamos de todo jeito uma resolução para o conflito – e esta resolução, é claro, chama-se Héracles.

Filoctetes, porém, não é uma comédia, e resta explicar-lhe a natureza trágica. Ora, Knox argumenta que o fascínio da peça reside em paradoxalmente desejarmos, nós leitores, que Filoctetes ceda ao plano e, finalmente, viaje a Troia: o mecanismo suporia uma identificação tão profunda com seu sofrimento que desejamos, por amar Filoctetes, aquilo que não obstante lhe causaria o maior dos males – precisamente a subordinação a Odisseu e aos átridas:

> The tragic hero hews to the pattern; but the situation in which he is placed is unique. Not only do we know that he must in the end yield to persuasion (for without him Troy cannot fall and we know perfectly well that it did), we also *want* him to give in, for this is the only way in which his terrible sickness can be healed. The drama of the assaults on the hero's will and his refusal to surrender is this time played out against a new background: the inevitability—more, the desirability— of his surrender. And this makes the *Philoctetes* a Sophoclean tragedy in a class by itself (KNOX, 1964, p. 117-118).

> *O herói trágico adere ao padrão; mas a situação em que está ele posto é única. Não apenas sabemos que ele, ao final, deve ceder à persuasão (porquanto sem ele Tróia não pode cair e sabemos perfeitamente ser este o caso), mas também* desejamos *que ele ceda, por ser este o único modo por que sua terrível doença pode ser curada. O drama dos assédios à vontade do herói e sua recusa a dar-se por vencido é, desta vez, concretizada à luz de novo contexto: a inevitabilidade – mais: a desejabilidade – de sua redinção. E isso faz do* Philoctetes *uma tragédia sofocliana* sui generis (KNOX, 1964, p. 117-118).

A intepretação de Knox é focada na ordem dos três métodos possíveis para a obtenção do sucesso: força, convencimento e dolo. Já que a peça centra seu interesse na sutileza do enredo – the complications of the plot, the details of the intrigue, demand our attention more insistently than in tragedy of the normal type (Knox, 1964, p. 119) –, a sequência metodológica escolhida é decisiva, determinando a complexidade psicológica das personagens e nossa relação emotiva com elas:

> In the *Philoctetes* we are emotionally involved in the nature of the methods used to sway the heroic will and the order in which they are used, consequently we are also fully involved in the character of the persons who make the attempt (KNOX, 1964, p. 119).
>
> *No* Filoctetes *estamos emocionalmente envolvidos na natureza dos métodos utilizados para domar a vontade do herói, assim como na ordem em que são eles usados; por conseguinte, estamos completamente envolvidos no carácter das personagens que realizam a tentativa [de convencer Filoctetes]* (KNOX, 1964, p. 119).

Ocorre que Knox, ao centrar seu interesse no *sucesso* a ser obtido, parece esquecer que outro aspecto de fundamental interesse estético é a própria dor de Filoctetes e, portanto, a singularidade de sua figura e sua amizade com Neoptólemo, como Blundell (1989) e Bowra (1966) insistem. Além disso, Knox mobiliza um ponto de vista que, como já observei em Vernant e ainda veremos em detalhes, é oposto ao que me interessa: ao insistir na escolha e ordem dos métodos como centro de que irradia o fascínio estético da peça, implicitamente admite que as figuras de Odisseu e Neoptólemo funcionam como determinantes que ritmam a evolução dramática. Ao fazê-lo, porém, insiste na noção de carácter de um e de outro, e em seus valores arquetípicos. Neoptólemo, por isso, é visto antes de tudo como *o filho de Aquiles*, cuja natureza honesta e nobre é determinada desde sua origem: *he is clearly his father's son.*

Ao contrário, parte fundamental de minha leitura reside em perceber que a φύσις de Neoptólemo, por ele mesmo aludida no início da peça, não é a causa de sua relação com Filoctetes nem de sua última decisão. Tampouco o é sua posição de subordinado militar a Odisseu – pois, como sabemos, ao final Neoptólemo volta-se contra todo o exército aqueu –, nem por fim será a consideração do melhor bem-estar geral (cf. NUSSBAUM, 1991) ou a fama como prêmio que decidirão sua última postura em relação a Filoctetes, mas o compromisso com a φιλία que gratuitamente foi firmada entre os dois. Por isso, não há "retorno à natureza de Aquiles", como propõe Knox, mas livre decisão ética. Vemos já aqui que característica recorrente das leituras históricas é a eleição de causas, finais ou eficientes, para a determinação do agir dramático: *in all he does and says from now on, the constant reference to the name of Achilles will remind us (and him) of the tradition he has betrayed and prepare our minds for his return to it.*

Igualmente famosa e influente leitura é a do helenista alemão Karl Reinhardt. Também ele insiste em subordinar a perspectiva individual de Filoctetes ao Todo de que é parte, levando a cabo o papel a ele destinado pelos deuses. Para Reinhardt o drama de Filoctetes reside em sua inflexível e obsessiva paixão pela perspectiva individual, da qual não se alija para aceitar, alcançando-a, a necessidade que rege o Todo. As leituras de Vernant, Knox e Reinhardt compartilham assim uma premissa de base: a tendência do espírito grego em apreender a busca da totalidade, pela qual se explicam as partes em suas intercambiáveis relações. Para além de ser uma marca do pensamento trágico, tal tendência fundamenta a própria ética grega, que se racionaliza à medida em que a filosofia sucede a poesia em importância especulativa na indagação a respeito da aretê (cf. JAEGER, 2018, p.788-789; SNELL, 2012; HADOT, 2016).

Pierre Hadot (2016) demonstra, de maneira a meu ver extremamente convincente, como toda a filosofia antiga, de Platão às escolas helenísticas, compreende-se a si mesma como exercício ético – que Hadot chama *espiritual* –, e possui na superação do Eu pela apreensão da totalidade um de seus mais elevados ideais. Sem descurar das diferentes concepções que a aretê assume ao longo da evolução do pensamento grego, importante é observar que a cultura helênica se revela marcada por uma preocupação em materializar ideias que, enquanto tais, transcendem os indivíduos, e nas quais apenas podem eles eternizar-se. Seja pelo κλέος da virtude heróica, seja no rigor com que o cidadão se sacrifica pela pólis, seja na inevitabilidade da moira trágica, seja ainda na contemplação (θεωρῐ́ᾱ) do Bem, de Deus ou do κόσμος, é sempre uma Totalidade a justificar a existência dos indivíduos, subsumindo-os a cada um deles mas, por este mesmo passo, tornando-os intercambiáveis e quase indistintos.

Bruno Snell (2012) chamou a atenção para essa obsessão da busca pela eternidade na ética antiga, que passa da moral arcaica e homérica à filosofia socrática e pós-socrática, atingindo sobretudo a tragédia ática. Avanço estes comentários com o intuito de sublinhar que, para justificar a aparição final de Héracles como continuidade, os estudos por mim citados assumem sempre a posição de uma Totalidade, da qual são os personagens momentos integrantes. Ora, isso ocorre pois, fiéis à malha espiritual do mundo antigo, abordam o *Filoctetes* com os pressupostos da ética antiga, a que fiz agora alusão. Temos com isso a impressão de que uma leitura interessada na φιλία dos personagens tenha de, em parte, fugir a tal perspectiva histórica. O exemplo mais interessante de que dispomos se encontra no livro de Blundell

(1989), cuja leitura do *Filoctetes* muito se aproxima da minha, por centrar-se na φιλία. O estudo de Blundell, na verdade, fornece uma série de cinco leituras altamente sofisticadas, e, embora ainda preocupada em apreender a tessitura das tragédia sofocleanas pelo princípio ético grego do Ajudar Amigos/Prejudicar Inimigos, consegue demonstrar como o *Filoctetes* aufere sua intensidade formal da desestabilização do rígido critério ético que define claramente a obrigação de ajudar amigos e prejudicar inimigos. Blundell avança a tese de que o drama é centrado na complexa aprendizagem ética do filho de Aquiles, que, primeiro persuadido por Odisseu e ainda movido pelo desejo de κλέος e por sua crença na φύσις de seu pai, sofre uma metamorfose interior ao encontrar Filoctetes:

> But this detachment [à profecia e à necessidade do sofrimento de Filoctetes], like his earlier advocacy of violence (90), will be altered when he encounters the man himself. Neoptolemus' emotional response to Philoctetes will be an important factor in his moral education, helping to counteract the insidiously rational arguments of the cool Odysseus (BLUNDELL, 1989, p. 194).
>
> *Mas esta indiferença, como sua anterior defesa da violência (90), serão alteradas quando ele encontrar o homem em pessoa. A resposta emocional de Neoptolemo a Filoctetes será um importante fator em sua educação moral, ajudando a refutar os argumentos insidiosamente racionais do frio Odisseu* (BLUNDELL, 1989, p. 194).

Para Blundell, a beleza da peça reside nesta *paideia* espiritual de Neoptólemo, que faz a experiência da complexidade do encontro humano, nem sempre definido pelo critério rígido e simples do Ajudar Amigos/Prejudicar Inimigos. Blundell vê, por isso, a inflexibilidade de Filoctetes como signo de sua inferioridade ética em relação a Neoptólemo: o arqueiro é incapaz de aceder ao mesmo sutil e complexo ponto de vista do filho de Aquiles, e insiste obsessivamente na promessa que lhe fora feita, pois por ela conseguirá prejudicar seus inimigos, Odisseu e os átridas, embora para isso abra mão da saúde, da glória e, mais importante, da oportunidade de ajudar Neoptólemo. O estudo de Blundell se diferencia dos que comentei acima por ver na aparição de Héracles não a simples ordem do destino, mas o reencontro entre dois amigos – φίλοι. Héracles, φίλος e agora também ἀθάνατος[103], ordena a Filoctetes que vá a Troia. Ora, pelo mecanismo do Ajudar Amigos e por todo o peso da figura de Héracles, Filoctetes aceita o destino, e o faz voluntariamente.

Blundell é assim capaz de fornecer atenção à φιλία dos dois personagens principais e, a um só tempo, fornecer uma justificativa altamente coerente para o deus ex machina. Não discordo de sua leitura, nem me parece haver nela falhas: apenas proporei apreciar a instituição da φιλία sem desejar submetê-la ao princípio ético de Ajudar Amigos/Prejudicar Inimigos, que fundamenta uma importante categoria do mundo antigo. Antes, centrarei minha leitura na profunda descontinuidade existente entre os valores primeiros de Neoptólemo, centrados na crença em sua φύσις e no desejo de κλέος, e a radical experiência que é o encontro com Filoctetes, cuja única dor o interpela, de modo a instaurar uma comunhão, que se vai mostrando incompatível com a do mundo grego guiado pelas virtudes arcaicas. A φιλία, assim, cria uma tensão entre os valores coletivos, que lerei como causas no duplo sentido aristotélico de eficientes e finais, e a radical unicidade do juramento em comunhão, ξυνώμοσας, símbolo da φιλία.

Meu argumento, portanto, consistirá em ler a relação de φιλία estabelecida entre Neoptólemo e Filoctetes como um movimento de subversão dos valores helênicos, na medida em que o mundo de sentido construído entre os dois fundamenta-se na dignidade mutuamente reconhecida, que lhes concede uma liberdade radical, expressa na decisão final de Neoptólemo e na obsessão de Filoctetes pela promessa. Tentarei demonstrar que o fascínio estético reside no sutil dispositivo que chamaremos de desequilíbrio equilibrado, pelo qual a malha conceitual dos valores arcaicos e trágicos – a τιμή, a κλέος, a μοῖρα e a vontade dos deuses – perdem paulatinamente o interesse diante da beleza de uma amizade que se firma gratuitamente, sem fundamento, entre dois entes éticos. Denominar tal amizade de gratuita significa chamar a atenção para o fato de que não há nenhuma causa, nem final nem eficiente, para determinar a relação entre os dois: a promessa de Neoptólemo, assim, aparecerá como símbolo de uma φιλία que não serve a nenhum outro propósito senão ao mundo de sentido estabelecido entre os dois entes éticos.

O final da peça, em que a aparição de Héracles funciona como resolução algo fácil do conflito, desvela a intensidade estética do drama, ao revelar a aparente desmedida de uma conciliação súbita e rápida

103 Amigo e imortal.

demais: o *deus ex machina* põe em relevo a dignidade ética da φιλία, centro de nosso interesse, empalidecendo toda causa exterior, divina que seja, e instituindo a decisão de Filoctetes como de-cisão livre[104]. A desmedida aparece, portanto, como medida, porque organicamente necessária ao coroamento da φιλία como núcleo formal desta estranha tragédia que acaba bem.

§ 3 Neoptólemo entre o Histórico e o Absoluto: a formação espiritual do filho de Aquiles e a instituição da φιλία

Filoctetes inicia com o diálogo entre Odisseu e Neoptólemo. Muitos intérpretes insistem na importância deste começo, em que o filho de Aquiles, novo e algo ingênuo, aparece quase na condição de discípulo de Odisseu. Este fornece a Neoptólemo as ordens e traça-lhe o plano: levar Filoctetes e seu arco a Troia, enganando-o, δόλοισιν (v. 55). Como é usual notar, a relação entre os dois por enquanto é marcada por clara hierarquia – o filho de Aquiles, ao dirigir-se a Odisseu, chama-o por senhor, ἄναξ Ὀδυσσεῦ (v. 26). Este, por sua vez, manipula habilmente os valores pelos quais Neoptólemo pauta sua vida e que possuem em Aquiles o máximo símbolo. Por isso, antes de abrir-lhe o plano e astutamente antecipando a possível hesitação do filho de Aquiles, Odisseu assim interpela-o: Ἀχιλλέως παῖ, δεῖ σ᾽ ἐφ᾽ οἷς ἐλήλυθας / γενναῖον εἶναι, μὴ μόνον τῷ σώματι, / ἀλλ᾽ ἤν τι καινὸν ὧν πρὶν οὐκ ἀκήκοας / κλύῃς, ὑπουργεῖν, ὡς ὑπηρέτης πάρει – *ó filho de Aquiles, necessário faz-se-te sejas nobre na empresa por que vieste, de nobreza não apenas corporal, e, ajudando-me no que ainda te é novo, sê-me de préstimo.*

O ὡς ὑπηρέτης πάρει é literalmente que estejas aqui como serviçal, e exprime a subordinação de Neoptólemo a Odisseu. Vernant insiste claramente neste ponto, vendo nestes versos a condição de efebo do filho de Aquiles, guiado por Odisseu. O ponto central a ser percebido reside na dependência de Neoptólemo dos valores simbolizados por seu pai, dos quais aliás se serve Odisseu para convencê-lo. Quando Neoptólemo escuta o plano, seu primeiro asco moral é resultado de

---

104 Isto é: como Ent-scheidung. De-cisão, vale dizer, de um indecidível: mímesis especulativa.

sua crença na φύσις nobre que herdara de Aquiles, para a qual a arte astuciosa é baixa e indigna de um nobre: ἔφυν γὰρ οὐδὲν ἐκ τέχνης πράσσειν κακῆς, / οὔτ' αὐτὸς οὔθ', ὥς φασιν, οὑκφύσας ἐμέ, – *não fui gerado para tais artes baixas, nem eu nem aquele de quem, como dizem, descendo.*

Observe-se o laço íntimo entre a crença na φύσις e a natureza pública da κλέος: ὥς φασιν, *como dizem*, traz à luz as raízes coletivas do pensamento e do agir ético do filho de Aquiles. A descendência paterna, portanto, funciona aqui como uma autêntica causa eficiente, no sentido aristotélico (inclusive conforme o exemplo dado pelo Estagirita na *Metafísica*), que determina a ação de Neoptólemo. A origem, como causa eficiente, é intimamente aparentada ao κλέος, à fama, que se põe como causa final, escopo da agência de Neoptólemo. Por isso concordo com Blundell, ao assinalar que, neste momento, o filho de Aquiles guia seus princípios morais pela crença na natureza herdada de Aquiles e, portanto, pelos valores guerreiros por ele simbolizados.

À diferença de Knox, que aprecia a decisão final como retorno à φύσις paterna, Blundell acentua, como faço-o eu, a mudança e a evolução espiritual de Neoptólemo. Essencial, aqui, é perceber que a influência de Odisseu neste primeiro momento é totalmente balizada pelos conceitos da ἀρετή arcaica e guerreira: sem estes, não convenceria Neoptólemo. Prova máxima disso são os versos 90-91 em que o filho de Aquiles diz preferir trazer Filoctetes à força do que por engano: ἀλλ' εἴμ' ἑτοῖμος πρὸς βίαν τὸν ἄνδρ' ἄγειν/ καὶ μὴ δόλοισιν – *pronto estou a por força trazê-lo, mas não por trapaças.* A imagem da violência já antes assomara na fala de Odisseu, que comanda Neoptólemo literalmente a tomar a alma de Filoctetes por meio da mentira nos versos 54-56: τὴν Φιλοκτήτου σε δεῖ/ψυχὴν ὅπως δόλοισιν ἐκκλέψεις λέγων – *a alma de Filoctetes deves roubar, enredando-o no verbo.* Vale a pena demorar um pouco na alta sugestão imagética do verso, expressa não apenas na referência à alma, ψυχὴν, mas no verbo ἐκκλέψεις, que tem o duplo sentido de enganar e roubar, tomar escondido. Claro que alma, aí, não possui o sentido cristão de interioridade diversa do corpo, muito menos o moderno de profundeza interior, mas o registro semântico do verbo e sua origem concreta sugerem uma violência moral e ética que não deve passar despercebida.

Apesar do asco diante dos δόλοισιν, *através de enganos*, resta comum tanto ao superior quanto ao subordinado o ímpeto de tratar Filoctetes como mero objeto, peça de um quebra-cabeça, de que se faz uso momentâneo visando a outros valores maiores, aos quais se subordina. É este o fundamento da artimanha com que Odisseu convence bo Neoptólemo. Ao contrário, a ilha está fora do mundo humano, pois nela não há um Outro que reconheça a dignidade da dor de Filoctetes. Por isso e exatamente por isso, nos versos seguintes, quando, encontrando por primeira vez o filho de Aquiles, nota a vestimenta grega de Neoptólemo e do coro e não contém o júbilo: σχῆμα μὲν γὰρ Ἑλλάδος / στολῆς ὑπάρχει προσφιλεστάτης ἐμοί (v. 219), na tradução de Trajano Vieira: *O estilo do vestuário evoca em mim a Hélade adorável!.*

Blundell chama a atenção para o adjetivo προσφιλεστάτης, que se articula ao dativo para exprimir, não apenas o adorável, mas um solo de sentido comum. A roupa helênica aparece para Filoctetes (ἐμοί) como um amigo-que-se-lhe-dirige, προσφιλεστάτης, isto é, que o interpela pela voz. E é à voz que Filoctetes se refere, depois de ouvir Neoptólemo confirmar a origem grega, para expandir-se em ainda maior felicidade. Os versos são, além de belos, absolutamente decisivos em cada uma de suas palavras: ὦ φίλτατον φώνημα: φεῦ τὸ καὶ λαβεῖν/ πρόσφθεγμα τοιοῦδ᾽ ἀνδρὸς ἐν χρόνῳ μακρῷ (v. 234-235) – ó *mais amiga das vozes, quão alegre é receber deste homem uma palavra a mim dirigida, tanto tempo passado.* A voz, φώνημα, é φίλτατον, amiga em máximo grau, e o é pois desvela a Filoctetes um mundo conhecido, solo em que pode firmar os pés, e, por a ele dirigir-se, torna-se-lhe πρόσ-φθεγμα, som-a-alguém-dirigido, que o arqueiro pode enfim receber, tendo-o nas mãos, λαβεῖν. A insistência no deste homem, τοιοῦδ᾽ ἀνδρὸς, indica aqui a tensão que se estabelecerá entre as dimensões coletiva, Ἑλλάδος, e individual, τοιοῦδ᾽, fundamento da φιλία.

Importante aqui é perceber como a linguagem poética de Sófocles permite formular, com toda a sugestão imagética e metafórica que o grego ático possui, a dimensão da voz enquanto inseparável do Sentido: φώνημα nem é só som nem é já linguagem, mas o torna-se linguagem pela voz que a-mim-se-dirige, πρόσ-φθεγμα. O Outro, portanto, que é sempre *este* Outro em sua singular aparição, desvela-me um Mundo de Sentido. Ora, para Filoctetes, neste primeiro momento, o Mundo é o solo pátrio da Hélade, cujos valores morais não lhe reservam lugar na condição de individuo de dor única e singular. Como o próprio Neoptólemo que aqui o engana, o arqueiro conhece apenas um Mundo de Luz e Sentido, aquele em que foi interpelado pelas primeiras vozes que se lhe dirigiram em sua terra natal. Destes valores ele nunca se desfará de todo, e o interesse estético e formal do drama residirá na tensão sutil estabelecida entre tais categorias e o novo solo de uma φιλία que nasce do puro e gratuito reconhecimento de uma dor singu-

Neoptólemo – ao mencionar, no verso 119, a fama de sábio e bom que lhe será destinada, após haver enganado Filoctetes, Odisseu mobiliza as únicas categorias que organizam o mundo do filho de Aquiles, e com isso demonstra que ambos, general e subordinado, movem-se no mesmo solo moral: para os dois Filoctetes não passa de reserva objetal. Esse é o sentido das imagens de violência dos versos que citamos, sobretudo dos 54-56, em que a metáfora da alma tomada sugere poeticamente toda a dimensão traumática que a empresa grega traz consigo. Assim, embora seja possível observar diferenças nas motivações morais da agência de Odisseu e Neoptólemo (cf. BLUNDELL, 1989), resta indiscutível o fato de que para ambos o arqueiro é mera reserva objetal, parte de um Todo a que se submete, não importa o quanto sofra para isso.

Está assim demarcada a primeira perspectiva que fornece o chão da agência moral de Neoptólemo, fundamentada nos valores da ἀρετή arcaica, os quais funcionam como causas eficientes e finais a um só tempo: a κλέος que lhe motiva as ações possui na φύσις paterna seu fundamento e a φύσις paterna que lhe determina o agir necessita com urgência ser confirmada pela κλέος, sem a qual Neoptólemo nada será. A causa final, como sublinhei, dá sentido ao sistema de causas eficientes: mas ambas complementam-se estruturalmente, padrões absolutos nos quais aos entes é reconhecido apenas o direito de existir qual instâncias intercambiáveis. Ora, neste sistema de valores e crenças move-se também o próprio Filoctetes, e é por esta razão que em seu primeiro encontro com Neoptólemo a primeira dor sentida emerge da ausência de κλέος. O filho de Aquiles lhe dirá, no verso 253, nunca haver ouvido seu nome, e Filoctetes amargurece diante da morte pública. Neoptólemo já aqui mente, e vemos que, neste primeiro momento, não possui nem simpatia nem piedade, tanto assim que atribui sem mais o sofrimento de Filoctetes, apiedado pouco antes pelo coro, à punição divina (v. 191-200). E contudo é neste mesmo terreno de valores bem assentados, inquestionáveis, fixos como o solo pátrio de que são símbolo – é precisamente deste chão que, pouco a pouco, emergirá um outro nível de sentido: aquele da φιλία firmada no reconhecimento da dignidade, fundada na dor única de Filoctetes.

Com efeito, o primeiro movimento nesta direção já é entrevisto na fala do arqueiro, ao perceber a presença humana na ilha deserta. Como percebeu Vernant (2014), Lemnos é denominada οὔτ᾽ εὔορμον οὔτ᾽ οἰκουμένην, o que constitui uma predicação privativa: nem de bom porto nem habitada. À diferença porém do helenista francês, não vejo nisso o signo da animalidade de Filoctetes, objeto da caça do efe-

lar – φιλία pela qual Neoptólemo realizará seu crescimento espiritual.

Por enquanto, contudo, é ainda na dimensão do dolo que o filho de Aquiles se move. Logo depois de apresentar-se como filho do maior dos guerreiros aqueus e relatar como ele mesmo fora traído pelos átridas, Neoptólemo estabelece um esquema tensional: finge pisar no mesmo terreno moral para conquistar a simpatia do arqueiro, mas, fazendo-o, descobre paulatinamente a violência do plano a ser concretizado. A tensão a que faço alusão permeia inclusive o primeiro fundamento da φιλία que se vai engendrando: é por simpatizar com a dor fingida de Neoptólemo que Filoctetes lhe aplica palavras derivadas de phílos. A simpatia do arqueiro possui assim dupla origem: vem da identificação com quem sofreu nas mãos dos inimigos e, por outro lado, parte de uma autêntica piedade: ἀμηχανῶ δὲ πότερον, ὦ τέκνον, τὸ σὸν/ πάθημ' ἐλέγχω πρῶτον ἢ κεῖνον στένω – *não sei se choro teu choro ou se pelo paterno cadáver a raiva evoco.*

A piedade é filha de φιλία, que neste momento nasce quando Neoptólemo se dá a conhecer ao arqueiro narrando-lhe seus sofrimentos. Blundell vê nesta fala de Filoctetes a aplicação rígida do critério moral Ajudar Amigos, o que se confirma no relato das mortes de Aquiles, Nestor, Ajax, todos rodeados pela palavra phílos. É também por esta palavra que Neoptólemo planeja firmar o primeiro pacto de φιλία: ὁ δ' Ἀτρείδας στυγῶν/ ἐμοί θ' ὁμοίως καὶ θεοῖς εἴη φίλος – *aquele que odeia os atridas ser-me-á a mim e aos deuses amigo.* Mentindo, Neoptólemo fornece a Filoctetes um solo de Sentido em que pode identificar-se para firmar um laço de amizade, mas, se esta não é honesta, o Sentido expõe-se ao perigo da destruição. Por outro lado, a mentira que leva Filoctetes a identificar-se com Neoptólemo, apoiando-se nas categorias gregas da honra ferida do guerreiro, enraíza esta primeira tentativa de φιλία em um solo que não é gratuito nem honesto, por ser mero plano para obtenção de algo maior. Esta φιλία é portanto tensionada, fruto de mentira e de identificação, mas igualmente de piedade por parte de Filoctetes e de paulatina admiração por parte de Neoptólemo: ἔχοντες, ὡς ἔοικε, σύμβολον σαφὲς/ λύπης πρὸς ἡμᾶς, ὦ ξένοι, πεπλεύκατε – *velejaste até mim como para firmar pacto de dor* (v. 403-405).

O pacto de dor mútua é importante, pois desvela a Filoctetes um Mundo de Sentido que existe no encontro e na interpelação. Por isso, dirá mais à frente, depois de ter-se humilhado diante de Neoptólemo, que o aceita levar à nau: ὅσιά τε φωνεῖς ἔστι τ', ὦ τέκνον, θέμις,/ ὅς γ' ἡλίου τόδ' εἰσορᾶν ἐμοὶ φάος – *como luz solar que me desvela o olhar, é-me tua fala sagrada.* Filoctetes vê-se reconhecido quando o filho de

Aquiles promete-lhe a viagem à pátria, e aqui este júbilo funda a φιλία como o caminho que leva ao Mundo antes conhecido e que Filoctetes perdera: Neoptólemo dá-lhe novamente a possibilidade de rever o Eta, o velho pai e os caros amigos. Eis o ponto decisivo: a φιλία está aqui ainda completamente tensionada, pois por um lado surge na condição de fruto da simpatia de Filoctetes por Neoptólemo e, por outro, serve aos interesses de um e de outro. Para tornar-se verdadeiramente radical, a φιλία terá de basear-se apenas na pura dignidade dos amigos, e isto significa: terá de ser o ato pelo qual ambos se reconhecem como entes únicos, dignos porque livremente escolhendo uma relação honesta.

Ora, Neoptólemo ainda age inspirado pelo plano de Odisseu, e não podemos falar de Honestidade. É necessário que o filho de Aquiles seja interpelado pela dor singular e infinita de Filoctetes para que possa firmar sua decisão, qual ato de pura liberdade, assim escolhendo retornar à promessa que fizera ao arqueiro de levá-lo para casa, sem subordinar seu agir a nenhuma causa, nem eficiente nem final. A metamorfose espiritual, que instituirá a verdadeira φιλία, possui seu fundamento na figura do humilhado. Filoctetes é o herói grego que se humilha, não porque seja fraco, mas porque é rebaixando-se ao mais ínfimo degrau que ele se eleva em absoluta dignidade. O primeiro momento desta miraculosa e digna humilhação tem início na fala dos versos 468: πρός νύν σε πατρὸς πρός τε μητρός, ὦ τέκνον,/ πρός τ᾽ εἴ τί σοι κατ᾽ οἶκόν ἐστι προσφιλές, /ἱκέτης ἱκνοῦμαι, μὴ λίπῃς μ᾽ οὕτω μόνον – *por teu pai, por tua mãe, ó filho, por quem em casa tua amigo te for, como suplicante suplico-te, não me deixes aqui só*. A fórmula ἱκέτης ἱκνοῦμαι sintetiza a intensidade da humilhação: como suplicante suplico-te, como aquele que vai ao chão, vou também eu ao chão, diante de ti. A fala de Filoctetes é comovedora e descreve o paradoxo cristão da grandeza dos rebaixados. Mas é no segundo momento, em que Filoctetes é acometido pela dor da doença, que a metamorfose em Neoptólemo tem seu início.

Vendo o arqueiro uivar por dor extrema, Neoptólemo é interpelado por algo que lhe desestabiliza os valores antigos – trata-se da imediaticidade da dor do Outro, que se lhe impõe como gratuita e infinita unicidade de um ente. Quando Filoctetes descreve sua dor, é acentuando a impossibilidade de a colocar em palavras, de a reduzir a conceitos universais, pelos quais pauta-se a linguagem humana: δεινὸν γὰρ οὐδὲ ῥητόν: ἀλλ᾽ οἴκτιρέ με – *coisa terrível de fato e que não tem lugar na linguagem: ajuda-me!*. Trajano Vieira verte por *fardo além-linguagem*, acentuando o οὐδὲ ῥητόν, isto é, algo que não se deve dizer, *haud dicendum*, pois para isso se mostram insuficientes as palavras. A dor, sendo radicalmente individual, é imediata, fugindo por isso à mediação da linguagem, que opera por conceitos universais. O uivo de Filoctetes é seu apresentar-se imediato como unicidade radical, irredutível a qualquer universal que o queira subsumir e do qual fosse mero exemplar. Isso significa, então, que o arqueiro nega, em seu grito de dor, a dimensão universal da linguagem – mas isso não significa que negue o Sentido. Com efeito, quando Neoptólemo pergunta-lhe o que deve fazer, Filoctetes responde: não me vires as costas (v. 758). O apelo de Filoctetes não é mais que alguém o leve à terra pátria – como a dor, cuja natureza é da imediaticidade, o arqueiro agora demanda do amigo a pura presença, o seu estar-ali. Não me vires as costas significa: reconhece-me tal como sou, neste meu apresentar-se a ti, imediato e gratuito, como imediata é minha dor, porque única.

Ao aceitar e prometer lá permanecer, Neoptólemo estabelece entre os dois um outro laço, que desvela agora um outro sentido. Não mais baseado nos planos anteriores, a φιλία que nasce é centrada na tensão dramática da cena, cujo liame e seiva é a dor de Filoctetes e a ética decisão de Neoptólemo em lá permanecer. Com isso, a φιλία desvela um outro mundo de Sentido, que decididamente entra em conflito com o anterior, de que Odisseu e seu plano eram símbolo e paradigma. É o coro que nos chama a atenção para esta metamorfose que se produz em Neoptólemo, que, diante do sono de Filoctetes, hesita em partir com o arco: πρὸς τί μενοῦμεν πράσσειν; – *qual a causa de hesitarmos*? A tensão produzida em Neoptólemo é magistralmente pintada nos versos que seguem:

> ἀλλ' ὅδε μὲν κλύει οὐδέν, ἐγὼ δ' ὁρῶ οὕνεκα θήραν
> τήνδ' ἁλίως ἔχομεν τόξων, δίχα τοῦδε πλέοντες.
> τοῦδε γὰρ ὁ στέφανος, τοῦτον θεὸς εἶπε κομίζειν.
> κομπεῖν δ' ἔστ' ἀτελῆ σὺν ψεύδεσιν αἰσχρὸν ὄνειδος

> Nada nos ouve, mas não tem valor reter
> o arco sem ele. Nos venceu! O deus foi claro:
> devia ser levado a borto. O orgulho
> pelo que não foi feito é vergonhoso!
>
> **(V. 839-842, trad. Trajano Vieira)**

É como se Neoptólemo, desde as categorias arcaicas e trágicas do mundo grego, lutasse para manter a dignidade de Filoctetes, levando-o à Guerra e reconhecendo-lhe os louros. Os versos exprimem essa tentativa de reconciliar os valores guerreiros, como apelo ao deus e à moira, com o novo mundo que se lhe desvelou pela φιλία. Quando Filoctetes acorda, é ela, a amizade, que vislumbramos nas perguntas de Neoptólemo, que indaga se está bem, se ainda sofre, se de ajuda necessita para ser levado ao barco – até que, como em vaga gestada desde muito, explode em dúvida angustiante no verso 895: παπαῖ: τί δῆτ᾽ ἂν δρῷμ᾽ ἐγὼ τοὐνθένδε γε; – aí! como agora agirei? Perguntado por Filoctetes qual a causa de sua aflição, Neoptólemo responde, e aqui recorro à bela solução de Trajano Vieira: ignoro aonde encaminho a linguagem. É de novo o problema do Sentido, que se coloca pela metáfora da linguagem, ἔπος, a partir da fundamental interpelação a que Neoptólemo foi submetido, ao fazer a experiência da dor de Filoctetes. Premido entre dois mundos de Sentido, em que deve basear sua ação ética, o filho de Aquiles começa agora a assumir responsabilidade por ser honesto, e sente na pele a incompatibilidade dos valores que o interpelam. Esta agonia habitar-lhe-á o peito até o último e final movimento, em que cederá gratuita e livremente ao pedido de Filoctetes. Antes, porém, ainda terá de alcançar os píncaros da violência, percebendo como o plano de Odisseu, e os valores por ele simbolizados, reduzem Filoctetes, cuja dor era única e infinita, a mera reserva objetal que serve ao plano dos helenos.

Interpelado pela dor e pela dignidade de Filoctetes, Neoptólemo assume a dimensão da Honestidade, a única em que φιλία pode prosperar. Mas isso supõe a trágica admissão do plano – e portanto o intensificar-se da dor do arqueiro. Supõe, igualmente, observar e sentir, no rosto de seu amigo, a violência que o escopo de Odisseu e a empresa helênica causam ao ente único que é Filoctetes. Mas o filho de Aquiles ainda obedece ao que acredita ser a vontade inexorável dos deuses, e nega devolver o arco a Filoctetes, quando este lho pede. Surge então uma das mais comovedoras e pungentes falas desta tragédia, v. 927-962, quando Filoctetes chega ao nível de maior humilhação, ao perceber que foi novamente traído, mas agora sequer o arco lhe deixam: foi reduzido a coisa muda, inferior aos próprios animais, de que agora será presa. Não podemos não citar os versos decisivos: v. 945. Nada sou, fantasma apenas, e finalmente a bela arquitetura sintática do duplo acusativo, καί μ᾽ οὓς ἐθήρων πρόσθε θηράσουσι νῦν, impossível de traduzir em português e de que apenas se aproxima a solução de Trajano Vieira: *os caçados de outrora hão de caçar-me*. O pronome pessoal de primeira pessoa tomado pelo acusativo, μέ, encontra o relativo, imantado de igual acusativo, οὓς, agora entretanto tornado, por fina e sutil arte sintática, irônico índice de um nominativo em elipse, como a exprimir a trágica reversão pela qual o antes caçador encontra-se diante daquilo que, outrora mera presa, faz-se-lhe neste instante predador. A arte de Sófocles formula sintática e metaforicamente a dor infinita do arqueiro, tão maior quanto mais humilhado ele se mostra a Neoptólemo, afinal atordoado: τί δρῶμεν, ἄνδρες; – *que faremos, homens*?

Neste momento decisivo, chega Odisseu, pressentindo a metamorfose que se apossa do filho de Aquiles. A dor de Filoctetes parece não ter fim, e é na abjeta ação de Odisseu que veremos Neoptólemo fazer a experiência radical da incompatibilidade dos dois mundos de Sentido. A natureza vil do plano já havia sido inferida por Neoptólemo, mas no começo da peça guiavam-no ainda os preceitos e valores do mundo guerreiro, sintetizados na figura paterna e na φύσις que ele acreditava haver herdado. Ao surgir agora pelos versos 974-975, ὦ κάκιστ' ἀνδρῶν, τί δρᾷς;/ οὐκ εἶ μεθεὶς τὰ τόξα ταῦτ' ἐμοὶ πάλιν; – *ó, dos homens o pior, que fazes? Não me darás tal arco uma vez mais*? Odisseu desvela a violência implícita no prosseguimento do plano dos gregos – e isso seja por seu baixo utilitarismo, seja pelo vaticínio e pela vontade dos deuses. É que, em última análise, vemos Neoptólemo experimentar dois mundos diversos, dois solos iluminados por duas distintas luzes. Antes guiando-se por normas guerreiras, a Neoptólemo o plano de Odisseu parecera baixo, mas isso por ser apenas contrário ao que entendia por καλός και αγαθός, como aliás observara muito bem Blundell. Mas vimos que também não hesitara em propor trazer Filoctetes à força. Ora, comum a ambas as abordagens, à do dolo como à da força, é a redução de um ente único a mera reserva objetal, parte intercambiável cuja existência se justifica pela função ocupada no interior de uma Totalidade ou Estrutura. A experiência da φιλία, entretanto, que se firmara nestas últimas cenas pela evidência da dor, desvelou a Neoptólemo um mundo de Sentido radicalmente outro, em que a grandeza não residia em ideais de fama ou glória, mas na infinitude de uma dor, imediata e gratuita, que funda a dignidade de um ente, absoluto porque radicalmente único. Humilhando-se diante do filho de Aquiles, Filoctetes surge-lhe soberano, acima das causas finais, além da φύσις que pautara a existência de seu pai, e na qual agora sequer pensa.

O problema desta tragédia revela-se, neste novo nível, como o problema do sentido do Ser: se Odisseu trata Filoctetes como mero objeto descartável, como o que tenho chamado de reserva objetal, cuja existência justifica-se apenas à luz de um télos que o subsume, qual a garantia de que não submeteria os outros ao mesmo tratamento, Teucro e Neoptólemo aí inclusos? Neste ponto, são cirúrgicas as palavras de Knox:

> Where such men are needed, I am such a man". This phrase is the quintessence of moral relativism. The word 'such' (τοιοῦτός) instead of referring to something fixed and intelligible, refers to another 'such' (τοιούτων); this is the creed of the faceless timeserver (KNOX, 1964, p. 125).

> *Onde tais homens necessários se fazem, sou tal homem. Esta frase é a quintessência do relativismo moral. A palavra "tal" (τοιοῦτός), em vez de referir-se a algo fixo e inteligível, refere-se a outros "tais" (τοιούτων); eis a crença no anônimo [porquanto sem face] timeserver* (KNOX, 1964, p. 125).

A diferença entre o τοιοῦτός, que pode referir-se a um indivíduo único, e o τοιούτων, que traz em si a indeterminação de uma coletividade, é a expressão formal do problema ético e, por conseguinte, ontológico. O relativismo de Odisseu, em que o Sentido perde qualquer chão onde possa estabilizar-se, corresponde a sua incapacidade de reconhecer a voz do Outro enquanto unicidade de um aparecer. Por isso, os homens surgem-lhe como meios subordinados a um τέλος, a uma causa final em sentido aristotélico, que subsume os momentos individuais à ordem total de uma estrutura, imensa garganta a engolir as unicidades e as destruir, tornando-as homogêneas, intercambiáveis e descartáveis: sem rosto nem voz. A ironia e a genialidade do movimento sofocliano reside, claro, em corroer a lógica de Odisseu desde dentro, pois, mesmo na tese de Nussbaum, o bem-estar geral de nada vale se for obtido de modo a relativizar, destruindo-o, todo sentido possível: "*for Odysseus there is no heroic standard, no point of reference at all, no identity*" (KNOX, 1964, p. 125). Assim também Blundell (1989, p. 188): "*if he [Odysseus] is never willing to respect the desires of others, then he threatens to make nonsense of the whole basis of morality*". A ausência de sentido e de identidade implica a articulação entre Sentido e existência – ética e ontologia, portanto.

Trata-se, pois, de decidir qual é o momento em que o Sentido, como desvelar-se do Ser diante dos olhos humanos, é instituído e tornado atual: são as causas final e suficiente que permitem tal desvelamento ou, ao contrário, residiria na pura e radical individualidade dos entes, no seu gratuito e imediato apresentar-se, que, ao modo da luz, cuja existência é iluminar-se no iluminado (cf. GADAMER, 1996), institui o Sentido como dom e graça de um Outro? Aqui, o problema ético revela-se a fonte do problema ontológico, de que não se alija nem se diferencia. Com isso, o conflito dos dois mundos de Sentido a que aludi e que, conforme propus, estrutura as tensões nos discursos de Neoptólemo e de Filoctetes ao longo da peça, pode ser pensado como dispositivo estético que, qual força gravitacional, seduz-nos e implica-nos no drama – somos interpelados por esta outra interpelação que surge entre os dois heróis e a que os gregos deram o nome, belo e para o futuro do Ocidente tão decisivo, de φιλία.

Por isso, a angústia de Filoctetes diante da fala de Odisseu, que lhe afirma sua total inutilidade, reside não na ânsia de glória e no medo de que seu γέρᾰς e sua τῑμή[105] passem a outro – sem excluir tal nível de leitura, radicado no mundo da ἀρετή arcaica e guerreira, vislumbramos o horror diante da Noite como destruição do Sentido, ao serem reduzidos a nada os símbolos em que a dignidade ontológica de Filoctetes poderia ser reconhecida. O verso doloroso que pinta Odisseu ornando-se com as armas do herói exprime a dor diante da dignidade destroçada, e o grotesco da cena, acentuada pelo verbo κοσμηθείς[106], reafirma esse quase kafkiano turbilhão em que todos os critérios e identidades se perdem: os olhos dos aqueus, diante dos quais desfila, ornado com o arco, Odisseu, tornam-se receptáculos desumanos e monstruosos, como o fascínio dos espectadores a que se exibia o *Hungerkünstler*.

Quando Odisseu, ignorando esta última expressão de horror, vira-lhe as costas, é a Neoptólemo que Filoctetes dirige a súplica, servindo-se do termo chave de que toda sua dignidade, e portanto sua mesma existência, dependem: a voz. Pergunta-lhe pois: *nem de tua*

---

105 Duas palavras que circunscrevem as estruturas éticas do mundo arcaico, a que os poemas homéricos deram formulação verbal inigualável. O substantivo γέρᾰς pode significar, a depender do contexto, prêmio, reconhecimento, honra, privilégio, prerrogativa, e o leitor minimamente iniciado em grego antigo reconhece-lhe o parentesco com γέρων, homem de idade. Assim, γέρᾰς e τῑμή constituem a ἀρετή, a virtude arcaica, o padrão de excelência e os ideais do reconhecimento público, por cuja memória poderia eternizar-se um mortal.

106 Isto é: tendo-se ornado.

voz tornar-me-ei receptáculo? Receber a voz é poder ser interpelado e, assim, tornar-se ente de dignidade e sentido, ente livre para o qual o Ser é Ser, oferenda gratuita que se apresenta aparecendo na Luz – imagem que já apreciamos no verso 408. A dor iminente, que ameaça emergir caso Neoptólemo o abandone sem lhe haver dirigido palavra, é infinitamente maior do que aquela, física, causada pela doença, pois atinge, destroçando-a, a própria existência de Filoctetes.

O desequilíbrio dramático dos passos finais, em que Neoptólemo busca convencer Filoctetes, explicando-lhe a *origem* de sua doença e o τέλος de seu destino, liga-se à tensão que estamos articulando entre os dois níveis hermenêuticos, em que se expressa a contradição entre a límpida contemplação do mundo helênico, em que κλέος e τέλος subsumem os entes, e a ética como ontologia primeira, anunciada na dor de Filoctetes. É que são fundamentos tanto a origem dos padecimentos do herói, mencionada por Neoptólemo, quanto o prêmio da fama e da glória ofertadas e prometidas ao arqueiro, e nesta condição tendem necessariamente a subsumir, destruindo-a, a pura e radical individualidade do ente, em que consiste sua dignidade. Dizê-lo supõe perceber que o Sentido, produto da Luz da Verdade, demanda a honestidade de uma voz que me interpela e, assim, dá-se-me gratuitamente em sua imediatez: sem fundamento, a voz do Outro não me submete nem a um fim, ao qual minha existência estaria reduzida, nem a uma origem, que a conteria como seu determinante primeiro. Veja-se, a este respeito, como minha leitura dista da de Vernant, que, comprometida com a malha conceitual em que se articula a mente grega, encara a interpelação da voz como reintegração ao mundo dos homens, portanto ao espaço e lugar – *moira* – que Filoctetes e Neoptólemo, enquanto partes de um Todo, devem ocupar:

> Como em todas as peças de Sófocles, o plano dos deuses é cumprido sem que os atores tenham consciência dele. A reintegração de Filoctetes no mundo dos homens, que é o objetivo da façanha efébica de Neoptólemo, começa na realidade desde que Filoctetes, pela primeira vez depois de dez anos, ouve falar grego, isto é, retoma contacto com a linguagem (VERNANT, 2014, p. 140).

Mas tal leitura opta por negar a Filoctetes e a Neoptólemo uma liberdade radical, fundamentada na dignidade da dor e da φιλία, e subordina a emergência do Sentido à integração das partes no "mundo dos homens", numa Totalidade de que Filoctetes e Neoptólemo não são senão momentos fugidios e intercambiáveis. Ora, minha existência depende de minha dignidade, e esta só emerge na voz de um Outro que me interpela honesta e gratuitamente, desvelando-me um Mundo de Luz e Sentido. Por isso, utilizando-me de uma fórmula de Schelling, proponho definir a dignidade ética de Filoctetes e Neoptólemo como *liberdade para o Bem e para o Mal.*

Com efeito, vimos como algumas leituras da peça enfatizam o problema moral, ora focalizando a dor de Filoctetes, ora atentando às agruras e dúvidas de Neoptólemo, tolhido entre a necessidade de seguir o comando dos aqueus e o desejo de seguir sua natureza nobre. O problema, tal como o coloco agora, supõe um nível radicalmente distinto: pensar que a liberdade de Neoptólemo reside na capacidade de seguir sua natureza nobre é resolver, por assim dizer, um problema já resolvido – *pois se a liberdade é o correlato de minha dignidade, ela só existe na mesma condição ontológica de pura gratuidade e imediaticidade, e isso significa que, enquanto tal, liberdade é liberdade para o Bem e para o Mal, infundada potência que se ergue desde um ato puro que sempre já me precede e que, por isso, tem no Outro seu salto originário* – isto é: sua *Ur-sprung.* Por isso Filoctetes, quase persuadido pelo apelo de Neoptólemo à *kléos* que se lhe promete, entretanto ainda hesita, assim justificando-se: οἷς γὰρ ἡ γνώμη κακῶν μήτηρ γένηται, τἄλλα παιδεύει κακούς (v. 1.360) – *aos quais [Odisseu e os átridas] o conhecimento dos males mãe tornou-se.*

Ora, na sequência lógica que estes versos estabelecem com os anteriores, o conhecimento do Mal só pode ser articulada à ação do próprio Odisseu, tal como a vimos formulada desde o começo, isto é, como redução da dignidade do Outro a pura reserva objetal, que destrói a liberdade alheia ao submetê-la à lógica da um sistema de que é mera parte: no caso do enredo, à tomada de Tróia. Assim, o Mal estaria em potência, aliás em lampejantes atualizações, na fala logo anterior de Neoptólemo, que busca fornecer um fundamento para a dor radicalmente única e singular de Filoctetes, atribuindo-lhe uma causa suficiente, a origem como determinação, e uma causa final, o destino pronunciado pelo vate Heleno. Kléos e timé entram, aí, como elementos de persuasão que só fazem sentido no plano espiritual da ἀρετή homérica, mas vimos que estes elementos, embora continuem presentes, empalidecem diante da verdadeira dor de Filoctetes, que se radica no drama de sua dignidade quase destruída, na sua existência que treme e quase derrapa no abismo diante das invectivas de Odisseu. Por isso, a súplica final do arqueiro aponta, não para a dimensão egoísta ou orgulhosa do guerreiro cuja vontade não se dobra, mas para a súplica humilde de quem demanda a Luz da Honestidade: v. 1.367, ἀλλ' ἅ μοι ξυνώμοσας, / πέμψον πρὸς οἴκους: καὐτὸς ἐν Σκύρῳ μένων *leva-me para casa, segundo me juraste em comunhão.*

O juramento é a dimensão de uma área comum, que só existe para mim enquanto existe para ti, em que não se admitem dimensões subterrâneas. A área comum é por isso honesta, e a súplica de Filoctetes dirige-se ao que, em Neoptólemo, fez-lho querido e amado: a gratuita Honestidade. Filoctetes recorre, pois, à φιλία e ao Sentido que nela se instituiu, ostendendo a Neoptólemo o símbolo mesmo da amizade entre os dois: ξυνώμοσας, o juramento em comunhão é abertura de um Sentido comum, formação de um solo em que as coisas existem sob Luz, ganham inteligibilidade e passam a oferecer-se-nos.

É assim que, no diálogo seguinte, a tensão chega ao grau máximo, e a inflexibilidade de Filoctetes impõe ao filho de Aquiles um laborioso movimento de razões, que entretanto se revelam inúteis, diante da radical singularidade do arqueiro. Neste ponto, a figura dos deuses torna-se quase risível, empalidecida por tantas posições contraditórias que se lhes prescreve. Ora invoca-os Filoctetes para punir Odisseu e outros aqueus, ora amaldiçoa-os pela dor que padece e pela injustiça que parece prosperar no mundo humano. Neoptólemo, contudo, permanece sistemático em sua tentativa de justificar a ida de Filoctetes a Tróia, e por isso, em seu discurso, a figura dos deuses revela-se símbolo do destino e da necessidade, isto é, das causas eficientes e finais.

Reinhardt alega que tal incoerência é fruto da incapacidade do arqueiro para alçar-se à visão da Totalidade – sem excluir tal possibilidade hermenêutica, *resta o fato de que não é na Totalidade que reside o interesse estético, mas precisamente no sutil jogo humano e ético entre os indivíduos: os deuses, o destino e a moira empalidecem diante da profunda evolução espiritual de Neoptólemo, fundamentada na* φιλία *que entre os dois se ergue.* Não me parece, portanto, que Edmund Wilson veja bem ao salientar que a simpatia de Neoptólemo por Filoctetes seja a causa da resolução final de ir a Troia, dissolvendo assim a inflexibilidade do arqueiro doente:

> Quando essa relação humana se concretiza, parece a princípio que ela terá por consequência frustrar o propósito da expedição e arruinar a campanha grega. Ao invés de conquistar o proscrito, Neoptólemo se proscreve a si mesmo, num momento em que tanto o rapaz como o aleijado são desesperadamente necessários aos

gregos. Mas ao assumir o risco para sua causa que está implícito no reconhecimento de sua humanidade em comum com o doente, ao se recusar a quebrar sua palavra, ele dissolve a obstinação de Filoctetes, e assim o cura e o liberta, e salva também a campanha grega (WILSON, 2011, p. 134).

Wilson entende a simpatia e o reconhecimento como causas diretas da ida a Troia e, portanto, da obtenção da saúde e da glória destinadas ao arqueiro. Esquece, com isso, que o grande passo formal desta última cena reside no contraste estabelecido entre a pálida aparição de Héracles e o paradoxo em que Filoctetes enreda Neoptólemo, ao vencer-lhe todas as possíveis razões. Ao ceder, o filho de Aquiles põe a nu o fato de que, diante da infinita insistência do moribundo em ater-se à promessa feita em comunhão, ξυνώμοσας, qualquer das razões alegadas, sejam elas eficientes ou finais, tornam-se nada. Por isso, e exatamente por isso, o dispositivo estético do *deus ex machina*, ao invés de ser indício de falta de recursos e pobreza dramática ou continuidade direta que expressa a necessidade (ἀνάγκη) trágica, aparece como corolário e perfeito coroamento do movimento formal que se vem gestando desde o início: a epifania, símbolo das causas divinas, apequena-se diante da dor de Filoctetes, infinita porque absurda, e em face da evolução interior dos dois heróis e da φιλία que entre eles se firma. Concentremo-nos pois nesta cena final e a vejamos em detalhes, para melhor firmarmos nossa interpretação.

O belo jogo dramático reside, como sugeri, no paradoxo em que o filho de Aquiles se vê enredado, diante da liberdade de Filoctetes: este indaga-lhe afinal, nos versos 1.384, se o que é útil, ὄφελος, é-o para si ou para Agamenon e Menelau? Neoptólemo busca responder-lhe, sublinhando a φιλία que o move, suposta causa de sua decisão: σοί που, φίλος γ' ὤν, χὼ λόγος τοιόσδε μου. A razão, que parecia radicar apenas na φιλία, mostra sua face contraditória, diante da nova pergunta que lhe move Filoctetes: (v. 1386) πῶς, ὅς γε τοῖς ἐχθροῖσί μ' ἐκδοῦναι θέλεις; – *de que razão falas se me queres entregar aos inimigos*? Seu interlocutor, quase sem recursos, recorre então ao peso do destino, essa razão que, fundamentando todas as outras razões, é ela mesma irracional, pois sem fundamento a precedê-la: (v. 1387) ὦ τᾶν, διδάσκου μὴ θρασύνεσθαι κακοῖς – *ó amigo, aprende a não ousar, quando embebido em males.*

A ocorrência do verbo, θρασύνεσθαι, ousar ou ter coragem, e o dativo κακοῖς parece referir-se ao senso helênico da justa medida e da temperança, que no mundo trágico relaciona-se ao lugar ocupado pelos mortais, à lucidez necessária para evitar a ὕϐρις e a ἁμαρτία, desencadeadoras dos males. A genialidade do verso consiste bem neste sutil uso do verbo, que possui dupla valência semântica: a coragem, virtude do herói, pode tornar-se subitamente desregrada ousadia dos mortais, punida pelos deuses. O verso revela, portanto, que Neoptólemo move-se em razões vinculadas ao mundo de categorias trágicas e arcaicas, que a inflexibilidade e a dor de Filoctetes entretanto corroem mais e mais, até torná-las radicalmente inúteis e vazias. É o que vemos na sucessão do diálogo, em que, diante da evocação da necessária consciência dos males a que estão os mortais submetidos e depois de o filho de Aquiles, desesperado, sugerir que o guerreiro não quer entendê-lo – (v. 1389) φημὶ δ᾽ οὔ σε μανθάνειν, digo que não me entendes – Filoctetes lança-lhe a invectiva decisiva: ἐγὼ οὐκ Ἀτρείδας ἐκβαλόντας οἶδά με; – *não possuo então lembrança dos átridas que me abandonaram*? A sintética pergunta, como é habitual em Sófocles, desvela um complexo movimento interior, e articula-se sutilmente a todo o complexo de argumentos anteriormente mobilizados por seu interlocutor. Indagando se o filho de Aquiles crê que ele esquecera os crimes dos gregos, o arqueiro reatualiza o argumento da utilidade, ὠφελῶν, que na boca de Neoptólemo diferencia-se do oportunismo barato de Odisseu, articulando-se à rede de categorias trágicas em que a ἀρετή arcaica era formalizada. É como se Filoctetes, diante agora da suprema evocação da diferença entre mortais e imortais, não obstante ao amigo dissesse: como é para mim melhor aquilo que reafirma minha dor, e esta se radica em minha memória, este interior núcleo de sentido em que reencontro a mim mesmo? O apelo à memória é apelo à radical unicidade da dor, portanto à dignidade absoluta do ente individual em seu aparecer.

Ao ver-se sem argumentos e perceber destroçado o conjunto de conceitos que materializavam o mundo arcaico em que até agora pautara sua vida, Neoptólemo arrisca-se a abandonar o terreno ético da φιλία em que baseara sua argumentação (v.1395):

> τί δῆτ᾽ ἂν ἡμεῖς δρῷμεν, εἰ σέ γ᾽ ἐν λόγοις
> πείσειν δυνησόμεσθα μηδὲν ὧν λέγω;
> ὡς ῥᾷστ᾽ ἐμοὶ μὲν τῶν λόγων λῆξαι, σὲ δὲ
> ζῆν, ὥσπερ ἤδη ζῇς, ἄνευ σωτηρίας.

O que faremos, se meus argumentos
fracassam no convencimento? Bem
mais fácil para mim seria calar
e para ti viver, como hoje, doente

(trad. Trajano Vieira)

O movimento dramático é genial, pois mostra gradativamente, ondas que se seguem cada vez maiores umas às outras, como a φιλία antes exposta na condição de argumento maior é destroçada, caso Neoptólemo queira seguir a rede de categorias do mundo arcaico. Sófocles, assim, sugere que os dois níveis de agência ética são incompatíveis, embora convivam em tensão na mente dos dois personagens: a obediência à ἀρετή heróica e ao sentido trágico excluem a φιλία, cujo fundamento é a pura dignidade do ente na unicidade de seu aparecer. Por isso, é de novo à honestidade que Filoctetes recorre, negando fama e saúde, atendo-se apenas à promessa feita e, pois, ao Sentido que permanece em comunhão honesta. A imagem final, logo antes de aparição de Héracles, é comovente: a ajuda de Neoptólemo encontra a proteção de Filoctetes, que põe seus dardos, símbolo de sua liberdade e dignidade, a serviço da φιλία que nasceu entre os dois.

É belíssimo e comovedor este passo final, tornado ainda mais impactante quando Héracles subitamente aparece. O movimento que encerra a peça é quase inacreditável: a aparição torna-se pálida, quase risível, e parece antes ser obediência à convenção do gênero do que necessidade orgânica da ação dramática. Mas eis que por essa mesma frágil epifania a força da figura de Filoctetes intensifica-se ao último grau, e o que pode ser visto como fragilidade estética revela-se necessidade orgânica do movimento dramático – é ilusório pensar que o fato de obedecer ao chamado de sua moira finalmente dobra sua vontade inflexível, pois o que importa é o resultado estético que surge da comparação da figura divina com o crescimento dos dois amigos, cuja φιλία, esta sim, alça-se a uma dimensão mais nobre do que a dos próprios deuses. É que Neoptólemo transformou-se ao longo do drama, por virtude do encontro com o arqueiro que, no começo, surgia-lhe como mera peça de um plano maior. O arqueiro, por sua vez, teve salva sua existência, não por ir à Tróia e lá receber saúde e glória, mas por ver reconhecidas sua dignidade e sua liberdade, interpeladas por uma voz honesta com que compartilha um Mundo comum, um universo de

Sentido que não se justifica por uma causa final ou eficiente. Note-se, aliás, que a tantas vezes mencionada *physis* de Neoptólemo tem importância relativizada, pois é no encontro com o Outro, que se lhe torna amigo, *philós,* que ele verdadeiramente cresce, tornando-se o que é por uma de-cisão livre, radicada na liberdade para fazer o Bem ou o Mal – precisamente por isso abismal e milagroso nascimento de um novo, desde sempre eterno, Mundo.

*

Filoctetes não trata apenas do problema da dor de um guerreiro cuja κλέος, maior dos patrimônios no mundo homérico, é esquecida, nem lida apenas com os problemas morais de um jovem que se recusa a raciocinar moralmente segundo um utilitarismo barato. Sem negar tais possibilidades, que de fato existem na peça como níveis hermenêuticos, minha leitura quis antes colocar em relevo como a figura da dignidade dos dois personagens principais, Filoctetes e Neoptólemo, fornece o centro do interesse estético da tragédia, radicando-se em problemas que o rigor me forçou a chamar de éticos e ontológicos. Ético, pois a beleza dos versos que surgem das bocas de Filoctetes e Neoptólemo dependem da φιλία que, aos erros e acertos, vai-se firmando entre os dois, conforme o mais jovem percebe a infundada dimensão da dor de um indivíduo singular, infinita porque única. Ontológico, pois o problema da dor de Filoctetes está estruturalmente articulada à dimensão divina e, pois, ao sentido do curso do Ser. Dado que o problema ético move-se em torno à unicidade de um indivíduo e de sua dor, cada tentativa de justificá-la é também um passo especulativo que procura apreender o que seja a existência – seu Sentido íntimo e último, o fundamento do Aparecer das coisas todas. Se o dispositivo estético evidencia, como tentei demonstrar, a insuficiência das causas suficientes e finais, é que o nível ético apresenta-se já como nível ontológico: a ética é, como diria Levinas, filosofia primeira. O Ser, por isso, demanda para definir-se os predicados que estruturam a experiência ética. Argumentei que esta, na tragédia, mostra-se como instituição da dignidade e liberdade, em que se funda a existência do ente individual, pela interpelação de uma Voz, que, desde o Outro, desvela-me um Mundo de Sentido honesto. O Mundo, para possuir Sentido, deve por isso *não ser determinado, nem por uma causa final nem por uma causa eficiente, pois é na gratuidade da voz do Outro que ele se funda. Eis a fórmula em suas consequências últimas: o Mundo é o gratuito resultado do encontro de duas Vozes que, po-*

dendo viver uma sem a outra, não conseguem mais, após o encontro, serem-se sem serem o Outro, porque, encontrando-se em gratuidade, fizeram emergir o Sentido honesto como o laço amoroso que as une.

Na tragédia de Sófocles, vimos que tais elementos fornecem a própria tessitura formal da ação dramática: a amizade de Filoctetes e Neoptólemo institui-se pela interpelação da Voz, da φωνή, que se dá enquanto promessa de reconhecimento, quando o filho de Aquiles oferece ao arqueiro a nau com que poderá retornar à pátria. A promessa, contudo, só existe se for honesta, como aliás sublinha belamente o verbo grego ξυνώμοσας, *em comunhão*, em chão comum, em que o sentido só é meu quando já é também teu. Essa coexistência do Sentido no chão comum obedece à natureza da luz, tal como a descreve Gadamer: ela só é o que é, fonte luminosa que desvela o aparecer das coisas, ao iluminar-se no iluminado. A luz só é luz ao ser si mesma para um Outro de si. Ora, na luz o Sentido revela-se como oferecer-se gratuito e imediato do que aparece. É também Gadamer que propõe que, com isso, a luz possui os predicados do Ser. Por isso, a ontologia se funda na ética. Tal duplo movimento fornece a tessitura estética, o dispositivo formal do drama sofocliano. *Filoctetes* é mais do que uma tragédia comum, oferecendo-se como ensaio metafísico que, por força de sua intensidade estética, transborda as categorias estruturais e históricas do próprio pensamento helênico, atingindo, como todo grande movimento especulativo, a Verdade eterna de que se nutre a metafísica, que aliás é, ela também, fruto de uma φιλία – aquela entre nós e Σοφία.

5

Re-mora e De-mora: em busca da Cidade perdida

Lara Bani, der schönen und süßen Kroatin, gewidmet, die mir die Schönheit und die Bedeutung einer Stadt – und somit, wie die Deutschen sagen, der Stadt überhaupt – gezeigt hat

Ter o privilégio de viver e crescer numa cidade consigo nascida: pois que assim a cidade, tão nova como nós e de nós contemporânea, torna-se através de nós História. Ser amante de duas cidades: uma que, antiga, precedeu-te desde sempre, com histórias que não viveste e que te são fábulas secretas; outra que, de tão nova, deixou-se por ti habitar, para habitar-te a insaciável memória. Serás, para sempre, tais tão diversas cidades: teu pensamento há de ser incessante revisitar de suas ruas perdidas.

D'una città non godi le sette o le settantasette meraviglie, ma la risposta che dà a una tua domanda
(Italo Calvino)[107]

A bem balanceada síntese entre aguçada consciência formal e fugidia matéria humana que a literatura busca apreender pode ser vista como o objetivo do projeto estético de Italo Calvino, aliás em conformidade com a imagem do fogo contido por cristal, apresentada em *Seis propostas para o próximo milênio* (1990). *Le città invisibili* (2014) dão corpo a este projeto de maneira singular, que se observa no ritmo geométrico dos capítulos, cuja sucessão é rigorosamente pensada de acordo com um modelo matemático, testemunho da rigorosa consciência estética de Calvino, nisso tão próxima de um Osman Lins ou de um João Cabral. Moreno-Viqueira (2013) sugere que a construção geomé-

---

107 "De uma cidade não goza as sete ou setenta e sete maravilhas, mas a resposta que dá a uma tua pergunta." (CALVINO, 2014, p. 42)

trica de *Le città invisibili* (2014) materializa as reflexões metaliterárias de *Seis propostas para o próximo milênio* (1990), e Iseppi (1982) dá a ver como o limado aprumo formal pode ser lido enquanto tentativa lúcida de pensar, através do rigoroso controle sobre a linguagem, o próprio caos de nossa existência linguística: a irremediável falência do esquema comunicacional como transmissão pura de uma mensagem unívoca.

A forma altamente experimental do livro, sublinhada por diversos críticos, aponta para uma tensão produtiva entre níveis narrativos diversos — o do diálogo de Marco Polo com Kan e as descrições de cidades — e entre o conceito mesmo de narrativa e suas intersecções com outros gêneros literários. Bonsaver (2002), por exemplo, observa como tal condensada experiência com a narrativa tensiona-a de tal forma a transbordar-lhe os limites de um mero encadeamento de acontecimentos para adquirir o estatuto de uma gnose sobre o real:

> (...) la toppografia immaginaria di Le città invisibili si allontana invece da ogni convenzione narrativa e diventa luogo di riflessione, emblema criptico, ambiguo nella sua studiata modularità. L'assenza di una trama eventiva nelle descrizioni di città così come la logica del plurimo e del paradosso che dominano il dialogo di Marco Polo e Kublai sospendono il racconto in una dimensione paragonabile per certi aspetti a quella dei pittori metafisici in cui oggetti e personaggi sono spogliati di ogni intenzione naturalistica (BONSAVER, 2002, p. 51).

> *A topografia imaginária das Cidades Invisíveis distancia-se, por sua vez, de toda convenção narrativa e torna-se lugar de reflexão, emblema críptico, ambíguo em sua plasticidade estudada. A ausência de uma trama de acontecimentos nas descrições de cidade, assim como a lógica da pluralidade e do paradoxo que dominam o diálogo de Marco Polo e Kublai, suspendem a narrativa em uma dimensão por certos aspectos comparável àquela dos pintores metafísicos nos quais objetos e personagens desnudam-se de toda intenção naturalística (BONSAVER, 2002, p. 51).*

Experimentalismo literário e gnose do real correlacionam-se de tal forma que, ao abandono de qualquer concepção simplista da narrativa como encadeamento racional de eventos, corresponde uma visão especulativa e nuançada sobre o Ser, que abandona o objetivismo apenas para melhor apreender a sutileza do Mundo. Tal postura demanda, por outro lado, um leitor ativo, correlato a um conceito de leitura como atividade reorganizadora de mundos, capaz de no exercício hermenêutico fazer do encontro com o texto uma redescrição ontológica, de acordo com a fenomenologia da leitura esboçada por Iser (1984) e Ricoeur (2019), aos quais as seguintes observações de Iseppi fazem eco:

> Il momento decisivo dell'opera, la sua attualizzazione, sta appunto nella responsabilità e collaborazione dell'uomo *'dotato di una coscienza',* che sa leggere anche sui quadrati bianchi della scacchiera un'infinità di cose subendone il fascino, e che allo stesso tempo intuisce, con sensibilità da rabdomante, gli umori più profondi. Come abbiamo cercato di provare, i meccanismi, che la scrittura calviniana instaura, provocano le reazioni a catena contraddistinte dal ritmo discorsivo, così che dal testo, per la sua natura plurivoca, emergono sempre nuovi contenuti (ISEPPI, 2002, p. 313).
>
> *O momento decisivo da obra, a sua atualização, reside precisamente na responsabilidade e na colaboração do homem 'dotado de uma consciência', que sabe ler também por entre os quadrados brancos do tabuleiro uma infinidade de coisas, provando-lhes o fascínio, e que ao mesmo tempo intui, com sensibilidade de rabdomante, sensações as mais profundas. Como tentamos demonstrar, os mecanismos, que a escrita calviniana instaura, provocam reações de acordo com uma lógica distinta do ritmo discursivo, de modo que, desde o texto, emergem, por sua mesma natureza plurívoca, conteúdos sempre novos* (ISEPPI, 2002, p. 313).

Diante de tais constatações críticas, não é meu intento o de provar a correlação entre a forma altamente experimental e uma concepção ativa de leitor e leitura, tampouco o de ver, nisto, o signo de um estilo pós-moderno, como faz James (1982), para quem a serialidade das narrativas implica um conceito de narração sem delimitações absolutas frente a outros gêneros. À luz de estudos como estes, avançarei antes uma leitura meditativa, cujo interesse repousa na maneira pela qual o mecanismo da narrativa lírica, caracterizada por sua natureza mínima e condensada, expressa a temporalização do espaço e a espacialização do tempo no que chamarei de re-mora. Para isso, lerei o primeiro capítulo do diálogo entre Marco Polo e Kan e as cinco narrativas líricas que a ele se seguem, reunidas sob o tema da memória, do desejo e do signo. Minha hipótese consiste em ler tais narrativas mínimas como articulação e desdobramento do capítulo inicial, que introduz Marco Polo e Kublai, através da estrutural relação entre memória, desejo e signo, para por fim propor um entendimento de narrativa lírica como mecanismo estético em que se deixa formalizar a Re-mora: espacialização do tempo e temporalização do espaço[108] como núcleo da poesia das cidades e da Cidade. Nisso, acredito concordar com o Calvino leitor de si mesmo, que de *Le città invisibili* diz "il libro è fatto di brevi capitoli, ognuno dei quali dovrebbe offrire uno spunto di riflessione che vale per ogni città o per la città in generale"[109] (CALVINO, 2014, p. 5). Esta natureza poliédrica, de capítulos que são caminhos por onde o leitor, ao caminhar, vai meditando — no sentido que Heidegger (2003) dava à palavra *Holzwege* —, indicam o paradoxal movimento da leitura como apreensão de um sentido e reconhecimento de sua frágil conclusão, fragilidade entretanto como consciência da errância sem a qual o gesto de ler sequer teria começo. Respeitando, assim, a forma mesma do livro e das narrativas mínimas das quais é composto, tendo a seguir as observações de Calvino:

> (...) un libro (io credo) è qualcosa con un principio e una fine (anche se non è un romanzo in senso stretto), è uno spazio in cui il lettore deve entrare, girare, magari perdersi, ma a un certo punto trovare un'uscita, o magari parecchie uscite, la possibilità d'aprirsi una strada per venirne fuori (CALVINO, 2014, p. 6).

---

108 Não há espaço aqui para demarcar, em detalhes, o bastante distinto estatuto especulativo que possui a expressão "temporalização do espaço" em Jacques Derrida, que pelas mesmas textuais expressões busca articular, em *La grammatologie* (1967) assim como em *L'écriture et la différence* (1967), o efeito da *différance* desde sua filosofia da linguagem, marcada pela noção da *écriture*. Para Derrida, o reconhecimento da negatividade inerente à *langue* supõe uma estrutura espacial sincrônica temporalizada, isto é, um conjunto de signos de remissão constante que, por ausência de um centro estrutural a fundamentar o sistema, temporalizam o espaço e espacializam o tempo no movimento errante da *différance*. Derrida, até onde me seja conhecido, não busca entretanto articular, com as expressões "temporalização do espaço" e "espacialização do tempo", asserções ontológicas, capazes de descrever o tempo e o espaço em sua implicação mútua. Devo a meu amigo José Roberto de Luna Filho, sofisticado leitor de Derrida, as sempre produtivas discussões sobre o filósofo da *différance*.

109 "O livro é feito de capítulos breves, cada um dos quais deveria oferecer um ponto de reflexão que vale ara cada cidade ou para a cidade em geral."

(...) *um livro (acredito eu) é algo com um começo e um fim (mesmo que não seja um romance em sentido estrito), é um espaço em que o leitor deve entrar, passear, perder-se talvez, mas a certo momento encontrar uma saída, ou por ventura saídas semelhantes, a possibilidade de abrir-se uma estrada para daí sair* (CALVINO, 2014, p. 6).

A estrada é caminho, é por isso o meio por que um fora e um dentro se tornam possíveis. A leitura não é senão a amorosa consciência desta nossa condição de seres que sabem sua finitude110 e que, para melhor vivê-la, inventaram esta estranha e inestimável arte de contar histórias. Seguindo pois o Calvino leitor de si mesmo, entramos no livro e, percorrendo-o, buscamos a felicidade do andarilho[111] que medita ao caminhar, apreendendo a inter-relação de memória, desejo e signo no mecanismo da narrativa lírica para pensar o tornar-se tempo do espaço na Re-mora.

§ 1 Tornar-se Tempo do Espaço: Memória, Desejo e Signo como forma da narrativa lírica

São raros os prazeres que nesta vida se experimentam como aquele de quem, ainda em tenra infância, ouve o timbre misterioso e sedutor de uma voz que nos vai narrar uma história. O fascínio de um futuro e um passado postos no instante mesmo em que a voz se ergue, neste presente originário de que emerge o Tempo em sua totalidade, é o convite irresistível à narrativa que nos faz apelo, a cuja interpelação cedemos com grata e hesitante felicidade. É assim, com alma infantil, que o poderoso imperador, fatigado já do imenso poder cujo encargo lhe compete, escuta as histórias que lhe conta Marco Polo, na voz de quem vem a conhecer as cidades que, posses suas embora, nunca viu nem amou. A introdução a este rosário de descrições que são *Le città invisibili* é tecida com o cálculo do engenheiro e o cuidado do artesão, e constitui como que belo elogio à arte cujo artífice Calvino, na figura de Marco Polo, representa tão bem: aquela de narrar. A melancolia do

---

110 No duplo sentido de compreender e de degustar.

111 A alegria triste do *Wanderer* romântico, cuja errância é a forma mesma de um pensamento da *Sehnsucht*, o pensar da saudade.

imperador, a quem pertence império sem fim cujas maravilhas desconhece, é fruto da vanidade das coisas brutas, cujo valor para nós, se se mantiverem na modalidade exclusiva de coisas, é nulo:

> (...) è il momento disperato in cui si scopre che quest'impero che ci era sembrato la somma di tutte le meraviglie è uno sfacelo senza fine né forma, che la sua corruzione è troppo incancrenita perché il nostro scettro possa mettervi riparo, che il trionfo sui sovrani avversari ci ha fatto eredi della loro lunga rovina (CALVINO, 2014, p. 6).
>
> *(...) é então o momento de desespero em que se descobre que este império, outrora para nós a soma de todas as maravilhas, é um farelo sem fim nem forma, que a sua corrupção está degradada demais para que nosso cetro possa aí introduzir reparo, que o triunfo sobre os soberanos adversários nos fez herdeiros de sua longa ruína (CALVINO, 2014, p. 6).*

A dialética reversão do império em farelo sem formas faz signo do vazio que habita todas as coisas às quais o espírito não forneceu a face de uma história, coisas cuja infelicidade reside em permanecerem coisas. Pela boca de Marco Polo, entretanto, o imperador aprende que neste império de ruínas é possível ainda discernir contornos, uma ordem talvez, em que seja possível alegrar-se: "Solo nei resoconti di Marco Polo, Kublai Kan riusciva a discernere, attraverso le muragile e le torri destinate a crollare, la filigrana d'un disegno così sottile da sfuggire al morso delle termini" (CALVINO, 2014, p. 6)[112]. Vale permanecer um pouco nesta curiosa metáfora, pois o desenho, arte eminentemente espacial, só possui seus contornos tecidos na narração que Marco Polo faz. Já aqui surpreendemos a mútua determinação de espaço e tempo, pois a filigrana de desenho em que Kan aprende a amar seu império se torna inteligível e luminosa ao lhe ser narrada pelo navegador. Não é o caso de observarmos que, se há atenção, há também desejo e, havendo desejo, memória? Kan deseja entender aquilo de que possui apenas a posse material e que, por isso, lhe escapa por completo. O desejo, portanto, não é pelas coisas que tem como coisas, mas pela forma espiritual do império, existente apenas na memória

112 "Apenas nas narrativas de Marco Polo, Kublai Kan conseguia discernir, através de muralhas e torres destinadas a ruir, a filigrana de um desenho tão sutil que evitava as mordidas dos cupins."

de Marco Polo. Convém aqui lançar uma outra pergunta: tendo tantos outros servos, por que apenas ao navegador dá tanta atenção? Indica-nos o texto, e disso não podemos descuidar:

> Non è detto che Kublai Kan creda a tutto quel che dice Marco Polo quando gli descrive le città visitate nelle sue ambascerie, ma certo l'imperatore dei tartari continua ad ascoltare il giovane veneziano con più curiosità e attenzione che ogni altro suo messo o esploratore (CALVINO, 2014, p. 6).
>
> *Não está dito que Kublai Kan acredite em tudo aquilo que diz Marco Polo quando lhe descreve as cidades visitadas em suas viagens, mas decerto o imperador dos tártaros continua a escutar o jovem veneziano com mais curiosidade e atenção do que a qualquer outro embaixador ou explorador (CALVINO, 2014, p. 6).*

Poucas tão belas e comoventes homenagens recebeu a literatura como estas rápidas linhas: não se trata da fidelidade entre as palavras de Marco Polo e as coisas mesmas, mas do desvelar-se delas no verbo de que emergem rememoradas, espiritualizadas e por isso dignas agora de amor. É, portanto, no estilo do navegador que encontramos a resposta à pergunta formulada, pois é sua linguagem que fornece às coisas face e voz, tornando-as amáveis, apresentando-as ao imperador como um Mundo habitável, para falar como Ricoeur (2019)[113]. A memória, este palácio interior que é a origem de nossa personalidade e de nossa riqueza subjetiva, modela-se nos signos, que lhe conferem realidade espiritual, formalizando-a. Comigo concorda Giuseppe Sandrini, para quem "(...) il problema della memoria-abitazione diventa problema della forma: la concezione della memoria si identifica con la forma da dare al libro" (SANDRINI, 1991, p. 365)[114]. Podemos por ora dizer que a rede de signos faz o conjunto de memórias aparecer como causa do desejo de Kan: entre desejo, memória e signo há relação profunda, como aliás sugerem os títulos de cada narrativa — *Le città e il desiderio, Le città e la memoria, Le città e i signi*[115].

---

113 Vale agora acrescentar: conforme aprendemos com o *Filoctetes*.

114 "(...) o problema da memória-habitação torna-se problema da forma: a concepção da memória se identifica com a forma a dar ao livro."

115 "As cidades e o desejo, As cidades e a memória, As cidades e os signos."

Para desenvolver a intuição a que cheguei por esta rápida exegese das páginas iniciais, proponho a leitura dos primeiros cinco capítulos, de modo a articular as três teses das quais se constitui minha meditação, que assim resumo: a relação estrutural entre desejo, memória e signo aponta para o mecanismo da narrativa lírica, cujo estatuto peculiar em *Le città invisibili* consiste em temporalizar o espaço e espacializar o tempo no que denomino Re-mora. Como livro que sobre si mesmo se dobra, espelho em que a face vista se enriquece na superfície que lhe possibilita o ver-se como um re-ver-se, *Le città invisibili* tecem, nos intervalos entre descrições de Marco Polo e intervenção do narrador, a sutil e complicada articulação que fornece ao conjunto de pequenas narrativas sua armadura interna: o desejo de ouvir de Kublai Kahn é desejo de conhecer o que apenas a fala de Marco Polo lhe pode apresentar, como memórias relembradas no agora da narração. Assim, signo, desejo e memória apresentam o ritmo com que as descrições de cidades serão moduladas como narrativas, em que o espaço é já tempo.

Pela leitura de cinco destas mínimas narrativas, desejo sugerir como a íntima conjunção de espaço e tempo, a espacialização do tempo e a temporalização do espaço, correspondem à síntese formal de descrição lírica e narrativa. Se a intuição lírica possui na imagem seu correlato formal, próxima por isso ao espaço como forma do ver e do ser visto, do tocar e ser tocado, o tempo por sua vez demanda o narrar, compreendido como encadeamento das memórias. À síntese da intuição lírica e do narrar, cujo resultado é a narrativa-lírica, corresponde, portanto, um espaço temporalizado e um tempo espacializado no chamarei de Re-mora.

Re-mora diz de um mundo de sentido que se cultiva no ato tético com que memórias se encadeiam, delineando um espaço em que eu me vejo no visto e em que me toco no tocado: estabeleço-me assim como sujeito. Minha hipótese crítica consiste em surpreender a íntima relação entre o capítulo inicial e as três seguintes descrições das cidades lendo, em sua paciente emergência, a gênese do espaço como tempo e do tempo como espaço através do mecanismo formal da narrativa lírica das cidades, em que o procedimento da descrição imagética, correlato da intuição lírica, só existe enquanto encadeamento de lembranças na Re-mora, portanto sob modalidade narrativa. Memória, desejo e signo formam uma tríade de que a análise deriva seu ritmo, sem esquecer nem descurar de suas relações estruturais: todo desejo é já memória, pois embebido numa rede de signos donde emerge o mundo espiritual a que chamamos Cidade.

§ 2 Meditar à sombra da estante: o Tempo e o Espaço em Diomira e Isidora

Sem querer exaurir ou sistematizar o livro inteiro, cuja forma aliás meditativa convida antes à especulação do que a toda ambição de esclarecimento exaustivo, concentrar-me-ei nas pequenas narrativas iniciais, para nelas apreender o mecanismo da narrativa lírica e, à luz deste fascínio, enlaçar à atividade crítica a meditação sobre Re-mora, figura especulativa com que descrevo a mútua implicação de espaço e tempo, temporalização do espaço e especialização do tempo, como possível maneira de entender o mistério de uma cidade. Pouco me importa também o estudo classificatório, algo taxionômico, que busca identificar traços distintivos a fim de encapsular a obra sob dado rótulo, a exemplo do trabalho de James (1982). Não nego a validade de tais exegeses, apenas sublinho o intento que é o meu: o de meditar à luz do texto ou, na metáfora baudelariana mais pertinente de Augusto Meyer (1947), à sombra da estante. Importante é, naturalmente, reconhecer como um pensamento, que nasce do fascínio da leitura, possui na forma origem e causa, donde a importância do diálogo com trabalhos mais preocupados em assinalar convergências entre *Le città invisibili* e movimentos espirituais de maior alcance, como o dito pós-modernismo, de modo a sublinhar como o projeto estético de Calvino materializa na forma saberes produzidos noutros campos. No nosso caso, vale citar a observação de Moreno-Viqueira, cujo estudo põe em relevo como a natureza do que chamo narrativa lírica traz à tona a compreensão de Calvino a respeito da literatura:

> Calvino's preference for short modular pieces is concurrent with the concepts of quickness (rapidity) and exactitude as exposed in *Six Memos*. Mathematically the interconnections are quite precise. The succinct, brief *petite poèmes en prose*, so carefully measured, rhythmically calculated, can ultimately be perceived as "small mathematical poems" (MORENO-VIQUEIRA, 2013, p. 185).

> *A preferência de Calvino por narrativas pequenas e modulares corresponde aos conceitos de velocidade (rapidez) e exa-*

> *tidão, tal como expostos em Seis propostas. Matematicamente as interconexões são bastante precisas. Os suscintos, breve pequenos poemas em prosa, tão cuidadosamente medidos, ritmicamente calculados, podem em última análise ser percebidos como 'pequenos poemas matemáticos'* (MORENO-VIQUEIRA, 2013, p. 185).

A descrição das narrativas como "petites poèmes en prose"[116] e como "small mathematical poems"[117] demanda de nós que demarquemos a diferença entre o poema em prosa, marcado pela mescla entre gêneros e pela intersecção entre lirismo e narrativa, e o que estou chamando de narrativa lírica, cuja simples designação talvez deixe na sombra o teor filosófico que lhe quero imprimir. O poema em prosa, que assimila à escrita em prosa o ritmo, a imagem e a metáfora, expressa decerto a mescla entre gênero lírico e narrativo. Ao falar de narrativa lírica, contudo, desejo sublinhar o fato de que, sendo fundamentalmente baseado na imagem, a disposição lírica vincula-se ao espaço como forma do ver e do ser visto; desenvolvida em narrativa e temporalizada, a imagem lírica é modulada no ato da narração, donde falarmos de uma narrativa lírica, que temporaliza o espaço e espacializa o tempo. O tornar-se tempo do espaço implica, portanto, a conjunção da intuição lírica, que evoca a imagem e, pois, o espaço como forma do ver e do ser visto, e a narrativa, que instaura relações entre passado, presente e futuro na modalidade da memória, do desejo e do signo. Ora, essa relação especulativa entre espaço e tempo apresenta-se-nos já na primeira narrativa lírica, *Le città e la memoria 1*, que vale citar na íntegra:

> Partendosi di là e andando tre giornate verso levante, l'uomo si trova a Diomira, città con sessanta cupole d'argento, statue in bronzo di tutti gli dei, vie lastricate in stagno, un teatro di cristallo, un gallo d'oro che canta ogni mattina su una torre. Tutte queste bellezze il viaggiatore già conosce per averle viste anche in altre città. Ma la proprietà di questa è che chi vi arriva una sera di settembre, quando le giornate s'accorciano e le lampade multicolori s'accendono tutte insieme sulle porte delle friggitorie, e da una terrazza una voce di donna grida: uh!, gli viene da invidiare quelli che ora pensano d'aver già vissuto una sera uguale a questa e d'esser stati quella volta felici (CALVINO, 2014, p. 7).

---

116 "Pequenos poemas em prosa."

117 "Pequenos poemas matemáticos."

> *Partindo-se dali e viajando por três jornadas em direção ao levante, o homem encontra-se em Diomira, cidade com sesenta cupolas de prata, estátuas de bronze de todos os deuses, ruas lajeadas de estanho , um teatro de cristal, um galo de ouro que canta, toda manhã, emcima de uma torre. Todas estas belezas o viajante já conhece por as ter visto também em outras cidades. Mas a singularidade desta é que quem aí chega, por uma tarde de setembro, quando os dias se encurtam e as lâmpadas multicoloridas se acendem todas juntas sobre as portas das tabernas, e desde um terraço uma voz de mulher grita: uh!, sente inveja daqueles que, agora, imaginam ter vivido já uma tarde igual a esta e de, então, terem sido felizes (CALVINO, 2014, p. 7).*

Os elementos físicos de que é composta a cidade são descritos e se nos apresentam sob a modalidade do ver e do ser visto: "Tutte queste bellezze il viaggiatore già conosce per averle viste anche in altre città[118]". A cidade apresenta-se, neste primeiro momento, como o conjunto físico, portanto espacial, dos elementos vistos. Ocorre, contudo, notar que, se por um lado tais elementos o viajante já vira noutras cidades, em Diomira as coisas vistas só o podem ser porque ao mesmo tempo vêem-no, interpelando-o por uma memória que, nunca tendo sido sua, apresenta-se-lhe como desejo:

> Ma la proprietà di questa è che chi vi arriva una sera di settembre, quando le giornate s'accorciano e le lampade multicolori s'accendono tutte insieme sulle porte delle friggitorie, e da una terrazza una voce di donna grida: uh!, gli viene da invidiare quelli che ora pensano d'aver già vissuto una sera uguale a questa e d'esser stati quella volta felici (CALVINO, 2014, p. 7).

> *Mas a singularidade desta é que quem aí chega, por uma tarde de setembro, quando os dias se encurtam e as lâmpadas multicoloridas se acendem todas juntas sobre as portas das tabernas, e desde um terraço uma voz de mulher grita: uh!, sente inveja daqueles que, agora, imaginam ter vivido já uma tarde igual a esta e de, então, terem sido felizes (CALVINO, 2014, p. 7).*

---

118 "Todas estas belezas o viajante já conhece por as ter visto também em outras cidades".

O viajante que chega a Diomira só a vê pois é ao mesmo tempo por ela visto, de modo que a cidade, como espaço delineado pelos elementos físicos que vêm à frente da consciência viajante, põe o ver como forma primeva do espaço, mas um ver que é a simultânea forma do ver e do ser visto. A distinção entre sujeito e objeto é secundária e derivada deste ver primevo que, na interpelação que institui o um e o outro, torna possíveis o sujeito e o objeto da visão. Ora, estes só se modulam pelo paradoxal desejo de uma memória alheia, apresentada na inveja daqueles que relembram a tarde já vivida e a felicidade desta mesma tarde de outrora. Singular paradoxo, pelo qual a tarde do agora, que é a primeira tarde, põe as tardes anteriores, em que se revela o passado. Mas, se este passado invejado para o viajante nunca se apresentou e, não obstante, dá-se-lhe agora, é porque é no presente do desejo que o passado pode emergir como uma memória desejada. Ao mesmo tempo, a lembrança de um passado alheio que, por nunca vivido, aparece no presente como desejo, é a intuição lírica dos objetos físicos de que se constitui o espaço da cidade e a cidade como espaço. Eis, enfim, a propriedade única de Diomira: a de apresentar-se como espaço de um passado nunca vivido, lembrado e entrevisto pelas névoas de uma memória desejada, de um espaço que vem à frente ao temporalizar-se como intuição lírica, isto é, como imagem da tarde antiga, desejada pois nunca vivida.

Na segunda narrativa mínima, apreendemos o mesmo movimento, mas em direção inversa. Em *Le Città e la memoria 2*, começamos pelo desejo, apenas para terminar na memória. O viajante, antes de chegar a Isidora, sonha-a no cansaço da estrada e na lonjura das imensidões a percorrer. Na fantasia de cidade, os espaços e os desejos são apresentados sob medida, como as lunetas e os violinos, e mesmo lá onde o número parece ceder à cega impetuosidade do desejo, uma matemática solução é ofertada: "(...) quando il forestiero è incerto tra due donne ne incontra sempre una terza" (CALVINO, 2014, p. 8)[119]. Por ser cidade feita de puro desejo, a Isidora só se chega quando, depurados em sua essência espiritual, os desejos tornam-se memória.

No encadeamento dos dois últimos períodos, surpreendemos a intensidade de uma poesia limada de toda retórica vazia, firme em sua simplicidade sintática, não por isso menos intensa em seu lirismo: "La città sognata conteneva lui giovane; a Isidora arriva in tarda età. Nella piazza c'è il muretto dei vecchi che guardano passare la gioventù; lui è

---

119 "(...) quando o forasteiro não sabe qual de duas mulheres escolher, encontra sempre uma terceira."

seduto in fila con loro. I desideri sono già ricordi" (p. 8)[120]. Repare-se bem no ritmo com que se enlaçam as frases, a primeira introduzindo o sonho de juventude, logo complementada pela tardia idade em que finalmente o sonhador vislumbra o objeto sonhado; depois, a simples menção ao muro dos velhos que observam a juventude e à presença do viajante dentre os velhos, ao que se segue a frase lapidar: os desejos são já lembranças. Esta última frase é, contudo, ambígua, sugere uma passagem do antes ao depois, demarcada pelo já — como se a passagem, expressa por um tornar-se em que o estado passado diferencia-se do estado futuro tornado presente, fosse índice de um deixar de ser desejo para tornar-se memória e, por conseguinte, de uma incompatibilidade estrutural entre desejo e memória. Por outro lado, o já pode indicar um desde sempre, que apenas agora se revela.

Com efeito, o viajante conhece Isidora há anos, uma cidade feita de desejo e sonho, nem por isso menos real. Ora, os elementos físicos da cidade, os signos pelos quais a cidade enquanto espaço aparece, são embebidos de desejo e, por isso, de recordação. Ao chegar a Isidora, o viajante não a conhece, mas a re-conhece, e é exatamente por isso que a imagem do muro dos velhos possui tão grande importância na configuração lírica desta imagem final, pois o desejo é já, vale dizer desde sempre, um tecido de memórias da cidade entrevista em sonho. Assim como em Diomira, cidade onde o viajante desejava a memória de uma tarde nunca vivida, em Isidora o desejo é desde sempre tecido de memórias, ao instaurar uma expectativa de futuro do qual, no presente, se faz a experiência, um futuro que por isso se vai tornando passado, não no devir empírico pelo qual uma expectativa se faria objeto físico (se realizaria, como dizemos normalmente, isto é, tornar-se-ia *res*, coisa), mas no paulatino tecer-se do desejo enquanto memória. Assim, o desejo é desde sempre memória, e a revelação desta profunda verdade vem-nos desde o muro dos velhos, que veem a juventude, para quem o futuro é cheio de esperanças e a quem resta obscura a identidade de desejo e memória. A juventude, em sua cega certeza do próprio vigor, não sabe sua própria precariedade, tampouco o tênue fio que une futuro e passado na síntese de desejo e memória.

---

120 "A cidade sonhada continha-o jovem; a Isidora chega em tardia idade. Na praça há o pequeno muro dos velhos que observam a juventude passar; ele está sentado, em fila, ao lado deles. Os desenhos são já lembranças."

§ 3 De Zaira a Tamara: construção da Re-mora

A leitura destas duas primeiras cidades revela-nos a profunda imbricação de espaço e tempo, que traduzimos pela fórmula do tornar-se tempo do espaço. Em Isidora e Diomira, o tornar-se tempo do espaço correspondia à identidade entre desejo e memória, pela qual contemplamos as descrições de ambas as cidades como visões em que quem vê é visto, na forma primeva do espaço como ver originário, a qual, implicando passado e futuro, impõe a intuição lírica da cidade como um espaço tornado tempo — portanto narrado. O caminho se complexifica ao lermos a descrição de Zaira, Anastasia e Tamara, cidades que nos permitirão entender melhor o tornar-se tempo do espaço como re-mora.

A descrição de Zaira começa com a paradoxal admissão da impossibilidade da tarefa: " (...) inutilmente, magnanimo Kublai, tenterò di descriverti la città di Zaira dagli alti bastioni." (CALVINO, 2014, p. 10)[121]. E, não obstante, Marco Polo descreve-a, apenas para articular, de modo claríssimo, o tornar-se tempo do espaço: " (...) non di questo è fatta la città, ma di relazioni tra le misure del suo spazio e gli avvenimenti del suo passato."[122] (p. 10). Eis assim Zaira a emergir-nos desde seu espaço que, signo narrado, tornou-se tempo:

> la distanza dal suolo d'un lampione e i piedi penzolanti d'un usurpatore impiccato; il filo teso dal lampione alla ringhiera di fronte e i festoni che impavesano il percorso del corteo nuziale della regina; l'altezza di quella ringhiera e il salto dell'adultero che la scavalca all'alba; l'inclinazione d'una grondaia e l'incedervi d'un gatto che s'infila nella stessa finestra; la linea di tiro della nave cannoniera apparsa all'improvviso dietro il capo e la bomba che distrugge la grondaia; gli strappi delle reti da pesca e i tre vecchi che seduti sul molo a rammendare le reti si raccontano per la cen-

121 "Inutilmente, ó grande Kublai, tentarei descrever-te a cidade de Zaira dos altos baluartes."

122 "Não disto é feita a cidade, mas de relações entre as medidas de seu espaço e os acontecimentos de seu passado."

tesima volta la storia della cannoniera dell'usurpatore, che si dice fosse un figlio adulterino della regina, abbandonato in fasce lì sul molo (CALVINO, 2014, p. 10).

> *a distância entre o chão e um lampião e os pés pendentes de um usurpador enforcado; o fio esticado do lampião à balaustrada em frente e os festões que empavesam o percurso do cortejo nupcial da rainha; a altura daquela balaustrada e o salto do adúltero que foge de madrugada; a inclinação de um canal que escoa a água das chuvas e o passo majestoso de um gato que se introduz numa janela; a linha de tiro da canhoneira que surge abruptamente atrás do cabo e a bomba que destrói o canal; os rasgos nas redes de pesca e os três velhos a remendar as redes que, sentados no molhe, contam uns aos outros pela centésima vez a estória da canhoneira do usurpador, que, diz-se, era filho ilegítimo da rainha, abandonado em cuecas ali sobre o molhe* (CALVINO, 2014, p. 10).

Cada elemento físico, que descreve o espaço da cidade e a cidade enquanto espaço, enlaça-se a uma história, de modo que Zaira se ergue como o tecido das histórias que lhe conferem rosto, belíssima relação em que não há espaço sem face nem voz, portanto sem tempo de uma narrativa que lhe desenha o perfil. De novo aqui, é a importante figura dos velhos que pela centésima vez contam a história que conjuga, nos acontecimentos encadeados, os espaços temporalizados de Zaira. A figura da velhice é de importância, e faz ver como, em literatura, o pensamento não se move no plano vulgar dos significados evidentes, pois velhice não é qualquer coisa da ordem do passar cronológico dos anos, muito menos do biológico decompor-se dos organismos: é necessária profunda atenção para ser velho, isto é, para entender a verdade do desejo enquanto memória.[123] Não há Zaíra sem as histórias de que é composto seu espaço, sem a memória dos desejos que a habitaram e sem o desejo das memórias que lhe são face e voz:

---

123 Donde se vê a simplicidade das descrições do Romantismo como certa disposição juvenil do ânimo, de quem é revoltado e incapaz de apreender a realidade das coisas. Como se romântico designasse aquele que, fechado em si e em seus próprios desejos, procura escapar das dificuldades que lhe impõe o real. Deve estar agora claro que é todo o contrário que aqui se enuncia: romântico é aquele que se abre ao real, cuja infinitude reconhece e, por virtude desse mesmo reconhecimento, escolhe a errância, faz-se andarilho, *Wanderer*.

"Di quest'onda che rifluisce dai ricordi la città s'imbeve come una spugna e si dilata. Una descrizione di Zaira quale è oggi dovrebbe contenere tutto il passato di Zaira. (CALVINO, 2014, p. 11)[124]. Ora, e eis o ponto decisivo em que o terceiro termo se introduz, não há histórias, memórias e desejo sem os signos em que se tornam os objetos físicos da cidade:

> Ma la città non dice il suo passato, lo contiene come le linee d'una mano, scritto negli spigoli delle vie, nelle griglie delle finestre, negli scorrimano delle scale, nelle antenne dei parafulmini, nelle aste delle bandiere, ogni segmento rigato a sua volta di graffi, seghettature, intagli, svirgole (CALVINO, 2014, p. 12).
>
> *Mas a cidade não diz o seu passado, contém-no como as linhas de uma mão, escrito nos ângulos das ruas, no gradeado das janelas, nos corrimãos das escadas, nas antenas dos para-raios, nas astes das bandeiras, cada segmento riscado por arranhões, serradelas, entalhes, esfoladuras* (CALVINO, 2014, p. 12).

Memória, desejo e signo aparecem aqui em sua explícita articulação, aliás demonstrando com todo vigor como o lirismo da narrativa mínima possui no tornar-se tempo do espaço sua origem e causa. Zaira só pode ser descrita por suas histórias, que são narradas pelos espaços da cidade, signos portanto das memórias e dos desejos. No tecido simbólico da cidade, o espaço torna-se tempo, e o tempo, espaço — e desse conúbio entre espaço e tempo emerge a Re-mora como figura em que memória, desejo e signo encontram seu solo especulativo comum. Ora, Re-mora diz de um incessante cultivo do mundo, compreendido como mundo de sentidos em que podemos habitar, de sentidos que nos vêm à frente em imagens das quais nos lembramos, que podemos conjugar em narração, finalmente que nos são signos de nós mesmos. Não dizemos *demeure*, como Levinas, pois a Re-mora aponta para a errância que é correlata a este cultivo, para o qual não há fim e cuja abertura é condição de nossa humanidade. Na fenomenologia da *demeure*, Levinas aponta para o fato de que toda consideração pragmática de um sujeito, que sobre objetos procura agir, já supõe uma intimidade,

---

124 "Desta onda que reflui das lambranças a cidade embebe como uma espuma, e se dilata. Uma descrição de Zaira tal como é hoje deveria conter todo o passado de Zaira."

possibilitada pela *demeure*. A *demeure* diz da manência[125] primordial que, tornando possível um interior de mim mesmo, torna igualmente possível um exterior ao qual posso dirigir-me, como objeto a conhecer ou dominar:

> La demeure, comme bâtiment, appartient en effet, à un monde d'objets. Mais cette appartenance n'annule pas la portée du fait que toute considération d'objets - fussent-ils des bâtiments - se produit à partir d'une demeure. Concrètement, la demeure ne se situe pas dans le monde objectif, mais le monde objectif se situe par rapport à ma demeure (LÉVINAS, 2010, p. 163).
>
> *A casa, como edifício, pertence com efeito a um mundo de objetos. Mas este pertencimento não anula a significação do fato de que toda consideração de objetos – mesmo quando se trate de edifícios – se produz a partir de uma casa. Concretamente, a casa não se situa em um mundo objetivo, mas o mundo objetivo se situa em relação à minha casa* (LÉVINAS, 2010, p. 163).

No étimo latino de que provém a palavra francesa *demeure* há a sugestão da permanência e do cultivo, que reencontramos na palavra moral, oriunda de *mores*, dos costumes que, em seu lento cultivo, deixaram-se por fim permanecer. Todo Mundo[126] é um mundo que se ergue qual conjunto de remissões articuladas, que nos desvela sob luz um lugar a ser por nós ocupado, dentre coisas que possuem sentido, com outras consciências que nos interpelam e a quem respondemos. Para Levinas, a *demeure* é a condição de toda intencionalidade e de todo agir, pois desvela para uma consciência um fora e um dentro, nisso tornando possível a permanência dos sentidos e, portanto, os *mores*, os costumes cuja estabilização chamamos moral. A De-mora,

---

125 Optei pelo neologismo manência para demarcar sua anterioridade por relação à permanência dos significados. O permanere latino supõe o primeiro e inicial manere, em que pode então per-manecer, isto é, de-morar.

126 Que o leitor mantenha em mente o significado específico de Mundo ao qual chegamos pelos ensaios *Mímesis Especulativa*, *Pensamento da Saudade* e *O Vértice do Triângulo*. A compreensão do estatuto de De-mora e Re-mora dependerá deste esforço de memória e de sua articulação à luz das narrativas de Calvino.

assim, é o espaço primevo em que sempre estamos, nossa casa mínima, onde para nós o Mundo se revelou como Mundo *estável*.

Se o leitor recordar-se dos ganhos especulativos de *Mímesis Especulativa* e de *Pensamento da Saudade*, terá claramente diante dos olhos que Mundo e Tempo são irmãos gêmeos, e sua pronúncia reside no Juízo, o Triângulo que desvela o Sentido do Interior e a promessa infinita do Exterior. Cada fenômeno, para ser dito e compreendido, para portanto aparecer, deixa-se articular pela forma do Mundo e do Tempo que é o Juízo. A De-mora, esta primeira casa, é a manência dos sentidos, o desvelar-se para mim dos entes com os quais tenho de lidar, é sobretudo os eixos descritos pelas consciências que me interpelam designando-me um lugar neste Mundo – *meu* lugar. De-mora, portanto, sempre pressupõe o Mundo, e é a sua reafirmação – é a garantia da *estabilidade* do Mundo. Por quê? Porque o Mundo, a arena do Sentido, possui sua forma no Juízo, e este, incorporando o devir em sua mesma estrutura, marcava o Mundo com uma Fenda, a do Vértice do Triângulo, que ameaçava o Interior desde o limite com o Exterior. De-mora, se pressupõe o Mundo, o faz para melhor reafirmar sua *estabilidade*, e é assim o cultivo do Interior, a busca da permanência dos *mores* e das identidades bem constituídas pelo jogo de determinação recíproca entre as coisas e as consciências.

Ora, Re-mora diz de uma errância essencial a esta mesma permanência, de um abandono necessário ao cultivo deste Mundo, que não é, entretanto, abandono total tampouco absoluto, porque, se De-mora diz da manência própria ao Interior, Re-mora investe na abertura do Mundo, no seu estar-à-borda, no que eu chamei o Vértice do Triângulo, pressuposto e implicado pela estrutura do Juízo. Postas assim as coisas, não há um antagonismo absoluto e total entre De-mora e Re-mora, porquanto ambas são o resultado da forma do Mundo e de sua pronúncia no Juízo, cuja forma é a do Triângulo e que, por conseguinte, descreve as duas tendências da manência no Interior e da Saudade pelo Exterior. Lembremos rapidamente os nossos passos em *Mímesis Especulativa*, porque, afinal, este é um livro de ensaios, e bem possível é que o leitor já tenha olvidado ou simplesmente ignorado o lá dito.

Demarcamos a emergência do Mundo pela dialética das três potências, A1, A2 e A3, que descrevem o grau mínimo de todo aparecer e, por isso, modelam o Mundo como Tempo. O *Subjectum* é dito por um Predicado, ao qual serve de fundamento e que lhe confere realidade, ambos mediados pelo laço do amor, a terceria potência, A3, síntese de sim e não, morada do devir. A terceira potência, por ser mediadora e restar *entre* A1 e A2, descreve o encontro de três retas autônomas, agora entretanto, depois deste mesmo encontro, inseparáveis. A figura geométrica capaz de traduzir com rigor especulativo o encontro de três retas autônomas é o Triângulo, a forma do Juízo. E sendo o Juízo a forma do Mundo, porquanto tudo que aparece tem sentido e a arena do Sentido é o Mundo, eis que o Triângulo é a forma do Mundo. Mais: é a forma igualmente do Tempo, pois o Juízo, lembremos, assimila o devir na forma triangular que é a sua. Isso significa, por fim, que o Juízo, o Mundo e o Tempo possuem, como irmãs gêmeas, duas tendências triangulares: a da calma do Interior e a da saudade pelo Exterior. O Interior, já vimos em *O Vértice do Triângulo*, é a segurança da soma interna, o ser-sempre-180-graus, e é igualmente o jogo das estabilidades identitárias, o ser-A de A por não ser B nem C. Por outro lado, o Exterior é o amorfo, o ainda não pensado, a alteridade radical, que assim só se pode apresentar desde a arena do Sentido que é o Mundo: da mesma forma que A0 e o *Geist* só emergem *depois* de formado o Juízo, também o Exterior do Triângulo só existe uma vez modulado o Triângulo e estabelecidas suas relações. Manência no Interior e busca saudosa do Exterior são, portanto, tendências correlatas e geometricamente necessárias, dois vetores metafísicos que inexistem um sem o outro. É neste sentido que não há Re-mora sem De-mora, nem esta sem aquela, porque febre por navegar e descobrir outras pátrias, ainda amorfas e impensadas, só há para quem se tenha entediado com a manência dos significados petrificados de seu Mundo, do mesmo modo que a manência do solo pátrio só existe como proteção contra o fantasma sempre pressentido do Exterior, contra a abertura ameaçadora cuja presença não deixamos de sentir. De-mora e Re-mora são as duas tendências gêmeas que emergem com o Mundo e com sua pronúncia no Juízo.

As narrativas mínimas de *Le città invisibili* ensinam-nos a apreender o delicado estatuto de Re-mora, cuja compreensão depende do tornar-se tempo do espaço, que se materializa no mecanismo das narrativas líricas por nós analisadas, nas quais memória, desejo e signo formavam um todo articulado por necessidade interna. As lembranças desveladas pelos signos de uma cidade apresentam sua memória como tecido de desejos, e a cidade, por ser habitada, é espaço desejado e desejante. Eu disse, ao ler a descrição de Isidora, que os desejos são desde sempre memória, com isso sugerindo que ao desejo é estrutural a impossibilidade de sua mesma realização – impossibilidade a institui-lo um desejo historiador de seus próprios sonhos, pois a expectativa de futuro do desejo põe um passado e, portanto, uma memória do desejo. Esta abertura estrutural ao desejo e à memória realiza-os como não completos, como constituindo uma errância fundamental, pois, conforme lemos em Diomira, também a memória é objeto de desejo — e por isso revestida de infinitude.

Finalmente, é na descrição de Tamara, na última narrativa lírica a ser por nós, leitor improvável, lida, que vemos como a errância, estrutural a toda Re-mora e, portanto, ao desejo e à memória, transpõe-se ao signo, em cuja malha a cidade torna-se cidade. Em Tamara, "L'occhio non vede cose ma figure di cose che significano altre cose" (CALVINO, 2014, p. 13)[127], e toda descrição do espaço, que em Zaira era narrativa de seu passado, existe apenas como formulação de uma linguagem:

> Lo sguardo percorre le vie come pagine scritte: la città dice tutto quello che devi pensare, ti fa ripetere il suo discorso, e mentre credi di visitare Tamara non fai che registrare i nomi con cui essa definisce se stessa e tutte le sue parti (CALVINO, 2014, p. 13).
>
> *O olhar percorre as ruas como páginas escritas: a cidade diz tudo aquilo que deves pensar, faz-te repetir seu discurso, e, enquanto imaginas visitar Tamara, não fazes senão registrar os nomes com os quais ela a si mesma define e a todas as suas partes* (CALVINO, 2014, p. 13).

Ocorre que a linguagem em Tamara não é mapa exaustivo de Tamara, uma representação ou duplicação daquilo que seja a original Tamara. O sintagma "fa ripetere il suo discorso"[128] é enganoso, pois, se se pensa estar realizando uma cartografia da cidade para, enfim, depois conhecê-la afinal, engana-se — a cidade já se esvaiu no momento mesmo em que se ofereceu qual signo:

> Come veramente sia la città sotto questo fitto involucro di segni, cosa contenga o nasconda, l'uomo esce da Tamara senza averlo saputo. Fuori s'estende la terra vuota fino all'orizzonte, s'apre il cielo dove corrono le nuvole. Nella forma che il caso e il vento dànno alle nuvole l'uomo è già intento a riconoscere figure: un veliero, una mano, un elefante... (CALVINO, 2014, p. 14).

---

127 "O olho não vê coisas mas figuras de coisas que significam outras coisas. "

128 "Faz repetir o seu discurso. "

> *Como realmente seja a cidade sob tal fino invólucro de signos, o que contenha ou esconda sai o viajante de Tamara sem disso haver feito a experiência. Lá fora, estende-se a terra vazia até o horizonte, abre-se o céu onde correm as nuvens. Na forma que o acaso e o vento imprimem às nuvens o viajante é já levado a reconhecer figuras: um veleiro, uma mão, um elefante...* (CALVINO, 2014, p. 14).

O paradoxo se desvela nesta observação final, que aponta o tornar-se presa do signo por parte do homem, a quem as nuvens não se apresentam mais apenas como nuvens, mas como signos de outras coisas. Não apenas não é o homem que fala mas, para usar expressão cara a Heidegger (2018) e a Lacan (1953), é falado, senão que a própria cidade, cuja existência se supusera concreta e objetiva, revela-se um texto a ser tecido e retecido pelos ritmos do desejo e da memória, da memória do desejo e do desejo da memória. Se as cidades anteriores já se tinham revelado sempre muito mais sutis do que nossa simplicidade as supusera, em Tamara as coisas de tal forma se complicam que sequer podemos dizer havermos conhecido a cidade: "(...) cosa contenga o nasconda, l'uomo esce da Tamara senza averlo saputo" (CALVINO, 2014, p. 14)[129]. E isso porque a cidade não precede a experiência que dela fazemos, e esta, quer a façamos pessoalmente por encontro empírico quer, como Kublai, pela voz de alguém outro — só se nos pode modular pelos signos de uma linguagem que cultiva a errância de uma memória desejante e de um desejo historiador de seu próprio passado.

Lendo tais narrativas líricas, aprendemos que o espaço de uma cidade só existe temporalizado no tecido de histórias que lhe compõem a memória, estruturalmente enlaçada ao desejo, enlace por virtude do qual a memória nunca se apresenta como completa nem o desejo como realizado. A este contínuo tornar-se tempo do espaço, que fornece a uma cidade sua infinitude constitutiva, corresponde uma errância estrutural a que chamei Re-mora, cultivo e recultivo de um espaço que eternamente se torna tempo. Aprendemos, além disso, que de cada uma dessas temporalizações do espaço emergem outras figuras reflexivas, por mim apenas mencionadas no movimento hermenêutico pelo qual procurei entender o lirismo de cada narrativa mínima: o espaço como ver e ser visto, a velhice como modalidade do pensamento, a memória desejante e o desejo historiador de si mesmo.

---

129 "O que contenha ou esconda sai o viajante de Tamara sem disso haver feito experiência. "

Ao conjunto de belas relações especulativas por mim apenas sublinhado Calvino dá uma forma, formaliza-o em palavras, em poemas saídos de lima pura, e permite pensar o sutil e quase mudo diálogo destas duas irmãs, De-mora e Re-mora, pela meditação do que sejam as cidades – do que seja a Cidade escondida em cada cidade. O que estou aqui chamando de tornar-se tempo do espaço e tornar-se espaço do tempo é, em última análise e traduzido em linguagem romântica, a identidade metafísica de Tempo e Mundo, realizada nas duas tendências triangulares, estas irmãs siamesas que se chamam De-mora e Re-mora.

*

Em concordância com Bonsaver (2002) e James (1982), parti do reconhecimento da radical modernidade da forma calviniana para, nas *Città invisbili*, apreender o fascínio das narrativas mínimas, cuja potência lírica já Moreno-Viqueira (2013) observara, a partir do mecanismo da Re-mora, temporalização do espaço e espacialização do tempo. Sem me dedicar à identificação taxionômica de traços estilísticos nos quais se leem adesões a modas intelectuais, interessei-me por meditar à luz da leitura, nesta mesma meditação percorrendo e retraçando o caminho da forma, da qual emerge todo fascínio.

As narrativas mínimas de cada capítulo, pelas quais, como aquarelas impressionistas, deixam-se modular as cidades, constituem exercícios literários de densidade e sutileza notáveis, e foi para apreender-lhes a beleza e potência estética que as denominei, primeiro, narrativas líricas e, depois, avancei a *figura* da Re-mora. A designação de narrativa lírica, para além de mera classificação de recursos estilísticos poéticos em prosa, visa descrever especulativamente a síntese de imagem e narrativa, isto é, o conúbio de espaço, como intuição lírica, e tempo, como narrar de si mesmo. Vimos, pela análise dos capítulos dedicados à memória, ao desejo e aos signos, que cada cidade só se deixa traçar como expressão condensada de um espaço tornado tempo, síntese materializada formalmente pelo dispositivo da narrativa lírica, que descreve um espaço nele reconhecendo sua temporalidade.

A porta de entrada para a primeira cidade, Diomira, aprendemos ser a memória, em que o espaço da cidade se revela temporalizado no desejo de uma lembrança nunca tida. O desejo por sua vez, tal como se nos apresentou em Isidora, é desde sempre lembrança, historiador de si mesmo. História, entretanto, só há lá onde signos estendem a malha de uma narrativa, que marca na passagem dos anos a emergência de um espaço desejado, de uma cidade de desejos lembrados e de lembranças desejadas. A memória e o desejo, assim, são já os signos que lhes imprimem a infinitude de uma errância cujo nome, como espaço temporalizado e tempo tornado espaço, encontramos em Re-mora.

Meu esforço crítico, inspirado pela beleza da forma literária, consistiu em articular a figura da Re-mora como tentativa de tornar dizível o lirismo das narrativas mínimas de Calvino. É este, aliás, o gesto fundamental de todo pensamento que, de algum tempo para cá e ao longo deste livro, estou chamando romântico: o movimento do intelecto, λογίζεσθαι como o chamava Platão, possui início no θαῦμα da leitura, interpelação que, como o Eros do *Symposium*, deixa-nos atônitos sem, com isso, roubar-nos o pensar, antes chamando-nos, na se-dução, à vivência radical de nossa humanidade — que, em grego, chama-se philo-sophia[130]. A língua alemão nova face forneceu, pela tradução que lhe deu Friedrich Schlegel, à helênica philo-sophia: "*Sehnsucht nach dem Unendlichen*", isto é, Saudade do Infinito.

A literatura, como exercício radical de um pensamento erótico, é em todo pensar romântico o privilegiado encontro com este impossível cuja face, entretanto, incessantemente nos interpela, constituindo-nos em nossa infinitude, em nosso pensar. Re-mora é, a um só tempo, resultado deste ato de amor pela leitura, materializado aqui em minha interpretação de *Le città invisibili*, e *figura* especulativa que dá contornos conceituais à infinitude que nos marca. Vimos em nosso exercício hermenêutico que, pela errância a ela imanente, Re-mora expressa o tornar-se tempo do espaço pela inter-relação de memória, desejo e signo, fundando, neste conúbio, o infinito que somos nas cidades que nos são. Re-mora é assim a eterna busca pela Cidade entrevista no narrar lírico das muitas cidades — é, por isso, como a Veneza de Marco Polo: "per distinguere le qualità delle altre, devo partire da una prima città che

130 Refiro-me aqui às densas reflexões sobre o fundamento da filosofia, tal como aparecem no *Teeteto* e no *Symposium*. O conhecido passo sobre o alumbramento sugere a conexão subterrânea entre os diálogos, assim sintetizando a interpelação de Eros, como chamado à filosofia, ao alumbramento: μάλα γὰρ φιλοσόφου τοῦτο τὸ πάθος, τὸ Θαυμάζειν· οὐ γὰρ ἄλλη ἀρχὴ φιλοσοφίας ἢ αὕτη (PLATÃO, Teeteto, 155c-d). Como herdeiro de um pensar romântico, para o qual Platão foi e resta pensador fundamental, é-me tarefa primeira conservar a relação entre o erótico alumbramento do thauma e o rigor dialético do logizesthai.

resta implícita. Per me è Venezia." (CALVINO, 2014, p. 86)[131]. Talvez seja isto mesmo a filosofia: a capacidade de manter-se na Saudade por uma Cidade desejada cuja memória se deixa tecer de pouco em pouco nos signos de nossa linguagem — errância e cultivo, isto é, Re-mora.

---

131 "Para distinguir as qualidades das outras cidades, preciso partir de uma primeira que resta implícita. Esta cidade originária é, para mim, Veneza."

6

O mistério do amanhecer e o enigma do fim: para tornar visível o juízo infinito

Para Rávanny Landim, juDista de poemas azuis da cor de certas auroras de Belo Horizonte, rara artesã da linguagem que nunca teve muita paciência para minhas especulações filosóficas mas a quem eu reservo carinho infinito. E para Manuca, caDinha caDeta, para que descubra o fascínio sem fim que as palavras, auroras sempre a amanhecer, consigo carregam - e para que não esqueça de permanecer criança.

A manhã é o começo do dia – mas quando começa este começo? Próprio à Filosofia é perguntar novamente as perguntas do começo e sobre o começo: por isso, ao filósofo convém certo olhar infantil, de infância recuperada e dotada, como se exprime Baudelaire, das forças viris com que do alumbramento retira o fogo do pensar. Também por isso o verbo παίζειν é tão abundante nas falas dos interlocutores sofistas de Sócrates – aos adultos e aos patriotas, enraizados já e a quem tudo resta na segurança das conhecidas paisagens, as perguntas daquele estranho homem não possuíam sentido, semelhavam às proferidas por crianças e, entretanto, como as temiam, como os desestabilizavam tais ironicamente ingênuas perguntas! Próprio do nosso tempo é querer dar à Filosofia certa face adulta, certo tom sereno de voz – certo enraizamento que lhe é contrário. Próprio de nosso tempo é a figura do *pesquisador* e do *professor*. Mas onde está o *pro-fessor*: o que fala à frente da multidão e em cujo verbo jaz a promessa de um novo mundo? Se a manhã é o começo do dia – perguntamos novamente –, quando começa este começo?

1.
Um galo sozinho não tece uma manhã:
ele precisará sempre de outros galos.
De um que apanhe esse grito que ele
e o lance a outro; de um outro galo
que apanhe o grito que um galo antes
e o lance a outro; e de outros galos
que com muitos outros galos se cruzem
os fios de sol de seus gritos de galo,
para que a manhã, desde uma teia tênue,
se vá tecendo, entre todos os galos.

2.
E se encorpando em tela, entre todos,
se erguendo tenda, onde entrem todos,
se entretendendo para todos, no toldo
(a manhã) que plana livre de armação.
A manhã, toldo de um tecido tão aéreo
que, tecido, se eleva por si: luz balão.

Quero pensar como uma vez pensei – e desejo voltar àquele juvenil gosto das palavras em sua materialidade mesma, como corpo que nunca deixam de ser[132]. O poema começa com uma constatação, seguida da explicativa anunciada pelos dois pontos: um galo sozinho não tece uma manhã, *pois* ele precisará sempre de outros galos. A manhã, já o disse, é o começo do dia, e o começo deste começo parece – e, aqui, apenas parece – ter sua origem num galo. Entretanto, a assertiva se diz pelo não e pela ausência de um conector que *deveria* fornecer a causa desta negativa. No lugar do *pois*, eis que o poeta nos entrega a mera pontuação, presentificando, por ausência, uma solda que ali imaginamos e pela qual ansiamos: um galo, só, é incapaz de tecer uma manhã, pois necessários lhe são *sempre* outros galos. Até aqui, a conexão

132 A meu caro amigo José Roberto de Luna devo a perspicaz observação crítica, perspicácia que lhe é habitual, de acordo com a qual em Cabral as palavras importam em sua materialidade corpórea. Claro que em todo poeta isso ocorre: mas José Roberto tem em mente algo de mais sutil – que ele certamente trará em breve a público –, que me lembrou de minha infantil obsessão pelo corpo das palavras, por seu soar e ressoar, núcleo de minha paixão constante pelo grego antigo, pelo alemão e pela Senhora de todas elas – o português em que se escreve o mar sem fim da Saudade.

entre os dois primeiros versos, garantida pelos dois pontos, não aponta nenhuma interferência, nenhuma ruptura no ritmo, no corpóreo ressoar das palavras. E eis entretanto: *De um que apanhe esse grito que ele/ e o lance a outro.* Como entender a sintaxe truncada, construída por ausências cuja falta nos bate tão forte ao ouvido? O galo, sabemos, precisa de – de quê? Não pode, sozinho, tecer uma manhã, e nos parece serem-lhe necessários outros galos – não resta portanto alternativa: precisa de um outro galo. O verso constrói-se por elipse, e temos que *de um [galo] que apanhe esse grito que ele – e o lance a outro.*

Mas aqui complicam-se as coisas, pois o segundo pronome relativo é vazio: *que ele o quê?* Na aparente lógica normal dos versos anteriores, suposta a primeira elisão ser uma elipse, não se encontram elementos que fornecem a este pronome solda ou liga. Mas o brusco *enjambement* não nos deixa tempo, e já nos eis no sintagma *e o lance a outro.* O ritmo ocasionado pelo *enjambement* evoca em nós a já abrupta transição do primeiro para o segundo verso, e vamos suspeitando tratar-se de uma outra sintaxe aqui: dita não pela presença clara dos termos em suas respectivas relações, mas formulada por ausência, em silêncio que diz muito por nada dizer, que tudo com tudo liga por nenhuma única solda fornecer entre os termos.

O primeiro galo lança um grito, que, imaginamos, é apanhado por um outro – galo? – que o – o grito? o galo? – lance a outro [galo ou grito?]. Cabe aqui perguntar: o que é lançado, o grito ou o galo? O galo, com efeito, grita, e grita para fazer começar a manhã. Sozinho entretanto não é do começar capaz, por isso, ao gritar, espera seu grito seja recebido por outro, que novamente este grito lance a outro galo: o galo, ao ver recebido seu grito, vê também continuado o propósito de sua existência. De certo modo, o grito, ao ser apanhado por um outro galo, dá ao primeiro galo seu existir, fornece-lhe sobrevida – talvez por isso a ambiguidade sintática, que torna indecidível a referência do pronome acusativo *o*, seja tão assim cultivada.

Arrumadas deste modo as coisas, o grito do primeiro galo há de ser apanhado e sempre novamente lançado de um a outro galo, *mas de tal forma que se conserve, pela ausência mesma da sintaxe habitual, a solidariedade entre os galos, que do grito dependem para conservarem a si mesmos. A solidariedade diz-se na ausência do verbo lançar flexionado no pretérito perfeito, porquanto cada verso final conjuga, no brusco* enjambement, *a identidade paradoxal entre o primeiro grito do primeiro galo e sua conservação nos outros galos. Quero com isso dizer que, ao elidir* o lançou – de um outro galo/ que apanhe o grito que um galo antes [*lançou*]/ e o lance a outro –, *o poeta dá ritmo à ausência e, pois, faz aparecer a solidariedade como anonimato, em que o primeiro grito se conserva re-ssoando nos outros gritos, que dele são relançamentos.* A verdade poética deste movimento da linguagem é sugerida na bela ambiguidade dos versos seguintes:

> e de outros galos
> que com muitos outros galos se cruzem
> os fios de sol de seus gritos de galo,
> para que a manhã, desde uma teia tênue,
> se vá tecendo, entre todos os galos.

Um só galo – sabemos – não tece uma manhã, e, gritando, instaura já o receber e o lançar de um outro galo, que só existe como a solda e o laço entre o primeiro galo e os seguintes, dos quais é um e em cuja trama vem a existir. Por isso, os *outros galos que com muitos outros galos se cruzem os fios de sol de seus gritos de galo* são, a um só tempo, o cruzamento dos fios e o entrelaçamento dos galos pelos gritos que, sucessivamente, receberam e lançaram. Contudo, o poema nos acostumou o ouvido à ausência do verbo *lançar* flexionado no pretérito perfeito, e nessa ausência aprendemos a escutar a conservação do primeiro grito do primeiro galo: os muitos gritos são, portanto, apenas um só grito, porquanto cada galo, para ser o que é [galo], precisa instituir-se como receptáculo e lançador do único grito em que todos os galos se cruzam – e desse cruzamento emergem os galos em solidariedade, *para que a manhã, desde uma teia tênue, se vá tecendo, entre todos os galos.*

Nós havíamos perguntado – *quando* começa a manhã? O poeta nos diz ser a manhã *tecida*, e sua origem residir numa teia tênue (*desde*), cujos fios são os gritos dos galos: que, vimos, são apenas a expansão de um só, e primevo, grito. Se os galos são apenas ao serem receptáculos do primeiro grito, se neles emerge a força de sua face na solidária decisão de herdar o primeiro grito e, assim, constitui-lo enquanto primeiro – então os galos são igualmente seus gritos: eles são, isto é, o primeiro grito agora entretecido em grandiosa teia, em que lemos a origem da manhã. O tecer-se da manhã se tece entre todos os galos, porque os é a cada um e, sendo-os, é o grito primevo na solidariedade que os conservou. A sintaxe truncada, formalmente expressa no *enjambement* que fornecia à elipse do verbo *lançar* sua modulação rítmica, revela-se aqui condição essencial para esta misteriosa identificação dos galos e da manhã: todos efeito do primeiro grito, que só por eles vem à existência.

No átimo em que os muitos gritos se tornam, pelo encontro, novamente um só, o valor do *entre*, como palavra que diz da síntese dos Muitos e do Um, dos vários gritos e do primordial grito agora feito manhã – o *entre* dá à última estrofe o eixo especulativo em que o mistério da manhã (e com ela do começo) se nos entrega em sedutora visão. A manhã ergueu-se e, agora corpo, se tornou tela, mas isso *entre todos*, porquanto dos muitos gritos se originou a teia tênue e, da teia, a manhã, que agora é *tenda* a erguer-se*, onde entrem todos*. Impossível não notar, para além da mera assonância e aliteração, a grandeza imagética entre a tela encorpada *entre todos*, e portanto por todos feita, e a tenda erguida onde *entrem todos*, portanto em que todos os galos estão contidos. Os galos, outrora origem da teia que é origem da manhã, tinham no grito primordial sua própria origem – agora, entretanto, eis que tudo se inverte, e o originado é dos originários origem posterior, que os contém a todos e lhes fornece guarida. Mais ainda: que a todos se oferece, tendendo-se-lhes.

É difícil conter a emoção que um verdadeiro poeta desperta em nós, pois é com a fonte mesma das palavras que novamente nos põe em contato. A repetição do *entre* no terceiro verso, agora como prefixo verbal, articula as três imagens numa síntese magistral: na primeira, a tela se encorpava *entre* todos pois de todos os gritos recebia a solda de sua unidade – dos Muitos o Um; na segunda, a tenda continha todos, pois nela todos *entram* – dos Muitos ao Um; na terceira, por fim, a tenda se reconhece a origem originada dos originários, e se entretende, em generoso gesto, a todos os galos, de cujos gritos fez seu próprio corpo unitário – do Um aos Muitos.

De tela a tenda, agora a manhã plana no toldo de si mesma, absolutamente livre de sua própria origem, livre de armação. Por que o poeta põe em parênteses a manhã, cujo começo aqui buscamos nas imagens que a dizem? O toldo é a tela própria ao abrigo – é a tenda, onde entram todos. A tela, sabemos, é a teia, desde a qual se tece a manhã, e a teia se tece desde os gritos de galo: desde os galos e de seu encontro. A manhã é, portanto, o toldo – *e contudo nele plana*. A manhã plana, portanto, *no abrigo de si mesma, e assim fazendo se torna a si pura liberdade, liberando consigo também aqueles aos quais é abrigo e toldo.* O parêntese, exatamente como os verbos elididos e ritmados pelo *enjambement*, corporifica a ambiguidade, tão própria à forma deste poema, entre a origem e o originado, que habita o começo e o começado:

E se encorpando em tela, entre todos,
se erguendo tenda, onde entrem todos,
se entretendendo para todos, no toldo
(a manhã) que plana livre de armação.
A manhã, toldo de um tecido tão aéreo
que, tecido, se eleva por si: luz balão.

A pergunta com que comecei esta leitura era – se a manhã é o começo do dia, quando começa este começo? Era a pergunta acerca do começar do começo, que em língua portuguesa apenas na prosa de Márcia Schuback (1998) e nos versos de Cabral ganhou devida formulação. O primeiro grito, origem primeva, assim não se fazia por ser o termo *de que* começa a série, isto é, o primeiro termo da série. O grito primevo, lembremos, só passou a existir na solidariedade com que os outros galos lhe eram receptáculo e base de lançamento. Formalmente, o poema dizia esta solidariedade pela ausência tornada ritmo no *enjambement* elisivo que suprimia o verbo [*lançou*], recriando a sintaxe da língua. A sintaxe é a solda, a estrutura, a forma habitual da linguagem – é também a Forma do Mundo. Toda sintaxe é organização, é, conforme diz sua origem helênica, o estar junto da ordem e na ordem: fazer-se-ordem. Pela sintaxe de nossa língua materna, organiza-se-nos o Mundo e nos organizamos no Mundo. A sintaxe é a ossatura do Juízo, é o que solda sujeito a predicado e os enriquece por adjunção de advérbios, adjetivos e outras orações subordinadas – a sintaxe é o grande jardim do Mundo, e nela todas as veredas, se levam embora à ilusão da errância, deixam-se conjugar sob a Unidade da ordem, tudo reconduzindo à cálida finitude do Mundo.

Eu tenho dito que nós conhecemos e vivemos por meio de juízos finitos, organizados pelo sistema em que se encontram, e à estrutura metafísica desta relação chamei O Juízo Finito e O Sistema de Juízos Finitos. O Juízo é Finito, pois os termos de que se compõem ganham seu contorno desde sua lei de proporcionalidade intrínseca – sua ideia como a face que lhe convém, seu *eidos* – e pela relação negativa que sustém com os demais elementos do Sistema. Finito é o Juízo igualmente porque a regra que preside à construção sua é prevista pelo sistema: a regra é também elemento, e ganha inteligibilidade pelo contraste mantido com outras regras. O Sistema garante, assim, a estabilidade dos termos e das regras, constituindo-se por aí o presidente do Juízo, a garantia de sua estabilidade e de sua previsibilidade. A tarefa do Juízo é capturar o Mundo, torná-lo pensável, inteligível e, por isso, dócil – sobre o Mundo o Juízo torna-nos possível impormos nossa vontade senhoril. A sintaxe, sendo a Forma do Mundo, é a faculdade pela qual se constroem os juízos – a sintaxe atualiza o Sistema enquanto presidente, enquanto vigília eterna que a si reconduz toda vereda: diante de quem a errância cessa.

Mas João Cabral de Melo Neto, o Poeta, não é quem desconheça a sintaxe, não é a ingênua criança cujos erros criativos nos fazem rir por desvelarem a antiga liberdade encoberta pelas regras do sistema. O Poeta e o Pensador são aqueles que *sabem*, pois lhe sentiram o gosto, a língua como ninguém – deram-se ao árduo trabalho de aprender, da língua, os íntimos recantos, percorreram-lhe as veredas todas e, voluntariamente subjugando-se à Ordem do Sistema, fizeram a experiência da Liberdade verdadeira: daquela que só existe na mais absoluta sujeição. Para sair das malhas do Sistema e atingir a Liberdade, não basta romper infantilmente a ordem, pois toda ruptura da ordem ou é regresso ao animalesco ou é instituição de ordem outra – portanto sempre já da Ordem novamente. A verdadeira Liberdade só existe no interior das regras do Sistema, na maestria do Juízo. Mas o Juízo, vimos, é Finito, finitos os termos de que se compõem, cada um deles derivado e tendo perdido a frescura juvenil de sua face, finitas também as regras que presidem ao encontro dos termos. Para vislumbrar – entre-ver – o Fora do Sistema, é necessário forjar esta entre-visão desde o Dentro. Se um triângulo é sua lei de proporcionalidade intrínseca, seus 180 graus internos, e o contraste estabelecido com os seus foras – com o cubo, com o retângulo –, quem lhe queira vislumbrar o Fora radical terá de colocar-se, não no fora simples (isto é, no quadrado ou no retângulo), mas no Fora que só se escreve assim, em maiúscula, por partir do Dentro: será necessário postar-se no Vértice do Triângulo. Só aí se torna possível o Juízo Infinito, que não é apreensão imediata do Infinito, mas sua mímesis especulativa, sua imitação espelhada e, portanto, invertida. Ao inverter o Infinito, imitando-o, o Finito torna-se, em sua mesma finitude e por virtude dela, Infinito – e alça-se do Mundo ao Outro Mundo. Se a sintaxe é a Forma do Mundo e a articula no Juízo Finito, o Juízo Infinito será o espelhamento da Forma invisível do Outro Mundo, da Infinitude ela mesma. No Juízo Infinito, a sintaxe da língua, forma do visível, formaliza o invisível ele mesmo – *pela infinitude daquilo de que é espelho e imitação.*

No poema de Cabral, o mistério do amanhecer é a pergunta acerca do começo, do começar radical do começo. É a pergunta a respeito da origem, não do Antes de todos os antes, mas do que, sendo anterior ao Tempo ele mesmo, é o Acima dos antes e dos depois. É, portanto, a pergunta acerca do Infinito, daquilo que funda o Sistema sem nunca ser dele elemento sistemático. O poema faz a pergunta da origem da sintaxe, possui fome – e nos incita tal fome – pelo início radical da Ordem: o poema quer pronunciar, conferindo-lhe forma, o começo de todas as formas, lá onde a luz se ergue fornecendo às coisas os contornos de que auferem faces próprias e que lhes possibilita o confronto com o que de cada uma é diverso. O poema, por isso, não pode proceder a tal busca pela total quebra da sintaxe, tampouco por sua obediência cega e habitual [cotidiana, dir-se-ia]. O poema, assim, faz da sintaxe arena de uma ginga imprevista, e, pelo mecanismo formal da subtração dos termos sintáticos, confere forma e ritmo ao que em todas as coisas dormita invisível: à origem da manhã, ao começar do começo. Toda forma *torna visível* – para tornar visível o invisível é necessário saber calar lá onde se espera a visibilidade habitual, porquanto certas coisas só se dizem no silêncio. Ao elidir formalmente os termos esperados, tornados previsíveis pelas regras de predicação fornecidas pelo Sistema, cuja tarefa consiste em estabilizar o Mundo por meio da visibilidade total, capaz de estancar a errância (que é sempre errância em direção ao Infinito: errância saudosa), o poema formaliza o invisível, fornecendo-lhe visibilidade precisamente pela subtração e pelo silêncio.

Esta operação da primeira estrofe prepara-nos, enfim, para o conjunto denso de aliterações e assonâncias que estabelecem entre os termos um encontro tão imprevisto que, desta imprevisibilidade, se torna afinal maximamente visível o que era o por absoluto invisível: o mistério do amanhecer. Ao ser colocada em parênteses, a manhã torna-se o toldo, originada pelos todos e para eles Unidade, mas é também a Senhora Livre – é quem recebe os galos, dá-lhes guarida, e é quem deles se mostra em absoluta independência, planando livre de armação. Daí por que, nos últimos versos, é ela:

> A manhã, toldo de um tecido tão aéreo
> que, tecido, se eleva por si: luz balão.

A manhã é o tecido, que se deixa tecer por mãos outras mas, assim originado, torna-se de particípio substantivo, e se eleva por si: luz balão. O Poeta nos havia dito que um galo sozinho não faz uma manhã, que precisará sempre de outros galos. Esta necessidade que possui o grito primordial de uma solidariedade que o instaure é a mesma necessidade que o começo possui das coisas começadas – todo começo é início, é desvelamento do Mundo. A manhã, começo do dia, traz as coisas da noite profunda, põe-nas sob luz e as faz sustir – desde a noite profunda: as faz ek-sistir. O mistério da manhã, enquanto mistério da existência, é o do começo, e só se pode dizer, já o vimos, pela ausência da sintaxe cotidiana, pela sintaxe que já foi contaminada e normalizada pela luz de um dia pleno. Por isso o Poeta retorna, para falar da manhã, à sintaxe auroral que enuncia o começo da língua e, pois, o nascimento do Sistema, o átimo inaugural do Juízo.

A primeira estrofe é presidida pelo mecanismo da elisão, ritmado pelo *enjambement*, pois diz do impensável início de todo pensar – do *Unvordenklich* de que falava Schelling, manifestando-o contudo na forma poética, à qual apenas o invisível é objeto de desejo. A segunda estrofe, cuja regra é a do ritmo aliterado, fornece os contornos desta curiosa relação entre os galos, os gritos e o toldo da manhã – entre a Origem e os originários. O toldo, tecido pelos gritos [que os galos são] cruzados entre os galos, modula no *entre* a tripla determinação do problema originário da metafísica: como do Uno emerge o Múltiplo? Mas são estes últimos e belos versos que enunciam o tornar-se visível do invisível, a especulativa, porque espelhada e invertida, relação entre a Origem [o Começo] e as coisas originadas [e começadas]: se a manhã é toldo *tecido* pelos gritos dos galos, ela neles tem sua origem, deles é originada, por eles é tecida, por eles modelada – é entretanto igualmente o toldo, sob o qual abrigam-se os galos, que só são o que são sob a luz da manhã e *para* esta mesma luz, pois dela, da luz, são receptáculos e artífices. A manhã é, por isso, o começo que necessita, para ser-se [isto é, para ser começo: para começar], dos galos e de seus gritos, seja porque deles se origina, seja porque se é ao ser-lhes toldo. *Mas eis que esta mesma manhã, este começo duplamente originado e dependente, revela-se Senhora Absoluta, Dona do Dia e das diurnas coisas, pois, tecida, torna-se tecido tão leve que sintetiza os gritos de galo que lhe foram origem e a luz que ela mesmo é:* luz balão.

A imagem final é, finalmente, o mistério radical do começo a que se deu forma, o invisível tornado visível em um Juízo Infinito. Por que em um Juízo Infinito? Pois a imagem, fruto das sucessivas combinações imprevistas de palavras e fonemas, é efeito do poema que, ele mesmo, é um imenso Juízo construído por uma regra gratuita: a gratuidade da regra reside em ser invisível ao Sistema, ao olho vigilante que mantém sob julgo a sintaxe, a si reconduzindo todas as veredas. Ora, a elisão dos verbos tornou, pelo ritmo do *enjambement*, a solidariedade elemento visível, mas o fez sem mobilizar as regras previstas pelo Sistema para um tal elemento. Assim também, o uso inesperado do *entre* conjugou originários e originada em encontro milagroso, e nos permitiu pensar uma tripla relação para o Uno e os Muitos. Por fim, a imagem da manhã como Senhora do Dia, luz balão, tornou pensável o paradoxo de um começo a um só tempo dependente e radicalmente Livre dos começados – generosa Origem amante de quem nela tem sua origem, sempre entretanto Livre e intocada, por virtude deste mesmo toque que mantém com cada originado. A este Milagre especulativo denominamos *gratuidade*, e é Milagre pelo fato simples de escapar a todas as regras do Sistema, por ser, ao Sistema, invisível. O Juízo Infinito, eu havia dito, assim é chamado por formalizar o Infinito, radical Exterioridade do Sistema, por meio dos elementos do Sistema ele mesmo – de tal forma entretanto a mimetizar o Infinito pela *gratuidade* ela mesma, que se manifesta na imprevisibilidade da regra que conjuga os termos. Ao assim pôr um ao lado do outro termos derivados e estabilizados, a regra imprevista concede-lhes, a cada termo, a originalidade da Origem, a infinitude do Infinito, e os institui elementos de uma sintaxe que agora, não mais apenas Forma do Mundo, torna-se Forma do Ser.

Como eu havia dito no primeiro capítulo deste livro, o Juízo Infinito não articula regras do Sistema, mas as regras do Ser ele mesmo. Trata-se daquela delicada posição que busquei circunscrever em *O Vértice do triângulo*, e por isso lá falei do *Milagre da imaginação genial* – pois que Milagre se diz do que sem razão vem à frente, na condição do *mirandum*, do maravilhoso, que do espanto é digno, δεινόν, capaz de em nós acordar aquela peculiar sensação que Platão denominou o início do filosofar, o θαυμάζειν. No poema de Cabral, a pergunta acerca do começar da manhã é já formalização do começar do começo, portanto do Infinito ele mesmo. É, um tal poema, Juízo Infinito, em cujas sendas se nos torna possível de novo a errância – e esta errância, é ao Ser que ela leva, é do Ser que mimetiza, invertendo-a, a face. O Juízo Infinito torna visível o invisível que dormita, como sua origem tácita, em toda visibilidade normal, própria à sintaxe do Sistema. A grandeza do poema de Cabral e da pergunta que nele se pergunta é a de tornar visível, pelo Milagre de um tal Juízo Infinito, o Juízo Infinito ele mesmo. Foi esse meu intuito neste capítulo, relendo este poema que durante anos me fascinou e me fascina ainda, nas leituras solitárias e naquelas públicas, nas salas de aula por onde passei. Como todo poema, sua beleza depende da pergunta que nele se pergunta: a do começo. Se a manhã é o começo do dia – como começa este começo? Se não nos oferece o poema para esta pergunta definitiva resposta – ao menos, depois de à luz de sua beleza meditarmos, sabemos o gosto deste mistério. É isto a literatura: quedar-se na sombra das perguntas, e retornar talvez com viris forças ao deslumbramento das crianças.

*

Cum mors nobis erit, jam non erimus – ergo nobis nihil est mors, assim reza o verso de Lucrécio. Diz-se que a morte é o fim, mas como termina este fim? Se o fim é fim das coisas, possui, este fim, igualmente fim? Não precisamos reler as páginas de *Sein und Zeit* para saber que somos sempre já nossa própria morte, não apenas *Sein zum Tode* somos nós, mas a todo momento mortificamos a vida e vivemos nossa morte. No esquecimento letárgico de nosso cotidiano, em que buscamos esquecer o mistério das perguntas, reservado apenas aos estranhos – tão raros, tão poucos – que se dizem pensadores (hoje, perdeu-se o peso da palavra *filósofo*, e também os museólogos da filosofia assim se denominam) – neste letárgico olvídio mortificamos nossa vida, mas não vivemos nossa morte. Se a morte é o fim, viver a morte é viver o fim. Não, porém, como decisão autêntica diante de minha íntima e última possibilidade: talvez em simples ações seja possível viver o fim. Mas não sabemos ainda o que é o fim. Como fizemos acima com a manhã e o começo, talvez caiba aqui perguntar: se a morte é o fim da vida, como finaliza este fim?

> O esforço é grande e o homem é pequeno.
> Eu, Diogo Cão, navegador, deixei
> Este padrão ao pé do areal moreno
> E para diante naveguei.
>
> A alma é divina e a obra é imperfeita.
> Este padrão sinala ao vento e aos céus
> Que, da obra ousada, é minha a parte feita:
> O por-fazer é só com Deus.
>
> E ao imenso e possível oceano
> Ensinam estas Quinas, que aqui vês,
> Que o mar com fim será grego ou romano:
> O mar sem fim é português.
>
> E a Cruz ao alto diz que o que me há na alma
> E faz a febre em mim de navegar
> Só encontrará de Deus na eterna calma
> O porto sempre por achar.

O verso começa com o anúncio da assimetria essencial entre o esforço e o homem: Diogo Cão, que faz este anúncio, se caracteriza como navegador. O esforço é o de navegar. Quais as vidas que vivemos? Dentre as vidas que vivemos, vivemos aquela que nos assinala um nome – o de professor, o de escritor, o de navegador. Diogo Cão, que se anuncia diante do esforço infinitamente maior do que si, anuncia-se neste esforço: eu, Diogo Cão, navegador. Diogo navega, e seu esforço é navegar. Mas o esforço é maior do que Diogo – Diogo é portanto maior do que si. Há algo em Diogo que, sendo Diogo, em Diogo não se contém: é-lhe transbordamento. Por isso, talvez, resolve Diogo deixar, ao pé do areal moreno, *este padrão*, antes de lançar-se à navegação, antes portanto de ser aquilo que, sendo, é maior do que ele. Talvez também por isso, em seu segundo anúncio, Diogo diga da alma ser ela divina, e a obra, da alma fruto, imperfeita. Temos aqui uma nova assimetria, mas por quê? Antes, era o esforço maior do que o homem, e descobrimos entretanto que o esforço é o homem e o homem, o esforço. Na assimetria, havia uma estranha identidade. Aqui, a alma é divina, por isso perfeita, mas a obra – a obra é imperfeita, faltante, lacunosa. Só há contraste e assimetria se supusermos entre o perfeito e o divino sinonímia unívoca, e entendermos por perfeito aquilo a que nada falta: o terminado, o finalizado. O perfeito seria, assim pensado, o que já finalizou, o que não possui mais fim, porque já é fim finalizado. O imperfeito, ao contrário, é o que tem fim, pois possui o fim diante de si: o fim lhe é *futurus*. A divindade da alma seria, pois, o que não tem fim, aquilo a que não há mais futuro – não há mais nenhum por-fazer. Ao passo que a obra, inacabada, é o por essência futuro: o que há de vir. O padrão, que Diogo deixou ao pé do areal moreno, sinala aos ventos e aos céus que, *da obra ousada*, é dele a parte feita – o por-fazer é só com Deus. Que significa isso? A obra deveria ser o padrão, feito antes de Diogo lançar-se ao esforço a si imanente e todavia do que si maior, e teria pois de ser inacabada, imperfeita. O que diz tal obra? Ora, ela faz sinal – *signum facit* – ao vento e aos céus, aos elementos do Mundo, que é do homem, cuja alma é divina mas que, enquanto homem, é pequeno, a parte feita, ao passo que o por-fazer é só com Deus. Estes versos têm o dom de nos forçar a rever nosso primeiro entendimento: o divino, sendo o que não possui fim por não possuir futuro, não pode mais ser o perfeito, tampouco pode ser oposto à obra, ao inacabado, porquanto a ousadia da obra, suas primeiras formas, só se completam pelo por-fazer, que compete a Deus. Assim como, antes, o esforço se revelara o homem, de modo que a assimetria inicial deixava de ser contradição para tornar-se síntese estranha, arabesco de partes desiguais, também aqui a perfeição do divino e a divindade da alma só existem no inacabamento da obra, que é signo de seu próprio futuro no gesto a ser recebido de Deus. A Diogo navegador, ao homem, menor do que o esforço de navegar que ele próprio é, pertence a parte feita, mas o padrão que faz sinal ao vento e aos céus de uma transcendência que há de vir – o padrão é o signo, no presente, de um sentido a vir, de um fim que se vive na ousadia com que dele se inscreve no presente o signo. A obra é ousada pois quer viver o paradoxo de um fim inscrito no agora, de uma obra cuja perfeição reside no por-fazer de Deus. *Deus é o nome deste fim, que o padrão, escrito ao pé do areal moreno, presentifica como por-vir*:

E ao imenso e possível oceano
Ensinam estas Quinas, que aqui vês,
Que o mar com fim será grego ou romano:
O mar sem fim é português.

A quem assim deu à língua portuguesa sua dignidade tão própria, pobre rainha entre as latinas línguas[133], devemos reverência. As Quinas do padrão ensinam que o mar de Diogo, o mar ao qual se lança o homem menor do que o esforço nele habitante, é sem-fim – infinito ou como perfeito ignorante de todo futuro ou como a obra que só em Deus se acaba. *Mas Deus é o por-fazer, Deus é fucturus – ich bin, der sein wird*, traduz Schelling para o alemão o nome hebraico de Deus. O que as Quinas sinalam é a diferença entre o mar grego e romano com o português: o greco-romano mar é acabado, desconhece fim, pois já se fez, seu mundo era o mundo *deste mundo*, exaurível pela extensão do Império e dos signos imperiais. Mas o padrão, obra ousada, possui duas metades: a do homem, que por não caber-se em si atira-se ao navegar, e a de Deus, para nós apenas um *por-fazer*. Roma desconhecia o *outro mundo* pois já era, aqui e agora, o *imperium mundi*, e o antigo poeta cantava o homem e as armas donde emergiria a obra total, a obra aqui realizada: na perspectiva presente da obra realizada, o poeta podia dizer, como quem pressagia agora o futuro de um passado já perfeito [*per-factum*], *tantae molis erat romanae condere gentem*. Mas de Diogo acabada há apenas metade da obra, e este acabamento, de obra tão ousada, é signo apenas do inacabamento essencial – signo,

133 Mas toda Senhora mostra-se de pé descalços, em membros enfermos – sua voz propositalmente fraca é dirigida aos que possuem finos ouvidos.

portanto, do fim que ela essencialmente tem por vivê-lo eternamente, inacabamento corporificado na Cruz que aponta para o fim e para o que, na divina alma do homem, é nascedouro do esforço que, maior do que o homem, *é o homem*:

> E a Cruz ao alto diz que o que me há na alma
> E faz a febre em mim de navegar
> Só encontrará de Deus na eterna calma
> O porto sempre por achar.

Agora talvez melhor saibamos viver a pergunta do fim. A alma, divina, era perfeita por ser o que, no homem, é de Deus – o que no homem é *futurus*, é errância fundamental. A Cruz é por isso aquilo que, do padrão deixado ao pé do areal moreno, faz signo do esforço, da febre que lhe há, ao homem, na alma: a ânsia por navegar que outra coisa não é senão a decisão de viver Deus como vivência do fim, como conservação, diante de si, do final. O perfeito, disse acima, pode ser ou aquilo a que falta fim por já nada possuir diante de si ou o que tem o fim como seu presente, isto é, como o que lhe está diante no presente: *id quod ei praesse potest*. O homem navega – *navegar é preciso*, reza antigo adágio – pelo esforço que transcende as fronteiras estritas de sua existência empírica e imaginária, e a febre é apenas o índice desta diferença entre o que do homem é alma divina e corpo determinado, entre o limite e a ânsia por transcender todos os limites. O homem navega porque pensa. O porto de quem, como Diogo, pensa [navega], é um porto *futurus*, é o término e o fim sempre por achar.

Nos versos de Lucrécio e na frase de Epicuro com que iniciei a leitura deste poema, vimos que a morte nada nos poderia ser, pois, uma vez aí, já nós não seríamos: ou nós ou a morte, o encontro de ambos é impossível, porquanto a morte é apenas nossa destruição. Não há, para Epicuro e Lucrécio, vivência da morte – donde todo medo que lhe é relativo ser inútil, fruto de erro imaginário. Mas Diogo – Diogo vive a morte, para Diogo Cão, navegador deste mar sem fim que se escreve em português e cujo nome de batismo é de grega origem, a morte não é senão o *futurus* vivido na intensidade da febre e do esforço, que lhe destroem o corpo por lhe acordarem tão resolutamente a alma. O padrão é o resultado deste estranho encontro do fim no agora, o padrão, deixado ao pé do areal moreno, é signo desta decisão – é a obra ousada, testemunho de quem, não sabendo embora a resposta para o fim, decide viver a pergunta do fim, tendo-o de si diante, tendo-o como o por-fazer, como aquilo de que sua obra faz signo: como o porto sempre por achar.

Se o amanhecer anunciava o mistério do começar do começo, a ânsia por lançar-se ao mar diz do enigma do fim. Ambos, começo e fim, longe de serem ensejos para perguntas a que se venham conferir respostas, são convite – para quem os saiba ouvir – e flerte – para quem tenha o dom de apreciar os entreolhares. Convite e flerte para saber perguntar, para viver as perguntas: aquela do início e aquela do fim. Assim nasce o espírito humano: perguntando sobre o fim, indagando o começo. Como ocorre às crianças ao crescerem, também as civilizações, ao se tornarem maduras, esquecem o terrível, mas tão belo, ressoar destas perguntas. Λήθη é o nome deste esquecimento – é o tornar-se absoluto do Sistema de Juízos Finitos, processo por onde o pensar sofre sua esclerose. Na poesia, Juízo Infinito e Mímesis Especulativa, as perguntas foram se refugiar. Contudo, é necessário ter febre, sentir em si a impaciência do esforço, para viver tais perguntas. É necessário estar disposto a ser objeto de riso e de raiva, como Sócrates entre os sofistas de seu tempo, ser novamente aquele de quem predicarão a infantilidade e a quem atribuirão o παίζειν como gesto próprio. Mas neste gesto, e apenas nele, reside a febre de navegar, que:

> Só encontrará de Deus na eterna calma
> O porto sempre por achar.

03

Salvar Platão, recuperar Leopardi

1

Eis-me aqui, em única aparição, por última vez diante de vós: para compreender a Pessoa ou Platão com Leopardi

Para Jessita(-lita), olhos-vítreos, com quem aprendi que o Eterno tem de, afinal, aparecer.

ἅτε μελετῶσα ἀεὶ τοῦτο— τὸ δὲ οὐδὲν ἄλλο ἐστὶν ἢ ὀρθῶς φιλοσοφοῦσα καὶ τῷ ὄντι τεθνάναι μελετῶσα ῥᾳδίως: ἢ οὐ τοῦτ' ἂν εἴη μελέτη θανάτου; quippe semper id meditans, hoc autem nihil est aliud quam recte philosophans, mortuumquem esse revera exercens, aut nonne haec esset meditatio mortis?

Platão, Phaedo

Emanuele Severino[134] começa sua grande interpretação do pensamento leopardiano afirmando que a destruição da metafísica ociden-

---

134 A interpretação que Severino fornece do pensamento leopardiano fez escola e firmou-se na Itália como um paradigma quase inquestionado de leitura. Os três grandes livros em que Severino realiza sua leitura são *Cosa arcana e stupenda: L'Occidente e Leopardi* (1997), *Il nulla e la poesia alla fine dell'età della técnica: Leopardi* (2004), *In Viaggio sul Leopardi: la partita sul destino del Uomo.* Esta imensa interpretação severiniana está fundamentada, forçoso é dizê-lo, na malha especulativa de sua própria filosofia, o confronto com a qual está reservado a *O Ser e o Milagre*. Severino publicou inúmeros livros, mas *La Struttura Originaria* (1958) *e Essenza del Nichilismo* (1972) constituem o que ele mesmo denomina o "solo de que meus escritos recebem o sentido que lhes é próprio" (SEVERINO, 1958, p. 10).

tal, por parte de Leopardi, é idêntica à destruição do Eterno e, portanto, do platonismo. O pensador que se encontra ao vértice da filosofia ocidental seria responsável por eliminar aquele que está em sua origem: Leopardi, para Severino e para a tradição de leitura niilista da qual é o representante, subverte o pensamento ocidental ao destruir todo Eterno e matar, assim, Platão. Tal tradição entende que Leopardi pensa a existência como um sistema absurdo no qual nada há além da pura fatualidade da matéria, razão por que cada ente está destinado ao sofrimento, pois marcado pelo selo da transitoriedade e da morte. Não havendo um fundamento Eterno que explique a existência e sendo a matéria a única realidade com que lidamos, resta que o Ser é um puro Nada. Nas palavras de Severino, Leopardi afirma que a existência é pura contradição, pois todo vivente é já sua própria morte, todo sim é já seu próprio não, o Ser ele mesmo é um Nada. Assim, negar o Eterno implicaria negar tudo aquilo que tenta estancar a dor fundamental de existir através de razões que, postuladas, dariam ao sofrimento alguma justificativa: as ideias platônicas e a correlativa imortalidade da alma fornecem, no Ocidente, o exemplo mais forte de tal atitude. Por isso, o niilismo materialista de Leopardi, ao negar todo Eterno, negaria o primeiro grande metafísico do Ocidente: Platão.

Contudo, não me parece que seja este o caso. Buscarei mostrar rapidamente que não apenas Leopardi não rompe com Platão, mas que um dos pilares de seu pensamento, a experiência da beleza poética, supõe elaborar uma ontologia da eternidade, que não subverte, mas salva Platão. Pela leitura de *Sopra un basso rilievo sepolcrale*, tentarei demonstrar que a meditação lírica formula poeticamente a experiência do eterno enquanto experiência da alma, na medida em que a beleza é reconhecimento da santidade do ente na condição de fenômeno, isto é, na condição do que aparece. Antes, contudo, teremos, eu e o leitor, de passar por uma escalada difícil, guiada contudo pela mão do primeiro de todos os românticos, daquele que resta sendo, para quem haja entendido o Milagre da Saudade, o maior dos pro-fessores – guia há de ser-nos, assim sugiro, Platão. Para começar o primeiro momento de meu diálogo com Emanuele Severino, o maior dos interlocutores da metafísica romântica e seu maior desafio, teremos antes de reler Platão – precisamente por um de seus mais belos e comoventes diálogos: o *Phaedo*[135]. É que o destino da metafísica romântica, deste pensamento

135 Opto pelo título latino, *Phaedo*, do diálogo que, em grego, escreve-se Φαίδων, e, em português, *Fedón*. Doravante, cito-o por seu título latino, para diferençá-lo do personagem homônimo.

que por primeira vez formulo e enuncio em sua necessidade histórico--eterna, reside no confronto com o último dos gigantes do Ocidente, Severino, para quem Leopardi e Platão formam os dois pilares deste edifício a que Severino chama Ocidente.

Dialogar com Severino implica, pois, reaprender, sob nova luz, a aparição e o perfil próprio do pensar grandioso destes nomes que selaram o destino da metafísica romântica – implica, isto é, demonstrar que não é Leopardi a romper com Platão, assim explicitando o niilismo a que o Mestre haveria legado o Ocidente, e isso porque, ao contrário, *a correta intelecção do pensar leopardiano, romântico como quase nenhum outro, consiste na apreensão da estrutura platônica de seu filosofar. Recuperar Leopardi, eis a missão que este capítulo enuncia, implica pois salvar Platão.* Ao início ainda balbuciante de tal tarefa volto-me agora, e vamos, o leitor e eu, demarcar a ontologia da eternidade de Giacomo Leopardi, cuja pedra de toque é a *figura* da Pessoa, para isso relendo o diálogo platônico em que, por primeira vez no Ocidente talvez, a pessoalidade da Pessoa foi circunscrita com rigor – com Saudade, vale dizer. Para recuperar Leopardi, devemos antes salvar Platão. Ao *Phaedo*, pois.

§ 1 Entre a contradição e o paradoxo, entre a alma e a Pessoa

Para Giovanni Reale (2003) o *Phaedo* marca a primeira reflexão autoconsciente da metafísica sobre si mesma. Neste diálogo, Platão retrata os últimos momentos de Sócrates no cárcere, antes de beber a cicuta. Por ocasião de um amigo que nota sua serenidade diante da morte, Sócrates sublinha que seria absurdo a um filósofo não desejar a morte, dado ser a alma imortal. A morte, assim, nada é senão a libertação do corpo, prisão que obsta a atividade intelectiva da alma. O diálogo todo move-se motivado por esta pergunta: como saber que a alma é imortal? Simplificando ao máximo, podemos dizer que Sócrates prova, por meio de movimentos dialéticos de complexidade crescente, que a imortalidade da alma depende da imortalidade do conhecimento. Se o conhecimento é permanente e se todo conhecer é um rememorar, então não apenas a alma existiu antes de vir a este mundo, mas a identidade de todo saber – sua independência do tempo e das mudanças que caracterizam o mundo sublunar – implica a identidade da alma que sabe. A eternidade do cognoscente se espelha na eternidade do cognoscível: a alma, cuja atividade específica é o conhecer, é imortal pois imortais são as ideias, a ἐπιστήμη a que a alma está destinada. O conhecimento do mundo imaterial e invisível fornece a garantia da indestrutibilidade da alma, de modo que a meditação metafísica funda e justifica a conduta ética: as almas dos filósofos são premiadas no pós-morte pois, tendo exercitado o pensamento e o logos, chegam ao Hades com alma limpa. Os homens que, ao contrário, foram guiados pelos ímpetos corporais e pela sedução dos sentidos recebem penas necessárias à purificação. A pergunta ética – como devemos viver? – é respondida pelo conhecimento ontológico que dá chão à epistemologia platônica.

A mesma premissa fundamenta outro diálogo, o *Gorgias*. Aqui, o debate promovido a partir da pergunta sobre a Retórica desemboca na reflexão acerca do bom agir: o bom orador deve ter conhecimento do Bem, do Belo e do Verdadeiro para que exercite bem sua arte, convencendo seus cidadãos a exercerem a vida justa e correta. Por isso, Platão distingue entre três níveis na relação dos homens com o saber: a experiência [ἐμπειρίᾱ], a técnica [τέχνη] e o conhecimento [ἐπιστήμη]. A experiência é definida por ser confusa, indistinta, incapaz de fornecer a razão das coisas e separá-las de acordo com sua essência e verdade interna. A técnica, embora capaz de circunscrever a razão dos processos sobre os quais se debruça, restringe-se contudo ao campo limitado de sua atuação: um sapateiro sabe como fazer sapatos, mas não é capaz de responder por que razão última os sapatos são necessários à vida humana. Só o filósofo, capaz de ascender até a ἐπιστήμη, pode responder à pergunta acerca da causa final absoluta, que justifica as funções das técnicas singulares e fornece a direção ética da vida a ser vivida. Como no *Phaedo*, é a eternidade da ἐπιστήμη, fundada nas ideias idênticas a si mesmas, que fundamenta o discurso ético e delineia o espaço da vida necessária. Na escada espistêmico-ontológica, a experiência ocupa o último lugar, pois nela o que predomina é a dimensão corpórea dos sentidos, σώμα e αἴσθησῐς, radicalmente temporal e, por isso, ilógica. A experiência, esse amontoado de não-sei-quê, constitui o polo oposto da eternidade.

Diante do grosseiro resumo que ofereço destes dois diálogos platônicos, gostaria de meditar ao redor d'uma questão: é ainda possível recuperar o gesto fundamental do pensar platônico para perguntarmos uma vez mais a pergunta radical acerca do Eterno e do Tempo? Talvez em melhor formulação: o que significaria, hoje, mais de dois milênios depois da experiência grega subsumida nos nomes de Sócrates, Platão e Aristóteles – o que significa, em nosso tempo, pensar platonicamente? Quero dizer: qual a possibilidade de não apenas enunciar teses de teor histórico-filológico acerca de Platão, mas, de fato, seguir o apaixonante ato daquele que, para todo romântico, é o Mestre Absoluto – o que, pergunto, significa salvar Platão? Tenho uma intuição e uma proposta, que desejo aqui perseguir.

Em Giacomo Leopardi, a quem Severino denominou o destruidor mesmo da crença platônica na eternidade das ideias, acredito descobrirmos o artífice do gesto salvífico pelo qual a pergunta platônica por excelência – aquela acerca do Eterno e do Temporal – se nos torna uma vez mais possível. Gostaria, por isso, de retornar ao *Phaedo*, a este diálogo particularmente dramático, diria mesmo trágico, em que Platão eleva a maestria de seu estilo à última potência para pintar-nos a cena derradeira, eternizada nestas páginas e nos muitos quadros a que forneceu ensejo através dos séculos, da morte de Sócrates. Minha tese é a de que, neste belo texto, emerge uma inesperada ontologia da eternidade temporal, cuja presença latente permite rearticular os eixos clássicos do pensar platônicos, repensando sua epistemologia e sua ética. Se a força deste diálogo reside em sua comovente beleza, é porque nele a tensão do movimento dialético só existe por virtude da força estética do estilo platônico. Mais ainda: a trágica pergunta acerca da imortalidade da alma, ao redor da qual giram problemas epistemológicos, éticos e ontológicos, reelabora os conceitos de *alma*, psychê, *corpo*, soma, conhecimento, epistême, e experiência sensível, aisthesis, de modo a fornecer-lhes um significado bastante peculiar, do qual emergem o que chamarei de conhecimento estético, Juízo Infinito, e conhecimento determinante, juízo finito, eixos de uma ontologia da eternidade temporal em que o Eterno se torna Pessoa. Voltemos ao *Phaedo*.

O tema do diálogo é amplamente conhecido, sobretudo pelo subtítulo que lhe forneceu a tradução latina: *de anima*. Trata-se da prova da imortalidade da alma, donde se ergue o ensejo para delimitação de sua natureza por respeito ao corpo, portanto para delineamento da epistemologia platônica, em que o domínio do conhecimento sensível, aisthético, contrasta com a intelecção das ideias, distintas e claras em sua identidade de si consigo. Ensejo, igualmente, para a sempre retomada pergunta ética acerca da *vida verdadeira*, da boa vida, aquela devotada à realidade verdadeiramente essente, em que o Homem realiza-se nas potências do que é enquanto Homem – neste nó em que se vêm conjugar epistemologia, ontologia e ética, ergue-se como pano de fundo a tensa cena final de Sócrates, que, à espera da cicuta, passa as últimas horas no desmotério em tensa disputa dialética, filosofando até o último momento. Impossível ignorar como, neste diálogo, a beleza do estilo é a alavanca mesma do pensar platônico – insuficiente é qualquer explicação de ordem filológica ou biográfica, que deseje explicar a tessitura literária e poética por hipóteses de ordem exterior. À escalada dialética correspondem a atmosfera trágica e a densidade do tecido poético, de modo a se tornarem indistinguíveis a Pessoa de Sócrates e seus argumentos, estes por aquela corporificados. Mas se assim é, então o tema do diálogo ganha uma dimensão mais sutil: só podemos falar *de anima* se, para pensar a alma, a pensemos desde a Pessoa em que ela vem à frente, pela qual ela *aparece*. Se Sócrates é o núcleo e o ponto de gravidade do diálogo, isso ocorre sobretudo porque a força de seus argumentos misturam-se e dependem da intensidade de sua Pessoa – mas esta, à diferença da anonimidade dos argumentos, é aparição única e singular, é o invólucro indispensável à alma sobre cuja imortalidade temos de decidir. A pergunta verdadeira do diálogo, portanto, é: onde reside a imortalidade da alma, se ela, diferente do corpo, é a aparição de uma face pessoal?

Vale a pena citar sua interessante cena inicial: indo pela manhã ao desmotério a visitar Sócrates, Fédon e os demais amigos ouvem a notícia da chegada do navio e, assim, sabem e sentem o gosto das poucas horas que restam ao filósofo. Entrados no desmotério, encontram Sócrates com a mulher, que, como para fornecer o adequado tom trágico, entoa o adágio: 'ὦ Σώκρατες, ὕστατον δὴ σε προσεροῦσι νῦν οἱ ἐπιτήδειοι καὶ σὺ τούτους.'– *ó Sócrates, em último momento a ti se dirigem os teus e tu a eles.*"(60a-b) Com a genialidade literária que lhe é própria, Platão corporifica, na seca e lacônica ordem de Sócrates a Críton, a diferença do filósofo, cujo amor à sabedoria lhe dá o saber autêntico da morte, e dos homens letárgicos, aqui simbolizados pela mulher estridente, símbolo máximo para os gregos do menor nível a que pode descer o humano: καὶ ὁ Σωκράτης βλέψας εἰς τὸν Κρίτωνα, 'ὦ Κρίτων,' ἔφη, 'ἀπαγέτω τις αὐτὴν οἴκαδε.', *e Sócrates, olhando para Críton, 'ó Críton', disse, 'que alguém a leve para casa'* (60a-b). Como para intensificar a cena, Sócrates apenas senta-se à cama, junta as pernas, faz-lhes atrito como para as esquentar, e anuncia a enigmática frase:

> ὡς ἄτοπον, ἔφη, ὦ ἄνδρες, ἔοικέ τι εἶναι τοῦτο ὃ καλοῦσιν οἱ ἄνθρωποι ἡδύ: ὡς θαυμασίως πέφυκε πρὸς τὸ δοκοῦν ἐναντίον εἶναι, τὸ λυπηρόν, τὸ ἅμα μὲν αὐτὼ μὴ 'θέλειν παραγίγνεσθαι τῷ

ἀνθρώπῳ, ἐὰν δέ τις διώκῃ τὸ ἕτερον καὶ λαμβάνῃ, σχεδόν τι ἀναγκάζεσθαι ἀεὶ λαμβάνειν καὶ τὸ ἕτερον, ὥσπερ ἐκ μιᾶς κορυφῆς ἡμμένω δύ' ὄντε. καί μοι δοκεῖ, ἔφη, εἰ ἐνενόησεν αὐτὰ Αἴσωπος, μῦθον ἂν συνθεῖναι ὡς ὁ θεὸς βουλόμενος αὐτὰ διαλλάξαι πολεμοῦντα, ἐπειδὴ οὐκ ἐδύνατο, συνῆψεν εἰς ταὐτὸν αὐτοῖς τὰς κορυφάς, καὶ διὰ ταῦτα ᾧ ἂν τὸ ἕτερον παραγένηται ἐπακολουθεῖ ὕστερον καὶ τὸ ἕτερον. ὥσπερ οὖν καὶ αὐτῷ μοι ἔοικεν: ἐπειδὴ ὑπὸ τοῦ δεσμοῦ ἦν ἐν τῷ σκέλει τὸ ἀλγεινόν, ἥκειν δὴ φαίνεται ἐπακολουθοῦν τὸ ἡδύ. (60b-d)

Quão estranho, ó homens, parece ser isto a que a língua humana reservou o nome de prazer: quão maravilhosamente emerge quase enlaçado ao seu suposto oposto, a dor, de forma a ser impossível que um deles a alguém se faça presente sem o outro, pois, quando alguém persegue um deles e o alcança, dentro em pouco já se lhe faz necessário sentir em suas mãos também o outro, como pétalas de um só ramo. Parece-me que, disse, se Esopo a este fato houvesse prestado atenção, poderia ter composto bela história, de acordo com a qual o Deus, desejando apartá-los de briga constante e não o conseguindo, sintetizou-os em um só ramo, e por isso, quando alguém toca em um deles, de imediato segue o outro. Assim agora a mim parece ocorrer-me: quando me desfiz das amarras da perna, incontinenti sinto o doce alívio. (60b-d)

Aparente comentário sem valor, de banalidade cotidiana, a imagem da dor e do prazer enlaçadas no mesmo tálamo formula a estrutura que dá solda ao diálogo inteiro. Trata-se agora de entendê-la – ora, a imagem fornece ensejo para entender o real significado da morte e a razão pela qual os filósofos a desejam, não lhes sendo dado enraivecer-se diante dela, pois que, longe de ser um mal, é-lhes a morte o bem desde sempre ansiado. Por qual razão? Sócrates antes introduzira o símile da propriedade e do cuidado, sendo nós, homens, propriedades cuja posse pertence aos deuses, *theoí*, os senhores que de nós cuidam, pois sabem melhor do que nós o bem que nos convém. Do mesmo modo que ao escravo não é dado matar-se, pois sua vida pertence ao cidadão livre cuja propriedade é, também o suicídio nos é vetado, por vontade própria.

Mas se é assim, objeta Cebes[136], então exatamente o filósofo,

---

136 καὶ ὁ Σιμμίας, ἀλλὰ μήν, ἔφη, ὦ Σώκρατες, νῦν γέ μοι δοκεῖ τι καὶ αὐτῷ λέγειν Κέβης: τί γὰρ ἂν βουλόμενοι ἄνδρες σοφοὶ ὡς

único dentre os homens a entender propriamente como é bom ser guiado por senhores tão divinos, deveria enraivecer-se com a morte, a qual significa exatamente o deixar de ser cuidado pelo deuses. É nesta aparente falha do símile, reconhecida pelo próprio Sócrates, que este encontra ensejo para o desdobramento dialético: δίκαια, ἔφη, λέγετε: οἶμαι γὰρ ὑμᾶς λέγειν ὅτι χρή με πρὸς ταῦτα ἀπολογήσασθαι ὥσπερ ἐν δικαστηρίῳ – *com justiça falais, disse Sócrates, e entendo-vos a dizer-me que tenho de defender-me perante vós como se em tribunal estivesse* (63b). De novo aqui, a escolha da metáfora não é vã, e o lance estilístico enlaça tensão dialética à densidade estética, pois a disputa que se inicia, cujo tema é a morte, tem literalmente o peso existencial profundo capaz de decidir sobre as próximas horas de Sócrates e, por ele, dos demais que se lhe quedam presentes e de quem, agora vivos embora, anuncia-se na morte do amigo a própria, e de cada um *fuctura*. Eis, então, o preparo estético, dramático e trágico à logomaquia dialética. Não se trata de um argumento, ainda, mas de uma profissão de fé:

> εὖ ελπίς εἰμι εἶναί τι τοῖς τετελευτηκόσι καί, ὥσπερ γε καὶ πάλαι λέγεται, πολὺ ἄμεινον τοῖς ἀγαθοῖς ἢ τοῖς κακοῖς
>
> *bem sabeis que esperança cultivo de chegar a lugar melhor e de haver, para os mortos, coisa melhor do que a dada aos vivos, e assim para os bons e não para os maus* (63c).

A boa esperança, contudo, não é fruto de raciocínio compartilhado, e por isso pede-lhe Cebes que a torne pública, explicitando-lhe as razões: τί οὖν, ἔφη ὁ Σιμμίας, ὦ Σώκρατες; αὐτὸς ἔχων τὴν διάνοιαν ταύτην ἐν νῷ ἔχεις ἀπιέναι, ἢ κἂν ἡμῖν μεταδοίης; – *com tal pensamento no ânimo objetivas ir-te ou a nós transmiti-lo-ás também?*. No átimo em que se prepara para responder, Sócrates nota a tensão de Críton, o velho amigo de anos, a quem pede lhes fale o que tanto lhe pressiona o espírito. Eis o último lance do preparo à logomaquia, e ele não poderia ser mais genial – Críton repete o aviso do guarda, responsável pelo preparo da cicuta, segundo quem ao condenado convém falar minimamente, a fim de evitar as dores próprias do veneno e tornar a morte o mais rápida e menos dolorosa possível. Críton, preocupado com o amigo a quem tanto bem quer, pensa em termos corpóreos, e identifica

---

ἀληθῶς δεσπότας ἀμείνους αὑτῶν φεύγοιεν καὶ ῥᾳδίως ἀπαλλάττοιντο αὐτῶν; καί μοι δοκεῖ Κέβης εἰς σὲ τείνειν τὸν λόγον, ὅτι οὕτω ῥᾳδίως φέρεις καὶ ἡμᾶς ἀπολείπωνκαὶ ἄρχοντας ἀγαθούς, ὡς αὐτὸς ὁμολογεῖς, θεούς.

Sócrates ao corpo que lhe está diante, como se, já aqui, o argumento dialético se deixasse anunciar pela sutileza dos lances dramáticos. Moldura estética e armadura dialética se fazem já indissociáveis – e eis que tem início a logomaquia.

Sócrates começa com a pergunta: pensamos a morte ser algo? Sim, é claro, responde-se-lhe. Outra coisa senão a disjunção da alma do corpo? τὴν τῆς ψυχῆς ἀπὸ τοῦ σώματος ἀπαλλαγήν (64c) – *animae a corpore solutionem*, na tradução latina. Mas se a morte separa o antes unido, convém compreender a natureza de um e de outro, pois, dissolvido o vínculo, permanecerá doravante o corpo consigo mesmo e restará a alma em si mesma manente: χωρὶς μὲν ἀπὸ τῆς ψυχῆς ἀπαλλαγὲν αὐτὸ καθ' αὑτὸ τὸ σῶμα γεγονέναι, χωρὶς δὲ τὴν ψυχὴν ἀπὸ τοῦ σώματος ἀπαλλαγεῖσαν αὐτὴν καθ' αὑτὴν εἶναι; – *Separado da alma e apenas consigo permanecerá o corpo, separada do corpo deitada no regaço de si mesma restará a alma* (64c). Ora, ao corpo pertencem os cuidados que nos vêm sob forma dos desejos os mais diversos, da fome ao ímpeto sexual, recolhidos todos sob a designação de *prazeres* (τὰς ἡδονὰς καλουμένας τὰς τοιάσδε – *tais assim ditos prazeres, que cá obtemos* [τὰς τοιάσδε] [64d]). Se tal cuidado exige tempo e disposição, cabe saber se do filósofo é tal cuidado digno, se aquele que deita no leito da filosofia (bela imagem da tradução latina: *incunbuerit philosophiae* [64a]) passará a vida a preocupar-se com o corpo (τὰς περὶ τὸ σῶμα θεραπείας [64d-e]). Respondendo às perguntas de Sócrates, Cebes concede-lhe que o verdadeiro filósofo diferencia-se dos homens comuns (do que os gregos chamavam de *os muitos*, o *vulgus* da tradução latina) por dedicar-se à alma e desejá-la sempre longe do corpo, sem que, entretanto, seja ainda fornecida a razão desta escolha existencial. É aqui que começam os verdadeiros argumentos dialéticos.

O primeiro deles é de cunho epistemológico, e reza que o conhecimento a nós transmitido pelo corpo, pelas assim ditas *aistheseis*, é confuso[137]. Os sentidos – ἆρα ἔχει ἀλήθειάν τινα ὄψις τε καὶ ἀκοὴ τοῖς ἀνθρώποις: *acaso oferecem aos homens algum grão de verdade a visão e a audição?* (65b) – enganam, incapazes de clareza e, pois, de verdade. Por isso, quando a alma põe-se à caça da verdade em companhia do corpo, é fatalmente enganada: ὅταν μὲν γὰρ μετὰ τοῦ σώματος ἐπιχειρῇ τι σκοπεῖν, δῆλον ὅτι τότε ἐξαπατᾶται ὑπ' αὐτοῦ (65c). O raciocínio aqui é simples e corresponde à imagem habitual que nos é

---

137 τί δὲ δὴ περὶ αὐτὴν τὴν τῆς φρονήσεως κτῆσιν; πότερον ἐμπόδιον τὸ σῶμαἢ οὔ (65a).

transmitida acerca da epistemologia platônica: sendo o critério da verdade a identidade e manência do λόγος, da lei de proporcionalidade intrínseca apenas encontrada na ἰδέᾱ, capaz de com clareza diferenciar os entes uns dos outros fornecendo-lhes identidade e sentido, o conhecimento sensível – note-se que aqui não digo: estético (!) – fornecido pelo corpo é obstáculo na busca da verdade, pois as sensações são, por definição, múltiplas e temporais, sendo tal multiplicidade e temporalidade por natureza confusas, isto é, indefinidas e, portanto, próximas do engano, da indistinção: ἐξηπατῆσθαι. O corpo, identificado aqui à pura matéria somática, é ἐμπόδιον porquanto pensado como mero fluxo aleatório de sensações, contrárias ao critério da verdade e do conhecimento como ἰδέᾱ, lei de proporcionalidade intrínseca. Neste primeiro nível hermenêutico, a natureza temporal das sensações é concebida segundo um esquema de divisão estrita entre corpo e alma, fluxo indistinto e límpida manência na identidade de si consigo[138]. Trata-se de saber se estes são os únicos níveis do diálogo.

Ora, uma tal divisão entre corpo e alma, derivada da primeira definição de morte – *animae a corpore solutionem* – supõe igualmente uma latente definição do que seja a constituição ontológica [*Seinsverfassung*] das coisas conhecidas: o Ser dos entes, em formulação heideggeriana. A pergunta existencial, portanto ética, leva à pergunta epistemológica, cujas premissas são ontológicas. Se a alma, em si mesma manente (αὐτὴ καθ' αὑτὴν γίγνηται), toca o existente em seu verdadeiro existir (ὀρέγηται τοῦ ὄντος), qual o Ser deste ente pela alma tocado no puro λογίζεσθαι ? Esta será a pergunta central do diálogo, aquela que nos permitirá apreciar até as últimas consequências o enlace íntimo entre tessitura estética e armadura dialética, que se revelará a única adequada para compreendermos a figura da *Pessoa* como lugar de emergência do que, no Tempo, é o Eterno. Para isso, não podemos descuidar do ritmo espiralado em que vão surgindo e ressurgindo os níveis especulativos, mantidos sempre em radical unidade: existencial-ético, epistemológico, ontológico.[139] À onda epistemológica que

---

138 λογίζεται δέ γέ που τότε κάλλιστα, ὅταν αὐτὴν τούτων μηδὲν παραλυπῇ, μήτε ἀκοὴ μήτε ὄψις μήτε ἀλγηδὼν μηδέ τις ἡδονή, ἀλλ' ὅτι μάλιστα αὐτὴ καθ' αὑτὴν γίγνηται ἐῶσα χαίρειν τὸ σῶμα, καὶ καθ' ὅσον δύναται μὴ κοινωνοῦσα αὐτῷ μηδ' ἁπτομένη ὀρέγηται τοῦ ὄντος (65c).

139 De acordo com a definição de sys-tema que forneci no capítulo 2 deste livro. Lá, já havia dito que a noção de metafísica que me importa é totalmente platônica, em quem o pensar se apresenta em sua radical unidade viva, na completa antítese da descrição fornecida por Rorty a respeito do que hoje se faz nos assim chamados departamentos de filosofia.

define e separa conhecimento sensível-corpóreo e [verdadeiro] conhecimento anímico, segue, rápida, a onda ontológica para, depois desta, retornar a onda ético-existencial que pautara o começo mesmo da disputa dialética:

> ἀλλὰ τῷ ὄντι ἡμῖν δέδεικται ὅτι, εἰ μέλλομέν ποτε καθαρῶς τι εἴσεσθαι, ἀπαλλακτέον αὐτοῦ καὶ αὐτῇ τῇ ψυχῇ θεατέον αὐτὰ τὰ πράγματα: καὶ τότε, ὡς ἔοικεν, ἡμῖν ἔσται οὗ ἐπιθυμοῦμέν τε καί φαμεν ἐρασταὶ εἶναι, φρονήσεως, ἐπειδὰν τελευτήσωμεν, ὡς ὁ λόγος σημαίνει, ζῶσιν δὲ οὔ. εἰ γὰρ μὴ οἷόν τε μετὰ τοῦ σώματος μηδὲν καθαρῶς γνῶναι, δυοῖν θάτερον, ἢ οὐδαμοῦ ἔστιν κτήσασθαι τὸ εἰδέναι ἢ τελευτήσασιν. (66e)
>
> *Mas, de fato, foi-nos dito que, se desejarmos para nós a presença pura de algo, imperioso faz-se o abandono do corpo, reservando à alma as coisas importantes – e então, parece, possuiremos aquilo de que dizemos sermos os amantes e desejosos, a sapiência, quando tivermos morrido e não mais vivermos, a crer nas indicações de nosso discurso. Pois, se não for possível conhecer com segurança coisa alguma por intermédio do corpo, de duas, uma: ou nunca possuiremos o justo saber ou temos de morrer. (66e)*

A morte é desejada pois apenas nela aquilo de que somos verdadeiros amantes, o puro pensar, torna-se-nos possível. *O desejo da morte é assim desejo da vida verdadeira, a única em que vivemos nossa plena humanidade pois, pelo pensar, realizamos nosso destino, o de verdadeiramente conhecer o que verdadeiramente é – mas então devemos de novo perguntar: o que é, exatamente, este conhecer e qual o Ser dos entes que conhece?*

> καὶ οὕτω μὲν καθαροὶ ἀπαλλαττόμενοι τῆς τοῦ σώματος ἀφροσύνης, ὡς τὸ εἰκὸς μετὰ τοιούτων τε ἐσόμεθα καὶ γνωσόμεθα δι᾽ ἡμῶν ᾽αὐτῶν πᾶν τὸ εἰλικρινές, τοῦτο δ᾽ ἐστὶν ἴσως τὸ ἀληθές (67a)
>
> *E assim purificados pelo abandono da cegueira corporal, conheceremos provavelmente, por nós mesmos, tudo o que em transparência honesta se dá, e isso talvez seja o verdadeiro. (67a)*

Por que esta dupla hesitação, presente no εἰκὸς e intensificada no ἴσως? A resposta usual indicaria que, ainda no começo da ascensão dialética, não dispomos de razões suficientes para conferir-nos a certeza da imortalidade da alma e, portanto, de seu enlace total à honesta transparência da verdade: εἰλικρινές. Ocorre que, já aqui, o enlace entre a disputa a respeito da imortalidade da alma se faz irremediavelmente dependente da investigação epistemológica – o que é a verdade e como a sabemos? –, e esta, já o vimos, não se aparta das premissas ontológicas que lhe fornecem prumo e norte[140]. Que significa isso? *Ora, nada mais nada menos do que uma equação subterrânea pela qual estarão implicadas todas as decisões que tomarmos acerca da natureza do Eterno e do Verdadeiro – e é exatamente esta equação que nos permite ler no texto platônico camadas mais sutis em cujos leitos se encontram as figuras do conhecimento estético, da Pessoa e da Eternidade temporalizada.* Para fazê-las emergir à superfície, temos de continuar a leitura cerrada do diálogo – e meditar, como bons românticos, na solidão à sombra da estante.

De 67c a 69e, Sócrates apenas detalha, por imagens e relato mítico, o argumento cujas razões, entretanto, não foram ainda explicitadas dialeticamente. Tudo se resume a: sendo o filósofo amante das virtudes verdadeiras e da verdade, cujo conhecimento é dado apenas à alma em si manente, deseja ele a morte como purificação necessária ao conhecer. O argumento é ainda insuficiente, e por isso Cebes insiste em objetar: mas não pode a alma cessar de existir no momento mesmo em que o homem morra[141]? Com efeito, se sabemos, dogmaticamente é verdade (e, com efeito, Sócrates até aqui diz tratar-se de sua doxa, de sua opinião), que com a alma conhecemos as verdades verdadeiramente essentes, pois pensamos puramente sem o óbice do corpo, daí

---

140 οὐκοῦν, ἔφη ὁ Σωκράτης, εἰ ταῦτα ἀληθῆ, ὦ ἑταῖρε, πολλὴ ἐλπὶς ἀφικομένῳ οἷ ἐγὼ πορεύομαι, ἐκεῖ ἱκανῶς, εἴπερ που ἄλλοθι, κτήσασθαι τοῦτο οὗ ἕνεκαἡ πολλὴ πραγματεία ἡμῖν ἐν τῷ παρελθόντι βίῳ γέγονεν, ὥστε ἥ γε ἀποδημία ἡ νῦν μοι προστεταγμένη μετὰ ἀγαθῆς ἐλπίδος γίγνεται καὶἄλλῳ ἀνδρὶ ὃς ἡγεῖταί οἱ παρεσκευάσθαι τὴν διάνοιαν ὥσπερκεκαθαρμένην. (67b)

141 τὰ δὲ περὶ τῆς ψυχῆς πολλὴν ἀπιστίαν παρέχει τοῖς ἀνθρώποις μή, ἐπειδὰν ἀπαλλαγῇ τοῦ σώματος, οὐδαμοῦ ἔτι ᾖ, ἀλλ᾽ ἐκείνῃ τῇ ἡμέρᾳ διαφθείρηταί τε καὶ ἀπολλύηται ᾗ ἂν ὁ ἄνθρωπος ἀποθνῄσκῃ, εὐθὺς ἀπαλλαττομένη τοῦ σώματος, καὶ ἐκβαίνουσα ὥσπερ πνεῦμα ἢ καπνὸς διασκεδασθεῖσα οἴχηται διαπτομένη καὶ οὐδὲν ἔτι οὐδαμοῦ ᾖ. ἐπεί, εἴπερ εἴηπου αὐτὴ καθ᾽ αὑτὴν συνηθροισμένη καὶ ἀπηλλαγμένη τούτων τῶν κακῶν ὧν σὺ νυνδὴ διῆλθες, πολλὴ ἂν εἴη ἐλπὶς καὶ καλή. (70a)

ainda não segue a imortalidade da alma. Como sempre, o talento poético e dramático de Platão enlaça uma vez mais tessitura estética e armadura dialética: ἀλλὰ τοῦτο δὴ ἴσως οὐκ ὀλίγης παραμυθίας δεῖται καὶ πίστεως, *verum ad id fortasse persuasione fideque non exigua opus est* (70b) – talvez sejam necessárias persuasão e fé para comprar tal imagem, e não em módica quantidade. Eis a ocasião para a primeira prova, que retoma uma tese elaborada em vários diálogos e, maximamente, no *Menon*: o conhecimento como lembrança das verdades contempladas na vida anterior.

De 70c a 72a, Sócrates ocupa-se com a tese, miticamente postulada, do renascimento da alma, e para isso busca explicação no empírico fato do dinamismo entre opostos: do pequeno faz-se o grande, assim como do grande, o pequeno. Se dos opostos emergem os opostos, há algo entre eles, que torna possível a passagem, isto é, o devir ele mesmo. À passagem do pequeno para o grande chamamos crescimento, assim como à passagem do estar-vivo para o estar-morto demos o nome de morrer. Ora, se a tese é correta, deve haver gênese igual da morte para a vida: o nome para isso é renascimento, ἀναβιώσκεσθαι. O raciocínio simples, pouco convincente[142], dá a Cebes ocasião de observar em tal tese a pressuposta doutrina da anamnese [ἀνάμνησις] e, daí, inferir a imortalidade da alma. Privilegiado interlocutor foi dado a Sócrates nestas últimas horas, capaz de, por um lado, dar-lhe conforto relembrando-lhe o território já conquistado, ao mesmo tempo em que, pressionando-o no jogo das perguntas e respostas, força-o a articular suas opiniões, para melhor fazê-las emergir na cristalina certeza da episteme.

Símias, à diferença do astuto Cebes, não lembra bem da doutrina, e pede lhe seja uma vez mais redita – pede, claro, que lha relembrem. O exemplo utilizado, no primeiro movimento, é empírico: se vendo a lira o erasta lembra do amado, é porque a lira lhe traz à mente o conhecimento da forma, εἶδος, do amado, isto é, o conhecimento do ser do rapaz amado é despertado pela imagem sensível da lira.[143] Em nível

---

142 ὁμολογεῖται ἄρα ἡμῖν καὶ ταύτῃ τοὺς ζῶντας ἐκ τῶν τεθνεώτων γεγονέναι οὐδὲν ἧττον ἢ τοὺς τεθνεῶτας ἐκ τῶν ζώντων, τούτου δὲ ὄντος ἱκανόν που ἐδόκει τεκμήριον εἶναι ὅτι ἀναγκαῖον τὰς τῶν τεθνεώτων ψυχὰς εἶναί που, ὅθεν δὴ πάλιν γίγνεσθαι. (72a)

143 οὐκοῦν οἶσθα ὅτι οἱ ἐρασταί, ὅταν ἴδωσιν λύραν ἢ ἱμάτιον ἢ ἄλλο τι οἷς τὰ παιδικὰ αὐτῶν εἴωθε χρῆσθαι, πάσχουσι τοῦτο: ἔγνωσάν τε τὴν λύραν καὶ ἐν τῇ διανοίᾳ ἔλαβον τὸ εἶδος τοῦ παιδὸς οὗ ἦν ἡ λύρα; τοῦτο δέ ἐστιν ἀνάμνησις: ὥσπερ γε καὶ Σιμμίαν τις ἰδὼν πολλάκις κέβητος ἀνεμνήσθη, κα ἰἄλλα που μυρία τοιαῦτ᾽ ἂν εἴη. (73d)

de abstração ainda rasteiro, Sócrates, uma vez firmada a estrutura do raciocínio – um signo sensível acorda uma ideia inteligível –, passa então ao próximo nível dialético: a lembrança se dá seja por coisas semelhantes, seja por dessemelhantes. Mas qual o critério pelo qual se deixam enlaçar, no lembrar, as coisas? Eis o passo decisivo: se vemos pedras e madeiras iguais, podem ser umas às outras iguais, mas se, sendo uma pedra igual a outra pedra, prescrevo o mesmo predicado à madeira e à pedra, devo supor que aquilo pelo qual são iguais não é nem pedra nem madeira: ἀλλὰ παρὰ ταῦτα πάντα ἕτερόν τι, αὐτὸ τὸ ἴσον – *ao lado destas coisas todas, algo de outro: o igual ele mesmo* (74a).

O critério resta acima das coisas por ele criticadas, pois é a medida mesma que dá inteligibilidade aos fenômenos, à madeira e à pedra. Por isso, o igual é dito αὐτὸ ὃ ἔστιν, aquilo que É - *das was Ist*, como soe escrever Schelling. A superioridade do critério por respeito ao criticado estabelece-o como diverso da pedra e da madeira, ἄλλο τι τῶν ὄντων – *algo de outro por respeito às coisas* (74d).[144] A conclusão é que, sendo o Igual algo de diverso e superior às coisas ditas iguais, aliás apenas iguais por virtude do Igual de que são partícipes, temos de ter tido dele ciência antes de nos termos tornados vivos, isto é, antes de termos renascido, conforme a proposição até aqui defendida. Isso significa, em última análise, que não é por indução empírica que, comparando duas pedras de semelhante tamanho e duas madeiras igualmente entre si semelhantes, construo o conceito da igualdade, senão que, por desde sempre ter ciência do Igual, desvelam-se-me as pedras e as madeiras naquilo que são e de que predico seu ser-si-mesmas. O Igual é a luz que irrompe quando o véu se retrai no lembrar e, assim iluminando-as, faz pedra e madeira aparecerem enquanto iguais – para isso, é claro, temos de ter passado pelo lugar onde contemplamos o Igual para, dele retendo a lembrança, acordá-la aqui e agora:

> πρὸ τοῦ ἄρα ἄρξασθαι ἡμᾶς ὁρᾶν καὶ ἀκούειν καὶ τἆλλα αἰσθάνεσθαι τυχεῖν ἔδει που εἰληφότας ἐπιστήμην αὐτοῦ τοῦ ἴσου ὅτι ἔστιν, εἰ ἐμέλλομεν τὰ ἐκ τῶν αἰσθήσεων ἴσα ἐκεῖσε ἀνοίσειν, ὅτι προθυμεῖται μὲν πάντα τοιαῦτ᾽εἶναι οἷον ἐκεῖνο, ἔστιν δὲ αὐτοῦ φαυλότερα. (75b)

---

144 πάντα τὰ ἐν ταῖς αἰσθήσεσιν ἐκείνου τε ὀρέγεται τοῦ ὃ ἔστιν ἴσον, καὶ αὐτοῦ ἐνδεέστερά ἐστιν: ἢ πῶς λέγομεν; οὕτως. (75b)

Antes de começarmos nós a ver, ouvir e apreender sensivelmente todas as outras coisas, tivemos de d'algum modo haver retido em mãos o conhecimento do Igual ele mesmo, do Igual enquanto Igual, se quisermos apreender, desde as coisas visíveis das quais dizemos serem iguais, a igualdade que nelas habita, de onde inferimos que não são estas iguais àquelas, mas inferiores [as coisas visíveis iguais são inferiores ao igual que nelas habita](75b).

O ponto decisivo reside em ser nosso conhecimento sempre do que verdadeiramente É, do αὐτὸ ὃ ἔστιν, do belo, do bom e do justo, não enquanto particularizações empíricas, mas na face eterna que lhes convém[145]. Daí a afirmar a imortalidade da alma é apenas um mínimo passo – a sutileza do raciocínio residindo, agora, na correspondência clara entre alma e conhecimento, entre a eternidade da ψυχή e a identidade de si consigo das ideias, de cuja contemplação anterior se infere a eternidade da alma que as contemplou. Se conhecimento é recordação, se, ademais, o conhecimento não é da madeira igual ou do cavalo belo, mas do Igual e do Belo, não do dicasta justo, mas da Justiça ela mesma, é porque a alma, antes da gênese neste mundo sublunar, caminhou sobre a planície do que verdadeiramente É, tendo esquecido, não porém por completo, o antes contemplado. Ao esquecimento da planície de plena luz nomeia Platão Λήθη, o pôr-de-lado do conhecimento περὶ ἁπάντων οἷς ἐπισφραγιζόμεθα τὸ 'αὐτὸ ὃ ἔστι' – *a respeito das coisas das quais dizemos ser verdadeiramente essentes* (75d).

À identidade de si consigo ontológica do verdadeiramente essente, cujo conhecimento anterior torna possível o conhecer no mundo sensível e temporal[146], corresponde a eternidade da alma, de modo que sua imortalidade é garantida pela indestrutibilidade das ideias sobre as

145 ἀγαθοῦ καὶ δικαίου καὶ ὁσίου καί, ὅπερ λέγω, περὶ ἁπάντων οἷς ἐπισφραγιζόμεθα τὸ 'αὐτὸ ὃ ἔστι' καὶ ἐν ταῖς ἐρωτήσεσιν ἐρωτῶντες καὶ ἐν ταῖς ἀποκρίσεσιν ἀποκρινόμενοι. ὥστε ἀναγκαῖον ἡμῖν τούτων πάντων τὰς ἐπιστήμας πρὸ τοῦ γενέσθαι εἰληφέναι. (75c-75d)

146 δυνατὸν γὰρ δὴ τοῦτό γε ἐφάνη, αἰσθόμενόν τι ἢ ἰδόντα ἢ ἀκούσαντα ἤ τινα ἄλλην αἴσθησιν λαβόντα ἕτερόν τι ἀπὸ τούτου ἐννοῆσαι ὃ ἐπελέληστο, ᾧ τοῦτο ἐπλησίαζεν ἀνόμοιον ὂν ἢ ᾧ ὅμοιον: ὥστε, ὅπερ λέγω, δυοῖν θάτερα, ἤτοι ἐπιστάμενοί γε αὐτὰ γεγόναμεν καὶ ἐπιστάμεθα διὰ βίου πάντες, ἢ ὕστερον, οὕς φαμεν μανθάνειν, οὐδὲν ἀλλ' ἢ ἀναμιμνῄσκονται οὗτοι, καὶ ἡ μάθησις ἀνάμνησις ἂν εἴη. (76a)

quais se assenta todo conhecimento[147]. Mas são as coisas tão simples assim? Eis o ponto de complicação: ἆρ' οὕτως ἔχει, καὶ ἴση ἀνάγκη ταῦτά [as ideias verdadeiramente essentes] τε εἶναι καὶ τὰς ἡμετέρας ψυχὰς πρὶν καὶ ἡμᾶς γεγονέναι – *acaso é esta a verdade, e por mesma necessidade tanto as ideias quanto nossas almas existem antes de nós mesmos nascermos [para este mundo]?* (76e). Que significa, com efeito, esta distinção entre as almas e nós, entre o que antes existia e o que, depois do γεγονέναι, do ter-se-tornado, existe-como-o-que--somos? Acaso somos, então, algo de distinto de nossa alma? E se, como vimos, a imortalidade de nossa alma, sua natureza, corresponde à essência ontológica das ideias, verdadeiramente essentes, αὐτὸ ὅ ἔστιν, há então uma diferença na constituição do Ser da alma e na constituição do Ser que se diz na palavra "nós", ἡμᾶς? *Trata-se, aqui, do lance inaugural pelo qual se projeta a figura da Pessoa, lance que retrospectivamente faz ver o imenso cuidado estético do diálogo, não como simples e mera moldura, mas como argumento dialético – a tensão poética da cena de Sócrates filosofando horas antes de morrer torna-se, ela mesma, decisivo argumento dialético, pois que, como veremos, ela diz, pelo Como de seu Dizer[148], deste enigmático "nós" já aqui diverso da alma imortal.* Nossa tarefa reside em aprofundar esta diferença, para melhor entender o estatuto do que, pelo "nós", se anuncia.

A definição do nós, contudo, é apenas negativa, como que fornecida na sombra da ψυχή. Que é, pois, a alma? Qual o Ser deste particular ente cuja imortalidade é tema da disputa? O passo dialético agora reside na terceira objeção: concedida a existência precedente da alma, não está ainda garantida sua permanência depois da morte do "nós" em que ela veio corporificar-se. Como evitar-lhe τὸ διασκεδάννυσθαι, a dissolução? Ora, para isso é preciso saber de que πάθος padece a

147 ἆρ' οὖν οὕτως ἔχει, ἔφη, ἡμῖν, ὦ Σιμμία; εἰ μὲν ἔστιν ἃ θρυλοῦμεν ἀεί, καλόντέ τι καὶ ἀγαθὸν καὶ πᾶσα ἡ τοιαύτη οὐσία, καὶ ἐπὶ ταύτην τὰ ἐκ τῶν αἰσθήσεων πάντα ἀναφέρομεν, ὑπάρχουσαν πρότερον ἀνευρίσκοντες ἡμετέραν οὖσαν, καὶ ταῦτα ἐκείνῃ ἀπεικάζομεν, ἀναγκαῖον, οὕτως ὥσπερ καὶ ταῦτα ἔστιν, οὕτως καὶ τὴν ἡμετέραν ψυχὴν εἶναι καὶ πρὶν γεγονέναι ἡμᾶς: εἰ δὲ μὴ ἔστι ταῦτα, ἄλλως ἂν ὁ λόγος οὗτος εἰρημένος εἴη; ἆρ' οὕτως ἔχει, καὶ ἴση ἀνάγκη ταῦτά τε εἶναι καὶ τὰς ἡμετέρας ψυχὰς πρὶν καὶ ἡμᾶς γεγονέναι, καὶ εἰ μὴ ταῦτα, οὐδὲ τάδε; (76e)

148 Aqui, permito-me notar ao leitor, revelam-se os pontos sistemáticos que fazem da metafísica romântica um sy-stema: a fórmula que reza a identidade entre o Dito e o Como do Dizer é, se o leitor bem se recorda, a do Tautegórico.

ψυχή – e esta resposta só pode ser fornecida ao compreendermos a particular constituição ontológica deste ente que a alma é. Como já vimos, a pesquisa ontológica é realizada através do argumento epistemológico, de modo que, se as ideias contempladas pela alma, o Belo e o Justo, são elas próprias subtraídas à dimensão do devir em que atua a sensibilidade corpórea, à invisibilidade de tais ideias corresponderá a invisibilidade da alma e do meio que, entre ψυχή, alma, e αὐτὸ ἕκαστον ὃ ἔστιν τὸ ὄν, o que a cada vez é verdadeiramente essente, estabelece o laço especulativo. Este meio é o τῷ τῆς διανοίας λογισμῷ – o pensamento discursivo, λογισμῷ τῆς διανοίας:

> αὐτὴ ἡ οὐσία ἧς λόγον δίδομεν τοῦ εἶναι καὶ ἐρωτῶντες καὶ ἀποκρινόμενοι, πότερον ὡσαύτως ἀεὶ ἔχει κατὰ ταὐτὰ ἢ ἄλλοτ' ἄλλως; αὐτὸ τὸ ἴσον, αὐτὸ τὸ καλόν, αὐτὸ ἕκαστον ὃ ἔστιν, τὸ ὄν, μή ποτε μεταβολὴν καὶ ἡντινοῦν ἐνδέχεται; ἢ ἀεὶ αὐτῶν ἕκαστον ὃ ἔστι, μονοειδὲς ὂν αὐτὸ καθ' αὑτό, ὡσαύτως κατὰ ταὐτὰ ἔχει καὶ οὐδέποτε οὐδαμῇ οὐδαμῶς ἀλλοίωσιν οὐδεμίαν ἐνδέχεται; (78d)
>
> *a essência ela mesma, de cujo ser fornecemos razão em nosso jogo de perguntas e respostas, indagando se possui tal ou qual constituição, e se sempre ou apenas às vezes, isto é, em relação ao igual ele mesmo, ao belo ele mesmo, em relação ao que, em cada essente, É, a fim de saber se eles mudam de rosto ou, ao contrário, permanecem em identidade simples de si consigo – e assim permanecem sem tolerar mudança.* (78d)

O ponto é central e nos leva a um nível rarefeito de especulação: para garantir que a alma não se dissolva, é necessário provar-lhe a natureza assintética e simples, o que leva Sócrates a estabelecer um raciocínio por analogia ontológica: ora, o assintético é invisível, exatamente como as ideias, cuja intensidade ontológica – o fato de serem verdadeiramente essentes – reside na sua simples identidade de si consigo, portanto na sua subtração ao devir e, logo, à contradição: καὶ τὸ μὲν ἀιδὲς ἀεὶ κατὰ ταὐτὰ ἔχον, τὸ δὲ ὁρατὸν μηδέποτε κατὰ ταὐτά[149]. *O subtraído ao devir, defendido pelos diques do principio de não-contradição, mantém a identidade de si consigo naquilo que denominamos tautologia, o logos idêntico a si mesmo: A é A. A* οὐσία *da qual forne-*

149 "O invisível resta sempre idêntico a si, ao passo que o visível à constante mudança é abandonado".

cemos razão na disputa dialética – καὶ ἐρωτῶντες καὶ ἀποκρινόμενοι – *é a manência das ideias de si consigo, é, por isso, o Ser destes entes, o mesmo que, por espelhamento, constitui ontologicamente a alma:* καὶ ὡς συγγενὴς οὖσα αὐτοῦ ἀεὶ μετ᾽ἐκείνου τε γίγνεται, ὅτανπερ αὐτὴ καθ᾽ αὑτὴν γένηται (79d)[150]. *O meio deste laço especulativo é o pensamento discursivo,* τῷ τῆς διανοίας λογισμῷ, *cujo princípio de operação é o das identidades mantidas pelo sistema de negações recíprocas, explicitado depois pelo μὴ ὄν do* Sofista. *Com isso, entendemos bem a constituição ontológica da alma, em cuja sombra,* ex negativo, *vai-se-nos mostrando a constituição ontológica do "nós" – o objeto mesmo de nossa indagação.*

Devemos então ousar e dizer: se a alma é definida pela identidade tautológica de si consigo, espelhamento do Ser dos entes chamados ideias, a cujo conhecimento chegamos por meio do pensamento discursivo, do qual o princípio máximo é o de não-contradição – *segue daí que o "nós", signo da Pessoa corporificada, possuindo embora na alma um de seus elementos constitutivos, a ela entretanto não se reduz, pois, sendo também corpo, é aparição singular, no Tempo, do Eterno anímico. Se é assim, o pensamento discursivo constitui somente uma parte da Pessoa, que, unidade de alma e corpo, deve ser compreendida como síntese dialética de eterno e transitório, em que, portanto, o conhecimento discursivo se conjuga produtivamente com a sensibilidade corpórea: a esta síntese paradoxal denominamos, nós que somos metafísicos românticos, aisthesis, conhecimento estético.*

Aqui apenas aludida, a definição da Pessoa do "nós" só começará a emergir com força no texto platônico à medida que o momento ético-existencial toma preponderância sobre os momentos ontológico e epistemológico. Tenho insistido, desde o capítulo 2, na radical unidade sys-temática da metafísica, cujo paradigma máximo é o próprio Platão. É por isso instrutivo, se quisermos articular os níveis tácitos do diálogo nos quais nos espreita a *figura* da *Pessoa*, vermos uma vez mais a emergência da onda ético-existencial em seguida às ondas ontológicas e epistemológicas. Após uma incursão analógica sobre como se comportam as almas dos que amam o corpo e daqueles que, ao contrário, dedicam-se à filosofia, cultivando por isso a manência da alma em si mesma, Sócrates fornece nova tacada:

---

150 "Como sendo aparentada a ele, passa a restar com ele toda vez que, sozinha, consigo mesma resta".

ὅτι δ' ἂν δι' ἄλλων σκοπῇ ἐν ἄλλοις ὂν ἄλλο, μηδὲν ἡγεῖσθαι ἀληθές: εἶναι δὲ τὸ μὲν τοιοῦτον αἰσθητόν τε καὶ ὁρατόν, ὃ δὲ αὐτὴ ὁρᾷ νοητόν τε καὶ ἀιδές ταύτῃ οὖν τῇ λύσει οὐκ οἰομένη δεῖν ἐναντιοῦσθαι ἡ τοῦ ὡς ἀληθῶς φιλοσόφου ψυχὴ οὕτως ἀπέχεται τῶν ἡδονῶν τε καὶ ἐπιθυμιῶν καὶ λυπῶν καὶ φόβων καθ' ὅσον δύναται (83c)

porque quando investiga coisas a ela ofertadas por intermédio de outras, julga nada apanhar de verdadeiro: é que o por ela buscado é invisível e mental, ao passo que se lhe ofertam coisas visíveis e palpáveis (83c)

Erguendo com calma, sobre as premissas já garantidas, seu edifício dialético, Sócrates justifica agora, com razões explícitas, sua anterior opinião: os filósofos desejam a morte, pois cultivaram durante a vida a alma, que, sendo assintética e invisível, se purifica no exercício de uma vida dedicada à filosofia e ao pensamento discursivo. À diferença do conhecimento sensível, onde impera o devir e, por isso, a contradição eterna, o pensamento discursivo, do qual se serve o filósofo ao longo da vida, evita ao máximo o corpo e o sensível, assim garantindo, para o filósofo, a certeza da escolha verdadeira pela Boa Vida, aliás Boa porque Verdadeira, e Verdadeira porquanto Essente: momento ético-existencial, epistemológico e ontológico são agora uma só grande onda especulativa:

ἀλλ' οὕτω λογίσαιτ' ἂν ψυχὴ ἀνδρὸς φιλοσόφου, καὶ οὐκ ἂνοἰηθείη τὴν μὲν φιλοσοφίαν χρῆναι αὐτὴν λύειν, λυούσης δὲ ἐκείνης, αὐτὴν παραδιδόναι ταῖς ἡδοναῖς καὶ λύπαις ἑαυτὴν πάλιν αὖ ἐγκαταδεῖν καὶ ἀνήνυτον ἔργον πράττειν Πηνελόπης τινὰ ἐναντίως ἱστὸν μεταχειριζομένης, ἀλλὰ γαλήνην τούτων παρασκευάζουσα, ἑπομένη τῷ λογισμῷ καὶ ἀεὶ ἐντούτῳ οὖσα, τὸ ἀληθὲς καὶ τὸ θεῖον καὶ τὸ ἀδόξαστον θεωμένη καὶ ὑπ' ἐκείνου τρεφομένη, ζῆν τε οἴεται οὕτω δεῖν ἕως ἂν ζῇ, καὶ ἐπειδὰν τελευτήσῃ, εἰς τὸ συγγενὲς καὶ εἰς τὸ τοιοῦτον ἀφικομένη ἀπηλλάχθαι τῶν ἀνθρωπίνων κακῶν (84a-84b)

Mas assim pensaria a alma do filósofo, e não julgaria ser necessário, tendo libertado sua alma, entregá-la novamente aos prazeres e às dores, exercendo ofício inútil, como uma Penélope a tecer e destecer a roupa tecida. Mas, conseguindo paz de todas estas coisas, tendo seguido o justo raciocínio e nele mantendo-se, contemplará o verdadeiro, o divino e o que do fluxo das opiniões é apartado, para de tudo isso nutrir-se e assim compreender a necessidade de deste modo levar sua vida, enquanto viva. E, quando morrer, chegando às planícies que lhe são familiares e com as quais nascera, libertar-se dos males humanos. (84a-84b)

Tenho insistido no laço íntimo entre tessitura estética e armadura dialética – essa é toda a chave de minha releitura do *Phaedo*, com a qual espero articular a *figura* da Pessoa, de outro modo esquecida sob o tema da imortalidade da alma. Se alguma coerência tem minha leitura, reside ela na identidade entre estético e dialético, identidade por virtude da qual as ondas ético-existencial e epistêmico-ontológica fazem da cena mesma deste diálogo um argumento dialético: a figura de Sócrates vai-se tornando, por força da onda ético-existencial que culmina as investigações epistêmico-ontológicas acerca da alma e das ideias, o vivo exemplo da imortalidade que se deseja provar – *e entretanto é esta mesma figura que põe em relevo a insuficiência e unilateralidade do conceito de alma, quando apartado do "nós" em que se vem encarnar.* Quero encaminhar-me para os últimos lances deste diálogo, e para isso preciso delinear agora como o tecido estético, *que emerge sempre lá onde a onda ético-existencial se assume como ápice e arremate das ondas anteriores*, transforma-se resolutamente em argumento dialético.

§2 A absoluta unicidade do relativo estar-aí: transformação do movimento estético em argumento dialético

Finalizada a demonstração do espelhamento entre a alma e as ideias eternas, de onde se inferiu com clareza a imortalidade da alma por analogia com a identidade de si consigo das ideias, assim justificando sua opinião inicial, Sócrates se cala subitamente: σιγὴ οὖν ἐγένετο ταῦτα εἰπόντος τοῦ Σωκράτους ἐπὶ πολὺν χρόνον – *silêncio habitou por muito tempo no recinto, depois de Sócrates findar a fala* (84c). Do silêncio emergem as vozes em sussurro de Cebes e Símias, em tácita disputa paralela, e todos sentem a tensão que contamina a atmosfera. Único a romper o silêncio, magnânimo alça a voz Sócrates: se algo de duvidoso restou, hora é ainda para o examinarmos, e juntos chegarmos à verdade. Antes de formular a objeção, Símia admite a razão de tanto hesitarem: tememos, Sócrates, de desprazer te seja causa nossa dúvida, diante da presente tragédia, διὰ τὴν παροῦσαν συμφοράν (84d). Sócrates apenas ri, e na grandeza que é a sua reafirma seu destino – o de convencer os amigos, não por glória própria, mas por puro amor ao que, apesar do ingente esforço de toda vida, resta-lhe como horizonte além da vida. É à imagem poética que Platão aqui recorre, ao símile dos cisnes cujo canto é núncio dos verdadeiros bens a serem obtidos na planície luminosa em que se contemplam as coisas verdadeiramente essentes, onde, sem véu, resplandece em intenso fulgor a arena do pensar. Cisne em meio a aves de diversa espécie, o filósofo, Sócrates, é, como no *Symposium*, o feio mais belo, aquele que, restando nas sombras do desmotério, é o único a vislumbrar luz verdadeira. Mântico, também ele possui o dom dos sacerdotes de Apolo, e anuncia aos tristes amigos as boas novas de Sophia: pressentindo os bens de Hades, cantam os cisnes, no dia mesmo de sua morte, o mais belo canto de que são capazes.[151] É admirável que um só homem seja capaz de uma tal obra, e não em vão foi Platão chamado, através dos séculos, o divino – pois quem é assim capaz de urdir elevada tensão poética à mais rarefeita especulação dialética não o faz senão guiado pelo Ser ele mesmo.

Aqui, vemos como a consideração ético-existencial, corolário e consequência das pesquisas epistemo-ontológicas pelas quais a alma se havia definido por espelhamento às ideias verdadeiramente essentes, desemboca na figuração da Pessoa de Sócrates, em cuja singularidade e atipicidade absolutas se vem corporificar, máximo exemplo, a figura do filósofo como *amator mortis. E contudo: essa mesma figura vai delineando o contra-argumento perfeito ao conceito de alma, tal como obtido na logomaquia, pois contrapõe à simplicidade do asyntéton, eterno porquanto idêntico a si mesmo, a singular unicidade da configuração de um aparecer – aquele da* pessoa *de Sócrates.* Atópon, sem-lugar, imprevisível, em frase corajosa dá Sócrates continuidade à logomaquia: ἀλλὰ τούτου γ' ἕνεκα λέγειν τε χρὴ καὶ ἐρωτᾶν ὅτι ἂν βούλησθε, ἕως ἂν Ἀθηναίων ἐῶσιν ἄνδρες ἕνδεκα, *por isso que te digo, necessário é pensar, até quando o permitam os onze atenienses* (85b). Tessitura estética não se aparta, um segundo sequer, da armadura dialética – e uma reenvia incessantemente à outra.

---

151 ἀλλ' ἅτε οἶμαι τοῦ Ἀπόλλωνος ὄντες, μαντικοί τέ εἰσι καὶ προειδότες τὰ ἐν Ἅιδου ἀγαθὰ ᾄδουσι καὶ τέρπονται ἐκείνην τὴν ἡμέραν διαφερόντως ἢ ἐν τῷ ἔμπροσθεν χρόνῳ. ἐγὼ δὲ καὶαὐτὸς ἡγοῦμαι ὁμόδουλός τε εἶναι τῶν κύκνων καὶ ἱερὸς τοῦ αὐτοῦ θεοῦ (85b)

Encorajado, Símias procede à objeção. Assim como a harmonia é considerada superior e mais divina do que as cordas e a lira, sem estas não pode aparecer – uma vez tolhidas cordas e lira, inexiste a harmonia. Não seria assim também com a alma?

A dúvida de Cebes mostra-se mais produtiva e interessante, e força Sócrates a articular com mais vigor as razões que conferem à alma imortalidade. Aceita a anterior existência da alma, não poderíamos supor que, qual um corpo humano que muitas roupas usou e que, em comparação a elas, dura mais tempo, também a alma possa durar muitas reencarnações, sem entretanto ser imortal? E, ademais, sendo isso possível, viveríamos na iminência da última vez, pois nunca saberíamos se este corpo é de nossa alma a última veste – se ela, portanto, será esfacelada por completo, corrompida para sempre. A dúvida, esta sim tenebrosa, leva Sócrates a explicitar ao máximo o que eu chamei aqui de constituição ontológica da alma: trata-se de saber se a alma é incorruptível e imortal.

Como sempre faz, Sócrates retoma o solo já obtido, onde se pode mover com firmeza, para alçar-se a novos voos dialéticos. Desta vez, prefere fornecer, por relato biográfico, a narrativa que delineia seu método. Trata-se do famoso passo em que nos é descrita a chamada segunda navegação, sugerida a Sócrates pela leitura do livro de Anaxágoras e, pois, do encontro com o νοῦς como causa organizadora do apresentar-se das coisas todas – mais ainda, a importância crucial do encontro com Anaxágoras é medida pelo desencontro do então discípulo diante da insuficiência do mestre em fazer justiça à inspiração causada[152]. Vale a pena acompanharmos as passagens – de 99c a 99d – em que se formula a um só tempo o destino de Sócrates e o ponto de viragem onde a alma se torna *Pessoa*.[153]

Querendo entender a causa do aparecer das coisas – aquilo que Heidegger denominou, nos pré-socráticos, a pergunta acerca da

---

152 E não é esta talvez a bela tragédia de todo pro-fessor e de todo verdadeiro discípulo que, em germe, já carrega em seus olhos inspirados a pro-fecia da qual ele também um dia há de ser núncio? Pois a beleza do ensino reside aí, nesta assimetria essencial entre mestre e discípulo, na imensa admiração que o pro-fessor é capaz de engendrar e no trágico reconhecimento, por parte do discípulo, dos limites de seu guia – *e no entanto esta tragédia é passo primeiro para o tornar-se mestre do discípulo: mestre de seu próprio mestre.*

153 Onde Platão, isto é, torna-se João. Até que ponto é o sintagma jogo de palavras e o que de verdadeiro por aí se diz, só *O Ser e o Milagre* poderá decidir.

φύσις–, Sócrates vê-se em meio a fogo cruzado: cada sophós, sábio, fornece uma diversa resposta, ora sendo a água, ora o ar, ora o ilimitado a causa do manter-se-junto no aparecer dos entes todos. Até que, por um destes acasos dos quais o daímon socrático é pleno, Sócrates depara-se com um homem a ler o livro de Anaxágoras, por cujas sentenças o jovem filósofo depara-se, por vez primeira, com o νοῦς como princípio primeiro, que sustém o Mundo aparecente:

> ἀλλ᾽ ἀκούσας μέν ποτε ἐκ βιβλίου τινός, ὡς ἔφη, Ἀναξαγόρου ἀναγιγνώσκοντος, καὶ λέγοντος ὡς ἄρα νοῦς ἐστιν ὁ διακοσμῶν τε καὶ πάντων αἴτιος, ταύτῃ δὴ τῇ αἰτίᾳ ἥσθην τε καὶ ἔδοξέ μοι τρόπον τινὰ εὖ ἔχειν τὸ τὸν νοῦν εἶναι πάντων αἴτιον, καὶ ἡγησάμην, εἰ τοῦθ᾽ οὕτως ἔχει, τόν γε νοῦν κοσμοῦντα πάντα κοσμεῖν καὶ ἕκαστον τιθέναι ταύτῃ ὅπῃ ἂν βέλτιστα ἔχῃ: εἰ οὖν τις βούλοιτο τὴν αἰτίαν εὑρεῖν περὶ ἑκάστου ὅπῃ γίγνεται ἢ ἀπόλλυται ἢ ἔστι, τοῦτο δεῖν περὶ αὐτοῦ εὑρεῖν, ὅπῃ βέλτιστον αὐτῷ ἐστιν ἢ εἶναι ἢ (97b)
>
> *Mas ouvindo outrora alguém lendo as linhas de um livro de Anaxágoras, a dizer que a entre-visão é responsável pelo organizar-se das coisas todas, sendo causa do sustir-se-junto de tudo que há, pareceu-me assim que por tal razão tudo bem se explicava, isto é, que a entre-visão era de fato causa de todas as coisas. Pensei, assim, que se isso é verdade e se a entre-visão organiza o todo, fornecendo a cada coisa sua face específica e o que lhe convém, então quando alguém quiser encontrar a razão a respeito do nascimento e da morte de algo ou mesmo acerca de sua essência, basta-lhe encontrar o caminho da entre-visão para esta coisa específica, e assim entender a face que lhe convém.* (97b)

Peço ao leitor total atenção: não é ao τῷ τῆς διανοίας λογισμῷ que Platão faz referência, mas ao νοῦς, princípio epistêmico diverso do entendimento discursivo próprio ao raciocinar [λογίζεσθαι]. É imensa a discussão acerca da diferença, em Platão e Aristóteles, entre νοῦς e διανοία, e eu aqui, como de resto em todo este livro, não me interesso pelo debate especializado – à leitura cerrada concedo a importância de ser alavanca ao pensar. Ora, a tradução latina oferece como alternativa a καὶ λέγοντος ὡς ἄρα νοῦς ἐστιν ὁ διακοσμῶν τε καὶ πάντων αἴτιος a seguinte fórmula: *ut dicebat, Anaxagorae, legentem quendam, mentem omnia ordine disponere omniumque causam esse*. Mas mente diz pouco demais, pois νοεῖν é, mais do que a διανοία, cujo prefixo informa do um-depois-do-outro dos termos, o ver ele mesmo do que à vista última se oferece. Lendo Aristóteles, Schelling[154] oferece belíssima tradução: se διανοία é Ciência passiva, pois que incapaz de engendrar o objeto pelo ato mesmo em que pensa, o νοῦς é dito *erzeugende Wissenschaft*, atividade criadora de ciência, pois nela coincidem o ver e o visto, o pensar e o pensado[155]. Por isso, enquanto a διανοία procede passo por passo, de acordo com necessidade lógica que lhe é exterior, submetendo-a pois qual escrava a quem se nega qualquer própria vontade, o νοῦς é a visão em que o ver engendra o visto: mas se o que o νοῦς vê é o anypothetón, ele vê o fundamento mesmo da visão, aquilo que não é apenas invisível, mas supravisível, por isso mesmo maximamente dado ao ver originário. A διανοία propriamente não vê porquanto, escrava, impossível é-lhe a visão do fundamento último, ele mesmo infundado, por isso i-mediato. O que assim na imediatez da visão se deixa ver é sempre entre-visto, pois que visto para além das relações finitas próprias à διανοία – visto, entretanto, como aquilo que se mantém entre o visível e o invisível: visto, por isso, apenas no vislumbre da entre-visão. Mas se aquilo que se vê em entre-visão é o Uno visto na malha infinita dos vários finitos, a entre-visão é também intuição do Último das coisas todas, daquilo que, sendo início radical [*principium* e ἀρχή], é Fim absoluto:

> διάνοιαν δὲ καλεῖν μοι δοκεῖς τὴν τῶν γεωμετρικῶν τε καὶ τὴν τῶν τοιούτων ἕξιν ἀλλ᾽ οὐ νοῦν, ὡς μεταξύ τι δόξης τε καὶ νοῦ τὴν διάνοιαν οὖσαν. ἱκανώτατα, ἦν δ᾽ ἐγώ, ἀπεδέξω. καί μοι ἐπὶ τοῖς τέτταρσι τμήμασι τέτταρα ταῦτα παθήματα ἐν τῇ ψυχῇ γιγνόμενα λαβέ, νόησιν μὲν ἐπὶ τῷ ἀνωτάτω, διάνοιαν δὲ ἐπὶ τῷ δευτέρῳ, τῷ τρίτῳ δὲ πίστιν ἀπόδος καὶ τῷ τελευταίῳ εἰκασίαν, καὶ τάξον αὐτὰ ἀνὰ λόγον, ὥσπερ ἐφ᾽ οἷς ἐστιν ἀληθείας μετέχει, οὕτω ταῦτα σαφηνείας ἡγησάμενος μετέχειν. (511d)
>
> *Tenho a impressão de que dás o nome de entendimento, não o de razão [entre-visão, G.L.], à atividade dos geômetras e de outros investigadores do mesmo gênero, por ser o entendimento algo intermediário entre a opinião e a razão. Apanhaste muito bem meu*

---

154 O leitor lembra-se da discussão empreendida em *Mímesis Especulativa* – faço referência aos textos de Schelling dos quais lá me servi.

155 Über dem Physischen steht nur der menschliche, der nichts mit der Materie gemein hat, der selbstwirkende, tätige (poiêtikós), Wissenchaft erzeugende, und darum eigentliche νοῦς (SCHELLING, 1983, p. 465).

> *pensamento – lhe falei – Agora, para essas quatro seções admite outras tantas operações do espírito: razão [entre-visão], para a mais elevada; entendimento, para a que se lhe segue; à terceria atribuirás a fé, e à última a conjectura, e as distribui segundo o critério de que quanto mais participar cada uma delas da verdade, tanto maior evidência alcançará* (trad. Carlos Alberto Nunes, 511d)

Cito este passo da *República* apenas para delinear como, aqui, a diferença platônica entre διανοία, entendimento discursivo, e νοῦς, entre-visão, introduz uma tensão retrospectiva no próprio *Phaedo*. Ora, se o νοῦς é maior e mais divino por relação ao entendimento discursivo, então a demonstração da imortalidade da alma, cuja pedra de toque era a correspondência entre a constituição ontológica das ideias e a simplicidade da alma *por intermédio do entendimento discursivo*, então o νοῦς de Anaxágoras parece indicar uma outra categoria epistêmica, à qual deve corresponder outra coisa além do entendimento discursivo, próprio à apreensão das ideias compreendidas como leis de proporcionalidade intrínsecas, cuja identidade de si consigo depende da diferença com relação a todas as outras, como reza a meontologia do *Sofista*. Como está claro neste trecho da *República*, o princípio último, a um só tempo Início [*principium*] e Fim, é o que permanece na máxima altura, ἀνωτάτω, ao qual apenas a entre-visão, νόησιν, leva. Por isso, a pergunta acerca da causa da physis torna-se pesquisa a respeito do objeto último do desejo dos homens e, em especial, do filósofo – o νοῦς leva ao Bem, ἄγἄθόν.

A prova *a contrario* de que estamos, com o νοῦς, em terreno outro, no terreno da entre-visão e do desejo, dá-se quando, entusiasmado pelos indícios do mestre, o discípulo fatalmente mostra-se maior – e emerge inevitável decepção:

> ἀπὸ δὴ θαυμαστῆς ἐλπίδος, ὦ ἑταῖρε, ᾠχόμην φερόμενος, ἐπειδὴ προϊὼνκαὶ ἀναγιγνώσκων ὁρῶ ἄνδρα τῷ μὲν νῷ οὐδὲν χρώμενον οὐδέ τινας αἰτίας ἐπαιτιώμενον εἰς τὸ διακοσμεῖν τὰ πράγματα, ἀέρας δὲ καὶ αἰθέρας καὶ ὕδατα αἰτιώμενον καὶ ἄλλα πολλὰ καὶ ἄτοπα (98b)

> *Porém, não demorei, companheiro, a cair do alto dessa maravilhosa expectativa, ao prosseguir na leitura e verificar que o nosso homem não recorria à entre-visão* [G.L.] *para nada, nem*

a qualquer outra causa para a explicação da ordem natural das coisas, senão só ao ar, ao éter, à água e a uma infinidade mais de causas extravagantes. (trad. Carlos Alberto Nunes*)* (98b)

Anaxágoras, apesar de fornecer a intuição singular de uma radical diferença entre a causa material, primeira e servil, e a final, desde a qual o mundo surge como expressão de um destino, em que se expressa o *dahin* de um desejo, parece não perceber sua própria descoberta e desce ao nível vulgar dos jônicos, oferecendo as mesmas respostas materialistas para o que, desde a entre-visão, só admite o senhoril olhar do νοῦς. Mas não demora para Sócrates fornecer, como lhe é próprio, o conhecido exemplo de um raciocínio *a contrario* e *per absurdum*:

καί μοι ἔδοξεν ὁμοιότατον πεπονθέναι ὥσπερ ἂν εἴ τις λέγων ὅτι Σωκράτης πάντα ὅσα πράττει νῷ πράττει, κἄπειτα ἐπιχειρήσας λέγειν τὰς αἰτίας ἑκάστων ὧν πράττω, λέγοι πρῶτον μὲν ὅτι διὰ ταῦτα νῦν ἐνθάδε κάθημαι, ὅτι σύγκειταί μου τὸ σῶμα ἐξ ὀστῶν καὶνεύρων, καὶ τὰ μὲν ὀστᾶ ἐστιν στερεὰ καὶ διαφυὰς ἔχει χωρὶς ἀπ᾽ ἀλλήλων, τὰ δὲ νεῦρα οἷα ἐπιτείνεσθαι καὶ ἀνίεσθαι, περιαμπέχοντα τὰ ὀστᾶ μετὰ τῶν σαρκῶν καὶ δέρματοςὃ συνέχει αὐτά: αἰωρουμένων οὖν τῶν ὀστῶν ἐν ταῖς αὑτῶν συμβολαῖςχαλῶντα καὶ συντείνοντα τὰ νεῦρα κάμπτεσθαί που ποιεῖ οἷόν τ᾽ εἶναι ἐμὲνῦν τὰ μέλη, καὶ διὰ ταύτην τὴν αἰτίαν συγκαμφθεὶς ἐνθάδε κάθημαι: καὶ αὖ περὶ τοῦ διαλέγεσθαι ὑμῖν ἑτέρας τοιαύτας αἰτίας λέγοι, φωνάς τε καὶἀέρας καὶ ἀκοὰς καὶ ἄλλα μυρία (98c-d).

e pareceu-me assim ser a mesma coisa de se alguém dizesse que Sócrates faz as coisas que faz apenas por virtude daquilo que entre-viu como o objeto de seu desejo [nous], para logo em seguida, desejando apontar as causas de minhas ações, afirmar que falo aqui e agora por ser meu corpo composto de ossos e nervos, e serem os ossos duros e separados uns dos outros pelas articulações, e os músculos de tal modo constituídos que podem contrair-se ou relaxar-se, e por cobrirem os ossos, juntamente com a carne e a pele que os envolvem. Sendo móveis os ossos em suas articulações, pela contração ou relaxamento dos músculos fico em condições de dobrar neste momento os membros, razão de estar agora sentado aqui com as pernas flectidas. A mesma coisa se daria, se a respeito de nossa conversação indicasse como causa

> *a voz, o ar, os sons, e mil outros particularidades do mesmo tipo.* (trad. Carlos Alberto Nunes) (98c-d)

Ora, o que Sócrates traz ao jogo é a diferença crucial entre as causas: para explicar o existente, o Mundo, os físicos buscavam causas físicas – mas estas parecem insuficientes, pois, sendo embora condições, não fornecem a razão mesma das coisas, e por isso levam à confusão. Eis aqui o significado verdadeiro da entre-visão noética e da segunda navegação, sutilmente descrito pelo exemplo do Sócrates sentado na prisão. Ao indagarmos a razão de não ter Sócrates fugido e ter optado pela permanência no desmotério, quem nos oferecesse como resposta o fato de possuir ele ossos e nervos com os quais lá se senta parecer-nos-ia digno de riso, *precisamente por confundir a dimensão e importância ontológica das causas: a causa material é inferior à causa final, expressa pelo* νοῦς. O encontro com o livro de Anaxágoras fora-lhe revelador pois, elegendo o νοῦς como princípio organizador do Mundo, se revelava a Sócrates a dimensão do Melhor e, por conseguinte, do Bem, como fundamentalmente distintos dos elementos físicos que os jônios propunham como causa do aparecer dos entes. Ora, a confusão das várias propostas era consequência da cegueira em relação aos dois níveis que estruturam o Ser, dos quais a matéria e suas respectivas causas [materiais] conformam o primeiro oceano, que Sócrates põe de lado em favor da famosa segunda navegação.

Resta agora saber se o νοῦς, a entre-visão, corresponde à constituição ontológica da alma ou se, antes, permite-nos apreender um novo tecido ontológico na constituição do Ser dos entes e, pois, no nosso pensá-la. É de novo Schelling quem aqui nos ajuda:

> Denn, gelegentlich es zu sagen, der Geist hat nur Beziehung zum Körper, die Seele zum Leib, der Leib wird empfunden, der Körper begriffen. Niemand sagt: Seele und Körper, wohl aber: Seele und Leib, und nicht leicht: Geist und Leib, wohl aber wer wissenschaftlich spricht: Geist und Körper. Auch hierin ist unsere Sprache begünstigter. Ebenso nun ist der Geist der Natur nach ewig, wie der νοῦς; denn wenn von diesem Aristoteles sagt, daß er jetzt nicht wirke, so will er nicht sagen, daß er der immerwährend, in aller Zeit wirkende, d. h., gottlich sey; der Sinn ist: sein Wirken sey ein der Natur nach zeitloses, also immer ewiges, und, weil von keinem Vorher abhängig, immer absolut anfangendes (SCHELLING, 1985, p. 470).

Pois o Espírito se relaciona apenas com o corpo, enquanto a alma com a carne se relaciona, e, do mesmo modo, o corpo é compreendido, enquanto a carne apenas sente. Ninguém diz: alma e corpo, mas: alma e carne – assim também não se diz: Espírito e carne, senão que, em linguagem filosófica, Espírito e corpo. Também aqui é nossa língua [a alemã] mais favorecida. Precisamente assim o Espírito é, de acordo com a sua natureza, eterno, como a entre-visão, porque, quando Aristóteles nega ser ela contingente, efetuando-se aqui e ali, não deseja com isso dizer que seu efeito mantém-se continuamente [em uma cadeia temporal de pontos contínuos]. O sentido é, antes, este: o seu [da entre-visão] ato é, de acordo com sua natureza, atemporal, portanto sempre eterno, e, na medida em que independente de todo Antes e de toda antecedência, um eterno começo a começar (SCHELLING, 1985, p. 470).

Apesar de estar comentando Aristóteles para delinear a Ideia de Deus, o que em *Mímesis Especulativa* chamei sua Face, Schelling fornece a chave precisa para a compreensão desta terceira camada que estou aqui articulando, e cujo correspondente é a diferença que a língua alemã sente entre *Seele* e *Geist*, *Leib* e *Körper*. Já havíamos visto como Platão pensa o corpo exclusivamente como σώμα, vale dizer como matéria corpórea que serve apenas de meio de passagem dos sentidos, pela interação com os quais pode a διανοία produzir conhecimento seguro e eterno. O contraste entre alma e corpo faz sentido apenas de acordo com o critério do conhecimento discursivo: à total passividade do corpo contrasta a atividade da διανοία como capaz de, discursivamente, apreender as ideias. Daí por que Sócrates pode desprezar seu corpo, local da sensibilidade cega, em proveito de sua alma – e entretanto ele, Sócrates, não deixa de ser este "nós" que estamos incansavelmente buscando. É aqui que Schelling nos põe nas mãos a preciosa chave: o contraste entre alma e corpo revela-se em verdade conluio tácito, pois à alma imortal e ativa, senhora, corresponde o corpo passivo e mortal, escravo submetido à corrupção temporal – o contraste só se diz pelo íntimo conluio em que o positivo retira do negativo sua positividade, e daí dizermos *Leib und Seele*. Mas, em alemão, *Köper* se diz não apenas da materialidade corpórea passível de corrupção e mera descrição científica, cujo destino último são os vidros de formol. *Todo Köper* é a aparição singular que corporifica um *Geist, e, sendo este radicalmente individual e singular, a eternidade que lhe convém reside no fato de não possuir ele antecedente algum: sein Wirken sey ein der Natur nach zeitloses, also immer ewiges, und, weil von keinem Vorher abhängig, immer absolut anfangendes*[156].

O *Geist* efetiva-se por suas ações, que se dão no Tempo mas, por serem radicalmente imprevisíveis, atípicas e atópicas, não se deixam derivar de nenhum já inventariado procedimento anterior. Diferente da alma cuja constituição ontológica é derivada da estabilidade das ideias, por sua vez descrevendo-se mutuamente pelo procedimento meontológico do Sofista que fixa a cada um sua identidade de modo morto[157], o *Geist*, Espírito, é espantosamente imprevisível, por isso mesmo eterno, porquanto sua constituição ontológica não é derivada do já-existente, mas reveladora e instauradora de Mundo. Na terminologia que forjei em *O Vértice do triângulo*, o *Geist* é *pro-fessor* e *pro-feta*, e sua dignidade infinita reside na singular configuração de seu aparecer: *der Geist nichts Gleiches hat als nur Gott*[158].

Que nos importa tudo isso para compreensão do *Phaedo*? Pela introdução imprevisível do νοῦς como a causa da segunda navegação de Sócrates, caracterizada pela busca do inteligível, Platão introduz uma tensão entre a διανοία, com a qual se vinha definindo a constituição ontológica da alma, e o que estou traduzindo como *entre-visão*, própria ao *Espírito*, definido como eterna unicidade da configuração de um aparecer. No *Espírito*, a eternidade não se deixa pensar sem o Tempo, pois o Eterno precisa aparecer. A dignidade do que, de tão imprevisível, iguala-se a Deus, precisa oferecer, no Tempo, sua face eterna. Mas isso significa que ao νοῦς é própria e originária não a razão eficiente, que o reduziria a mero necessário efeito e, por isso, pô-lo-ia qual termo de uma cadeia, assim tornando-o previsível – tampouco a mera causalidade material, que já vimos ser uma causa distinta e inferior ao νοῦς. Resta, pois, apenas uma opção: se o *Espírito* é eterno por ser imprevisível – *ein der Natur nach zeitloses, also immer ewiges, und, weil von keinem Vorher abhängig, immer absolut anfangendes* –, a ele só pode convir, como causalidade, a final, isto é, aquilo que, do entre da visão, vislumbra o entre-visto e, neste vislumbrar, deseja-o. O νοῦς, *Geist* e Espírito, como entre-visão, é também visão do que resta

---

156 Seu ato é, de acordo com sua natureza, atemporal, portanto sempre eterno, e, na medida em que independente de todo Antes e de toda antecedência, um eterno começo a começar.

157 A ideia do par é o que é por não ser o ímpar, mas aí não há nenhuma afirmação enérgica de si.

158 O Espírito só possui, como um seu semelhante, Deus.

no entre como promessa, vislumbre interpelante cuja memória mantém viva a esperança de todo desejo. Aqui também, e mais uma vez, é em Schelling que encontro felizes ecos:

> Ursprünglich ist auch im weitesten Sinn der Geist nicht etwas Theoretisches, woran doch bei νοῦς immer zuerst gedacht wird; ursprünglich ist er vielmehr Wollen, und zwar das nur Wollen ist um des Wollens willen, das nicht etwas will, sondern nur sich selbst will (SCHELLING, 1985, p. 471).
>
> *Originalmente o espírito não é, em mais próprio sentido, algo teorético – significado em que em geral se pensa, ao falar de* νοῦς *– pois ele é, antes, originariamente desejo, inclusive o desejar do próprio desejo, que não deseja algo, mas a si mesmo* (SCHELLING, 1985, p. 471).

A entre-visão é o In-stante mesmo do que, entre-visto, deixa seu rastro no desejo do Bem. A eternidade do Espírito inexiste sem o Tempo em que, súbito, irrompe em beleza imprevista. O νοῦς, por originário, faz-nos pensar, e nele aparece o primeiro índice do que se entende sob o enigmático "nós" enunciado por Sócrates, porquanto, diferenciando-se do entendimento discursivo, nele se manifesta o Espírito como radical unicidade de um aparecer, articulado no desejo – no desejo da *Pessoa* pelo vislumbrado na entre-visão e no desejo inspirado, àqueles que a circundam, pela *Pessoa*: desejo procura, para dizer com Schelling, desejo, *denn Person sucht Person.* Assim articulada, esta passagem fornece o crucial momento em que a eternidade temporal do Espírito emerge em sua diferença por relação à atemporalidade eterna da alma como identidade de si consigo. Este imprevisto ganho dialético será posto de lado, nas derradeiras discussões, para ser retomado esteticamente no delineamento da cena final.

De 107a, onde acaba propriamente a demonstração dialética, a 114d estende-se o relato mítico – fortalecido e encorajado, depois de vencer as últimas objeções e retirar do caminho as dúvidas levantadas, Sócrates delineia, com imagens cuja intensidade e concretude melhor deixam entrever a *ingenentem spem* a que se entrega o filósofo, o relato do lugar para onde se encaminhará sua alma. Seguindo este momento de completo entusiasmo, ergue-se a conclusão em que se sintetizam todas as ondas em um só arco, cujo predomínio cabe ao momento ético-existencial: ἀλλὰ τούτων δὴ ἕνεκα χρὴ ὧν διεληλύθαμεν, ὦ Σιμμία, πᾶν ποιεῖν ὥστε ἀρετῆς καὶ φρονήσεως ἐν τῷ βίῳ μετασχεῖν: καλὸν γὰρ τὸ ἆθλον καὶ ἡ ἐλπὶς μεγάλη – *por tais coisas, ó Símia, de que tratamos na estrada das razões, é-nos necessário tudo fazer a fim de que da virtude e da inteligência participemos. Pois que belo é o prêmio e imensa a esperança* (114c).

O diálogo bem podia aqui finalizar, e dar por ganho o resultado da imortalidade da alma, tema da disputa dialética. E, contudo, Platão insiste em fornecer à obra o arremate próprio a todo artesão da linguagem, não entretanto aos que de vazia erudição vivem – apanágio, em verdade, daqueles em quem arde a chama do pensar. Depois do heroico desfecho da logomaquia e da garantida imortalidade da alma festejada no relato mítico, Sócrates nota ser melhor beber a cicuta limpo, a fim de poupar às mulheres o trabalho de limpar o cadáver. Esta simples e secundária observação fornece o genial ensejo para que Críton, figura essencial ao diálogo, volte à cena: diante da última frase de Sócrates, pergunta-lhe o amigo quais suas últimas ordens acerca de mulheres e filhos.

Por que é tão crucial a intervenção de Críton? Simples: ora, no raciocínio terra a terra que é o seu, Críton insiste em identificar Sócrates com sua aparição fenomênica, vale dizer corporal, com isso mostrando-se cego aos argumentos dialéticos até aqui desenvolvidos – sua preocupação volta-se sempre à dimensão corporal de Sócrates, e é esta a causa do irônico comentário de seu amigo:

> οὐ πείθω, ὦ ἄνδρες, Κρίτωνα, ὡς ἐγώ εἰμι οὗτος Σωκράτης, ὁ νυνὶ διαλεγόμενος καὶ διατάττων ἕκαστον τῶν λεγομένων, ἀλλ᾽ οἴεταί με ἐκεῖνον εἶναι ὃν ὄψεται ὀλίγον ὕστερον νεκρόν, καὶ ἐρωτᾷ δὴ πῶς με θάπτῃ (115c)
>
> *Não consigo, ó homens, convencer Críton de que sou este Sócrates, que aqui conversa e analisa cada uma das coisas ditas, mas ele, Críton, em mim não vê senão o cadáver que dentro e pouco terá ante os olhos – e por isso pergunta-me como me deve sepultar.* (115c)

Identificando Sócrates a seu corpo, Críton de fato deixa de ver a evidência dos argumentos dialéticos, permanecendo no terreno vulgar em que a *Pessoa, Geist* e νοῦς, se identifica com o *corpo, Leib* e νεκρόν. E entretanto, como sempre, há na língua do povo certo grão de verdade – Críton, em sua obstinada visão de Sócrates como o corpo aparecente que lhe está diante, articula, à revelia de si mesmo, a profunda verdade de que, na singular, atípica e atópica aparição de Sócrates, *na forma com que vem à frente*, reside o índice da constituição ontológica da Pessoa. Tanto assim que mesmo os jovens rapazes, mais capazes de seguir o sutil movimento especulativo socrático, não escondem o fino véu de melancolia e angústia de que se timbra a atmosfera:

> περιεμένομεν οὖν πρὸς ἡμᾶς αὐτοὺς διαλεγόμενοι περὶ τῶν εἰρημένων καὶ ἀνασκοποῦντες, τοτὲ δ'αὖ περὶ τῆς συμφορᾶς διεξιόντες ὅση ἡμῖν γεγονυῖα εἴη, ἀτεχνῶς ἡγούμενοι ὥσπερ πατρὸς στερηθέντες διάξειν ὀρφανοὶ τὸν ἔπειτα βίον. (116a)
>
> *permanecemos conversando entre nós, revirando as coisas ditas e meditando acerca da tragédia que nos estava para acontecer, sentindo-nos como aqueles que, privados de um pai, veem-se obrigados a seguirem, órfãos, o triste resto da vida.* (116a)

Também eles sentem-se privados de pai, também a eles a morte de Sócrates, se por um lado melhor dignifica a coragem do filósofo e a imortalidade de sua alma, por outro intensifica o amor que o atópico pensador foi capaz, durante toda a vida, de lhes insuflar: como *Pessoa* e *Geist* em quem arde o fogo inspirador do desejo e da esperança. A chave reside agora no terceiro termo que estou, desde o começo, tentando articular: nem pura alma, conforme quer convencer-nos dialeticamente Sócrates, nem puro corpo, segundo pensa o simples Críton, homem do povo, partícipe por excelência do *vulgo*[159] – mas síntese paradoxal de tempo e eternidade que apenas a *figura* da *Pessoa,* definida como a radical unicidade da configuração de um aparecer, é capaz de corporificar.

Logo depois de ter-se banhado e de ter fornecido as últimas ordens às mulheres e aos pequenos filhos, chega-lhes, a Sócrates e a seus amigos, o serviçal dos onze. É aqui, nesta singular aparição de um personagem aparentemente secundário, que brilha com todo fulgor a *diferença entre o Sócrates dialético, que a si mesmo é desconhecido pois não se lê como personagem do diálogo, e o Sócrates estético que, materializando em sua atípica e atópica figura a verdade do temporal*

159 Leia-se o termo vulgo como o tenho aqui utilizado ao longo deste livro: ao vulgo pertencem os que vivem na imanência de Λήθη, esquecidos do angustiante e doloroso chamado do Ser – vulgo é apenas o correspondente, em língua portuguesa, para o que os helenos chamavam οἱ πολλοί e os alemães, *den gesunden Menschverstand.*

e eterno Espírito, poeticamente[160] *figura o argumento que o entendimento discursivo fora incapaz de apreender: a unicidade da configuração de um aparecer.* É este o sentido da fala do serviçal, em cujo fim vemos brotarem lágrimas nos olhos de um homem que pouco tempo passou com Sócrates, o suficiente entretanto para deixar-se apaixonar pela unicidade de um tal aparecer:

> ὦ Σώκρατες, ἔφη, οὐ καταγνώσομαί γε σοῦ ὅπερ ἄλλων καταγιγνώσκω, ὅτι μοι χαλεπαίνουσι καὶ καταρῶνται ἐπειδὰν αὐτοῖς παραγγείλω πίνειν τὸ φάρμακον ἀναγκαζόντων τῶν ἀρχόντων. σὲ δὲ ἐγὼ καὶ ἄλλως ἔγνωκα ἐν τούτῳ τῷ χρόνῳ γενναιότατον καὶ πρᾳότατον καὶ ἄριστον ἄνδρα ὄντα τῶν πώποτε δεῦρο ἀφικομένων (116c)

> *Ó Sócrates, falou, de ti não terei de queixar-me como dos outros, que se zangam comigo e rompem em palavras e pragas, quando os convido a tomar o veneno por determinação superior. No teu caso, pelo contrário, durante todo este tempo e em várias outras oportunidades, pude reconhecer em ti o homem mais nobre, mais delicado e melhor de quantos para aqui têm vindo.* (Carlos Alberto Nunes, 116c)

Elogiando-o e dando-lhe o conselho para o mais rápido possível beber a cicuta, vai-se o serviçal, chorando: καὶ ἅμα δακρύσας μεταστρεφόμενος ἀπῄει. De onde tão intensa emoção? Por que, nesta cena final, estende-se o diálogo na pura *Darstellung*[161] das últimas horas e da tensa atmosfera que se ergue ao redor de Sócrates? Se a imortalidade da alma foi garantida pela feitura e refeitura dos argumentos dialéticos, restou implícita e inconsciente a diferença entre a alma e o "nós" em que ela se encarna. Este "nós", já o vimos, não pode simplesmente identificar-se com o corpo, pois este não é senão a dimensão cega da sensibilidade. O próprio Sócrates deixara bastante claro que, como mera causa material, o corpo é incapaz de explicar a finalidade

---

160 E isto diz: *formalmente.*

161 Estou aqui, naturalmente, usando com consciência a palavra, romântica por excelência, da *Darstellung*: apresentação e figuração. Há imensa literatura secundária a respeito, forneci eu mesmo uma definição da *Darstellung* em *Para uma arqueologia do ficcional*: *a antropologia literária de Wolfgang Iser e suas condições de possibilidade no primeiro-romantismo alemão* (RAMOS, 2022).

das ações, o fim a que se destinam, aquilo que ele chamou o βέλτιον, o melhor das coisas. Em *Mímesis especulativa*, voltei a Schelling para ler a causa final, terceira potência, como momento em que se desenha, por ausência e retrospectivamente, a face de Deus na quarta potência. Na unidade de sim e não, no paradoxo, Deus deixa transparecer a sua face como a ausência de determinações finitas, como o Infinito ele mesmo, causa do Ser. Ora, o exemplo que Sócrates utiliza para diferenciar a causa material e a causa final é o de sua *Pessoa*: se ele senta no desmotério, não o faz por função exclusiva de seus ossos e nervos, embora estes bem sejam causas materiais sem as quais ele sequer sentar poderia – antes: é pelo amor às leis ateniensies, pelo conjunto de valores em que Sócrates acredita e que só existem neste mesmo acreditar, pois as leis são o *dahin!* que vibra na voz deste atensiense Mignon[162], o para onde, a planície à qual se estende o olhar de Sócrates, e é como olhar e voz de uma face que a *Pessoa* se define - o *dahin*, quando se define, define-se sempre como índice, como digito que aponta para o ausente, cujo traço resta no desejo.

É esta mesma Pessoa, radical unicidade em que se configura um aparecer, que dialeticamente delineou o espaço existencial de uma escolha, aquela do filósofo, e de um desejo, aquele pela fonte absoluta de luz, que só se diz na muda insistência do amor e da esperança. E é por esta mesma Pessoa que agora choramos inevitavelmente, por *este* Sócrates, não meramente corpo como conjunto de ossos e nervos, mas síntese de tempo e eternidade, aparição temporal do eterno que ele é – por *este* Sócrates timbra-se a atmosfera de triste ânsia, e é a bela atópicidade *deste* Sócrates que resta na memória de Fédon, por cuja boca vemos esta última cena.

Contudo, para apreciar em suas últimas consequências a bela síntese, milagrosa mesmo, de ascensão dialética e figuração estética – para estarmos à altura deste movimento único e irrepetível no pensamento antigo, em que a rarefeita atmosfera da tensão dialética, quando a inteligência toca os extremos de sua potência, encontra inesperadamente a força da imagem, para por ela deixar-se timbrar e nela encontrar seu último sentido – para isso, dizia eu, e para salvar Platão, vamos pedir ajuda a um radical platônico: ao poeta de Recanatti, a Giacomo Leopardi.

---

162 Dahin! Dahin
Möcht ich mit dir, o mein Geliebter, ziehn!

§ 3 Radical unicidade da configuração de um aparecer: o Platão de Leopardi

Gostaria, agora, de visitar um outro gigante do pensamento, para enfim nele apreendermos o conceito que, do *Phaedo*, construímos da Pessoa. Estou tentando articular a dimensão da Pessoa, que eu disse anunciar-se no diálogo platônico pela singular diferença introduzida entre a alma e o "nós", como a aparição temporal do eterno. Respeitando os desenvolvimento dialéticos de Sócrates, mantive a distinção entre a alma, cuja constituição ontológica revelou-se por espelhamento igual à das ideias, por isso eterna e idêntica a si mesma, e o corpo, mantido como exclusiva causa material. A conhecida passagem da segunda navegação, marcada pela descoberta do livro de Anaxágoras, serviu-me para delinear a constituição ontológica do corpo como mera causa material, e diferenciá-lo assim da entre-visão, causa final de onde se ergue o desejo da Pessoa, em genitivo subjetivo e objetivo. Mantendo, pois, a diferença entre alma e corpo, vimos que, na entre-visão, anunciava-se algo outro, para cuja compreensão a unilateralidade do corpo e da alma mostravam-se insuficientes: se na alma reina a identidade de si consigo, o princípio de não contradição e o raciocínio discursivo, na entre-visão anuncia-se o *dahin*, a causa final, resultado sempre de um *Wollen*, de um desejar, cuja forma é a do paradoxo. Ora, este desejar, que não é mero querer corporal, só pode ser o desejar *deste* homem – o desejar *deste* Sócrates. A dimensão do desejo é, pois, o domínio em que a entre-visão torna possível a compreensão do "nós", nem corpo nem alma, mas síntese dialética de ambos que, longe de ser mera somatória, é pura *poiesis* da qual emerge a *Pessoa* - encontro de Tempo e Eternidade. Antes de analisar as últimas linhas deste diálogo, gostaria de revisitar algumas páginas de Giacomo Leopardi, onde encontro ensejo à formulação rigorosa do conceito da Pessoa como *radical unicidade da configuração de um aparecer*, cujo domínio é o da entre-visão, único a que corresponde o desejo.[163]

---

163 Note-se como aqui a definição do desejo aqui se articula à especulação sobre o ins-tante desenvolvida em *Pensamento da Saudade*.

No *Zibaldone di pensieri*, diário de reflexões do poeta, há uma entrada singular, que é quase um comentário a esta cena final do *Phaedro*. Pensando no significado da morte das coisas, Leopardi articula a dimensão especulativa da "última vez" – que significa dizer, dos entes, ser a última vez que aparecem? Eis as palavras de Leopardi:

> Non c'è forse persona tanto indifferente per te, la quale, salutandoti nel partire per qualunque luogo o lasciarti in qualsivoglia maniera, e dicendoti *Non ci rivedremo mai piú*, per poco d'anima che tu abbia, non ti commuova, non ti produca una sensazione piú o meno trista. L'orrore e il timore che l'uomo ha, per una parte, del nulla, per l'altra, *dell'eterno*, si manifesta da per tutto, e quel *mai piú* non si può udire senza un certo senso *Ecco l'ultima volta, non lo vedrò mai piú o forse mai piú*. E cosí la morte di qualcuno ch'io conoscessi, e non mi avesse mai interessato in vita, mi dava una certa pena, non tanto per lui, o perch'egli mi interessasse allora dopo morte, ma per questa considerazione ch'io ruminava profondamente: È *partito per sempre — Per sempre? Sí: tutto* è *finito rispetto a lui; non lo vedrò mai piú; e nessuna cosa sua avrà piú niente di comune colla mia vita*. (Z. 644)

> *Não há talvez pessoa que te seja tão indiferente que, saudando-te ao partir para algum lugar ou ao deixar-te d'algum modo, dizendo-te não nos veremos nunca mais, por pouco de alma que tenhas, não te comova, não produza em ti uma sensação mais ou menos triste. O horror e o temor que o homem possui, de um lado, do nada e, de outro, do eterno, manifestam-se completamente, e não ouvimos aquele nunca mais sem um certo sentimento indefinível. Eis a última vez, não o verei mais nunca ou talvez nunca mais. E assim a morte de alguém que eu conhecesse e nunca me houvesse interessado na vida dava-me certa pena, não tanto por ele, ou porque interessasse agora depois de sua morte, mas por esta consideração que eu rumnava profundamente: partiu para sempre – para sempre? Sim: tudo relativo a ele acabou, não o verei mais, e nenhuma coisa sua terá nada em comum com minha vida.* (Z.644)

A radical unicidade dos entes aparece no momento em que sua fragilidade vem à tona: é na proximidade da morte que algo de santo transparece e emerge. Não sabemos dizer por quê, a razão de tal sentimento nos escapa: dizer que ele reside no Nada ou no medo do Eterno não resolve a tensão da experiência. Pois é bem disso que se trata, de uma experiência no sentido platônico do termo: algo de que não sabemos bem dizer a razão nem a causa. O *nunca mais* articula, nos entes, aquilo que parece fugir ao conceito e à razão analítica – um qualquer coisa de indizível que fornece ao transitório e efêmero dignidade imprevista. O que passaria despercebido vem à frente e chama a atenção pela única e individual configuração de seu aparecer: *não importa neste momento o conceito sob o qual o ente é subsumido, mas a forma do seu ter sido, o* εἶδος *de sua temporalização.* Mas εἶδος se diz, na filosofia grega, daquilo que é distinto e ganha identidade a partir de um conjunto relacional – εἶδος é pois o que o λόγος recolhe no pensar, de modo a distinguir e fixar pelo conceito a essência e o lugar ocupado pelos entes no conjunto da existência. Na experiência da última vez, contudo, o que mais importa é a singularidade absoluta do ente no seu aparecer, singularidade tão radical que a universalidade do conceito discursivo é incapaz de articular. Na efemeridade do tempo, o ente deixa de ser coisa e torna-se alguma-coisa, deixa de ser esta coisa e para incorporar o indefinível de sua própria santidade. Eis o ponto fundamental: *no indefinível da experiência temporal o ente torna-se Pessoa, no sentido que a metafísica romântica fornece a esta palavra.* Ser Pessoa é ser absoluta santidade, indestrutível por participar, co-rrespondendo-lhe, do puro ato de Ser [do Ser, portanto], inarticulável pelo conceito. No radicalmente transitório, algo de digno emerge. Mas que tem isso a ver com Platão? Para Platão, vimos, tal experiência implica o último nível de dignidade ontológica, porque incapaz de ser pensada logicamente, o que a distancia da estabilidade do Eterno. Eterno é o que se conhece e recolhe no λόγος idêntico a si mesmo. Ora, a especulação de Leopardi torna explícita a tensão que acompanha, latente, todo o *Phaedo*, no qual a escalada dialética parece lutar com a poética figura de Sócrates diante da morte. O Sócrates dialético, que prova por argumentos a imortalidade da alma identificando-a à estabilidade do conhecimento, luta contra o Sócrates metafórico configurado pela força poética do estilo platônico, cuja natureza é a da experiência estética. A intensidade dramática do diálogo abre e encerra o arco do raciocínio com uma maestria inaudita: desde a cena inicial, em que os amigos entram no desmotério e Sócrates traça suas primeiras observações até o momento final, em que toma a cicuta diante de Críton, o companheiro de tantos anos e conterrâneo de mesmo demo.

Apesar de todo o rigor do movimento dialético, é a potência da imagem e o fascínio da descrição dramática que selam o final deste diálogo. Quase como um ritmo em baixo-relevo, que começara a ser gestada desde as primeiras conversas e que, acompanhando todo o diálogo, só agora emerge em toda sua força, a cena final nos apresenta um raciocínio oposto, eu diria mesmo um raciocínio mudo, formulado apenas nos olhos do leitor que, como Críton e Fédon, deixa-se apaixonar pela singularidade de Sócrates. Antes de tomar o veneno, Críton observa que o sol ainda está sobre os montes, e tempo ainda resta para banquetes e bebidas, maneira última de postergar a morte e permanecer, segundos que sejam, com os amigos. Sócrates nega, como prova viva da tese defendida: sendo a alma imortal, não lhe interessa permanecer na vida, mas migrar o quanto antes ao reino dos beatos. E contudo temos a impressão de que é menos a validade do raciocínio a seduzir-nos do que a densidade dramática da cena: e nos sentimos como Críton, triste não por Sócrates, mas por si, que se sente órfão, privado do amigo que ama. É que, agora, quem toma a cena não é o movimento dialético, a ideia que se delineia pelos sucessivos movimentos de diaíresis e síntese: é a Pessoa de Sócrates que nos captura a atenção, sua presença que tanto mais se faz sentir pela morte iminente. Daí por que Platão, com maestria de poeta, evidencia, nestes momentos finais, os traços da personalidade de Sócrates que mais o marcam: ao receber o veneno, ele antes encara, com olhos sibilinos e taurinos, o serviçal que lhe preparou a cicuta – os olhos de sátiro, irônicos, que tornaram o personagem famoso por séculos, e nos quais o que importa não é apenas a validade de um raciocínio, mas a densidade metafórica da imagem que traduz a unicidade de um aparecer, a singularidade de um sujeito que nos faz sofrer porque o amamos, e o amamos porque única é a configuração de seu vir a ser: de seu vir à frente.

A tensão que se estabelece nestes últimos momentos reside, pois, em sua natureza de experiência: não sabemos bem o que nos seduz em Sócrates, mas precisamente por isso nos seduzimos, porquanto a dignidade de sua morte depende da dignidade de sua Pessoa, e esta é irredutível ao movimento dialético, pois inarticulável por um conceito. Eis o ponto: a prova da imortalidade da alma dependia de sua articulação conceitual, que a determina como idêntica a si mesma e, por isso, independente do tempo. Mas a cena final insiste em um raciocínio inverso: a alma de Sócrates reside em sua Pessoa, naquilo que Schelling chamou de *Geist*, mas esta não se deixa apreender pela estabilidade do conceito – ao contrário, é enquanto tal indeterminável. Por isso mesmo, seu reino não é o da técnica nem o do conhecimento, mas o da experiência – de uma experiência entretanto diversa, porquanto não à materialidade corpórea se reduz Sócrates aqui, cuja força reside antes na atmosfera espiritual de que se reveste. *A experiência de que aqui falamos é, pois, a da última vez, em que vem à frente a entre-visão da Pessoa enquanto síntese de palavra e silêncio, de sim e de não, de finitude e infinitude: necessário encontro de dois impossíveis – paradoxo, portanto.*

Será assim um acaso que, nesta cena final, toda a maestria poética de Platão venha à frente? Nas últimas linhas do diálogo Sócrates, já sem mover o corpo e em seu último fio de vida, emite suas famosas e enigmáticas palavras: Críton, devemos um galo a Asclépio. Os classicistas explicam: filho de Apolo e deus da medicina, a Asclépio sacrificavam os gregos galos depois que se curavam de alguma doença. A interpretação habitual entende que Sócrates, tendo-se livrado do corpo, liberta-se da doença que acompanha a vida terrena, e por isso menciona o sacrifício. Mas Asclépio é também o deus que ressuscita, cujo poder reside em trazer os mortos novamente à vida. Duas opções se impõem: primeira, morrendo, Sócrates nasce para a vida verdadeira, quase como um negativo do adágio barroco de Santa Teresa *muero porque no muero* – y vivo así porque muero; mas a segunda, que aqui proponho em uma rápida ousadia hermenêutica, diz: nascendo, a alma de Sócrates aparece no Tempo e se destina com isso à morte irremediável, mas é apenas nessa destinação que pode ele eternizar-se, pois só aparecendo no Tempo podemos amá-lo, só agindo no Tempo pode Sócrates eternizar-se como lembrança, que cultivamos no fino e frágil tecido de nossas próprias memórias. A tragédia reside neste inescapável nó, símbolo aliás com que inicia o diálogo: dor e prazer estão unidas, irmãs siamesas que são, porque só aparecendo pode uma alma vir a ser o que é: Pessoa e Espírito, *Geist*. Pois ser Pessoa e ser Espírito significa ser um ente que não se deixa subsumir por um conceito, não se deixa determinar. Por isso, é indeterminável, pertencendo portanto não ao reino do conhecimento dianotético, tampouco ao da técnica, mas ao da experiência entre-visionária. Mas se ser Pessoa é possuir uma alma, a imensa dignidade ontológica que lhe é atribuída deve agora fazer-se presente na dimensão do Tempo, precisamente lá de onde a alma, para o Sócrates dialético, estava banida. No Tempo e na experiência, a alma, pensada como infinitude indefinida, é gerada e pode aparecer, tornando-se enfim *Geist*. Se assim é, então a imortalidade da alma não reside na sua independência do Tempo: ao contrário, eterniza-se apenas a alma que logra conquistar a dignidade de Pessoa e de Espírito e, assim, fazer amar-se não enquanto conceito dianoético, mas enquanto indefinível presença entre-vista, trágica porque fonte de uma beleza destinada ao desaparecimento. É no olhar taurino e irônico que amamos Sócrates enquanto Sócrates, pelas enigmáticas palavras finais nos deixamos seduzir e só assim podemos colhê-lo e cultivá-lo – no sentido de *carpere* e do *colle* – em nossa memória, eternizando-o.

Mas não era precisamente isso que obcecava o Leopardi na entrada do *Zibaldone* que lemos? Não era exatamente essa consciência íntima da dignidade de um aparecer único e singular que dava ao poema sua força lírica? O paradoxo formulado na entrada do *Zibaldone*, que espelha quase inconscientemente o símbolo platônico do tálamo em que estão juntos o prazer e a dor, transforma-se em experiência poética em *Sopra un basso rilievo sepolcrale.* O poema ganha corpo como meditação de uma voz lírica inominada, que se alça desde a consideração de um baixo-relevo, no qual se vê esculpida a imagem de uma jovem, lembrança eternizada no mármore do que hoje é sombra e silêncio. Os versos iniciais lançam a pergunta:

> Dove vai? chi ti chiama
> lunge dai cari tuoi,
> bellissima donzella?
> Sola, peregrinando, il patrio tetto
> sí per tempo abbandoni? a queste soglie
> tornerai tu? farai tu lieti un giorno
> questi ch'oggi ti son piangendo intorno?

A indagação dos últimos três versos atesta que o prazer da presença inexiste sem a dor do que, existindo, já sempre morre. Mas as lágrimas dos que a estão chorando em torno é a vida desta morte, o tributo pago à unicidade de um aparecer cuja configuração, no Tempo, arranca dos olhos de quem a amam o signo do que é Eterno. Na terceira estrofe do poema vemos esse belo paradoxo, quase resposta sibilina à tensão que habita o diálogo platônico:

> Morte ti chiama; al cominciar del giorno
> l'ultimo istante. Al nido onde ti parti,
> non tornerai. L'aspetto
> de' tuoi dolci parenti
> lasci per sempre. Il loco
> a cui movi, è sotterra:
> ivi fia d'ogni tempo il tuo soggiorno.
> Forse beata sei; ma pur chi mira,
> seco pensando, al tuo destin, sospira.

O pensamento trágico se delineia com um tom clássico e viril, reforçado pela elipse que identifica o começar do dia ao último instante: *morte ti chiama; al cominciar del giorno/ l'ultimo instante.* O vaticínio da partida sem retorno se tensiona pelo *enjanbement*: *al nido onde ti parti,/ non tornerai*, quase uma resposta à tíbia pergunta final de quem não quer crer neste último limite, de quem deseja ainda iludir-se com a fantasia de um retorno. E contudo, quão maduros os três versos seguintes, quase desumanos no ritmo truncado de um hipérbato tão triste: *l'aspetto/ de' tuoi dolci parenti/ lasci per sempre.* Mas eis que se introduz o momento de empatia nesta estrofe que, como sentença de juiz implacável, afigurou-se-nos tão inumana: talvez sejas beata, *ma pur chi mira/ seco pensando, al tuo destin, sospira.*

Observem-se as pausas e a cadência que conferem aos versos: como se tornassem música e ritmo o momento em que, vacilando, a voz lírica comove-se e se faz una com o sofrimento dos pais. Lembramos subitamente de Fédon, que chora não porque se vai Sócrates apenas, mas porque se vê subitamente privado de seu amigo.[164] É na condição precária e frágil dos entes que reconhecemos toda sua dignidade: beleza profunda de uma mensagem cristã. Por isso, o poema de Leopardi encarna a tensão paradoxal com que inicia o *Phaedo* na fábula socrática, em que a dor e o prazer são sentidos como irremediavelmente juntos, enlaçados um ao outro pelo Deus que os sintetizou – em grego: pôs juntos – num só tálamo. No poema de Leopardi, tal paradoxo se formula pela figura da natureza, introduzida a partir da terceira estrofe:

> Mai non veder la luce
> era, credo, il miglior. Ma nata, al tempo
> che reina bellezza si dispiega
> nelle membra e nel volto,
> ed incomincia il mondo
> verso lei di lontano ad atterrarsi;
> in sul fiorir d'ogni speranza, e molto
> prima che incontro alla festosa fronte

---

164 Valeria a pena, se mais espaço para tanto tivesse, analisar os classicismos leopardianos: os latinismos, os hipérbatos, a singular maestria da calma e clara evolução do ritmo e da imagem. É que em Leopardi, este incomparável leitor dos antigos, a íntima lucidez e consciência de seu material eram a condição primeira para o trabalho poético: artesanato em que o deslumbramento convive com a sólida inteligência.

> i lugubri suoi lampi il ver baleni;
> come vapore in nuvoletta accolto
> sotto forme fugaci all'orizzonte,
> dileguarsi cosí quasi non sorta,
> e cangiar con gli oscuri
> silenzi della tomba i dí futuri;
> questo, se all'intelletto
> appar felice, invade
> d'alta pietade ai piú costanti il petto.

Não ter nunca visto a luz – eis a antiga sabedoria silênica dos versos de Sófocles, sintetizados na fala do velho Édipo: μὴ φῦναι, não ter aparecido. Mas, uma vez nascida, na moça aflora a beleza, e com a beleza o desejo que provoca em quem a vê: "*che reina bellezza di dispiega/ nelle membra e nel volto/ ed incomincia il mondo/ verso lei di lontano ad atterrarsi*". O ímpeto do desejo e o vigor da esperança só existem, contudo, enquanto a luz da verdade não venha turvar a felicidade: pois o *vero*, para Leopardi, reside na consciência da mortalidade, da fugacidade de todas as belas experiências. Daí porque evoca, na quarta estrofe, a Natureza, "*illaudabil maraviglia/ che per uccider partorisci e nutri*". A revolta que transparece na pergunta – por que vir ao mundo se aqui sofremos? – não resolve, todavia, a paradoxal tensão que habita o poema: é que só existe beleza e amor na finitude que os marca, a partida só é inconsolável aos que permanecem pela paixão que os havia conjugado uns aos outros. O prazer que os homens colhem, diria Sócrates, porta consigo estruturalmente a dor – um sem o outro o Deus proíbe. Mais ainda, a meditação da voz lírica chega ao ápice do paradoxo quando, tendo compreendido que a única felicidade aos mortais residiria na morte rápida, percebe porém o absurdo da consequência que daí se segue: se o viver é desventura, desejaríamos aos que mais amamos a morte certa – e precisamente disso somos incapazes. Por que estanca aí o pensamento discursivo, cuja regra áurea é o princípio de não contradição e a identidade das ideias de si consigo? Há um elemento que ao conceito e ao puro λογίζεσθαι τῆς διανοίας escapa, e parece residir ele na força do momento, no instante radicalmente último em que o ente aparece em toda efemeridade, como na passagem do *Zibaldone*:

veder d'in su la soglia levar via
la diletta persona
con chi passato avrá molt'anni insieme,
e dire a quella addio, senz'altra speme
di riscontrarla ancora
per la mondana via;
poi solitario, abbandonato in terra,
guardando attorno, all'ore, ai lochi usati,
rimemorar la scorsa compagnia?

É na lembrança e na memória que a dor se mescla ao prazer. São os versos finais que por aí se indicam, a pergunta metafísica que se gesta e que desagua no verso 105:

Come potesti
far necessario in noi
tanto dolor, che sopravviva amando
al mortale il mortal?

Ao aparecer dos entes no Tempo corresponde a possibilidade de os amar e, por isso, de lhes reconhecer dignidade e importância. Mas é essa mesma condição fenomênica que os marca com o selo da efemeridade e da dor. O paradoxo, contudo, só emerge para nós, para nós que amamos, para nós que sofremos, para nós que, por isso, somos *Pessoa* e *Espírito*. Ser Espírito e ser Pessoa significa: estar além do princípio de razão suficiente, não reduzir-se à condição de pedra. Mas por isso mesmo significa também colocar-se, por definição, contra uma Natureza compreendida em termos de sistema e mecanismo cego: *ma da natura/ altro negli atti suoi/ che nostro male o nostro ben si cura*. O famoso niilismo materialista, que faz Emanuele Severino reconhecer em Leopardi o grande antiplatônico produzido pelo Ocidente, parece ser cego ao que mais importa na experiência poética: a relação afetiva das Pessoas com o mundo e entre si, relação que não se reduz ao princípio de razão suficiente, como já observáramos em nosso comentário ao *Phaedo,* porquanto existente apenas na dimensão do desejo e, pois, na entre-visão a que se erguem voz e olhar de uma face.

No diálogo platônico, articulei o laço estrutural entre tessitura estética e armadura dialética, entre um Sócrates dialético e um Sócrates metafórico. Para o primeiro, a imortalidade da alma depende da imortalidade do λόγος, do princípio de não-contradição, que funda o pensamento ocidental. A alma, para o Sócrates dialético, é portanto definida por ser idêntica a si mesma, *autê kath autén*, clara e distinta como claro e distinto é o conhecimento das ideias, que, segundo aprendemos pela leitura do *Phaedo*, encontra-se no último nível ontológico, o da eternidade. Ao contrário, para o segundo Sócrates, o que importa é a dimensão de presença, o fascínio que emerge de sua *forma*, de seu εἶδος compreendido como configuração única de um aparecer, no qual importa precisamente aquilo que resta inarticulável pelo conceito, porque radicalmente singular. Mas essa singularidade revela, ao final do diálogo, um conceito de alma superior ao do Sócrates dialético: pois a alma reside, agora, na natureza da Pessoa como Espírito, alma agora é *Geist* e, enquanto tal, reside para além da razão analítica e do princípio de não contradição. Por isso, Platão torna-se aqui o imenso poeta que é: os mínimos detalhes da forma dramática, as frases e a descrição dos trejeitos de Sócrates testemunham a dimensão estética do pensamento platônico. Mas, se estivermos corretos, não se dá isso em vão: se a alma é *Geist*, apenas uma forma poética, capaz de determinar o indeterminável mantendo-lhe a indeterminação[165], pode fazer-lhe jus. Por isso, chamamos este Sócrates de metafórico: na metáfora, a forma determina o indeterminável por uma determinação indeterminada.

No poema de Leopardi, esta tensão do diálogo platônico torna-se a matéria mesma da experiência poética. Mais ainda, se da meditação leopardiana do *Zibaldone* voltamos ao *Phaedo*, não é como mero exercício hermenêutico de literatura comparada. Permita-me o leitor ser claro: o que me importa aqui não é subverter Platão nem traçar um comentário curioso, mas pensar uma ontologia da eternidade que, acredito, está delineada no Platão de Leopardi.

Não me interessa, assim, descartar Platão, ou superar, jargão tedioso e de imenso mau gosto, com a metafísica ocidental. Porque se Platão é a filosofia, e ele o é, todo pensador que se queira tal não pode outra coisa fazer senão aceitar a herança deste nome. E isso fez Leopardi, como poucos. Platônico até seus últimos momentos, dialético

---

165 Remeto o leitor para primeira construção do conceito de *forma literária*, realizada em *Pensamento da Saudade*. Restrinjo-me aqui a assinalar-lhe uma consequência imediata e importante: a estrutura da forma literária, enquanto determinação indeterminante do indeterminável, é isomórfica à da Pessoa. Esta consequência aponta para um fato que não cabe nos limites do presente livro: *o fato do canto poético só é possível numa ontologia cuja pedra de toque seja a estrutural determinação da pessoalidade da Pessoa.*

dos mais sutis, Leopardi compreendeu que pensar era antes de tudo retornar aos gregos – era sobretudo pensar com os gregos, a partir dos gregos, e até mesmo contra os gregos. Assim como Fichte, Schlegel, Schelling, Novalis, Schleiermacher e Hegel em relação a Kant, Leopardi traça uma linha e delineia um espaço, no qual a palavra de ordem não é destruir, mas resgatar o pensamento, não romper, mas preservar a metafísica na dignidade que lhe é devida, não matar, mas salvar Platão. O primeiro metafísico do Ocidente foi também um dos maiores poetas que a história produziu – para um romântico, esta identidade não é fortuita, pois poesia é apenas o outro nome do que denominamos pensar.

2

O gênio e a Interpelação ontológica: o problema da *orthê doxa* no *Symposium* de Platão ou por que pensar é um ato erótico

Para Hans Ulrich Gumbrecht, meu amigo Sepp, cuja generosidade intelectual e bela alma me ensinaram o sentido da grega e platônica palavra: Symposium. De Sepp ouvi, pela primeira vez, que meus esforços hermenêuticos, com que tentava apreender os pensamentos alheios, eram na verdade meu pensar.
A ele, com quem aprendi que pensar é sentar-se à mesa e com amor dialogar, dedico este capítulo.

The real about the utility of the old Platonic dualisms is whether or not their deployment weakens our sense of human solidarity

Richard Rorty, Philosophy and social hope.

A bibliografia especializada sobre o *Symposium* é infinita e incontável. Uma leitura que pretenda revisitá-lo tem, por isso, de estabelecer uma decisão primeira: ou limita-se à perspectiva histórico-filológica, para a qual importa a compreensão do pensamento platônico desde um ponto de vista platônico; ou, partindo de uma leitura cerrada do diálogo, utiliza-o como ensejo à especulação filosófica. A primeira opção é balizada pela imensidão de estudos que fornecem ao pesquisador atual uma relativamente segura posição desde a qual pode abordar o texto platônico. A segunda, por outro lado, embora portando consigo uma natureza de risco, porque desenraizada, apresenta contudo o benefício de tomar a letra platônica como ponte ao exercício especulativo próprio.

Diante deste *carrefour*, proporei uma leitura especulativa e romântica de um dos mais famosos diálogos platônicos. Meu objetivo, aqui, possui dupla valência: de um lado, visa uma interpretação a respeito de um conceito da epistemologia platônica e, neste sentido, pode ser visto como contribuição para os estudos de filosofia platônica; de outro, parte de Platão para operacionalizar o conceito de gênio, fornecendo-lhe uma posição rigorosa no conjunto de articulações teóricas que, desde os ensaios até aqui lidos, venho propondo no interior de uma recuperação da metafísica romântica. Por isso, move-se este capítulo conforme ritmo duplo, pois parte de um específico problema de interpretação textual relativo a um aspecto da epistemologia platônica, para enlaçar-lhe uma especulação própria, que transborda os estritos limites dos estudos histórico-filológicos.

O ritmo duplo revela-se no fato de que, intrigado pela paradoxal caracterização da *orthê doxa* [*ὀρθὴ δόξα*] como posição epistêmica correspondente ao par Eros-filósofo, proponho ler a figura do *daímon* identificando-a com a de Sócrates, *mas de modo a especular sobre a relação do gênio com o Ser através do conceito de Interpelação e de gratuito e imediato apresentar-se do que aparece*. Minha tese fundamental aqui é a seguinte: o conhecido discurso de Diotima, referido por Sócrates, estabelece um tríptico argumentativo que enlaça a figura mítica de Eros, a formalização da personagem de Sócrates e a valência epistemológica da *orthê doxa*, *ὀρθὴ δόξα*, através do conceito do *entre*: *metaxy* (μεταξύ). Proporei que a erótica platônica pode servir--nos como material especulativo para pensarmos o conceito de gênio como implicado pelo que denominarei interpelação ontológica, a qual ironicamente só funciona, do ponto de vista epistemológico, enquanto *orthê doxa*, isto é, opinião correta, que proporei traduzir por aparição verdadeira.

Meu movimento final consiste em sugerir que tal valorização da *orthê doxa* supõe uma significativa modificação da perspectiva ontológica, isto é, os predicados com que o Ser vem definido sofrem mudança, quando pensados protologicamente: deixam de identificar-se paradigmaticamente com o conhecimento matemático e com o Uno e passam, ao invés, a terem na experiência estética, romanticamente pensada, seu exemplo maior. Como se vê desde já, minha leitura é a um só tempo atenta à letra platônica e deliberadamente anacrônica, na medida em que submete constelações conceituais helênicas a uma perspectiva moderna. Todavia, creio que, apoiado em significativos textos dos estudos platônicos, é possível ousar ler anacronicamente, sem com isso perder o rigor necessário ao exercício especulativo.

§1 καλός και αγαθός: a unidade helênica do belo e do bem como chave hermenêutica do *Symposium* e suas consequências epistemológicas e ontológicas no pensamento platônico

Uma das últimas e mais significativas leituras que o *Symposium* recebeu encontra em Giovanni Reale (2003) seu principal feitor. Aplicando ao *Symposium* e ao *Phaedrus,* bem como ao *Lísis*, a chave hermenêutica da escola de Tübingen, radicada na hipótese das doutrinas não escritas, Reale enlaça os comentários sobre a erótica platônica a consequências fundamentais relacionadas à ontologia e à epistemologia de Platão. Começar minha própria exegese pela análise da leitura realiana fornece uma interessante estratégia argumentativa, pois permite delinear perspectiva oposta à que avanço, ao mesmo tempo em que aponta para o ponto cego que, contudo, fornece a chave mesma com que leremos o *Symposium*.

Parte fundamental da leitura de Giovanni Reale consiste em demonstrar que, longe de consistir em doutrina irracional, a erótica platônica articula-se rigorosamente ao racionalismo de sua metafísica protológica, tal como delineada nas doutrinas não escritas. Referindo-se ao clássico estudo de Robin (1908), por quem a natureza racional do Eros platônico já fora apreendida, Reale arquiteta sua argumentação por duas balizas fundamentais: primeiro, parte da fundamental identidade protológica entre o Bem e o Uno, que fornece ao Ser que verdadeiramente é (*ontôs ón*) os predicados da ordem, da harmonia, da perfeição, da estabilidade e da eternidade, todos eles sintetizados na platônica expressão *autó kath autó*, isto é, a identidade de si consigo mesmo; em segundo lugar, Reale parte da conhecidíssima estrutura do pensamento helênico, para o qual o belo é aparentado ao bom, raciocínio materializado na *kalokagathia*.

A relação entre estruturas sócio-históricas e criações espirituais na Grécia do século 4 fora já analisada sutilmente por Jean-Pierre Vernant (2014), e já no clássico estudo de Jaeger (2018) a tendência helênica para a apreciação da ordem, da medida e da harmonia fora apreendida e articulada ao pensamento platônico, cuja contemplação metafísica do *kósmos* é espelhada na ordenação anímica do Homem, objetivo último da Paidéia:

> O belo e o bom não passam de dois aspectos gêmeos de uma única realidade, que a linguagem corrente dos gregos funde numa unidade, ao designar a suprema areté do Homem 'ser belo e bom' (kalokagathía). É nesse 'belo' ou 'bom' da kalokagathía apreendida na sua essência pura que temos o princípio supremo de toda vontade e conduta humanas, o último motivo que age por uma necessidade interior e que é ao mesmo tempo o fundo determinante de tudo o que sucede na natureza. Ora, para Platão existe absoluta harmonia entre o cosmos físico e o cosmos moral (JAEGGER: 2018, p. 750).

Seguindo esta inferência fundamental, Reale propõe que, à diferença de certas leituras irracionalistas, para as quais o Eros platônico aufere sua força do alógico e do irracional, a teoria platônica sobre o amor, tal como delineada no *Symposium*, no *Phaedrus* e no *Lísis*, é consequência rigorosa e direta da metafísica protológica das doutrinas não escritas. O raciocínio de Reale, sintetizado, é o seguinte: sendo o Amor um intermediário entre o sensível e o suprassensível, traduz para o primeiro nível ontológico os predicados que cabem ao segundo, razão por que a Beleza, objeto de Eros, é fonte de ordenação e síntese da matéria. Em termos protológicos, a proposição equivale a dizer que a Díade do grande e do pequeno, associada na cosmologia do *Timaeus* à matéria e ao princípio da indefinição, recebe do Uno forma e ordem, tornando-se pois inteligível. Perceba-se, aqui, todo o rigor da articulação dos níveis epistemológicos, axiológicos, éticos e ontológicos que a metafísica protológica implica: ao ser ordenada pelo princípio de unidade, a matéria, símbolo cosmológico da Díade, deixa de ser caótica, por isso ininteligível e fonte de cegueira ética, para tornar-se racional e harmônica, portanto efetivamente um κόσμος, cujos distintos elementos permitem, por sua mesma clareza, um agir ético definido e guiado pelo Bem, constante e visando identidade eterna. O belo, eis o passo fundamental de Reale, é a aparição sensível daquilo que pertence ao suprassensível, o que se revela ao se lhe aplicarem os predicados próprios à influência sintética e ordenadora do Uno: harmonioso, ordenado, definido. Exatamente por tal razão, o paradigma do belo, do qual Eros é amor, terá no conhecimento matemático seu paradigma perfeito:

> In altri termini, il Bello ci fa vedere l'Uno nei rapporti proporzionali e numerici secondo cui si esplica, oltre che al livello dell'intelligibile, anche nella dimensione fisica del visibile. Dunque, è l'Uno (la Misura suprema di tutte le cose) che - facendosi vedere nei rapporti di proporzione, ordine e armonia, a vari livelli, a partire da quelli corporei fino a quelli della visione suprema del Bello in sé - ci attira costantemente. Pertanto, secondo Platone, alla visione del bello-in-sé si perviene *dopo la visione delle conoscenze e delle scienze più alte*, e quinde della matematica, che è l'intermedio fra il mondo sensibile e quello intelligibile (REALE, 1996, p. 492).

> *Em outros termos, o Belo nos faz ver o Uno nas relações proporcionais e numéricas de acordo com as quais se explica, além do nível inteligível, também a dimensão física do visível. Portanto, é o Uno (a Medida suprema de todas as coisas) que – fazendo-se ver nas relações de proporção, ordem e harmonia, em níveis diversos, desde os elementos corpóreos até aos da visão supremo do Belo em si – nos excita constantemente. Assim, de acordo com Platão, à visão do belo-em-si chega-se depois da visão dos conhecimentos e das ciências mais altas, logo da matemática, que é intermédio entre o mundo sensível e o inteligível* (REALE, 1996, p. 492).

Ora, Reale explica assim os pontos mais salientes e relevantes do *Symposium* – a natureza intermédia de Eros e sua identidade estrutural com o filósofo –, conjugando-os a outros diálogos platônicos que discutem o Belo, através da protologia postulada pelas doutrinas não-escritas. Não é meu objetivo contestar a validade histórico-filológica do paradigma defendido por Reale, nem de sua impressionante leitura da metafísica platônica. Importa-me, antes, partir da exegese do pensador italiano apenas para melhor sublinhar aquilo que seu olhar descura: refiro-me à estranha identidade estrutural entre Eros, o filósofo, Sócrates e o que Diotima chama de *orthê doxa*, posição epistemológica ocupada pelo filósofo – e portanto por Eros e por Sócrates.

É em 202a-202b que encontramos o passo, que fornece o liame de toda a leitura por mim proposta. Partindo deste específico problema de interpretação textual, gostaria de estabelecer uma especulação algo ousada, que inverterá os resultados a que chega Reale em sua concepção do Belo segundo Platão. Ao invés de ver na Beleza, suscitadora do Eros filosófico, a aparição sensível do Uno conforme a helênica valorização da ordem, que possuiria correspondência epistemológica no conhecimento matemático, proporei que a experiência da beleza deve guiar-se epistemologicamente pelo que Diotima chama *orthê doxa,* aparição verdadeira. A consequência de insistir neste detalhe é que, ontologicamente, o Belo não poderá mais ser entendido de acordo com os predicados do Uno, e por conseguinte em linguagem matemática, devendo ao contrário auferir da Díade as características que o podem definir, o que nos leva a tomar a *aisthesis* como paradigma do Belo. A consequência de tudo isto, é claro, é que a figura do filósofo será radicalmente modificada, dado o liame estrutural que funda o diálogo. A fórmula com que sintetizaremos nossa leitura, e em que já se anuncia nossa especulação, é pois a seguinte: a Interpelação do Ser constitui o gênio em filósofo, no individual oferecer-se daquilo que aparece.

Eu não reclamo absoluta originalidade à identificação de Eros--Sócrates, coisa já relativamente observada pela tradição exegética, cujo ponto máximo, segundo entendo e conheço, é o belíssimo livro de Krüger (1992), *Einsicht und Leidenschaft,* que parte da interpretação do *Symposium* para propor uma chave radical de todo o pensar platônico. De certo modo, a leitura que vou agora propor se apoia, por um lado, nas intuições de Krüger, e, por outro, igualmente avança um gesto hermenêutico mais preocupado em pensar *com* Platão do que fazer de Platão objeto de indagação filológica, protegida pela distância temporal, o melhor dos adormecimentos e a mais segura das garantias intelectuais. Quero aliás deixar aqui uma nota importante: este capítulo estava todo escrito, ao menos em sua substância, meses antes de eu finalmente ter em mãos *Einsicht und Leidenschaft*, que só encontrei na bela biblioteca da Universidade de Bonn. Foi com admiração profunda e imensa felicidade que percebi a semelhança das duas exegeses – entre esta que dormitava no texto escrito porém guardado e na do belo livro de Krüger que eu, em antiguíssima edição de amarelas páginas, tinha afinal em mãos, lendo-o com avidez à borda do Reno. Eis meu desejo agora: vislumbrar no mistério da *orthê doxa* a ontologia platônica qual uma ontologia da *Grundlosigkeit,* da gratuidade absoluta de um Ser cuja interpelação institui o mortal em filó-sofo pela experiência erótica da beleza – evoca, isto é, no mortal a lembrança e o desejo por sua eterna alma imortal. Se fosse necessário escolher um adjetivo para este misterioso ato que é pensar, erótico seria tal adjetivo.

O percurso que faremos agora, leitor e leitora, é o de entender a razão deste inesperado conúbio, desta conjunção súbita de palavras, *pensar* e *erótico* – vamos aprender por que pensar é um ato erótico. A identidade estrutural Sócrates-Eros modelada pela *orthê doxa,* cujo estatuto epistemológico é o do *entre*, vai-nos ensinar a pensar pela entre--visão: vai, isto é, trazer-nos ao delicado pensamento do *entre*, concentrada visão no sorriso entre-visto. Venhamos à leitura do *Symposium*.

§ 2 *Orthê doxa*, Eros, Filó-sofo, Sócrates: o Gênio e a Interpelação do Ser

É conhecida a estratégia dramática do *Symposium*, que dispõe, no lugar dos diálogos elêncticos, em que a dialética socrática se sente em casa no desenvolvimento de aporias, uma sucessão de discursos encomiásticos, ao modo de epideixis[166], cuja temática é Eros, deus do Amor. José Cavalcante de Souza notou perspicazmente como a forma dramática do *Symposium* obedece ao método dialético delineado no *Phaedrus*, de modo que a sucessão dos *logoi* assimila paulatinamente os movimentos diairéticos e sinópticos, até desembocar no relato socrático da fala de Diotima:

> De modo particular no *Banquete*, em cuja sucessão de discursos se prepararam os elementos de uma visão dialética, tal como vimos definida no *Fedro*, o de Sócrates se salientará não como um contraste, mas como uma assimilação desses elementos, inteligentemente aproveitados na direção da essência do Amor (SOUZA, 2016, p. 216)

Para irmos direto ao que nos interessa, sintetizamos do diálogo apenas o indispensável: ao receber a vez logo após o elogio de Agatão, para quem Eros é identificado com o amado (*erómenos*) e, por isso, é pura plenitude narcísica, Sócrates menciona sua habitual ignorância, para referir-se então ao diálogo tido outrora com Diotima, a sacerdotisa que o iniciou nas artes eróticas. Apesar da importância dos discur-

---

166 A epideixis, ἐπίδεξις, é uma demonstração monologal, associada em Platão ao procedimento sofístico, em que não há lugar para o jogo de perguntas e respostas, próprio à dialética socrática. Os discursos encomiásticos referem-se às várias falas em louvor de Eros, proferidas neste encontro de amigos após a vitória de Agathão.

sos de Fedro, Pausânias, Erixímaco e Aristófanes, importa-nos, por razões de economia textual, concentrarmo-nos em Diotima. Assim, dos discursos precedentes vale mencionar particularmente o de Aristófanes, com sua conhecida tese da anterior plenitude andrógina dos homens, e de Agatão, pelo contraste estabelecido com a fala socrática.

Aristófanes baseia todo seu discurso na assunção mítica de que, nos tempos primevos, era o gênero humano andrógino, completo em si e consigo, plenitude que se formulava na forma esférica de seus corpos. Como é amplamente conhecido, Zeus pune os homens, pela habitual ὕϐρις que os toma, e assim os parte em dois. A metáfora serve a Aristófanes como ensejo ao desenvolvimento de sua tese: Eros é a nostalgia, a todos nós inata, pela metade arcaica que perdemos. Eros é, pois, amor pela completude, pela plenitude existencial em cuja busca sempre estamos. Conforme aponta Reale (1996), o relato de Aristófanes tem a virtude de apreender um dos atributos centrais de Eros, aliás retomado em nível especulativo diverso pelo próprio Sócrates, e que faríamos bem em identificar com a *capacidade para síntese*. Eros é força sintética, potência que conjuga pelo chamar. Eros chama, pois, aquilo que é de complemento necessitado (a fórmula aparecerá, na boca de Diotima, como *endeés*, como aliás já no Lísis, 221e, mas associado à noção de *philía*: τὸ δ' ἐνδεὲς ἄρα φίλον ἐκείνου οὗ ἂν ἐνδεὲς ᾖ;, ou seja, *o necessitado acaso não é amigo daquilo de que necessita?*).

Neste momento da peculiar dialética epidêitica[167] que estrutura o diálogo, vemos como Aristófanes assimila elementos dos discursos precedentes, por exemplo no carácter cósmico de Eros defendido por Erixímaco, focalizando-o no gênero humano desde uma perspectiva

---

167 O aparente paradoxo, que conjuga duas formas contrárias de *logoi*, fornece, como já indicamos baseados em Cavalcante Souza, a estratégia dramática particular ao *Banquete*. Cada epideixis retoma a anterior, reelaborando-a em um nível especulativo superior, de modo que os erros engendrados pouco a pouco nesta ascensão deixam-se assimilar produtivamente, quase em uma espiral. A respeito do uso do termo *epideixis* como forma oposta à dialética socrática, e em geral identificada com a sofística, pode-se fazer referência ao *Sofista*, 217d: ὦ Σώκρατες, αἰδώς τίς μ' ἔχει τὸ νῦν πρῶτον συγγενόμενον ὑμῖν μὴ κατὰσμικρὸν ἔπος πρὸς ἔπος ποιεῖσθαι τὴν συνουσίαν, ἀλλ' ἐκτείναντα ἀπομηκύνειν λόγον συχνὸν κατ'ἐμαυτόν, εἴτε καὶ πρὸς ἕτερον, οἷον ἐπίδειξιν ποιούμενον. O ἔπος πρὸς ἔπος refere-se às perguntas e respostas do dialegesthai, ao passo que a epideixis é aqui identificada com o monólogo em cujo desenvolver-se não há espaço para produção de aporias e, pois, para a maiêutica socrática.

mítica, e já introduz uma delicada tensão que, na fala socrática, fornecerá o ponto-chave: Eros, por ser força sintética, opera como mediador entre elementos contrários e, por isso, faz da carência potência. Observe-se como, estruturalmente, o discurso de Aristófanes prepara o desenvolvimento socrático e, ao mesmo tempo, torna orgânico a aparente queda na mediocridade especulativa que o encômio de Agatão estabelece na escalada dialética. O fato, como já mencionamos, foi observado por José Cavalcante de Souza, e aqui apenas o desenvolvemos: Agatão, ao atribuir a Eros todos os predicados do amado, descreve-o como uma unidade narcísica completa em si mesma, portanto como um desejo estruturalmente impossível de formular-se, pois, nascendo, a si mesmo fornece satisfação, em si encontrando plenitude.

Até aqui, nossa leitura não saiu do já-inventariado, mas é ora de ousar um pouco – ainda que em mediocridade especulativa, os predicados com que Agatão descreve o amor fazem-nos lembrar, se pensamos em perspectiva protológica, do Uno, que é força sintética pois gravitacionalmente seduz todos os entes, que almejam o Bem. Evidente que o erro de Agatão residiria em identificar Eros com o Uno, ao passo que, como veremos adiante, Eros, em perspectiva protológica, poderia identificar-se apenas com a *tendência ao Uno*, como dirá Giovanni Reale: *"Eros, inteso in generale,* è *il tendere al Bene e, anzi, il tendere a possedere il Bene per sempre*" (REALE: 1996, p. 466). Neste sentido, o relato mítico aristofânico *antecipa a um só tempo o erro de Agatão, ao insistir na natureza mediadora de Eros, e sua correção especulativa por Sócrates, que, preenchendo as lacunas do discurso de Aristófanes, explica a razão pela qual Eros é mediador, referindo-o ao Bem de que é desejo e amor.* Por isso, a sequência Aristófanes-Agatão-Sócrates/Diotima obedece rigorosamente, apesar da forma epidêitica, ao método da ascensão dialética, que por erros e acertos encontra distinções e, nas distinções, unidade: diáiresis e sinópsis.

Retomemos e sintetizemos, antes de entrarmos no discurso de Diotima, o pequeno saldo a que chegamos: Aristófanes insiste na natureza sintética de Eros, sem contudo fornecer a razão de tal potência do deus, ao passo que Agatão, colando Eros ao ser amado, pensa-o como Unidade absolutamente satisfeita de si consigo, eternamente jovem, da feiura e velhice fugindo, apenas desejando os predicados que, ironicamente, são já os seus. O Eros de Aristófanes, portanto, toca em parte da verdade, enquanto o de Agatão fornece um belo, porque produtivo, erro especulativo. Sócrates-Diotima, como observamos, partirá exatamente deste paradoxal movimento, ao fornecer a razão do que Aristófanes entrevira, isto é, ao explicar especulativamente a potência sintética e a natureza mediadora de Eros, enquanto com isso corrige Agatão, assim diferenciando Eros daquilo de que Eros é Eros: o amor é amor do Belo, e este, mostrar-nos-á Diotima, é manifestação sensível do Bem. Eros, portanto, é intuição e tendência do Bem, que em perspectiva protológica identifica-se com o Uno e com o Ser que verdadeiramente é.[168]

Entretanto, algo há de aparentemente estranho no discurso de Diotima. Observe-se que, pelo até agora dito, minha leitura não parece divergir da de Reale. Ocorre que, central ao argumento de Diotima, é a estrutura tríptica estabelecida entre os termos orthê doxa-Erôs-filósofo/Sócrates, cujo liame é o conceito de *μεταξύ,* isto é, *o entre.* Ora, se o acerto de Aristófanes residia em haver identificado a natureza de intermediário de Eros, devemos supor que o conceito de *entre, μεταξύ*, é tão importante ao argumento de Diotima, visível aliás no fato de por ele começar, que suas reverberações, como ondas que em espiral retornam, determinam os três elementos do tríptico, *de tal modo que devemos considerar-lhe a presença não apenas em Eros e em filósofo-Sócrates, mas também no que Diotima chama de orthê doxa.* É exatamente isso que Reale sequer menciona. Sua consideração, parece-me, pode apontar para uma perspectiva hermenêutica outra sobre o *Banquete*, cuja valência, admito, é deliberadamente anacrônica e, por isso, não pleiteia para si absoluta fidelidade histórico-filológica ao pensamento platônico. Interessa-me, aqui, fazer como os pós-kantianos: pensar a partir de Platão, com Platão e contra Platão[169]. O movimento, se correto, será justificado pelo valor operacional dos resultados. É este, e apenas este, o critério de toda especulação. Vejamo-los, pois.

---

168 Retomaremos a expressão várias vezes a longo do capítulo. Tomamo-la do *Phaedrus*.

169 Essa definição da geração pós-kantiana busquei articular em *A experiência ficcional e os campos de intelecção: para introduzir a tradição pós-kantiana*. Este triplo gesto do *a partir*, *com* e *contra* é o denominador comum de pensadores em certos aspectos tão diversos como Schlegel e Hegel – isso porque a geração que pensa à sombra de Kant o fez desde a tripla determinação de um *a partir*, de um *com* e de um *contra*. O *contra* não enuncia, bem entendido, um antagonismo, porque circunscreve, ao contrário, um *erga*, um *em direção a*, propriamente portanto um retorno não servil. Trata-se da relação entre discípulo e mestre que tentei expressar no capítulo passado, pela qual o discípulo, *imitando o mestre*, supera-o, por negação que melhor afirma.

§ 3 Filosofia do Entre: o Ser como gratuito e imediato Apresentar-se do que aparece

Sócrates começa seu relato de Diotima de modo habitualmente irônico. Ao traçar, por força de sua natureza, rápidos e curtos movimentos dialéticos, faz Agatão perceber que sua descrição de Eros confunde as coisas: se Amor é sempre amor do que não se tem, e sendo Amor, conforme o *logos* do próprio Agatão, amor de coisas belas, forçoso é concluir que ao Amor o belo falta, de outro modo não o desejaria e, portanto, de coisas belas não seria Amor. Acrescentando-se, a isso, que coisas belas são também coisas boas, Eros, sendo amor do Belo que lhe falta, é também desejo do Bem, de que por conseguinte carece. O movimento dialético, embora curto, é de precisão cirúrgica:

> οὐκοῦν ὡμολόγηται, οὗ ἐνδεής ἐστι καὶ μὴ ἔχει, τούτου ἐρᾶν; ναί, εἰπεῖν. ἐνδεὴς ἄρ' ἐστὶ καὶ οὐκ ἔχει ὁ Ἔρως κάλλος. ἀνάγκη, φάναι. τί δέ; τὸ ἐνδεὲς κάλλους καὶ μηδαμῇ κεκτημένον κάλλος ἆρα λέγεις σὺ καλὸν εἶναι; οὐ δῆτα. ἔτι οὖν ὁμολογεῖς ἔρωτα καλὸν εἶναι, εἰ ταῦτα οὕτως ἔχει; καὶ τὸν Ἀγάθωνα εἰπεῖν κινδυνεύω, ὦ Σώκρατες, οὐδὲν εἰδέναι ὧν τότε εἶπον (201-a-201-b).

> *"'Não está então admitido que aquilo de que é carente e que não tem é o que ele ama?''Sim', disse ele. 'Carece então de beleza o Amor, e não a tem?''É forçoso''E então?O que carece de beleza e de modo algum a possui, porventura dizes tu que é belo?''Não, sem dúvida''Ainda admites por conseguinte que o Amor é belo, se é assim?'E Agatão: 'É bem provável, ó Sócrates, que nada sei do que então disse?''E no entanto', prosseguiu Sócrates, 'bem que foi belo o que disseste, Agatão. Mas dize-me ainda uma pequena coisa: o que é bom não te parece que também é belo?''Parece-me que sim''Se portanto o Amor é carente do que é belo, e o que é bom é belo, também do que é bom seria ele carente'* (trad. Cavalcante Souza, 201a-b).

Com sua urbana ironia, Sócrates concede a Agatão que também ele compartilhava das mesmas opiniões, e não foi senão pelo encontro com Diotima que as pôde modificar, dirigindo-se à verdade sobre o

Amor e iniciando-se nas artes eróticas: σχεδὸν γάρ τι καὶ ἐγὼ πρὸς αὐτὴν ἕτερα τοιαῦτα ἔλεγον οἷάπερ νῦν πρὸς ἐμὲ Ἀγάθων, ὡς εἴη ὁ Ἔρως μέγας θεός, εἴη δὲ τῶν καλῶν: ἤλεγχε δή με τούτοις τοῖς λόγοις οἷσπερ ἐγὼ τοῦτον, ὡς οὔτε καλὸς εἴη κατὰ τὸν ἐμὸν λόγον οὔτε ἀγαθός (201-e). Tendo-lhe dito Diotima que Eros não é belo, Sócrates infere do mesmo modo ingênuo e imediato com que procedera Agatão: se não é belo, é portanto feio e mau? À pergunta, Diotima responde com o conceito que, fornecendo início a sua fala, dar-lhe-á a argamassa e o liame com que pensará Eros:

> καὶ ἐγώ, πῶς λέγεις, ἔφην, ὦ Διοτίμα; αἰσχρὸς ἄρα ὁ Ἔρως ἐστὶ καὶ κακός; καὶ ἥ, οὐκ εὐφημήσεις; ἔφη: ἢ οἴει, ὅτι ἂν μὴ καλὸν ᾖ, ἀναγκαῖον αὐτὸ εἶναι αἰσχρόν; μάλιστά γε. ἦ καὶ ἂν μὴ σοφόν, ἀμαθές; ἢ οὐκ ᾔσθησαι ὅτι ἔστιν τι *μεταξὺ* σοφίας καὶ ἀμαθίας; (201-e).
>
> *'Que dizes, ó Diotima? É feio então o Amor, e mau?' E ela: 'Não vais te calar? Acaso pensas que o que não for belo é forçoso ser feio?''Exatamente'' E também se não for sábio é ignorante? Ou não percebeste que existe algo entre sabedoria e ignorância?* (trad. Cavalcante Souza, 201-e).

Marquei em itálico o entre, em grego μεταξὺ, que na leitura do próprio Reale possui alta importância especulativa, dado que se liga à função da matemática e aos outros intermediários entre sensível e inteligível. Ocorre que, aqui, o conceito de entre é introduzido para dar conta de uma posição epistêmica, a partir da qual Eros será pensado. Tal posição é denominada *ὀρθὴ δόξα*, e não pela primeira vez a encontramos na obra platônica. O problema da valência epistêmica da doxa é espinhoso, e suas relações com a epistême e com o lógos possui grande complexidade, não sendo ponto pacífico nos estudos platônicos. Não é meu intento discutir o conteúdo preciso e objetivo que Platão teria em mente, ao usar os termos. Importa-me apenas especular a partir dos nós de tensão que o conceito estabelece.

Ora, segundo Diotima, a *orthê doxa* é definida por restar entre a sabedoria e a ignorância, entre *sophía* e *amathía*. Significa isso, continua, que, por um lado, não possui ela a capacidade de explicar, segundo razões, o objeto de seu conhecimento, e por tal não pode ser dita sábia; por outro, a *orthê doxa* toca, de algum modo, o Ser, e disso possui consciência, embora não possa fornecer a razão de tal encontro.

Exatamente por isso não a podemos chamar ignorância – pois ignorante é aquele que não sabe que não sabe –, e quem possui opinião correta sente, quase intuindo-lhe o gosto, o Ser com que, de algum modo, encontrou-se: embora não seja *sophós*, pode-se ironicamente dizer que, quem assim opina, possui do Ser o sabor, sendo assim *sapiens*. Vale a pena conferir o original grego:

> τὸ ὀρθὰ δοξάζειν καὶ ἄνευ τοῦ ἔχειν λόγον δοῦναι οὐκ οἶσθ', ἔφη, ὅτι οὔτε ἐπίστασθαί ἐστιν—ἄλογον γὰρ πρᾶγμα πῶς ἂν εἴη ἐπιστήμη; —οὔτε ἀμαθία—τὸ γὰρ τοῦ ὄντος τυγχάνον πῶς ἂν εἴη ἀμαθία; —ἔστι δὲ δήπου τοιοῦτον ἡὀρθὴ δόξα, *μεταξὺ* φρονήσεως καὶ ἀμαθίας (202b).
>
> *Pois que não sabes tu que a aparição correta [τὸ ὀρθὰ δοξάζειν], da qual não podemos fornecer razão, disse [Diotima], nem é conhecer – porquanto do que não se pode dar razão, do abismal, como se diria ser conhecimento? – nem ignorância – porque aquilo que encontra o Ser [τὸ γὰρ τοῦ ὄντος τυγχάνον], como poderia ser total falta de saber [ἀμαθία]? É, pois, uma tal coisa a aparição correta, entre ciente saber e ignorante ignorância* (tradução minha).

O opinar corretamente é definido por ser incapaz de fornecer a razão (ἄνευ τοῦ ἔχειν λόγον δοῦναι), pois aquilo de que não se pode dar razão (ἄλογον γὰρ πρᾶγμα), como teria de conhecimento o nome (πῶς ἂν εἴη ἐπιστήμη;)? Diotima, contudo, insiste que chamar tal experiência de ignorância é inadequado, pois ela, apesar de *alogon pragma*, de algum modo atingiu o Ser, encontrou-o: ὸ γὰρ τοῦ ὄντος τυγχάνον πῶς ἂν εἴη ἀμαθία. Cito o original grego pois a expressão *tou ontos tunkánon*, é capaz de ser vertida de muitos modos, dado seu carácter fortemente metafórico. Carlos Alberto Nunes, por exemplo, verte-a por "o que atinge, de algum modo, o real", enquanto José Cavalcante de Souza prefere "o que atinge o ser". Na versão inglesa de Howatson, lemos "for how can it be ignorance if it has hit upon the truth?", ao passo que, na tradução espanhola, lê-se "pues lo que posee realidad no puede ser ignorancia?". Por fim, Schleiermacher traduz o passo por:

> "Wenn man richtig vorstellt, ohne jedoch Rechenschaft davon geben zu können, weißt du nicht, daß das weder Wissen ist, denn wie könnte etwas Grundloses eine Erkenntnis sein? noch auch Un-

verstand, denn da sie doch das Wahre enthält, wie könnte sie Unverstand sein?" (SCHLEIERMACHER, p. 711).

As versões portuguesas e inglesa parecem ser as que mais se aproximam do sentido concreto, e portanto metafórico, do verbo tunkanéin. Se mantivermos a carga imagética do passo, seremos forçados a concluir que a orthê doxa, atingindo o Ser, dele possui o predicado de verdadeiro, e por isso chama-se correta, por conter a verdade, como aliás verte Schleiermacher. A verdade, contudo, que assim se descortina e impregna tal opinião de *realidad*, como lemos na proposta espanhola, não pode ser dita episteme, pois, como já vimos, é sem fundamento, *alógon pragma*. Aqui, é-me irresistível a referência à tradução de Schleiermacher: *Grundloses*, literalmente o que não possui chão ou fundamento e, por isso, é *imediato*, sem mediação conceitual. Voltarei, depois, ao possível uso especulativo desta tradução. Agora, porém, entramos no espinhoso estatuto da *orthê doxa* no interior da epistemologia platônica, que aparece ao menos em três outros famosos diálogos: no *Menon*, no *Teeteto* e na *República*. No *Menon*, 97-b, Sócrates aproxima a orthê doxa, em sua utilidade como guia à virtude, à episteme:

> Σωκράτης: δόξα ἄρα ἀληθὴς πρὸς ὀρθότητα πράξεως οὐδὲν χείρων ἡγεμὼν φρονήσεως: καὶ τοῦτό ἐστιν ὃ νυνδὴ παρελείπομεν ἐν τῇ περὶ τῆς ἀρετῆς σκέψει ὁποῖόν τι εἴη, λέγοντες ὅτι φρόνησις μόνον ἡγεῖται τοῦ ὀρθῶς πράττειν: τὸ δὲ ἄρα καὶ δόξα ἦν ἀληθής (97-b).
>
> *Sócrates - Logo, para a boa direção da conduta, a opinião verdadeira, como guia, não é inferior ao conhecimento. Foi disso, justamente, que nos descuramos há pouco no nosso estudo acerca da virtude, sobre qual seja sua natureza, por admitirmos que somente o conhecimento serviria de guia seguro para a ação. A opinião verdadeira também serve*[170] *(trad. Carlos Alberto Nunes).*

---

170 Σωκράτης: δόξα ἄρα ἀληθὴς πρὸς ὀρθότητα πράξεως οὐδὲν χείρων ἡγεμὼνφρονήσεως: καὶ τοῦτό ἐστιν ὃ νυνδὴ παρελείπομεν ἐν τῇ περὶ τῆς ἀρετῆσσκέψει ὁποῖόν τι εἴη, λέγοντες ὅτι φρόνησις μόνον ἡγεῖται τοῦ ὀρθῶς πράττειν: τὸ δὲ ἄρα καὶ δόξαἦν ἀληθής.

As páginas finais do *Menon* levam Sócrates à maravilhosa posição aporética, mas nem por isso sem potência produtiva, conforme a qual a opinião correta, enquanto o for, atinge a verdade, assim como o conhecimento. Ocorre que, segundo o símile das estátuas de Dédalo, as opiniões corretas dependem de uma estabilidade sobre que não cabe aos homens ter controle. Por isso, podem ir e vir, sem que lhes possamos presidir a sorte, de modo que ora as temos, ora não as temos, arbitrariamente submetidos a um ritmo desconhecido. O conhecimento disso dista por ser, ainda segundo o símile, como o ato de amarrar as estátuas, o que ocorre por virtude da reminiscência. Lembremos que o passo ocorre logo após a demonstração geométrica que Sócrates realiza com o escravo, que vem a reconhecer a evidência de uma proposição matemática sem nunca antes ter-se ocupado de tal matéria. A anamnese, neste momento, serve como critério do que seja o conhecimento, e liga-se organicamente à demonstração da imortalidade da alma, detalhada no *Phaedo*. O ponto a que gostaria de chamar atenção é o seguinte: embora o conhecimento seja superior à opinião correta, pois fornece aos homens o controle sobre a justeza de suas ações, a virtude, incapaz de ser ensinada, não reside no conhecimento, sendo antes opinião correta[171]. Ora, e eis o ponto fundamental, Sócrates conclui o diálogo indicando que a opinião correta, não sendo aos homens alcançável por esforço próprio, pode ser apenas presente dos deuses: "se dirigimos com acerto a investigação e discorremos bem, a virtude nem é um dom da natureza nem pode ser ensinada, mas é por disposição divina e sem participação da inteligência que ela se encontra em quem se encontra, a menos que houvesse entre os homens públicos algum capaz de formar novos políticos." Esta a razão por que Sócrates identifica os políticos virtuosos com os poetas e advinhos:

> ὀρθῶς ἄρ' ἂν καλοῖμεν θείους τε οὓς νυνδὴ ἐλέγομεν χρησμῳδοὺς καὶ μάντεις καὶ τοὺς ποιητικοὺς ἅπαντας: καὶ τοὺς πολιτικοὺς οὐχ ἥκιστα τούτων φαῖμεν ἂν θείους τε εἶναι καὶ ἐνθουσιάζειν, ἐπίπνους ὄντας καὶ κατεχομένους ἐκ τοῦ θεοῦ, ὅταν κατορθῶσι λέγοντες πολλὰ καὶ μεγάλα πράγματα, μηδὲν εἰδότες ὧν λέγουσιν.

---

171 A conclusão fundamenta-se nos argumentos precedentes conforme os quais, se a virtude fosse ensinável, os grandes homens virtuosos do passado teriam podido ser os professores de seus próprios filhos, o que comprovadamente não foi o caso: Temístocles, por exemplo, não educou nem fez virtuosos seus filhos.

> *Com toda a justiça deveríamos também dar o qualificativo de divino aos que há pouco nos referimos, os profetas e os adivinhos, bem como a todos os que são dotados da faculdade poética. Sim, com igual direito poderíamos dizer que os homens políticos são divinos e iluminados, por serem inspirados e possuídos pela divindade que os deixa em condições de levar felizmente a cabo, por meio da palavra, tão grandes empreendimentos, sem nada saberem do que falam (trad. Carlos Alberto Nunes).*

Do ponto de vista epistêmico e ético, a *orthê doxa*, embora inferior ao conhecimento, é contudo apanágio de homens justos cujas belas ações atingem o Ser, sendo portanto verdadeiras. A virtude é idêntica à verdade, e disso não discordamos: trata-se apenas de apreender o melhor caminho epistêmico até tal identidade. No *Menon*, assim como no *Symposium*, vemos que a *orthê doxa* está fundamentalmente relacionada com o Ser, pois o atinge. Agora repare-se no movimento fundamental: o fato de que os homens assim opinantes não possam fornecer razão do seu opinar não é visto de modo negativo, relacionando-se tal passividade antes à inspiração divina, à manía de que, no *Phaedrus*, Platão falará como de uma necessária experiência do filósofo. Podemos então concluir que o tom positivo por que a *orthê doxa* vem no *Menon* caracterizada não é revestido da ironia com que, no Íon, Sócrates trata a inspiração dos rapsodos e poetas. Se tal ironia aqui também estivesse presente, ela teria de contaminar a figura de Eros e do filósofo, por razões estruturais que já mencionei e a que darei ulterior desenvolvimento. Antes de retomarmos o discurso de Diotima, façamos apenas mais um comentário relativo à fórmula *alogon pragma*, que caracteriza a *orthê doxa*.

Vimos que a opinião correta é formalmente definida por sua condição de *metaxu*, entre conhecimento e ignorância. Ora, o estatuto do conhecimento, ἐπιστήμη, em Platão é definido em geral por ligar-se à capacidade de fornecer razões, isto é, estabelecer uma explicitação proposicional a respeito daquilo de que se possui conhecimento. No *Menon*, a superioridade do conhecimento é vividamente apresentada pelo símile das estátuas, em que metaforicamente observamos a natureza ativa da episteme. Também no *Phaedrus* tal caráter de atividade é explicitamente associado ao conhecimento, que fornece o critério com que se distinguem a boa da má retórica: o bom retórico é aquele capaz de defender seus *lógoi* escritos, pois fez a experiência do que é verdadeiramente[172] e, ainda que o chamar sábio seja demasiado, cabe-lhe decerto a designação de filósofo. Na *República* 534b-d, o conhecedor do Bem é aquele capaz de fundamentar seu saber por meio de argumentos que, como numa briga, deixam-no incólume, pois protege-o o conhecimento da essência[173]. Ocorre então que a episteme caracteriza-se por ser capaz de explicitação conceitual, por recorrência a conceitos que fundamentam o conhecimento daquilo que se conhece. O que não podemos fazer é reduzir toda a epistemologia platônica à posição específica da episteme, pois isso seria reduzir-lhe a complexidade. Ora, é o que aponta Vlahovic (2005) em sua discussão do conceito de episteme em Platão. Para Vlahovic, não há apenas uma dimensão única, monolítica, pela qual Platão encara o conhecimento do Ser: não se trata de escolher exclusivamente ou a intuição imediata das Formas ou a explicitação proposicional do conhecimento, mas perceber-lhes a dinâmica interação na aquisição da episteme, em sentido lato:

> The intuition of Forms and the production of *logoi* seem to contribute together to the acquisition of *epistêmê*: the production of a *logos* contributes to the acquisition of *epistêmê* only if it is accompanied by an intuition of a Form; and a Form is intuited in a way that contributes to the acquisition of *epistêmê* only if it results in the production of *logoi* that are about the Form (VLAHOVIC: 2005, p. 6).

> *A intuição das Formas e a produção dos logois parecem contribuir em conjunto para a aquisição da epistêmê: a produção de um logos contribui para a acquisição de uma epistêmê apenas se é acompanhada da intuição de uma Forma; a uma Forma é intuída de modo a contribuir à acquisição de epistêmê apenas se ela resulta da produção de logoi relativos à Forma* (VLAHOVIC: 2005, p. 6).

Por intuição de uma Forma Vlahovic refere-se a uma experiência imediata que, sendo fonte de articulações conceituais e lógicas, a

---

172 Assim lemos o passo de *Phaedrus*, 278c: εἰ μὲν εἰδὼς ᾗ τὸ ἀληθὲς ἔχει συνέθηκε ταῦτα, καὶ ἔχων βοηθεῖν, εἰς ἔλεγχον ἰὼν περὶ ὧν ἔγραψε.

173 τοῦ ἀγαθοῦ ἰδέαν, καὶ ὥσπερ ἐν μάχῃ διὰ πάντων ἐλέγχων διεξιών, μὴ κατὰ δόξαν ἀλλὰ κατ᾽ οὐσίαν προθυμούμενος ἐλέγχειν, ἐν πᾶσι τούτοις ἀπτῶτι τῷ λόγῳ διαπορεύηται (534ξ).

elas contudo não se reduz. Creio que a inferência de Vlahovic pode ser confirmada pela aporia com que finda o *Theaetetus*. Refutando as teses empiristas que fundam o conhecimento na percepção, Sócrates insiste que, sem as regras que fundamentam o uso adequado das opiniões corretas, não estamos ainda em condição de definir como tais noções se formam, pois nos faltam as regras – as formas – pelas quais combinamos as percepções simples, transformando-as em conceitos complexos. Isso significa que não há regras que expliquem o uso de regras, pois isso engendraria uma regressão infinita e tautológica: é como se, de uma tacada, de algum modo adivinhássemos a maneira adequada e correta pela qual aprendemos a utilizar e aplicar certo conceito. Esta súbita compreensão é em geral descrita por Platão com a linguagem mítica da anamnese como visão pregressa das formas, pois de fato são elas que nos fornecem a capacidade de conhecer. Neste sentido, a inferência de Vlahovic confirma-se pelo estudo cerrado que Chappel empreende do *Theaetetus*:

> Socrates' basic objection to this theory is that it still gives no proper explanation of *how* this logical construction takes place. Without such an explanation, there is no good reason to treat the complexes that are thus logically constructed as anything other than simples in their own right. We need to know how it can be that, merely by conjoining perceptions in the right way, we manage to achieve a degree of semantic structure that (for instance) makes it possible to *refer to things in the world*, such as Theaetetus. But this is not explained simply by listing all the simple perceptions that are so conjoined. Nor—and this is where we reach the third proposal of 208b11–210a9—is it explained by fixing on any of those perceptions in particular, and taking it to be the special mark of Theaetetus whereby reference to Theaetetus is fixed (CHAPPEL, 2019).

Chappel aponta que, na última parte do *Theaetetus*, quando Sócrates introduz o argumento do sonho, pelo qual aponta que conceitos são formados de elementos simples, a aporia final encerra um saldo positivo, na medida em que negativamente deixa perceber a importância das ideias como elementos epistemológicos essenciais para a resolução dos limites operacionais da teoria empirista. Se é assim, então Vlahovic tem razão ao apontar que a epistemologia platônica conjuga dinamicamente conteúdo proposicional e intuição imediata das formas/ideias.

Estamos aparentemente longe do *Symposium*? A digressão foi necessária para entendermos mais delicadamente o estatuto da *orthê doxa*, que corresponde estruturalmente, por virtude do *metaxu* que as liga umas às outras, às figuras de Eros e do filósofo/Sócrates. *Apreender o estatuto da orthê doxa permite-nos pensar a relação erótica do filósofo com o Ser, de modo a compreender a relação ontológica dos dois termos*. O resultado a que chegamos pode ser assim sintetizado: enquanto *encontro com o Ser*, a *orthê doxa* aponta para o fato de que o ponto desde o qual o sujeito torna-se filósofo implica uma interpelação, pela qual o Ser apresenta-se-me gratuita e imediatamente, assim instituindo-me filo-sofo, isto é, amante de sophía e de seu objeto: o Absoluto. Observe-se, já aqui, que podemos interpretar o passo ao menos de duas formas: a experiência de encontro ao Ser atira-me à busca de seu conhecimento verdadeiro, mas a estrutura de tal conhecimento será definida precisamente pelos predicados do objeto a ser conhecido. Queremos com isso dizer que da definição do Ser que verdadeiramente É depende a natureza específica de sua episteme: nossa epistemologia será definida portanto por nossa proposta ontológica. É a este último passo que a análise final nos conduzirá.

§4 O Gênio e o Ser: Eros e a Generosidade da Díade como imediato e gratuito Dar-se do Ser no Aparecer

Eu disse ser o objetivo deste capítulo a operacionalização do conceito de gênio, desde uma perspectiva romântica, tal como a venho desenvolvendo ao longo deste livro. A inspiração para a análise do *Banquete* veio do cotejo do texto grego com a tradução de José Cavalcante de Souza, que de maneira ousada verte o *daímôn* [δαίμων] por *gênio*. Eu digo ousada não porque seja inusual a tradução: de fato, o daímôn socrático é um gênio, não no sentido moderno e interiorizado que nos vem de imediata forma à mente, mas qual espírito acompanhante, como na poética narrativa do *Phaedo*, quando Sócrates descreve o caminho a ser percorrido pela alma até chegar ao Hades: o guia ao qual é confiada a ψυχή apenas liberada da prisão corporal é também um daímôn, é aliás *seu* daímôn privado. Não é, pois, pelo inusitado modo de verter daímôn que aqui me inspiro – mas por uma sua inusitada recepção. Desejo ler o *daímôn* como *gênio* no sentido romântico, e fortalecer os ganhos especulativos colhidos até aqui pelo desenvolvimento de uma ontologia do entre, que é igualmente uma descrição do Ser como generosidade pronunciada pelo imediato e gratuito aparecer. De modo, portanto, deliberadamente anacrônico, propus-me ler o diálogo platônico a partir de categorias românticas, sem com isso descurar do ânimo que deve mover todo esforço especulativo: o encontro com a Verdade e com o Ser.

Ora, logo depois da definição de *orthê doxa* como espaço epistêmico entre sabedoria e ignorância, Diotima continua seu raciocínio afirmando que, precisamente, também entre mortal e imortal tem essência Eros, em cuja natureza o *metaxu* reverbera, ligando-o pois ao espaço epistêmico da *orthê doxa* – da aparição correta ou, em mais ousada tradução, do deslumbrante aparecer. Diante do estupor de Sócrates, Diotima explica que, intermediário entre os deuses e os homens, o gênio mantém o Todo consigo mesmo relacionado. Por isso, homens de gênio são sábios em matérias mânticas, pois recebem dos deuses mensagens cifradas, que transmitem à linguagem mortal:

> θεὸς δὲ ἀνθρώπῳ οὐ μείγνυται, ἀλλὰ διὰ τούτου πᾶσά ἐστιν ἡ ὁμιλία καὶ ἡ διάλεκτος θεοῖς πρὸς ἀνθρώπους, καὶ ἐγρηγορόσι καὶ καθεύδουσι: καὶ ὁ μὲν περὶ τὰ τοιαῦτα σοφὸς δαιμόνιος ἀνήρ, ὁ δὲ ἄλλο τι σοφὸς ὢν ἢ περὶ τέχνας ἢ χειρουργίας τινὰς βάναυσος. οὗτοι δὴ οἱ δαίμονες πολλοὶ καὶ παντοδαποί εἰσιν, εἷς δὲ τούτων ἐστὶ καὶ ὁ Ἔρως (203-a).

> *Um deus com um homem não se mistura, mas é através desse ser [do gênio] que se faz todo o convívio e diálogo dos deuses com os homens, tanto quanto despertos como quando dormindo; e aquele que em tais questões é sábio é um homem de gênio, enquanto o sábio em qualquer outra coisa, arte ou ofício, é um artesão. E esses gênios, é certo, são muitos e diversos, e um deles é justamente o Amor* (trad. Cavalcante Souza, 203-a).

Como no *Menon*, observamos um elogio ao homem demoníaco (δαιμόνιος ἀνήρ), que de algum modo atinge o Ser, aqui simbolizado pelos deuses, cujo convívio é aos homens possibilitados por Eros – melhor: aos homens Eros forja o dialeto com que se lhes torna possível dirigirem-se aos deuses e dos deuses colherem a mensagem. Eros, por estar *entre* imortais e mortais, é o *locus* de singular emergência: a do pensar ele mesmo. Este pensar é o da orthê doxa, que veremos ser o início mesmo da filo-sofia, deste amor lancinante pela bela moça que os gregos chamavam Sophia. O pensar tem origem no *entre*, e, para os mortais, existe apenas enquanto decisão de habitar este *entre*. Platão é claríssimo em seu texto: o diálogo, mas também a língua, ἡ διάλεκτος, aos deuses há, *πᾶσά* ἐστιν ἡ διάλεκτος θεοῖς, em direção aos homens, πρὸς ἀνθρώπους, porque Eros é não só o mensageiro dos homens aos deuses, mas também da divina satisfação para os homens – Eros é, na condição de *entre*, a língua mesma de uma interpelação, pela qual o divino aparece ao humano. O aparecer, enquanto interpelar, é alogon pragma, porquanto o divino não se pode enfeixar na humana razão. Mas é, porque divino, *ὀρθή*, correto e justo o interpelar deste súbito aparecer. O *entre*, longe de ser um *ainda não de um já* que pronunciaria a incompletude de quem resta longe do termo de chegada, é a chegada ao porto de um *ainda* – este porto se chama filosofia.

Em seguida, Sócrates pergunta pelos genitores de tal gênio, e segue o célebre relato mítico. Importante, agora, é perceber que, da narrativa, vão-se impondo os predicados com que, em seguida, o filósofo/Sócrates será caracterizado. Diotima narra, então, a concepção de Eros no dia do nascimento de Afrodite, pelo conúbio entre Penía e Póros. O fato de Eros ser filho de Penía confere-lhe os predicados da carência: de pés descalços, de tudo indigente, Eros é por isso mesmo a imagem exemplar do filósofo[174] (cf. HADOT, 1995, 2014; REALE, 1996, JAEGGER, 2018). O passo é sempre referido e constitui lugar comum nos estudos platônicos: a perspectiva que sobre ele desejo propor, contudo, pode render novos saldos. É que, sendo da indigência filho e partícipe, Eros é marcado por uma negatividade estrutural, à qual se vem juntar, porém, uma positividade que lhe é igualmente fundamental, de seu pai recebida. É por *ter consciência de sua carência, isto é, por saber-se ignorante, que Eros constitui-se filósofo:* assim como Sócrates, há no saber do não-saber um saldo e uma virtude, ambos constituídos pela energia demoníaca que interpela o ignorante em filósofo. O fato de saber-se não sábio é resultado de uma atividade mental que, enquanto tal, não pode ser conceitualmente determinada: não há uma regra exata pela qual podemos apreender nossa própria carência de conhecimento dos seres. Mais ainda: à *docta ignorantia* chegamos ao percebemos que o Sistema de Juízos Finitos com que julgávamos capturar o Mundo, submetendo-o à medida de nosso simplório querer, é a esclerótica *imago mundi* de um Mundo sempre aberto e, portanto,

---

174 O leitor poderá comparar a fórmula do filósofo, doente e de pés descalços, com o que chamei a biografia do pensar desenvolvida em *Elogio da Velhice e do Espírito*.

transcendente à parva *regula* de nosso desejos. Para usar agora *figuras* já firmadas nos capítulos anteriores, o saber erótico, como saber de meu próprio não saber, é irrupção da abertura nas paredes simples da Demora – é, portanto, a emergência do Vazio em uma língua que se julgara completa e compacta, capaz de foracluir o Re de Re-mora. Se nossa relação com o Ser fosse de fato passível de descrição finita absoluta, como língua que a si mesma se constrói pela descoberta evidente de suas próprias primeiras premissas, não seríamos entes capazes do espanto diante da beleza, tampouco nos assombraria, neste angustiante mas tão belo assalto, a sombra irremediável das perguntas. A isso somos levados ou por uma experiência divina – tal como se deu com Sócrates –, ou pela influência de um outro filósofo, por cuja fascinante presença nos damos conta da indigência que nos constitui. É o Outro, pois, que me interpela e me constitui filósofo[175]. Assim, Eros delineia a primeira fórmula do filósofo, que depois será materializada na figura do próprio Sócrates.[176] Mas se dizer Eros é já dizer filósofo, igualmente daí devemos dizer *gênio*, como propõe a perspicaz tradução de José Cavalcante de Souza. Eros é daímôn pois reside *entre* imortais e mortais, assim como residia, por ventura de sua gênese, *entre* a ignorância e a sabedoria. Ora, dos deuses é apanágio a felicidade e o conhecimento: por isso, são *makárioi*, beatos e de nada carentes. Aos mortais cabe, por moira, a fatal ignorância do curso do mundo, e sua fraqueza revela-se precisamente na *falsa opinião* que das coisas possuem. Onde reside, pois, o filósofo, vale dizer, o gênio? Ora, exatamente no lugar que Diotima lhe reservara: μεταξύ, entre imortais e mortais, entre Absoluto e relativo, eternos e corrompíveis. Os deuses são bem-aventurados e sempre felizes pois, conforme uma expressão grega, possuem o Ser e são sempre essentes: o vate canta o μακάρων γένος αἰὲν ἐόντων, a estirpe dos que eternamente são, como lemos em Hesíodo[177]. Os mortais,

---

175 O leitor terá aqui percebido o eco da leitura do *Filoctetes,* desenvolvida em Ética como ontologia. A ideia é central pois, como Levinas, penso a ontologia a partir da ética. O contato com o gratuito e imediato apresentar-se do Ser no aparecer só existe na interpelação ética de um Outro que me descortina um mundo de sentido. A interpelação do Ser, portanto, é sempre já o dirigir-se a mim do Outro, de uma voz que me institui filósofo por desvelar-me um mundo de sentido pelo amor que sua única aparição funda.

176 Claro que toda a potência do movimento platônico se deixa melhor apreender pelas relações intertextuais que o passo mantém com os outros diálogos: da *Apologia* ao *Phaedo*, passando pelo *Phaedrus* e pelo *Lísis*.

177 O canto do vate deve eternizar-se por força da eternidade

ao contrário, não possuem o Ser, mas ocupam partes do Ser, são portanto possuídos pelo Ser: determina-os a moira que a cada um coube. O filósofo, porém, embora não possua o Ser e, pois, não seja imortal (com efeito, a figura do sophós, conforme argumenta Pierre Hadot, era na Antiguidade equiparada à de Deus e, portanto, funcionava apenas como ideia reguladora no sentido kantiano)[178] fez contudo a experiência do Ser, e por isso sabe-se dele carente (cf. *Phaedrus*). A ὕβρις dos mortais não-sábios reside, sempre, no fato de pensarem-se possuidores do Ser e, portanto, esquecerem da carência que os funda: como lemos em Ésquilo, Zeus pune, *kolázei*, o mortal que esquece sua própria morte iminente. O filósofo, ao contrário, percebe a vacuidade de seu saber por ter tido o gosto do Ser, razão por que pode apenas *amar*, no sentido helênico de ἔρᾰμαι e de φιλείν, aquilo que lhe falta: Σοφία.

É de novo Hadot que aqui nos ajuda, ao demonstrar com rigor como a sabedoria era, na filosofia antiga, um ideal não alcançável por mortais, o que aliás se revela no belo nome que o Ocidente dos gregos herdou e com que, desde Platão, caracteriza a ciência primeira, que funda, pelo amor e pela carência que lhe são os predicados centrais, todas as outras:

---

daqueles de que faz o elogio – a lembrança daqueles que são eternos é ela mesma eterna. Eis, em sua inteireza sintática, os versos de Hesíodo que cito:

> ἐνέπνευσαν δέ μοι αὐδὴν
> θέσπιν, ἵνα κλείοιμι τά τ' ἐσσόμενα πρό τ' ἐόντα.
> καί μ' ἐκέλονθ' ὑμνεῖν μακάρων γένος αἰὲν ἐόντων,
> σφᾶς δ' αὐτὰς πρῶτόν τε καὶ ὕστατον αἰὲν ἀείδειν.

178 A respeito veja-se como a figura de Epicuro, na laude que lhe dirige Lucrécio, funciona como o que Hadot chama de "norma transcendente", que guia todo filósofo em sua aspiração a Sophia:

> *te sequor, o Graiae gentis decus, inque tuis nunc*
> *ficta pedum pono pressis vestigia signis,*
> *non ita certandi cupidus quam propter amorem*
> *quod te imitari aveo* [...]
> *tu, pater, es rerum inventor, tu patria nobis*
> *suppeditas praecepta, tuisque ex, inclute, chartis,*
> *floriferis ut apes in saltibus omnia libant,*
> *omnia nos itidem depascimur area dicta*

Gostaria rapidamente de insistir na indissolúvel presença do amor como causa da admiração, que leva ao desejo de imitar o Outro, por cuja interpelação torno-me filósofo: *propter amorem quod te imitari aveo*, diz Lucrécio.

> Avec le *Banquet*, l'étymologie du mot *philosophia*, l'amour, le désir de la sagesse, devient ainsi le programme même de la philosophie. On peut dire qu'avec Socrate du *Banquet*, la philosophie prend définitivement dans l'histoire une tonalité à la fois ironique et tragique. Ironique, puisque le vrai philosophe sera toujours celui qui sait qu'il ne sait pas, qui sait qu'il n'est pas sage, et qui donc n'est ni sage, ni non-sage, qui n'est à sa place ni dans le monde des insensé ni dans le monde des sages, ni totalement dans le monde des hommes ni totalement dans le monde des dieux, inclassable donc, sans feu ni lieu, comme Éros et Socrate. Tragique aussi, parce que cet être bizarre est torturé et déchiré par le désir d'atteindre cette sagesse qui lui échappe et qu'il aime (HADOT, 1995, p. 81).
>
> *Com o Banquete, a etimologia da palavra filosofia, o amor, o desejo da sabedoria, torna-se assim o programa mesmo da filosofia. Pode-se dizer que, com o Sócrates do Banquete, a filosofia toma, na história, definitivamente uma tonalidade a uma só vez irônica e trágica. Irônica, porque o verdadeiro filósofo será sempre aquele que sabe que não sabe, que sabe que não é sábio, e que portanto não é nem sábio nem não-sábio, que não está em casa no mundo dos insensatos nem no mundo dos sábios, nem totalmente no mundo dos homens nem totalmente no mundo dos deuses, inclassificável portanto, sem eira nem beira, como Éros e Sócrates. Trágica também, pois este ser bizarro é torturado e dilacerado pelo desejo de atingir esta sabedoria que lhe escapa e que ele ama* (HADOT, 1995, p. 81).

Como claramente demonstra Hadot, os qualificativos de Eros passam automaticamente a Sócrates, o filó-sofo por antonomásia. Por isso, quando Alcibíades faz-lhe o elogio, na bela cena que encerra o diálogo, a expressão recorrente é *atopos*: Sócrates é único, por conseguinte estranho, inclassificável – Leopardi diria *peregrino*. Ora, mas é precisamente a falta de raízes pátrias que caracteriza Eros segundo Diotima. Permita-se-me citar o texto grego: Eros é καὶ πολλοῦ δεῖ ἁπαλός τε καὶ καλός καὶ αὐχμηρὸς καὶ ἀνυπόδητος καὶ ἄοικος, χαμαιπετὴς ἀεὶ ὢν καὶ ἄστρωτος, ἐπὶ θύραις καὶ ἐν ὁδοῖς ὑπαίθριος κοιμώμενος, τὴν τῆς μητρὸςφύσιν ἔχων, ἀεὶ ἐνδείᾳ σύνοικος, οἷον οἱ πολλοὶ οἴονται, ἀλλὰ σκληρὸς. Eros é áspero e esquálido, como o gênio para Leopardi: *Uom di povero stato e membra inferme /che sia dell'alma generoso ed alto,/ non chiama se nè stima/ ricco d'or nè gagliardo*. De pés nus, pois humildemente exposto ao Ser. É também aoikos, isto é, sem morada certa em que fincar raízes. Ele é, portanto, peregrino, *Wanderer*, nisso diferenciando-se dos deuses e dos mortais vulgares, que julgam ser sua casa última a do solo pátrio onde nasceram, cujos costumes herdam sem lhes imprimir modificação alguma, porquanto não sentem desejo algum por longínquas terras, falta-lhes de todo a febre por navegar. Com efeito, os sábios e beatos, por bastarem-se a si mesmos, enraízam-se em si, são para si mesmos casa e pátria; os mortais, que tudo ignoram, iludem-se ao erguerem cidades e casas, crendo-se prole de um solo a que chamam natal: esquecem-se na De-mora. Apenas o filósofo, como Eros, sente *Saudade de casa, pois nela nunca está*[179]*: o gênio-filósofo padece, como belamente sugere Hadot, da trágica e irônica consciência de desejar a posse do que, por definição, não se deixa possuir, pois gratuito e imediato demais para subsumir-se no que quer que seja.* Mas se é assim, então há de fato uma unidade estrutural entre Eros-filósofo/Sócrates e a *ὀρθὴ δόξα*, unidade que reside precisamente na bela imagem da Interpelação do Ser ao gênio: τὸ τοῦ ὄντος τυγχάνον. Se a *ὀρθὴ δόξα* é, como vimos, por um lado verdadeira, pois produto da Interpelação do Ser, e, por outro, de certo modo ignorante, pois é alogon pragma, incapaz de dar razão de tal encontro, tal ocorre por ser ela estruturalmente necessária à condição de filo-sofo. O que marca Sócrates não é a sabedoria positiva expressa num conjunto e sistemático a que se poderia chamar doutrina: Sócrates, por nada saber, não transmite conhecimentos positivos, mas, pela sedutora unicidade de sua aparição, chama ao pensar.

---

179 Eis o verdadeiro, e viril, significado do fragmento de Novalis, tantas vezes submetido à infantilização vulgar que é regra e hábito nas pedagogizações dos cursos de Letras: *Die Philosophie ist eigentlich Heimweh, ein Trieb überall zu Hause zu sein*. A Saudade não diz de nostalgia infantil pela casinha materna perdida, que o adulto, para crescer, teve de abandonar. A Saudade, ao contrário, é o resultado de um árduo processo que poderia ser descrito como o amor ao deserto das alturas e o desgosto pela repetição banal dos significados estabilizados. Saudade só há, para empregar outra *figura*, a quem se postou no Vértice do Triângulo, face ao Infinito amorfo e aterrorizante. A segunda parte da frase novalisiana, *o desejo de estar em casa por todo lugar*, não é índice de uma neurótica vontade de identificar o útero materno com a abóboda celeste, mas, ao contrário, o de cultivar a ausência da casa como o *überall* deste *Heimweh*. É que é necessário tudo perder, para saborear o início do desejo.

Ocorre, entretanto, sublinhar um último ponto. Eu havia dito que discordo de Reale por, desconsiderando o lugar da *ὀρθὴ δόξα*, haver ele pensado a Beleza como manifestação sensível do Uno, definindo Eros como tendência ao Bem, o que estaria de acordo com a tese de Diotima da ascensão da beleza, que parte do sensível e eleva-se ao inteligível. Diante disso, parece haver uma contradição com a *orthê doxa*, pois não é nesta que consiste a estabilidade, identidade e eternidade próprias ao Bem, como diz-nos o símile do *Menon*, mas na episteme, única em que há manência das formas em si mesmas.

Como, então, resolver a aparente grosseria de afirmar ser a opinião correta apanágio do filósofo? Não é justamente no *Phaedo* que Sócrates argumenta que o filósofo, buscando a estabilidade da episteme, salva-se do horror da morte, nela reconhecendo a ansiada libertação da alma, em que se dão as operações dianoéticas pelas quais o conhecimento dos entes segundo eles mesmos se torna possível? Incorreríamos, então, em vulgar erro, ao interpretarmos a opinião correta como verdadeira dimensão epistemológica em que se move o gênio? Creio que não, se nos for permitida uma leitura filológica, no sentido schlegeliano de amor à palavra e ao pensamento. Com efeito, no texto platônico a expressão utilizada é *ὀρθὴ δόξα*. Ora, *δόξα* vem, como se sabe, do verbo δοκεῖν, aparentado, em seu significado, ao φαίνεσθαι. Ao dizer *dokei moi*, digo com isso que algo, vale dizer o que é, a mim se me apresenta enquanto tal ou qual. A doxa, por isso, deixa-se traduzir como aquilo que, aparecendo de modo imediato aos homens, põe-se sem mais como aquilo que é – daí, aliás, o seu estatuto problemático no *Theaetetus* para a definição completa do conhecimento. Ora, sabemos que parte fundamental da crítica platônica reside em provar a existência de dois níveis metafísicos, um a que acedemos pelos sentidos, submetido à corrupção temporal; outro a que chegamos apenas pelo pensamento puro, e em que residem as ideias, manentes nelas mesmas. Conforme a epistemologia platônica, apenas a dialética, em seu movimento diairético e sinóptico, seria capaz de levar-nos ao domínio ontológico das ideias, o reino das coisas que verdadeiramente são. A doxa, ao contrário, é mero reino de confusão. Como resolver o aparente erro?

Lembremos, primeiro, que, na *orthê doxa*, o que aparece aparece corretamente, vale dizer, de acordo com a verdade. Assim ocorre pois, de certo modo, a *ὀρθὴ δόξα* atingiu o Ser – τὸ γὰρ τοῦ ὄντος τυγχάνον –, embora dele não saiba dar razão. Eis, nesta concessiva, toda a chave hermenêutica buscada: Platão menciona que a uma experiência de que não se pode fornecer a razão (*ἄλογον γὰρ πρᾶγμα*) não poderíamos denominar conhecimento. Com efeito, todo conhecimento supõe a possibilidade de uma determinação conceitual, por virtude da qual os entes, ta onta, deixam-se definir em suas diferenças e semelhanças, mas de modo claro e distinto. O caminho adequado, o methodos, é fornecido pela dialética, em seu movimento de diairesis e sinópsis, tal como a exemplifica o *Sofista*. Se, portanto, não for possível a determinação conceitual da experiência[180], devemos corretamente concluir que sua falta de razão, *alogon*, provém ou de sua inadequação ao Ser, o que a configuraria como mentira e falsa opinião, ou pelo fato de, do Ser, articular-se por ela qualquer coisa que, ontologicamente, não pode ser subsumido em um juízo determinante, em uma proposição, em um *logos*. Ora, Platão diz claramente que a opinião é correta pois atinge, encontra, interpela o Ser: τὸ γὰρ τοῦ ὄντος τυγχάνον. A primeira opção, com isso, está excluída, e não nos resta senão seguir a via alternativa. Se assim é, podemos então especular que a opinião correta é uma Interpelação do Ser, mas de tal modo que, nela, a verdade – pois que é *ὀρθὴ* – convive com certa alogicidade[181], a qual pode revelar-se fundamental. Como saber, então, se tal alogicidadade – *ἄλογον* – é acessória ou estrutural? A resposta é fornecida pelo próprio Platão e já foi por mim antecipada: seguindo o silogismo arquitetado pelo tríptico opinião correta-Eros-filósofo/Sócrates, cujo elo articulatório reside precisamente no conceito de μεταξύ.

A opinião correta reside entre o conhecimento e a ignorância, assim como Eros, um gênio, por natureza permanece entre deuses, que possuem o Ser, e mortais, que desconhecem o Ser e são vítimas de ὕϐρις; ora, são os deuses sábios pois, possuindo o Ser, apreendem-no em total conhecimento, ao passo que os mortais, sendo ignorantes e possuídos pelo Ser, desconhecem os limites de sua moira e deixam-se punir pela ὕϐρις que os toma. O filósofo fez a experiência do Ser, e o sabe pois em grau diverso de como o sentem os homens: sabe-o como transcendente, isto é, como por definição além de juízos determinantes e finitos sob que em geral a matéria é subsumida. A transcendência do Ser, exposta na bela metáfora da segunda navegação do *Phaedo*, consiste no fato de que os juízos determinantes nunca exaurem a dimensão absoluta daquilo que é. Conforme o famoso dito da *Repúbli-*

---

180 Estou, deliberadamente, valendo-me da amplitude semântica da palavra utilizada por Platão: pragma.

181 Por alogicidade, é claro, estamos referindo-nos ao fato de que não se pode fornecer uma razão suficiente da experiência – sem que, por aí, irracionalismo esteja pensado. Trata-se, ao contrário, do ultrarracionalismo do *êxtase da razão*: não era já ele uma *ὀρθὴ δόξα*?

ca, o Ser que verdadeiramente é reside ἐπέκεινα τῆς οὐσίας – para além da essência. A alogicidade, portanto, não é algo de acessório, mas apresenta-se como predicado com que Platão expressa a natureza transcendente do Ser. Ora, sabemos que no paradigma hermenêutico da escola de Tübingen o Ser que é verdadeiramente identifica-se com o Uno e, pois, com o Bem, ainda que seja ele pensado sincronicamente com a Diáde. Por isso, vimos Reale defender que a Beleza é aparição sensível do Uno, de onde inferia que os conhecimentos matemáticos exemplificam paradigmaticamente os predicados do Belo: harmonia, proporção, medida, definição. Ocorre que, se é assim, então o carácter de *alógon pragma* que define a *orthê doxa* resta simplesmente olvidado e inexplicado. Como já disséramos antes, a tradução de Schleiermacher percebe bem a relevância filosófica do termo: *Grundloses* é aquilo que não tem chão nem fundamento, no sentido de que não há razão que possa explicar tal experiência, pois ela é puro dar-se, gratuito pois nem justificado por uma causa final nem por uma causa eficiente. O Uno, porém, está antes associado à autarquia narcísica dos deuses, que, beatos por bastarem-se a si mesmos, não filosofam, pois já possuem o Ser. Possuindo-o, são incapazes de perceberem a Beleza e de amarem: carentes de desejo, falta-lhes a falta e, por singela e simples razão, escapa-lhes a experiência fundamental com o Ser – aquela que gostaria de denominar *Interpelação ontológica.*

O Ser interpela quem dele percebe a face abismal, a generosidade bela porque gratuita, infundada. O Ser interpela, pois, aquele capaz de vislumbrar o abismo do Ser como seu *próprio* abismo: se o Ser é um dar-se sem razão, um Oferecer-se sem causa no Aparecer, não é porque seja irracionalidade pura, mas por a racionalidade proposicional que funda no Mundo as distinções e as faces dos entes estar, desde sempre, enraizada numa gênese ela mesma irredutível ao processo de identificação quidditativa. O filó-sofo é o homem que percebe serem os fundamentos de De-mora, a casa que lhe oferece o conjunto articulado de sentidos passíveis de identificação através de juízos engendrados por regras predicativas, um singular chão sem chão: *denn Grund ist Abgrund.* O que estou chamando a *gratuidade do Ser*, versão portuguesa da *Grundlosigkeit des Seins*, é o predicado ontológico que emerge, marcando-a e dele revestindo-a, na Interpelação do Ser – momento primevo do filosofar.

A suposta plena e rica condição dos deuses revela-se ironicamente pobreza radical, pois que privados da mais central e rica das experiências, aquela pela qual o Ser revela-se-nos enquanto Ser. Se assim é, então o Uno, que Giovanni Reale identifica como o Ser que verdadeiramente é, deixa de sê-lo, pois, ao invés de rico, mostra-se narcisicamente pobre. Ora, o filósofo é a prova viva de que o Ser é, antes de tudo, generosidade, expansão daquilo que aparece e, aparecendo, oferta-se sem razão: *alogon pragma*. O gênio, Eros e filósofo a um só tempo, é por conseguinte a figura que, no *Symposium*, propõe uma outra perspectiva sobre os predicados do Ser, antes identificada à Díade do que ao Uno. Com efeito, em perspectiva protológica a Díade possui função de expansão indefinida, sendo por isso pensada axiologicamente como má. Sem ordem e deixada a si mesma, a Díade seria princípio de dissolução e caos, em que todas as identidades se perdem, como na *ingens sylva* da *Scienza Nuova* de Vico, ou como os gigantes amorfos e monstruosos da *Teogonia* de Hesíodo. Há, todavia, uma outra chave com que encarar a Díade – sendo princípio de expansão sem razão, a Díade é também pura *gratias*, é o Oferecer-se gratuito e imediato do que aparece. Aparecendo, é no domínio da *aisthesis* que o Ser pode oferecer-se, e por isso o caracterizamos com o adjetivo imediato. Imediato significa: aquilo que carece de ou não possui mediação, portanto sem fundamento que o preceda – *alogon* e *Grundlos*. É também gratuito, pois ocorre sem causa final que subordine o aparecer em que o Ser se oferece a um ulterior momento, que o venha subsumir. Se assim fosse, deixaria de ser imediato, cessando igualmente de ser gratuito. O fato de o Ser expandir-se, portanto, estruturalmente implica sua gratuidade e sua imediaticidade. Por ser gratuito e imediato, o Ser se oferece aos entes e nos entes aos quais e nos quais aparece. Aparecendo gratuita e imediatamente para oferecer-se, o Ser é melhor experienciado na *aisthesis*, que, desde Kant, é pensada como experiência não-conceitual com dignidade especulativa, que não se reduz portanto a mero irracionalismo animalesco. A experiência estética, assim, é paradigmaticamente a experiência que interpela o sujeito em filósofo, pois é Interpelação do Ser, imediata, por isso *alogon*, mas verdadeira, porque reveladora daquilo que É.

*

Consciente da natureza anacrônica de minha leitura, não tenho a intenção de propor uma interpretação do *Symposium* que corresponda às opiniões históricas do pensamento de Platão. Elegendo o estatuto específico da *orthê doxa* em suas relações estruturais com Eros, o filósofo e Sócrates, a partir da hipótese do *metaxy* como liame arquitetônico, meu propósito foi apenas o de repensar uma posição metafísica na qual a figura do gênio seja definida pela Interpelação do Ser, assim propondo um elo entre ontologia e epistemologia que possuem na experiência estética, romanticamente pensada, seu paradigma. Por isso, comecei este estudo notando que Reale, reverberando Robin, Jaegger e Vernant, identificava o Belo com o Bem, de forma a propor o conhecimento matemático como paradigma da Beleza, assim lendo Eros como tendência ao Bem/Uno e, por conseguinte, deslocando o problema do gênio e do filósofo de suas relações com a *orthê doxa*. Se a aparição correta o é por encontrar o Ser, tocando-o abruptamente, é porque a reverberação deste tocar impõe um outro toque que é, a bem dizer, um re-toque, um tocar de novo, uma carícia, um flerte – que do Ser se ergue ao filósofo que, inesperadamente, faz-lhe a experiência. O filósofo, a quem pertence por ofício o pensar e que se define como aquele que está sempre em busca do que lhe falta, realiza sua vida desde este encontro, deste este toque que o interpelou e o instituiu pensador. Se o filósofo pensa, seu pensar é ato de amor – ato erótico. O pensar é erótico pois seu objeto não é uma coisa, este ou aquela, mas o abismal fundo de que emergem todas as coisas através do Aparecer que as carrega e oferta sem razão, *alógon*. Enquanto o conhecimento move-se pela postulação de relações localizáveis entre fenômenos, articulados conforme regras de predicação estabilizadas ou a serem ainda inventariadas, o pensar visa o Aparecer ele mesmo – e este não possui fundo nem chão, é gratuita oferta. A experiência da beleza move o pensador, não porque lhe ofereça leis de proporcionalidade intrínseca passíveis de matematização, mas porque, nas formas luminosas, deixa entre-ver o invisível obscuro do impensado. Assim entre-vendo, o pensador opera sempre pelo *entre*, localizado como está *entre* a ignorância total e a sabedoria. Não possuindo ele mesmo em si a beleza, aprende o pensador a ver pelo *entre* e, vendo *entre* a visibilidade das formas e o obscuro do abismo, chega a entre-ver que o fundamento da luminosidade das formas é a escuridão mesma do abismo e que, no abismo, habitam insuspeitas luzes. Por último, o pensador, morador do *entre*, entende que só toca o Ser ao deixar-se tocar, e sua genialidade é fruto, não de seu esforço pessoal para obter maestria sobre fenômenos do mundo, mas de fulgurante Interpelação, que súbita ante si irrompeu, constituindo-o filó-sofo.

Tocar ao ser tocado, o filó-sofo obecede à fórmula do Amor que reencontramos em alguns dos capítulos deste livro, e que eu assim quis sintetizar: *sou-te para ser-me o impossível que somos*. A ambiguidade fundamental do Amor, que lhe confere infinitude, reside em ser o impossível de um Dois que emerge desde um Encontro, por definição inesperado, sem fundamento eficiente ao qual pudesse ser reenviado e que lhe traçasse a previsível rota. O Nós que daí emerge não é o Uno aristofânico, círculo cego sem movimento, porque é a interação autônoma e bela de dois que poderiam viver um sem o outro os quais entretanto, depois do Encontro, não podem mais *se* serem sem o Outro serem. É isso que a bela forma dramática do *Symposium* nos ensina, o tesouro recôndito que o estranho estatuto da *orthê doxa* revela, quando lhe prestamos a devida atenção. O filósofo, antes do Encontro, é homem comum, ignorante, que vive sua vida e a morrerá, terá talvez filhos, momentos belos de sua vida lhes contará e a seus netos quem sabe, mas morrerá qual homem que nunca sentiu o gosto do Ser, como quem, morrendo, completa o círculo cego de uma existência que poderia bem não ter sido contada, cujo rastro se dispersa nas areias do Tempo. O Ser manter-se-ia o que é, com ou sem este homem ignorante que não lhe vislumbrou a face, não dele sentiu a dilacerante Saudade. Os dois, homem e o Ser do qual é ele parte, mantiveram-se independentes em sua existência, porque não se encontraram – faltou-lhes, a um e a outro, o toque: o tocar de um ser-tocado.

Mas nem todos assim passam a vida – e há, por vezes, os que vivem em radical saudade, que é a Saudade de quem não tem raízes. É a estes que Platão dedica seu *Symposium*, sua bela ontologia do Amor que é também seu belo testamento filosófico, seu anúncio de que pensar – pensar é um ato erótico. O pensador, ao encontrar o Ser, tocando-o ao ser por ele tocado no toque da Interpelação, viverá, de agora em diante, na condição de gênio – na condição demoníaca que a tradição romântica soube tão bem ver na figura do *Wanderer*, que decidiu habitar a Re-mora. Demoníaca, porque sua vida é, como aprendemos com Osman Lins, a do exercício de uma terrível impossibilidade: só pode ser-se sendo o Outro de si mesmo, na formação de um Dois que é enriquecimento constante, infinitude que para si escolheu. O preço a pagar por uma vida como esta é a de nunca conformar-se com as raízes que se lhe querem oferecer definitivas, é a de evitar a segurança da De-mora, o círculo das certezas sempre manentes em calma fresca – porque para quem assim pensa, para quem assim eroticamente vive, há somente uma opção, a mesma que Sócrates, ao final do diálogo, toma: à aurora que se ergue, enquanto todos se entregam à letargia do sono e aos fáceis sonhos, tem ele, Sócrates, o demoníaco, o gênio, o pensador, o erótico – tem ele de partir. *À* luz da aurora e *para* a luz da aurora – porque filosofia, esta busca pelo Belo, esta saudade do Ser, é, conforme vislumbrou Gadamer, como a Luz, um gratuito e imediato Oferecer-se no Aparecer:

'Hervorscheinen' ist also nicht nur eine der Eigenschaften dessen, was schön ist, sondern macht sein eigentliches Wesen aus. Die Auszeichnung *des* Schönen, daß es das Verlangen der menschlichen *Seele* unmittelbar auf sich zieht, ist in seiner Seinsweise begründet. Es ist die Maßhaftigkeit des Seienden, die *es* nicht allein sein läßt, was es ist, sondern es auch als ein in sich bemessenes, harmonisches Ganzes hervortreten läßt. Das ist die Offenbarkeit *(aletheia),* von der Plato im Philebos spricht, die zum Wesen des Schönen gehört. Schönheit ist nicht einfach Symmetrie, sondern der Vorschein selbst, der auf ihr beruht. Sie ist von der Art *des* Scheinens. Scheinen aber heißt: auf etwas scheinen und so an *dem,* worauf der Schein fällt, selber zum Erscheinen kommen. Schönheit hat die Seinsweise des *Lichtes.* Das meint nicht nur, daß ohne Licht nichts Schönes erscheinen, nichts schön sein kann. Es meint auch, daß *die* Schönheit des Schönen *als* Licht, als Glanz an ihm erscheint. *Sie* bringt sich selbst zur Erscheinung. In der Tat ist es die allgemeine Seinsweise des Lichtes, dergestalt in sich reflektiert zu sein. Licht ist ja nicht die Helle dessen, was es bescheint, sondern, indem es anderes sichtbar sein läßt, ist *es* selbst sichtbar, und *es* ist auf keine andere Weise sichtbar, als indem es anderes sichtbar macht (GADAMER, 1990).

Brilhar-vindo-à-frente não é apenas uma propriedade disto que é belo, senão que daí, de um tal assim luzir, retira sua essência. A caracterização do Belo como algo que para si imediatamente desperta a Saudade da alma humana está fundamentada em sua mesma constituição ontológica. O Belo é a proporção do ente, que não apenas o deixa ser o que é, mas sobretudo permite-lhe o Vir-à-frente como um Todo harmonioso. Esta é a Abertura (aletheia), *de que Platão fala no Philebos e que pertence à essência do Belo. Beleza não é apenas simetria, mas o próprio Luzir que nela habita. Ela possui a forma do Aparecer. Aparecer contudo significa: aparecer sobre algo e assim nisto, sobre o que o Aparecer recai, poder aparecer [enquanto Aparecer que é]. Beleza possui a constituição ontológica da Luz. Isso não significa apenas que a Beleza do Belo nele como luz ou brilho aparece. [Porque] ela traz a si mesma ao Aparecer. Verdadeiramente é este o comum modo de ser da Luz: no outro aparecendo em si re-fletir. Luz não é apenas a luminosidade do por ela iluminado, porque é o que, pela iluminação do por ela iluminado, pode iluminar-se – e ela de nenhum outro modo pode luzir senão ao luzir ao Outro de si* (GADAMER, 1990).

3

Em cada ente ler o nome de Deus: a meontologia de Giacomo Leopardi

Para Jess, que fornece a cada sílaba e torneio frásico a infinita dignidade que lhes é própria. A ela, cuja beleza imprevista é a dos templos antigos e a das frescas auroras, dedico este capítulo, porque em seu riso renasce o Mundo, porque sua fala é canto – e só no canto há salvação.

Eu gostaria de começar este capítulo citando as belas palavras de Martin Heidegger, em *Einführung in die Metaphysik* (1997). Lá, Heidegger sugere que todo grande pensamento sobre o Ser acha-se irremediavelmente constrangido a pensar também o Nada:

> *Desde o começo da pergunta a respeito do Ser acompanha-lhe a pergunta a respeito do Nada. Isso porém não apenas na condição de algo secundário. Mas, de acordo com a amplidão, profundidade e originalidade com que a pergunta a respeito do Ser é realizada, também assim formula-se a pergunta a respeito do Nada. A maneira pela qual nos perguntamos sobre o Nada pode servir de medida e índice da maneira pela qual nos perguntamos sobre o Ser* (HEIDEGGER, 1987, p. 18, tradução minha).

É praticamente um consenso absoluto, entre os grandes leopardianistas e outros interessados pelo pensamento de Giacomo Leopardi, que o Nada ocupa um lugar central na filosofia desenvolvida ao longo do *Zibaldone di pensieri*, seu imenso diário de reflexões. Desta evidência, inferem alguns autores, como Tilgher, Rensì, Prete, Donà e sobretudo Emanuele Severino a natureza profundamente niilista da ontologia leopardiana, niilismo a que faria par um materialismo de base, herdado e auferido da intensa leitura que Leopardi fez dos autores franceses e ingleses de seu tempo: Locke, Hume, D'Alambert, Helvetius, Voltaire, D'Holbach. A presença de tais autores na mente leopardiana é inegável, e suas aparições no *Zibaldone* são constatadas a cada página. A epistemologia empirista de John Locke causou-lhe imensa impressão, e juntava-se às proposições antropológicas e materialistas dos *philosophes* franceses para contrastar violentamente com a formação cristã que recebera, informada pela inacreditável erudição clássica e humanista fornecida a Leopardi pela biblioteca paterna. Pois bem, o paradigma de leitura niilista, formado desde as primeiras leituras de Rensì e Tilgher, passando por Luporini para chegar a Severino e Donà, insiste na herança iluminista, francesa e inglesa, como elemento chave na constituição do pensamento leopardiano. Severino, o maior intérprete desta tradição, alça tais elementos a um nível especulativo radical, que tem como consequência o reconhecimento de Leopardi como o mais radical pensador do Ocidente: conforme a leitura severiniana, Leopardi faria do devir o núcleo de uma filosofia em que toda Eternidade e todo Eterno seriam destruídos implacavelmente, dado que, sendo o Tempo e a facticidade a única realidade com que lidamos, é impossível julgar das coisas antes das coisas e postular, assim, um Fundamento eterno e absoluto capaz de fornecer um sentido à destruição de todos os entes. Levada às últimas consequências, tal tese afirma que o Nada é a única realidade última com que lidamos: ontologicamente, o pensamento leopardiano seria caracterizado como um niilismo materialista, pois deduz da exclusiva existência material dos entes o Nada que lhes subjaz a todos – tudo que existe saí do Nada e volta para o Nada. Aqui, a palavra Nada, em sua valência ontológica, tem o significado de destruição ôntica, mais especificamente de negação objetual, isto é, o Nada nega qualquer ente em sua condição ontológica de objeto, de *ob-jectum*, do que se põe no caminho na condição de coisa.

Ocorre que, como tentarei argumentar em detalhes, uma ontologia niilista-materialista torna-se insuficiente, em seu poder explicativo, diante do fenômeno da poesia e, em termos mais gerais, da beleza. A experiência estética, na qual o ente se põe diante de minha consciência pela unicidade da configuração de seu aparecer, supõe ao menos duas coisas que são incompatíveis com um niilismo-materialista que vê o Nada como destruição objetal: primeiro, a experiência da beleza é marcada por uma absoluta gratuidade, no sentido de que não há nem causa eficiente nem causa final que subordine a aparição do ente, fornecendo-lhe uma razão e englobando-o num sistema ôntico de causas e efeitos – o que Leopardi chama *gran catena degli esseri*, grande cadeira dos seres; em segundo lugar, tal gratuidade se fundamenta no que proporei chamar *a unicidade formal de um aparecer*, que, enquanto tal, é sempre o aparecer de um ente para uma consciência, capaz de colher eticamente sua unicidade e preservá-la como beleza. O encontro com o belo, portanto, implica uma relação ética com os entes, relação na qual o princípio de razão suficiente e o princípio de razão final (duas das quatro causas aristotélicas, *to hothen* e *to hou heneka*) se revelam como insuficientes, o que garante a dignidade infinita dos entes: para exprimir-me de modo paradoxal, no belo o relativo torna-se absoluto. Ora, precisamente porque a experiência da beleza supõe a gratuidade dos entes – a ausência de uma causa, seja suficiente seja final, que os fundamente –, nela certa indizibilidade revela-se essencial. Esta indizibilidade, esta ausência e esta lacuna necessária, é uma das figuras do Nada na filosofia de Giacomo Leopardi. Dado que tal indizível mostra-se produtivo, não sendo nem apelo a irracionalismo barato nem niilismo pessimista, proponho ler as várias reflexões sobre o Nada em Leopardi como expressão de uma meontologia, e nisso sigo as indicações de Givone, breves mas cirúrgicas, para quem muito se ganharia se o Nada leopardiano deixasse de ser lido em chave niilista e passasse a ser pensado meontologicamente.

Pois bem. Meontologia diferencia-se de niilismo, por vários aspectos, mas para simplificar nos concentraremos em apenas um: como a própria proposta etimológica de Leopardi afirma, *nihil* é a negação de *hulé*, da matéria, que no grego antigo significava originalmente madeira. O *nihil* latino, portanto, significa a destruição da madeira, no sentido da destruição de um objeto. O *nihil* é sempre o ato que nega, portanto torna ausente, o ente que se põe na condição de *ob-jectum*, de coisa que se me põe diante enquanto coisa. A meontologia, ao contrário, forma-se pela junção da partícula mê, que exprime mais do que mera negação, e ón, Ser, ente, existência. O grego antigo possui duas palavras para expressar negação: ou(k) e mê. Ouk expressa a negação de um estado de coisas: numa proposição simples como ho *Socrátes ouk estin lakedaimoios*, Sócrates não é espartano, o ouk nega um estado de coisas objetivo e verificável; o mê, dizem os gramáticos, relaciona-se a estados subjetivos, expressando-se normalmente no imperativo, como em *mê lêge,* não fala isso!, ou em *phobumai mê hemin hoi athenaioi ouk agathoi* êsan, temo que os atenienses não nos sejam favoráveis, em que ouk relaciona-se à negação de um estado de coisas objetivo e verificável – o fato de os atenienses não nos serem favoráveis – e mê exprime minha relação subjetiva com tal fato: se os atenienses não nos forem favoráveis, isto, a mim ao menos, ser-me-á ruim. Essa explicação gramatical visa distinguir de modo claro o seguinte: a partícula mê de meontologia refere-se ao estudo do Nada pensado não como negação do conjunto de todos os entes ou como o Outro absoluto do

Ser, mas como um seu correlato produtivo, que deve ser considerado na pesquisa metafísica.[182] É como meontologia, e não como niilismo, que o Nada é pensado por Leopardi.

Para sugerir uma possível demonstração desta tese, organizarei meu raciocínio em 3 grandes passos: lendo as entradas 1341, 1619, 1620, 1621 e 1792, proporei entender o aparente paradoxo do Absoluto como Nada a partir da relação que tais passagens mantêm com as especulações leopardianas a respeito das experiências estética e ética: sugiro que a fórmula da multiplicação dos absolutos relaciona estruturalmente a experiência da beleza, em que os entes importam pela única e gratuita configuração de seu aparecer, e a experiência ética, que instaura em nós o compromisso de reconhecer a dignidade dos entes como relativos absolutos – salvando-os assim de um devir cego em que a Existência possui precedência sobre os existentes. O Nada, deste modo, aparecerá como a condição da infinitude dos possíveis e como o tornar-se absoluto de cada relativo, fórmula mesma com que se exprime a identidade estrutural da experiência estética e ética. Se meu raciocínio fizer algum sentido, teremos como uma possível consequência a releitura da ontologia leopardiana, que deixa de ser meramente niilista-materialista, para incorporar uma perspectiva mais sutil, que pensa o Nada como correlato produtivo do Ser: falaremos, então, de uma meontologia. Venhamos pois ao *Zibaldone di pensieri*.

---

182 Meontologia é um termo cuja introdução no pensamento ocidental se pode reconhecer a Platão, embora este não tenha de fato utilizado a palavra nesta forma. É que, no *Sofista*, a tentativa de definir o sofista, por múltiplas diareses, leva o Estrangeiro de Elea e Teeteto a retornarem aos famosos versos de Parmênides, conforme os quais o não-ser não é, nem nunca poderá ser. A revisão dialética de tal dito, tornada famosa pela expressão "parricídio" de Parmênides, tem como resultado a postulação do não-ser como ente necessário ao próprio ato de conhecimento: com efeito, sendo o Outro do Ser, o não-ser permite organizar as combinações ontológicas das ideias entre si, possibilitando com isso a própria inteligibilidade dos entes e de suas relações - em um vocabulário lógico, diríamos que o não-ser torna possíveis regras de predicação em domínios ônticos. É assim que Markus Gabriel (2021) recentemente tenta recuperar a meontologia, para desenvolver sua ontologia, por ele demoninada de *Sinnfeldontologie*. O Nada é a negação necessária para organizarmos epistemologicamente os objetos em suas diversas pertenças a campos de sentido diferentes.

Na entrada 1619, Leopardi afirma:

> Eu não creio que as minhas observações a respeito da falsidade de todo absoluto devam destruir a ideia de Deus. Dado que as coisas existem, parece que elas devem possuir uma razão suficiente de ser, e de ser neste específico modo, precisamente porque elas poderiam não ser ou ser completamente outras, e não são [em si mesmas] em absoluto necessárias. Ego sum qui sum, isto é, tenho em mim a razão de ser: grandes e notáveis palavras! Eu concebo a ideia de Deus desta maneira. Pode haver uma causa universal de todas as coisas que são ou podem ser, e de seu específico modo de ser - mas a causa desta causa qual será? porquanto ele [Deus] não pode ser necessário, - é verdade que nada preexiste às coisas. Não preexiste portanto a necessidade. E contudo preexiste a possibilidade. Nós vemos apenas que nada é absoluto e portanto necessário. Mas precisamente porque nada é absoluto, quem nos disse que as coisas não materiais não podem ser sem razão suficiente? Que, portanto, um Ser omnipotente não possa substituir a partir de si mesmo *ab eterno* e haver feito todas as coisas, ainda que, absolutamente falando, este ser não seja necessário? Precisamente porque nada é verdadeiro nem falso absolutamente, ele não é todo constituído de possibilidades, como alhures já demonstramos? (Z. 1619)

O primeiro ponto que temos de reter desta entrada é a bela citação do Êxodo, *ego sum qui sum* – por ela Leopardi aponta que o fundamento absoluto, Deus, só poderia ter sua causa em si mesmo, de um modo que não podemos chamar de necessário, pois, se assim fosse, ele não seria livre e teríamos um absoluto necessário, uma primeira causa que precede a suposta causa primeira. Para isso, teríamos de julgar das coisas antes das coisas, e isso, conforme Leopardi, é-nos impossível. Por esta razão, o poeta coerentemente conclui que o fundamento de Deus não pode ser algo apreendido pelo princípio de razão suficiente e, portanto, deve ser Nada. Dizer de Deus que seu fundamento é Nada não conduz, porém, à destruição de Deus, senão que ao reconhecimento da infinita possibilidade que o constitui:

> em suma, o princípio das coisas, e de Deus ele mesmo, é o nada. Dado que nenhuma coisa é absolutamente necessária, isto é, não há nenhuma razão absoluta pela qual uma coisa qualquer não possa ser, ou não possa ser deste ou daquele modo” (Z. 1341).

Quero à sombra destas passagens meditar um pouco – *verweilen*, como dizem os alemães, quedar-me no pensar destas linhas, creio poder dizer em português. Parece-me aqui residir a chave secreta que nos permite driblar a grande leitura severiniana e enraizar Leopardi na tradição romântica cuja metafísica este livro, por seus ensaios e por suas *figuras*, busca enunciar. Leopardi, ao retornar ao Êxodo, encontra no nome de Deus um milagre duplo: primeiro, o da existência mesma do Absoluto como existência radicalmente livre, isto é, como Liberdade eterna e absoluta, à qual sequer a necessidade de si mesma pode preexistir; em segundo lugar, a natureza tautegórica do nome de Deus – *ego sum qui sum* – é reconhecimento generoso, dádiva radical que se espalha sobre o existir infinito e sobre a existência de cada existente, aos quais se concede a bela liberdade contida no nome de Deus – aos quais, em verdade, reconhecemos o nome mesmo de Deus, *e isso porque o mesmo princípio de Deus é já o princípio também das coisas*. Deus é o nome deste fundamento abismal, que é também início das coisas todas e, por isso, nelas princípio vital: princípio de seu existir. Se Deus fosse uma mera primeira razão suficiente, seria uma causa necessária, portanto nem seria verdadeiramente Deus – pessoa livre –, tampouco seria fundamento do *existir*. Ora, o Existir é pura gratuidade, dádiva generosa, e, embora as coisas existentes possam ser compreendidas conforme o princípio de razão suficiente, daí não se segue que o Existir ele mesmo seja algo a que o princípio de razão suficiente possa ser aplicado. Ao contrário, o Existir é mais antigo do que a razão, pois também o princípio de razão suficiente, para explicar o Existir, precisa existir - de qualquer modo que seja, o Existir, como o sustir-se-desde-a-noite-profunda, é anterior: é, em verdade, o absolutamente anterior, aquilo a que Schelling reservou a expressão *das Unvordenklich*. Por isso, o princípio verdadeiro, que compreende esta precedência *de jure* do Existir por relação às coisas existidas – dentre as quais, é claro, está o pensamento humano e os princípios que o guiam, dos quais o de razão suficiente é apenas um – tem de ser o Nada. Este Nada, entretanto, é estruturalmente diverso de toda simples negação ôntica que vimos ser o núcleo semântico do *nihil*, e isso porque, sendo fundamento de Deus e das coisas, o Nada afirma, fundando, o fundado – a afirmação nadificante do Nada é o Existir ele mesmo enquanto o sustir-se desde a noite profunda. O que Leopardi nos está aqui dizendo é muito simplesmente que tal fundamento é Deus ele mesmo, que, em verdade, Deus é o nome retroativamente batizado do antigo fundamento de si mesmo: o Nada.

Para evitar todo reducionismo barato próprio ao ateísmo secular de nossa época, eu peço ao leitor que leve a sério a palavra Deus, que aqui não é evocada com o irônico tom do intelectual materialista e secular, a visitar os não bem informados autores de outrora. Deus é o nome de Seu fundamento, pois é, no depois da nomeação, este fundamento recuperado na consciência de si mesmo. Deus, portanto, é o Nada, pois possui como fundamento de si mesmo o puro Existir que É. Este puro Existir, já vimos, não pode ser dito algo, esta ou aquela coisa, pelo simples fato de preceder absolutamente toda existência determinada, razão pela qual o Existir, enquanto fundamento da existência dos existentes, é Nada. Quando Moisés pergunta a Deus o que deve ele dizer aos filhos de Israel, a Vulgata nomeia a resposta de Deus da seguinte forma:

> Ait Moyses ad Deum: "Ecce, ego vadam ad filios Israel et dicam eis: Deus patrum vestrorum misit me ad vos. Si dixerint mihi: "Quod est nomen eius?" quid dicam eis? ". 14 Dixit Deus ad Moysen: "Ego sum qui sum"[183]. Ait: "Sic dices filiis Israel: Qui sum misit me ad vos.

Sou quem sou, ou, na interpretação tomista, *sum ipsum esse*: sou o próprio Ser. O nome de Deus é o Ser, e o nome próprio do Ser é Deus. Mas Deus, já vimos, é o seu fundamento, e seu fundamento é o Nada - Deus é portanto o Nada, logo Ser é Nada. Tendo feito esta caminhada dialética, estaríamos na ilusão do progresso, apenas tendo retornado ao começo da lógica hegeliana? Minha resposta simples e direta é: não, pois o Nada de que aqui se fala não é, como no caso hegeliano, negação ôntica, mas afirmação ontológica. Qual a diferença? Simples: a igualdade entre Ser e Nada a que se chega depois de se ter percebido o Ser como um reservatório vazio de qualquer predicação – *o Ser é, o Ser é, o Ser é... é o que?* eis a fórmula do raciocínio hegeliano – só existe porquanto o Ser é compreendido como receptáculo

---

183 Apenas noto, para evitar a multiplicação de línguas de que este livro está já repleto, a resposta, no original hebraico: אֶהְיֶה אֲשֶׁר אֶהְיֶה. É ingente e infinda a quantidade de páginas dedicadas, em teologia, à hermenêutica deste nome, em literal tradução *serei aquele que serei*. O futuro aqui enunciado, vertido em presente na *Vulgata* latina, diz o que exatamente? Acaso o futuro absoluto já aqui, no imediato futuro, se fez presente, como passado sempre a recomeçar na ânsia por seu próprio futuro?

de predicados ônticos, isto é, como uma imensa substância da qual se dizem iguais pequenas substâncias, as quais, por serem dele *ditas*, lhe são predicados. Ora, predicados podem ser ditos de uma substância, bem como dela podem ser negados – a uma tal negação chamamos negação ôntica, entrevista no *nihil*. Mas o nome de Deus, evocado por Leopardi, diz outra coisa: diz de algo que é no ato absolutamente anterior do Existir, aquilo de que só se pode afirmar algo pela negação de toda predicação finita que ocorre ao visar sempre um *algo*, uma *coisa*. Mas, como já se tornou adágio corrente neste livro, Deus não é coisa – é outra coisa, tão outra que não é coisa. Daí por que seu nome próprio não faz signo de predicado algum, tampouco de alguém identificado qual objeto espaço-temporal. Deus é o nome da origem de onde vêm espaço e tempo, de onde vêm as coisas e aquela especial coisa cuja propriedade é de negar seu ser coisa, isto é, o homem pensante. O Nada a que enlaçamos o Ser não é, pois, o resultado dialético do primeiro movimento da *Wissenschaft der Logik*, mas, como o princípio das *Erlangen Vorlesungen*, a *ewige Freiheit*, a absoluta Liberdade de ser e não ser. A mesma crítica que Schelling move ao Deus hegeliano, cuja liberdade é obrigada a perder-se para sempre de novo atualizar-se, Leopardi está cá articulando em relação ao materialismo niilista tão próprio ao projeto iluminista dos autores que lhe foram ensejo ao pensar: a tradição vulgar que produziu *L'Homme Machine* e as sátiras de Voltaire fornecem o alimento a um espírito que, genialmente, opera a reversão dialética e vê, nos autores dos quais se nutre, o erro fatal – o da postulação de um fundamento coisal, ainda que ornamentado dos louros da ciência natural.

Observemos bem a coerência de Leopardi: dada a impossibilidade de julgar das coisas antes das coisas, isto é, dada a facticidade da existência, não podemos supor nem apreender um fundamento absoluto que estabilize o sistema da existência, fornecendo-lhe o edifício ontológico cujos níveis seriam ordenadamente ocupados, de acordo com as regras deduzidas desde o fundamento primeiro e absoluto. É por isso, e precisamente por isso, que Leopardi conclui ser o fundamento de Deus o Nada. Isso significa, portanto, que o fundamento da existência, a ser postulado, dada a facticidade, necessariamente *a posteriori*, não pode reduzir-se ao princípio de razão suficiente – tampouco ao princípio de razão final[184], pois que ambas tem como consequência es-

184 Isto é, não compreendido como o faz Aristóteles, como uma causa movente – o princípio de razão final é, como aprendemos em nossa leitura de Schelling por ocasião de *Mímesis Especulativa* e em *Eis-me aqui*, é o *Wollen*, o desejo.

tabilizar o fluxo infinito das possibilidades. O que Leopardi aqui faz, portanto, não é postular um niilismo barato ou um materialismo simples, pois o Absoluto, embora identificado com o Nada, não é de modo algum destruído ou descartado – ao contrário: torna-se pensável a partir dos próprios entes que o desvelam. Tudo depende de perceber que o Absoluto deixa de ser pensado pelo irracional, porquanto cegamente hipostasiado, princípio de razão, seja final seja suficiente, e passa ao contrário a ser concebido desde os entes singulares, os únicos que nos relevam, desde sempre, a existência enquanto facticidade em que sempre já estamos:

> Si può dire (ma è quistione di nomi) che il mio sistema non distrugge l'assoluto, ma lo moltiplica; cioè distrugge ciò che si ha per assoluto, e rende assoluto ciò che si chiama relativo. Distrugge l'idea astratta ed *antecedente* del bene e del male, del vero e del falso, del perfetto [1792] e imperfetto indipendente da tutto ciò che è; ma rende tutti gli esseri possibili assolutamente perfetti, cioè perfetti per se, aventi la ragione della loro perfezione in se stessi, e in questo, ch'essi esistono così, e sono così fatti; perfezione indipendente da qualunque ragione o necessità estrinseca, e da qualunque preesistenza.
>
> *Pode-se dizer que o meu sistema não destrói o absoluto, mas o multiplica: isto é, destrói o que se pensa ser o Absoluto, e torna o Absoluto o que se chama relativo. Destrói a ideia abstrata e antecedente do Bem e do Mal, do verdadeiro e do falso, do perfeito e imperfeito independente de tudo que é. Mas torna todos os entes possíveis e absolutamente perfeitos, isto é, perfeitos para si, possuidores em si mesmos da razão de sua perfeição, e pelo simples fato de que assim existem e assim aparecem. Esta perfeição deve ser concebida como independente de qualquer razão ou necessidade extrínseca e de qualquer preexistência" (Z. 1792, grifos meus).*

O passo é fundamental, e sugere que os entes possuem sua razão ontológica neles mesmos. Permitam-me fazer uma rápida distinção aqui: é claro que Leopardi não nega o princípio de razão suficiente, aplicada ônticamente. Errôneo é apenas seu uso ontológico, isto é, como tentativa de explicação da razão última da existência, pois, para tanto, teríamos de aceder a uma perspectiva absoluta desde a qual seria possível apreender uma causa eficiente ou final, capaz de estabilizar o fluxo incessante das coisas. Seria necessário interromper o fluxo do tempo para alçarmo-nos ao ponto de vista ahistórico de uma Eternidade estanque – movimento que, conforme tentei articular nos diversos capítulos anteriores, é contrário à ontologia da eternidade temporal que a metafísica romântica enuncia. Até aqui parecemos nos mover em terreno de ceticismo simplista. Mas eis a tacada de mestre: ao reconhecermos os limites do princípio de razão, percebemos que a dignidade dos entes individuais é correlata à ausência de um fundamento exterior ao seu aparecer. Vale dizer, a perfeição de cada ente depende da singular configuração fenomênica, da qual só nos damos conta quando, alçando-nos ao plano ontológico, percebemos não haver uma causa exterior ao aparecer dos entes, que lhes seja final ou suficiente. É desta mesma ausência que se ergue a dignidade de cada ente – *e, portanto, sua irredutível perfeição.* É como se cada ente se tornasse ele mesmo Deus, como se cada ente de si dissesse: *ego sum qui sum*, eis-me aqui na unicidade de meu vir à frente. Por isso Leopardi pode concluir e dizer que, em seu sistema, cada relativo se torna absoluto, e o faz pelo mesmo movimento que o levou a predicar de Deus o Nada como fundamento. Isso significa que, sendo Deus o Nada enquanto Existir das existências, cada existente, ao aparecer, traz à frente o aparecer de si enquanto o ente que é – sua *quidditas* – e o aparecer enquanto Aparecer. Eu gostaria de desenvolver esta fórmula, pois – conforme se me tornou clara em uma das muitas conversas filosóficas que tive com meu amigo Tales Rands – creio nela revelar-se o significado precioso da meontologia formulada pela metafísica romântica, que eu neste livro estou recuperando desde Schelling e desde Leopardi.

Pois bem, eu acabo de dizer que cada ente, ao aparecer, traz à frente o aparecer de si, aquilo que é ou seu nome próprio, e o aparecer enquanto Aparecer. Destrinchemos a fórmula: todo ente é alguma coisa pela lei de proporcionalidade intrínseca que, contrastando-o com os demais entes, dá-lhe um nome, sendo este o sentido da meontologia do *Sofista*. Cada ente, ao existir, aparece, e é por isso *fenômeno*. No aparecer do ente, aparece, como acabo de dizer, seu nome próprio, auferido de sua lei de proporcionalidade intrínseca e do contraste exercido face os outros entes [que ele não é e que não o são]. Ocorre que, além disso, todo fenômeno traz consigo o bruto fato de ser fenômeno, isto é, o aparecer enquanto puro Aparecer – aquilo que eu chamei de infinito Existir. Lembremos que o existir existe em cada existência singular – tudo que existe, por certo, existe por nele habitar o ato puro do Existir. Em linguagem platônico-tomística, podemos dizer que todo existente participa do Existir, que é *actus purus*. Em *Mímesis Especulativa*, falei do Acontecer para designar ontologicamente o aqui chamo de o Existir. Voltando à fórmula, diremos então que cada fenômeno singular, ao vir à frente, faz aparecer seu nome próprio e o existir que nele habita pelo fato simples de que, aparecendo, é fenômeno e, sendo fenômeno, ek-siste, sustiu-se desde a noite profunda. Dito de outro modo: em todo aparecer aparece o nome do aparecente [do ente, do fenômeno] e o aparecer enquanto Aparecer - *e por isso cada ente singular traz em sua mesma face e em seu mesmo nome igualmente o nome de Deus, em que lemos a pureza do Existir. Em cada ente, portanto, lemos, se lhe prestarmos a adequada atenção, o nome de Deus*[185]. Como proceder a uma tal leitura?

*

Começamos a perceber com clareza como o Nada é pensado por Giacomo Leopardi em termos meontológicos e não niilistas, isto é, como necessário correlato para concepção do Absoluto. Vimos, igualmente, que o esforço por pensar o Nada não implica um mero ateísmo materialista, pois dizer que o Absoluto deve ser concebido desde a facticidade não é o mesmo que afirmar a ausência radical de qualquer Absoluto: negam-se apenas os absolutos postulados como exteriores à factualidade existencial, as versões abstratas do Bem e do Eterno que tendem a violentar a unicidade dos entes em seu aparecer, que lhes roubam a perfeição transformando-os em meros momentos de uma Estrutura em que, aí sim, residiriam o Bem, o Verdadeiro e o Belo. Observem-se porém ao menos duas coisas: o reconhecimento do Nada como fundamento de Deus levou-nos a perceber a perfeição de cada ente em seu aparecer, o tornar-se absoluto do relativo e o tornar-se relativo do absoluto – ora, tal perfeição dependia do fato de que, como Yahweh no Êxodo, cada ente diz de si *ego sum qui sum*, vale dizer, a razão do seu ser reside na gratuidade com que aparece. E eis-nos aqui no ponto de virada: um ente que aparece aparece sempre para uma

---

185 O leitor talvez tenha percebido que, cá e lá, venho utilizando as expressões "ler o nome de Deus" e "reconhecer a face de Deus" como sinônimos – e estará correto em sua apreciação. Para a metafísica romântica, o nome de cada fenômeno é igualmente sua face, isto é, levianisanamente dito, *son visage*. Recorde bem o leitor a herança benjaminiana que evoquei em *Figuras ou como pensar romanticamente*, e verá como o Nome adâmico era já o engendramento da face do Nomeado. A sinonímia é rigorosa e necessária.

consciência, que, recolhendo-o, reconhece sua unicidade e dignidade. Os entes não dizem *ego sum qui sum* sem que haja uma consciência que lhes escute as palavras e assim os considere. Esta consciência é a arena em que os entes se apresentam, e na qual sua perfeição pode ser reconhecida. Para que a fórmula por nós acima articulada tenha algum sentido, isto é, para que os entes possam dizer de si *ego sum qui sum* ao fazerem aparecer, em seu aparecer, ao lado de seu nome singular o nome de Deus, vale dizer o aparecer enquanto Aparecer, é necessária uma consciência que lhes reconheça a graça com que aparecem, que, por isso, neles leia o nome de Deus. É esta a leitura agora buscada, e ela, para existir, tem de co-rresponder à *forma* da oferta do nome de Deus nos entes.

Pois bem, vimos que, ao articular o Nada como fundamento de Deus, Leopardi liberava o Existir para admitir-se em sua pureza, e encontrava para os entes na Liberdade sua única origem. Isso significava que o princípio de razão suficiente se revelava insuficiente para Deus e, por conseguinte, para os entes – Deus e as criaturas eram dignificadas com a graça de existirem sem razão que lhes precedesse, pois o Existir, em cada ente manifesto, é o absolutamente anterior, *das Unvordenklich*, em relação ao qual a razão está sempre atrasada. Em alemão, há uma curiosa palavra para expressar aquilo de que as línguas latinas fazem signo na palavra graça: estou referindo-me a *Grundlosigkeit*, propriamente traduzida por *gratuito abismo*. Em Ética como Ontologia, aprendemos como a *Grundlosigkeit* era o fundamento abismal – o fundamento existente apenas em sua inexistência – da amizade entre Neoptólemo e Filoctetes, que lhes conferia a beleza de serem pessoas únicas e, desta beleza, derivava o poder de desvelar um novo Mundo de Sentido. *Grundlosigkeit* se diz do que não possui razão, daquilo que aparece sem a mediação de conceitos para introduzir o aparecente no interior de um Sistema de Juízos Finitos em que encontraria sua *raison d'*être. A *Grundlosigkeit* sublinha que a razão de ser dos entes reside em ser sem razão: *grundlos*. Desde Kant, há uma específica experiência humana à qual conferimos o predicado da inconceptualidade. Estou, é claro, aludindo à experiência estética, em que a dignidade dos entes, na unicidade formal de seu aparecer, torna-se valor, que batizamos com o nome de beleza. Para entendermos este peculiar diálogo que põe na mesma sala Schelling, Kant e Leopardi, gostaria de revisitar a já por nós lida e comentada passagem 644:

> Não há talvez pessoa que te seja tão indiferente que, saudando-te ao partir para algum lugar ou ao deixar-te d'algum modo,

dizendo-te *não nos veremos nunca mais*, por pouco de alma que tenhas, não te comova, não produza em ti uma sensação mais ou menos triste. O horror e o temor que o homem possui, de um lado, do nada e, de outro, do eterno, manifestam-se completamente, e não ouvimos aquele *nunca mais* sem um certo sentimento indefinível.

Discutindo a experiência da última vez, Leopardi relaciona a efemeridade dos entes à beleza e à comoção que em nós provocam. Foram Bohrer (2002) e Givone (2003) que chamaram atenção para o fato, sublinhando que a precariedade de cada ente é a fonte de nossa paixão e de nosso amor por eles. Ora, próprio da última vez é instaurar, no seio da presença, a consciência da ausência, que paradoxalmente intensifica e eleva à última potência a presença que, sem a ameaça do Nada, se tornaria pálida. Neste momento, o ente se nos apresenta sob a modalidade da interpelação: somos interpelados por um ente que não consideramos como causa ou efeito, como ocupando a função X ou Y em um sistema de relações, mas que vem à frente e se põe diante de nós, arrebatando-nos pela unicidade de seu aparecer. O sentimento indefinível que daí decorre muito assemelha-se, com tons é verdade românticos, à definição kantiana do juízo estético: um livre jogo das faculdades que, na modalidade reflexiva do juízo, não chega a nenhuma determinação conceitual. Em Kant o livre jogo implica no prazer estético, ao passo que aqui em Leopardi o sentimento indefinível é temperado por tristeza, horror e temor - e por isso deveríamos antes falar de sublime kantiano do que de belo.

Mas minha alusão a Kant objetiva sublinhar a natureza não--conceitual da experiência da última vez, que garante aos entes a gratuidade e a unicidade. Falamos em gratuidade, pois os entes, ao aparecerem, ofertam-se sem razão, impõem-se imediatamente, sem uma razão eficiente que lhes seja anterior. Falamos em unicidade, pois sua aparição comovente reside na configuração única e individual com que aparecem. A síntese de unicidade e gratuidade deixa-se apreender na fórmula: *apareço porque apareço*, simétrica ao nome de Deus, *ego sum qui sum*. Ora, para ilustrar tal raciocínio vale recorrer novamente a Kant. Na *Crítica do Juízo*, o juízo estético diferenciava-se dos juízos teleológicos e dos determinantes por duas características: primeiro, por ser não-conceitual, isto é, não subsumir o fenômeno sob um conceito que o universalizaria; segundo, por ser infinito, não possuindo um fim na postulação, conquanto regulativa, de um *telos* capaz de explicar a configuração de um dado fenômeno. Por isso, na experiência estética o fenômeno ganha potência exatamente enquanto fenômeno, isto é, enquanto única aparição que se põe diante de uma consciência. Por isso buscamos formalizar a experiência estética e sua identidade estrutural com a ética através da expressão *unicidade e gratuidade formal de um aparecer, isto é, apareço porque apareço.* O belo que se predica de um ente implica assim no reconhecimento de sua dignidade, infinita pois incapaz de ser subsumida em um conceito – *exatamente a fórmula leopardiana do tornar-se absoluto do relativo e tornar-se relativo do absoluto.*

Poderíamos retirar daí mais consequências, e de fato muito mais radicais, mas por agora atenho-me ao seguinte: a beleza dos entes implica uma postura ética diante dos fenômenos, capaz de lhes reconhecer a perfeição, não relativa a uma causa antecedente ou posterior (eficiente ou final), mas manente neles mesmos: *ego sum qui sum*, diz-nos cada fenômeno. Tal perfeição, vimos, surge quando postulamos o fundamento de Deus como o Nada, isto é, quando pensamos o Ser evitando reificá-lo pela suposição de uma razão capaz de, por um lado, estabilizar a infinitude dos possíveis e, por outro, violentar a unicidade dos entes. Por isso a fórmula leopardiana é perfeita: tornar-se absoluto do relativo, pois cada ente é salvo e assim colhido pela consciência para qual aparece; tornar-se relativo do Absoluto, pois nossa imanência na facticidade não nos permite alcançar o Ser senão pela interpelação de cada ente, que nos arrebata convidando-nos ao reconhecimento de um valor infinito que só por eles se desvela. Nas duas fórmulas que construí ao longo deste capítulo – *em todo aparecer aparece o nome do aparecente e o aparecer enquanto Aparecer* e *apareço porque apareço* –, tentei capturar o enlace ritmado em que a meontologia leopardiana é a chave para sua compreensão do poético: se a beleza dos entes reside na gratuita unicidade com que aparecem, de modo a neste aparecer revelar o Aparecer ele mesmo, é porque na experiência estética sou capaz de ler, em cada ente, o nome de Deus, confrontando-me assim com a face mesma do Ser. Mas se estética aqui já é ontologia, não nos podemos esquecer que a dignidade profunda de cada ente demanda, para ser aquilo que é – para ser-se –, uma consciência à qual aparece, que engaja em postura ética. Sou eu, a quem aparece o ente na unicidade e gratuidade formal de seu aparecer, que em seu nome *leio* o nome de Deus. Sou eu que, observador do nome próprio do ente vindo à frente, observo também, neste aparecer, o aparecer enquanto Aparecer.

O leitor percebe, espero, a radical unidade metafísica do pensar leopardiano. Leopardi, ao especular sobre a beleza e o compromisso ético, não age como se estivesse movendo-se numa pesquisa especializada, que nada teria a ver com a ontologia ou a epistemologia. Ao contrário, para entender o estupor da beleza poética, o poeta-pensador escava o denso tecido da existência, alça-se às rarefeitas alturas em que se movia Schelling nos textos que aqui já comentamos, e ousa pensar o Nada como fundamento de Deus. Mas não é um niilismo simplicista que Leopardi nos oferece. O Nada, em sua filosofia, é a chave para uma metafísica do inexaurível, cuja unidade radical mobiliza ética, epistemologia, estética e meontologia na tentativa de apreender este *thauma* a que, desde os gregos, chamamos *poesia*. Sua lição, esta que colhemos neste rápido capítulo, é a de uma leitura – é, talvez, a do verdadeiro significado do *ler*. Pois ler não é apenas coletar, não apenas juntar: é conjugar, trazer ao encontro os diferentes na concentrada entre-visão da Unidade sob a qual o diverso, sem perder a unicidade de suas faces e de seus nomes, vem habitar o espaço de uma pronúncia comum – de uma pronúncia, desejo dizer, em comunhão. Ler, talvez, seja amorosamente observar o encontro dos diversos sob a Unidade em que, continuando a ser o que são, são-se uns aos outros: é, talvez, ler em cada ente o nome de Deus.

4 Elogio da Velhice e do Espírito ou ou *Uom di povero stato e membra inferme che sia dell'alma generoso e d'alto*: Elogio a Leopardi

To Gyorgi and Slawi, without whose friendship and help I would not have written this chapter, for death would have had me

E che gli uccelli sieno e si mostrino lieti più che gli altri animali, non è senza ragione grande. Perché veramente, come ho accennato a principio, sono di natura meglio accomodati a godere e ad essere felici. Primieramente, non pare che sieno sottoposti alla noia. Cangiano luogo a ogni tratto; passano da paese a paese quanto tu vuoi lontano, e dall'infima alla somma parte dell'aria, in poco spazio di tempo, e con facilità mirabile; vengono e provano nella vita loro cose infinite e diversissime; esercitano continuamente il loro corpo; abbondano soprammodo della vita estrinseca (LEOPARDI, 2014, p. 212).

E que os pássaros sejam e se mostrem mais felizes do que os outros animais não é coisa sem razão forte. Porque verdadeiramente, como já sugeri no começo, são por natureza mais acomodados a gozar e ser felizes. Primeiramente, não parece que sejam submetidos ao tédio. Mudam de lugar a todo momento; passam de cidade em cidade por mais longínquas que sejam, e da ínfima à suma parte do ar, em pouco espaço de tempo, e com facilidade admirável; vêm e provam em sua vida coisas infinitas e diferentíssimas; exercitam continuamente o seu corpo – possuem sobretudo em abundância a vida extrínseca (LEOPARDI, 2014, p. 212).

É hora de perguntar se já foi tentada uma fenomenologia da burrice, que fizesse de pórtico espelhado a uma fenomenologia da tristeza – de modo a, assim conjugadas, permitirem ambas uma biografia do pensar. As linhas que acabamos de ler são retiradas do *Elogio degli uccelli*, das *Operette Morali*, o belo conjunto de reflexões entrelaçadas de riso e melancolia, que Giacomo Leopardi, este Machado de Assis italiano, deitou ao papel, a passar a tristeza das horas com o doce humor de diálogos insólitos. O que temos agora em mãos? Creio poder assim responder: a primeira fenomenologia da burrice, que é, por espelhamento negativo, a primeira biografia do pensamento, cuja condição de possibilidade é a velhice e a doença. Embora pareça paradoxal e mesmo estranho dizê-lo, o elogio à felicidade simples dos pássaros apresenta a imagem espelhada, portanto invertida, de uma das mais belas e instigantes reflexões presentes no *Zibaldone di Pensieri*, o monumental diário de Leopardi: refiro-me à inaudita biografia do pensar.

Nosso tempo – nosso tempo é, mais do que nunca, o da burrice generalizada, do cinismo tornado pódio e espetáculo a céu aberto, e não o digo como quem insulta, porque Sloterdijk (1983) já traçou o perfil deste tempo que é o nosso com rigor e criatividade louváveis. Por vezes, o tom asséptico, que se supõe ser necessário à vida do espírito e imanente às obras escritas que lhe fornecem cristalização, obsta certas expressões que, à primeira vista, tendem a parecer rudes xingamentos, gratuitos impropérios. Não é bem assim: à vida do espírito pertencem certa dose de ousadia e uma considerável honestidade e respeito aos nomes da língua. A um tempo cínico, temos de chamá-lo cínico. A um tempo burro, temos de chamá-lo burro. Mas porque as palavras são o precioso manancial de nossos instrumentos, os frutos de que se nutre nossa alma, é forçoso limá-las, dar-lhes o amor que merecem, prestar-lhes a devida atenção, tê-las perto de nós – afinal, em nossa vida toda, acompanham-nos, desde quando a luz se abre em nossos olhos até o momento em que, no último suspiro, deixa-os vazios. Se burrice é o oposto do pensar, e se nosso tempo é um tempo burro – será proveitoso indagar, com movimentos de amante paciente, quais os contornos de uma fenomenologia da burrice, para dela extrair, quem sabe, uma biografia do pensar. Gostaria de ler com mais cuidado a meditação leopardiana – há aí, parece-me, segredos insuspeitos.

Falei acima de um estranho pórtico, com dois arcos inversos, como se de barroca arquitetura se tratasse: falei da fenomenologia da burrice e da tristeza. As linhas retiradas do *Elogio degli uccelli* sugerem que os pássaros são, de todos os viventes, os mais felizes, pois neles a vida é concretização imediata de si mesma. Os pássaros, assim diz Amélio, o filósofo solitário que traça estas reflexões morais, vivem em contínuo movimento, cobrindo em seus voos largas paragens, e distantes terras conhecendo, e abarcando com vívidos olhos mundos sempre novos, e em constante mudança vivendo. Entes do mover-se, os pássaros são a própria vida, são-na em imediata materialização, à revelia de si mesmos são felizes sem o saberem, e nesta beata ignorância começam e findam sua vida, sem a terem saboreado por tão imediatamente serem-na. Estamos, pois, face a uma tímida, mas já tão bela, fenomenologia da felicidade palpitante: os pássaros são os instrumentos de uma fenomenologia do instante alegre, do súbito que, à diferença do ἐξαίφνης humano, não é relâmpago na noite profunda, a surgir e a desaparecer logo depois, deixando de si apenas o traço misterioso, a angústia de sua origem, o medo de seu destino, a dúvida do que tenha a dizer. Os olhos dos pássaros fornecem a Amélio o microscópio que o instituem fenomenólogo do absurdo eterno instante alegre: um instante que, por ser contínuo, não é In-stante, é absoluta alegria ininterrupta e portanto – impossível reflexão.

Que é reflexão? É um fletir-se sobre si mesmo, e, enquanto fletir-se, é também um observar-se a si mesmo como se de si distinto fosse o observador. Naturalmente, conquanto tenha de tratar-se *como se* de si fosse distinto, o observador introduz, entre o visto e o ato de ver, uma distância mínima, ainda que fantasiada. Para observar, é necessário distanciar-se. Para julgar, imperioso é observar, e juntar as impressões observadas ao que da vida se foi colhendo de saber. Isso, em geral, denomina-se pensar. A quem age de modo demasiado irrefletido, dizemos que não pensa, que age sem pensar. À criança feliz demais em sua brincadeira, que corre alegre, o riso largo, e sem perceber derruba móveis e belos cristais, repreendemos, dizendo-lhe que assim não pode ser, tem de observar por onde anda, que brinque vá lá, mas ao menos minimamente pense no que faz. Pensar, parece, é isto: observar a si e ao derredor de si, como estou e o onde deste meu estar. Para pensar, preciso refletir. Para refletir, preciso fletir-me sobre mim: preciso, isto é, tomar distância de mim a mim. Os pássaros, felizes demais para isso, não refletem, e, como as crianças, não se observam a si – não pensam. A quem não pensa, dizemos ser burro. Desta pesada designação retiramos as crianças, porque, afinal, crianças são, e lhes é caro assim proceder, como pássaros felizes de si mesmo inscientes, e não lhes queremos retirar esta bela época da vida, em que são, em que apenas são, estão sem ver bem seu onde, e, quando o veem, nele imergem com olhos famintos, e, se o veem, não *se* veem vendo-o – como os pássaros, perdem-se as crianças em suas ações imediatas, são a vida que por elas se pronuncia, e não as recriminamos, porque é belo assim as ver, e tanto sofrimento há ainda diante delas. Burras – burras não são, do mesmo modo como de burros não chamamos os pássaros. Quando um adulto, entretanto, irrefletidamente procede, qual criança que não *se* vê no onde em que reside, não hesitamos em chamá-lo de burro. Por quê? As linhas de Amélio, o filósofo solitário, fornecem-nos as chaves de uma fenomenologia do absurdo eterno instante alegre, uma fenomenologia da felicidade que, aplicada aos pássaros, não pode ainda ser dita uma fenomenologia da burrice. Mas se a fenomenologia da felicidade contínua é a promessa de uma fenomenologia da burrice, talvez a fenomenologia da tristeza fosse o segundo arco deste portal, e uma e outra, fenomenologia da burrice e da tristeza, poderiam dar-nos talvez, se conjugadas, uma inusitada história da vida do pensamento: uma biografia do pensar.

*

Não desanimemos, pois que também aqui Leopardi nos deixou os belos rastros de um árduo e feliz caminho: as linhas das *Operette Morali* possuem na entrada 3922 do *Zibaldone di Pensieri* seu complemento espelhado. A entrada tem início com um raciocínio que há de ser refutado, para ser então reestruturado, reformulado em termos mais sutis e, por fim, apresentado como a fórmula para uma filosofia da natureza que deve delinear o monismo ontológico de Giacomo Leopardi e, por aí, seu testamento filosófico. Eis o raciocínio: os homens e viventes mais fortes possuem mais vida, portanto mais amor próprio, e são por isso mais infelizes. A retificação vem logo a seguir: *ciò è vero per una parte.* Que quer dizer Leopardi? Os homens fortes possuem, naturalmente, mais vida – se por vida entendermos a materialização em sistemas orgânicos da facticidade de uma *quodditas* –, logo mais amor próprio, isto é, ímpeto maior à conservação de si mesmo e à sua afirmação diante dos fenômenos que lhes venham significar perigo. Na medida em que tais seres estão enraizados no tempo, a luta por sua própria conservação é absurda, sem sentido, desde já fadada ao fracasso: à ânsia por viver corresponde a futura dor da decadência inevitável. Neste sentido, *per questa parte*, é verdade serem os homens fortes predispostos à infelicidade, com a importante ressalva de que, lá onde se lhes oferecem ensejos ao exercício desta vida que por eles se materializa – *viva distrazione ed occupazione* –, podem tais homens atualizar a vida que são, exercendo-a. O exercício da vida que os homens fortes são é, portanto, o meio adequado para driblar a infelicidade, que existe apenas quando considerado o vazio absurdo entre o amor próprio e a natureza, entre a individualidade do homem e a morte à qual está fadado. A viva distração é, por isso, a estratégia *par excellence* para o homem forte, que nela pode ser sua própria vida atualizando-a imediatamente. Ora, se a vida é uma facticidade cega materializada em sistemas orgânicos, o seu exercício cego por parte destes mesmos sistemas permite-lhe, à vida, costurar o vazio entre o indivíduo e a natureza, por reduzir o primeiro à segunda:

> Quindi tanto più capaci di viva distrazione ed occupazione, e di oter fortemente divertire l'operazione interna dell'amor proprio e del desiderio di felicità sopra loro stessi e sul loro animo. La qual potenza ridotta in atto è uno de' principalissimi mezzi, anzi forse il principal mezzo di felicità o di minore infelicità conceduto ai viventi (LEOPARDI, Z. 3921).
>
> *Portanto, tanto mais capazes de viva distração e ocupação, e de poder fortemente divertir a operação interna do amor próprio e do desejo de felicidade sobre eles mesmos e sobre sua alma. Potência esta que, reduzida ao ato [tornada efetiva], é um dos principais meios, aliás talvez o principal meio de felicidade ou de menor infelicidade concedido aos viventes* (LEOPARDI, Z. 3921).

Eis a primeira etapa de que falei, a reformulação do raciocínio, que introduz a ressalva e, com ela, a importante diferença entre a vida e o amor-próprio, que na primeira frase pareceram ser sinônimos absolutamente identificados: a vida, materializada nos sistemas orgânicos, não é já a consciência de si mesma, que se sugere no amor próprio. As distrações, por serem atualizações imediatas da vida por intermédio de exercícios dos sistemas orgânicos que a materializam, são *eo ipso* aniquilamento do amor-próprio. Se assim é, então é no amor-próprio que reside a causa de infelicidade, e teremos de lidar com uma fenomenologia do egoísmo, a fim de melhor desenvolvermos uma fenomenologia da tristeza – o aparente objetivo de Leopardi nesta entrada 3921. O homem forte é potencialmente triste, porquanto nele a força vital, fosse por ventura barrada, poderia engendrar aniquilamento de si mesma, portanto dor:

> Se l'uomo forte in qualunque modo, è privo, per qualunque cagione, di piaceri, o di piaceri abbastanza forti, e di sensazioni vive, e di poter mettere in opera la sua facoltà di azione, o di metterla in opera più che il debole, e soffre di più (Z. 3921).
>
> *Se o homem forte è, de algum modo e por alguma razão, privado de prazeres, ou de prazeres bastante fortes, e de sensações vivas, e de poder colocar em obra sua faculdade de ação, ou de atualiá-la mais do que o débil, sofre mais* (Z. 3921).

Mas dor é o mesmo que infelicidade? Ainda não está dito com todas as simples palavras que infeliz é quem de dor padece: do mesmo modo que a sinonímia entre vida e amor próprio tivera de ser desconstruída, talvez também aqui tenhamos de refinar nosso aparelho conceitual, para melhor desenvolvermos a fenomenologia leopardiana da tristeza. Até aqui, sabemos que, fornecidos os prazeres e os divertimentos, a atualização imediata da vida provê a distração do amor próprio e, desde aí, da infelicidade ela mesma. Se assim é, o próximo pensamento que nos vem à mente é: e para aqueles que são fracos de membros, débeis, incapazes dos prazeres e das distrações, para cuja atualização são necessárias forças vitais e, logo, sistemas orgânicos robustos – que lhes resta? O que ocorre, isto é, aos doentes e aos velhos – *àqueles de quem a vida já se esvai e a morte se aproxima*?

> I deboli sono incapaci di piaceri forti, o solo d irado e poco frequenti, e men forti sempre che non ne provano i vigorosi, perchè la lor natura non há la facolta o di sentire più che tanto vivamente, o di sentire piacelvolmente quando le sensazioni sieno più che tanto vive (Z. 3922).
>
> *Os débeis são incapazes de prazeres fortes, ou apenas raramente e com pouca frequência, e menos fortes sempre do que aqueles de que provam os vigorosos, perque a sua natureza não possui a faculdade ou de sentir tão vivamente ou de sentir prazerosamente, quando as sensações são tão vivas* (Z. 3922).

Temos a impressão de uma malha conceitual que se vai formando, ainda entretanto em latência, não totalmente segura de si. Por um lado, os homens fortes, retirados os meios para exercício de si mesmo, sofrem em proporção direta à força vital neles viva, ao passo que, para os enfermos e velhos, de pouco adianta a oferta de prazeres fortes, pois não dispõem da força para deles gozar, neste sentido sendo menos infelizes do que os fortes. Ocorre que, assim como amor próprio não é o mesmo que a vida, também a dor, eu disse acima, não parece reduzir-se à infelicidade. É necessário cunhar termos precisos, e é o que percebe Leopardi:

> Ma oltre di tutto ciò, bisogna accuratamente distinguere la forza dell'animo dalla forza del corpo. L'amor proprio risiede nell'animo. L'uomo è tanto piú infelice generalmente, quanto è piú

forte e viva in lui quella parte che si chiama animo. Che la parte detta corporale sia piú forte, ciò per se medesimo non fa ch'egli sia piú infelice, né accresce il suo amor proprio, se non in quanto il maggiore o minor vigore del corpo è per certe parti e rispetti e in certi modi legato e corrispondente e proporzionato a quello della parte chiamata animo. Ma nel totale e sotto il piú de' rispetti, tanto è lungi che la maggior forza del corpo sia cagione di maggiore amor proprio e infelicità, che anzi questa e quello sono naturalmente in ragione inversa della forza propriamente corporale, sia abituale sia passeggera (Z. 3922).

Mas além de tudo isso, é necessário distinguir com clareza a força da alma da força do corpo. O amor-próprio reside na alma. O homem é tanto mais infeliz geralmente quanto mais forte e viva é nele aquela parte que se chama alma. Que a parte dita corporal seja mais forte, isso por si mesmo não é razão para que ele seja mais infeliz, nem acresce o seu amor-próprio, a não ser quando o maior ou menor vigor do corpo é, por certas partes e sob certos aspectos, enlaçado em correspondência e proporção àquele vigor da parte dita alma. Mas, tudo considerado em todos os aspectos, tanto é incerto que a maior força do corpo ofereça maior razão de maior amor-próprio e infelicidade que inclusive esta e aquele estão naturalmente em proporção inversa à força propriamente corporal, seja habitual seja passageira (Z. 3922).

Agora sim dispomos dos meios adequados para entender a fenomenologia da tristeza: a distinção entre vida e amor-próprio espelha outra, aquela entre força da alma (*forza dell'animo*) e força do corpo (*forza del corpo*). Ora, o amor-próprio, verdadeira causa de infelicidade dos viventes, reside na alma, e consiste no cristal da pura individualidade, traduz a afirmação de si por parte do organismo diante da facticidade da vida. Ao afirmar-se a si mesmo, o organismo toma consciência de si como algo distinto da pura facticidade e da pura natureza, contra a qual se coloca. A força do corpo, assim, pode ser vista como a mera materialização da vida, do que estou chamando alternadamente de *facticidade* e *natureza*, o que, por si, não implica nem a afirmação do amor-próprio nem a da pura vida: a força do corpo é, antes, uma potência indecidida, e pode servir ou ao amor-próprio ou à vida mesma: *che la parte detta corporale sia più forte, ciò per se medesimo non fa ch'egli sia più infelice, nè accresce il suo amor proprio*[186]. Assim dis-

186 "Que a parte dita corporal seja mais forte, isso por si mes-

postas as coisas, percebemos que a ausência de diversões para os homens fortes, embora implique é bem verdade dor e sofrimento, não por isso lhes já é causa de infelicidade – precisamente porque a causa desta reside, como vimos, na alma, e a força desta, no-lo disse Leopardi, distingue-se por completo da do corpo. É perfeitamente possível um fortíssimo homem que muito *sofra*, sem que seja *infeliz*. A infelicidade é apanágio dos que são fortes, não de *corpo*, mas de *alma*:

> nel totale e sotto il più de' rispetti, tanto a lungi che la maggior forza del corpo sia cagione di maggiore amor proprio e infelicità, che anzi questa e quello sono naturalmente in ragione inversa della forza propriamente corporale. *L'amor próprio e quindi l'infelicità sono in proporzione diretta del sentimento della vita* (Z. 3922, grifos meus).

> *tudo considerado em todos os aspectos, tanto é incerto que a maior força do corpo ofereça maior razão de maior amor-próprio e infelicidade que inclusive esta e aquele estão naturalmente em proporção inversa à força propriamente corporal, seja habitual seja passageira.* O amor-próprio e, portanto, a infelicidade estão em proporção direta ao sentimento da vida (Z. 3922, grifos meus).

Eis-nos, uma vez mais, diante de outra distinção, que melhor sutiliza nosso caminho – o amor-próprio, que não se identifica à vida, consiste na força da alma, que, ao lado a infelicidade, está em proporção direta com o sentimento da vida. Vida e sentimento da vida, que implica tal distinção? Acima vimos que a vida se materializa nos sistemas orgânicos, cuja saúde e força vital, sendo a *forza del corpo*, não de si implicam infelicidade, aliás estando em geral em proporção inversa à infelicidade e ao amor próprio – e isso porque, sendo cega atualização da vida à qual forneceram materialização orgânica, os homens fortes, quando se lhes fornecem as diversões, transformam-se em cega e imediata vida, isto é, *transformam-se em facticidade e natureza, com isso anulando em si o que, da facticidade e da natureza, constituía o polo oposto: o amor-próprio e a alma.* Eis a causa da lei de proporcionalidade inversa, que parece enunciar a primeira premissa para uma fenomenologia da burrice e para a correlata fenomenologia

---

mo não é razão para que ele seja mais infeliz, nem acresce o seu amor-próprio."

da tristeza: a força corporal, materialização da vida, é, enquanto atualização desinibida destas mesmas forças vitais, natureza e facticidade, vale dizer, *um puro estar-aí*[187]. Que coisas estão-aí? Pedras, árvores, plantas, lagartos – os entes *estão*, todos eles, *aí*, e do lagarto e das plantas distinguem-se as pedras por lhes faltar o princípio vital. Árvores, plantas e lagartos estão aí como materializações, cada um a seu modo e de acordo com princípios de complexidade que lhes convêm, da vida, que por todos eles se diz a si mesma como facticidade de um *estar-aí*. Os homens fortes, uma vez liberados para o exercício livre e sem obstáculos à própria força, estão-aí como atualizações pujantes da vida que são. Irmanados na mediocridade comum, homens fortes, lagartos, árvores e plantas participam, com ingênua alegria, do simples e imediato banquete da existência, no qual são a boca e o alimento que se devoram a si, nas diversões que os consomem e em que se consomem sem tomarem disso nota: a feliz estultícia dos infantes.

Por aí, torna-se igualmente clara, e por contraste, a importância decisiva do *amor-próprio* e da *força da alma*, como fatores da individualidade e verdadeiras causas da infelicidade – da tristeza. Mas se o amor-próprio e a força da alma são contrários à vida e, por isso, à facticidade ela mesma, segue-se facilmente que a individualidade, de si afirmadora, é contrária à vida, sendo entretanto vida. Como pode um tal absurdo? O ente individual vive, para afirmar-se em sua pura individualidade precisa, por definição, estar vivo – ser portanto vida. Mas, afirmando sua individualidade, ele nega a vida, com o que a vida se nega a si mesma. Ora, é exatamente isto: ao negar-se a si mesma, a vida chega à consciência daquilo que ela é, consciência que se lhe vetara na feliz e imediata afirmação de si mesma através dos organismos saudáveis e fortes. No lagarto e no homem forte, a vida comprava o alegre gozo de si mesma pelo silêncio que lhe interditava ouvir, de si mesma, seu próprio nome. Pela cegueira do homem forte, a vida mantinha-se cega para sua própria face. O homem doente e fraco, em quem a força da alma pode afirmar-se em proporcionalidade inversa aos membros franzinos que lhe impuseram triste solidão, é o espelho diante da vida: nele se cumpre o milagre de um Deus que, enfim, vê seu próprio rosto. Este estado de coisas é dito, afinal, pela sutil distinção entre vida e sentimento de vida, que enuncia *o elo* comum às duas fenomenologias que

---

187 Um tal *puro estar-aí*, já se vê, é o antípoda mesmo do *Dasein* heideggeriano, pelo qual o Ser vem a vislumbrar-se em seu próprio *Da* – o que é dizer: vem re-fletir-se. Por aí se deixam ver as semelhanças que a metafísica romântica possui com o pensar heideggeriano.

estamos formulando à luz destas linhas do *Zibaldone*: a fenomenologia da burrice e a fenomenologia da tristeza, de cujo encontro emerge a biografia do pensar.

Pois bem, este *elo* reside no vazio articulado pelo genitivo. Dito de modo mais claro: a vida, nominativo puro, é a expressão leopardiana que formaliza a facticidade, o estar-aí comum ao lagarto, à árvore, à planta e ao homem forte, ao passo que o *sentimento da vida* articula uma lacuna entre o sentimento e aquilo de que o sentimento é sentimento, isto é, entre o ver e o visto, entre o perceber e o percebido. O sentimento sente, mas não de forma imediata, pois que é sentimento *de alguma coisa*, separando-se desta coisa da qual pode enunciar o sentimento, embora a ela se mantenha ainda ligado, precisamente pelo genitivo. Ao separar-se mantendo-se na separação ligado ao separado, o sentimento produz uma lacuna entre si e o por ele sentido – entre o sentimento e a vida há um espaço vazio, que é a condição mesma para o sentimento e para sua importantíssima diferença diante da pura *vida*. Se o nominativo é a estrutura da facticidade para si mesma cega, do puro estar-aí, o genitivo enuncia o vazio e a lacuna como a forma íntima do pensar, como sua condição de possibilidade. A diferença entre *a vida* e o *sentimento da vida* é, por isso, a diferença entre a facticidade pura e o Milagre de sua autotematização, isto é, do seu vir-a-si mesma através daquilo que, sendo dela sob um aspecto diverso porque separado, não deixa de *a* ser por umbilicalmente restar-lhe conectado – mistério ontológico grandioso e estupendo, cuja forma é a de uma separação conectada, de uma proximidade distante e de uma distância de íntimo contato. Ora, o amor próprio só pode sê-lo ao afirmar-se diante da vida e da pura facticidade, negando-as portanto e, pela negação, introduzindo o espaço de uma lacuna e de um vazio entre si e a vida, entre negante e negado. Mas dado que o amor-próprio deve ser sempre de um ser vivo, logo da própria vida, segue-se, como vimos, que no amor-próprio a vida afirma-se a si mesma ao negar-se, ou, em outras palavras, nega-se afirmando-se: o genitivo *sentimento da vida* é a forma deste paradoxo de uma negação que se afirma e de uma afirmação que se nega.

O nominativo, portanto, é o elemento central de uma fenomenologia da burrice, ao passo que o genitivo se apresenta na condição de fundamento primeiro para uma fenomenologia da tristeza – pelo simples fato de que, como estamos vislumbrando já, ser triste é possuir imensa força de alma, forte *sentimento da vida* e perceber, pelo pensamento, esta própria vida. Pensar é, assim, ser triste – residindo aí a razão por que dos doentes e dos velhos é apanágio o pensar:

Ora accade, generalmente e naturalmente parlando, che ne' più forti di corpo la vita sia bensì maggiore, ma il sentimento della vita minore, e tanto minore quanto maggiore si è e la somma della vita e la forza. Ne' più deboli di corpo viceversa. O volendoci esprimere in altro modo, e forse più chiaramente, ne' più forti di corpo la vita esterna è maggiore, ma l'interna è minore; e al contrario ne' più deboli di corpo. Infatti è cosa osservata che generalmente, naturalmente e in parità di altre circostanze, le nazioni e gl'individui più deboli di corpo sono più disposti e meno impediti a pensare, riflettere, ragionare, immaginare, che non sono i più forti; e un individuo medesimo lo è più in uno stato e tempo di debolezza corporale o di minor forza, che in istato di forza corporale o di forza maggiore. Gli uomini sensibili, di cuore, di fantasia, insomma di animo mobile, suscettibile, e più vivo in una parola che gli altri, sono delicati e deboli di complessione, e ciò così ordinariamente, che il contrario, cioè molta e straordinaria sensibilità ec. in un corpo forte, sarebbe un fenomeno (Z. 3923).

Ora, pode bem acontecer que, falando em termos gerais e naturalmente, nos mais fortes de corpo a vida seja de fato maior, mas o sentimento da vida menor, e tanto menor quanto maior é tanto a soma da vida quanto a força. Nos mais débeis de corpo, o contrário. Ou, para exprimirmo-nos de outro modo, e talvez mais claramente: nos mais fortes de corpo a vida externa é maior, enquanto a interna é menor, e o contrário ocorrendo nos mais débeis de corpo. De fato, é coisa observada que, geralmente e naturalmente e aliás em circunstâncias normais, as nações e os indivíduos mais fracos de corpo são mais dispostos e menos impedidos a pensar, refletir, raciocinar, imaginar, coisa que não ocorre com os mais fortes, e um mesmo indivíduo para isso [para o pensar] está mais disposto em um estado e tempo de fraqueza corporal ou de menor força do que quando se encontra em estado de força corporal ou de maior força. Os homens sensíveis, de coração, de fantasia, em suma de alma móvel, suscetível, mais vivo do que os outros, são delicados e débeis em sua constituição, e isso assim normalmente é o caso que, ao contrário, [encontrar] muita e extraordinária sensibilidade etc em um corpo forte seria um fenômeno [extraordinário] (Z. 3923).

A proporção inversa entre o amor-próprio e a força corporal agora é a lei de proporcionalidade inversa entre interior e exterior, entre vida do corpo e vida da alma: o corpo, neste ponto, não é simplesmente a materialização da vida em sistemas orgânicos saudáveis, mas o nominativo como fórmula da facticidade. Nossa especulação anterior forjou-nos os conceitos apropriados para compreender o alcance e a profundeza das frases leopardianas, e sabemos que corpo, longe de ser apenas a força dos sistemas orgânicos, é o nome desta imediata facticidade incapaz de a si mesma ver. Sabemos também que o oposto deste nominativo imediato é o genitivo reflexivo, que faz da lacuna e do vazio entre si e aquilo cujo sentimento é a condição de possibilidade para si mesmo e para o que lhe é consequência: vale dizer, a auto tematização da vida pelo pensar. Deste modo, o corpo-nominativo é a face da vida exterior e a alma-genitivo é o reduto interior – *a lei de proporcionalidade inversa entre estas duas esferas enuncia o elo comum às fenomenologias da burrice e da tristeza, instituindo-as como as duas pilastras de uma biografia do pensar*. Para a fenomenologia da burrice, os fenômenos são um puro ofertar-se que apaga a diferença entre o aparecer de sua *quidditas* e o aparecer de sua *quodditas*[188], para assegurar-se simplesmente da primeira ao excluir a consideração da segunda. Ora, considerar somente a *quidditas* é mover-se algoritmicamente no interior de um sistema cujas regras já foram estabilizadas e internalizadas, e agora apenas se aplicam de modo automático, do mesmo modo que o lagarto foge diante do humano que dele se aproxima, numa reação inteligente porém cega.[189] Os animais, sendo organismos, possuem um grau de inteligência que lhes permite interagir com o meio, responder a seus estímulos, sem entretanto – e isto é decisivo – compreender tais estímulos enquanto aquilo que são. Tratei deste ponto no primeiro capítulo deste livro, ao aludir à distinção heideggeriana entre *weltarm* e *weltreich*: o animal é pobre de mundo, porque lhe responde sem se ver neste responder, sem possui consciência desta mesma resposta que lhe fornece

---

188 Aquilo que chamei em *Ler em cada ente o nome de Deus* a estrutura fenomenológica originária.

189 Se o leitor lembrar da discussão empreendida em *Mímesis especulativa*, compreenderá facilmente que o reino do nominativo corresponde à Seele, à ação da alma que apenas responde, cega, ao Mundo, sem tematizá-lo como o *Dazwischengetretene*, cuja função é apontar para o passado absoluto e para o futuro absoluto no in-stante. Torna-se-lhe por aí filosoficamente clara a natureza animalesca do Mundo a que as redes sociais devem, inevitavelmente, levar-nos: à abdicação, isto é, do espírito como destino do pensar.

– sem ser tomado pela Saudade, na terminologia romântica com que, neste momento, espero o leitor já esteja habituado. A descrição fenomenológica da burrice, portanto, não a associa simplesmente a uma ausência de mediação conceitual, porquanto a operação dianoética pela qual um fenômeno se me apresenta em sua *quidditas*, regulando meu comportamento de acordo com sua lei de proporcionalidade intrínseca, é conceitualmente mediado: o que lhe falta é, antes, o conceito da *quodditas*, a visão, isto é, não da lei de proporcionalidade intrínseca, mas do próprio Aparecer enquanto Aparecer. Uma tal visão só existe, sabemos, enquanto entre-visão, νοῦς, e estruturalmente é tentativa de nomear, não esta ou aquela lei de proporcionalidade intrínseca de tal ente vivo, mas a vida ela mesma – o seu Aparecer gratuito e infinito, o *actus purus* de sua emergência. A burrice, portanto, é o reino do nominativo, em que se tematizam apenas as leis de proporcionalidade intrínseca, na dócil estabilidade deste gigantesco inventário do Mundo que chamei o Sistema de Juízos Finitos. Burrice, em uma palavra, é esquecimento da Saudade, esquecimento, portanto, do *sentimento da vida*. Lagartos, homens fortes e computadores são, todos, os valiosos entes burros de que se ocupa a fenomenologia da burrice.

Se corpo é o nome de uma facticidade incapaz de ver-se e se aí reside o ponto central da fenomenologia da burrice, como reino do nominativo, devemos agora articular o nome do eixo da fenomenologia da tristeza, reino do genitivo, a fim de escrevermos a biografia do pensar: sua gênese. Ora, a burrice, mesmo por meio de operações conceitualmente complexas, permanece burra pelo simples fato de excluir, da epifania fenomenológica original, a *quodditas* que pronuncia o Aparecer enquanto Aparecer. Eis a razão – aqui apenas enunciada e que devemos ainda melhor desenvolver por discussões mais robustas e alimentadas por material empírico – pela qual a assim chamada Inteligência Artificial permanece, inteligente quanto seja, estruturalmente burra. Na epifania fenomenológica originária, desenvolvida no capítulo anterior, eu dissera que, em cada fenômeno, vem à frente o aparecer daquilo que o ente é e o Aparecer enquanto Aparecer, sendo tais dois polos indissociáveis: a estrutura ontológica de todo fenômeno só existe desde esta bipolaridade originária, que eu busquei formalizar na expressão *ler em cada ente o nome de Deus*. Neste sentido, a fenomenologia da burrice enuncia a lei da exclusão do nome de Deus do nome de cada ente. É isto a burrice: ler cada ente sem nele ver a face de Deus. O corpo é o nome leopardiano para a burrice, o reino do nominativo. Agora, entretanto, impõe-se-nos a seguinte tarefa: qual nome reserva Leopardi para o reino do genitivo? Como se chama, afinal, o pensar?

Eis nosso pro-fessor:

> La vita è il sentimento dell'esistenza. Questo è tutto in quella parte dell'uomo, che noi chiamiamo spirituale. Dunque la maggiore o minor vita, e quindi amor proprio e infelicità, si dee misurare dalla maggior forza non del corpo, ma dello *spirito*. E la maggior forza dello *spirito* consiste nella maggior delicatezza, finezza ec. degli organi che servono alle funzioni spirituali. Delicatezza d'organi difficilmente si trova in una complessione non delicata; e viceversa ec. La delicatezza del fisico interno corrisponde naturalmente ed è accompagnata da quella dell'esterno. Di più la forza del corpo rende l'uomo più materiale, e quindi, propriamente parlando, men vivo, perché la vita, cioè il sentimento dell'esistenza, *è nello spirito e dello spirito* (Z. 3923, grifos meus).

> *A vida é o sentimento da existência. Este é tudo naquela parte do homem que nós chamamos espiritual. Portanto, a maior ou menor vida, e por isso amor-próprio e infelicidade, deve ser medida pela maior força, não do corpo, mas do espírito. E a maior força do espírito consiste na maior delicadeza, fineza etc dos órgãos que servem às funções espirituais. Delicadeza de órgão dificilmente é encontrada em uma constituição não delicada – e vice-versa. A delicadeza do físico interno corresponde naturalmente a e é acompanhada daquela do externo [isto é, se delicado o físico externo, portanto fraco, é delicado o físico interno, portanto forte em termos espirituais. G. L.]. Além disso, a força do corpo torna o homem mais material, e assim, propriamente falando, menos vivo, porque a vida, isto é o sentimento da existência, encontra-se no espírito e pertence ao espírito* (Z. 3923).

Espírito é o nome que lemos no pórtico para o reino do genitivo, é por isso a palavra de ordem da fenomenologia da tristeza. De acordo com a lei de proporcionalidade inversa, ao exterior franzino corresponde o interior robusto – e, porque este interior é a morada do *sentimento da vida*, o exterior que inversamente lhe corresponde é o do doente e o do velho. Espírito é apanágio de quem se aproxima da morte, estando na vida. O elogio do espírito é, por este passo, igualmente elogio da velhice – elogio de quem, na vida embora residindo ainda, nela aí está estando sempre-já na morte. Velhice nomeia a era da decadência das forças vitais, descreve o espaço de uma lacuna e de um vazio entre a vida e quem a observa: velho é quem não mais imediatamente toma parte dos negócios da vida e dela se fez observador, ao instaurar uma distância e um vazio por meio dos quais pode ver a vida e ter, dela, o sentimento – sem, entretanto, deixar de ser vida, por nela ainda residir, conforme o belo mistério ontológico da distância próxima e da separação contígua. O sentimento da vida, sendo genitivo que faz do vazio condição para a tematização da facticidade, descreve portanto uma estranha situação, capturada pela palavra *espírito*: vivo, o velho aí está como quem já sente o gosto da morte, aí está, portanto, como se não estivesse, estando e não estando, vivo-morto – é vida que de si mesma toma distância para ver-se. Este ato pelo qual um ente instaura uma distância para contemplação de si mesmo é dito re-flexão: fletir-se-sobre-si-mesmo. A vida, ao materializar-se em um ente cujo corpo é enfermo mas cujo amor próprio é intenso, instaura um paradoxal vazio em si mesma, pelo qual se lhe torna possível este fletir-se-sobre-si-mesma, na medida em que o ente fraco, materialização da vida e da facticidade, nega-*a* para afirmar-*se* e, afirmando-*se* ao negá-*la*, afirma-*a* precisamente ao indagar este puro dar-se que é o seu, isto é, ao fazer da facticidade motivo de reflexão, deixando, assim, de ser vida para tornar-se, por aí, *sentimento della esistenza*. A re-flexão e o pensar são os dois atos fundamentais do espírito – que só existe na feliz tristeza do vazio. A última expressão do texto de Leopardi cristaliza esta nossa conclusão, e nos oferta, depois da árdua caminhada, o generoso presente de quem, na solidão da leitura, pôde pensar em grata companhia: *il sentimento dell'esistenza è nello spirito e dello spirito.*

Ocorre levantar uma última pergunta, a partir da melhor descrição do último paradoxo – pois o espantoso é agora o seguinte: ao negar a vida e, negando-a, afirmá-la, a re-flexão materializa o olhar da vida sobre si mesma, intensificando o *sentimento dell'esistenza* e, por aí, a força do espírito, mas isso significa, em última análise, que a facticidade enquanto tal terá na tristeza o estranho paradoxo de uma negação afirmadora e de uma afirmação negativa, *porquanto a re-flexão do espírito, sendo o fletir-se-sobre-si-mesma da vida, permite ao ente e através dele à vida ela mesma tematizar o próprio absurdo de seu aparecer enquanto Aparecer.* Nos termos meontológicos do capítulo anterior: a gratuidade ontológica entre-vista na estrutura fenomenológica dos entes por meio da tematização do aparecer enquanto Aparecer ganha, ao cristalizar-se na tristeza do pensar, o sentido essencial de uma *Naturphilosophie* para a qual o momento especulativo, por mim circunscrito na expressão fletir-se-sobre-si-mesma da vida, não é simples e unívoca alegria da apoteose épica, mas tristeza de uma felicidade humilde que se chama *pensamento*. Ao cultivarem o vazio que se interpõe entre seus membros franzinos, incapazes de exercitar a vida, e sua alma grandiosa, sempre grávida de sentimento *da* vida, o velho e o doente (adjetivos apropriados para o pensador), embora já próximos da morte e dela entre-vendo a sombra sutil, fornecem à facticidade da vida o espelho em cuja superfície a natureza vê a gratuidade de si mesma: eis delineados a biografia do pensar. E contudo falta um último retoque, no qual reside a pergunta assombrosa: por que tal tristeza é entretanto feliz? Como, aliás, de uma tristeza pode a felicidade ser predicada? Há aí mera arbitrariedade estilística, que conjuga em paradoxo vazio antônimos tão cotidianamente distinguíveis? *Ora, a resposta é mais simples do que parece – porquanto o necessário encontro de tristeza e alegria se oferta desde o termo intermediário do poético, da dor tornada palavra que, no poema, transforma o pensamento, o fletir-sobre-si-mesma da vida cuja condição é a tristeza do genitivo, em alegre visão do triste, porque gratuito, aparecer da vida. Se o amor-próprio fora a condição para o vazio e, por aí, para a re-flexão, premissas da fenomenologia da tristeza, é no canto poético que este suposto egoísmo, responsável por atribuir a Leopardi não sei qual "pessimismo cósmico", transforma-se na fórmula mesma da biografia do pensar: a metamorfose do triste fletir-se-sobre-si-mesma da vida em alegre canto consolador.*

É este o último passo que deveremos dar, depois de termos delineado o perfil das duas fenomenologias, a da burrice e a da tristeza, pórticos e pilastras da biografia do pensar, em cujo templo agora estamos. Isso porque o pensar não é simples, não é unilateral. À diferença do que durante tanto tempo se disse, nos estudos leopardianos, o italiano não oferece uma versão latinizada da metafísica da Vontade de Schopenhauer – o chamado "pessimismo cósmico" é incapaz de entender o verdadeiro sentido da tristeza de Leopardi, desta alegre tristeza à qual dedicou sua vida e que, em nossa língua, nesta língua de Fernando Pessoa e de Machado de Assis, possui sua bela e digna morada na Saudade. Parte importante da vida intelectual reside em aprender a difícil tarefa do agradecer: é necessária uma dose considerável de humildade para isso, ouvidos apurados à escuta de certos silêncios entre as linhas de um texto. Por amor a Leopardi, gostaria de ousar este último gesto, este último passo, e prestar-lhe a homenagem que, se certa ou se errada, dirá ao menos de um desejado agradecimento. Dirá de um bem querer, de um bem falar – de um elogio. Àquele que compreendeu ser da velhice e do espírito o pensamento secreta posse, falar bem acerca do pensar, compreendendo-lhe retamente a gênese e o fino perfil, será talvez apropriado elogio – será por ventura justa homenagem. Ousemos o último passo, e com amor adentremos o templo.

*

Aprendemos, na longa sessão anterior, a construir os contornos de duas fenomenologias: a da burrice e a da tristeza. A longa caminhada nos permitiu entender que o mistério ontológico do fletir-se-sobre-si-mesma da vida, da re-flexão, tinha no paradoxo da distância próxima sua condição de possibilidade, na medida em que o amor-próprio e a força da alma, em proporção inversa à força do corpo e à vida pura, introduziam uma lacuna e um vazio entre o ente franzino e a vida ela mesma, assim permitindo o pensar como re-flexão, isto é, como ver-se-a-si-mesma da vida – porque, como vimos, o ente, embora negando a vida, é parte da vida, e seu negá-la é um estranho afirmá-la, que a re-flexão pronuncia. A palavra com que encerramos nossa caminhada até aqui foi *espírito,* que vimos ser o apanágio dos velhos e dos doentes, dois adjetivos que nomeiam o pensador. Pensar: não só pura tristeza, mas gesto estranho em que, nos labirintos da dor, escutam-se passos e ecos de rara alegria. O mistério da re-flexão é seguido de outro mistério – o de um olhar que em si acolhe tristeza e alegria. Estamos diante do templo do pensar – ante nossos olhos oferta-se o quadro que narra, em imagens singulares, a história de sua gênese e a gênese de sua vida: sua biografia. Como pode o pensar ser tristeza alegre? Era esta nossa pergunta, e, de novo aqui como em todo lugar, é Leopardi quem nos descreve a resposta, desde seu belíssimo poema, *La ginestra* – porque o canto poético é meditação que mimetiza o coração mesmo do Ser, seguir-lhe as sendas é nossa presente, e última[190], tarefa:

Qui su l'arida schiena
del formidabil monte sterminator Vesevo,
la qual null'altro allegra arbor nè fiore,
tuoi cespi solitari intorno spargi, odorata ginestra,
contenta dei deserti.

---

190 Não porque seja a última deste livro, ou deste capítulo, ou deste momento – mas porque será sempre a última humana tarefa. Eis o mistério revolvido no avesso do mistério.

O monte, formidável porque exterminador, é o local da morte, mas por isso mesmo próprio para intensificar o sentimento da vida – que só existe quando dito pela solitária flor do deserto, a *odorata ginestra*, a quem os desertos são de alegria motivo. Os desertos são local de solidão e para a solidão, especiais para esta postura bastante específica que é a do pensador: abandonado por tudo e por todos, a *ginestra* pode melhor ver e pensar a própria vida, que se intensifica pela proximidade da morte cuja iminência a aridez desértica do Vesúvio pronuncia. Eis, já agora nestes primeiros versos, o laço paradoxal da tristeza feliz e da felicidade triste: o monte desértico onde nasce a flor é a imagem mesma da morte sempre iminente, da destruição de todas as coisas, que a *ginestra* acolhe em seu seio como sua possibilidade própria. A morte é, igualmente, vislumbrada pela dissolução do grande império e das grandes cidades, a cujas ruas e monumentos a impetuosa chama do Vesúvio traz a nêmesis – ao passageiro fornecendo o símbolo do Fim:

> *e' tuoi steli abbellir l'erme contrade*
> *che cingon la cittade*
> *la qual fu donna de' mortali un tempo,*
> *e del perduto impero*
> *par che col grave e taciturno aspetto*
> *faccian fede e ricordo al passeggero.*
> *Fur liete ville e colti,*
> *e biondeggiàr di spiche, e risonaro*
> *di muggito d'armenti;*
> *fur giardini e palagi,*
> *agli ozi de' potenti*
> gradito ospizio; e fur città famose
> *che coi torrenti suoi l'altero monte*
> *dall'ignea bocca fulminando oppresse*
> *con gli abitanti insieme. Or tutto intorno*
> *una ruina involve,*
> *dove tu siedi, o fior gentile, e quasi*
> *i danni altrui commiserando, al cielo*
> *di dolcissimo odor mandi un profumo,*
> *che il deserto consola*

Surge, por primeira vez completamente pronunciada, a figura da consolação, existente apenas por virtude do contraste que entre si descrevem as antigas belas cidades e suas presentes ruínas, em meio às quais jaz a *fior gentile*, cujo doce odor alcança os céus e consola o deserto. Que significa, com efeito, consolar? Que pode o deserto de si ver, senão a própria aridez, a ele ostendida pela flor que, dele sendo parte, é-lhe contudo independente o suficiente para à origem donde provém estender espelho: e este espelho, se diz a aridez, o faz em canto consolador. *O espelho, em cuja superfície o deserto vê a ruína de si mesmo, é movimento de consolação – é tristeza pronunciada em alegria.* O ritmo leopardiano, que intensifica a cada verso a magnificência de uma vida cujo esplendor é a das ricas vilas e dos potentes comandantes, demarca o contraste entre o presente ruinoso e o passado vigoroso, circunscrevendo o vazio e a solidão em meio aos quais a flor se queda. Solidão e vazio, já o aprendemos, são os dois proêmios ao pensar – e não à toa a glória do antigo passado se inscreve como a beleza das ruínas presentes: a glória resplandece em sua mesma ausência, a beleza da moça de outrora melhor se diz, como em *Sansão e Dalila* de Rubens, no contraste às rugas futuras – mas isso apenas se, para pronunciar beleza e juventude, aí estiver a flor do deserto concedendo-lhes atenção amorosa e plasmando-as no canto consolador. Contornada pelo vazio e pela solidão, a flor é a única que, apartada da vida, pode melhor salvá-la ao apreender-lhe a forma e fornecer-lhe, nas frases ritmadas de seus versos, o espelho de si mesma. Por não participar da vida, é a flor a única capaz de salvar os fenômenos, reconhecendo-lhes a aparição única, fadada à morte e, por isso mesmo, à beleza do canto:

> *Uom di povero stato e membra inferme*
> *che sia dell'alma generoso ed alto,*
> *non chiama se nè stima*
> *ricco d'or nè gagliardo,*
> *e di splendida vita o di valente*
> *persona infra la gente*
> *non fa risibil mostra;*

Reencontramos em forma poética o que fora a meditação metafísica do *Zibaldone di pensieri*, e nos versos de intenso ritmo lemos as fenomenologias da burrice e da tristeza como os genitores da biografia do pensar: ao retirar de si mesmo a estima do rico ouro e a beleza dos galhardos ornamentos, o homem de pobre estado e membros enfermes nega-se a si a imediata atualização da vida, apenas para melhor possuir o *sentimento da vida*: o negativo é negado para que verdadeiramente se instaure o reino do genitivo e, com ele, a re-flexão. As antigas vilas, quando de sua potência arcaica, incapazes eram de ver a vida nelas inscrita, pelo fato simples de serem imediato, portanto irrefletido, exercício da vida cuja materialização eram. Não é, pois, apenas o puro passar cronológico do tempo que diz da antiguidade da vila, porquanto também as vilas de agora, ainda quando vejam ruínas de vilas anteriores, são cegas à vida nelas pronunciada – da entre-visão da vida só é capaz quem na vida não se encontra, quem, para a vida, está em parte morto, sem ter por completo o reino da vida abandonado. *Ora, este morto-vivo especial, em quem o vazio arde com intenso sentimento da vida de que se apartou em parte, é o poeta, é a ginestra: o homem de membros enfermes e fracos, a flor do deserto e da solidão. Neste homem que vive sua própria morte chega a vida ao nível máximo de intensificação: nele, a morte iminente, já presente no corpo frágil e incapaz de exercícios, é o pórtico para a verdadeira compreensão da vida e, portanto, para o encontro da vida consigo mesma.* Este encontro, eis o ponto que buscávamos, é o momento paradoxal em que a vida, fletindo-se-sobre--si-mesma, vê o absurdo de si mesma como violência da facticidade que expõe seus filhos à dor, e realiza pelo encontro de si consigo a crítica de sua própria cegueira. *Uma tal crítica, que formaliza a dor no canto poético, é o tornar-se triste da alegria e o tornar-se alegre da tristeza – seu mistério é a consolação do canto poético:*

Nobil natura è quella
che a sollevar s'ardisce
gli occhi mortali incontra
al comun fato, e che con franca lingua,
nulla al ver detraendo,
confessa il mal che ci fu dato in sorte,
e il basso stato e frale;
quella che grande e forte
mostra se nel soffrir, nè gli odii e l'ire
fraterne, ancor più gravi
d'ogni altro danno, accresce
alle miserie sue, l'uomo incolpando
del suo dolor, ma dà la colpa a quella
che veramente è rea, che de' mortali
madre è di parto e di voler matrigna.
Costei chiama inimica; e incontro a questa
congiunta esser pensando,
siccome è il vero, ed ordinata in pria
l'umana compagnia,

tutti fra se confederati estima
gli uomini, e tutti abbraccia
con vero amor, porgendo
valida e pronta ed aspettando aita
negli alterni perigli e nelle angosce
della guerra comune.

A nobre natureza, cantando, fornece aos homens solo comum, pois lhes pronuncia a miséria que, doravante, é morada sob que encontraram a cadeia social da solidariedade. O poeta, flor do deserto, é quem diz aos homens imersos nas diversões pascálicas, ao vulgo esquecido da intensa luz das planícies d'outrora, a verdadeira face da facticidade em que deitam raízes à revelia de si, salvando-lhes a vida pela crítica à cegueira da própria vida. Ele a todos abraça com verdadeiro amor por ver, em cada ente singular, uma aparição única fadada à dor da vida – aparição da qual colhe em seu verbo a inesperada essência precisamente porque, apartado da vida, pode melhor amá-la intensamente, ter dela o sentimento e assim salvar cada um dos fenômenos singulares. A beleza é, aqui, a decisão de salvar os entes pela crítica à cegueira da vida, que, enquanto crítica da facticidade, é desde já subversão do ciclo cego de uma vida que a si mesma quer por meio do gesto que, concedendo a cada ente singular valor absoluto, consola e, consolando, instaura solo comum. A natureza, facticidade cega, é mero ciclo irracional, que a si mesmo se perpetua através dos viventes cuja dor engendra como condição de seu aí-manter-se: o puro Aparecer, que a natureza é, resta na cegueira dolorosa e violenta enquanto não lhe for estendido o espelho ao qual formulará a pergunta de si mesma.

Così, dell'uomo ignara e dell'etadi
ch'ei chiama antiche, e del seguir che fanno
dopo gli avi i nepoti,
sta natura ognor verde, anzi procede
per sì lungo cammino
che sembra star. Caggiono i regni intanto,
passan genti e linguaggi: ella nol vede:
e l'uom d'eternità s'arroga il vanto

Subverter o ciclo cego da natureza é instaurar fissura no movimento rotatório da autoperpetuação, é, por isso, sair da Era do Círculo para passar à Era do Triângulo, cujos vértices apontam a um só tempo para o Infinito da Exterioridade e para a proporção comum e inteligível do Interior. A Era do Círculo, marcada pela dor cega e absurda produzida pelo movimento rotatório, cede à do Triângulo, cujos vértices fundam um solo comum, ao fazerem face ao Infinito da Exterioridade, ao qual dirigem a pergunta fatal: por que aparecemos nós e, em nosso aparecer, este misterioso Aparecer em que aparecemos? O vértice é quem *con franca lingua, nulla al ver detraindo, confessa il mal che ci fu dato in sorte,* e assim colhendo do destino à perdição de cada ente a beleza recôndita *dà la colpa a quella/ Che veramente è rea, che de' mortali/ Madre è di parto e di voler matrigna.* A flor do deserto, Vértice do Triângulo, é quem faz da facticidade, entre-vista no Aparecer de cada ente aparecente, objeto de indagação, e se lhe objeta ser ela cega e violenta, o faz para melhor dizer seu amor por cada ente, os quais *strinse in social catena*:

Così fatti pensieri
quando fien, come fur, palesi al volgo,
e quell'orror che primo
contro l'empia natura
strinse i mortali in social catena,
fia ricondotto in parte
da verace saper, l'onesto e il retto
conversar cittadino,
e giustizia e pietade, altra radice
avranno allor che non superbe fole,
ove fondata probità del volgo
così star suole in piede
quale star può quel ch'ha in error la sede.

Nos tempos arcaicos, o medo diante da morte individual conjugou os homens em social cadeia – agora, entretanto, é o *verace saper* que lhes desvela novamente a pátria, ao mostrar-lhes o Aparecer da vida ela mesma, ao ensinar-lhes, cultivando o vazio que em si carrega e plasmando-o em canto consolador, o *sentimento della vita.* O saber assim produzido não é, como o imagina o *secol superpo e sciocco,* o domínio senhoril, também ele cego, sobre os entes pela natureza produzidos: o saber da flor solitária, o saber poético, é a angustiante mas também amorosa entre-visão do Acontecer, da *natura* em seu vir cá à luz – e de uma tal entre-visão tornada canto consolador extraí o poeta--pensador (o pensador poético) a cadeia social a conjugar os homens, e a ensinar-lhes o mistério da beleza: o gratuito estar-aí das coisas todas em única aparição. É diante do Aparecer enquanto Aparecer, da gratuidade do Ser infinito, que o poeta se postou para daí colher os frutos preciosos, cuja partilha entre seus irmãos, se já não os faz poetas como ele capazes da alegre tristeza do pensar, concede-lhes entretanto a graça das imagens e a redenção dos ritmos intensos – e os irmana uma vez mais pelo dom da beleza, tornando-os atentos ao Aparecer dito em cada ente aparecente. Uma tal atenção o poema modela, quando ergue nossos olhos para os infinitos espaços da noite profunda:

Sovente in queste rive,
che, desolate, a bruno
veste il flutto indurato, e par che ondeggi,
seggo la notte; e sulla mesta landa
in purissimo azzurro
veggo dall'alto fiammeggiar le stelle,
cui di lontan fa specchio
il mare, e tutto di scintille in giro
per lo voto seren brillare il mondo

No puro azul o poeta vê as estrelas flamejantes, espelhadas pelo mar ingente, para então perceber que estas duas imensidões, estrelas e mar, apenas apontam para o vazio, *voto*, por onde brilha o belo mundo que chamamos casa e cuja grandeza, que aprendemos a amar, é-nos agora poeira apenas no vazio errante. Este encontro de grandezas que se perdem no vazio é consideração da parva condição da espécie humana, mas é, igualmente, decidido amor pelos entes em sua condição fenomênica, em sua pura individualidade aparecente – as diversas panacéias formuladas pela civilização humana, que buscam encontrar salvação em uma postulada perpetuação da espécie ou, o que dá no mesmo, em um Progresso a todo custo almejado, revelam-se nulas diante do olhar da *ginestra* sobre cada um dos pequenos, por isso mesmo todavia grandiosos, entes que se lhe quedam em torno. É o que ocorre com o Vértice do Triângulo, que, postado diante do Infinito, melhor apreende a infinitude do Exterior em cada singular recanto do Interior.

E poi che gli occhi a quelle luci appunto,
ch'a lor sembrano un punto,
e sono immense, in guisa
che un punto a petto a lor son terra e mare
veracemente; a cui
l'uomo non pur, ma questo
globo ove l'uomo è nulla,
sconosciuto è del tutto; e quando miro
quegli ancor più senza alcun fin remoti
nodi quasi di stelle,
ch'a noi paion qual nebbia, a cui non l'uomo
e non la terra sol, ma tutte in uno,
del numero infinite e della mole,
con l'aureo sole insiem, le nostre stelle
o sono ignote, o così paion come
essi alla terra, un punto
di luce nebulosa; al pensier mio
che sembri allora, o prole
dell'uomo?

Diante dos espaços infinitos e vazios, torna-se irrisória qualquer tentativa de fundar-se a si mesmo por parte da prole humana. E, contudo, não é este o pior dos delírios de nosso tempo, o tempo da vulgarização total das coisas todas e da burrice tornada *ethos* mundial, oferecida a varejo e atacado, no frenesi infinito das redes sociais? Fundar-se a si mesmo, fornecer-se imortalidade desde si é o desejo recôndito da virtualização e da algoritmização do mundo da vida que hoje assistimos ser a tendência absoluta do mundo contemporâneo, o último avatar da modernidade das Luzes que, abjurando a religião para encontrar no progresso científico a marcha irremediável para a felicidade, incorpora os últimos homens de que fala Zaratustra – e hoje é pela infinitude de imagens medíocres que eles dizem *wir haben das Glück erfunden*[191], e piscam. Mas Leopardi, o poeta, flor do deserto, possui corpo fraco demais e alma por demasiado ardente para cair sob o julgo de tais cegueiras – seu canto extraí do espanto dos espaços imensos a força para melhor amar as coisas pequenas, provisórias por isso eternas, frágeis por isso dignas. Pompeia, cidade de ruínas, é o símbolo deste curioso conluio de eterno e transitório, de fragilidade e força, de tristeza e alegria:

---

191 "Nós inventamos a felicidade".

Torna al celeste raggio
dopo l'antica obblivion l'estinta
Pompei, come sepolto
scheletro, cui di terra
avarizia o pietà rende all'aperto;
e dal deserto foro
diritto infra le file
dei mozzi colonnati il peregrino
lunge contempla il bipartito giogo
e la cresta fumante,
che alla sparsa ruina ancor minaccia.
E nell'orror della secreta notte
per li vacui teatri,
per li templi deformi e per le rotte
case, ove i parti il pipistrello asconde,
come sinistra face
che per voti palagi atra s'aggiri,
corre il baglior della funerea lava,
che di lontan per l'ombre
rosseggia e i lochi intorno intorno tinge.

Vazios teatros, templos deformes e noite profunda são os elementos que pronunciam Pompéia, pujante grandeza arcaica que sob o *sterminator Vesevo* apresenta-se agora em pedras e estilhaços. Mas Pompéia só existe nos olhos do poeta, é em seu flamejante verbo que a cidade-ruína se salva por última vez, precisamente ao apresentar-se-lhe, ao poeta, qual ruína presente que é. A flor do deserto salva porque vê, na destruição presente, a construção passada, na morte de agora a vida de antes – e o faz pois é, ela também, acostumada ao vazio que a separa da vida e, assim apartando-a, permite-lhe ver e contemplar a vida: permite-lhe, isto é, *pensar a vida.* O corpo frágil da Ginestra, exposta ao perigo contínuo do Vesevo, faz-lhe costumeira a companhia da morte iminente, que se lhe torna contudo, de tão próxima, amiga e, por amiga, de algum modo viva. *A flor do deserto, apartada da vida, vive sua própria morte, vive uma morte que lhe é vida e que, em seu viver, deixa-se vivificar. A morte de quem vive a contínua iminência da morte já é vida, porque é o vazio que torna possível, para quem dela se apartou, o sentimento da vida.* Por um paradoxo singular – e por qual melhor outra forma romanticamente se pensa? – o que menos vive mais vive, enquanto aqueles que da vida são contínuas atualizações imediatas pouquíssimo vivem, pois que vivem sem seu próprio viver verem – e nesta cegueira revelam-se como a pior das mortes.

É uma conclusão metafísica importante, que aprendemos pela fenomenologia da burrice colhida no *Zibaldone di pensieri*, mas somente por uma vivência verdadeira se pode entender o que aqui formulo. Porque nem todos nós podemos todas as coisas viver, e porque coisas há, nesta vida, cuja experiência é demasiado dolorosa – por isso, oferece-se a poesia como milagre que se ergue desde a noite profunda: e este erguer-se, é ao poeta que o devemos, em gratidão profunda. O poeta: flor do deserto cujo canto diz as mais terríveis verdades, de modo entretanto belo, de maneira contudo tão necessária e livre. Diante de Pompéia, a flor do deserto – outro nome para quem entregou-se à tarefa difícil do pensar – manda doce aroma aos céus, adornando com suas secas folhagens e escasso tronco os campos áridos, em último gesto antes de, ela também, desaparecer no imenso vazio da noite de que se originou, de onde retirou a beleza de seu canto e para onde uma vez mais há de retornar:

E tu, lenta ginestra,
che di selve odorate
queste campagne dispogliate adorni,
anche tu presto alla crudel possanza
soccomberai del sotterraneo foco,
che ritornando al loco
già noto, stenderà l'avaro lembo
su tue molli foreste. E piegherai
sotto il fascio mortal non renitente
il tuo capo innocente:
ma non piegato insino allora indarno
codardamente supplicando innanzi
al futuro oppressor; ma non eretto
con forsennato orgoglio inver le stelle,
nè sul deserto, dove
e la sede e i natali
non per voler ma per fortuna avesti;
ma più saggia, ma tanto
meno inferma dell'uom, quanto le frali
tue stirpi non credesti
o dal fato o da te fatte immortali.

5

Richard Rorty ou o pensamento que não pensa: contra a preguiça contemporânea

Para meu amigo, raro pensador, André Vaillant, com quem posso conversar e pensar em alemão, português, francês ou em línguas ainda desconhecidas, porque mesmo em silêncio pensamos o mesmo pensar. A ele, em quem arde o hoje tão raro fogo da filosofia, dedico com carinho e admiração este capítulo.

Interesting philosophy is rarely an examination of the pros and cons of a thesis. Usually it is, implicitly or explicitly, a contest between an entrenched vocabulary which has become a nuisance and a half-formed new vocabulary which vaguely promises new things.

Richard Rorty

Quero começar este capítulo por um relato pessoal e por uma pergunta. Que significa fazer filosofia? Para nós, cujo tempo é cada vez mais secular e digital, qual o específico significado do que os gregos chamaram philosophein, filosofar? Estas são as perguntas – agora vem o relato. Há alguns meses – escrevo estas linhas e este livro sem saber quando serão publicadas, talvez devesse escrever “há alguns anos” – conversava, como sempre fazia, com meus amigos, mestrandos de Filosofia na Universität Bonn, à frente do imponente edifício central da Faculdade de Filosofia e Ciências Humanas. Como de hábito, nossa animada discussão possuía um único tópico: filosofia. Nesta particular *Abend*, contudo, não tratávamos de Hegel ou Heidegger – nossa pergunta era mais simples, e assim infinitamente mais difícil: quando sabemos se fazemos de fato filosofia? Quando cessa o mero comentário dos textos canônicos e inicia o autêntico fazer filosófico? Há sentido, aliás, em distinguir um filosofar autêntico de um inautêntico, que eu, junto com Wasim, identificava com o cansativo e tedioso comentário especializado, de quem passa anos estudando, digamos, o estatuto da crítica à psicanálise no Foucault tardio ou a correlação entre a arqueologia e a genealogia no mesmo pensador francês? Marc revidava, com justíssima razão, objetando-nos que a prática hermenêutica é desde sempre já filosofar – e embora estivesse se apoiando nos seminários sobre Hermenêutica que fizera com Michael Foster, nosso professor em Bonn, por trás de sua objeção estava a sombra luminosa de Gadamer, que lhe dava total razão. O contra-argumento foi feliz, e serviu-me para elaborar um pouco mais o que eu queria delinear: de certo ninguém é filósofo por uma ingênua *creatio ex nihilo* de um sistema ou doutrina, e todo filosofar é sempre ancorado na tradição, de cuja leitura retiramos aliás o fascínio que nos habita de tal modo a radicalmente nos instituir filósofos, a obcecar-nos e por isso, qual droga ou paixão avassaladora, não mais nos deixar paz – e contudo, sabemos, é apenas nessa contínua batalha que se encontra nossa calma.

Comecei elaborando minha resposta por dois eixos: primeiro, a filosofia nunca foi uma construção abstrata e *a parte mundi* de edifícios inúteis de raciocínios, em conformidade com a irônica – e tão errônea! – descrição que Freud faz do filósofo. Devemos a Pierre Hadot (1981) a belíssima exposição que faz do conceito antigo de filosofia, como *escolha existencial*, delineamento de um espaço vital no interior do qual se desdobra a vida verdadeiramente humana, uma vida que é pensamento e um pensar que se pensa vivendo-o, literalmente fazendo-o corpo. A originalidade de Hadot não consiste em meramente constatar como as filosofias da assim chamada era helenística possuíam seu núcleo organizador na pergunta ética: como viver bem? Sua bela descrição me parece, antes, sublinhar que, à diferença do que se disse durante anos a fio, a filosofia na antiguidade não era compreendida apenas como contemplação, totalmente desvinculada da *práxis*, à theoria subordinada. Ao contrário, enquanto escolha existencial, a vida filosófica era, antes de tudo, *vida*, incorporação radical de um modo de ser e estar no mundo, a corporificação, portanto, do pensar, a literal materialização dos conceitos na carne mesma do filósofo. O Sócrates do *Phaedo* não é alegoria do filósofo – ele é, literalmente, a encarnação da escolha feita, sua coragem é esta exata coragem com que, a algumas horas de morrer, discute incansavelmente com seus amigos acerca da imortalidade de sua alma, que, sabemos, está em risco: ele é, tautegoricamente, este homem que até o fim viveu a escolha da vida que fizera, em cuja morte se concretiza o famoso ἀνεξέταστος βίος οὐ βιωτὸς ἀνθρώπῳ. Hadot, em *Exercícios espirituais e filosofia antiga*, havia traçado o abandono deste conceito antigo e sua metamorfose na prática meramente contemplativa da escolástica medieval, em que vislumbrava a origem da tendência moderna à departamentização da filosofia – a este fazer acadêmico com o qual estamos tão acostumados e que, com tanta facilidade, chamamos de *profissão*, ao invés de denominá-la ar.

À medida que evoluía intelectualmente, Hadot temperou esta esquemática explicação histórica, e relativizou o papel, outrora para ele decisivo, desempenhado pela escolástica, sem contudo deixar de ver no moderno e contemporâneo fazer filosófico este central esquecimento de seu significado original, como escolha de vida, espaço existencial. Meu primeiro argumento, diante de Marc, consistia em articular este significado profundo e originário de Filosofia que, parecia-me então e me parece ainda, era o segredo para a grandeza de um Heidegger, de um Levinas, de um Schelling, de um Hegel, de um Alain Badiou, e que era a confirmação de seu contra-argumento e a dialética reversão deste *contra* em um *a favor* do que dizíamos: por certo, todo filosofar tem origem em um encontro com a tradição, porquanto todo pensar é eterno e histórico, é sempre a primeira pergunta sempre de novo refeita: *que é Tudo isso e por que o há no Como deste Haver?*

Seria ingênuo negar a fundamentação ontológica que Gadamer (1990) nos legou e supor que todo filosofar, para sê-lo, tem de corresponder à imagem freudiana – que, apesar de toda minha juvenil admiração por Freud, sempre me parecera tão odienta e banal – do homem a inventar castelos de raciocínios apartados do tecido da vida: se examinarmos o fascínio causado por livros como *Kant und das Problem der Metaphysik, Die phänomenologie des religiösen Lebens, Schelling und die Freiheitschrift, Die Phänomenologie des Geistes, Zur Geschichte der neuen Philosophie, L'être et l'évenement*, veremos que a força com que nos eletrizam durante a leitura reside exatamente no confronto incessantemente estabelecido com a tradição, à sombra da qual meditam e pensam. Não há, portanto, diferença dicotômica simples entre autêntico filosofar *qua cratio ex nihilo* e comentário servil e especializado de textos canônicos. O que há, ao invés, é o fato de um fascínio nascido de textos que comentam outros textos – o que há é a pergunta: de onde este fascínio? Se Heidegger, ao comentar Kant, Agostinho e Schelling, é capaz de eletrizar qualquer um que possua um mínimo de sensibilidade linguística e esteja disposto a largar a imediaticidade servil e enojante das redes sociais, ao passo que o comentário especializado na revista acadêmica sobre Foucault é infinitamente entediante até para o especialista, como entender esta diferença? Não há nela por ventura a chave para uma compreensão, depois do argumento de Marc, mais refinada do conceito de filosofar visados por mim e Wasim? Creio que sim, e que podemos fazê-la vir à luz se retornarmos a Pierre Hadot, com cuja obra comecei a delinear o primeiro eixo de meu argumento.

Hadot havia definido a filosofia antiga como escolha existencial e modo de vida, materialização literal do pensamento, corporificação dos conceitos, e por aí sublinhara a diferença entre o filósofo antigo, que *vive a filosofia*, e o moderno professor de filosofia, especialista em alguns nomes ou, no máximo, épocas, talvez até especialista em problemas genéricos – p. ex. Estética, Ética, Ontologia, Lógica –, em todo caso porém um sujeito a quem a filosofia está presente como tópico, objeto, assunto, materializada na sala de aula e n'alguns congressos, para desaparecer na fila do supermercado, em casa com a família, no trânsito e nas demais esferas sem cor de nossa vida industrial, digital e secular. Pois bem, é claro que não possuímos mais a dimensão juvenil da nascente filosofia helênica, cujo frescor aliás deve muito à nossa fantasia, à saudade que possuímos deste berço do pensar ocidental, por nenhuma época tão violentamente sentida quanto pelos românticos e idealistas alemães, formados por nomes como Winckelmann, Herder, Lessing, Jacobi – a saudade que levou Hölderlin à literalmente falar grego ático em alemão. Eu admito, pois, este impossível retorno – e contudo resta o argumento de Hadot, permanece como chave para compreender o fascínio que emana das linhas de Heidegger diante da palidez tosca dos artigos especializados: a leitura heideggeriana é uma leitura causadora de fascínio porquanto essencialmente fascinada, deslumbrada e obcecada por um problema central, capaz de unificar a multiplicidade dos problemas singulares conjugando-os a uma perspectiva unitária, em que eles recebem inaudito significado, pelo qual se reformulam e, nesta reformulação, aparecem em todo seu antigo vigor juvenil, em todo frescor que lhes dava irresistível beleza. É exatamente este fascínio inicial, esta pergunta incessante – em Heidegger, a pergunta acerca do Ser, em Levinas, a respeito do Outro, em Badiou, a respeito do Acontecimento, em Schelling, a respeito da liberdade e da Pessoa, em Schlegel e Novalis, a respeito da poesia – que perpassa, trabalhando-os desde dentro, todos os textos lidos, por sua vez nascidos de um igual fascínio e de uma igual obsessão, aos quais o pensador corresponde de modo a deles auferir a inicial experiência de *thauma* donde nasceram.

Estas leituras são ensaísticas no sentido que formulei no segundo capítulo deste livro, pois capazes de vislumbrar a fatalidade nas formas, na linguagem de Lukács, de conjugar em constelação as Ideias e salvar os fenômenos, como quer Benjamin – capazes de *figurar* o Ser, no meu próprio vocabulário. Se é, ainda que provisória, ao menos minimamente plausível esta explicação, poderíamos dizer que a diferença entre o fazer filosófico, antes por mim e Wasim chamado – com certo grão de ingenuidade, admito – de autêntico, e o comentário especializado reside no fato de o primeiro, em contato com a tradição e portanto hermeneuticamente com ela comprometido, criativamente reformulá-la por virtude daquela mesma obsessão e daquele mesmo fascínio que institui tais esforços hermenêuticos no interior de uma escolha de vida, introduzindo-os no horizonte de um espaço existencial – e é a existência de um tal espaço que lhes fornece o irresistível fascínio por eles exercido, resposta a um fascínio anterior, este sempre renovado e em eterno nascimento: aquele de que nasce e renasce incessantemente a filosofia.

Trata-se, aliás, da mesma diferença exercida entre o período de ouro de nossa crítica literária, na figura de um Álvaro Lins, de um Antônio Candido, de um Carpeaux, diante da inacreditável pobreza de muitos artigos críticos, dissertações e teses, preocupadas ou com a aplicação de conceitos já fornecidos ou, o que é tristemente pior, com a militância vazia que é o único sangue a correr nas análises sociológicas dos assim chamados Estudos Culturais. É que, assim como a beleza dos artigos de Candido e Carpeaux mobilizavam cultura e sensibilidade estilística para circunscrição de uma outra beleza, a do texto lido, também nos grandes nomes o fascínio do pensar é resultado de uma autêntica paixão pelos pensadores a cuja sombra pensam – é o fato deste amor, que engaja o pensador literalmente em uma aposta vital que mobiliza seu corpo e sua alma, a origem da elite, da elite a ser mantida, da elite a ser preservada, que outra coisa não é senão o fato de que Filosofia é, como já antevira Platão, aristocrática, ocupação dos melhores, avessa às tendências democráticas da modernidade, em cujas teias jaz a glorificação do embrutecimento e a destruição do pensar. É uma elite à qual são desconhecidas variáveis econômicas e as demais que hoje fazem fortuna. É a elite de gênios escolhidos – daqueles cujos escritos fornecem aos departamentos de Humanidades mundo afora o ensejo para sua justificativa e para o preenchimento das salas de aula.

Entretanto, poderia qualquer leitor objetar-me: pois bem, posta de lado esta descrição algo rancorosa, qual a justificativa *filosófica* para o amor presente nos nomes citados e que opera como causa do fascínio exercido por seus escritos? O ponto é cirúrgico – e tento respondê-lo por alguém cuja obra é bastante conhecida internacionalmente e cuja postura *nonchalante* me parece corporificar o melhor contra-exemplo ao que, nas linhas e capítulos deste livro, tentei articular: Richard Rorty.

Não é polêmico o meu intento, apenas gostaria de usar o projeto intelectual de Rorty como estratégia para circunscrever a posição da metafísica romântica. Porque construirei todo meu argumento ao redor da perigosa palavra *preguiça*, gostaria de desde já aqui deixar patente meu respeito por Richard Rorty, cujos textos procurei ler com toda atenção e, não raras vezes, com imenso prazer intelectual, com admiração mesmo pelo seu estilo, que em ensaios como *The contingency of selfhood* é capaz de comover qualquer leitor. Escrevo este livro sem saber quanto tempo viverei: é frase banal, a todos cabe, mas não sei de fato se terei tempo para ler com mais detalhe outros textos de Rorty. Registro, então, o perigo altamente provável de não fazer justiça a quem muito escreveu. Se me forem concedidos mais alguns anos – se for publicado este livro, e se acaso um pouco mais de leitores tiver do que os que teve Brás Cubas –, retomo o diálogo, e prometo reparar o por ventura com erro escrito. Para fornecer a justificativa *filosófica* da diferença entre o comentário especializado e o ato de filosofar, tentando entender-lhe o estatuto e o perfil em um tempo tão diverso do dos gregos como o nosso, quero revisitar o belo trabalho deste intelectual que, como poucos, fez da vida do espírito um compromisso existencial, vendo nela a possibilidade de uma sociedade mais humana, mais solidária, menos amarga. Discutir a obra de Rorty é uma forma de entender melhor a ânsia da metafísica romântica, sua saudade pelo significado grego da Filosofia, que Hadot reconstruiu tão bem. É, igualmente, um caminho interessante para novamente melhor entendermos, por meio da análise da *preguiça*, a palavra chave deste livro: metafísica. É que, se metafísica é a busca saudosa pelo Além na unificante articulação da Unidade do Unitário e do Contraditório, como busquei articular no segundo capítulo deste livro, ela descreve uma postura, a do fazer filosófico, a um só tempo *existencial* e *argumentativa*, isto é, pela definição racional do que seja a metafísica na condição de um fazer humano. Como definição racional, a metafísica romântica define a filosofia enquanto ciência primeira, mobilizando argumentos racionais para isso, forjando articulações conceituais e explicitando-as. Como fazer humano, a metafísica romântica pensa a filosofia como condição existencial, algo de íntimo, não qualquer coisa de secundária, como a ida ao supermercado ou a visita a um restaurante: ao contrário, a metafísica, como o fazer humano de nossa mais íntima humanidade, é o verdadeiro avesso das ações contingentes de nossa vida, porque materializa a mais radicalmente necessária de nossas ações, isto é, a de perguntar acerca do Ser em que somos e o que somos neste Ser.

Eu poderia recorrer ao Ortega y Gasset de *Unas lecciones de Metafísica*, a meu ver o melhor texto a articular as duas dimensões, existencial e argumentativa, que eu gostaria de recuperar para responder à pergunta deste capítulo: que significa filosofar hoje? Mas prefiro outro caminho, e por isso recorro a Rorty. Faço-o principalmente porque ele é quem de modo mais exemplar e simples construiu uma crítica à metafísica que oferece o paradigma mesmo do que a metafísica romântica *não é*. Além disso, a construção de sua posição intelectual, fruto de seu grande livro *Philosophy and the mirror of nature*, mostra de modo exemplar como uma erudita e sofisticada crítica à metafísica ocidental pode ser, ao mesmo tempo, ótimo exemplo da cegueira à impossibilidade de evitar nossa condição de entes metafísicos. A um ato crítico incapaz de ver que as premissas sobre as quais erige sua crítica possuem as mesmas veias e o mesmo sangue daquilo cuja crítica faz – a este ato chamo *preguiça*. Entender a posição de Rorty nos permitirá talvez melhor considerar a impossibilidade de abandonar a metafísica, porque nos ensinará que o abandono fantasioso de nosso destino metafísico é tampar o sol com a peneira, mas como quem fecha os olhos e, não mais vendo a fulgurante luz, para si sorri acreditando que, vejam só, não há mais sol nem o hão de incomodar seus raios luminosos. Nem fechar os olhos é de serventia alguma, nem a peneira pode algo contra a luz: o sol aí permanece, desejemos ou não. *Preguiça* é muito simplesmente não querer entender por que, apesar da peneira e apesar dos olhos cerrados, o sol permanece – mais: é não desejar compreender por que, entre nossos olhos e o sol, há este estranho conúbio de uma Luz que para um olho deseja luzir e de um olho que, como sua própria missão, nasceu para acolher em si esta bela Luz.

*

Rorty formula seu grande projeto de revitalização da tradição pragmática americana, temperada por nomes continentais – Hedeigger, Wittgenstein, Nietzsche, Sartre, Derrida –, a partir de seu grande, e na minha opinião melhor, livro *Philosophy and the Mirror of Nature*. Não vou comentar nem a evolução intelectual de Rorty nem arrolar o resumo de suas obras: como sempre, meu intento é o de pensar autonomamente, e recorrer ao procedimento de leitura cerrada apenas pela exigência que o rigor do filosofar me impõe. No caso de Rorty, é neste seu primeiro livro, em que elabora de modo claro sua crítica ao paradigma ocidental do que ele chama filosofia-como-epistemologia, que encontro seu ápice criativo e o início do que me parece ser uma franca decadência especulativa. Vou delinear o argumento do livro – para observar como a posição nele desenvolvida, cujo futuro seria a recuperação do *pragmatismo* de Dewey e James, implica o paradigma do que chamarei *preguiça contemporânea*. É o ar que respiramos em muitos ambientes intelectuais, e sua lei principal é o horror a toda metafísica, a toda evocação não especializada de Platão e a toda teologia que deseje transcender a discussão dos departamentos das Faculdades de Teologia ou dos clérigos entre si. Porque Rorty é também um homem que começou sua carreira nas especializadas discussões dos departamentos de Filosofia para terminar sentindo-se mais à vontade como professor de Humanidades e Literatura, seu percurso é perfeito para o contraste que quero estabelecer – este livro que agora escrevo é, afinal, o fruto de um caminho cujo início reside na Literatura e cujo provisório momento possui na Filosofia seu fim.

Rorty mesmo assume, em sua biografia intelectual *Trotsky and the orchids*, ter sido em *Philosophy and the Mirror of Nature* o momento a partir do qual se articularam seu entendimento acerca da tradição filosófica de seu tempo – a assim chamada filosofia analítica – e sua própria posição diante da herança de John Dewey e William James, para a qual encontrava apoio nos nomes continentais de Heidegger, Wittgenstein, Sartre, Gadamer e Derrida. A tese central de *Philosophy and the Mirror of Nature* é simples, e contém micrologicamente todo o neopragmatismo desenvolvido em *Irony, contingency, solidarity, Consequences of pragmatism, Philosophy and social hope* e *Philosophy as Poetry*: o paradigma que tem fornecido o eixo da assim chamada filosofia ocidental é a postura que, desde Descartes, Locke e Kant, herdou os antigos problemas platônicos – o da alma e do corpo, o do eterno e do temporal, o da Verdade e da opinião, do Bem – fornecendo-lhe a roupagem moderna que ficou conhecida como "teoria do conhecimento" ou, como de praxe se diz no discurso especializado, epistemologia.

Na condição de ciência do conhecimento, caberia à filosofia, desde Descartes, fornecer a descrição pormenorizada da gênese das representações mentais que, diante de um olho sempre aberto, seriam fiel espelho do mundo exterior. Dado que as ciências *produzem* conhecimentos parciais, cuja validade reside na exatidão com que espelham em suas representações a estrutura mesma das coisas, a ciência do conhecimento seria, assim vista, ciência das ciências – ciência primeira, no sentido aristotélico. O que Rorty faz, em seu primoroso primeiro grande livro, é rastrear na estrutura da filosofia analítica, cujo fiel discípulo fora, a herança de Descartes, Locke e Kant, herança que implicava uma leitura peculiarmente moderna do que Platão e Aristóteles haviam formulado sob o nome de Filosofia. Rorty é sujeito bastante erudito, e seu historicismo não é sinônimo de falta de rigor. Quero novamente reafirmar: o que chamarei *preguiça*, articulada como posição anti-metafísica paradigmaticamente representada por Rorty, não corresponde ao que o vulgo sob a palavra soe entender. Se preguiça, na boca vulgar, denomina ausência de esforço, Rorty decerto passa longíssimo de ser preguiçoso, e disso fornecem testemunho a erudição e a minúcia com que trata os textos primários e secundários, cuidado que lhe vale o reconhecimento de todo acadêmico cioso dos bons hábitos "científicos", como em geral – sem conseguirmos evitar de todo a comicidade irresistível de um tal vocabulário – costumamos dizer nos departamentos universitários das Humanidades.

Para Rorty, pois, são claras as diferenças entre Platão e Descartes, entre o que Aristóteles chamara *prótê episteme* e o que Kant compreendera ao falar da *Kritik* como procedimento transcendental a fundamentar a ciência moderna, designando-lhe as condições de possibilidade. O ponto é que, pela arqueológica reconstrução da imagem do espelho da natureza, Rorty sublinha como os problemas específicos e gerais com que lida a filosofia analítica de seu tempo, por virtude dos quais aliás ganha sua identidade própria, são primeiramente formulados no momento em que, herdando os problemas gregos, Descartes inventa a imagem da mente enquanto espaço em que representações se vêm agregar, umas que são mais verdadeiras do que outras, de modo a corresponder, de acordo com o grau de verdade que lhes cabe, ao mundo ou, em termos mais simples, à Verdade. O critério, para Descartes, da verdade das representações residia na clareza e distinção com que se apresentavam – porém mais importante do que isso é a definição da *certeza*, portanto do *acesso epistêmico*, como o imediatamente presente ao olho da mente. A consequência, já se vê, é a postulação de representações privilegiadas, porquanto seguras, que garantem ao sujeito a possibilidade de sair de si para corresponder ao mundo, e assim conhecê-lo. Está dada, em seus eixos fundamentais, a imagem da mente como um espelho da natureza, e da filosofia como aquela ciência cuja tarefa é descrever detalhadamente este espelho, a fim de garantir às ciências e demais esferas da cultura seu fundamento inabalável. Filosofia, deste modo compreendida, é metafísica, vale dizer, a ciência máxima capaz de fornecer o Mapa do Mundo e legislar, soberana, sobre todos os esforços humanos em meio ao real, pois apenas nela a Verdade última vem a ser desvelada. Na modernidade, a metafísica grega – que Rorty assim interpreta por influência das leituras de Heidegger e Derrida[192] – torna-se epistemologia, teoria do conhecimento,

---

192 Refiro-me sobretudo a *Einführung in die Metaphysik* e a *L'écriture et la différance*. Que a metafísica grega – expressão sob que compreendo também o neoplatonismo de Plotino – não se reduz às leituras dela por Heidegger e Derrida propostas fornece testemunho Schelling. Não custa lembrar que evoquei, ao longo de todos os ensaios, a figura de Platão como máximo pensador romântico.

cuja principal pedra de apoio é a teoria da verdade como correspondência, delineada na imagem do espelho da natureza.

Pois bem, resumi grosseiramente a primeira tese do livro de Rorty. Qualquer um que o tenha lido saberá das riquezas que tive de omitir, desde seu diálogo com os problemas da filosofia analítica de seu tempo até a análise minuciosa com que relê Descartes, Locke, Kant e mais alguns clássicos do pensamento moderno. Quem o não tiver lido, que o leia, a saber se concorda ou discorda da síntese cá exposta. A tese a meu ver mais importante não reside nesta reconstrução histórica, quase à la Foucault, do paradigma filosófico a que Rorty chama *philosophy-as-epistemology*, senão que na consequência daí retirada: na terceira parte de seu livro, Rorty recorre à hermenêutica de Gadamer para delinear uma alternativa à versão moderna da metafísica grega – a epistemologia – e, por tal passo, recuperar a herança pragmática de Dewey e James, no que Rorty chamará, generalizando a distinção kuhniana entre *normal science* e *revolutionary science*, de *edifying philosophy*, por contraste à *systematic philosophy*. Neste capítulo final, a recorrência a Gadamer, Nietzsche, Habermas, Heidegger, Wittgenstein, Davidson, Brandom, dentre alguns outros, serve de anúncio ao que seria sua concepção madura acerca da tarefa da filosofia e do filósofo. É por este passo que eu me interesso.

Antes de voltar-me à discussão específica a respeito da diferença entre *edifying philosophy* e *sistematic philosophy*, para mim a porta de entrada ao argumento de *Irony, contingence and solidarity* e de *Philosophy and poetry*, gostaria de começar a articular o que eu venho chamando de *preguiça*, que em Rorty vislumbro no que denominarei *ontologia inconsciente*. Vou começar meu comentário pormenorizado de *Philosophy and the mirror of nature* por uma citação de *An ethics for today*, texto lido como conferência na Itália. O argumento de Rorty nesta palestra reside em afirmar que, dada a inexistência de uma eterna e ahistórica metalinguagem filosófica (aquilo que toda Epistemologia, nome da metafísica moderna, promete-nos) capaz de articular a natureza humana à luz da Verdade do Mundo, o agir ético só pode basear-se na argumentação e na conversa, isto é, no jogo das justificativas, por natureza hermenêutico, e não na explicação dedutiva, totalitária porquanto apodítica[193]. A ética apresentada por Rorty é consequência,

---

193 A ideia de que a explicação é totalitária por interromper o diálogo está vinculada à imagem do conhecimento como contemplação: ao contemplar a Verdade, *vejo imediatamente* e, por isso, não posso estruturalmente duvidar. O *cogito* cartesiano, neste sentido, é interpretado por Rorty

por isso, de sua posição pragmática, por sua vez formulada como crítica à Epistemologia moderna. Daí a passagem, na citação abaixo, do argumento epistemológico para a conclusão ética:

> More generally, it is not clear that any of the millions of ways of describing the piece of space time occupied by what we call a giraffe is any closer to the way things are in themselves than any of the others. Just as it seems pointless to ask whether a giraffe is really a collection of atoms, or really a collection of actual and possible sensations in human sense organs, or really something else, so the question, 'Are we describing it as it really is?' seems one we never need to ask. All we need to know is whether some competing description might be more useful for some of our purposes. The relativity of descriptions to purposes is the pragmatist's principal argument for his antirepresentational view of knowledge – the view that inquiry aims at utility for us rather than an accurate account of how things are in themselves. Both the words we use and our willingness to affirm certain sentences using those words and not others are the products of fantastically complex causal connections between human organisms and the rest of the universe (RORTY, 2010, p. 35).

> *Em geral, não está claro que um dos milhões de modos com que podemos descrever uma parte do tempo e do espaço ocupados pelo que agora denominamos uma girafa estará mais perto do que as coisas são em si mesmas, se o compararmos com outro dos vários meios. Da mesma maneira como parece ser inútil perguntar se uma girafa é, em verdade, uma coleção de átomos ou na verdade uma coleção de sensações atuais e possíveis nos órgãos humanos da sensibilidade, ou alguma outra coisa, do mesmo modo a pergunta "estamos descrevendo isto como verdadeiramente é?" parece ser algo que não precisamos nunca perguntar. Tudo que precisamos saber é se alguma descrição concorrente pode ser mais útil para alguns propósitos. A relatividade das descrições aos propósitos é o principal argumento do pragmatista para sua visão anti-representacional acerca do conhecimento – a visão de acordo com a qual a inquirição visa utilidade para nós mais do*

---

como a dúvida cuja tarefa é zerar todas as dúvidas pela descoberta da *certeza* de certas representações, as quais servirão de critério para o conhecimento absolutamente correto, incapaz de erro. Apodítico é, para Rorty, sinônimo de totalitário, pois no apodítico não há espaço para argumento nem diálogo.

que uma descrição acurada de como as coisas são em si mesmas. Tanto as palavras que usamos como nossa boa vontade para afirmar certas sentenças, utilizando certas palavras e não outras, são os produtos de fantasticamente complexas conexões causais entre organismos humanos e o resto do universo (RORTY, 2010, p. 35).

Comecemos analisando os nós problemáticos do raciocínio. O embaraço de uma tal assertiva é que ela tacitamente assume 1) uma ontologia baseada na definição darwiniana de organismos humanos tentando lidar com a realidade[194] e que 2) a impossibilidade de uma epistemologia (no sentido rortyano) é derivada da demasiada complexidade da cadeia causal. Ora, metafisicamente, mantém-se a assunção de que nossa interação com o meio é causal – o que basicamente não muda em nada, fosse a interação uma cadeia de três elementos, fosse ela composta de inúmeros, pois que, ontologicamente, trata-se sempre da mesma coisa, isto é, da mesma compreensão leibniziana do princípio de razão suficiente responsável por ordenar um universo encadeado e sem lacunas. Mesmo quando se queira deixar de lado este derrape de Rorty, a frase *inquiry aims at utility for us rather than an accurate account of how things are in themselves* supõe uma definição tácita do que seja a utilidade e, mais, do que seja nossa relação com o Ser, para daí inferir o sentido mesmo da palavra *utility*. A rápida assunção de que nossa atividade teorética é motivada pela utilidade faz da premissa darwiniana o quadro de uma ontologia latente no interior da qual o Ser destes entes se resume à eficácia com que lidamos com a realidade – seja lá o que ela for.

Como eu disse, esta simples passagem nos fornece o ensejo para tratar da ontologia inconsciente de Rorty, que identifica o Ser a

---

194 Gostaria de fazer referência à belíssima reflexão de meu amigo André Vaillant, pensador que muito admiro, e que em comentário a um dos textos deste livro sublinhou ser nosso contato com o conhecimento um de fuga: é porque não temos a realidade que perguntamos. A realidade nos é em fuga, e os conhecimentos parciais produzidos pelo perguntar incessante, longe de serem troféus da racionalidade a conquistar o Ser, indiciam esta distância que aumenta à medida em que tentamos nos aproximar do Mistério. O tom americano e utilitarista de Rorty, expresso na frase *to cope with reality*, parece esquecer exatamente o fato de que nós nunca lidamos verdadeiramente com o real, que este lidar é secundário em relação ao que nos interpela de fato. Quero registrar aqui minha grata admiração a este precioso interlocutor e amigo que é André.

uma grande substância, material ou imaterial, a ser descrita por intermédio do Juízo Finito. Ontologia, para Rorty, na medida que significa a descrição do Ser enquanto Ser, deverá ser cancelada pelo mesmo ato com que se elabora o *pragmatist's principal argument for his antirepresentational view of knowledge*, notadamente no momento em que o Juízo Finito revela sua afinidade eletiva com o Mapa do Mundo. *Se o Ser for identificado à substância, por força toda ontologia será um Sistema de Juízos Finitos enquanto Mapa do Mundo, e a Verdade será compreendida na condição de correspondência simples entre juízos finitos e partes do Mundo.* É aqui também que se revela a conexão mental entre metafísica-ontologia-epistemologia no vocabulário de Rorty, revelada de modo fulgurante na seguinte passagem de *Philosophy and the Mirror of Nature*, quando está discutindo os problemas mente-corpo da filosofia analítica de sua época:

> Having earlier heaped scorn on both neutral monists and identity theorists, I may now seem to be edging into their camp. For the question now arises: Two ways of talking about what? Something mental or something physical? But here, I think, we have to resist our natural metaphysical urge, and not reply, "A third thing, of which both mentality and physicality are aspects." It would be better at this point to abandon argument and fall back on sarcasm, asking rhetorical questions like "What is this mental-physical contrast anyway? Whoever said that anything one mentioned had to fall into one or other of two (or half-a-dozen) ontological realms? (RORTY, 2018, p. 249).

> *Tendo antes desprezado tanto monistas neutros quanto teóricos da identidade, eu posso agora estar entrando no terreno deles. Pois a pergunta agora é: dois modos de falar sobre o quê? Algo mental ou algo físico? Mas aqui, creio, temos de resistir a nossa natural tendência metafísica e evitar responder, 'uma coisa terceira, da qual o mental e o físico são aspectos'. Seria melhor, chegados até aqui, abandonar o argumento e recorrer ao sarcasmo, fazendo perguntas retóricas como 'como é então este contraste entre o físico e o mental? Quem por acaso disse que tudo que se diz tem de cair em um dos dois (ou de meia-dúzia) domínios ontológicos?* (RORTY, 2018, p. 249).

O trecho me parece especialmente iluminador para compreendermos como a palavra central deste livro, *metafísica*, recebe o exato mesmo significado em filósofos de tradição tão diversa como um Richard Rorty e um Markus Gabriel: Rorty corretamente entrevê a insuficiência e, a bem dizer, a inútil briga entre monistas e neodualistas ao demonstrar que as categorias ontológicas descritas por *mental* e *physical* são apenas terminologias diversas para usos linguísticos correlatos a práticas, também elas linguísticas, diferentes, cuja adequação depende do contexto pragmático em que se inserem. Ao assim descrever o debate americano no que se convencionou chamar *Philosophy of Mind*, Rorty torna explícito o que tem em mente ao empregar a palavra *metafísica*, notadamente uma descrição completa e sem lacunas a respeito da substância última – do princípio, diria Schelling – de que deriva o Mundo. Esta descrição, para ser completa, precisa ser finita, no sentido em que venho articulando através de todos os capítulos deste livro: combinação de sujeito com predicado por intermédio de regra estabilizada, constituindo assim um Juízo Finito. Neste sentido, a opção pelo abandono das perguntas e por conseguinte pelo sarcasmo é bastante coerente à postura de Rorty, para quem as diversas posturas resultantes do paradigma filosofia-enquanto-epistemologia, constituído pela imagem cartesiana do Olho interior e do Espelho da Natureza, são, como o pensamento e a matéria em Spinoza, diferentes afecções de uma mesma postura fundamental, conforme a qual filosofia é epistemologia, isto é, indagação a respeito do que podemos verdadeiramente saber e, daí, identificação dos planos ontológicos verdadeiramente essentes e dos meramente ilusórios. De novo: *a opção pelo sarcasmo só existe uma vez identificado o Ser à substância morta, toda epistemologia à produção de juízos finitos pensados qual momentos do Mapa do Mundo – cuja realização teria por nome* Metafísica.

Pois bem, eu realmente espero que, à esta altura do caminho, para o leitor já esteja evidente o quão apropriada é a crítica de Rorty para qualquer metafísica ôntica e o quão ingênua ela se revela, quando posta em confronto com a metafísica romântica cuja face busquei articular. Isso significa, então, que Rorty não está errado na grande exegese que formula em seu admirável livro, *Philosophy and the Mirror of Nature* – apenas que sua reatualização do pragmatismo norte-americano, temperado por Wittgenstein e por seu amor à literatura, retira-o da posição de historiador para instituí-lo filósofo, *e é exatamente enquanto filósofo que seu projeto pragmático, nas consequências sistemáticas que dele se erguem, mostra-se insuficiente e fraco, porquanto nega toda metafísica ao mesmo tempo que se mostra incapaz de observar suas próprias premissas metafísicas. A um tal gesto negativo e destruidor que se poupa o trabalho de construir doutamente sua ignorân-*

cia e fundamentar, na linguagem ainda mais viril de seus adversários, seu ato de destruição, chamo preguiça. Como grande intelectual que é, Richard Rorty é igualmente ótimo exemplo da preguiça contemporânea como gesto central nas Humanidades. Não uso a palavra *preguiça* na sua qualidade vulgar de insulto, mas em específico sentido especulativo, pelo qual ela é índice de todo projeto crítico. Antes, contudo, permita-se-me melhor circunscrever o projeto intelectual de Richard Rorty, a fim de lhe fazer a justiça exigida para, oferecendo-lhe a crítica, delimitar o terreno em que se move o pensar romântico – ao qual a Verdade resta a única e eterna motivação, a inescapável voz sedutora de todo filosofar. Venhamos novamente a Rorty:

> To choose between these approaches is to choose between truth as "what it is good for us to believe" and truth as "contact with reality." Thus the question of whether we can be behaviorist in our attitude toward knowledge is not a matter of the "adequacy" of behaviorist "analyses" of knowledge-claims or of mental states. Epistemological behaviorism (which might be called simply "pragmatism," were this term not a bit overladen) has nothing to do with Watson or with Ryle. Rather, it is the claim that philosophy will have no more to offer than common sense (supplemented by biology, history, etc.) about knowledge and truth (RORTY, 2018, p. 349).
>
> *Escolher entre tais abordagens significa escolher entre verdade como "aquilo cuja crença nos é de serventia" e verdade como "contato com a realidade". Assim, a pergunta se podemos ser behavioristas em nossa atitude em relação ao conhecimento não é uma questão de "adequação" das "análises" behaviositas" a respeito de alegações epistêmicas ou de estados mentais. O behaviorismo epistemológico (que pode muito bem ser simplesmente chamado "pragmatismo, não fosse este termo um pouco carregado de conotações) não tem nada a ver com Watson ou com Ryle. Antes, é a alegação de que a filosofia não terá mais a oferecer sobre conhecimento e veradade do que o senso comum (suplementado pela biologia, história, etc)* (RORTY, 2018, p. 349).

Eis o ponto em que se nos revela a premissa tácita de toda interpretação rortyana da história da filosofia: ou se compreende a Verdade, e portanto o Ser, enquanto Mapa do Mundo, cuja descrição compete ao Sistema de Juízos Finitos, ou se assume uma postura pragmática que, tendo doutamente obtido a maestria sobre um tal Mapa e vislumbrado sua essencial vanidade, põe de lado toda e qualquer verdade para, em seu lugar, estabelecer como critério o jogo funcional do diálogo. Até aqui, o problema não consiste neste democrático anseio por abertura à conversa, tão característico do neopragmatismo de Rorty e de suas reflexões ético-políticas, mas a inferência, verdadeiro pulo inesperado, que lhe autoriza dar adeus à Filosofia – precipitada conclusão que só existe pela identificação tácita de Filosofia com Epistemologia, de feitio aliás própria à tradição anglo-saxã em cujo entediante e americanizado estilo Rorty se educou. É por isso, aliás, que Rorty pode falar em era pós-filosófica, denominação tão hilária e ridícula quanto o assim chamado pós-modernismo. Formulado de modo sintético, o problema consiste nisto: *primeiro, ao elaborar uma posição filosófica a partir de sua interpretação da história da filosofia moderna, cuja principal tendência entrevê na identificação de filosofia com epistemologia, Rorty já assume uma postura metafísica por virtude da qual não pode falar ingenuamente em fim da Filosofia, pois sua mesma fala é já renascimento daquilo cuja morte anuncia; depois, suas definições negativa e positiva de Verdade – seja como correspondência entre representação e realidade, seja como coerência argumentativa – supõem uma ontologia não explicitada*[195]*, que desde já é condição da crítica por ele mesmo formulada. Só se pode propor um alternativo conceito de verdade – por mais* cool *que seja ele – uma vez formulado um discurso sobre o Ser enquanto Ser. Toda resistência quanto a um tal discurso alicerçada na interpretação do Ser como uma grande substância ôntica – e portanto da Verdade como mera correspondên-*

195 Um exemplo simplérrimo de uma tal ontologia tácita reside na assertiva de que a posição clássica de filosofia-enquanto-epistemologia deduz, com base na discriminação do verdadeiramente cognoscível e verdadeiro, os reinos do verdadeiramente existente e do inexistente. É bastante óbvio que uma crítica, completamente justa, a esta ontologia simplista produzida pelas tendências epistemológicas modernas só pode ser feita *do ponto de vista ontológico*, capaz de pensar o conceito de existência de forma mais sutil e mais abrangente. A citação em que se nos revela como Rorty identifica ontologia com descrição ôntica do Mundo, com o corolário da correspondência enquanto critério da Verdade, é a seguinte: "To say that the philosophical notion of reference is one we can well do without is, as Quine would agree, to say that ontology is also. Since it is because of a concern for ontology that Quine takes reference seriously, it will help to see how hard it is for him to reconcile this concern with his holistic claim that there is no "first philosophy" higher than and prior to ordinary scientific inquiry."

cia entre a representação mental/articulação linguística e a estrutura factual da Substância - revela apenas sua incapacidade para pensar radicalmente. E isso, até que se prove o contrário, não é insulto, apenas uma constatação simples.

A diferença entre o que eu formulei acima como o comentário museológico e a leitura fascinante porque fascinada talvez se relacione à diferença entre uma postura *historicista*, que constata linguagens diversas, incapaz entretanto de forjar ela mesma uma linguagem, e uma postura *histórica*, na qual é vivo o desejo de criar novos termos por meio de um confronto cerrado com a tradição filosófica – para a primeira postura, a história intelectual é objeto de constatação, ao passo que, para a segunda, ela é objeto de fascínio ao qual apenas o pensar pode responder. Se assim é, então Alain Badiou aqui nos pode ajudar.

Em *Mímesis especulativa*, vimos como o Juízo se torna infinito pela mímesis porque o enriquecimento por ele introduzido no Mundo é o enriquecimento como predicado do Ser ele mesmo, como sua Face. No confronto cerrado que tentei estabelecer com Badiou, evoquei a terminologia do francês, e vimos como a Verdade e o Acontecimento provocam, por sua condição sobrenumerária, uma expansão incalculável do Mundo. Todo Acontecimento – Jesus Cristo, a Revolução Francesa, Poesia Pura, a Teoria dos Conjuntos – introduz um enriquecimento no reservatório enciclopédico do saber, mas só o faz por forjar, pelos nomes já inventariados no saber, uma nova linguagem: não pela invenção de nomes novos, como vimos, mas pela inesperada combinação e pelo inesperado uso dos antigos. Ora, em Badiou isso não era mera opinião, nem última alternativa restante uma vez excluídas todas as versões "fundacionais" da filosofia. Ao contrário, era decorrência necessária de sua ontologia. Lá, o Vazio, nome próprio do Ser, era o berço da Verdade. Era também por isso que, para Badiou, todo Acontecimento demandava a coragem de um processo de fidelidade, sem garantias enciclopédicas porque vinculado à verdadeira imprevisibilidade do Ser. A grandiosidade de uma linguagem nova, capaz de agregar pessoas na fundação de um Mundo novo, é simétrica ao perigo do erro fatal.

Neste sentido, a postura pragmática de Rorty revela sua insuficiência precisamente ao advogar, por um lado, a possibilidade de novas linguagens, nisso aliás reconhecendo valor ético, e, por outro, julgar tal novidade pelo critério exclusivo da contingência e, portanto, da temporalidade. É por isso que dirá, nos capítulos finais de *Philosophy and the Mirror of Nature*, que a escolha por novos paradigmas não pode ser motivada por um critério atemporal, por meio do qual teríamos enfim descoberto a metalinguagem para corresponder ao mundo.

O mesmo argumento retorna em *Irony, contingence and solidarity*, ao equacionar poetas e filósofos, deles afirmando ser cada um o forjador de uma nova linguagem. Dito de outra forma: se a beleza e a desejada nova linguagem se engendram quando o poeta, no sentido de o forjador de novas línguas, assume sua própria contingência, pondo de lado a busca pelo universal e necessário, então estamos diante de uma anomalia incapaz de ser descrita pelo discurso de Rorty, porque a beleza é absolutamente individual e contingente e, entretanto, agregadora, porquanto nenhuma língua é língua de um só:

> If, with Davidson, we drop the notion of language-as-fitting the world, we can see the point of Bloom's and Nietzsche's claim that the strong maker, the person who uses words as they have never before been used, is best able to appreciate her own contingency. For she can see, more clearly than the continuity-seeking historian, critic, or philosopher, that her language is as contingent as her parents or her historical epoch. She can appreciate the force of the claim that "truth is a mobile army of metaphors" because, by her own sheer strength, she has broken out of one perspective, one metaphoric, into another (RORTY, 1989, p. 28).
>
> *Se, com Davidson, nós abandonarmos a noção da linguagem-como-correspondendo-ao-mundo, poderemos entender o argumento de Bloom e de Nietzsche conforme o qual o artesão original, a pessoa que usa palavras como elas nunca antes foram usadas, é mais capaz de apreciar sua própria contingência. Pois ela pode ver, mais claramente do que o historiador que busca continuidades, do que o crítico ou o filósofo, que sua linguagem é tão contingente quanto seus pais ou sua época histórica. Ela pode apreciar a força da alegação de que a 'verdade é um exército móvel de metáforas', porque, por sua pura força, ela liberou-se de uma perspectiva, metafórica, para entrar em outra* (RORTY, 1989, p. 28).

Em Badiou, a Verdade era denominada eterna e sua intervenção interpretante, temporal – apesar de escapar aos determinantes enciclopédicos do *savoir*, ela não deixava de ser universal, capaz de agregar pessoas e instaurar-se como nova língua. Em *O Vértice do triângulo* chamei isso de a peculiar tarefa do *pro-fessor*, daquele que fala à frente da multidão e, por isso, novos mundos desvela. Em Badiou e nos diversos ensaios deste livro, este paradoxo de uma linguagem radicalmente individual, cuja força residia na originalidade com que novos termos conjugava em inesperada configuração, foi pensado pelo que chamei *mímesis especulativa*, imitação espelhada do próprio Ser. A passagem de Rorty que acabo de citar é particularmente luminosa para demarcar a diferença entre sua postura e a minha pois, se por um lado concordamos em nossa paixão pela *poiesis* própria a todo pensador (a todo *poeta* no sentido de Rorty), por outro nossa discordância é gritante, e ela reside precisamente no fato de que, enquanto Rorty toma tais inovações linguísticas por decorrentes da contingência e da individualidade dos poetas, para mim se me tornam possíveis unicamente no quadro de uma ontologia capaz de explicar o paradoxo de uma idiossincrasia criadora de universalidade – paradoxo que denominei *mímesis especulativa.*

Dito de outra forma, enquanto para Rorty o abandono de todo conceito de Verdade, correlato à crítica de toda metafísica, implica tomar as produções linguísticas como sorteios contingentes que, para nossa fortuna, nos fornecem interessantes instrumentos *to cope with reality,* para mim os finos cristais da meditação poética, os poemas, articulam verdades ontológicas por serem o resultado de uma mímesis especulativa, isto é, uma imitação do próprio Ser. Por isso, o capítulo terceiro deste livro tentou fornecer uma fundamentação epistemológica para as *figuras,* que são articulações temporais do eterno e, enquanto tais, verdades ontológicas capturadas, a fim de, em *Mímesis especulativa,* aprofundarmos esta epistemologia descrevendo as condições de possibilidade ontológicas para o mistério factual do enriquecimento do Ser. Enquanto Rorty aposta na total contingência para, negando as ambições universalistas da metafísica, tomar a linguagem e seus produtos como meios para estar neste também contingente mundo, o que o faz negar o valor de verdade às meditações poéticas, eu e os mestres dos quais me desejo discípulo estamos preocupados em distinguir claramente verdades ônticas de verdades ontológicas, juízos finitos de juízos infinitos, conceitos de *figuras*, a fim de desenvolver uma metafísica do Infinito cuja câmera preciosa é ocupada por verdades articuladas em poemas.

Rorty precisa recorrer ao critério do *it works well,* próprio à barbárie americana, por haver identificado unilateralmente demais todo projeto metafísico à ambição de construir o Mapa do Mundo por intermédio de Juízos Finitos. O resultado é que os milagres mais fascinantes de nossa história de entes historiais, a contínua interpelação de textos antigos e suas verdades sempre reformuladas, restam admitidos como um *it happens!* que não nos cabe a fundo indagar, pois que toda indagação seria compulsiva e totalitária demais, neuroticamente já obcecada por encontrar o fundamento dos fundamentos e, desde aí, mapear todos os recantos do real conforme um algoritmo último. O problema é que o gesto com que Rorty *afirma* a total contingência de nossa linguagem já é uma assertiva ontológica de acordo com a qual não há senão contingências – contingente nosso contato epistêmico com o Ser, contingentes novas linguagens, contingente também a eficácia com que elas engendram mundos comuns, solos de sentido capazes de introduzir solidariedade entre os homens. Mas uma tal asserção, além de já ser desdobramento de uma ontologia latente, é sobretudo uma metafísica que não se vê enquanto metafísica[196] – uma metafísica cuja principal premissa é o *just happens* da contingência:

> The difference between genius and fantasy is not the difference between impresses which lock on to something universal, some antecedent reality out there in the world or deep within the self, and those which do not. Rather, it is the difference between idiosyncrasies which *just happen* to catch on with other people – happen because of the contingencies of some historical situation, some particular need which a given community *happens to have* at a given time (RORTY, 1989, p. 37, grifos meus).

> *A diferença entre gênio e fantasia não é a diferença entre impressões que apreendem algo universal, alguma realidade antecedente que está aí no mundo ou nas profundezas do Eu, a aquelas que não o fazem. Na verdade, é a diferença entre idiossincrasias que apenas acontecem de dar certo e serem assimiladas por outras pessoas – e assim acontecem por virtude das contingências e ou alguma situação histórica, ou de alguma necessidade particular que uma dada comunidade por acaso tem em um dado momento* (RORTY, 1989, p. 37, grifos meus).

---

196 E é, portanto, autocontradição, ainda mais explicitada se considerarmos que, desejando ver nos poetas forjadores de novas linguagens e redescrições de Mundo, tem de Rorty para isso negar toda possível Verdade, por aí negando igualmente o que afirmara: se as novas linguagens contingentes são por completo, não há nenhuma outra razão para deixarmo-nos fascinar por elas senão a própria alegria vã com que agradecemos aos céus por nos haver poupado uma chuva há pouco ameaçadora. O neopragmatismo, e com ele todo relativismo contemporâneo cujos frutos são as políticas identitárias, leva ao fetichismo do totem ou à indiferente multiplicidade das linguagens culturais, justificada sob o título da pluralidade democrática.

Perceba bem o leitor o engraçado de tudo isso. Estas linhas que cito são retiradas de *Irony, contingence and solidarity,* e revelam bem a ontologia da contingência total como contrária aos esforços que dediquei ao longo deste livro. O contraste entre *edyfing philosophy* e *systematic* philosophy, de *Philosophy and the mirror of nature*, era a estratégia hermenêutica de Rorty para, negando o paradigma epistemológico moderno, delinear uma postura intelectual capaz de ver a filosofia como diálogo em que se forjam linguagens diversas sobre o real. A recorrência à literatura e, sobretudo, à noção de metáfora como berço de novos modos de ver a realidade eram bem naturais, e ninguém lhe reprova tais conclusões, aliás conformes à tradição continental da qual se aproximou no final de seu grande livro: Heidegger, Gadamer, Wittgenstein, Derrida. O problema reside apenas em converter a crítica à epistemologia moderna, para qual filosofia, enquanto ciência primeira, se identificava ao delineamento do método perfeito para descrição total de como emergem nossos conhecimentos do mundo, em uma inesperada ontologia da contingência total, que sequer se dá ao trabalho de fundamentar a alegação e, o que é pior, faz uma série de alegações de modo dogmático. Novos poetas e pensadores forjam novas linguagens, e isso enriquece nosso mundo histórico. Ótimo, mas por quê? A resposta de Rorty é: *porque sim, acontece, não dá pra saber ao certo.* Ficamos pasmos: *não dá pra saber ao certo*, se e somente se identificarmos toda possível resposta filosófica à epistemologia moderna e a seu projeto de construção do Mapa do Mundo. Mas quem disse que filosofia é apenas isso? Aliás, a resposta de Rorty, que afirma a contingência total, não já pressupõe uma ontologia tácita, à qual ela sequer faz referência?

A interpretação nietzschiana que Rorty faz do poema a cuja leitura dedica o capítulo 2 de *Irony, contingence and solidarity* sublinha a ontologia inconsciente que é agora objeto de minha discussão. Concedendo à contingência todo peso para distinção dos poetas diante dos filósofos, isto é, dos forjadores de novas linguagens – desveladores portanto de novos mundos – diante dos caçadores da Verdade única a respeito do Mundo, Rorty assume uma ontologia tácita, que, dada toda a riqueza de suas reflexões, lhe caberia entretanto articular:

> Only poets, Nietzsche suspected, can truly appreciate contingency. The rest of us are doomed to remain philosophers, to insist that there is really only one true lading-list, one true description of the human situation, one universal context of our lives. We are doomed to spend our conscious lives trying to escape from contin-

gency rather than, like the strong poet, acknowledging and appropriating contingency (RORTY, 1989, p. 28).

Nietzsche suspeitava que apenas poetas podiam apreciar verdadeiramente a contingência. O resto de nós está fadado a permanecer filósofos, a insistir que em verdade há apenas uma lista ontológica, uma verdadeira descrição da situação humana, um único contexto universal de nossas vidas. Estamos fadados a gastar nossas vidas conscientes tentando escapar da contingência ao invés de, como o poeta forte, admitirmos e nos apropriarmos da contingência (RORTY, 1989, p. 28).

A ontologia tácita de que estou falando reside em identificar o Ser com uma substância corpórea, cuja descrição ou indutiva ou dedutiva há de ser feita pela soma paciente de juízos finitos, encadeados uns aos outros. Dado que uma tal imagem da metafísica, originada classicamente na Hélade, transmitida e conservada em latim medieval nos mosteiros e metamorfoseada, pela crítica cartesiana à filosofia da *schola*, no paradigma moderno de filosofia-como-epistemologia, constrói suas bases sobre as modalidades da universalidade e da necessidade, Rorty, ao contrapor-lhe o neopragmatismo antimetafísico, contrapõe-lhes igualmente a contingência e a particularidade como as duas modalidades a serem recuperadas para os democráticos tempos modernos. Daí a articulação interna plasmada entre os termos do título de seu livro: a assunção da contingência leva à ironia diante de toda pretensão universalista e apodítica das maldosas metafísicas clássicas, cujo bigode de Hitler e cujas saudações romanas são destruídas pelo ironista-Pilatos que, lavando as mãos nas águas da contingência, abre espaço para a solidariedade das democracias liberais, nas quais as decisões se tomam não mais pela apodítica necessidade com que são deduzidas conclusões, mas pelo diálogo sereno, *citadino* e *urbano*, aberto às contingências da História:

It [this book, *Irony, contingence and solidarity*] sketches a figur whom I call the 'liberal ironist'. I borrow my definition of 'liberal' from Judith Shklar, who says that liberals are the people who think that cruelty is the worst thing we do. I use 'ironist' to name the sort of person who faces up to the contingency of his or her own most central beliefs and desires – someone sufficiently historicist and nominalist to have abandoned the idea that those central beliefs and desires refer back to something beyond the reach of time and chance (RORTY, 1989, p. XV).

> *Este livro [Ironia, contingência e solidariedade] descreve uma figura que eu chamo o ironista liberal. Tomo minha definição de 'liberal' de Judith Shklar, que diz serem os liberais pessoas que tomam a crueldade pela pior de nossas ações. Eu uso 'ironista' para nomear o tipo de pessoa que enfrenta a contingência de suas crenças e desejos mais importantes – alguém suficientemente historicista e nominalista para ter abandonado a ideia de que estas crenças e desejos fundamentais fazem referência a algo além do alcance do tempo e do acaso* (RORTY, 1989, p. XV).

A citação acima é de *Irony, contingence and solidarity*, mas poderia ser tomada de qualquer outro livro de Rorty depois de *Philosophy and the Mirror of Nature*. A ironia, tomada aliás por equivocada e espantosamente infantil leitura dos românticos, deita raízes na crítica à metafísica e à filosofia-como-epistemologia, de *PMN*. Ironia e contingência tornam-se sinônimos da urbana serenidade com que o diferente é aceito e admitido no diálogo. Ao passo que a metafísica é totalitária por ser apodíctica, sendo seu ideal o do olho que imediatamente constata a verdade diante de si, o neopragmático possui na busca por razões – no famoso *space of reasons* – trocadas em diálogo o ideal de verdade como coerência. Própria à metafísica é a República autoritária de Platão, cujo Rei Filósofo não deve ser contestado.[197] O regime apropriado ao irônico *pragmatista* é, ao contrário, a democracia liberal de feitio norte-americano:

> For the pragmatist in morals, the claim that the customs of a given society are "grounded in human nature" is not one which he knows how to argue about. He is a pragmatist because he cannot see what it would be like for a custom to be so grounded. For

197 E não há negar a verdade que na boca do Pro-fessor de todos os pro-fessores se enuncia: é ao Filósofo que cabe o domínio sobre a humana sociedade, porquanto só ele, em seus membros extremamente debilitados, sabe indicar a cada um as fissuras por onde o Infinito emerge. O domínio senhoril do Filósofo, o fato de ser ele o melhor dos homens, revela-se em seus pés descalços, em sua humildade absoluta, em seu amor exagerado por todos os entes. Platão já havia anunciado esta boa nova, re-anunciada quando Deus tornou-se homem, e lavou os pés de seus discípulos.

> the Quine-Sellars approach to epistemology, to say that truth and knowledge can only be judged by the standards of the inquirers of our own day is not to say that human knowledge is less noble or important, or more "cut off from the world," than we had thought. It is merely to say that nothing counts as justification unless by reference to what we already accept, and that there is no way to get outside our beliefs and our language so as to find some test other than coherence (RORTY, 1979, p. 213).
>
> *Para quem assume uma posição pragmática no domínio da moral, a alegação de que os costumes de uma dada sociedade estão "enraizados na natureza humana" não é algo a respeito de que ele saiba argumentar. Ele assume uma posição pragmática porque ele é incapaz de ver como seria o caso, se um dado costume fosse fundamentado na natureza humana. Para a posição epistemológica à la Quine-Sellars, dizer que verdade e conhecimento podem ser julgados apenas pelos padrões dos pesquisadores de nossos próprios dias não significa dizer que o conhecimento humano seja menos nobre ou menos importante, ou mais "apartado do mundo" do que pensáramos. Significa meramente dizer que nada conta como justificação a não ser por referência ao que já está aceito, e que não há nenhum modo de pôr-se fora de nossas crenças e de nossa linguagem, a fim de encontrar outro critério senão o da coerência* (RORTY, 1979, p. 213).

De *Contingence, irony and solidarity* volto a *PMN,* porque quero deixar bastante clara a posição neopragmática de Rorty, ao mesmo tempo que sublinho os nós problemáticos de certas conclusões suas, alicerçadas em sua ontologia tácita. Nos trechos anteriores, eu havia apontado a arbitrariedade com que Rorty optava pelos poetas capazes de engendrar novas linguagens, as quais *just happen to catch on people.* Abandonando o paradigma da metafísica moderna, o pragmatista pode ver-se como mais solidário, porque aberto à contingência histórica, portanto igualmente às mudanças na linguagem instauradas por novos usos poéticos, desveladas por novas metáforas. O mais interessante é perceber que o mesmo homem capaz de conceder à literatura um potencial ético e epistêmico na reformulação de nossas práticas linguísticas e, portanto, de nosso agir social [*the pragmatist in morals*], é incapaz de perceber a premissa ontológica sobre a qual esta assertiva está fundamentada. Assim postas as coisas, torna-se até curiosa a última frase do trecho citado, de acordo com a qual o intelectual pragmático só encara como justificação elementos passíveis de redução ao sistema de juízos já formulados e, portanto, inventariados, isto é, *by reference to what we already accept*. Não há outro modo além da coerência para julgar nossos critérios porquanto a língua e o uso dela feito são os únicos critérios de verdade a que acedemos e, sendo a verdade sempre finita, portanto linguisticamente recuperável, nosso agir cotidiano é a única dimensão verdadeira da verdade. Por isso, a disciplina que tradicionalmente se ocupa da Verdade deve tornar-se, na opinião de Rorty, no melhor dos casos uma crítica cultural: observadora das diversas esferas em que linguisticamente agimos. A irônica autocontradição revela-se quando traduzimos esta assertiva na linguagem romântica formulada neste livro e na própria terminologia de Badiou: o [não-pensante] "pensador" pragmático só aceita como justificativa proposições cujos termos e cujas regras combinatórias sejam sempre passíveis de recondução ao Sistema de Juízos Finitos que nos modela o Mundo, de tal modo que os usos novos e inesperados para nomes da língua são impossibilitados pela exigência do saber, que a si reconduz construtivamente – no sentido de Badiou (!) – toda possível irrupção acontecimental do Vazio. *O medo diante da Verdade é, assim, a melhor garantia contra a difícil entre-visão da Verdade* – que resta velada seja para o *cool* neopragmático, seja para o filósofo-cientista-frustrado que deseja salvar a Filosofia convertendo-a em serva das ciências naturais. É claro que não é isso o visado por Rorty, cujas leituras de Nietzsche e de românticos ingleses o fazem cônscio do fato de serem eles, os poetas, forjadores de novas linguagens até então desconhecidas. O erro de Rorty consiste, antes, em não formular de modo explícito, como faz Badiou e tentei eu mesmo cá fazer, a ontologia capaz de ao menos sugerir o espaço por onde a criação, a *poiesis*, de novas linguagens e novos mundos pode irromper. Uma vez mais, *a preguiça*, compreendida como a crítica à metafísica cega para seus próprios pressupostos metafísicos, assume sem mais uma ontologia da total contingência e uma antropologia filosófica quase darwinista, para a qual o homem é este animal que linguisticamente tenta *cope with the world*.

De novo, não significa isso que o intuito democrático e revitalizador de Rorty esteja errado, assim como errada não está sua crítica ao paradigma da filosofia-como-epistemologia que é o tom mesmo de herança ainda forte na produção filosófica anglo-saxã. Sua tentativa de libertar as Humanidades da obsessão por uma ontologia capaz de conferir-lhes respeito diante das bem-sucedidas *Naturwissenschaften* conduz à mesma postura de Markus Gabriel, ao negar a existência do Mundo. Ocorre que, tanto num quanto noutro, isso só assim ocorre se sempre postularmos a definição de *metafísica* (em Gabriel) e de *ontologia* (em Rorty)[198] como construção do Mapa do Mundo – nos meus termos, se identificarmos metafísica com a articulação de um tal Mapa por meio d'O Sistema de Juízos Finitos. O problema consiste em supor que, elaborando a crítica a toda metafísica como Mapa do Mundo, estamos agora por completo livres de nossa condição metafísica – como se de roupas houvéssemos trocado. Não perceber que, para criticar toda ontologia simples, é necessário novamente fazer ontologia, significa insciência cega para si mesma – *preguiça* é o nome de uma tal cegueira. Negar a si o atributo de filósofo e assumir-se enquanto crítico cultural, se resolve o problema do estrito – por isso irrelevante – ponto de vista biográfico, sequer arranha-o no nível em que nos importa a todos, enquanto entes do pensar capazes: por que há tais mudanças na linguagem, por que há linguagem, por que há seres como nós, por que há o Como deste Haver, por que, finalmente, há o Haver? A preguiça não é tanto ausência de inteligência ou falta de erudição, ambas habilidades que Rorty possui em abundância[199]. *Preguiça é ausência do*

---

198 A bem dizer, os termos possuem para Rorty o mesmo significado, entre eles regendo sinonímia. É que Rorty interpreta, como vimos, a filosofia moderna como uma atualização da herança grega em termos de teoria do conhecimento, epistemologia. Dado que a epistemologia é, nesta chave, ciência das ciências, portanto ciência primeira, cabe-lhe o posto do que, entre os gregos, era apanágio da metafísica ou ontologia. No final das contas, na dinâmica mental de Rorty os termos significam sempre o projeto de uma descrição apodítica do real por meio de encadeamento cerrado de razões e conceitos: um Mapa do Mundo.

199 Em verdade, suspeito cada vez mais que a reação de Rorty ao que ele chama de filosofia possui suas origens no estilo americano e analítico de profissionalmente fazer aquilo que, nos departamentos universitários, ganha o rótulo de filosofia. De fato, vista desse ângulo, a recusa de Rorty causa total empatia – de fato, a obsessão, nisso bastante *american*, de transformar a filosofia em uma mera verificadora do sucesso das ciências é causa de tédio e nojo a qualquer um que possua sensibilidade e cultura. *Mutatis mutandis*, é o que se verifica entre nós com a glorificação dos *cultural studies* como a resolução para o embaraço das Humanidades diante, de um lado, das ciências e, do outro, da política. O caso do Brasil é altamente interessante, e paradigmático nestes últimos anos de governo Bolsonaro. A ascensão de um fascismo orgânico e articulado faz par com a crescente politização do debate público, que se transpõe com naturalidade às universidades. Nos cursos de Humanidades uma tal politização é o passe de mágica para justificar a existência de tais cursos e a *práxis* intelectual neles materializada. Ocorre que as *studia humaniora* nasceram como o resultado do *otium* e da *scholê*, e

pensar – é ensurdecimento para a voz do Ser ou, nos termos de Zubiri, do real da realidade. Vamos, agora, apreciar em mais detalhes esta cegueira, a fim de delinear com total clareza como a crítica à metafísica moderna, em *PMN*, redunda na *preguiça* que não vê sua própria condição irremediavelmente metafísica.

Pois bem, ao confundir o enunciado destas questões com a tentativa de realizar o Mapa do Mundo pela articulação ôntica do princípio, imagem invertida do sy-stema que articulei no segundo capítulo deste livro, Rorty realiza a crítica da metafísica e, por aí, despede-se de toda ânsia metafísica para tornar-se crítico cultural. Eis, em algumas linhas, sintetizado seu grande projeto intelectual:

> The urge toward such a theory in the seventeenth century was a product of the change from one paradigm of understanding nature to another, as well as of the change from a religious to a secular culture. Philosophy as a discipline capable of giving us a "right method of seeking truth" depends upon finding some permanent neutral framework of all possible inquiry, an understanding of which will enable us to see, for example, why neither Aristotle nor Bellarmine was justified in believing what he believed. The mind as Mirror of Nature was the Cartesian tradition's response to the need for such a framework. If there are no privileged representations in this mirror, then it will no longer answer to the need for a touchstone for choice between justified and unjustified claims upon our belief. Unless some other such framework can be found, the abandonment of the image of the Mirror leads us to abandon the notion of philosophy as a discipline which adjudicates the claims of science and religion, mathematics and poetry, reason and sentiment, allocating an appropriate place to each (RORTY, 1989/2018, p. 242).
>
> *O desejo por tal teoria no século dezessete foi um produto da mudança de um paradigma de compreensão da natureza para*

---

possuem sua dignidade precisamente em sua inutilidade. É difícil, e por isso compreensível, reivindicar tal inutilidade em tempos de profunda crise como foram os da história brasileira na última década. A ascensão de uma figura como Olavo de Carvalho, por um lado, e de Jair Messias Bolsonaro, de outro, tornam bastante curiosa – e horrorizante – a situação da esfera universitária no Brasil, sobremodo no que se refere às Humanidades. Resultado disto é a redução de muitos debates filosóficos, conferências inclusive, a aulas de oitava série: Brasil é país racista, machismo estrutural, branquitude, negritude e blá blá blá – redução da Filosofia à *doxa*.

outro, assim como da transição de uma cultura religiosa para uma cultura secular. Filosofia, como disciplina capaz de dar-nos o método correto de perseguir a verdade, depende da descoberta de uma estrutura permanente e neutra de toda pesquisa possível, a compreensão da qual nos permitirá ver, por exemplo, por qual razão nem Aristóteles nem Bellarmine estavam justificados ao acreditarem no que acreditavam. A mente como Espelho da Natureza era a resposta da tradição cartesiana para a necessidade de uma tal estrutura. Se não há representações privilegiadas neste espelho, então ele não mais responderá à necessidade de uma pedra fundamental para escolhermos entre alegações passíveis de justificação e aquelas que não o são em relação a nossas crenças. A não ser que alguma outra estrutura possa ser encontrada, o abandono da imagem do Espelho leva-nos a abandonar a noção de filosofia como a disciplina que legisla sobre as alegações da ciência e da religião, da matemática e da poesia, julgando razão e sentimento, reservando para cada qual um lugar conveniente (RORTY, 1989/2018, p. 242).

Insisto em acompanhar o raciocínio de Rorty por citações textuais para deixar claro aqui que meu intuito não é polêmico, mas filosófico. Talvez dito ainda com mais justiça: ao tornar-se filosófica, a polêmica se torna igualmente produtiva, e a todos interessa. Quero agora propor uma distinção que por ventura ajude a clarificar, por um lado, a crítica e Rorty à tradição por ele denominada fundacional e, por outro, meu próprio projeto diante do dele. Sintetizando ao máximo os argumentos de *Philosophy and the Mirror of Nature*, livro em que Rorty encontra sua própria voz, podemos dizer que o confronto com as tradições analíticas herdeiras do problema moderno fundado por Descartes, vale dizer, do que Rorty chama filosofia-como-epistemologia (e, portanto, da ideia de filosofia como fundacional, ciência primeira: metafísica), corporifica uma crítica rortyana correspondente, nos termos da metafísica romântica, a toda redução do Ser ao Mundo – corresponde, isto é, ao esquecimento do Infinito e à finitização do Mundo. Todo o debate da seção 4 do capítulo VI da segunda parte, *Reference*, estabelece um diálogo cerrado com os principais representantes do realismo epistemológico para demonstrar como a noção de referência, pensada na condição de problema filosófico, implica uma ontologia bastante precária e pobre, para a qual tudo que existe deve existir verdadeiramente n'O Mundo, pensado como mapa ôntico. Trata-se, aqui, daquela ingênua ontologia realista cuja condição de possibilidade é o esquecimento do Infinito e a correlata finitização d'O Mundo. Vimos, em *Mímesis Especulativa*, que a infinitude d'O Mundo dependia da infinitude do Infinito do qual o Mundo era a Ideia, de modo que na terceira potência, síntese dialética de sim e de não, a infinitude de cada ente d'O Mundo era garantida pela fórmula do duplo aparecer: no aparecer de cada ente aparece o que o ente é e o aparecer d'O Aparecer. Nomeei esta fórmula da estrutura fenomenológica originária pela expressão *em cada ente ler o nome de Deus*, para sugerir como em cada fenômeno entramos em contato com sua *quidditas*, sua essência e determinado conteúdo conceitual, e sua *quodditas*, seu aparecer infinito que, enquanto tal, é também aparecimento d'O Aparecer – isto é, do Infinito que em cada ente singular se desvela.

Pois bem, eu mencionei, por ocasião de *Mímesis Especulativa*, que O Mundo, na metafísica romântica, por certo existe, *pace* Markus Gabriel. A tese de Gabriel *O Mundo Não Existe* tem validade bastante diversa e não se aplica à minha específica compreensão d'O Mundo como o Essente, como aquilo de que o Juízo é o correlato epistemológico. Antes, a tese de Markus Gabriel, até onde a tenha compreendido bem, revela-se aplicável às mesmas ontologias naturalistas e realistas que constituem o alvo da crítica de Rorty, como é o caso de Putnam: toda teoria da referência que busque discriminar o domínio verdadeiramente real da realidade, onde se localizam as entidades verdadeiramente reais, busca igualmente modelar a linguagem perfeita para referir-se a estas entidades no interior deste domínio, assim cancelando todas as outras incapazes de tal referência – O Mundo, no sentido de Gabriel, é a fórmula que sintetiza estes três passos, na medida que, domínio de todos os domínios – ou, em sua linguagem, campo de sentido de todos os outros campos de sentido –, nele se revelariam as regras últimas para organização de absolutamente *todas* possíveis predicações pelas quais se determinariam os entes a que convém a existência e aqueles a que ela não convém. Por isso Gabriel chama sua ontologia hiper-realista, porquanto nela *tudo* existe, uma vez negada a existência do Mundo. De fato, é a mesma consequência que observamos em Rorty, apenas formulada em outra linguagem (e, de certo, com outras consequências e interesses ontológicos e epistêmicos):

> I think, then, that the quest for a theory of reference represents a confusion between the hopeless "semantic" quest for a general theory of what people are "really talking about," and the equally hopeless "epistemological" quest for a way of refuting the skeptic

and underwriting our claim to be talking about nonfictions. [...] The question "What determines reference?" is ambiguous between a question about the best procedure for comparing large coherent sets of false beliefs (other epochs, cultures, etc.) with ours and a question about how to refute the skeptic. Debates about theories of reference get their concreteness from attempts to answer the first part of the question, and their philosophical interest from hints that they might somehow answer the second (RORTY, 1979/2018, p. 332).

Eu acho, então, que a busca por uma teoria da referência é índice da confusão entre uma vã busca semântica pela teoria geral "a respeito do que as pessoas realmente estão falando" e a igualmente vã busca epistemológica por um método com que se poderia refutar o cético e subscrever nossa alegação de estar falando a respeito de entes não fictícios [isto é, reais, G. L.]. [...] A pergunta "o que determina a referência?" fica entre ser uma pergunta acerca do melhor procedimento para compararmos grandes conjuntos coerentes de crenças falsas (outras épocas, culturas, etc.) com as nossas e ser ima pergunta a respeito de como refutar o cético. Debates sobre teorias de referência derivam sua concretude de tentativas a responder a primeira parte da pergunta, bem como seu interesse filosófico de indicações de que elas talvez possam, de alguma forma, fornecer respostas à segunda pergunta (RORTY, 1979/2018, p. 332).

A teoria da referência, que toma aqui o lugar do Sistema de Juízos Finitos como Mapa do Mundo, constitui a fonte comum dos erros de Rorty e Gabriel: se para o primeiro ela é a roupagem moderna da metafísica clássica de feitio platônico, para o segundo toda teoria da referência total supõe a articulação do Mundo e, portanto, um realismo ingênuo, alvo das críticas de Heidegger, Derrida e, afinal, Richard Rorty. Ocorre que Markus Gabriel, jogando fora o Mundo, joga com isso igualmente fora a estrutura fenomenológica originária pela qual se lê em cada ente o nome de Deus e que confere ao Mundo, na condição de Ideia do Essente, o que É o Essente, conforme formulado em *Mímesis Especulativa.* O Mundo existe, existe em sua infinitude, desvelada e entre-vista em cada ente cuja beleza é testamento de sua infinita dignidade ética, e é exatamente o Infinito, princípio e fim da metafísica romântica, que, negado em Rorty, torna-o incapaz de ontologicamente justificar a relevância da literatura como fator ético da civilização: a própria distinção entre *systematic philosophy* e *edifying philosophy* é incompreensível, a partir do momento em que nos damos ao trabalho de lhe indagar as razões, se desenvolvida apenas a partir da crítica ao paradigma da filosofia-como-epistemologia. Em Gadamer, a dignidade especulativa a que se alçava a hermenêutica só existia pela anterior meditação ontológica que tornava possível, primeiro, a crítica à importação cega do método das *Naturwissenschaften*, para em seguida propor a vigorosa e viril recuperação da hermenêutica filosófica. Ocorre que, em Rorty, o peso wittgensteiniano dos *Sprachspielen* retira e reduz toda possível verdade ontológica das novas linguagens, que emergem por pura contingência e são assimiladas porque, *Gott sei dank, it works well!*[200] A grandeza de um novo vocabulário filosófico não consiste, para Rorty, em conseguir ele articular melhor e com mais acurácia verdades preexistentes, mas em possibilitar-nos novo e interessante modo *to cope with the world*:

> Interesting philosophy is rarely an examination of the pros and cons of a thesis. Usually it is, implicitly or explicitly, a contest between an entrenched vocabulary which has become a nuisance and a half-formed new vocabulary which vaguely promises great things (RORTY, 1993, p. 9).

> *Filosofia interessante é raramente um exame de prós e contras de uma tese. Em geral é, implícita ou explicitamente, uma batalha entre um vocabulário enraizado que se nos tornou entediante e um outro, apenas auroral, que contém em si promessas vagas de grandes coisas* (RORTY, 1993, p. 9).

Assimilar um grande novo filósofo é, assim, como ler Guimarães Rosa: temos a impressão de que o que lemos está e não está escrito em língua portuguesa, parece-nos em primeiro momento estranho, difícil até, e entretanto, conforme passam as horas e as páginas, somos nós mesmos, em nosso foro interior, que já não podemos evitar a doce música da prosa roseana, e já os acontecimentos mais banais, para nós, descrevem-se-nos em metáforas inesperadas, em imprevisíveis combinações de adjetivos e substantivos. O mundo, para nós, ganha o intenso colorido do Sertão de Riobaldo – e já não podemos mais abandonar esta linguagem que se tornou nossa própria carne, a retina de nossos

200 "Deus seja louvado, funciona bem!"

olhos. Rorty, visto por este ângulo, não está errado: está apenas a meio caminho da verdade, falta-lhe ainda meditar mais e melhor, falta-lhe perguntar – *o que, no Ser, permite este milagre de uma língua que nasce de outra língua e cujo nome é Guimarães Rosa?* É neste meio caminho, que desiste da caminhada ao postular o famoso *coping with the world* como ato a um só tempo epistêmico e pragmático, que põe de lado Gadamer para permanecer com Dewey, companheiro de viagem mais simpático e jovial:

> We can know how to reply to a cryptic remark from a different language-game without knowing or caring what sentence in our ordinary language-game is materially equivalent to that remark. Producing commensurability by finding material equivalences between sentences drawn from different language-games is only one technique among others for coping with our fellow humans. When it does not work, we fall back on whatever does work—for example, getting the hang of a new language-game, and possibly forgetting our old one. This is the same technique we use when nonhuman nature shows itself recalcitrant to being predicted in the vocabulary of traditional science. Hermeneutics is not "another way of knowing"—"understanding" as opposed to (predictive) "explanation." *It is better seen as another way of coping.* It would make for philosophical clarity if we just gave the notion of "cognition" to predictive science, and stopped worrying about "alternative cognitive methods." The word knowledge would not seem worth fighting over were it not for the Kantian tradition that to be a philosopher is to have a "theory of knowledge," and the Platonic tradition that action not based on knowledge of the truth of propositions is "irrational" (RORTY, 1979/2018, p. 396, grifos meus).

> *Podemos agor saber como responder a um comentário críptico de um jogo de linguagem diverso sem sabermos ou nos preocuparmos com que a sentença a que, em nosso jogo de linguagem ordinário, tal comentário materialmente corresponde e equivale. Produzir comensurabilidade, ao encontrar equivalências materiais entre sentenças retiradas de diversos jogos de linguagens, é apenas uma técnica entre várias para lidar com nossos companheiros humanos. Quando de fato não funciona, então recorremos ao que quer que funcione – por exemplo, acostumarmo-nos com um novo jogo de linguagem, e possivelmente esquecer nosso antigo. Esta é a mesma técnica que usamos quando a natureza não humana se mostra resistente a ser predica no vocabulário da*

ciência tradicional. Hermenêutica não é um "outro modo de saber" – "interpretação" enquanto oposto à "explicação" (capaz de prever). É melhor visto como outro modo de lidar com o mundo. Seria uma contribuição à clareza filosófica se nós simplesmente abandonássemos a noção de cognição às ciências capazes de previsão e parássemos de nos preocupar com métodos cognitivos alternativos. A palavra conhecimento não pareceria digna de ser objeto de disputa, não fosse pela tradição kantiana conforme a qual ser um filósofo significa ter uma "teoria do conhecimento", e pela tradição platônica conforme a qual a ação não baseada em conhecimento acerca da verdade de proposições é "irracional" (RORTY, 1979/2018, p. 396, grifos meus).

A expressão chave de Rorty parece ser sempre esta: *to cope with the world*. Para ele, toda tentativa de indagar a razão mesma pela qual somos capazes de um tal *coping* é índice desnecessário de uma ânsia metafísica igualmente desnecessária: melhor estamos se simplesmente constatamos este fato e continuamos a discutir democraticamente na conversa sem fim da crítica cultural. Pois bem, dada toda minha simpatia pelo apelo democrático de uma tal conversa sem fim – com a qual estou absolutamente de acordo – tenho entretanto de perguntar: mas por que tão imenso tabu e medo diante da infantil pergunta: por quê? A filosofia, se é algo, é esta busca saudosa que se afirma no perguntar. A preguiça, ao contrário, é convite a Lethê e, por isso, à permanência na De-mora. O ponto é que só há *edification* para seres capazes deste auto modelamento, seres aos quais o *world* é algo com que podemos *cope*, seres portanto livres e marcados por uma indeterminação estrutural – não é que nós sejamos abençoados com o imaterial e invisível espírito, habitantes felizes da província ontológica das Ideias, confrontados com o triste território da matéria. Cabe aqui perguntar: será Rorty incapaz de deixar de lado a metafísica ôntica da qual ele, criticando-a, mostra-se tão arraigada vítima?[201]

---

201 Vale aqui lembrar as palavras de Heidegger sobre Nietzsche e o niilismo do qual ele, sendo seu maior crítico, é também o perpetuador loquaz: "Als bloße Gegenbewegung bleibt sie jedoch notwendig wie alles Anti- im Wesen dessen verhaftet, wogegen sie angeht. Nietzsches Gegenbewegung gegen die Metaphysik ist als die bloße Umstülpung dieser die ausweglose Verstrickung in die Metaphysik, so zwar, daß diese sich gegen ihr Wesen abschnürt und als Metaphysik ihr eigenes Wesen nie zu denken vermag." (HEIDEGGER, 2003, p. 201)

Neste sentido, as duas grandes categorias finais do livro de Rorty, a *edifying philosophy* e a *constructive philosophy*, pelas quais se anunciam sua própria posição filosófica – ou, para usarmos o ridículo adjetivo, pós-filosófica –, a um só tempo revelam sua tendência romântica e lhe demarcam o limite, movimentos simultâneos que se tornam claros quando comparados com Badiou ou com o que tentei aqui articular neste livro. Ora, a *edifying philosophy* é, como a intervenção interpretante de Badiou, criadora de novos modos de relacionamento com o mundo: nela o Ser expande-se por virtude de uma nossa correlata expansão. A construtiva, ao contrário, tende sempre a reconduzir todo Dito ao já inventariado, conforme aliás o que Badiou chamou de *savoir constructive* e o que chamei de Sistema de Juízos Finitos absolutizado, também denominado esquecimento do Infinito. Claro que não há oposição dicotômica entre os dois modos de filosofar, que se constituem por interação dialética:

> In either case, the activity is (despite the etymological relation between the two words) edifying without being constructive — at least if "constructive" means the sort of cooperation in the accomplishment of research programs which takes place in normal discourse. For edifying discourse is supposed to be abnormal, to take us out of our old selves by the power of strangeness, to aid us in becoming new beings (RORTY, 1979/2018, p. 404).

> *Nos dois casos, a atividade (apesar da relação etimológica entre as duas palavras) é edificante sem ser constructiva – ao menos se por construtiva entendemos o tipo de cooperação na realização de programas de pesquisa que têm lugar no discurso normal. Porque o discurso edificante é suposto ser anormal, ao pôr-nos fora de nossos antigos eus pelo poder do estranhamento, ao ajudar-nos a nos tornarmos novos seres* (RORTY, 1979/2018, p. 404).

A interação dialética, contudo, não é suficiente para dar conta *do fato da união*, este milagre da *social catena* que vislumbramos no capítulo anterior e nos versos de *La Ginestra*. É exatamente a ausência de uma meditação mais profunda acerca de linguagens instauradoras de novos mundos que força Rorty a adotar o critério neopragmático do bom funcionamento, fundamentado na assertiva ontológica da total contingência da História. Neste ponto, tornam-se interessantes as coisas. Já vimos que a crítica à metafísica e a seu avatar moderno, *phi-*

losophy-as-epistemology, leva Rorty a postular, no lugar da necessidade e universalidade em geral associadas à metafísica que busca, na condição da ciência de todas as ciências, o princípio absolutamente necessário e universal, a contingência e a particularidade dos diversos jogos de linguagem históricos e culturais. O problema é que optar pela História e descrevê-la como ontologicamente contingente supõe, ao menos, uma assunção primeira, ainda que implícita, capaz de prover o quadro do Ser e dos particulares entes de perguntas – *diese fragenden Seienden,* talvez escrevesse Heidegger – que somos. A capacidade para novos vocabulários e novos jogos de linguagem diz de uma abertura no Homem e no Mundo ele mesmo, abertura por virtude da qual pode haver a "vaga promessa de coisas grandiosas" e o fato mesmo da beleza poética, cuja força é a de unir os mortais em *social catena.* A própria esperança de Rorty por uma sociedade mais solidária, assim tornada depois do difícil aprendizado da contingência, aponta para esta busca da Unidade de que tratei em *A possibilidade da metafísica como sy-stema*: a Unidade do unitário e do contraditório. É por virtude desta Unidade, irredutível a um Uno ôntico e fossilizado, que no Ser há enriquecimento e Acontecimento – e é assim que o Mundo, como o Essente, pode existir na singular riqueza de cada fenômeno, cuja unicidade pronuncia a própria face e a face do Aparecer ele mesmo.

Mas posta de lado a ânsia pelo Infinito, obliterada a marca fundamental de todo filósofo e de todo dialético que ninguém mais ninguém menos do que Platão reconheceu como a marca de Cain do pensador – nada mais resta ao pensador, e deve ele converter-se em comentarista das obras da cultura. É do Uno, entretanto, que nos vem o traço da Saudade. Estancada esta, obliterada a entre-visão que é o sentido para o Uno de todo dialético, acabamos abandonando a Filosofia sem filosoficamente fundar este abandono da filosofia. *Preguiça* é o nome deste abandono da metafísica, baseado numa metafísica implícita e não pronunciada – aquela de acordo com a qual ou a ciência primeva, do Ser enquanto Ser, articula finitamente um Mapa do Mundo pela formulação de um esclerosado princípio, ou deve ser abandonada pelo *cool cultural criticism.* Neste sentido, podemos com certo grau de serenidade dizer que o erro de Rorty consiste em ater-se à dicotomia fazer-descobrir, por virtude da qual contrasta o seu neopragmatismo à concepção de filosofia-como-epistemologia: o ponto reside em compreender que há uma concepção mais sutil de verdade, consequência de uma metafísica do mesmo modo mais sutil do que seu simplismo dicotômico supõe. Eis, em citações encadeadas, o caminho tomado por Rorty nesta bifurcação da filosofia:

As long as we think that there is some relation called “fitting the world” or “expressing the real nature of the self’ which can be possessed or lacked by vocabularies-as-wholes, we shall continue the traditional philosophical search for a criterion to tell us which vocabularies have this desirable feature. But if we could ever get reconciled to the idea that most of reality is indifferent to our descriptions of it, and that the human self is created by the use of a vocabulary rather than being adequately or inadequately expressed in a ,vocabulary, then we should at last have assimilated what was found in the Romantic idea that truth is made rather than found (RORTY, 1989, p. 7).

Enquanto nós pensarmos que há alguma relação denominada “corresponder ao mundo” ou “expressar a real natureza do eu”, as quais podem ser possuídas ou não por vocabulários-totais, haveremos de continuar a busca filosófica tradicional pelo critério que nos dirá quais vocabulários possuem esse atributo desejado. Mas se nós conseguirmos reconciliarmo-nos coma ideia de que a maior parte da realidade é indiferente às descrições que dela fazemos e de que o sujeito humano é criado pelo uso de um vocabulário ao invés de ser adequada ou inadequadamente expresso em um vocabulário, então nós haveremos de haver ao menos assimilado a ideia romântica conforme a qual a verdade, no lugar de ser encontrada, é feita (RORTY, 1989, p. 7).

E:

The latter “method” of philosophy is the same as the “method” of utopian politics or revolutionary science (as opposed to parliamentary politics, or normal science).The method is to redescribe lots and lots of things in new ways, until you have created a pattern of linguistic behavior which will tempt the rising generation to adopt it, thereby causing them to look for appropriate new forms of nonlinguistic behavior, for example, the adoption of new scientific equipment or new social institutions (RORTY, 1989, p. 10).

O ultimo destes métodos da filosofia é o mesmo que o método de uma política utópica ou de ciência revolucionária (enquanto oposta à política parlamentar, ou ciência normal). O método consiste em redescrever várias e várias coisas de formas novas, até que tenhamos criado um padrão de comportamento linguístico que tentará a nova geração a adotá-lo, assim levando-os a bus-

car novas formas de comportamento não-linguístico, a exemplo da adoção de novo equipamento científico ou novas instituições sociais (RORTY, 1989, p. 10).

E:

These historians have made the point I mentioned earlier: The very idea that the world or the self has an intrinsic nature – one which the physicist or the poet may have glimpsed – is a remnant of the idea that the world is a divine creation, the work of someone who had something in mind, who Himself spoke some language in which He described His own project. Only if we have some such picture in mind, some picture of the universe as either itself a person or as created by a person, can we make sense of the idea that the world has an "intrinsic nature." For the cash value of that phrase is just that some vocabularies are better representations of the world than others, as opposed to being better tools for dealing with the world for one or another purpose" (RORTY, 1989, p. 21).

Estes historiadores defenderam a posição que eu antes mencionei. A ideia mesma conforme a qual o mundo ou o sujeito possui uma natureza intrínseca – uma que o físico ou o poeta pode ter vislumbrado – é ideia remanescente de que a ideia ou o mundo é uma criação divina, o trabalho de alguém que possuía alguém em mente, Alguém que falava alguma língua na qual Ele descreveu o Seu próprio projeto. Apenas se mantivermos uma tal imagem em mente, uma imagem do universo enquanto ou uma pessoa ou creado por uma pessoa, podemos entender a ideia de que a o mundo possui uma "natureza intrínseca". Porque o valor de compra desta frase reside em afirmar que alguns vocabulários possuem melhores representações do mundo do que outros, ao invés de os pensarmos como meros instrumentos para lidar com o mundo tendo em vista um ou outro propósito (RORTY, 1989, p. 21).

De novo, recorro a estes trechos para tentar articular com a máxima clareza o erro filosófico de Rorty em sua tácita confusão entre metafísica ôntica e metafísica do Infinito. *O fato de que há inovação por meio de vocabulários novos capazes de redescrever o mundo é, enquanto tal, um fato a ser pensado pela filosofia:* sua mera constatação desacompanhada de fundamentação ontológica é insuficiente, por isso preguiçosa. Por outro lado, optar por uma posição aberta a inovações, daí inferindo uma correlata solidariedade, *é já ter optado, ou sem o saber ou apenas sem se dar o trabalho de a articular, por uma ontologia que lhe possibilita tal reflexão.* O problema de assumir uma ontologia, para Rorty, reside muito simplesmente no fato de que, para ele, ontologia é sinônimo de Mapa do Mundo, portanto de metafísica ôntica, que descreverá o mundo tal como ele é por intermédio de uma metalíngua, desmembrada da história e da contingência humana. Ocorre que o simples fato de haver redescrições do mundo por novos vocabulários engendrados é índice de que nossa relação com o mundo é marcada por uma infinitude de base, por virtude da qual tanto nossa linguagem quanto o mundo por ela descrito são estruturalmente abertos, errantes – de outro modo a tão criticada concepção de filosofia-como-epistemologia (ou, o que dá no mesmo, a metafísica) articularia de uma vez por todas o Mapa do Mundo, e não haveria mais *filo-sofia*. A contradição maior vem, então, na ideia mesma de que há um *progresso* do pensamento humano radicado nas novas e metafóricas redescrições do real, cujo resultado é um enriquecimento e uma expansão da perspectiva que temos sobre o mundo:

> Rather, it suggests that we might want to stop doing those things and do something else. But it does not argue for this sugestion on the basis of antecedent criteria common to the old and the new language-games. For just insofar as the new language really is new, there will be no such criteria [...]. I shall try to show how a recognition of that contingency leads to the recognition of the contingency of conscience ,and how both recognitions lead to a picture of intellectual and moral progress as a history of increasingly useful metaphors rather than of increasing understanding of how things really are (RORTY, 1989, p. 10).

> *Antes, isso sugere que nós talvez devamos parar de fazer tais coisas para fazer outras. Mas não argumenta a favor desta sugestão com base em critérios antecedentes comuns aos antigos e novos jogos de linguagens. Pois, na medida em que o novo jogo de linguagem é verdadeiramente novo, não haverá tais critérios [...]. I tentarei mostrar como o reconhecimento desta contingência leva ao reconhecimento da contingência da consciência [isto é, das formas históricas com que categorizamos o real, G. L.], e como estes dois reconhecimentos levam à imagem de um progresso intelectual e moral* (RORTY, 1989, p. 10).

Como eu disse, a diferença entre Rorty e um Badiou reside no fato simples de que, para Rorty, as inovações simplesmente acontecem, sendo a recusa de toda metafísica ôntica a condição para estarmos abertos a estas inovações, ao passo que, em Badiou, o enriquecimento tornado possível pelas inovações demanda uma reflexão filosófica capaz de circunscrever o Ser de modo tal a, nele, ver inscrita a possibilidade do Acontecimento, isto é, da inovação. Esta é a diferença entre um pensamento pensante e um que não pensa. Rorty chega a compreender como os momentos de inovação não nascem qual planos preconcebidos, sua verdade antes engendrando-se no processo mesmo com que nascem. À diferença, porém, de Badiou e do que eu mesmo tentei fazer neste livro, Rorty não se indaga qual ontologia (ou metaontologia, no caso de Badiou) torna possível sua postura. O resultado é que:

> This wittgensteinian analogy between vocabularies and tools has one obvious drawback. The craftsman typically knows what he needs to do before picking or inventing tools with which to do it. By contrast, someone tike Galileo, Yeats, or Hegel (a "poet" in my wide sense of the term – the sense of "one who makes things new") is typically unable to make clear exactly what it is that he wants to do before developing the language in which he succeeds in doing it. His new vocabulary makes possible, for the first time, a formulation of its own purpose (RORTY, 1989, p. 13).

> *Essa analogia wittgensteiniana entre vocabulários e ferramentas possui uma óbvia inconveniência. O artesão tipicamente sabe o que ele precisa fazer antes de pegar ou inventar ferramentas com que trabalhará. Por contraste, alguém como Galileo, Yeats ou Hegel (um "poeta" em meu sentido amplo do termo – o sentido de "alguém que faz novas coisas") é tipicamente incapaz de esclarecer exatamente o que ele deseja antes de desenvolver a linguagem em que poderá fazê-lo. O seu novo vocabulário torna possível, pela primeira vez, a formulação de seu próprio propósito* (RORTY, 1989, p. 13).

O apoio que Rorty busca em Davidson denuncia exatamente o erro de seu neopragmatismo – e isso porque o paradigma da história intelectual como história da metáfora implica serem as descrições, entre si, indiferentes, sendo sua sucessiva emergência e desaparição fruto de uma contingência absoluta, isto é, absolutamente necessária. *Mas a contingência não pode ser necessária – ela, a contingência, só pode ser necessariamente contingente*:

> Positivist history of culture thus sees language as gradually shaping itself around the contours of the physical world. Romantic history of culture sees language as gradually bringing Spirit to self-consciousness. Nietzschean history of culture, and Davidsonian philosophy of language, see language as we now see evolution, as new forms of life constantly killing off old forms - not to accomplish a higher purpose, but blindly (RORTY, 1989, p. 19).
>
> *A história positivista da cultura, assim, vê a linguagem como gradualmente tomando corpo ao redor do mundo físico. A histórica romântica da cultura vê a linguagem como gradualmente trazendo o Espírito à consciência de si mesmo. A história nietzschiana da cultura e a filosofia davidsoniana da linguagem vêem a linguagem como nós hoje vemos a evolução, na condição de novas formas de vida constantemente matando-se umas às outras – não para alcançar um propósito maior, mas de modo cego* (RORTY, 1989, p. 19).

O ponto é que, entre o paradigma positivista e o nietzscheano/davidsoniano há um outro, o verdadeiramente romântico, para o qual a História é o domínio do Acontecer e, por isso, o da expressão verdadeira do Ser em sua mesma infinitude. Ora, nós vimos em diversos dos capítulos deste livro que a Liberdade não pode ser necessariamente livre, pois isso a constrangeria a ser Liberdade, assim anulando-a. Se a contingência diz do livre Acontecer ou da Liberdade em seu Acontecer, então tal contingência não pode ser denominada necessariamente cega, porquanto postular a necessária cegueira da contingência implica categorizar ontologicamente a contingência como necessária, ao passo que ela só pode ser necessariamente pensada enquanto contingentemente contingente – e isso por razões ontológicas claras, na medida em que, do ponto de vista da meditação ontológica, a contingência tem de necessariamente ser pensada, em sua modalidade, enquanto contingente, a fim de salvaguardar a Liberdade do Ser. Traduzo em vocabulário mais claro: o Ser só é infinita Liberdade porque, a cada instante, houve uma decisão contingente pelo Existir, decisão absolutamente livre, que poderia simplesmente não ter escolhido a existência, mas que gratuitamente a elegeu. Por isso, cada configuração histórica, sendo expressão deste Ser livre que gratuitamente escolheu sustir-se desde a noite profunda, não pode se deixar subsumir numa teleologia ôntica, que assinalaria a cada momento histórico um lugar no Mapa do Mundo.[202]

---

202 Trata-se, portanto, da diferença essencial entre o Abso-

Isso seria, aliás, reduzir o futuro, que vimos ser definido pelo *pressentimento*, às representações estáveis do presente. *É aqui, e exatamente aqui, que a crítica de Rorty a todo positivismo teleológico, consequência de sua posição neopragmática articulada por vez primeira em* Philosohy and the Mirror of Nature, *revela toda sua ingenuidade metafísica, pois sua escolha pela cegueira do processo histórico, apoiada na contingência da linguagem, só é feita pela suposição de que toda ontologia se identifica a um Mapa do Mundo, assim reduzindo todo futuro ao sistema das representações do presente.* O futuro, todavia, é a dimensão do pressentimento porquanto cada configuração histórica diz de si mesma e do Acontecer, é portanto expressão da infinitude do Ser ele mesmo, e aparece em essencial abertura. Só se pode escolher o paradigma davidsoniano ao postular-se a necessária necessidade da contingência, o que já é um passo metafísico, cuja ontologia resta implícita. Como consequência, Rorty é incapaz de filosoficamente pensar o fato da conservação de certas configurações históricas – isto é, o fato do peso de certas formas – que permanecem engendrando significados, ao passo que outras decaem e se mostram falsas. Trata-se aqui do curioso processo de subjetivação que conduz à verdade analítica, que institui o critério dos bons e dos ruins analistas. Assim como em Lacan há uma verdade do sujeito, irredutível a qualquer cena ôntica empiricamente verificável em sua infância mas nem por isso completamente arbitrária, também as formas históricas engendram, no Tempo, sua verdade eterna – e quem leia Lacan supondo nele enunciar-se o reino da absoluta liberdade pós-moderna, ou usou o texto lacaniano como pretexto à fantasia intelectual ou nada leu. À diferença da necessária necessidade da contingência, a ontologia romântica afirma a necessária contingência da contingência, isto é, o fato de que a Liberdade é livre para ser e para não ser, indiferença primordial da qual só julgamos ulteriormente e *a posteriori*, sem com isso deixarmos de articular a verdade desta escolha. *A insistência da metafísica romântica a respeito da Verdade significa sua escolha por uma ontologia do Infinito e da Liberdade, para a qual o Mundo e a Ideia são apenas a condição epistêmica mínima sem a qual o pensar não pode ser formulado.*

---

luto de Schelling e o de Hegel, e de suas correlatas filosofias da História, que são duas ontologias da eternidade temporal diversas. A crítica mobilizada por Schelling a Hegel em *Zur Geschichte der neueren Philosophie* circunscreve a necessidade a que o Absoluto é submetido por Hegel, no momento mesmo em que Deus é necessariamente livre.

Agora, que estamos nos aproximando do final deste livro, posso relembrar ao leitor a noção de *figura* e da epistemologia construída pela discussão da ontologia do ensaio, no capítulo 2 da primeira parte. Lá, eu dissera que a *figura* é articulação temporal de uma verdade eterna, que, para aparecer, demanda a finitude da linguagem, sem perder entretanto sua eternidade, ao contrário eternizando o temporal (o linguístico, o finito) ao temporalizar o eterno. Isso só era possível para a constelação de pensadores que lá evoquei – o jovem Lukács, Adorno, Benjamin, Auerbach – pois, para eles, a Verdade e o Ser *nunca* se identificavam com uma assertiva finita capaz de construir o Mapa do Mundo: para colocar nos termos de Rorty, nunca se identificavam com uma metalinguagem capaz de encapsular nossas representações fazendo-as corresponder perfeitamente à estrutura última do mundo, *the way things really are*. A *figura* significava, também, que o critério pragmático *it works because it makes us cope with the world* não tem relevância, pois a Verdade nas *figuras* dita se diz pela Infinitude de seu Dizer, revela-se apenas como potência para desvelar outros mundos. A *figura* permitia a entre-visão do destino na forma (Lukács), pois, ao apresentar a Verdade da Ideia (Benjamin), dizia o Ser enquanto essencial abertura – enquanto futuro radical emergente no In-stante (Auerbach). Por fim, a *figura* permite entender a decadência corporificada em nosso tempo – assim tornando possível uma verdadeira *crítica* – ao formular a ontologia do Infinito em cujas tramas o projeto da modernidade técnica de feitio norte-americano e hoje global se revela como o fundamental esquecimento do Infinito que É. A diferença, enfim, reside em asseverar a Verdade das metáforas e, ao contrário, tomar por critério o contingente acaso de um seu bom uso agora: entre pensar as metáforas como mundos a habitar e reduzi-las a instrumentos a um novo e interessante uso. A capacidade para novas metáforas, que são novos mundos desvelados por virtude da infinitude do Mundo, é expressão da Co-rrespondência pela qual nós, seduzidos pela voz da realidade e pelo sorriso entre-visto, mobilizamos o Juízo, a Ideia, para por ele fazer aparecer o Infinito – do qual temos Saudade no pensar.

Em certo sentido, o próprio Rorty concorda comigo e admite a diferença entre estes dois projetos intelectuais, um para o qual metafísica é o Hitler da filosofia e outro que, para ser-se, enreda-se no amor pelo outro de si mesmo: porque filosofia é Saudade de Sofia:

> It is often said that those who, like myself and the other philosophers to whom I have referred, those who disagree with Plato, lack any sense of the spiritual. If spirituality is defined as a yearn-

ing for the infinite, then this charge is perfectly justified. But if spirituality is thought of as an exalted sense of new possibilities opening up for finite beings, it is not. The difference between these two meanings of the term spirituality is the difference between the hope to transcend finitude and the hope for a world in which human beings live far happier lives than they live at the present time (RORTY, 1989).

> *É com frequência afirmado que àqueles que, como eu mesmo e outros filósofos a quem fiz referência, discordam de Platão, falta-lhes certo sentido do espiritual. Se espiritualidade for definida como saudade pelo infinito, então esta acusação está perfeitamente justificada. Mas se espiritualidade for pensada como um sentido exaltado de novas possibilidades abrindo-se a seres finitos – não. A diferença entre estes dois significados do termo reside na diferença entre a esperança por "transcender a finitude" e a esperança por um mundo em que seres humanos vivem vidas bem mais felizes do que aquelas por eles vividas no tempo presente* (RORTY, 1989).

Para finalizar este capítulo já longo, quero apenas sublinhar mais estas linhas derradeiras que cito, e retomá-las segundo o ritmo – o tom, as cores – deste edifício que eu, nem músico nem poeta, tentei construir para o leitor. Eu disse, no segundo capítulo deste livro, que o gesto platônico, o indicador tensionado ao alto e os olhos vibrantes, pronunciava a metafísica como busca saudosa do Além, cuja forma era a do paradoxo por ser sy-stemática: o sy-stema é o sustir-se-juntos dos momentos do pensar na saudosa navegação pelo princípio, e este – este é a pura Liberdade dita apenas no paradoxo de uma eternidade temporal e de uma transcendência-imanente. Rorty, de modo coerente, rompe com Platão por faltar-lhe, conforme admite, a Saudade do Infinito, *the yearning for the infinite.* Mas rompe também incoerentemente, ao caracterizar a espiritualidade de quem sente Saudade como ânsia por ultrapassar a finitude, o tempo, o Mundo – para alcançar a planície imóvel do Deus de Leibniz, a quem todas as possiblidades estão eternamente presentes e já-sempre discriminadas pelo divino cálculo diferencial. Ocorre que Platão – Platão é o oposto mesmo de uma tal transcendência, e o seu maior testamento literário, seu poema maior, o *Phaedo*, ensinou-nos precisamente isso, pela apresentação da figura de Sócrates à beira da morte. Igualmente com Leopardi aprendemos que é o homem fraco e doente, distante da vida qual exercício e atualização imediata de si mesma, o verdadeiro pro-fessor por quem a vida se nos há de mostrar em morte. Com Machado de Assis, tornou-se claro para nós que a verdade de um sujeito, seu sustir-se-desde-a-noite-profunda, deve aparecer no Futuro absoluto de um Tempo e de um Mundo que emergem no In-stante: porque o Eterno, para Machado, era temporal e o Tempo, eternidade in-stântanea.

Platão, Leopardi, Benjamin, Auerbach, Schelling, Machado de Assis sabem que a dicotomia e a contradição não oferecem a forma adequada do pensar: o caminho de veredas que se bifurcam serve apenas para destinos localizáveis finitamente, esta ou aquela cidade, e conduzem apenas os viajantes que nunca viajam verdadeiramente, pois, deixando sua casa, sabem já aonde querem chegar, têm diante de si o destino: *o mar com-fim será grego ou romano/ o mar sem-fim é português.* Se a forma da metafísica como sy-stema é a do paradoxo, então a caracterização rortyana do espírito e de Platão são incorretas, talvez insuficientes, pois os pensa como caminhos elegidos diante de uma dicotomia anterior, que torna impossível a viagem simultânea, conforme o princípio de não-contradição. Se eu tiver obtido ao menos um pouco de sucesso nos ensaios anteriores – ou talvez em apenas um destes ensaios –, terei conseguido sugerir ao leitor que a tradição dos heróis deste livro faz do paradoxo a matriz da filo-sofia: a face de Jano da metafísica. Embora recorra à tradição romântica várias vezes, principalmente em *Philosophy as poetry,* Rorty não efetua o passo primeiro de toda metafísica romântica: o de pensar paradoxalmente, e isto significa: o de pensar desde a Saudade.

Tendo definido seu percurso intelectual em *Philosophy and the Mirror of Nature,* por ocasião do qual elaborara sua justa crítica às metafísicas ônticas da modernidade nascente e da anglo-saxã filotedice, Rorty elaborou uma das mais convincentes perspectivas contemporâneas alicerçada na *preguiça,* definida aqui como a destruição da metafísica que, confundindo-a com Sistema de Juízos Finitos e Mapa do Mundo, procede sempre-já supondo uma própria metafísica latente, que não vem à articulação de si mesma. A opção pelo critério do *it works well*, do *cope with the world*, a opção pela hermenêutica e pelo diálogo e, por fim, pela postura democrática e solidária que faz da filosofia exercício de crítica cultural, movimentos estes alicerçados no abandono de toda teoria da referência e da verdade compreendida onticamente, só existem uma vez pensado o homem como este animal falante, que está na linguagem e pela linguagem para lidar com o mundo. Ter explicitado mais suas próprias premissas o teria levado a realizar minimamente um exercício ontológico e uma, ainda quando ensaística, antropologia filosófica, mas porque estes dois passos para Rorty possuem o gosto da antiga metafísica ele prefere deles abrir mão, e quedar-se como se queda, na delicada situação de quem precisa afirmar um *parti pris* sem fornecer todas as razões para isso. É, aliás, a mesma situação que ele atribui – *a meu ver de modo errôneo* – a Wittgenstein e Heidegger:

> Whereas less pretentious revolutionaries can afford to have views on lots of things which their predecessors had views on, edifying philosophers have to decry the very notion of having a view, while avoiding having a view about having views. This is an awkward, but not impossible, position. Wittgenstein and Heidegger manage it fairly well. One reason they manage it as well as they do is that they do not think that when we say something we must necessarily be expressing a view about a subject. We might just be saying something—participating in a conversation rather than contributing to an inquiry. Perhaps saying things is not always saying how things are (RORTY, 1979/2018, p. 413).
>
> *Enquanto revolucionários menos pretenciosos podem possuir perspectivas a respeito de várias coisas sobre as quais seus predecessores opinavam, filósofos edificantes precisam condenar a própria noção de ter uma perspectiva, enquanto evitam possuir uma perspectiva a respeito de possuir perspectivas. Esta é uma posição estranha, mas não impossível. Wittgenstein e Heidegger conseguiram fazê-lo bastante bem. Uma razão pela qual o fizeram tão bem reside no fato de acharem que, ao enunciarmos algo, não por isso já temos de exprimir uma perspectiva a respeito de um tema. Nós podemos simplesmente estar dizendo algo – participando em uma conversa, ao invés de estarmos contribuindo para uma pesquisa. Talvez enunciar coisas não é sempre enunciar como as coisas [verdadeiramente] são* (RORTY, 1979/2018, p. 413).

A ânsia por evitar a perspectiva a respeito de ter perspectivas deveria ser, para Rorty, temperada e não necessariamente significar a articulação do Mapa do Mundo. Ser metafísico é, sim, articular uma perspectiva a respeito das perspectivas subordinadas que os seres pensantes possuem, e isso porque a primeira perspectiva é a Unidade que confere às seguintes o centro unificador, o seu ponto gravitacional – e este não obrigatoriamente necessita ser uma Grande Coisa. A última frase da citação deveria ser reescrita, e o original *perhaps saying things is not always saying how things are*, poderia assim ser dito: *perhaps saying how things are is not always saying that everything must be a Thing*[203]. Será necessário relembrar o adagio de Novalis? *Wir suchen überall das Unbedingt und finden nur Dingen*[204]. Os românticos, estes magos do pensar, já há muito haviam entendido que o buscar, *suchen*, é por natureza saudoso, pois seu destino último, *das Unbedingt*, não é coisa que se toque nem que finitamente se encontre, como estando aí, articulado por fim nesta frase, neste encadeamento de orações, como quebra-cabeça afinal montado. O *Unbedingt* é a engrenagem íntima da busca: motivando-a desde a Saudade infinda, instaura a busca como o desencontro essencial por onde se vão encontrando as coisas, *Dingen*, e por onde o encontro ansiado pela busca se pode realizar apenas como entre-visão do buscado – à diferença dos caminhos caminhados por viajantes aos quais resta o destino já desde sempre claro, diante-lhes como algo já feito, na busca pelo *Unbedingt*, nesta navegação peculiar de Diogo Cão o porto resta sempre por achar.

*

Mas é necessário recuperar nossa pergunta inicial: que significa, de fato, filosofar *hoje*? A pergunta é em parte burra, em parte não. Burra, porque o advérbio que lhe demarca o tempo da enunciação, o ainda auroral século XXI, parece vincular a filosofia a certa condição temporal e, portanto, estabelecê-la ou epifenômeno grego e moderno (de uma modernidade cujo fim coincidiria com o do XX, a crer nas estúpidas enunciações de um assim dito pós-modernismo), ou prática ocidental que, na condição global, se tornaria rarefeita para, por fim, perder-se no ar noturno. Em parte, contudo, esta burrice é necessária, e na necessidade revela-se esperta: é que a filosofia, como já disse vezes várias, é eterna – é das poucas coisas eternas cujo sabor saboreamos sempre. A pergunta que no filosofar se faz é o perguntar ele mesmo, e para isso não há datas de começo nem fim. Há, entretanto, condicionamentos históricos que lhe modelam a face, o tom de voz e o ritmo dos gestos. Comecei este capítulo mencionando Pierre Hadot,

---

203 Talvez dizer como as coisas são não significa sempre dizer que toda coisa é Coisa.

204 Buscamos por toda parte o In-condicionado [o Ab-soluto], e apenas condicionadas coisas encontramos.

cuja reconstrução da filosofia antiga visava circunscrever a identidade de prática especulativa e prática vital, demonstrando como ser filósofo era resultado de uma escolha existencial, que demarcava abismo profundo entre a *vita vulgi negotio rerum ocupata temporalium*[205] e a vida *contemplationis* – contemplação que, bem escrutinada, se revelava um ideal de vida a ser alcançado. O Bem não era só objeto de indagação dialética: em gestos, voz, afazeres, comunidades, programas de vida se desvelava. A obra de Hadot fascinou o Foucault tardio, que retornou aos gregos para melhor entender como um sistema de injunções e prescrições servia, não à repressão e ao psicótico controle dos corpos qual biopolítica helênica, mas à modelagem mesma das subjetividades que pela *cura sui* se viam a constituir. Sloterdijk (2009) recentemente retornou a esta constelação intelectual Hadot-Foucault, adicionando-lhes um certo Nietzsche e um certo Wittgenstein, temperados com pitadas de Bourdieu. O ponto é que, seja para Foucault, Hadot ou Sloterdijk, na Antiguidade a escolha por uma vida filosófica seguia o radical programa a ser materializado, de modo que a simples dicotomia arendtiana *victa actica* x *victa contemplativa* se revela bastante bobinha, porquanto a contemplação é sempre todo dia profunda ação: *rerum contemplatio aeternarum actio animae est suprema*[206].

Pois bem, eu quis fazer esta incursão um pouco cansativa por Richard Rorty para demonstrar como, em nome bastante *pop* e relativamente contemporâneo, em quem amalgamadas se veem as tendências francesas e alemães das quais Heidegger restou como que o *Führer*[207], a crítica à metafísica, antiga ou moderna, demonstra-se filosoficamente insustentável por ingenuamente pressupor uma perspectiva metafísica que lhe resta, a esta mesma crítica, inarticulada e invisível – e isso não porque, conforme a antiga aporia cética herdada pelo perspectivismo de Nietzsche, *every view must avoid a view about having views, including that which declares the impossibility of having views*, mas pelo simples fato de haver, desde sempre, identificado qualquer projeto metafísico com a articulação de um Mapa do Mundo, por conseguinte todo Juízo com juízos finitos. A esta insciência que de si

205 Vida do vulgo ocupada pelos negócios do mundo.

206 A contemplação das coisas eternas é a suprema ação da alma.

207 Com o que, contudo, não deve o leitor entender crítica ingênua a Heidegger, que resta, para o pensar romântico, um dos mais importantes nomes que o século XX produziu. Pensador do *Er-eignis*, resta-nos, a nós românticos, Heidegger essencial interlocutor.

mesma não sabe nem deseja dar-se o esforço para encontrar-se, chamei tecnicamente de *preguiça*. Assim a denominei porque, contrastando com o gesto socrático da *docta ignorantia* enunciado no οἶδα ὅτι οὐδὲν οἶδα, *scio me nihil scire, sei que não sei,* e que serviu à tradição neoplatônica até Nicolau de Cusa e Schelling como paradigma mesmo do radical *pensar*, tal insciência, ao invés de melhor procurar as roupas adequadas para a Senhora eterna, declara-a morta com a *nonchalance* de quem pouco deseja fazer. Hoje sei – e comecei a escrever este capítulo muito antes de ler os dois Manifestos de Alain Badiou – descrever tal postura como a sutura da filosofia (da metafísica, em minha terminologia) a uma de suas condições: foi o que ocorreu na Alemanha com Heidegger e na França com os grandes escritores que de Heidegger derivaram fascínio, Derrida, Deleuze, Lacoue-Labarthe, para nomear apenas alguns. Em Rorty, mais do que nos franceses, esta postura vem à máxima elaboração, porquanto seu projeto de revitalização do neopragmatismo é, à diferença do culto francês pelo mistério da linguagem, uma declarada e bastante engraçada roupagem intelectual do *american way*.

Depois deste percurso, *preguiça* tornou-se-nos, ou ao menos tornou-se-*me*, um conceito operacional para entender toda crítica à metafísica que não articula suas próprias premissas metafísicas, do que resulta a subordinação da filosofia a qualquer discurso outro, que lhe deveria ser subordinado: no caso de Rorty, filosofia se torna crítica cultural, mas seria facílimo apontar empiricamente como a pesquisa filosófica, nas universidades brasileiras, em grande parte se sente constrangida a tornar-se sociologia filosófica (e não filosofia sociológica: Senhora que se serve de uma de suas escravas). Há os grandes eruditos, com quem muito aprendemos e temos a aprender, que se refugiam nas exímias e pacientes exegeses. Mas há também alguns militantes políticos, que, desejando avidamente fornecer relevância social e utilidade a seu ofício desde o berço inútil que lhe convém *de jure*, negam qualquer esforço ousado por realizar enunciados metafísicos para dedicarem-se às teorias de gênero e à revitalização contemporânea da teoria crítica, um dos mais *cools* avatares intelectuais do antigo marxismo e da psicanálise posta a serviço da crítica social.

Quero citar rapidamente um exemplo biográfico recente. Em um recente evento de filosofia a que estive presente em Toledo, no Paraná, o encerramento foi realizado por um interessante sofá filosófico, ocupado por professores de filosofia de universidades brasileiras e que, cada um, falariam espontaneamente sobre o tema "desafios da Filosofia na contemporaneidade". Como meu enunciado acima, o tema era em parte bastante burro – a filosofia *eternamente* é o mais radical desafio ao tempo presente, e é o tempo tornado para o espírito desafio, exatamente o que Hegel formulou ao enunciar ser a filosofia seu tempo apreendido em pensamento. Chamou-me a atenção a fala de uma das professoras, que expunha interessante pesquisa realizada em centro interdisciplinar para entender, por meio de análise minuciosa de dados, quais os índices de mulheres nos cursos de Filosofia e quais as taxas de evasão. Terminada sua fala, esperava eu que daí retirasse ensejo à reflexão filosófica, para além da mera constatação estatística e sociológica do machismo estrutural que nos assola ainda. Que me entendam bem: não é que seja desnecessária a pesquisa realizada, é claro que o é[208], aliás exatamente para compreender o peso de nossa patriarcal sociedade. O problema verdadeiro reside no gesto absolutamente antissocrático e antiplatônico da fala – ao invés de, partindo das constatações da *doxa* que a todos aparecem em seu imediato significado (pois que seja para negar o machismo seja para afirmá-lo, o fenômeno designado pelo substantivo "machismo" é sempre-já categorizado em juízo finito, seja lá qual o sinal a ser-lhe adicionado), dialeticamente ascender a problema verdadeiramente filosófico, vale dizer metafísico, vale dizer senhoril, a professora permanecia no terreno sociológico, cujos termos estão já categorizados ou, para dizer com Alain Badiou, cuja situação é já conhecida, múltiplo bastante domesticado que é. Sócrates bem partia de perguntas para as quais prontas tinham já seus interlocutores respostas: mas destas imediatas respostas, oriundas do reino do nominativo e a eles aparecentes em imediata luz, mostravam-se aos poucos insuficientes, e de pergunta em pergunta o que antes parecia brincadeira de criança se vai revelando mistério insondável, dos deuses enigma, do qual descobrimos, véu por véu e em alumbramento inesquecível, o esconderijo invisível.

---

208 Assim como necessários são todos, e absolutamente todos, esforços, intelectuais ou pragmáticos, dirigidos à concretização de um mundo mais justo. Eu escrevo estas últimas linhas depois de haver lido os Manifestos pela Filosofia, de Badiou, sob sua forte impressão. Sinto-me bastante reconfortado em encontrar, nas linhas do que me parece ser o maior filósofo vivo, reflexão tão similar à que aqui tentei desenvolver – com a diferença, é claro, de uma infinita maior clareza e inteligência, para não dizer capacidade de síntese, no francês. Ora, ninguém duvida do engajamento político de Badiou, tampouco de sua sofisticada consideração filosófica. O ponto que desenvolvo neste capítulo e nestas últimas linhas visa exatamente a mesma coisa que em Badiou está articulada: a filosofia (a metafísica) não pode suturar-se a uma de suas condições ou a um discurso outro, porquanto ela é Senhora. É isto, e apenas isto, que tento enunciar: de pés descalços e a mais pobre de todas, a filosofia é Senhora Absoluta.

Mas a fala acima descrita tinha por objetivo a mera constatação estatística do predomínio de homens no curso de Filosofia, da gigantesca evasão de mulheres – e daí tomava empírica conclusão. Uma pesquisa sociológica robusta mapearia as diversas variáveis desta complexa equação, encontraria respostas para a situação de agora, formulando-lhe o mapa, a fim de modifica-la e melhorá-la. Mas por quê? Para quê melhorar? Por quê a dignidade mesma? Por que dignos somos? Por que somos capazes de pensar a dignidade ela mesma? De onde estas coisas todas? Por que queremos aliás formar filósofos? Que é a Filosofia? Estas perguntas – nenhuma sociologia nem nenhuma história as faz, e, quando as faz, anula-as pela perspectiva alheia a que as subordina. Descrever a emergência da filosofia na Hélade explicando-a como jogo de palavras de uma classe ociosa sustentada por escravo – para usar o mais cômicos dos absurdos cômicos – é destruir a pergunta: o que é a Filosofia? Certa vez, tendo-lhe sido lida a famosa tese XI das *Thesen über Feuerbach*, perguntaram a Heidegger que pensava da proposição marxista, ao que Heidegger diz: fala-se em mudar o mundo, sem entretanto ter-se perguntado o que bem significa o mundo que já se quer mudar. É isto que faz a Filosofia, que toma distância das imediatas aparências, que se despe e se apresenta nua, porque melhor quer entender o alcance de seus membros frágeis e mais claramente compreender o sentido de suas vestes. Paradoxal Senhora humilhada, pobre por possuir a maior Riqueza e rica porque de toda riqueza abriu mão, a Filosofia, negando a imediata luz das coisas, é a única que vislumbra a Luz das noites recônditas.

*

Tentei descrever o conceito de *preguiça* ao comentar o projeto intelectual de Richard Rorty. Agora, narrei episódio biográfico para novamente pensar que a grande preocupação de Heidegger, recuperar a pergunta ontológica, não é vã e nem batalha ganha. Talvez nunca seja. Em Bonn, naquela tarde à frente do edifício universitário, faltou-me dizer a Marc exatamente isto: a dimensão antiga da filosofia, seu estatuto de escolha vital, embora não se possa mais radicalmente assim atualizar-se, não está de todo perdida, e é precisamente nos belos exemplos de exercícios hermenêuticos de um Heidegger, de um Schelling, hoje de um Badiou, que vemos viva a natureza da Filosofia como fascínio por uma pergunta – a bem dizer, pelo perguntar da fundamental pergunta. A diferença entre os eruditos pesquisadores e os filósofos reside bem aí, na ânsia por perguntar a pergunta em contraste com o cuidado filológico em reestabelecer argumentos e traçar afinidades. Hoje, este contraste se vê claramente quando consideramos um Alain Badiou e um Emanuele Severino, recentemente falecido, comparando-os com os professores de Filosofia dos departamentos universitários cujo ofício reside em ser "especialista" n'algum ismo. Nem Badiou nem Severino – e cito os que meu limitado conhecimento abarca – têm medo de desenvolver uma língua capaz de nomear o Ser e pensá-lo. Enquanto muitos professores escrevem artigos acadêmicos comentando o pensar de pensadores já mortos, Badiou e Severino pensam. É igualmente o que se verifica nos estudos literários, no que na Alemanha se chamam os *Literaturwissenschaft* e no que no Brasil temos cada vez mais chamado de Estudos Culturais. Que era que fascinava Candido, quando escrevia despreocupado em fazer sociologia literária? Não era acaso a bela forma, e na bela forma a bela pergunta por este mistério de aqui estar, de pelo cultivo do mistério enriquecer o Mundo, e pelo enriquecimento do Mundo sentir a dor da jornada cujo fim se aproxima? Mas este fim, mas esta dor – mas este mistério demandam uma língua cujo rigor lhes possa conferir forma e luz. O mistério não é mistério para que calemos, mas para que escrevamos. Escrever, se é alguma coisa, é isto: cultivar o mistério cultivando a rigorosa reflexão sobre ele, e, refletindo, combater a *preguiça*. Combater a *preguiça*, eis o nome do que, desde Heráclito e Platão, nomeava a silênica busca para além de todas as buscas – a busca pelo Além que até hoje chamamos *metafísica*.

6

Paideia, Bildung, Re-mora: o sentido da Cultura e o destino do Pensar

Por debajo de la cultura recibida, pero no auténticamente asimilada, quedará intacto el hombre, es decir, quedará inculto; es decir, quedará bárbaro. Cuando el saber era más breve, más elemental y más orgánico estaba más cerca de poder ser verdaderamente sentido por el hombre medio que entonces lo asimilaba, lo recreaba y revitalizaba dentro de sí. Así se explica la colosal paradoja de estos decenios: que un gigantesco progreso de la cultura haya producido un tipo de hombre como el actual, indiscutiblemente más bárbaro que el de hace cien años. Y que la aculturación o acumulo de cultura produzca paradójica, pero automáticamente, una rebarbarización de la humanidad.

Ortega y Gasset, Unas lecciones de Metafísica.

Vivemos tempos de crise – eis uma frase banal e tão antiga quanto a humanidade ela mesma. Não é necessário ater-se, como faz Koselleck (1979) na gênese da compreensão do tempo histórico, à Modernidade, proclamada desde sempre como o tempo crítico por excelência. Basta visitar as páginas de Tucídides e de Agostinho para verificar o gosto e o timbre de angústia que a eterna disposição humana diante do Acontecer faz emergir. Poder-se-iam reler as páginas em que tanta tinta se gastou por ocasião da *querelle des Anciens et des modernes*, põe-se-nos diante a dúvida e a solidão de Montaigne e de Descartes, e o desespero nos pensamentos de Pascal, no coro de infinita lamentação dos poetas místicos do barroco alemão, aos quais Deus se furtava, ausente de um mundo em que imperavam a cegueira dos acontecimentos ao cabo dos quais apenas destruição e dor restavam:

Die Welt ist mir zu eng
Der Himmel ist zu klein
Wo wird denn noch ein Raum
Für meine Seele sein?

Entrados no século otimista das Luzes, não nos faltam os pessimistas de todas as horas, aos quais aprazem as sombras e os recantos escuros, e em meio ao ímpeto de otimismo diante da aurora de um mundo novo, de um mundo sem tiranos e cuja única realeza era a humana razão, igual e universalmente repartida entre os homens, de si a si fraternos, não muito tempo passaria até erguer-se a voz de Burke em melancólicas, porém tão afiadas e corretas, meditações sobre a Revolução. Era o tempo em que, na Alemanha, a revolução kantiana se gestava, e Fichte, Schiller, Schelling, Schlegel, Novalis e Hegel proclamavam o novo reino de um pensamento livre, cujo destino residia na visão do Absoluto, com o qual haveríamos de nos reencontrar. Rápidas seguiriam outras vozes, e ao otimismo das primeiras horas não faltaria a penumbra das considerações melancólicas. E contudo: *vivemos tempos de crise, tempos em que a algoritmização do mundo da vida faz-se regra e, não segunda, mas primeira natureza.*

Saber, em latim, diz-se *scire*, cujo significado originário é o de sentir o gosto. De todos os entes, o homem é o único capaz de saber a própria morte, o único ao qual sabe a morte a seu peculiar amargor de sombra. De certo, os outros animais reagem a ameaças de morte, mas a única morte verdadeira é aquela de que se pode falar, que ao ente se apresenta com sua irrepresentável face. O homem é, dos entes todos, aquele a quem se apresenta a morte, aquele que a pensa e, neste pensar, sabe-a. O homem é o único ente capaz de sentir o gosto da morte – capaz de, por isso, sentir o verdadeiro gosto do Ser. O homem não se distingue por construir casas e possuir meios complexos de organização social adequados à preservação de sua vida – também castores são capazes de construção, e abelhas apresentam alta complexidade organizacional. Apenas o homem, entretanto, sente o ímpeto e a saudade por habitar sua casa – humana não é a mera troca ou o escambo de produtos necessários à vida: humana é a conversa entre uma ação e outra, é, não o fogo aceso para proteção no meio da gélida noite, mas a comunhão ao redor do fogo, as estórias contadas diante das chamas, o comum frémito diante do vento sibilante e a comum angústia que vem do silêncio da noite profunda. Humana é a decisão de dar forma ao silêncio pelo contar das estórias primeiras – humana é a saudade da origem, a dúvida pelo começo e o medo diante do enigma do fim. Ao gesto pelo qual o plantar cessa de ser apenas manipulação das sementes e do solo à espera da comida por vir – ao gesto em que a colheita do fruto passa a ser dádiva de Demeter, chamamos cultivo. No cultivar do solo, o homem a si mesmo cultiva, conforme a imagem do escravo que, no trabalho, faz a experiência de si mesmo como liberdade. Trabalhando, o escravo *se* trabalha – e para si mesmo aparece como o que é. Cultivando o solo, o homem lembra das gerações que lhe ensinaram o semear, e nesta lembrança sente a ânsia alegre do dia da colheita, quando as longas jornadas de trabalho culminam na festa dedicada aos deuses. A lembrança dá ao homem um passado. A alegre ânsia lhe confere um futuro – e porque a felicidade da recordação do passado é sempre-já pergunta na qual se desvela a esperança do futuro, o cultivo do homem no cultivar do solo é um passado a ser sempre futuro: é, portanto, uma *cultura*.

No que talvez seja o mais belo e ambicioso projeto de revitalização e compreensão apaixonada da civilização grega, Werner Jaeger (1934) articulou para nós o significado profundo da palavra grega Paidéia, nome de sua obra maior. Esta palavra não significava apenas, para os helenos, educação. Ela corporificava um ideal de ser humano, ideal existente apenas sob a esperança de sua materialização, ideal que, inspirado nos exemplos do passado, lançava os olhos saudosos para o futuro em que uma vez mais seriam realizados. A Paideia não era um fim secundário e relativo, subordinado a outros fins numa cadeia infinita ou a desembocar em fim último. Diferente dos alunos de medicina e de direito que vão a uma universidade a fim de exercer uma profissão que lhes é apenas meio para obtenção de outros fins, a Paideia, para os gregos, é o fim último de toda comunidade humana. Um grego não se educa para manipular habilidades adquiridas e, assim, obter certos fins, que lhe conferem prazer. Um grego vive para se educar, pois educar-se é realizar a bela imagem da Paideia - é alcançar a moira reservada aos brótoi, aos mortais, o mínimo pedaço divino de terra a nós reservado, que é pouco, tão pouco – e contudo já tanto.

Werner demonstra como, desde Homero, o ideal grego da Paidéia como ápice do significado mesmo do humano – isto é, do *Sein* do *Dasein* – passa por diversas modulações: do ideal guerreiro cuja eternidade residia na *kléos*, no nome a ser transmitido pelo imortal *epos*, contado e recontado por rapsodos de pólis em pólis, passando pelos grandes legisladores e pelos tragediógrafos até a guerra entre os sofistas e a Filosofia, defendida na figura de Sócrates por Platão, a Paidéia nunca deixa de configurar o núcleo de toda civilização helênica, a unidade espiritual profunda da Hélade. A Grécia viveu esta ânsia com uma paixão hoje desconhecida e pouco compreendida. Viveu-a com uma intensidade radical, pois seu próprio mundo aí se tecia, pois para um grego a vida material e sem ideais semelhava à dos cães e, pior ainda, à das pedras – e era exatamente tal invencível paixão que permitia a Platão suas irônicas refutações contra os argumentos sofísticos, mais sofisticados em sua simplicidade do que o banal hedonismo contemporâneo, pois que mesmo o mais ferrenho materialismo de um Trasímaco e de um Hípias revelava a latente luz do Bem, do *agathón* – pois também para os sofistas a máxima felicidade residia em ser *kalós te kai agathós*.

Pois bem, há um momento, na cultura Ocidental, em que tal paixão é revivida com singular efervescência, ultrapassando o apaixonado Renascimento em sua saudade radical pela Hélade: refiro-me ao momento da cultura alemã quando a palavra *Bildung* emerge como o equivalente, em significado especulativo e intensidade existencial, à Paidéia grega. Não vou nem quero traçar um panorama histórico: há livros demais sobre isso. Se faço referência ao período em que Winckelmann acorda entre os alemães o amor e a admiração pela Grécia Antiga, numa chave que não é a mesma da França de Racine e Corneille nem a da Itália de Rafael e Tiziano, é para fornecer concretude histórica ao nosso problema, ao problema de que desejo tratar, ao problema máximo, ao último problema do pensar: o de seu destino em um mundo onde, ao que tudo indica, impera a burrice e a barbárie, a tendência ao esquecimento radical em Lethê.

Novalis diz: à Educação do Mundo fomos chamados. São conhecidas as declarações de Schlegel que proclamam numa mesma equação a importância decisiva da Revolução Francesa, da Doutrina da Ciência e do Wilhem Meister. Não é desconhecido o problema da *Bildung* e sua importância para a cultura alemã de então. A pergunta a ser feita entretanto é: se *Bildung* é o formar-se de si mesmo, o cultivo de si no futuro anterior, se é, portanto, cultura – qual o sentido da cultura? Se pensar dizemos dos seres que do cultivo são capazes, qual o destino do que na cultura se gesta? Quais – eis nossas duas perguntas, que uma só são – o sentido da Cultura e o destino do Pensar?

*

Para responder a estas duas perguntas, gostaria antes de meditar à sombra da primeira delas – porque todo romântico é o que se queda nas sombras, o vértice de todo triângulo – ruminar a pergunta acerca da cultura. Ensejo ao pensar deu-me um filme, *Bergman 's Island.* História de um casal de cineastas, Chris e Tony, ambos apaixonados por Bergman, que viajam à ilha Faro, onde muitos dos filmes bergmanianos foram filmados, a fim de escreverem seus futuros roteiros. O filme, parece-me, diz do verdadeiro significado da palavra *cultura.* São dois cidadãos do mundo desenvolvido, aos quais é fornecido o tempo necessário para a criação. Desde os gregos e os romanos, o intelectual é por definição aquele que goza de ócio, de σχολή, tempo livre para a contemplação. As sete artes liberais eram assim chamadas precisamente porque, primeiro, eram apanágio dos homens livres e, segundo, não serviam a fins exteriores aos quais se subordinavam, como as artes mecânicas. As *artes liberales* eram, igualmente, a propedêutica ao verdadeiro destino de todo homem livre: a contemplação do eterno, a θεωρία, alcançada apenas na *filosofia.* O ideal da vida humana, lá onde poderíamos viver verdadeiramente nossa humanidade, consistia, para os antigos, no *bios theoretikos*, na vida do filósofo. Os personagens do filme gozam das condições materiais que lhes permitem o ócio necessário à criação – gozam, portanto, da possibilidade do cultivo de si, livre de todo fim exterior, pois que todo exterior fim serviria à garantia da vida material – da vida corpórea. Os personagens, por isso, estão a serviço não da sobrevivência, mas do cultivar contínuo de suas próprias vidas, e retiram-se na ilha para realizar este cultivo pela criação.

Mas qual o destino do criar? Qual o fim a ser realizado pela atividade, maximamente humana, do cultivo? É a esta pergunta que o filme responde: focado no drama criativo da diretora, Chris, acompanhamos sua crise inicial desdobrar-se no roteiro de um filme cuja história, encenada na mesma ilha em que está o casal, envolve uma jovem cineasta, Amy, e seu amante, Joseph, ambos antigos namorados, agora com vidas separadas e em curso próprio. À ilha vão a convite de amiga comum, que se casará. Ao casamento vão – mas na festa que celebra a aliança da vida conjugal futura encontram, ambos, a irresistível sedução do amor passado, intensificado agora pela impossibilidade dos caminhos traçados, que não se cruzam, que não se podem cruzar a não ser no toque leve do acaso – que o casamento lhes proporciona. Tocam-se, entretanto. E este toque de caminhos, este reencontro, é o reencontro de um fundamental desencontro: ela, tendo filho e marido, ama-o intensamente, sem com isso deixar de amar o caminho que elegera (seu marido e filho); mas ele, embora a ame com igual força, não é capaz da manutenção de dois caminhos, e sente a necessidade de escolher ou por ela ou por sua namorada. O roteiro escrito por Chris, a cineasta, a nós se faz visível no momento em que, passeando com

Tony pela bela praia de Faro, relata-lhe ela o que possui em mente. Este relato é, porém, o filme futuro já a ser filmado – é, por isso, a um só tempo o projeto engendrando-se agora na fantasia e materializado em sua realização futura. Disso sabemos apenas depois, no momento em que Chris, tendo ido à casa de Bergman, lá adormece e, acordando, vê diante de si o personagem, Joseph – trata-se do momento futuro em que já se está filmando o filme cujo roteiro é relatado a seu marido, durante o passeio na praia, e do qual fôramos, sem perceber, os surpreendidos espectadores.

O momento precioso reside na cena em que, último momento na ilha, Chris e o ator que interpreta Joseph estão sós no chalé, e, indo-se ele dela despedir, deixa-lhe a mão, sobre a qual ela repousa a sua. Quedam-se, os dois, alguns segundos a se olhar: e na sutil sugestão deste silêncio percebemos a muda identidade entre Chris e Amy, percebemos a origem do filme e, portanto, a origem do cultivo. Se o filme é cultivo, é cultivo de dores e ausências – cultivo de desencontros. Mas é esta também a verdade dos filmes de Bergman, cuja beleza reside na dor profunda que neles se fez imagem narrada. Garantidas as condições materiais, não se segue a felicidade como consequente satisfação de necessidades corpóreas, tampouco como apoteose da cultura enquanto preenchimento de si nas identidades forjadas. O cultivo de si é, antes, cultivo da dor, que cultivada se transforma em obra. *Bergman's Island* é apenas a encenação em imagem narrada do desencontro que vem à consciência estética de si mesmo – mas é, igualmente, profunda lição que nos ensina residir o significado da cultura na ausência mesma de lições. Se a cultura possui um significado, não reside ele no presente do que a si mesmo já é idêntico, senão que no enriquecimento paradoxal de uma ausência: cultura é o contínuo ato pelo qual incorporamos a ausência, lhe conferimos corpo, reverência e culto.

Faz então sentido ainda falar de quem possui e quem não possui cultura? Que é, com efeito, possuir cultura? Que é ser culto? Se cultura é o anúncio, neste In-stante, do cultivo a ser realizado como futuro anterior, é possível algum dia que alguém diga de si ser ou ainda não ser culto? Particípio, talvez culto só se diga de um *ainda* – é talvez a cultura a arte do *ainda*. Há um belo texto de Ortega y Gasset que me sugere mais fôlego para continuar a meditação, indica o caminho porventura a percorrer, aqui nas perguntas que levanto. Em *Meditación de la* técnica, Ortega enuncia o belo paradoxo: a necessidade das necessidades do homem é o supérfluo. Buscando responder à pergunta acerca da origem da técnica, de sua *raison d'*être, Gasset primeiro sublinha a insuficiência das reflexões que visam ver na técnica um mecanismo para driblar as dificuldades naturais e, assim, oferecer ao homem as satisfações de suas materiais, e primárias, necessidades. A técnica seria, assim pensada sob perspectiva biologizante, o mecanismo mais sofisticado, resultado das evoluções biológicas por virtude das quais o homem se diferencia somente em grau dos outros entes: mecanismo desenvolvido para sobrevivência e, por isso, não essencialmente distinto das colmeias das abelhas, nem dos formigueiros das formigas. Mais detalhado embora, o mecanismo da técnica humana seria, contudo, igual resultado de uma cega pulsão vital. Eis o drible de Ortega, enunciado no paradoxo: a necessidade das necessidades humanas não é estar no mundo, *mas estar-bem*. Porque estar-bem é transcender o imediatamente fornecido, o que Ortega chama *la circunstancia* ou *la naturaleza,* o homem revela-se estranho ente introdutor de lacunas no Ser, espécie de força que, da Vida uma parte, transcende-a e nega-a para melhor afirmá-la. Romancista de si mesmo, este bizarro ente não deseja, como o lagarto e as árvores, estar-aí, mera instância da vida em ciclo rotatório cego – mas *estar-bem*, e isso muda tudo:

> Y he aquí cómo la meditación sobre la técnica nos hace tropezar dentro de ella, como con el hueso en un fruto, con el raro misterio del ser del hombre. En el hueco que la superación de su vida animal deja, vaca el hombre a una serie de quehaceres no biológicos, que no le son impuestos por la naturaleza, que él se inventa a sí mismo. Y precisamente a esa vida inventada, inventada como se inventa una novela o una obra de teatro, es a lo que el hombre llama vida humana, bienestar. La vida humana, pues, trasciende de la realidad natural, no le es dada como le es dado a la piedra caer y al animal el repertorio rígido de sus actos orgánicos —comer, huir, nidificar, etcétera—, sino que se la hace él, y este hacérsela comienza por ser la invención de ella. Y todo esto ¿por qué? Evidentemente —no es sino decir lo mismo con otras palabras—, porque el ser del hombre y el ser de la naturaleza no coinciden plenamente. Por lo visto, el ser del hombre tiene la extraña condición de que en parte resulta afín con la naturaleza, pero en otra parte no, que es a un tiempo natural y extranatural, una especie de centauro ontológico, que medía porción de él está inmersa, desde luego, en la naturaleza, pero la otra parte trasciende de ella (ORTEGA Y GASSET, 1933, p. 42).

Este *estar-bem*, coração íntimo de toda ética como busca do ethos, da morada, é um estar aqui com os olhos nas possibilidades ainda não realizadas – nos ulteriores passos do Bem. A técnica não é mecanismo mais sofisticado que serve à sobrevivência e, por aí, à perpetuação de um *gene egoísta* cego para as atualizações individuais de cada ente, pois que é, antes, o resoluto olhar ao alto de quem não está somente aí, mas de quem, estando, deseja estar-bem. O estar-bem marca o homem como esta singular criatura que é a si mesmo na projeção do que há de ser no futuro, quando haverá de ter estado bem: o homem, diz Ortega com tons bastante sartreanos, é seu ainda-não ser si mesmo.

> He aquí la tremenda y sin par condición del ser humano, lo que hace de él algo único en el universo. Adviértase lo extraño y desazonador del caso. Un ente cuyo ser consiste, no en lo que ya es, sino en lo que *aún* no es, un ser que consiste en *aún* no ser. Todo lo demás del universo consiste en lo que ya es. El astro es lo que ya es ni más ni menos. Todo aquello cuyo modo de ser consiste en serlo que ya es y en el cual, por lo tanto, coincide, desde luego, su potencialidad con su realidad, lo que puede ser con lo que, en efecto, es ya, llamamos cosa (ORTEGA Y GASSET, 1933, p. 34, grifos meus).

O homem, poderíamos dizer como quem lê *L'être et le néant*, *est ce qu'il n'est pas et n'est pas ce qu'il est.* Neste sentido, a meditação orteguiana possui um vínculo essencial com *Bergman's Island*: o cenário de calmo e sereno ambiente europeu, onde as necessidades físicas são irrisórias por não existirem qual alvos de um possível *Sorge* do *Dasein*, serve para desdobramento do sentido da cultura como técnica, isto é, como cultivo de uma lacuna, de um ainda-não. Os personagens que lá estão, o casal de cineastas que se retiram para a casa de Bergman a fim de escrever roteiros de próximos filmes, para lá vão – com que objetivo? Não para aprender sobre Bergman, nem para afinal, cultivando-se na ilha, de lá saírem melhores, mais doutos e por isso prudentes para levarem vida mais justa, na pátria a que retornam. Para lá vão porque querem escrever, desejam projetar-se a si no que hão de realizar ainda. A beleza do filme reside na sobreposição destas duas camadas temporais, no filme por-realizar sobre o filme realizado, no presente em que ela (a personagem) sonha e escreve o filme futuro e no futuro do filme presentificado. E este filme, por-fazer e já feito, encena, quando feito, o por-fazer que resta, para cada espectador, por fazer: a história de Amy e de seu desencontro amoroso é a bela metamorfose em imagem de nossas ausências biográficas, da ânsia pelo impossível encontro, e é assim a dura aprendizagem da vida desencontrada. O filme realizado é imagem, conjunto de formas que significam, apontam, são símbolos. E estes símbolos, uns sobre os outros, dizem, agora feitos, ainda o mesmo por-fazer de que emergiram, porque, encerrada a projeção e acesas as luzes, não é com lição útil que nos quedamos, mas com o sonho de uma fantasia, com uma pergunta aberta sobre nós: quando haverá Amy de estar-bem, neste mundo, quando haveremos nós de cá, como Amy, estar-bem?

No *Protágoras* e na *República* há belas passagens sobre a educação grega, conforme a sonhava Platão. A aprendizagem musical deveria ser capaz de moldar almas harmônicas, postas em sintonia com a harmonia das esferas e com as proporções do cosmo. Os poemas que cantam os feitos de antigos heróis, palaiôn andrôn, deveriam ser memorizados, para que as crianças lhes imitassem a postura, admirando-a. A música e os poemas são formas – formas simbólicas. Assimiladas, permitem ao παῖς, ao garoto e futuro cidadão, moldar sua alma de acordo com o belo ordenamento do mundo. A aprendizagem das formas era, para o grego, artesanato da alma, estilística de si: lições tornadas carne e corpo, caminho a ser seguido para obtenção do estar-bem, do *ainda* de cada qual. Era este o belo sentido da Paidéia, do formar-se de cada παῖς, o tornar-se homem de cada criança. Mas em *Bergman's Island* as formas simbólicas não apontam ordenamento anímico conforme mundo organizado, porque não há mais nem comunicação entre alma e mundo nem ordenamento de uma a outro: o mundo é o conjunto de ruínas onde estamos, e nossa alma possui sede por aí estar-bem, sem saber como deve aí estar. A ausência de espelhamento unívoco e simples entre alma e mundo não deve, contudo, ser reduzida ao simplismo com que em geral se lê a *Theorie des Romans* do jovem Lukács – porquanto o vazio entre a alma e o universo instituem a *Bildung*, tarefa da cultura, como destino, não de um ordenamento da alma segundo o mundo, mas como o *dahin!* de Mignon, que diz na nostálgica ânsia a ignorância do porto ao qual se dirige. Em *Bergman's Island*, a estadia na ilha dos famosos filmes proporciona ao casal de cineastas o ensejo para reencontrar as formas que Bergman engendrou, para, relembrando-as, modelarem-nas com sua própria voz, para escreverem e, escrevendo, encenarem o vazio que cada qual em si carrega. Da estadia da ilha, não sairá o casal mais ordenado, instruído para um agir mais eficaz sobre a superfície do mundo, tampouco lhes será de serventia o acúmulo de informações a respeito de Bergman. Bergman, se lhes é lição, é isto: hermética aprendizagem do silêncio, ciosa técnica para, com formas, fornecer gesto ao vazio, conferir corpo ao impossível de um depois que, de tão outro, deixa seu rastro na sucessão de agoras em que vamos vivendo, sonhando-o, nosso ainda. A diferença entre a Paidéia exposta na *República* e o *dahin!* de Mignon é a que existe entre o visto e o entre-visto, entre a ordenação simples de uma alma a um mundo de beleza geométrica e a peregrinação de quem, o peito corroído por saudade, erra por países distantes, sem ter outra certeza que a da necessária errância cujo destino resta – resta por achar.

É curioso meditar mais acerca desta fundamental diferença, que é o núcleo mesmo da reflexão de Ortega e dos três estratos que eu gostaria de articular nas três palavras, Paidéia, Bildung, Re-mora. Ausente a dimensão simples que tornava possível a concórdia entre alma e mundo, a Paidéia torna-se, para os românticos, *Bildung*, e esta diz de uma formação infinita cuja infinitude co-rresponde ao próprio Ser. A meditação de Ortega circunscreve melhor o que os românticos sugeriam, porque apela para uma fundamental reflexão ontológica em que o homem é o ente do *ainda*, ente do Tempo, que temporaliza e destina, e do Sentido – ente do qual Destino e Sentido derivam. Ente pelo qual e para o qual se torna pensável a pergunta acerca do Sentido da cultura e do Destino do pensar.

Há um momento do filme em que deveriam, Chris e Tony, realizar o *safari Bergman*, atração turística que leva os interessados a lugares tornados famosos por certas cenas e lhes concede informações sobre Bergman, sua obra, sua vida. Tony lá está, e por Chris aguarda, que desistiu contudo do *safari* e, por inesperado encontro com jovem estudante de cinema crescido em Faro, visita, guiada pelo recém-conhecido, os lugares recônditos da ilha. Curioso contraste: o *safari* americanizado, recheado de aparatos os mais diversos para escrutínio completo do eleito objeto Bergman, e a errância imprevisível, tornada marcante pelo laço que rapidamente, entre a cineasta e o estudante, se forma. Deste encontro – assim sugere-nos o filme – surgirá para ela o motivo de seu roteiro, e começará então a escrever o íntimo drama de Amy. Interessante diferença entre o *safari* e a errância – Harmut Rosa falaria talvez em ressonância em relação à peregrinação sem norte, por virtude da *Unverfügbarkeit* de que se reveste toda a situação, ao passo que, no *safari*, o escrutínio absoluto mortifica e esteriliza nossa relação com Bergman, a quem queremos conhecer pelo fascínio que em nós sua obra evoca, e é, entretanto, este mesmo fascínio que no *safari* se perde. O aconchego de um ônibus com *wifi*, aplicativo em smartphone para acesso de informações, narração contínua acerca de todo e cada lugar por onde passa o *safari* contrasta com o significado fornecido a cada singular recanto da ilha por onde passam Chris e seu jovem guia. Deste inesperado encontro emerge o ensejo para a escrita do roteiro – enquanto do *safari* extraímos apenas a frustração e o tédio.

É que o acúmulo de informações acerca de Bergman, promovido pelo *safari*, perde o sentido se, através destas informações, não transluz para mim um sentido pessoal, um sentido emergente desde acontecimentos encadeados que me sejam forma interna. O conjunto de formas que a obra de Bergman me oferece vem da configuração original e sedutora que ela para mim assume, configuração por virtude da qual algo ali, para mim, deixa-se enfim pronunciar – algo que de outro modo restaria mudo, uma parte do meu mundo que permaneceria para mim desconhecida e alheia, mas que agora, graças às imagens e aos diálogos, à música e à narrativa, formulou-se-me a um só tempo aberta a meu espírito e encerrada no cristal da forma. É à obra, enquanto conjunto de formas nas quais destinos, inclusive o meu, se cristalizaram, que devo o fascínio e o amor pelo nome Bergman – e não é outra a razão que leva alguém a realizar o tal *safari*. Mas neste a fonte de fascínio que se diz sob o nome Bergman é neutralizada por enxurrada de informações que me instalam no total controle sobre Bergman, enquanto, ao contrário, eram o inesperado apelo e a imprevisível interpelação a causa de meu amor primeiro, de me ter eu rendido a Bergman. Mas por que me rendi eu a Bergman? Se ele, Bergman, diz algo a mim de mim mesmo, por que apenas nele esta posse minha, tão íntima, se me revela?[209] E se é minha a parte revelada, por que a Bergman se dirige meu amor? Se fosse por mim de antemão conhecida, a parte revelada seria causa de vergonha, não de amor – não seria, tampouco, motivo de fascínio, muito menos de fascínio grato. É que Bergman, revelando-me meu próprio destino e minha íntima intimidade, desvela-me o que, meu embora, restava para mim ainda oculto e desconhecido. E esta parte a mim revelada – aí não encontro orientações para vida, nenhum mapa para minha existência: o que aprendo com Bergman é, estritamente falando, nada, é apenas um fascínio por possibilidades que eu em mim mesmo ignorara, por possibilidades que, antes de Bergman, eram-me impossíveis mas que, depois deste

209 *Tu autem eras interior intimo meo et superior summo meo*: nestas palavras se anunciam um percurso ainda a ser caminhado, reservado às *Meditações de um Lobotômico.* Agora, depois de ter perdido parte do cérebro, entendo melhor as palavras que escrevera quando a tinha ainda – prova de que, do *ainda*, resta o sentido a apreender *ainda.*

encontro, tornaram-se-me necessárias: o necessário de um impossível. E assim como é possível que haja muitas pessoas que tenham visto os filmes de Bergman e deles saído impassíveis, sem nenhum fio de impossível possibilidade terem em si encontrado, é igualmente possível que o *safari* Bergman me deixe absolutamente intocado em relação a Bergman, porque me deixou intocado em relação a mim mesmo. Como diria Harmut Rosa, a disponibilidade total de Bergman a mim, tornado um mero objeto neutralizado pelo *safari*, destrói as possibilidades de ressonância e, com isso, deixa-me intocado. Isso significa, então, que, para o visitante do *safari* e para o espectador indiferente ao filme de Bergman, as formas simbólicas, a cujo conjunto chamamos vulgarmente cultura, mantiveram-no no agora de seu presente, deixando-lhe intocadas suas possibilidades desconhecidas – a ausência de fascínio e deslumbre, dois sentimentos de que se reveste o cotidiano das crianças, equivale à manutenção dos sujeitos em seu estrito agora, na realidade já dada do que são. Eles abdicam, nesta indiferença que os marca, de seu *ainda*, por isso mesmo também do futuro em que haveriam de estar-bem. Mas o *ainda*, de que aqui trato, não é o *ainda* de um projeto já concebido no presente, a realizar-se no futuro, em que me imagino por projeção de meu agora presente no porvir. O *ainda* é, antes, o selo de um abismo, o nome para o que em mim dormita calado, de mim a mim desconhecido.

Assistir a um filme de Bergman e ir ao *safari* de Bergman não significam, portanto, cultivar-se e aumentar sua própria cultura, entendida como mala das informações que carregamos sempre na grande viagem da vida – *porque cultura é a promessa de um cultivo do* ainda *em que possibilidades de mim oferecem-se-me em revelação,* Offenbarung, *revelação pela qual se diz o abismo do que fui espelhado no céu do que hei de ser.* O *ainda*, deste modo concebido, emancipa-se de uma unilateral compreensão do tempo como mera sucessão de pontos de acordo com a forma do antes e do depois, pois deixa de ser a projeção de uma representação presente em futuro alargado, que há de vir mas que, desde já, não oferece mistérios nem imprevistos, por completo domado pelas representações presentes. Compreendido enquanto revelação, *Offenbarung* e ἀποκάλυψις, o *ainda* materializa meu futuro radical, do qual posso apenas ter o pre-ssentimento, pois nele dormitam as possibilidades misteriosas de mim mesmo: o *ainda* é meu futuro enquanto pura possibilidade, como essencial abertura à errância – cujo nome é Re-mora.

Para melhor compreender esta constelação até aqui intuída, gostaria de, recuperando as reflexões desenvolvidas em *De-mora e*

Re-mora: em busca da Cidade perdida, desenvolver um pouco mais as latentes articulações de Re-mora. De sua natureza de tenda – como a Manhã de *Tecendo a manhã* – ergam-se talvez, com mais vigor, as articulações epistemológicas, ontológicas, ético e estéticas que habitam o sentido profundo da palavra *cultura*. Demorando um pouco mais em Re-mora, encontraremos porventura os últimos vislumbres desta caminhada – e com eles, o fim deste livro: toda viagem tem de, afinal, algum dia acabar.

*

Comecei este último capítulo com duas menções: uma ao filme *Bergman's Island* e outra ao ensaio de Ortega y Gasset. O filme materializa em imagem cinética a meditação orteguiana, e faz ver que a técnica, longe de ser artifício biológico para propagação da espécie pela sobrevida concedida aos indivíduos que dela são instâncias, é o meio apropriado para cultivo de um *ainda* que diz, este, de possibilidades recônditas, tão essencialmente escondidas que aparecem, uma vez reveladas, como o milagre da liberdade de um mundo enriquecido. Ao definir a necessidade última do homem, a necessidade das necessidades, pelo supérfluo, Ortega sublinha filosoficamente a marca ontológica deste curioso ente que, não vivendo na imediaticidade de um presente cego, é um passado do qual retira o abismo de sua identidade para viver na espera de um futuro essencialmente não dito nem pronunciado – a abertura do futuro espelha a liberdade enquanto abismo do passado, e ambos correspondem à condição humana de ser seu próprio *ainda*. A técnica, assim Ortega, é o exercício que cultiva este *ainda* em sua indeterminação. O *ainda* é lacuna – mas lacuna tornada coluna, que sustenta Re-mora. Que é Re-mora?

Em *De-mora e Re-mora: em busca da Cidade perdida*, eu busquei articular um binômio e uma diferença, a de De-mora e Re-mora. De-mora, aprendemos com Levinas, é o nome do conjunto de sentidos articulados em modelagem de meu Mundo, que para mim se estabiliza, e meu se torna, ao receber um centro de gravidade, por relação ao qual as coisas se me tornam coisas-para-o-trabalho e elementos que sustentam o trabalho, conferem-lhe sentido, contornos de quem sou, eu, esta consciência que às outras responde no palco do Mundo. A De-mora, sendo a sempre necessária calma de minha morada, contém certo grau de má-fé, na medida em que a *mauvaise fois* sartreana é a sempre à espreita, por isso tão íntima, anulação de minha própria liberdade, tornada possível pela natureza de movimento de minha própria consciência. Diogo Cão, aprendemos com Pessoa, é navegador, mas é também quem volta para casa depois das longas ausências, é quem abraça os seus, beija os lábios de sua mulher, sente os afagos de seus filhos: Diogo é, ao retornar da viagem, navegador, marido e pai – mas porque é essencialmente navegador no sentido metafísico que o poema nos ensinou, Diogo pode ser todas estas coisas sem colar-se a nenhuma delas, pois, sendo-as, é o que não é e não é o que é, como dizia Sartre. Ao ser marido, Diogo perde-se por instantes em suas obrigações maritais, cola-se à imagem especular que lhe devolvem os olhos da mulher e na qual encontra o sentido de suas ações conjugais: Diogo é, neste espaço comum e esférico que é o dos olhos cruzados, o marido-que-há-de-retornar, que, retornando, entrega-se à noite dos amores antigos, onde se relembram os primeiros afagos, plenos ainda de urgência e sedentos de carne. A casa e a cama, a nau com que navegou e que o trouxe novamente à mulher, estes objetos todos ganham para Diogo um significado cujo eixo primevo é o olhar da esposa, em quem encontra sua própria imagem e o sentido de suas ações de esposo. A nau, a casa, a cama e a esposa são o Mundo de Diogo, onde Diogo se sabe a si como o navegador que há de retornar, pela mesma nau em que partiu, à casa, à cama e à mulher cujo corpo visitará uma vez mais na cama de lembranças antigas.

Mas Diogo é, essencialmente, navegador – e é por isso marido sem ser, por completo, marido, ele é, como não cansamos de ler em Sartre, o que não é (marido), e não é (pura liberdade) o que é[210], razão por que apenas a febre da navegação pode efetivamente dizer, com palavras próprias, o ser si mesmo de Diogo. Embora volte para casa e, lá, encontre um Mundo de sentidos estabilizados em meio a consciências que o interpelam e que lhe fornecem o significado do papel a tomar no teatro da vida, Diogo, por ser navegador, é sempre a negação essencial dos papéis que lhe atribui sua De-mora, sua morada pátria ao lado de sua esposa e filhos – e por isso parte ao navegar. Quando pisa as antigas e já gastas madeiras da nau, Diogo sente o pressentimento

---

210 A sutil distinção sartreana deve ser lida conforme ritmo semântico específico. Como a entendo, podemos assim traduzi-la: o para si é o que não-é (materializa por identificação com um em-si o possível sentido de si mesmo, como aquilo que ele há de possuir e há de, possuindo, ser) e não é o que é (vale dizer: por ser essencial movimento para fora de si mesmo e, portanto, liberdade, o para-si, por definição estrutural, não pode ser aquilo que é, porque a liberdade, não sendo coisa passível de reificação conceitual, exige uma identificação impossível, mantendo-se elusiva a toda captura).

de coisas novas, o cheiro, ainda longínquo, de terras desconhecidas, de línguas estranhas, de novos mundos onde ele, Diogo, será para si mesmo estrangeiro, onde deverá ainda vir ao encontro de um outro Diogo, que jaz nele como que desde sempre em pronúncia iminente e entretanto calado, que falará contudo, dirigindo-lhe frases novas, a si mesmo desconhecidas, tão suas embora, tão próprias e tão alheias. Diogo, ao pisar a nau no porto pátrio, está ainda aqui e já não mais, está, Diogo, alhures estando cá. Melhor: Diogo, na nau ainda no porto, é seu alhures de terras desconhecidas e línguas estrangeiras, materializa, na febre que sente por navegar, o absurdo de um Mundo que contém a promessa de outros mundos, um agora que, sua identidade colhendo das lembranças passadas, ergue os olhos para o futuro de um Mundo radicalmente outro. Na nau, Diogo realiza o milagre do Mundo que contém, em si, a abertura de outros mundos – ou de um Mundo, talvez assim melhor dito, que é a essencial abertura para o Desconhecido. Um tal Milagre diz-se Re-mora, sentido do *ainda* que marca o humano como ente de navegações.

De-mora e Re-mora não são, pois, pares dicotômicos, contrastes absolutos. Não há Re-mora sem De-mora, porquanto De-mora existe sempre lá onde sentidos se estabilizam na configuração de um mundo possível para mim, desde consciências que me interpelam e no diálogo com as quais se me organizam as coisas e eu mesmo entre as coisas. Re-mora lembra, apenas, que De-mora é o passo inicial, a premissa, o porto de partida: não o fim. Peter Sloterdijk explorou, em *Du mussst dein Leben ändern!*, como as grandes civilizações, as altas culturas (*Hochkulturen*), formam-se a partir da assimilação de uma radical diferença entre os homens passivos, imersos no transcorrer cego da vida, submetidos às paixões e aos hábitos, e os homens que, tendo deste mesmo rio tomado consciência, buscam dele retirar-se, pelo domínio perseguido sobre estas mesmas paixões e estes mesmos hábitos. O exercício de si, que os homens despertos instituem como a escada para fora do fluxo cego, toma seu sentido da tensão vertical (*Vertikalspannung*) pela qual são marcados e pela qual se diferenciam do *vulgo*, o conjunto dos homens das planícies. As altas civilizações, eis a tese de Sloterdijk, tornam-se possíveis pela assimilação radical do imperativo ético originário (*Urimperativ*) que o verso de Rilke extraiu do torso de Apolo: *du musst dein Leben ändern!*[211]

Na condição dos únicos entes capazes de observarem-se a si mesmos no Mundo, observando além disso a distância que os mar-

211 "Tens de mudar tua vida!"

cam por relação ao que devem *ainda* ser, os homens, entes de navegações, concretizam o milagroso mistério do enriquecimento do Ser, da mudança – porque são, essencialmente, mudança de si, são, isto é, seu próprio *ainda* como o nome do Desconhecido que haverão de ser. Exercitando-se a si mesmos guiados pela tensão vertical que lhes aponta o impossível como seu mais íntimo necessário, os homens engendram um conjunto de técnicas a que se submetem para, uma vez assimiladas, serem por elas modelados, como o acrobata e o atleta que mudam seu próprio corpo pelo regime de exercícios aos quais de bom grado se subordinam. Produto do homem, a técnica, como exercício de si, produz o homem – que, sendo ente de navegações e de exercícios (ente acrobata, como diria Sloterdijk inspirado em seu Nietzsche) é o produto de seu produto: no vocabulário de Sloterdijk, antropotécnica é o nome desta curiosa *causa sui*.

No livro de Sloterdijk, há implícitas e não pronunciadas as duas eras do Tempo, que a meditação orteguiana sobre a técnica traz à tona e que a De-mora e a Re-mora articulam finalmente com vigor. A tensão vertical, mecanismo fundamental que torna possíveis as *Hochkulturen* e seus grandes produtos – a religião, a filosofia –, expressa a reflexão orteguiana a respeito do *ainda* que o homem é e que a técnica materializa: tensionado para cima, o homem é essencialmente seu desencontro com o que presentemente é, para ser o que *ainda* não é, e a técnica, expressão da busca do homem por *estar bem,* afirma o desencontro do homem com seu presente e o encontro estranho, porque sempre impossível, com aquilo que não lhe está claro *ainda* será mas de que colheu o pressentimento, a febre que o faz navegar. Esta febre, dita sob a modalidade de uma ânsia por algo sem nome, é a estrutura ontológica do homem como técnico de si mesmo, como produtor de seu próprio *ainda* e como produto deste *ainda.* Antropotécnica nomeia, em Sloterdijk, esta causalidade de si, agora não mais atribuída de modo exclusivo a Deus, mas ao homem ele mesmo. O ente de navegações, poderíamos assim redescrever, é aquele particular ente cujo ser é seu próprio desconhecido *ainda.* Se De-mora circunscreve as formas simbólicas sem as quais não há Mundo e, portanto, tampouco porto ou nau, Re-mora apreende a febre e o ato da partida, e é por isso o nome da decisão que cultiva o desconhecido *ainda* e o desconhecimento prenunciado neste mesmo *ainda.*

Cultura, eu dissera antes, é apanágio daquele peculiar ente capaz de Tempo e de Mundo, portanto capaz de De-mora – mas porque cultura é futuro anterior de um cultivado que há sempre de vir pelo cultivo, que cultivando semeia, e semeando espera, por isso cultura é a esperança do desconhecido pronunciado no *ainda*. A *cultura*, portanto, não é algo que se possua, como coisa a carregar em mala mental, tampouco é coisa que se exiba, conforme o pífio desejo de alguns em exibir sua própria cultura. Porque *cultura* é o cultivo do *ainda* como lacuna de vazio que há de ser preenchido, o conjunto das formas simbólicas a que denominamos Mundo e que se tornam possível na De-mora é apenas o pressuposto mínimo sem o qual não há o ato da *cultura*: os livros que leio, as pessoas que conheço e amo, as músicas que ouvi e ouço, os lugares visitados, não são nem podem ser objetos neutralizados e postos à mão por *safaris* que me queiram fornecer, aprisionados na gaiola de informações vazias, as formas que me anunciam meu próprio *ainda*. Antes: livros, filmes, músicas, amores, amizades são meu próprio destino formalizado, encapsulado em formas, que para mim são ricas e assim tão eróticas porque continuamente dizem, de mim a mim, o *ainda* ainda desconhecido, este *ainda* que sou sem ser, pois que haverei de ser – lá numa terra desconhecidamente Outra. A alteridade desta terra, não a posso possuir, nem assim desejo, não mapas ma ofertarão desenhada, nem gramáticas há que me ensinem a língua lá falada – os mapas que estudei e as línguas que aprendi, ao longo de minha vida, são apenas o indispensável ensaio e o necessário exercício que me preparam, como quem constrói pacientemente sua nau com as madeiras pátrias, para irremediavelmente partir ao Desconhecido. O Milagre e o sentido da cultura nisto residem: em viver estranhamente, em meio às formas conhecidas de minha De-mora, parte do encanto desconhecido de meu *ainda*, parte da errância que pressinto no *Re* de *Re*-mora.

*

Ganhamos, em parte, o sentido da cultura – falta-nos ainda o destino do pensar. Estou perto do fim: é triste assim próximo senti-lo. Quero começar este último passo com uma lembrança biográfica, e terminar este livro guiado pela mão dos dois mestres que nos receberam, a mim que escrevo e ao improvável leitor que me lê, no pórtico primeiro desta longa estrada: Schelling e Platão. Falei de De-mora, falei de Re-mora, e mencionei as duas eras do Tempo. Porque o pensar é uma destas eras, a última delas, volto e desenvolvo este último tópico. Assim se encerra esta jornada – porque toda jornada tem de ter um fim.[212]

---

212 Mas esta jornada, se por a uma destinação levar acabada pode dizer-se, possui em seu fim apenas o vislumbre do começo: as destinações existem, afinal, à luz timbrada de um Destino que, a cada final, na condição de começo se entre-vê.

Quais as duas eras do Tempo que eu disse estarem implícitas em Sloterdijk, sugeridas em Ortega y Gasset? São o Círculo e o Triângulo. Sloterdijk, em seu estudo histórico-crítico sobre o imperativo ético que subjaz à noção mesma de antropotécnica, descreve como o mecanismo da tensão vertical, uma vez instaurado nas intuições primárias de uma dada elite cultural, implica as distinções fundamentais entre o *vulgo* e os *iluminados*, entre os que vivem vida cega e os que, abertos os olhos, toda vida dedicam à vida verdadeira. Sloterdijk se guia pelo Foucault tardio, mas Pierre Hadot me parece ser uma referência ainda mais instigante para sua própria intuição. A filosofia antiga, descrita como exercício espiritual por Hadot, é materialização de um espaço existencial em que se encena a vida verdadeira, o Bem tornado corpo, postura, visão de mundo. O mecanismo da tensão vertical faz perceber que, se o vulgo vive, geração após geração, imerso na reprodução cega dos mesmos hábitos e das mesmas formas, os poucos eleitos decidem-se pelas alturas, e devem negar qualquer cega repetição. A repetição, como diz Sloterdijk, torna-se o mecanismo posto a serviço da superação da repetição: pelo exercício repetido, torno-me senhor dos hábitos cegos. Enquanto todos falam português sem ver que o fazem, Guimarães Rosa lhe apreende, por lhe ter prestado tanta atenção, os movimentos secretos – e se subordinando às exigências da língua conquista sua dura liberdade. Comentando o tardio Foucault e Wittgenstein, cujo aforisma *Kultur ist Ordensregeln* serve de título a uma das seções de seu livro, Sloterdijk observa que não há liberdade sem subordinação prévia. Não há, se eu fosse traduzir na linguagem romântica deste livro, Re-mora sem De-mora: a subordinação humilde às regras injuntivas do Juízo, à finitude do que em *Mímesis Especulativa* chamei Ideia, Mundo e Essente, são o passo primeiro para atualizar o *Re* de *Re*-mora, para navegar em busca do Infinito. A pequena elite repete as repetições para superar A Repetição, ao passo que os muitos, oἱ πολλοί, repetem sem entender nem saber – e são, com isso, como as árvores, os lagartos e os homens fortes, que, materializando imediatamente a vida, incapazes se tornam para a posse do *sentimento da vida*. Esta atualização cega, que permite a gerações a permanência surpreendente dos mesmos costumes e quase a ausência de inesperados rompantes que introduzam fissuras na De-mora, descreve a primeira era do Tempo, a era do Tempo antes do pronunciamento da Palavra no homem, a era dos em-si mas, exatamente também por isso, a era que sempre novamente emerge, porque não há desejo mais humano do que o de livrar-se de nossa íntima humanidade: esta é a era do Círculo.

Na era do Círculo, que Schelling descreve como o Passado sempre novamente posto e que se caracteriza pelo movimento rotatório e cego, os entes individuais são instanciações cegas de uma força igualmente cega, porque ainda não tornada para-si, ainda a si mesma desconhecida. É a era própria aos animais, aos entes cegos, que, na terminologia de Ortega, apenas estão-aí, daqueles que, na linguagem de Leopardi, são *vida*, mas não possuem *o sentimento da vida*. Porque o Círculo é essencial cegueira dos entes em relação a si, da vida que neles se manifesta, dos entes para a vida e da vida para os entes – porquanto espelhamento só pode haver no que eu chamei, em *Elogio da Velhice e do Espírito*, reino do genitivo, que instaura o vazio como condição do pensar e da re-flexão –, a era do Círculo existe, mas como se não existisse: sua existência é tão cega que, para si mesma, é noite profunda, da qual ainda não se sustiu. Como diz Schelling nas *Weltalter*, o Passado só é Passado quando posto enquanto passado, isto é, pelo Presente. Também assim, a era do Círculo só se torna era *do* Círculo – pois todo genitivo torna possível o fletir-se-sobre-si-mesmo desde o vazio: lá onde há genitivo há também vazio, e os pais não seriam pais se não fosse pelo filho – através da segunda era, a do Triângulo. Nesta, o movimento rotatório e cego se rompe e, estabilizado, cristaliza-se em formas que demarcam um Interior e um Exterior. No Círculo, todos os pontos estão a igual distância do centro, e não possuem por isso identidade própria, todos como que perdidos no mesmo fluxo comum que os engole e devora. Era do Tempo urânico, o Círculo é a *matrigna* que ainda assim não foi pronunciada – sequer é assassina, porque mata sem motivo, sem saber que mata: cega fome de uma noite profunda. O Triângulo, contudo, é o que é pela solidária junção dos ângulos internos, cada qual com sua peculiar e própria identidade. No trabalho conjunto dos vértices, o Triângulo a si mesmo se forma, vendo-se no que é, e descreve a calma de seu Interior e o *ainda* misterioso de seu Exterior. O Triângulo, portanto, apresenta uma fundamental ambiguidade, que inexistia na era do Círculo: a pura calma do Interior circunscreve identidades unívocas conferidas a cada ângulo e à sua soma pela lei de proporcionalidade intrínseca que confere a A, B e C seus correspondentes sentidos, demarcando igualmente o solo pátrio de suas somas; mas assim como há Interior por virtude do encontro dos ângulos, na particular disposição que é a sua, há também o Exterior que a todo momento ameaça o Triângulo pela ausência de formas que lhe sejam conhecidas. O Interior do Triângulo conhece apenas seus três ângulos e a soma que deles se ergue. O Interior é o reino das formas estabilizadas, é morada e é De-mora. Mas o Exterior – o Exterior é amorfo, é mistério sentido na ambígua ânsia de quem espera, no reino do Sem Forma, encontrar novas formas, desconhecidas por ora e tão outras, mas formas talvez. O Exterior descreve, para o Triângulo, a esperança de encontrar a radical Alteridade, porém porque esta mesma Alteridade, para ser nomeada, só o é por subtração ao conhecido, por ser, isto é, o Sem Forma, ao nomeá-la já a instauro numa forma – a que lhe assinala o não. E contudo: há esta esperança, há este nome para o Exterior, para o Sem Forma. Do Sem Forma eu digo a existência, eu lhe confiro até mesmo nome: é o Sem Forma, o que não se deixa agarrar na morte de um cristal unívoco, o que sempre sai, o que não tem os fins do Interior – o que é sem fim e é, por isso, o fim que tenho diante de mim.

Ora, o Triângulo só vem à consciência de si mesmo por seus vértices: claro, o Interior nada sabe de si nem do próprio Triângulo que lhe é De-mora, porquanto incapaz de alçar-se aos vértices e vislumbrar o Exterior para, a partir daí, ver o Interior como Interior. O Interior possui, portanto, estrutura análoga ao Círculo, porque não se sabe a si mesmo enquanto aquilo que é. O Interior do Triângulo, poderíamos dizer, é o Círculo conservado no Triângulo – assim como Schelling diz que o Passado é mantido no Presente enquanto Passado, e o Sujeito, primeira potência, é conservado no Predicado, segunda potência, como seu [do Predicado] fundamento. O Sem Forma do Exterior, por sua vez, resta para nós desconhecido, e não pode caber-lhe a tarefa de descrever o Triângulo como Triângulo, demarcando Interior e Exterior pelo momento milagroso em que os três vértices encontram-se. Sobra apenas uma opção, descartados o Interior e o Exterior: é ao Vértice do Triângulo que convém a tarefa de nomear Dentro e Fora, Interior, Vértice e Exterior, Círculo conservado no Triângulo, Triângulo e a Figura sem Figura da qual temos apenas o nome negativo. O Vértice do Triângulo, pela maestria adquirida sobre o próprio Interior e sobre o conjunto das formas pátrias, há de tomar para si a impossível tarefa de conferir formas ao Sem Forma, expandir o Interior abrindo-o ao Exterior e enriquecendo, neste diálogo absurdo, as Eras do Tempo: a do Círculo, conservado no Interior do Triângulo como o Passado deste mesmo Triângulo, a do Triângulo, em cujo ápice o Vértice se posta, e a do Sem Forma, futuro absoluto do qual temos apenas o vago pressentimento. Conforme o profético início das *Weltalter*, o Vértice do Triângulo, o único que compreende sua própria era como aquela entre o cego passado cíclico e o radical futuro para o qual não há nomes *ainda*, será aquele capaz de transformar em operação concreta a epistemologia críptica inscrita no portal do inacabado livro de Schelling:

> Do Passado toma-se consciência, o Presente é conhecido, o Futuro é pressentido com ânsia. Aquilo de que se tomou consciência é narrado, o conhecido é representado, o pressentido é profetizado (SCHELLING, 1811, p.215).

Esta operação é a operação do Tempo, em que suas três eras são continuamente constituídas e adquirem, cada uma, sua *forma própria*: do Passado toma-se consciência na narrativa, o Presente é conhecido ao ser representado, do Futuro temos pressentimento saudoso (*Ahnung*). O Passado existe para nós não como esta e aquela lembranças agora diante de mim representadas, mas como abismo de noite profunda da qual retiro as forças que, no sistema das representações presentes, incendeiam os conhecimentos de meu agora, de meu presente que, abrasado, faz a fundamental ausência de formas do Futuro aparecer em formas nas quais o *ainda* se cristalizou. O Futuro existe, para nós que vivemos na era do Triângulo, no Presente, como o *ainda* deste meu agora, assim como o Passado, noite profunda, conservou seu abismo neste mesmo agora – o agora, que eu denominei o In-stante, é o átimo em que o Tempo se decide por seu nascimento, em que as eras e suas formas emergem naquilo que são, em que a sorte é lançada e o Ser pode, enfim, fletir-se-sobre-si-mesmo.

O nascimento do Tempo e do Mundo – é no Vértice que se decide, é do Vértice apanágio. A sorte, quando lançada, é destinada: e o destino do Vértice é lançar sortes e destinar destinos, porque é desvelar sentidos, formas, Mundo e Tempo. Ao Vértice é destinada a operação que funda e torna possível a cultura, como vivência de um *ainda* pelo cultivo do vazio em que se prometem possibilidades das quais, porque futuras, temos apenas o pressentimento saudoso (*Ahnung*). Desvelando o Mundo e dando à luz o Tempo, o Vértice decide o sentido da cultura, tornando-a possível. À operação pela qual Mundo e Tempo emergem e, com eles, a possibilidade da cultura e de seu íntimo sentido, destino o nome de *pensar*, na medida em que *pensar* é *especular* e *especular*, *refletir*. A re-flexão, já o disse por algumas figuras deste livro, é o fletir-se-sobre-si-mesmo do Ser, ato cuja condição é o vazio entre o Ser e uma sua parte, que deve ser autônoma para seduzi-lo e por ele ser seduzido, para que haja, entre Ser e pensador, o laço do amor. A fórmula própria para uma tal relação, na qual o Ser vem ao conhecimento de si mesmo por uma sua parte que, autônoma, é capaz de livremente estender-lhe o espelho, esta fórmula eu a colhi em Schelling, Machado de Assis, Osman Lins, e a formalizei em *sou-te para ser-me o impossível que somos.* Estudando Leopardi, vimos que o espírito, onde se realiza o pensar, é apanágio dos doentes e dos velhos, de quem da vida se apartou sem deixar de amá-la, de modo tal que deste vazio retirou uma possível distância da vida, para dela ter o mais intenso sentimento – para, sendo dela parte, estender-lhe o espelho e mostrar--lhe, na morte de cada ente cuja face o amor do pensador conservou em canto, sua própria face absurda, e enriquecê-la, a esta vida, pelo Milagre do canto poético – e fazer do absurdo profunda generosidade de um Ser que se deixa enriquecer pelos seus próprios filhos. Este enriquecimento, que tem na re-flexão seu berço, no fletir-se-sobre-si do Ser seu momento inaugural, é a sorte e o destino do Vértice, a quem, estando entre Interior e Exterior, pode o Ser apresentar-se como gratuidade absoluta, como o Infinito cuja face é contínua abertura, errância e cultivo. E porque destino diz do que se estabelece em uma operação onde a sorte do Mundo e do Tempo se decide, o destino do pensar é a sorte lançada ao Vértice, seu vir a ver-se enquanto o Vértice que é para, aceitando seu destino, conservar-se no pensar – conservar-se, isto é, enquanto receptáculo do pensar. O destino do pensar é, assim, a verdadeira atualização do significado da cultura, porque lá onde a cultura dizia do cultivo e da esperança pelos frutos irrepresentáveis e ainda sequer imagináveis, o pensar pronuncia a estrutura mesma do Tempo e de suas três grandes eras. O destino do pensar é o de-stinar, à cultura, seu sentido na Re-mora.

*

Mas vivemos tempos de crise – assim comecei meu último capítulo, que desejo a derradeira nota desta mal tramada melodia. Tempos vivemos em que a algoritmização do mundo da vida é lei e tom. Que é o algoritmo senão a formalização mesma de juízos finitos conforme um seu simples e unívoco sustir-se juntos? No unívoco sustir-se juntos de juízos que a si mesmos se regulam de acordo com regras de predicação estabilizadas, por virtude das quais cada fenômeno é desde já e sempre domado pelas garras do sistema, o Mundo, que aprendemos ser a Ideia do Essente e, portanto, o passo necessário à navegação do Infinito, torna-se o domável reservatório dos fenômenos categorizados e de suas categorizações. Para usar a linguagem de Alain Badiou, com quem empreendemos discussão em *Mímesis Especulativa*, o algoritmo é o nome do reservatório do sistema enciclopédico cuja língua regula o saber. Merleau-Ponty chegou a sugerir que nossa língua retira sua bela riqueza da essencial abertura de sua origem – a língua, embora seja sistema de diferenças negativas (Saussure), é sobretudo o primevo falar que demarca uma amorosa relação entre nosso corpo e o mundo. A inteligência senciente, de que falava Merleau-Ponty e que constituirá para Zubiri eixo de seu filosofar, é o milagre de uma permanente abertura a mediar nosso estar aqui neste belo Mundo – belo, como aprendemos lendo Osman Lins e Machado de Assis, porque grande, e grande porque aberto. Amorosa é esta relação porquanto formulada desde um impossível que a possibilita: impossível é reduzir o Mundo a uma língua artificialmente produzida, ao que chamei por tantas vezes o Mapa do Mundo. Eis aqui a razão metafísica e filosófica para as análises sociológicas de Harmut Rosa, para quem a *Resonanz* demanda, como condição de possibilidade, importante grau de *Unverfürgbarkeit*, e não à toa seus exemplos mais convincentes são os das primevas experiências de profunda beleza, das quais a paixão erótica é rainha e senhora. Eros, aprendemos também nós relendo o *Symposium*, é experiência que interpela desde a gratuidade de um estar-aí cuja única configuração nos incita ao pensar: erótica é a filosofia porque ela, não sendo a absoluta ignorância do vulgo nem a posse absoluta da sabedoria como Mapa do Mundo, é a arte do entre – arte da entre-visão. Entre-vejo sempre o sorriso furtivo da bela moça – em parte por isso Nietzsche está correto ao dizer que a Verdade é uma mulher. É uma mulher pois é a erótica entre-visão do entre ele mesmo, é a capacidade de neste entre permanecer e dele instituir cultivo como mais íntima possibilidade.

O algoritmo, assim nos sugere Merleau-Ponty, é, ao contrário, o projeto de suturar a abertura de nossas relações com o mundo, e de esquecer a escondida língua falante que habita toda língua falada. O Mapa do Mundo fora o projeto da assim chamada metafísica moderna, e Heidegger lhe fez a crítica ao denunciar o Sujeito como herdeiro de um profundo esquecimento do Ser que com a Ideia platônica teve origem. Seus herdeiros franceses popularizaram um tal gesto e o tornaram sinônimo de pedigree intelectual. Têm eles em parte razão – e isso se revela aliás na reconstrução sociológica de Harmut Rosa (e de tantos outros cujos trabalhos aqui listar seria dispendioso demais). Importante, para a tarefa do pensar e seu de-stino, é colher com olhos metafísicos tal crítica à metafísica – *e isso porque vivemos tempos de crise.* Se o algoritmo é esquecimento da abertura primeira, da Fenda e da Saudade pela sutura do entre erótico cuja filosofia tentei formular ao longo deste livro, se assim é, dizia eu, a algoritmização do mundo da vida é algo além da *Rationalisierung der Lebenswelt* de que já tanto se falou, pois ela frutifica seja nos ingênuos projetos de metafísica ôntica, seja nos seus ferrenhos críticos europeus, seja nos *cools* neopragmáticos americanos, seja no culturalismo barato que não sabe em qual departamento possui morada.

A algoritmização do mundo da vida, por ser esquecimento da Saudade pelo Além suplantada pelo Mapa do Mundo, só pode ser propriamente entendida por um esforço filosófico que vise recuperar a Verdade, o Sujeito, Deus, a Mímesis, Eros e, finalmente, o Sy-stema como Unidade do unitário e do contraditório. Apenas pela própria metafísica pode uma doença metafísica, que reduz o homem à desprezível condição de animal domado, encontrar sua cura. Se a cultura possui seu sentido no *ainda* de um futuro anterior absoluto, índice de minha amorosa liberdade com os possíveis de mim a mim desconhecidos, uma tal metafísica deverá ser buscada como cultivo deste *ainda,* e a um só tempo resultará como o fim deste cultivo: será verdadeiramente o a ser cultivado e o culto deste cultivo – *cultura.* Porque o sentido da cultura reside, conforme indiquei, em Re-mora, na errância fundamental que a todos os românticos era segunda natureza, pois todos eram *Wanderer* e apenas na solitária *Wanderung* pensavam, e porque Re-mora é contínua reorganização do Sistema de Juízos Finitos por virtude de um Juízo Infinito que os expande desde dentro inaugurando uma Verdade eterna, cristalizada em uma *figura*, temporalização do Eterno – porque a metafísica é o cultivo do *ainda* e de seu fruto longínquo, ela, a metafísica, é o verdadeiro e sempre vitorioso de-stino do pensar.

A algoritmização do mundo da vida é a última, porque é a nossa, tentativa de derrotar o de-stino do pensar, de apagar o sentido da cultura. A filosofia não deve contribuir para esta destruição: não deve sucumbir em tristes anúncios de seu próprio fim, nem se subordinar às ciências das quais é Mãe e Senhora, tampouco fechar os olhos à dor do mundo, à Weltschmerz que como ninguém os românticos sentiam. Porque esta dor – ela espera redenção. É no pensar que se fará. O reino do algoritmo é o do nominativo, em que a dor estanca porque não se pensa, nem a si mesma se revela. O algoritmo enraíza-nos num mundo, mas este é a Pátria, em cujo solo não há o vazio necessário de Re-mora – onde Diogo é só marido e nunca mais navegador. A algoritmização do mundo da vida é a hoje predominante vitória de De-mora. Ganham-se batalhas, mas a guerra – esta se decide *ainda*, está aliás, no *ainda*, ainda por decidir-se. A Senhora, eu disse e redisse nas páginas deste livro, anda de pés descalços. Há Alain Badiou, há Emanuele Severino, há Jean Luc Marion – seria ousado demais dizer que ainda Platão e Aristóteles entre nós caminham? Se não for demais sonhar, gostaria de sonhar com aquela bela pintura que povoou meus sonhos de infância e que evoquei no segundo capítulo deste livro – com a antiga Academia desejaria sonhar, e dos dois pro-fessores talvez escutar os passos, e talvez ver-lhes os gestos, como de quem considera uma vez mais, com o agora viril entusiasmo das crianças, o Milagre do Mundo. Gostaria de sonhar com Re-mora e com a errância, e este livro é o fruto destes sonhos. É também o manifesto contra a presente vitória unilateral de De-mora – que, aliás, nunca existe sem sua irmã gêmea, pela qual clama e deve clamar. É a decisão pela errância, que é grandiosa e tão difícil. Re-mora, a ambiguidade fundamental de todo romântico: quem é realmente só é também quem funda mundos, conjuga multidões, dolorosamente ama e é amado por onde passa e aonde vai. Apátrida, possui todas as pátrias, e as ama abarcando-as de um só olhar. Os heróis deste livro encarnaram, como tão raro se encarna, esta condição: Leopardi, o doente, Platão, o entusiasta da Saudade, Schelling, o solitário. A vida é curta, por isso tão bela. Poucos se eternizam – devemos agradecer pela eternidade destes nomes, *denn Denken ist Danken*[213].

---

213 "Porque pensar, de fato, é agradecer."

Referências Bibliográficas

ADORNO, T. Notas de literatura 1. Tradução de Jorge de Almeida. São Paulo: Editora 34, 2003.

BAPTISTA, A. A Formação do Nome, duas interrogações sobre Machado de Assis. SP: Unicamp, 2003a.

BAPTISTA, A. Autobibliografias: solicitação do livro na ficção de Machado de Assis. Campinas: Ed. da UNICAMP, 2003b.

BAPTISTA, A. O Livro Agreste: curso de literatura brasileira. Campinas: Ed. da UNICAMP, 2005.

BAPTISTA, A. Três Emendas, ensaios machadianos de propósito cosmopolita. Campinas: Editora da UNICAMP, 2014.

BENJAMIN, W. A Origem do drama trágico alemão. Tradução de João Barrento. Belo Horizonte: Autêntica Editora, 2013.

BOHRER, K. H. Der Abschied: Theorie der Trauer. Frankfurt am Main: Suhrkamp, 1998.

BONSAVER, G. Città senza tempo: cronologia "debole" e tracce benjaminiane nelle "Città invisibili" di Italo Calvino. Italianistica: rivista di letteratura italiana, v. 31, n. 2/3, Milano, p. 51-62, mai./dez. 2002.

BOSI, A. Machado de Assis, o enigma do olhar. São Paulo: Ática, 1999

BOWIE, A. From Romanticism to Critical Theory: the philosophy of german literary theory, London: Routledge, 1997.

BOWIE, A. Aesthetics and subjectivity. Manchester: Manchester University Press, 2003.

BOWIE, A. Music, Philosophy, and Modernity. Cambridge: Cambridge University Press, 2007.

BLUNDELL, M. W. Helping friend and harming enemies: a study in Sophocles and Greek ethics. Cambridge: Cambridge University Press, 1989.

CALVINO, I. Le città invisibili. Milano: Oscar Mondadori, 2014.

CALVINO Seis propostas para o próximo milênio: lições americanas. Tradução de Ivo Barroso. São Paulo: Companhia das Letras, 1990.

CAMPOS, H. Poética sincrônica. In: CAMPOS, Haroldo. A arte no horizonte do provável. São Paulo: Perspectiva, 1969.

CANDIDO, A. Formação da Literatura Brasileira: momentos decisivos. 15. ed. Rio de Janeiro: Ouro sobre azul, 2014.

CANDIDO, A. Esquema de Machado de Assis. In: CANDIDO, A. Vários Escritos. São Paulo: Duas Cidades, 1970.

COSTA LIMA, L. Limite. Rio de Janeiro: Editora PUC-Rio, 2019.

COSTA LIMA, L. Mímesis e arredores. Curitiba: CRV, 2017.

COSTA LIMA, L. Mímesis: desafio ao pensamento. Florianópolis: Editora UFSC, 2014.

COSTA LIMA, L. Frestas: a teorização em um país periférico. Rio de Janeiro: Contraponto, 2013.

COSTA LIMA, L. Sociedade e discurso ficcional. In: Trilogia do Controle. Rio de Janeiro: Topbooks, 2007.

COSTA LIMA, L. História. Ficção. Literatura. São Paulo: Companhia das Letras, 2006.

COSTA LIMA, L. Limites da Voz: Montaigne, Schlegel, Kafka. Rio de Janeiro: Topbooks, 2005.

DERRIDA, J. Marges: de la philosophie. Paris: Les Éditions de Minuit, 1972.

DERRIDA, J. L'écriture et la difference. Paris: Du Seuil, 1967a.

DERRIDA, J. De la gramatologie. Paris: Du Seuil, 1967b.

FAORO, R. Machado de Assis: a pirâmide e o trapézio. São Paulo: Globo, 2001.

FRANK, M. Einführung in der frühromantischen ästhetik. Vorlesungen. Suhrkamp: Verlag. 1989.

FOUCAULT, M, Les mots et les choses: une archéologie des sciences humaines. Paris: Tel Gallimard, 1966.

GABRIEL, M. O sentido da existência: para um novo realismo ontológico. Tradução de Bernardo Romagnoli Bethonico. Rio de Janeiro: José Olympio, 2016.

GABRIEL, M; ZIZEK, S. Mitologia, loucura e riso: a subjetividade no idealismo alemão. Rio de Janeiro: Civilização Brasileira, 2012.

GADAMER, H-G. Wahrheit und Methode: grundzüge einer philosophischen Hermeneutik. Tübingen: Mohr, 1990.

GARCÍA, M. Menschliche Existenz und Metaphysik in Schellings Spätphilosophie In: ERHARDT, Christopher; MEIßNER, D; NOLLER, J. (org.). Wozu Metaphysik?. München: Verlarg Karl Alber, 2017.

HEIDEGGER, M. Unterwegs zur Sprache. Frankfurt am Main: Vittorio Klostermann, 2018.

HEIDEGGER, M. Sein und Zeit. Frankfurt am Main: Vittorio Klostermann, 2006.

HEIDEGGER, M. Der Ursprung des Kunstwerkes. In: HEIDEGGER, Martin. Holzwege. Frankfurt am Main: Vittorio Klostermann, 2003a, p. 1-74.

HEIDEGGER, M. Holzwege. Frankfurt am Main: Vittorio Klostermann, 2003b.

ISEPPI, Filippo. Scrittura e lettura di “Le città invisibili” di Italo Calvino. Quaderni grigionitaliani, v. 51, n. 4, Zürich, p. 289-314, out. 1982.

ISER, W. Der Akt des Lesens: Theorie ästhetischer Wirkung. Stuttgart: Wilhelm Fink, 1984. V. 2.

JAEGGER, W. Paideia: a formação do homem grego. Tradução de Arthur M. Parreira. São Paulo: WMF Martins, 2013.

JANKÉLÉVITCH, V. Essaie de philosophie premiere. Paris: PUF, 2011.

JANKÉLÉVITCH, V. La musique et l’ineffable. Paris: Éditions du Seuil, 1983.

KANT, I. Kritik der reinen Vernunft. Frankfurt am Main: Suhrkamp taschenbuch, 1974a.

KANT, I. Kritik der Urteilskraft. Frankfurt am Main: Suhrkamp taschenbuch, 1974b.

KNOX, B. The heroic temper: studies in sophoclean tragedy. Berkley: University of California Press, 1964.

KRELL, D. F. The tragic absolute: German Idealism and the Languishing of God. Bloomington: Indiana University Press, 2005.

KRÜGER, G. Einsicht und Leidenschaft: das Wesen des platonischen Denkens. Frankfurt am Main: Vittorio Klostermann, 1973.

LEVINAS, E. Totalité et infini: essai sur l’extériorité. Paris: Le Livre de Poche, 1971.

MORENO-VIQUEIRA, I. Invisible Mathematics in Italo Calvino’s Le Cittá Invisibili. Columbia: Columbia University, 2013.

NOVALIS. Blüthenstaub. Berlin: Hofenberg, 2016.

NUSSBAUM, M. The Fragility of Goodness: Luck and Ethics in Greek Tragedy. Cambridge: Cambridge University Press, 2001.

ORTEGA Y GASSET, J. Unas Lecciones de Metafísica. Madrid: Paulino Garagorri, 1966.

ORTEGA Y GASSET, J. Meditación de la técnica. Madrid: Revista de Occidente, 1933.

PAREYSON, L. Ontologia da liberdade: o mal e o sofrimento. Trad Vinicius Honesko. São Paulo: Edições Loyola, 2017.

REALE, G. Per una nuova interpretazione di Platone: rillettura della metafisica dei grandi dialogi alla luce delle “dotrinne non scritte”. Roma: Vita e Pensieri, 2003.

REINHARDT, K. Sophokles. Frankfurt am Main: Vittorio Klostermann, 1947.

RORTY, R. Philosophy and the mirror of nature. New Jersey: Princeton University Press.

ROSA, H. Unverfügbarkeit. Frankfurt am Main: Suhrkamp taschenbuch, 6. Auflage, 2022.

SARTRE, J-P. L'être et le néant: essai d'ontologie phénoménologique. Paris: Gallimard. 1945/1976.

SANTOS, M. Filosofia Concreta. Rio de Janeiro: É Realizações, 2020.

SANDRINI, G. Le linee d'una mano: Italo Calvino e la memoria ne "Le città invisibili". Studi Novecenteschi, v. 18, n. 42, Roma, p. 357-393, dez. 1991.

SEVERINO, Emanuele. Gli abitatori del tempo: la tecnica tra cristianesimo e marxismo. Roma: Bur Rizzoli, 1976.

SCHELLING, F. W. J. System des Transzendentalen Idealismus. In: SCHELLING, F. W. J. Ausgewählte Schriften, Band 1. Frankfurt am Main: Suhrkamp, 1983a.

SCHELLING, F. W. J. Untersuchungen über das Wesen der Menschlichen Freiheit. In: SCHELLING, F. W. J. Ausgewählte Schriften, Band 2. Frankfurt am Main: Suhrkamp, 1983b.

SCHELLING, F. W. J. Die Weltalter. In: SCHELLING, Friedrich Wilhelm Joseph. Ausgewählte Schriften, Band 4. Frankfurt am Main: Suhrkamp, 1983c.

SCHELLING, F. W. J. Die Philosophie der Mythologie. In: SCHELLING, Friedrich Wilhelm Joseph. Ausgewählte Schriften, Band 5. Frankfurt am Main: Suhrkamp, 1983d.

SCHILLER, F. Briefe zur ästhetischen Erziehung des Menschen. In: SCHILLER, F. Werke, Zweiter Band. Baden: Deutsche Buch Gemeinschaft, 1958a.

SCHILLER, F. Naive und sentimentalische Dichtung. In: SCHILLER, F. Werke, Zweiter Band. Baden: Deutsche Buch Gemeinschaft, 1958b.

SCHLEGEL, F. Fragmente. In: SCHLEGEL, F; HANS, E-H, MOHR-LÜDER, Gusta (org.). Ironie als literatische phänomen. Köln: Neue Wissenschaftliche Bibliothek, 1973. V. 9.

SCHUBACK, M. O começo de Deus: a filosofia do devir no pensamento tardio de F. W. J. Schelling. Petrópolis: Vozes, 1998.

SCHWARZ, R. Duas meninas. São Paulo: Companhia das Letras, 1997.

SCHWARZ, R. Um mestre na periferia do capitalismo: Machado de Assis. São Paulo: Duas Cidades, 1990.

SCHWARZ, R, Ao vencedor as batatas. São Paulo: Duas Cidades, 1977.

SNELL, B. A cultura grega e as origens do pensamento europeu. São Paulo: Perspectiva, 2012.

SZONDI, P. Poetica dell'Idealismo Tedesco.Torino: Giulio Einaudi, 1974.

TILLIETTE, X. L'Absolu et la philosophie: essais sur Schelling. Paris: PUF, 1987

VERNANT, J-P. Mito e tragédia na Grécia Antiga. São Paulo: Perspectiva, 2014.

WILSON, E. A ferida e o arco. In: SÓFOCLES. Filoctetes. Tradução de Trajano Vieira. São Paulo: Editora 34, 2011.

ZIZEK, S. The indivisible remainder: on Schelling and related matters. New York: Verso, 2007.

Capa, projeto gráfico e diagramação
Lucas Matoso

Revisão
José Roberto de Luna Filho

Dados internacionais de catalogação na publicação

Loureiro, Gabriel
Saudade do infinito: ensaios de metafísica romântica / Gabriel Loureiro.
– Belo Horizonte: Quixote+DO, 2024.

536 p.; 13,5 X 21 cm

ISBN 978-65-86942-99-6

Índice para catálogo sistemático
1. Metafísica. 2. Romantismo. I. Loureiro, Gabriel. II. Título.

Elaborada por Bibliotecária Janaina Ramos – CRB-8/9166 CDD 110

Nesta edição, respeitou-se o Acordo Ortográfico da Língua Portuguesa de 1990, que entrou em vigor no Brasil em 2009.

www.quixote-do.com.br
instagram.com/quixote.do
facebook.com/quixotedoeditora

EDITORAS ASSOCIADAS

Composto em Times, Bookman e Century.
Impresso em pólen nature 90g na gráfica Formato,
em Belo Horizonte, no ano de 2024.